U0882892

中南海人物春秋

| 顾保孜◎著　杜修贤◎摄影 |

華夏出版社

图书在版编目（CIP）数据

中南海人物春秋 / 顾保孜著. —北京：华夏出版社，2015.4（2018年重印）

ISBN 978-7-5080-8395-7

Ⅰ.①中… Ⅱ.①顾… Ⅲ.①纪实文学－中国当代 Ⅳ.①I25

中国版本图书馆CIP数据核字（2015）第050283号

出品策划：華夏盛轩

网　　址：http://www.huaxiabooks.com

中南海人物春秋

作　　者	顾保孜
封面摄影	钱嗣杰
责任编辑	杨永龙
装帧设计	蒋宏工作室
出版发行	华夏出版社
	（北京东直门外香河园北里4号　邮编：100028）
经　　销	新华文轩出版传媒股份有限公司
印　　刷	三河市兴博印务有限公司
开　　本	787mm × 1092mm　1/16
印　　张	40.5
字　　数	815千字
版　　次	2015年7月第1版　2018年6月第10次印刷
定　　价	78.00元
书　　号	ISBN 978-7-5080-8395-7

本版图书凡印刷、装订错误，可及时向我社发行部调换

序

打开这本书，你好像走进了中南海，看见了一个个活生生的人物和场景，一片灿烂辉煌却又充满神秘的世界展现于眼前……这个世界和世上有人居住的地方一样，有欢乐、有幸福、有悲伤、有不幸，有举足轻重的重大决策，也有衣食住行的平凡琐事。然而，这个世界又和世上有人居住的地方不一样，毕竟它是中国的政治中心，是最高决策机构所在地，它不仅关系国计民生也和国际风云相连。可谓动一发而牵全局，成为全国乃至国际世界关注的焦点。

1949年10月新中国成立至今，中国人民和他们的祖国走过了漫长又短暂的六十几年，这期间人们经历了电闪雷鸣、风雨交加的岁月——1957年的“反右”、1958年的“大跃进”、1960年的中苏关系破裂、三年自然灾害、十年“文革”、“九一三”等运动和政治事件。

特别是在十年动乱中，林彪、江青反革命集团兴风作浪，进行了大量篡党夺权的罪恶活动，使我们的党、国家和人民遭受了重大挫折和损失。许多党和国家久经考验的领导干部与这场错误运动做了奋力抗争，他们坚信历史是人民写的，颠倒的历史最终还是要被重新颠倒过来。刘少奇在他71岁生日差12天时离开人世，在这最后的一段时光中，这位老人始终乌唇紧闭，一言不发，但他的脑海里信念始终没有变——我永远是人民的儿子，人民会还我一个公道。

邓小平在这期间历经磨难，几上几下。他在周恩来病重时复出，他的到来让处在动荡之中的百姓看到了希望，他们希望邓小平能将中国从满目疮痍中恢复过来，他们希望邓小平能够遏制“四人帮”的猖狂活动，让中国重新走上建设“四个现代化”的强国之路。历史的重任是怎样又一次落到了这位永不言败的东方小个子身上，看过此书你就能找到答案。

周恩来一面排除林彪、江青等人的干扰，在自己的岗位上呕心沥血维护着国民经济的艰难运转，一面又在尽自己有限的能力保护着革命老干部，保护着国家的栋梁之才。对于“四人帮”射来的支支毒箭，周恩来虽然表面平静，但内心却汹涌如海，他曾痛苦地呐喊：“我不下地狱，谁下地狱？”

不经风雨，怎见彩虹？

1971年9月林彪叛逃后，毛泽东、周恩来等领导人及时调整对外政策，将手伸向了大洋彼岸的美国，随后日本也踏上了与中国寻求友好的红地毯，从此，中国开始了一个外交史上的新纪元。这时老一辈革命家陆续进入了生命最后的时光，晚年不可抗拒地走来了，周恩来逝世、毛泽东病重……此时，邓小平第二次被打倒、“四人帮”抢班夺权、唐山大地震……直到1976年10月金秋送来劲风，历史伸出公正之手，“四人帮”被一举粉碎……

所以说，中南海里无小事，高层人物无平淡。一个特殊年代往往决定人物的特殊命运。这部书里描写了50多位政治人物的命运故事，不仅真实记录了共和国第一代领导人励精图治、呕心沥血建党、建国的心灵历程，也反映了他们有血有肉的真情实感，同时也记录了一批风云人物跌宕起伏的政治生涯。

六十几年在历史的长河中只是一瞬，但留给我们太多太多的思考。你可能为共和国的光明前途而振奋，也可能为共和国的航船转向而长叹，但历史是由人民创造的，在中国共产党的领导下，最终光明战胜了黑暗，正义战胜了邪恶。从此，中国人民开始走上了一条改革开放之路，一条幸福之路。

contents 目录

●康克清一个电话，让朱德从玉泉山回到大字报铺墙的中南海，面对刺目的标语，朱德淡然一笑。

●中南海红墙变成了难以逾越的万重高山，传达室成为父女见面的温暖“山口”。

●一把“抄家”大火，父亲的信化为灰烬，如今女儿手中唯一的亲笔信，竟然是从别处征集来的。

●康生向陈云发难，谢富治赤膊上阵：“陈云搞些什么？他一贯反毛主席，休息也不干好事。”

●林彪葬身大漠，陈云感慨万分：“这个人竟然干出了这样没良心的事……”

●陈云重返经济管理工作岗位，针对“四人帮”抛来的“洋奴哲学”大帽子，他拍案而起！

●彭德怀给毛泽东写了一封长达八万字的信，没有等来平反，却招来了一个“彭德怀问题专案委员会”。

●江青下达了批斗彭德怀的动员令。韩爱晶走到彭德怀跟前，当胸就是一拳，其他人也蜂拥而上……

●他所在病房不过10平方米。手术之后，彭德怀的癌细胞扩散到了全身，他疼得用牙咬着被单或大叫大骂。

●毛泽东把吴法宪的诬告信拿给贺龙看，并风趣地说：“我当你的保皇派。”

●贺龙怒吼道：“撞他妈的鬼！栽赃，完全是栽赃！”

●年逾古稀的贺龙睡在光光的床板上。连续45天断水，他为端一盆雨水而摔倒在地。

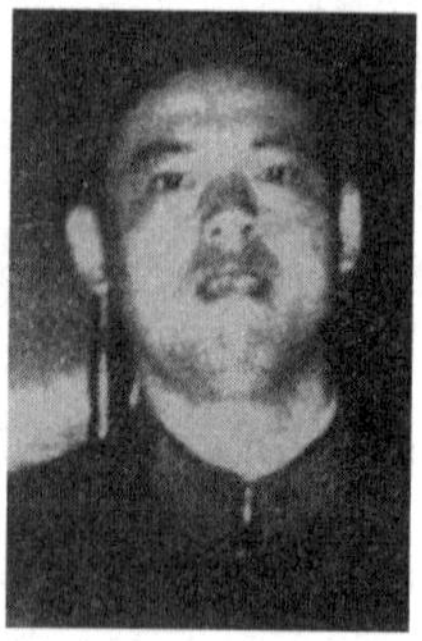

●毛泽东说张闻天是个“开明君主”，张闻天感到十分满意：这是对我最好的评价！庐山会议吐真言，由此失去毛泽东的信任。

●戴着政治帽子进入“文化大革命”自然是难逃厄运。一个通知打发张闻天到广东，夫妇俩终于团聚。

●林彪倒台后，张闻天想回北京，但毛泽东拒绝了他，夫妇俩只好定居无锡。

●罗瑞卿开展全军大练兵，林彪妒火中烧，对他地位和权力威胁最大的人，莫过于罗瑞卿。

●江青要一套军装，罗瑞卿明确交代：军衣可以发，但不给领章、帽徽。

●历史也许有意让他等待，他保住了性命，却失去了左腿。

●廖承志是个乐天派，脸上总是“天气晴朗”。有一次赶走记者，他得罪江青。他怒火满腔地表示：“那个戴眼镜的死了，我们戴红花！”

●周总理一道命令，廖承志走进中南海接受“文化大革命”政策教育。

●他指着江青的画像坚定地说：“他们坏事做得太多，要不了多久就会垮台的，一定会垮台的！”

●中联部贴出了一张大字报，署名伍修权。这张大字报不但不解决问题，反而使他成了“跳出来的敌人”。

●伍修权终于结束了八年的“牛棚”生活！他的获释是毛主席直接干预和周总理努力的结果。他风趣地说：“我现在也是‘三八式’干部了！”

●林彪、江青的黑手伸向武汉，目的只有一个——搞乱武汉，乱中夺权。陈再道所在的武汉终于爆发两派群众的大规模武斗。

●造反派四处播放谢富治、王力在水电学院的讲话录音及王力的“四点指示”。被激怒的“百万雄师”抓走了王力。

●吴法宪等人气急败坏地窜到陈再道跟前，撕掉他的帽徽、领章，拳打脚踢。江青称道：“吴法宪有造反精神！”

●林彪终于伸手北京军区。杨勇报告主席：这伙人强行冲击军区司令部，我采取了适当防卫措施。毛泽东幽默地说了一句：“我们就把它当作一次防突袭演习吧。”

●身为北京军区司令员的杨勇，竟在众目睽睽之下被造反派抓走了。

●造反派千方百计诱逼杨勇自杀，桌上摆着绳子和整瓶的安眠药。有人暗示说：“受不了，你可以死嘛。”

●毛泽东对陆定一领导的中宣部提出严肃批评：中宣部包庇坏人，压制左派，是个阎王殿，要打倒阎王、解放小鬼。

●叶群收到了有关部门转来的信件，打开一看，先是愤恨，继而大哭起来……

●政治局扩大会议前，每个座位上竟放了一张林彪证明叶群是处女的亲笔复印件，在中国现代政治史上留下了一大笑柄。

●邓拓慧眼识宝，收藏了散失在民间的苏东坡名画，在康生的挑动下一时谣言四起，满城风雨。

●邓拓读了两遍姚文元的文章，感到里面潜伏着一派杀机。

●一场巨大的政治灾难终于降到了邓拓一家头上，邓拓成了“三家村黑掌柜”。

●廖沫沙打开《人民日报》，赫然在目的大标题令他头晕目眩：《请看廖沫沙的反革命面目》！

●廖沫沙得知吴晗、田汉被迫害致死的消息，痛哭失声，几天茶饭不进。

●廖沫沙根据“中央专案审查小组”的要求，写了一份全面的检查材料。它别具一格，幽默风趣，亦庄亦谐。

●周小舟回到了家乡做省长，把湖南搞得有声有色。毛泽东讲：“你已经不是‘小舟’了，你成了承载几十万人的大船了！”

●彭德怀的一封信受到毛泽东的批判，周小舟实事求是为彭德怀辩护，被罢官撤职。

●罢了官的周小舟时时刻刻想到的还是人民。手术后，发生休克，在昏迷中他还在呼喊：“共产党万岁！毛主席万岁！”

●林彪手下的得力战将，通过出卖他人取得林家的信任，成为掌握重兵的赫赫人物。

●任华南军区副司令员，竟擅自带人跑到香港鬼混。为黄永胜的生活作风问题，平时从不轻易发火的罗荣桓元帅怒不可遏：这么大年纪，这么高职务，还不改，还要不要脸？！

●毛泽东说：“我就不相信你黄永胜能指挥解放军造反！”

●投靠林彪，踏着被诬陷者的躯体，吴法宪终于坐上空军司令的宝座。

●逛长城时，年过五旬的吴法宪竟搀扶着只有20多岁的林立果行走。

●庐山会议上吴法宪再一次装错弹药，但这次崩掉的不只是一个手指了，而是后半生的岁月。

●靠打击罗瑞卿踏上林家战车，李作鹏把海军变成了一所大冤狱。

●林彪甚至声称："我活着不准反李作鹏，我死后也不准反李作鹏。"

●听了亲信的密报，李作鹏顿感凉水浇头。他不顾后果，私自篡改周恩来指示，放走林彪。

●邱会作生活腐化，林彪多次保他。对林彪的知遇之恩，邱会作感激涕零。

●邱会作一面对林彪无微不至关心，如同他的私人后勤部长，一面置信义、良心于不顾，把攻击矛头指向叶剑英元帅。

●邱会作和其他几个同党一样，在政治舞台上输掉了全部赌注，宣判结束后，邱会作情绪激动，竟然高呼：共产党万岁！

●白色屏幕上，出现了一个人被揪斗、毒打的情景，这个人就是"文化大革命"中第一个被迫害致死的部长——原煤炭工业部部长张霖之。

●一个黑大个就对准张霖之的腹部，猛击两拳，随着肋骨的断裂，他应声倒在地上。

●听到张霖之的死讯，周恩来含泪发表谈话："我很难过……"

●林彪为发展自己在海军的势力，派亲信李作鹏等人去"掺沙子"。张学思挺身而出，仗义执言。

●海军的大权终于落入李作鹏等人手中。张学思成为他们的眼中钉、肉中刺。

●从精神上摧不垮张学思，他们就从生活上折磨他。

●八大会议，毛泽东的开幕词简短有力，鼓舞人心。毛泽东介绍说：“这不是我写的，是一个少壮派，此人叫田家英。”

●庐山会议上田家英虽然受到了错误的批评，但他没有消沉。毛泽东说“六十条”发明权属于田家英。

●积极推广包产到户，他遭到毛泽东批评。

●江青召见于会泳时，握着他的手，喜悦地说：“你的文章我看过，我们应该早就认识了。”在得知于会泳是山东人时，江青更热情地称他为“老乡”。

●于会泳从不居功，无论是“三突出”理论，还是其他“样板戏”的点滴成果，他都无偿地归功于江青！

●他用那支曾谱写过不少动人乐章的笔，给家人写下了一封遗书，给自己戏剧般的荣辱人生留下一笔悲剧色彩。

●并不起眼的刘庆棠一鸣惊人夺得了主角的位置,为了演好“党代表”这个角色，他的确流了许多汗水。

●刘庆棠在充满权力和名誉争夺的大舞台上改变了初衷。他的双足由艺术舞台跳到了政治舞台，他向往权势的性格日渐显露。

●他被隔离审查，却异想天开地给当时的中共中央主席华国锋写信。保外就医后还继续演绎着人生悲剧。

●随着《红灯记》被拍摄成电影，“浩亮”的大名在中国家喻户晓，钱浩梁开始青云直上。

●仕途升迁的喜悦毕竟大于告别舞台的惆怅，在文化部当副部长，更多的是个帮闲式的陪衬，而生活待遇却一下子变了，他堂而皇之地住进了原京剧大师梅兰芳的寓所，成了梅宅的新主人。

第四十四章　“以工代干”的副委员长姚连蔚 /554

●姚连蔚说：“担任候补中央委员和人大副委员长，对我来说简直如坐针毡，只好硬着头皮撑。”

●姚连蔚当全国人大副委员长，工资每月58.86元。他的粮食关系、工资关系一直留在陕西的工厂。他实际上还是个工人，只是领取高干补贴而已。

●“四人帮”倒台后，他开始走下坡路。当了两年半的人大副委员长，又当了两年半的囚徒，命运竟是如此的奇特。

第四十五章　马天水迷途入深渊 /559

●有一个孤独的老人时而狂笑，时而嚎叫，他就是当年上海滩上不可一世的市委书记马天水。

●上海掀起“炮打张春桥”的浪潮，马天水抓住了这一溜须拍马的好时机。马天水说：“……我觉得洪文比我强。”江青握着马天水的手连声称赞：“讲得好，讲得好！”

●张春桥竖起了大拇指：“马天水真是一匹好马！”当第一副总理是马天水日夜企盼的美梦。

第四十六章　“四人帮”在1976年 /569

●悲壮的礼炮鸣响三声，将新中国最高规格的葬礼推向了史无前例的高潮。

●王洪文一反常态急切要拍标准照，阴阳怪气地说：“留着开追悼会用。”等半身照片拍完，摄影师的手臂已木然僵硬快没知觉了。

●毛泽东的追悼会后，江青召集大家到毛泽东的游泳池边学“毛选”。当夜，中央将“四人帮”一举抓获。

第四十七章　王、张、江、姚落网实录 /585

●李先念将华国锋写的纸条转给叶剑英：“叶帅：现在情况很紧急，要赶快想办法，由你下决心好了。”

●“四人帮”决定调动坦克车，武力逼宫。江青说：“我随身带了一把剪刀，准备自卫。”

●上海的商店里，大红纸居然都卖光了，“四人帮”的追随者们准备庆祝他们的“特大喜讯”。

▲1975年周恩来在第四届全国人民代表大会第一次会议上作政府工作报告（杜修贤摄）

第一章
周恩来砥柱中流

> 江青等人背着中央一线的领导同志，策划了《评新编历史剧〈海瑞罢官〉》。全国学术界一片哗然，周恩来也措手不及。

1966年春，正当周恩来以很大的精力投入领导北方八省抗旱的时候，他没有想到，一场席卷全国的政治大风暴正在悄悄地袭来。这就是持续达十年之久的“无产阶级文化大革命”。

周恩来和其他中央“一线”领导人一样，对毛泽东一如既往地敬重和服从。长期以来经历的风风雨雨，使他们对毛泽东重大决策的正确性深信不疑，认为他总是比自己看得更远些，更深刻些。即便在某些问题上有不同看法，最后还是照毛泽东的主张去做，并且努力去理解和跟上他。

1965年9月30日，周恩来在人民大会堂宴会厅主持盛大招待会，隆重庆祝中华人民共和国成立十六周年。毛泽东、刘少奇、宋庆龄、董必武、朱德、邓小平等都出席了这次会议。招待会上，周恩来致词说：

“在过去的一年中，中国人民在社会主义革命和社会主义建设各个战线上取得了新的伟大成就，我国的工农业生产出现了新的全面高涨，我国国民经济进入了一个新发展时期。现在，我国人民展望着无限美好的未来，正在满怀信心地迎接将要在1966年开始的第三个五年计划。”

显然，这时周恩来的注意力，依然集中在经过几年调整后已见成效的经济建设上。

然而，只隔一个月，“文化大革命”的导火索就被点燃：11月10日，上海《文汇报》突然发表姚文元的《评新编历史剧〈海瑞罢官〉》，对北京市副市长、著名历史学家吴晗进行严厉的政治批判。这件事震动了全国。

由江青等人一手组织策划的这篇文章，发表前有意隐瞒了中央“一线”领导人。周恩来事先对这件事一无所知。江青后来说，他们为此“担了很大的风险”，“保密了七八个月”。

文章发表后，在学术理论界引起普遍的反对。但由于它得到毛泽东的支持，11月30日，在拖延20天后，《人民日报》奉命转载，把它登在“学术研究”栏内。同时发表经周恩来、彭真修改审定的“编者按”，其中多处强调党对科学和艺术工作一贯倡导的“百花齐放”、“百家争鸣”的方针。“编者按”中指出：“我们希望通过这次辩论，能够进一步发展各种意见之间的相互争论和相互批评。我们的方针是：既容许批评的自由，也容许反批评的自由；对于错误的意见，我们也采取说理的方法，实事求是，以理服人。”对吴晗，周恩来是有长期了解的，他力图把问题放在学术讨论的范围内，避免导致一场政治批判。

但问题没有到此罢休。不久，《海瑞罢官》又同1959年庐山会议“联系”起来，康生提出该剧的要害是“罢官”，是为彭德怀鸣不平。他的说法得到毛泽东的认可。吴晗和《海瑞罢官》的性质，变得越来越严重了。

1966年2月6日，周恩来和在北京主持中央日常工作的刘少奇、邓小平等，听取以彭真为首的“文化革命五人小组”关于当前学术讨论的汇报，并同意彭真的意见，即：吴晗问题是学术问题而不是政治问题，吴晗和彭德怀没有任何联系，在学术问题上要坚持“百花齐放”、“百家争鸣”的方针。2月8日，彭真等赶到武汉，向毛泽东汇报经中央政治局常委同意的《汇报提纲》。毛泽东对《汇报提纲》没有表示反对。2月12日，中共中央正式批转了《文化革命五人小组关于当前学术讨论的汇报提纲》(简称《二月提纲》)。

彭真对吴晗的保护，使毛泽东加深了对彭真主持下的中共北京市委是“针插不进”、“水泼不进”的“独立王国”的印象。在打倒罗瑞卿、陆定一、杨尚昆时，毛泽东已下定打倒彭真的决心。

周恩来没有立刻意识到问题的严重程度。几乎和毛泽东在武汉听取彭真汇报的同时，周恩来在外交部召开的第四次驻外使节会议上讲话，充分肯定彭真提出的“要树立一个新的外交风格”的建议。在另外的场合他还表示：今年中央要好好抓农业，我也准备下去。

3月12日，即将离京赴河北一些地区进行为期一个月调查的周恩来写信给刘少奇、彭真等，提出：在刘少奇、陈毅等出国访问期间，可将中央掌管的外交、国防工作交彭真负责。并说："需要我回京时，请彭真同志给我打电话，随告随到。"周恩来还在一次外事活动中向外宾说过：我是得到中央的批准，常常想到农村、地方上去看看。但是，在北京的中央同志现在不多，所以，我跟彭真同志订了个协定，一旦有重要的事情，他打电话要我回来，我马上回来。在场的彭真插话说："总理在家，我们比较享福一点。"

> 面对日益严重的"阶级斗争"问题，周恩来不得不打断正常的生产指挥工作，来应付日益增多的政治活动。

1966年3月中旬起，离京不久的周恩来不得不中断他正在抓的华北农业工作，开始频繁地出席中央会议，讨论愈来愈严重的"阶级斗争"形势。

3月17日—20日，毛泽东在杭州召开中央政治局常委扩大会议，研究进一步开展学术界、教育界的政治批判。周恩来从天津回北京后，18日赶到杭州出席会议。刘少奇、邓小平、彭真等也到会。会上，毛泽东提出全国都要开展广泛的阶级斗争，包括教育、出版、报纸、文艺、电影、戏剧等各个方面。同时，毛泽东还批评中宣部在当前学术批判中没有支持"左派"，是在压制"左派"。

风景秀丽的西子湖畔，正被越来越紧张的政治空气笼罩着。

3月31日，从上海回到北京的康生向周恩来、彭真详细传达毛泽东28日—30日的三次谈话。毛泽东在这几次谈话中更加激烈

▲眺望远方——1966年7月周恩来在北京玉泉山（杜修贤摄）

地点名批评彭真、陆定一等，甚至警告说：如果再包庇坏人，中宣部要解散，北京市委要解散，“五人小组”要解散。

毛泽东的谈话表明，从发表姚文元文章开始的一场政治风暴正在扩展，形势已是“山雨欲来风满楼”了。

即使在这个时候，周恩来对他正在抓的华北农业仍一直牢牢惦念着。就在康生做这番传达的当晚，他又起程前往河北的石家庄、宁晋、蓟县、邯郸、魏县、大名、临漳、磁县等地，视察并部署抗旱和邢台地震后的救灾工作。

4月2日，他在邯郸写给毛泽东并报书记处的报告中说：

“我31日晚到石家庄，4月1日到第二次地震重灾区五个地方看望群众和伤员，晚到邢台。”“2日至6日我在邯郸，视察各地打井抗旱春播生产工作，拟每隔10日回北京一次。如有急事，当由彭真同志告我赶回。”

周恩来坚定不移地抓农业，是有长远考虑的。他这时说过：人生下来第一件事是要吃饭，要穿衣服，吃饭、穿衣的材料、原料，都是农村来的，对6亿农民，要教育他们，支持他们，鼓舞他们。

在中国实现包括农业在内的社会主义现代化，是周恩来长期以来一直放在首要地位来考虑的由衷愿望。

然而，他的这种愿望的实现一次又一次地被打乱。越来越紧张的学术批判形势已不允许周恩来继续集中精力抓华北农业工作，他原来计划的“每隔10日回北京一次”的日程安排也无法做到了。4月9日、11日和12日，他出席讨论学术批判的中央书记处会议。会上，康生再次传达毛泽东近来的一系列批评后，决定撤销经中央批准并转发的《二月提纲》。彭真和周恩来等到会的中央领导人“对这次重大错误都作了初步检查”，并表示“一致同意主席的批评和指示”。

中央下发《五一六通知》，针对谁？周恩来也有猜测，但却从未想到矛头是指向国家主席刘少奇。

4月16日，周恩来、邓小平、彭真、叶剑英和各中央局负责人到杭州，出席毛泽东召开的中央政治局常委扩大会议。22日，毛泽东在会上提出：我不相信只是吴晗的问题，吴晗问题之所以严重，是因为“朝里有人”，中央有，各区、各省、市都有，军队也有。出修正主义，不只文化出，党政军也要出，主要是党、军。24日，政治局常委扩大会初步通过了经毛泽东多次修改审定的中共中央《通知稿》和以陈伯达为组长、江青等为副组长的中央文化革命小组成员名单。会议期间，周恩来找彭真谈了三次话。28日、29日，毛泽东再次对彭真和中共北京市委提出严厉指责，并在党内一些文件上删去彭真的名字。

根据毛泽东的意见，5月4日—26日，在北京召开中共中央政治局扩大会议，集中揭发批判彭真、陆定一、罗瑞卿、杨尚昆的“问题”。这次会议和同年8月召开的八届十一中全会，是“文化大革命”全面发动的标志。

在会议的前期，周恩来因为陪同来中国访问的阿尔巴尼亚党政代表团（这个代表团在4月28日来华，5月11日双方签署联合声明，周恩来同他们举行多次会谈，并陪同他们访问华北、东北、华东等地），没有出席前期的会议。

5月5日，周恩来陪同毛泽东在杭州会见阿尔巴尼亚党政代表团。毛泽东在会见时说：要把两个可能放在心里，头一个可能是反革命专政，反革命复辟，第二个可能就是“剥笋”政策，（把坏的）一层层地剥掉。1945年以来，前后一共“剥掉”了几十个中央委员，但现在还有睡在我们身边没有发现的。

毛泽东的这个意思，在5月16日中央政治局扩大会议正式通过的《中国共产党中央委员会通知》（简称《五一六通知》）中表达得更为明确，其中最令人震惊的是毛泽东写下的一段话：

> 混进党里、政府里、军队里和各种文化界的资产阶级代表人物，是一批反革命的修正主义分子，一旦时机成熟，他们就会要夺取政权，由无产阶级专政变为资产阶级专政。这些人物，有些已被我们识破了，有些则还没有被识破，有些正在受到我们信用，被培养为我们的接班人，例如赫鲁晓夫那样的人物，他们现在睡在我们的身旁，各级党委必须充分注意这一点。

同到会的其他中央领导人一样，周恩来也表示同意中央《五一六通知》，并在会上作了发言。但他这时并没有理解《五一六通知》中这段话的真正含义。用他后来的话说，当时虽然已有些猜测，却未曾想到是指刘少奇，连主持这次会议的刘少奇本人也是这样。《五一六通知》通过后的第三天，刘少奇、周恩来、邓小平在北京玉泉山会见一位外宾时，都认为“中国党内的赫鲁晓夫、修正主义者”已经挖出来了。可见，对毛泽东的意图，中央领导核心的这些成员仍全然没有觉察。

5月25日，中央政治局扩大会议结束的前一天，经康生策划，北京大学干部聂元梓等7人在校内贴出矛头对准北大党委和北京市委有关部门的大字报《陆平、宋硕、彭珮云在文化革命中究竟干些什么？》。当天夜里，周恩来派人前往北大了解情况，严肃批评聂元梓等人的做法不符合中央内外有别的规定，是破坏纪律的行为。

康生却背着在北京的刘少奇、周恩来、邓小平，私下将聂元梓等人的大字报底稿，送给远在杭州的毛泽东。6月1日晚，根据毛泽东的指示，大字报向全国广播。第二天，《人民日报》转载这篇大字报，同时发表评论员文章《欢呼北大的一张大字报》。这件事立刻引起极大的轰动。各大中学校学生纷纷起来，贴大字报，开批斗会，“造修正主义的反”。文化革命运动在北京和全国迅猛地展开。在北京主持中央日常工作的刘少奇、周恩来、邓小平等对这件事都毫无思想准备。陈毅曾就发表聂元梓等人大字报一事当面问周恩来：这么大的事情，为什么连招呼都不打一个？周恩来回答道：我也是在临近广播前才接到康生的电话，说要发表这篇大字报。后来，毛泽东针对《人民日报》评论员文章写下批注：“危害革命的错误领导，不应当无条件接受，而应当坚决抵制。”显然，这里是有所指的。

> 毛泽东写出了令与会者震惊的《我的一张大字报》。和刘少奇、邓小平一样，周恩来这时才知道“资产阶级代表人物”是指什么。

1966年6月15日，根据原先决定却一再推迟的计划，周恩来出访罗马尼亚、阿尔巴尼亚。在为时半个月的出访中，周恩来的心情一直处于一种异乎寻常的紧张状态中。在回国途经巴基斯坦时，巴基斯坦总统阿尤布·汗发现：周总理同以往有些不一样，缺乏通常的那种爽快的情绪——是因为太忙和太疲倦，还是另有原因？其实，最使周恩来放心不下的还是国内变幻莫测的政治局势。

7月1日，周恩来回到北京。这时，一些大中学校已出现乱批乱斗、对批斗对象（主要是党政负责人和教师）进行毒打和人身侮辱等严重问题。中共中央领导层中对工作组废存去留的两种不同意见正在激烈交锋：刘少奇、邓小平等是坚持运动要有党的领导，要较有秩序地进行，认为在许多学校的党委已不能正常工作的情况下，派工作组是必要的；而陈伯达等却几次反对派工作组，认为这样做不利于放手地让群众起来“革命”。

▲1966年周恩来在阿尔巴尼亚访问受到热烈欢迎（杜修贤摄）

就在这期间，毛泽东听了陈伯达、江青等的汇报后，已经认定派工作组是压制群众、阻碍运动，于是下决心撤销工作组，“要由革命师生自己闹革命”，他严厉地指责说：阻碍革命势必帮助反革命、帮助“黑帮”。这无疑使周恩来感到困惑。7月28日，他第三次来到北京第二外国语学院时对师生们说：在这场运动中，主观上革命的，不一定不犯错误；百分之百的对是没有的，我就不保险。

8月1日，毛泽东主持召开中共八届十一中全会。

全会开幕当天，毛泽东在会上激烈指责派工作组的做法，认为工作组“起了一个镇压群众、阻碍群众的作用”，“百分之九十以上的工作组都是干尽了坏事”。同一天，他写信给反对工作组的北京清华附中红卫兵，对他们的革命造反精神“表示热烈的支持”。这时，全国各学校已普遍出现揪斗工作组的现象，并开始冲击派出工作组的各党政机关。这封信对造反师生是很大的鼓励和支持。

8月3日、4日，毛泽东对工作组的指责更加尖锐。他在中央常委扩大会议上说：“讲客气一点是方向性错误，实际上是站在资产阶级立场，反对无产阶级革命！”“牛鬼蛇神，在座的就有。”会议气氛骤然紧张起来。按照毛泽东的意见，全会改变原定议程，延长了会期。周恩来似乎预感到将要发生什么变故，他再次叮嘱值班秘书：如果主席处通知开会或谈事情，即使我已经休息了，也要把我叫醒。

果然，在8月5日，毛泽东写出了使全体与会者震惊的《炮打司令部——我的一张大字报》。他用极其严厉的词句批评以刘少奇为首的所谓“资产阶级司令部”，指责他们“在五十多天里”，“站在反动的资产阶级立场上，实行资产阶级专政，将无产阶级轰轰烈烈的‘文化大革命’运动打下去，颠倒是非，混淆黑白，围剿革命派，压制不同意见，实行白色恐怖，自以为得意，长资产阶级的威风，灭无产阶级的志气，又何其毒也”！

毛泽东这篇极不寻常的“大字报”，第一次在党内高层中公开了他长期以来对中央“一线”工作的不满，并且把派工作组这件事提到了“实行资产阶级专政”那样的高度。这些，周恩来都摆脱不掉“干系”。但毛泽东并没有把周恩来列入“资产阶级司令部”之内。

据当年参加八届十一中全会的廖汉生回忆：“一天晚上十二点，周总理在人民大会堂东大厅旁边的一个厅里召集军队各总部负责人，海、空军负责人开会，北京军区杨勇和我也出席了，我当时是八届候补中央委员，这次会是打招呼会。周总理说：‘毛主席下了决心，写了《我的一张大字报》，晚上把我叫去，交给我，让我向大会传达，后又收回去了。第二天晚上又把我找去，再把《我的一张大字报》交给我。现在毛主席已下了决心，要改组政治局常委。’打招呼会散了，周总理又向各省、市第一把手打招呼。”

和刘少奇、邓小平一样，周恩来也是到这时才明白毛泽东在《五一六通知》中所称“资产阶级代表人物”指的是什么。在这期间，周恩来变得更加沉默寡言了，他对廖汉生等两次说到“现在毛主席已下了决心”，说明他已明白这种发展趋势是难以改变的。

8月11日，中共八届十一中全会重新选举了中央政治局常委，毛泽东、林彪、周

▲八届十一中全会通过的《十六条》标志着“文化大革命”得到中央全会的正式承认（历史照片）

恩来、陶铸、陈伯达、邓小平、康生、刘少奇、朱德、李富春、陈云11人当选。但新当选常委的排列次序有了重大变化：林彪紧接毛泽东之后，一下子成为“第二号人物”；而刘少奇由原来的第二位退居第八位。在后来公开宣布党中央领导人职务时，除林彪以外，刘少奇、周恩来、朱德、陈云四人原来担任的中共中央副主席和邓小平原来担任的总书记职务都不再提起。毛泽东在全会闭幕式上说：这回组织上有些改变，是为了保证中央关于无产阶级“文化大革命”决定及全会公报的实行。“如果不开这次全会，再搞几个月，我看事情就要坏得多。”

对于68岁的周恩来来说，一场空前的政治大风暴，已经不可避免地摆在面前了！他已处在十分困难的境地。

> 江青像疯了一样，把《宋庆龄选集》扔到地上，双脚践踏，口中喋喋不休：“总理真是！……还给她题字！”

在“文化大革命”中，江青一伙始终把周恩来看作他们篡党夺权的巨大障碍。他们强烈反对周恩来的情绪，随时随地流露出来。

1966年11月12日是孙中山诞辰100周年。人民出版社为了纪念这位一代巨人的华诞，重印了1956年初版、宋庆龄题签书名的两卷本《孙中山选集》，同时出版新编选的周恩来题写书名的一卷本《宋庆龄选集》，出版社将这两部书各送“中央文革小组”

成员每人一套。11月初的一天晚上，“文革小组”在钓鱼台16楼开会，办公室趁机发书。秘书把《宋庆龄选集》放在江青面前的桌子上，她一眼看到封面上总理的字，就像疯了似的，伸手把书扔到地板上，抬起双脚践踏。她一边用劲踩，一边喋喋不休地说：“总理真是！……还给她题字！”同时大肆咒骂宋庆龄，给她乱扣许多大帽子。12日在人民大会堂举行的孙中山诞辰100周年纪念大会，江青也拒绝参加。

江青如此咬牙切齿地咒骂宋庆龄并且迁怒于周恩来，绝不是偶然的，可以说既有“积怨”，又有“新仇”。

原来，在此以前，毛泽东曾派江青探访宋庆龄，向她解释“文化大革命”。在这场浩劫中深受其害的宋庆龄心目中，江青只是一个“报复心强而又权欲熏心的女人”。这时处于鼎盛时期的江青自命不凡，目空一切，完全采取教训人的腔调，把红卫兵捧上了天。宋庆龄向她建议：“对红卫兵的行动应有所控制，不应伤害无辜。”江青的脸立刻沉下来，结果不欢而散。宋庆龄的冷漠和批评，使她不能容忍，时思报复而又受阻于周恩来的“保护名单”（周恩来8月30日开列的保护干部名单上宋庆龄排在第一位）。她对周恩来极力保护宋庆龄免遭冲击极为不满。有一次，在“中央文革小组”碰头会上，江青曾经放肆地对着周恩来叫嚣：“这个你也不让批，那个你也不让斗，你的的确确打击了群众和红卫兵的积极性。”

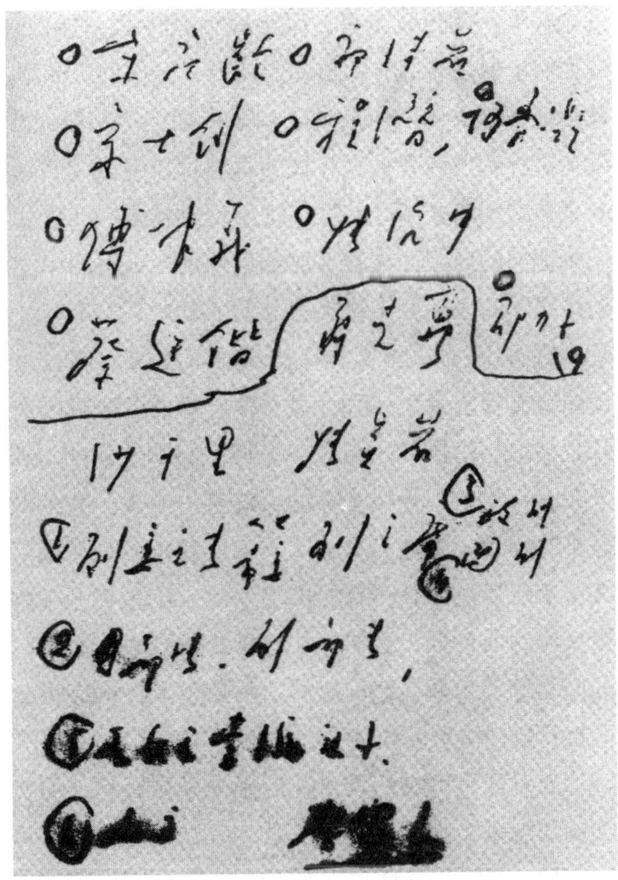

▲1966年8月30日，周恩来拟写的应予以保护干部的名单（历史资料）

在那是非颠倒、黑白混淆的年代里，周恩来殚精竭虑，努力保护他所能保护的党内外干部。他以高超巧妙的斗争艺术保护许多人过关，使他们在惊心动魄的风浪里得到安全。至于他极力保护陈毅、贺龙等老一辈革命家的事迹，更是众所周知，令人感动。他在当时环境下做了自己能够做到的一切。

> “联动”把矛头对准了“中央文革”，激怒了江青，她撕破脸皮，破口大骂。面对江青的突然袭击，从不抽烟的周恩来点燃了香烟，神色严峻。

“文化大革命”初期，周恩来支持红卫兵西城区纠察队（简称“西纠”），曾派国务院秘书长周荣鑫和纠察队联系，指导他们的活动，动员他们尽力把混乱的局势稳定下来。尽管这个组织如同其他许多群众组织一样，在人员方面难免鱼龙混杂，“西纠”及其他地区的纠察队里有人做了些不利于稳定的事，但是总的说来，“西纠”等组织在抑制混乱方面起过一定作用。最初“中央文革小组”也不反对它的活动。8月6日，最早组织纠察队的西城区和清华附中等学校的红卫兵在天桥剧场开会时，“中央文革小组”成员全都到会，江青想要拉拢他们，故意和他们套近乎，还曾把几个学校的红卫兵负责人找到一间化妆室里，诡秘地对他们说：“你们现在要注意，现在我们站在前台来支持你们，但是背后有人给你们捅刀子。你们要知道，中央内部也不一致啊。”8月31日，林彪还曾戴着“西纠”的红袖章参加毛泽东第二次接见红卫兵的活动。但当他们日益认清了林彪、江青篡党夺权的真面目，组成“联动”（即首都红卫兵联合行动委员会），起来造“中央文革”的反，张贴反对林彪、江青的大标语时，江青一伙就翻脸不认人，站到他们的对立面，残忍地把这些稚气未退的中学生打成“反革命”，把“资产阶级反动路线”的大帽子扣到这些青少年的头上，并对周恩来进行突然袭击。

12月16日，由江青一伙策动，在工人体育馆召开“北京市中学批判资产阶级反动路线誓师大会”。那天，“中央文革小组”的几个头头都去参加大会。在这次大会上，江青活像一个泼妇，竟对“小将”们撕破脸皮，破口大骂。她威吓说：“对于一小撮杀人犯、打人的、破坏革命的，这样一小撮，我们要坚决地实行专政！”她事先未向周恩来打招呼，突然当场点了国务院秘书长周荣鑫、副秘书长雍文涛和不在场的“中央文革小组”副组长王任重的名字，诬陷他们是“保守组织”的“后台”，还逼周荣鑫、雍文涛到前台低头认罪，并且指着他们的鼻子说：“我希望你们对于青年的、犯了错误的同学们，采取‘惩前毖后，治病救人’的态度；对于中年的老年的，坚决死不回头的执行资产阶级路线的人，斗倒、斗臭、斗垮！”

面对江青的突然袭击，周恩来异常震怒，但仍然尽力克制。人们看到，从来不抽烟的周恩来，伸手拿起一支香烟，默默地抽着，神色十分严峻。主持会议的同学觉察到会场上的紧张气氛和总理的愤慨。

在陈伯达讲话后，周恩来从容自若地走到台前。针对江青对“西纠”声色俱厉的指责谩骂，他关注地说：“总结这四个月的经验，成绩是主要的，新生事物在成长过程中，不可能没有毛病，没有缺点，没有错误。这是事物发展的规律。像一个新生的孩子，刚从胎里出来，毛手毛脚的，长一个疮呀，长一个疱呀，把它割去就是了，新生的力量总是要成长起来的。”这个时候，全场响起了经久不息的热烈响亮的掌声，说明了人们的意向。

江青一伙策划这次会议的背景是：这时从中学到大专院校的红卫兵中，早已兴起来势凶猛的反对中央文化革命小组的怒潮。12月5日成立的“联动”组织，把斗争矛头直指“中央文革”，贴出“‘中央文革’某些人不要太狂了！”“联动敲响了‘中央文革’的丧钟”的标语，震撼了江青一伙。12月12日，《红旗》杂志专门发表社论，提出“斗争矛头对准什么，这是大是大非问题”；13日，康生恶狠狠地说：“对反对‘中央文革’的反革命分子要实行严厉的镇压！”14日，康生再次恫吓：“对反革命分子实行镇压，这是最大的民主！”这天江青在台上这番咬牙切齿的谩骂，不过是这种恫吓伎俩的继续。实际上，对“联动”的镇压行动已经开始：“西纠”、“东纠”和海淀区纠察队都有许多人被捕。周恩来讲到那些被捕红卫兵的时候沉痛地表示，因为他们是青年，只要他们诚心悔过，交代出犯错误的原因，就应该得到宽大处理，这样也可以更好地教育我们大家。

同时，周恩来深知，江青一伙是什么伤天害理的事都能做得出来的，他唯恐这些青少年继续遭受他们的镇压摧残。周恩来出于真诚的爱护，在第二天接着召开的“誓死捍卫毛主席的革命路线、夺取新的伟大胜利誓师大会”上，为了尽早解除江青一伙镇压的借口，劝告各纠察队马上自动解散，他说：“我提议现在各个学校最好取消纠察队这个名字，我希望你们自动取消。纠察队的名字是你们自己起的，我们采取民主的方法，你们自己取消。”

> 江青终于向“联动”下了毒手，十几岁的娃娃生平第一次走进监狱。孩子们见到周恩来如同见到父母，哭喊声响成一片。

江青一伙心毒手狠，悍然下令对“联动”进行大规模的残酷镇压，他们狡猾地躲在幕后，唆使大学生来斗中学生。就在第二天，12月18日，江青、张春桥、关锋、戚本禹、姚文元、谢富治等，在人民大会堂接见首都红卫兵第一、第二、第三“司令部”和首都兵团以及一部分大专院校红卫兵代表，煽动他们镇压西城、东城的红卫兵纠察队。

本来，11月20日中共中央刚向全国批转的《北京市委重要通知》说：“任何厂矿、学校、机关或其他单位，都不许私设拘留所、私设公堂、私自抓人拷打。这样做是违犯国家的法律和党的纪律。”同时规定：“如果有人在幕前或幕后指挥这样做，必须受到国法和党纪的严厉处罚。”江青自恃特殊，完全无视这个通知，继续在“幕后指挥”，还把国务院副总理兼公安部部长谢富治找来，一起给这三个“司令部”的非法抓人的犯法行为出点子，使它转为“合法”化。江青说：“听说你们抓了很多人，我很怕你们走向反面，犯错误。抓来的人，你们可以交给公安部，让他们替你们管，告诉公安人员管好，随叫随到，发生问题由他们负责。”

提起红卫兵纠察队，江青咬牙切齿地说：“红卫兵的纠察队不管是什么样的，都要解散。”她还恶狠狠地说：“北京的这股歪风一定要镇压下去，给全国做个示范。对于那些打人多的，态度不好、年纪大一点的，可以镇压，一定要判死刑；年轻的可以死刑缓期。”关锋说：“把西城区纠察队的后台查出，严重的枪毙！”

有了尚方宝剑，三个“司令部”的“司令”立即对红卫兵纠察队——“联动”大举镇压。谢富治指挥蒯大富、聂元梓等，先后数次调动数以万计的大专院校学生，配合谢富治下令调派的警察，连续对许多中学大包围、大搜捕。最多的一次，1967年1月25日下午4时，谢富治指挥蒯、聂之流调动3万余名不明真相的群众，把“八一”学校围得铁桶一般，把这座具有光荣历史的中学砸得稀烂，逮捕32名同学。两名同情学生的教师也被当作“联动”成员投进监狱。这次大的搜捕，使得大批青年南下逃亡，引起民众关注。这些被江青所追捕的青少年都是革命后代，周恩来异常痛惜，忧心如焚。有100多名十几岁的“联动”成员，被当作“专政对象”关进北京半步桥第一监狱囚禁了3个多月。直到4月22日，才把监狱大门打开，把他们释放出来，送到人民大会堂东大厅的会议室，等候总理接见。

看到周恩来总理走进来，孩子们全站起来，像受了委屈的儿女见到了亲人，顿时哭声喊声交织一片。周恩来一边招手，一边审视着这群衣衫褴褛的“小囚犯”，眼睛也湿润了。周恩来挥手让大家坐好，先问：“董良翮在不在？”又问：“谁是孔丹？”他们都满眼热泪，默默地站起来。董良翮是国家副主席董必武的儿子，是董老严守组织纪律，老老实实交出去的（这天董良翮回到家里，董老对他说的第一句话是：“你是替我去坐牢呀！”）。孔丹的母亲许明是总理的秘书，因不堪江青的迫害凌辱含恨而死（死后江青还恶狠狠地指控她是“联动”儿子的“后台”）。周恩来对孔丹说：“你父母的情况我都了解，你不要难过，你们是党和人民一手抚育大的，你们是党和人民的孩子，受了挫折不要灰心，要继续跟着党，跟着毛主席干革命。”周恩来讲话的声音很低沉。人们看到，他那深沉的目光里饱含着对革命后代的爱怜和一种难言

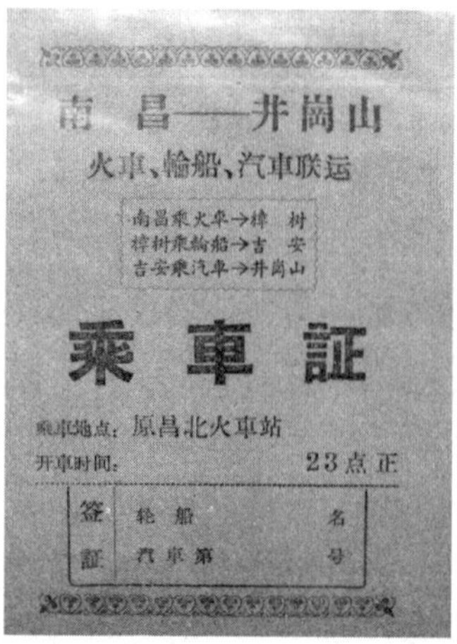

▲红卫兵大串联的凭证（历史资料）

的痛楚。

下令搜捕他们的祸首江青和陈伯达、康生及戚本禹也都在一旁坐着。这次是根据毛泽东的命令释放的。江青等人虽不甘心认输，却也无可奈何。周恩来生怕孩子们再受折磨，这时面向大家，明确地告诉他们说："你们回去后，不要搞向毛主席请罪的活动，这样不好，这也是毛主席一贯反对的，应当以实际行动跟着党干革命！"

> 江青一伙在钓鱼台"放火"，周恩来在人民大会堂"灭火"。谢富治虚情假意的关心，激怒了周恩来。

"文化大革命"期间，林彪、江青一伙鼓动不明真相的群众怀疑一切，打倒一切，到处煽风点火，制造混乱，以便为他们浑水摸鱼、篡党夺权的阴谋制造条件。周恩来为了稳定局势，维持国家机构的正常运转，保护一大批老干部过关，就处处为他们"灭火"。这一"放火"与"灭火"的斗争，一直持续到周恩来积劳成疾，因病逝世。

周恩来每次出席较大的群众集会或接见群众代表的时候，都要事先通知"中央文革小组"派人参加，可是每次他们都找借口不来，或者是故意拖延时间，让周恩来等候很久。周恩来每天工作繁重，日理万机，尤其是那个史无前例的年代，有时几乎连吃饭、睡觉的时间都挤掉了，时间对他来讲是非常宝贵的，可是江青一伙就是这样百般刁难周恩来。1966年12月24日晚上，总理要到北京体育馆参加国家体委批斗贺龙的大会。在这之前，江青、康生鼓动红卫兵到处揪斗贺龙，连他的家也被冲击了，弄得贺老总无处安身。周恩来多次出面保护，还曾把贺龙夫妇接到中南海西花厅自己的家里保护起来。这次在体育馆召开的批斗贺龙的大会，是要保护贺龙"过关"的。讲好大会是7点钟召开，可是到8点多钟，周恩来仍坐在休息室等候"中央文革"的人来，直到他们来了，才一同进入会场。

1966年12月中旬的一天，北航"红旗"一批红卫兵要冲击国防部大楼，叶剑英、陈毅等几位老帅听到这个消息都急了。11月8日，曾经发生过一起外地造反派冲击国防部大楼的事，后来被劝阻了。这次北航"红旗"又要冲击，是江青一伙人在背后煽动的。国防部是国家军机要地，万一被这伙红卫兵冲击进去，来一番打、砸、抢，后果将不堪设想。周恩来知道后非常着急，一面打电话劝告冲击国防部的红卫兵赶快退出去，又以他的名义起草一封信函，指出冲击国防部是要犯严重错误的。经过多方耐心的劝说工作，才平息了这次事件。

自从"文化大革命"开始，中央政治局常委碰头会几乎天天开，会议内容也几乎全是研究解决"中央文革"在社会上和各个单位里挑起的各种事端。当时形成了这样一个局面：江青、张春桥、康生在钓鱼台"放火"，周恩来等中央常委在人民大会堂"灭火"。

这个碰头会在刘少奇、邓小平被打倒后就由周总理主持，每次会都开得非常艰苦。当时张春桥经常列席常委碰头会。可是每当江青等人暗中鼓动群众闹事，给周恩来和老帅们出难题的时候，张春桥就转入幕后，不来参加碰头会了。

“文化大革命”期间，江青、张春桥、康生等一伙人尽力“放火”，周恩来千方百计地去“灭火”，使这伙野心家不能称心如意地实施他们篡党夺权的阴谋，因而他们对周恩来恨得要死。江青在背后多次恶狠狠地讽刺周恩来是“灭火队长”。1967年2月间，一次江青歇斯底里大发作，放肆地当面指着周恩来说：“你一贯地跟‘中央文革’分庭抗礼，长期搞一个政治局碰头会，还有国务院碰头会，把‘中央文革’里的常委拉到你那边去，你成心拆散‘中央文革’。”她还威胁周恩来说：“要知道，我们‘中央文革’不出面保你，你周总理也会被打倒的。”活脱脱一副无赖泼妇的嘴脸，充分流露出了她对周恩来的仇恨。

初期的“中央文革小组”，成员还比较齐全，被江青一伙视为“异己”的人，尚未被他们排挤和打倒。可是，随着他们的阴谋逐渐暴露，小组内部意见分歧的事就多起来了。从表面上看，“中央文革小组”好像是一致的。但当江青一伙人给周恩来的工作制造种种刁难时，就采取由自己一伙人幕后操纵的手法。1967年1月13日，周恩来针对中南海贴出打倒刘少奇的大字报一事，召集中央办公厅的同志讲话，明确指出应当

▼周恩来尽最大努力制止林彪、江青一伙挑动批斗党政军领导干部的行为。上图是1966年12月他和受他保护的陶铸（右一）、陈毅（右三）、贺龙（右四）在批斗大会上（历史照片）

保护刘少奇。这个讲话内容戚本禹是知道的，但他就没有告诉后来去看大字报的“文革小组”的其他成员。事实上，打倒刘少奇的大字报正是在戚本禹指使下贴出的。

有人做过一个不完全的统计，仅从1966年8月到12月的4个月中，周恩来参加的红卫兵大型汇报会、座谈会在40次以上（未计入无数小型的汇报和个别的约见）；从1966年7月到1967年1月的半年多时间内，周恩来亲自接见红卫兵、处理由红卫兵引发的突然事端及起草有关红卫兵的各种文件达230次之多。毛泽东1966年8月18日到11月26日，在天安门8次接见来自全国各地的红卫兵和群众组织的代表，总共约1100万人。每次接见，从始至终，都是由周恩来亲自安排。从毛泽东的安全保卫、行车路线，直至红卫兵的食宿、军训等细微琐事都由周恩来亲自过问。就是这样，江青一伙人还要“横挑鼻子竖挑眼”地处处刁难，给周恩来的正常工作设置许多意想不到的障碍。

1966年10月18日，毛泽东第四次接见红卫兵之前，突然发生了蒯大富为首的“三司”带头闹事的“口号事件”。事情的起因是组织这次接见的大会指挥部拟好的一份标语口号，因其中一些口号太长，中央宣传部负责处理此事的同志怕群众呼口号不便，因而删去了一些，由此就引发了这次闹事。蒯大富的“三司”串联北航“红旗”，数万学生上街游行，冲到天安门，高呼要揪出“篡改”口号的“黑手”，高呼“打倒刘少奇”的口号，形势十分严峻。周恩来为了平息这次事件，18日凌晨在人民大会堂召集会议，商讨处理办法，并指出决不能因闹事干扰当天毛泽东的接见活动。因为周恩来一夜未休息，加上精神极度紧张，神情显得很疲惫。会议开始后，他正要讲话，突然谢富治带着一种明似关心、实则幸灾乐祸的阴暗心理，阴阳怪气地对周恩来说：“总理可要爱护身体呀，你又一夜没睡觉了吧，这样可不行呵……”谢富治的话还没有讲完，周恩来带着无法抑制的愤怒，双眼紧盯着谢富治，斥责他：“你这是什么意思，故意刺激人的感情……”当时与会的人都吃惊了，他们还从来没有见过周总理发这么大的脾气。谢富治当时面红耳赤，无言以对，不敢抬头。周恩来对谢富治发火不是偶然的，他早已洞悉了谢富治的心态。谢富治明明知道正是林彪、江青迫使周恩来和老帅们没有片刻安宁，将他们折磨得身心交瘁，却假惺惺地表示“关心”，正是这种虚情假意的“关怀”，激发了周恩来长期压抑着的愤慨。

“文化大革命”初期，江青、陈伯达就攻击周恩来“和稀泥”、“搞调和”、“折中主义”。1966年10月31日，姚文元在纪念鲁迅逝世30周年大会上讲话时，指桑骂槐地影射攻击周恩来是“那些貌似‘公正’而实际上站在旧势力一边的‘正人君子’们”，叫嚣要“撕掉那些新式的‘正人君子’们折中主义的假面具”。在江青、康生、陈伯达的授意下，由王力、关锋执笔的《红旗》杂志社论《纪念我们的文化革命先驱鲁迅》中，更露骨地指责：“在你死我活的阶级斗争中，搞折中主义，实际上就是站到敌人一边。”

周恩来在充满传奇色彩的一生中，经历了许多惊涛骇浪和极为复杂惊险的政治斗争，都没有像“十年浩劫”中他所面临的这样艰难、这样复杂。当这场风暴铺天盖地席卷而来的时候，周恩来力挽狂澜，鞠躬尽瘁，委曲求全，苦撑危局，始终坚守岗位，顽强搏斗。他以高超的斗争艺术，和林彪、江青一伙周旋，力排干扰，消除动乱，竭力想把党和国家从危难和困境中解脱出来。

> 江青一伙妄想利用“伍豪事件”摆平周恩来，知情的康生此刻却装聋作哑，一声不吭。

在“文化大革命”的年月中，那些阴谋家、野心家们得出的一条重要“革命”经验是：一个人如因建国后17年内或在“文化大革命”中犯了“资产阶级路线错误”而被打倒，往往是“打”而不“倒”或“倒”而不“死”；但如果这个人因有“历史问题”而被定为“特务”、“叛徒”，那将被彻底打倒，永世不得翻身。这正是江青一伙在“文化大革命”中打、杀、迫害老干部，实现篡党夺权阴谋的一大伎俩。在康生、江青等人的授意下，从1966年9月起，各地成立了一些“揪叛徒”组织，这些组织去查找一些国民党统治时期的旧报纸，从中找“叛徒”；他们还批准这些组织以“中央特许”和“中央专案组”的名义到各地任意抄家、抓人、审讯和查阅机密档案。他们或把历史上早有正确结论的事件重提出来，把水搅浑，或无中生有，随意栽赃，制造了大批冤假错案。刘少奇、薄一波、安子文、陶铸、刘澜涛等一大批党和国家领导人就是被他们用这种卑劣手段打成“叛徒”、“特务”的。

在这场“揪叛徒”的狂潮中，周恩来也没能幸免，江青把“叛徒”的套索甩向了周恩来。

1967年春，天津南开大学的红卫兵组织在查阅1932年的上海旧报纸时，发现一则《伍豪等脱离共产党启事》。《启事》原文称：“敝人等深信中国共产党目前所取之手段，所谓发展红军牵制现政府者，无异消杀中国抗日之力量，其结果必为日本之傀儡，而陷中国民族于万劫不回之境地，有违本人从事革命之初衷”，“敝人本良心之觉悟，特此退出国际指导之中国共产党”。《启事》的落款是“伍豪等二百四十三人”。当造反派头子知道伍豪是周恩来的别名后，于5月12日将这一启事的抄件送与江青。本来，这是30多年前由国民党反动派和党的叛徒顾顺章合谋伪造诬蔑我党和周恩来的事件，在党的历史上早已作了澄清。1943年在延安整风会和中央工作会议上，周恩来都作过汇报。但是，江青却如获至宝，认为这是打倒周恩来的“绝好材料”。在与“中央文革”一伙密谋一番后，江青采取突然袭击手段，于5月17日给林彪、周恩来、康生三人写了一封信，信中阴险地说：“他们查到一个反共启事，为首的是伍豪（周××），要求同我面谈。”同时，随信附上红卫兵交来的“材料”。

江青此举，实际上是逼周恩来作出交代的通牒，是从背后刺向周恩来的暗箭。这些，从康生的一些举动中也可得到印证。当时作为中央特科负责人之一的康生，对国民党伪造这个启事的前前后后是一清二楚的。1962年10月31日和1963年12月27日，康生在两个提到所谓“伍豪脱党启事”的材料上写过：“这完全是造谣诬蔑……实际上，当时周恩来同志早已到苏区去了，根本不存在这样的事”，“当时在上海的同志都知道这件事”。然而，此时此刻，当江青欲以这一事件置周恩来于死地时，康生却装聋作哑，一声不吭！

对江青的居心叵测，周恩来断然予以反驳。然而，周恩来知道，对江青一伙，仅仅进行反驳是不起作用的，江青、康生一伙一手造成的“六十一人叛徒集团”冤案就是前车之鉴。

试想一下，薄一波等人“自首”出狱这样一件中央知道并且在党的两次代表大会上作过结论的事，在那人妖颠倒的年代转眼间就被定性为“叛徒集团”。那么，谁又能保证“伍豪等脱党启事”不会演绎成第二个“叛徒集团”？也许，江青一伙正是基于诬陷“六十一人叛徒集团”的“大获全胜”，才敢明目张胆地以“伍豪启事”来诬陷周恩来。更为要紧的是，周恩来想到，如果他在这个时候被打倒，并不单是他个人的事，而是关系到党和国家的事。他深知在当时的情况下，自己负有一种别人无法替代的责任与使命。陶铸被打倒了，几位老帅和几位副总理也因“二月逆流”靠边站了，唯有他能争得毛泽东的支持，和党内的正义力量一起，与林彪、江青两个集团相抗衡。而一旦他被打倒，林、江两个集团将更加肆无忌惮，党和国家的前途与安危将不堪设想。此时此刻、此情此景，周恩来又怎能不慎而又慎、防而又防？

所以在5月19日，接到江青信后的第三天，周恩来断然放下手头各事，亲自调阅了1932年上海各种旧报，并给毛泽东写了一封信。

主席：

连日因忙于四川和内蒙问题，并同内蒙军区请愿战士分批谈话，直到今天才抽出一天工夫翻阅上海各报。江青同志也于昨日转来各件。现在弄清楚了所谓“伍豪等启事”，就是1932年2月18日的伪造启事，它是先在《新闻报》2月18日登出的，登后同天，上海临时中央方面就向申报馆设法联系，结果，《申报》20日、21日登出伪造的启事，22日登了广告处给伍豪先生另一广告启事的拒登回答。大概这是当时所能做到的公开否认伪造启事的办法。我在记忆中，有通过申报馆设法否认的处置，但结果不明。16日午间已向主席这样说了。不过我原来将伪造的伍豪启事记在通缉杀人凶犯周恩来、赵容（即康生）之前，现在证明我记错了。查遍1931年顾顺章、向忠发相继叛变后的上海各报，并无另一个所谓伍豪启事，而红卫兵也未发现另一启事，可见在我的记忆中的伪造启事和通过申报馆设法的处置，均在我到江西之后发生的，所以，我只能从电报和来信中知道，也就不全了然了。

现在，把四中全会后与此有关的编为大事记送阅，同时，送上报道最详的上海《时报》1931年11月12日合订本一册，《申报》1932年1月2日合订本两册，请翻阅。

此事需否专写一报告，待主席、林彪、康生、江青各同志传阅送上各件后，请再约谈一次，好作定夺。

周恩来

5月19日夜

毛泽东看了周恩来送去的信和材料后批示："送林彪同志阅后，交'文革小组'各同志阅，存。"显然，毛泽东没有搭理江青的企图。1967年底，北京有一学生给毛泽东写信，重提"伍豪等脱党启事"，毛泽东于1968年1月16日批示："此事早已弄清，是国民党造谣诬蔑。"周恩来先后将载有伪造启事的报纸和他给毛泽东的信及毛泽东对此事的批示拍照存档。1968年1月，他又给江青写了一封信，告知她将有关材料存档的事，并说："此事在1931年、1932年，凡熟悉上海政情和共运的，均知其伪造，我在1943年延安整风、下半年开的中央会上已原原本本谈过，今年有暇，我当在小碰头会上再谈此事，并予录音，记入中央档案。"

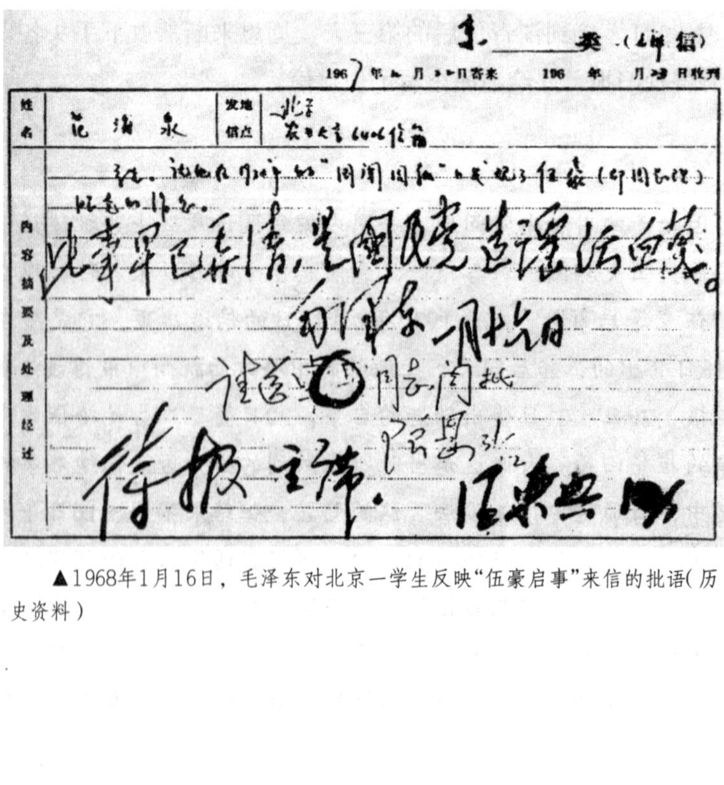
此事早已弄清，是国民党造谣诬蔑。
毛泽东 一月十六日

▲1968年1月16日，毛泽东对北京一学生反映"伍豪启事"来信的批语（历史资料）

> 江青“舞剑”，意在“周公”。她突然对周恩来发难，无故赶走总理卫士长成元功。

由于毛泽东的直接表态，江青一伙企图以“叛徒”罪名打倒周恩来的阴谋不得不有所收敛。

然而，在“伍豪启事”这件事上，江青压根就没死心，而是把它作为一颗不定时的“定时炸弹”攥在手中，并一次又一次地紧拧“发条”。

1967年8月，江青一伙公开叫嚣：“现在是新文革与旧政府的斗争，要打倒以国务院为首的第三个司令部。”

1967年10月，江青在钓鱼台住地同吴法宪等人谈话时说：“我这里什么人的材料都有……这一口袋是周总理的材料。”

1968年初，江青、张春桥把持下的上海市革委会的《抓叛徒》简报中，还列入了“伍豪启事”一条。

1968年5月，上海档案馆的造反派头头刘和德受命将诬陷周恩来的材料密封起来，托吴法宪转交江青。

1968年7月，在江青一伙的指使下，两个行动诡秘的人到绍兴、上海、南京、淮安等地，搜集陷害周恩来的黑材料，被群众扭送到公安机关。

1969年5月，九大结束后，当上了政治局委员的江青得意扬扬，把黄永胜、李作鹏、邱会作、张春桥、姚文元等新入选的政治局委员召到自己的住处“吹风”：“周总理，行政领导、组织才能有一些，但他掌握大方向、大原则不行，不会挂帅。‘文化大革命’，单独搞一个中央常委碰头会，不支持‘中央文革’，常委碰头会垮了，才来依靠‘中央文革’解决问题。”说到此，江青神秘兮兮地拍拍自己的中山装下衣兜：“嘻嘻，总理还有不少材料掌握在我的手里。”

显然，江青是在等待时机，可她又是一个“一触即跳”的人，耐性有限，时间一久，“倒周”祸心难免要露。1968年3月，江青以“项庄舞剑”之法，突然对周恩来发难，硬把跟随周恩来多年的卫士长成元功同志诬为“特务”、“叛徒”。

这天下午4时，周恩来在人民大会堂接见厅主持召开讨论解决东北问题和宋任穷同志出来工作问题的会议。作为总理的卫士长兼中办警卫局警卫处副处长的成元功负责这次会议的现场警卫工作。3点半左右，江青的警卫员孙占龙来电话告诉成元功，说江青刚起床，要成元功在大会堂准备点吃的，先吃饭后开会。成元功依照吩咐，找有关同志准备好江青所要吃的，放在会议厅旁边的小山东厅里，并把此事报告了在场的中央办公厅主任兼警卫局局长汪东兴。时针指向4时，来参加会议的有关人员都到了，就等江青一人。成元功和汪东兴一起站在会议厅的门外迎候江青。4点15分，江青来了。汪东兴给她行了个军礼，成元功对江青说："江青同志，会议在这个厅举行，你的饭准备在小山东厅，要不要先吃点东西？"江青斜了成元功一眼，一字没说进了会议厅，径直走向周恩来，以质问的口气说："你们在开什么会？为什么叫成元功站在门口不让我进来？"

周恩来连忙作了解释。但江青不听，当着与会者与周恩来大吵大闹。会议开不成了，周恩来只好宣布休会，并同江青、杨成武、汪东兴、李作鹏等人来到小山东厅。江青无理取闹，硬说是周恩来安排成元功在门口挡着不让她参加会议，是背着她在搞什么活动。

一向善于克制的周恩来此时也压抑不住心头的怒火："东兴同志，你去把成元功叫来，当面说个清楚。我是个老同志，你应该相信我们这些老同志。根本没有的事。"待成元功进来后，周恩来愤然道："你们查对吧，我不参加。"

周恩来出去后，汪东兴要成元功把情况说一下。成元功把江青警卫员来电话说的原原本本陈述了一遍。江青一拍桌子："胡说，去把我的警卫员叫来。"

汪东兴把孙占龙叫进小山东厅，孙占龙说："是我打电话叫成元功准备饭的。"

江青更加恼羞成怒，拍桌子跳脚撒泼："你们都给我滚出去，不要你们在这里工作。"

几天后的一个深夜，江青把周恩来、汪东兴叫到钓鱼台，让秘书们也参加谈话。江青说："成元功在历史上就是个坏人。"周恩来说："不会的。成元功14岁参加革命，从小在我们身边长大的。"江青又武断地说："那至少也是变了质的坏分子。"就这样，由于江青的无理取闹，成元功被迫离开周恩来，进了"五七"干校。

> 国务院副秘书长被迫害致死，总理值班室被撤销，秘书隐姓改名，全是江青的"得意之作"。周恩来表面平静，内心却汹涌如潮。

林彪、江青等人直接找周恩来的岔子找不着，就绕道整周恩来，其手段之一是先整在周恩来身边工作的人。许明被迫自杀事件就是例证。

许明是个有才华有能力的女同志，任国务院副秘书长，分管文教工作。她在延安社会部工作时就受过表扬。"文化大革命"前，江青曾任中宣部电影处处长，审查电影时要许明去参加。在批判电影《武训传》以及讨论其他影片时，许明同江青有不同的看法，江青又怀疑许明在周恩来面前讲她的坏话，所以一直怀恨在心。

"文化大革命"开始后，中央政治局的许多权力逐步被"中央文革小组"侵占。毛泽东要周恩来主持中央政治局和“文革小组”“碰头会”，讨论并决定“文化大革命”和党、政、军的许多重大问题。那时刘少奇、邓小平、陶铸相继被打倒，政治局委员参加碰头会的只有周恩来与叶帅、徐帅和李先念。有时林彪也来参加，他一来就贯彻他那套极左的方针。因会前、会中和会后都有许多具体事务要做，周恩来就要周荣鑫和童小鹏在会上协助汪东兴工作。

有一次开碰头会前，童小鹏碰到江青，她板着一副凶恶的面孔问童小鹏：“许明是彭真安插在总理身边的‘钉子’。你知不知道？”童小鹏如实回答：“我不知道。”童小鹏还说：“许明调到总理办公室的事情我是知道的。她原来在中央社会部工作，进城后在海关总署当办公室主任。她是由中央组织部按正常的调动程序调入总理办公室的。她分工管文教，与彭真没有直接往来。当然，彭真是中央书记处书记，有时开会，总理派许明去旁听，许明回来要向总理汇报。这是正常的工作关系，我看不出是彭真安的‘钉子’。”

因为话不投机，江青很不高兴，气呼呼地走了。

江青一伙罗织许明的“罪证”，说许明是彭真安插在周恩来身边的“钉子”，实际上是想把彭真与周恩来联系起来，因为彭真当时是中央点名的“反党集团”首要分子，其用心十分险恶。

红卫兵联络总站成立后，周恩来让许明到西安门国务院接待站去负责搞接待工作。陈伯达、戚本禹经常到接待站来，向红卫兵宣传他们那一套。当时在红卫兵中流传这样一首打油诗：“老子英雄儿好汉，老子反动儿混蛋。龙生龙、凤生凤、老鼠生儿会打洞。”戚本禹听了很高兴，但许多红卫兵听了不同意，说是“唯成分论”，两派的红卫兵因此在接待站展开辩论。戚本禹就将打油诗进行改动，并告诉许明是陈伯达改的。当红卫兵质问为何改动打油诗时，许明告诉他们是陈伯达改的。这下许明闯了大祸，陈伯达知道后十分不满，以陈伯达到接待站、许明不热情接待为由，向江青告了许明一状，江青又将此事告到毛泽东那儿，毛泽东指示周恩来：此人（指许明）不适合做接待工作。

许明知道主席指示后，心里害怕极了。加上当时她的丈夫孔原在调查部被揪斗，被监视、关押，儿子孔丹因参加“西纠”，被打成保皇派，也被抓走，家中的老母亲亦被红卫兵抓去，一个家被搞得支离破碎。许明精神压力本来就很大，被江青状告后，思想负担更重，终于被迫选择了自杀道路。临死前她留下遗书：我是无罪的，孔原与两个儿子是无罪的。

这样一个有能力有才华的妇女干部，没有死在战争年代的枪林弹雨之中，却在极左路线的迫害下悲惨地死去。

“文化大革命”之前，因有人向毛主席反映周恩来秘书太多，毛主席就讲了一句“不要什么事都靠秘书”。周恩来知道后就撤销了总理办公室，改称总理值班室，只剩下两个秘书、三个干事。"文化大革命"一来，周恩来更忙了，中央机关和地方的"造反派"常用保密机直接给总理值班室打电话。周恩来与外界联系的电话一天到晚不断，中南海总机人员建议：你们的电话太多，很难打进来，是否可以换一个号码。周恩来听后不同意，他生气地说："现在人民群众只有通过这架电话才能找到我，换了号码，他们怎么与我联系？"因此，直至"文化大革命"结束，这架机子的号码也没有换。周恩来的日程表每天都安排得满满的。他逝世后，秘书整理27本台历交给党中央，那27本台历上密密麻麻地记录了周恩来的日程安排，几乎没有什么时间是属于他自己的。中央领导看后都掉下眼泪。

江青等人还想着法儿累垮周恩来，最后搞得周恩来不得不把总理值班室也撤了，只留下一个秘书。

总理值班室是怎样被撤销的呢？

那是在全国各地纷纷成立革命委员会的时候。当时，凡是省革委会成立之前，要先开会，由"中央文革"、中央军委联合召开，会议代表有当地党政、军队方面代表、造反派几派的代表。开完会后，由"中央文革"办事组起草一个会议记录，送到毛泽东、林彪、周恩来、康生、陈伯达、江青那里传阅，尔后，再由中央形成文件。

有一次，四川、云南成立革委会的会议汇报记录先送毛泽东、林彪看过后，送到总理值班室，周恩来签阅后顺手将这份文件放在两份文件中间，用曲别针别住，放进他办公时常用的皮夹子里。"中办"来催文件时，秘书周家鼎怎么也找不到这份文件，一天多过去了，也没有及时向周恩来汇报。因为周家鼎认为文件的收发是秘书的职责，没有必要惊动周恩来，他更没想到这份材料会放在周恩来的皮夹子里。后来，文件找到了。周家鼎赶紧把文件送还"中办"。没想到这件事惹恼了江青，她大骂总理值班室的秘书是干什么的，眼中根本没有"中央文革"，看不起自己，等等。江青将这份材料送到毛泽东、林彪那里，林彪别有用心地在材料上写了一大段话，大意是要尊重"中央文革"的意见，不能拖延时间等。这份文件又一次转回总理值班室。周家鼎一看给总理捅了一个娄子，心情很紧张，也很沉重。周恩来忙了一天，半夜回到办公室，周家鼎把文件拿给他看，并说："总理，我们犯了大错误了。"周恩来看了文件后，没有吭气，到了天亮才对周家鼎讲了一句话：家鼎呵，你们顶不住，告诉我，我写几句话，由我来负责。周恩来的意思是：当时找不到文件，可以报告他，由他出面去向"中央文革小组"解释。

事情并没有了结。江青等人抓住这件事情，在钓鱼台17楼几次与周恩来胡搅蛮缠，说总理值班室的秘书眼中没有"中央文革"，要解散等。此后不久，在一次国务院办公会上，周恩来宣布，值班室撤销，周家鼎等人都下去锻炼，只留下钱嘉东。周家鼎走前向他辞行。周恩来对他做了三条指示：一、到最基层去；二、不担任任何领导工作；三、改个名字。当时，周家鼎不理解为什么要让他改名，就说：总理，为什么要改名字呢？

"四清"时不是有人改名受批评了吗？周恩来不吭气。这时，邓大姐穿着一件睡衣走过来说：叫你改你就改嘛！你就叫"贾汀"吧。周家鼎后来才知道，周恩来考虑周家鼎已得罪了江青，怕江青找他的麻烦，还是躲着她点；再一个考虑就是避免别人说总理又把自己人派到什么地方去了。谈话后，周家鼎就改名贾汀，到二七机车厂去蹲了几年。周恩来真是煞费苦心来保护身边的同志啊！

总理值班室撤销后不久，周恩来在接见阿尔巴尼亚的外宾时说：我现在只有两个秘书。每天24小时，一个得工作12个小时。我不能不让他们休息。晚上我让他们走，有些事情我自己写，自己办。

> 周恩来在陈毅的追悼会上敏锐地捕捉到了毛泽东对邓小平有利的评价，极力促成邓小平复出。

当举国上下为庆祝粉碎林彪集团的胜利而纵情欢呼时，历史却不容周恩来有太多的乐观和轻松。在某种意义上，他似乎显得更加忧虑重重。

跑了一个拿枪杆子的，还有一群要笔杆子的，中国的政治舞台上，依然乌云重重。

林彪集团的覆亡，使中国的权力核心一下子出现了好多空白。林彪、黄永胜、吴法宪、邱会作、李作鹏，都分别从党中央副主席、军委副主席、总参谋长、空军司令、海军司令等这些权力显赫的位置上永远地消失了。那群要笔杆子的——江青一伙早已在一旁虎视眈眈。一旦权力落入他们手中，中国的前途和命运将难以设想。

然而，林彪集团毕竟是"文化大革命"极左政治孕育出来的历史"怪胎"。它的覆亡，客观上为周恩来扶正中华民族这条历史巨轮的航向提供了极为有利的历史契机。

恰恰在这时，毛泽东把主持中央日常工作的大权交给了周恩来。

周恩来利用这一条件，在致力于纠正和清除各个领域"左"的错误和流毒的同时，首要的一条就是解放在"文化大革命"中被打倒的一大批党、政、军老干部。这一"解放"的实质就是把在"文化大革命"中被林彪集团所篡夺的党和国家一大部分权力收回到党内正义力量手中，而不致使其落入江青集团之手。

1971年10月上旬，周恩来提议撤销原为林彪集团所操纵的"军委办事组"，设立"军委办公会议"，由叶剑英主持中央军委日常工作。毛泽东同意了周恩来的建议。

10月4日，毛泽东在同军委办公会议成员谈话时说："凡讨论重大问题，要请总理参加。"关键时刻，毛泽东表达了对周恩来充分的信任。

接下来，一个更为关键性人物的身影日夜徘徊在周恩来脑海之中。这就是"文化大革命"一开始就作为"党内第二号走资派"被"打倒"，而后又被林彪的"一号命令"赶出中南海到江西新建拖拉机厂进行"劳动监护"的邓小平。

然而，邓小平不同于一般“靠边站”的老干部。“揪出了以刘少奇、邓小平为代表的党内一小撮走资本主义道路的当权派”，一直被当作“文化大革命”的“胜利”加以宣传。要“解放”邓小平，客观上就意味着对“文化大革命”的否定。而要否定“文化大革命”，在当时是毛泽东所不可能允许的。

因此，让邓小平出来工作，在当时的历史环境下确实是一个极为敏感的问题。必须寻找恰当的时机，使其“水到渠成”。

不过，周恩来也清楚：从林彪灭亡后毛泽东的一些谈话看，邓小平出来工作的时机不会太远了。

11月14日，毛泽东在接见成都地区座谈会的代表时，指着叶剑英对代表们说：你们不要讲他“二月逆流”了。“二月逆流”是什么性质？是他们对付林彪、陈伯达、王力、关锋、戚本禹的。

这表明，经历了林彪事件后的毛泽东对过去被打倒的一些老干部的看法已开始出现了变化。

1972年1月6日，久经考验的无产阶级革命家，在“文化大革命”中被林彪、江青一伙攻击、陷害的陈毅元帅在北京溘然长逝。1月10日下午陈毅的追悼会即将开始之际，毛泽东突然对身边工作人员说：“调车，我要去参加陈毅同志的追悼会。”

周恩来接到毛泽东要参加追悼会的电话后，立即意识到毛泽东此举的意义重大，因为这无形中就把追悼会提高到最高规格。这不仅对正在台上倒行逆施的江青一伙是一个打击，而且使一大批尚未得到“解放”的老干部从中看到了希望，受到了鼓舞。无疑，对周恩来正在考虑的如何尽快“解放”干部也是极为有利的。

周恩来激动地以最快的速度要通了中央办公厅的电话：“我是周恩来，请马上通知在京政治局委员、候补委员，务必出席陈毅同志追悼会，通知宋庆龄副主席的秘书，通知人大、政协、国防委员会，凡是提出去参加陈毅同志追悼会的，都可以去参加。”

追悼会上，里穿睡袍、外罩大衣的毛泽东动情地拉住陈毅夫人张茜的手，不仅高度评价“陈毅同志是一个好同志，是立了功劳的”，而且还提到邓小平，说邓小平的性质是属于人民内部矛盾。

把“中国第二号最大的走资派”说成是人民内部矛盾，是毛泽东在邓小平出来工作问题上发出的一个重要“信号”。

周恩来在一片低沉的哀乐声中敏锐地捕捉到了这个他期待已久的信号。他当场暗示陈毅的子女，将毛泽东的话传出去，为邓小平尽早“复出”先造舆论。

同时，周恩来自己也利用各种场合，将毛泽东对邓小平的看法传出去。1月下旬，周恩来在人民大会堂接见外地会议代表时，当着江青等人的面指出，不能把邓小平的问题搞成敌我矛盾。他说：在揭批林彪集团的过程中，一定不能混淆两类不同性质的矛盾。林彪这伙人就是要把邓小平搞成敌我矛盾，这是不符合主席意思的。

在一旁的江青脸上火辣辣的。

> 江青一伙对邓小平的将要复出极为恐慌。经过周恩来的百般努力，历史终于洞开了邓小平复出的大门。

1971年11月5日，邓小平在新建拖拉机厂全厂职工大会上默默地听完了林彪事件的传达后，兴奋地说："林彪不死，天理难容。"随后，他立即给毛泽东写了一封信，揭批林彪、陈伯达等人的罪行，同时也表示："我觉得自己身体还好，虽然已68岁了，还可以做一些技术性的工作，例如调查研究工作，还可以为党为人民做七八年的工作。"

1972年8月4日，邓小平的信通过中央办公厅主任汪东兴转到了毛泽东的手上。8月14日，毛泽东对邓小平的信作了如下批示：

邓小平"在中央苏区是挨整的，即邓、毛、谢、古四个罪人之一，是所谓毛派的头子。他没有历史问题，即没有投降过敌人。他协助刘伯承打仗是得力的，有战功。除此以外，进城以后也不是一件好事都没有做的。""这些事我过去讲过多次，现在再说一遍。"

周恩来看到毛泽东的批示后，甚为激动。没有人能比周恩来更清楚更准确地把握这一批示的实质了。批示的实质在于毛泽东对邓小平的肯定，在于毛泽东为邓小平的复出再次发出了一枚绿意浓浓的"信号"。

周恩来当即指示中央办公厅：将毛泽东的批示连同邓小平的信印制若干份，分送政治局委员传阅。8月15日，他又亲自主持政治局会议，传达了毛泽东的批示。

与此同时，周恩来又以中央的名义通知江西省委，宣布对邓小平立即解除监督劳动，恢复党组织生活，搞一些参观访问调查研究形式的活动，并指示将原来的公务员、秘书调回邓小平的身边。

江青一伙对邓小平的将要复出极为恐慌，百般阻挠。就在周恩来批判极左、为邓小平等一大批干部早日出来而积极工作时，江青一伙却把周恩来此间的言行诬为"修正主义的回潮"、"右倾回潮"。为此，邓小平的复出延误了好几个月。

也就在这段时间，周恩来的小便出现了不正常的红血球。早期膀胱癌的诊断以及自己对身体的感觉，使周恩来意识到自己来日无多。而当时毛泽东的身体状况也令人忧虑。在1月，毛泽东因心肌梗塞突然休克，令周恩来大惊一场。邓小平的复出随着越来越现实的谁来接班的问题而益发显得急迫了。

1972年12月17日晚，周恩来来到毛泽东处。谈到老干部的问题时，毛泽东谈到了远放在桂林的谭震林，说："谭震林虽有一时错误，但还是个好同志，应该让他回来。"谭震林曾因对林彪、江青一伙不满，于1967年2月和陈毅、李先念等老一辈革

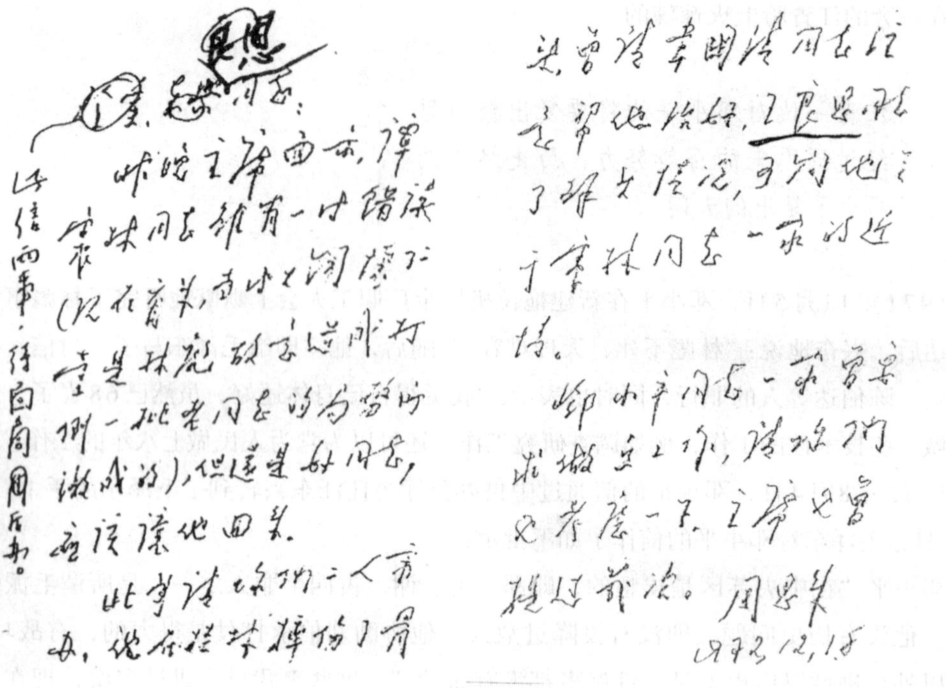

恩

纪、东兴同志：

昨晚主席面示，谭震林同志虽有一时错误（现在看来，当时大闹怀仁堂是林彪故意造成的，否则一批老同志均为所打倒的），但还是好同志，应该让他回来。

此事请你们二人办，他在桂林[illegible]，最好[illegible]同志[illegible]帮他治好，王良恩[illegible]了解其情况，可问他[illegible]林同志一家的近情。

邓小平同志一家曾要求做点工作，请你们也考虑一下，主席也曾提过几次。周恩来

1972，12，18

此信两事，待面商周后办。十二月十八

▲1972年12月18日，周恩来关于让谭震林回来治病等问题给纪登奎、汪东兴的信（历史资料）

命家“大闹怀仁堂”，被林彪、江青诬为“二月逆流的黑干将”。

次日，周恩来致信纪登奎、汪东兴，要他们具体承办让谭震林回来一事，同时也趁机提出：邓小平曾要求做点工作，请你们也考虑一下，主席也曾提过几次。随后，周恩来又找纪登奎、汪东兴二人面谈邓小平复出之事。

12月27日，纪登奎、汪东兴根据周恩来的指示，写出了恢复邓小平副总理职务的建议信报周恩来。周恩来请示毛泽东，得到了毛泽东的同意。

历史终于洞开了邓小平复出的大门。1973年2月，中共中央正式通知邓小平一家回北京。周恩来亲自找汪东兴，要他安排好邓小平一家回京后的住所。

3月上旬，周恩来连续主持几次政治局会议，讨论中共中央关于邓小平复职问题的决定稿。会上，经过两种力量的激烈交锋，终于在3月10日通过了这一决定。会后，周恩来立即写报告向毛泽东汇报了这些天来政治局会议讨论恢复邓小平的党组织生活及国务院副总理的情况，同时提出：由中共中央正式作出一个决定发至全国各基层党组织，将邓小平出来工作的事通报全党及党外群众。毛泽东在周恩来的报告上批示：同意。

3月10日，中共中央正式向全党发出《关于恢复邓小平同志党的组织生活和国务院副总理职务的决定》。

4月12日晚，周恩来在人民大会堂举行盛大招待会，宴请柬埔寨国家元首诺罗

敦・西哈努克亲王。这次招待会，邀请了众多的中外记者。周恩来特意让邓小平出席这次招待会。这是在政坛沉寂了六年之久后，邓小平第一次以国务院副总理的身份公开露面。招待会结束后，世界各国记者都匆匆奔向电报大楼，向全世界传播一条重大新闻：邓小平复出。

至此，周恩来也稍稍舒了口长气。当年，当邓小平一家将启程赴江西时，周恩来亲自拨通了江西省革委会核心领导小组办公室的电话，指出：毛主席说过，邓小平的问题和别人不同，他下去是到农村锻炼，不能当全劳力，要有人照顾他们。同时，周恩来还否定了江西省革委会负责人准备把邓小平一家安置到交通不便、生活条件差的赣南山区的意见，建议应选择南昌市郊为宜，所住房子也应最好是独门独院的两层楼房，既能出来在院子散步，又要能保证安全。周恩来的这种特殊安排，是否意味着他当时就预料到邓小平必将重返政治舞台，我们今天不得而知，但周恩来的安排无疑是在危急之中将被林彪推向急流险滩的邓小平拉向了一个避风的小港湾，为邓小平政治生涯的再度“起航”给予了希望和保证。

> 毛泽东说：“现在，请了一个军师，叫邓小平，发个通知，当政治局委员，军委委员。”“四人帮”听后目瞪口呆。

曾参加过4月12日盛大招待会的匈牙利记者巴拉奇・代内什在她后来所著的《邓小平》一书中，对当时同一大厅内的权力对峙场面作了这样的描述：

> 眼前的景象是：这边站着“文化大革命”的一些英雄，他们不久前剥夺了他（指邓）的一切权力；那边是政治牺牲者，但他现在又站在权力的大厅里，是副总理之一。此时此刻，他们能互相猜度些什么呢？

这位匈牙利记者的洞察力是深刻的。这里，我们无需去揣测当时双方各自丰富的心理活动，只是有一点是无疑的：江青一伙将邓小平的复出视为眼中钉、肉中刺。在江青那两块阴森森的镜片后面，露出的是一股“别高兴得太早，走着瞧”的凶光。

一个月之后，中共中央在北京召开中央工作会议，讨论召开中国共产党第十次全国代表大会的有关事宜。无疑，这对于刚刚复出的邓小平步入中央核心领导层又是一个机会。

周恩来向毛泽东建议：为了让邓小平更好地开展工作，是否可以考虑让他重返政治局。因为当时的副总理除邓小平外都是政治局委员。

江青一伙闻知后，又恨又怕。他们四处活动，极力阻挠邓小平进入政治局。江青、张春桥、王洪文、姚文元聚集到钓鱼台康生处，密谋策划。江青说："邓小平要进了政治局，今后还有我们的发言权吗？"

康生在一旁谋划说："邓小平进政治局，我是不同意的，群众是有意见的。这个情况你们搞个材料向主席报告嘛！"

有了康生的支持，江青有些肆无忌惮："我要当面向主席提抗议。问问他'文化大革命'还算不算数了？走资派还要不要批判？"

张春桥不愧为"军师"："康老，我记得1967年4月份你在军委会议上有个讲话，是专门批判邓小平的，讲得非常全面、深刻。"

王洪文说："对，应该把康老的讲话找出来让群众学一学，现在许多人连邓小平犯的什么错误都记不清了。"

康生说："其实，不用我的讲话，也能挡住邓小平，在全会的时候，告诉委员们别投邓小平的票就是了。"

江青一伙在幕后千方百计把他们在上海的死党和帮凶大量塞进中央委员会，以增加他们在中央委员中的比重。

8月，中共十大在北京召开。在十届一中全会上，邓小平仅仅进入了中央委员会。

江青、张春桥、王洪文、姚文元都踏进了中央政治局，由此，他们在政治局中结成了"四人帮"。他们的一大批骨干分子也进入了中央委员会。十大从组织上仍然继续了九大的错误。

江青一伙甚是扬扬得意。

然而，三个月之后，毛泽东终于下了决心，接受了周恩来、叶剑英等人的建议，把邓小平请回了政治局，并任命他为军委委员。12月12日，毛泽东在他的书房兼会客室召集政治局会议，当众宣布了这一重大决定。

毛泽东说："现在，请了一个军师，叫邓小平，发个通知，当政治局委员，军委委员。政治局是管全部的，党政军民学，东西南北中。我想，政治局添个秘书长吧。你不要这个名义，那就当个参谋长吧。"

毛泽东吸了一口烟，继续说："有些人怕他，但他办事比较果断，你们的老上司，我请回来了，政治局请回来了，不是我一个请回来的。"

"四人帮"出乎意料，目瞪口呆。

周恩来等人在意料之中，凝神地微笑。

随后，周恩来亲自草拟了中共中央关于邓小平任职决定的通知：

各省、市、自治区党委，各大军区、省军区、各野战军党委，军委各总部、各军、兵种党委，中央、国家机关各部委领导小组或党的核心小组：

遵照毛主席的提议，中央决定：邓小平同志为中央政治局委员，参加中

央领导工作，待十届二中全会开会时请予追认；邓小平同志为中央军事委员会委员，参加军委领导工作。特此通知

中共中央

1973年12月22日

此后，凡遇有重大国事和外事活动，周恩来都有意让邓小平一起参加。邓小平在政治舞台上频频亮相。

“四人帮”看在眼里，恨在心里。他们寻找各种机会，压制和刁难邓小平。

1974年3月下旬，周恩来主持政治局会议，讨论由邓小平率中国代表团出席联合国大会第六届特别会议问题。江青在会上以种种借口为理由，反对邓小平去，她害怕邓小平在国际舞台上产生更大的影响。会后，周恩来顶着江青等人的压力，毅然在外交部关于邓小平作为代表团团长率团参加联大特别会议的报告上批示：同意这一方案。江青阅后，大发雷霆，逼迫外交部撤回这个报告。

3月25日，周恩来陪同毛泽东会见坦桑尼亚总统尼雷尔，会见后，周恩来就邓小平率代表团出席联大会议一事向毛泽东汇报。毛泽东表示：让邓小平出席联大，也是他的意见。周恩来立即将毛泽东的意见告知政治局其他人，并要在场的王洪文转告江青、张春桥、姚文元。

次日，周恩来再次主持政治局会议，讨论邓小平出席联大会议问题。江青仍不知趣，反对邓小平出席联大会议，并大闹政治局。周恩来请人将会议情况报告毛泽东，毛泽东给江青写了一封信：

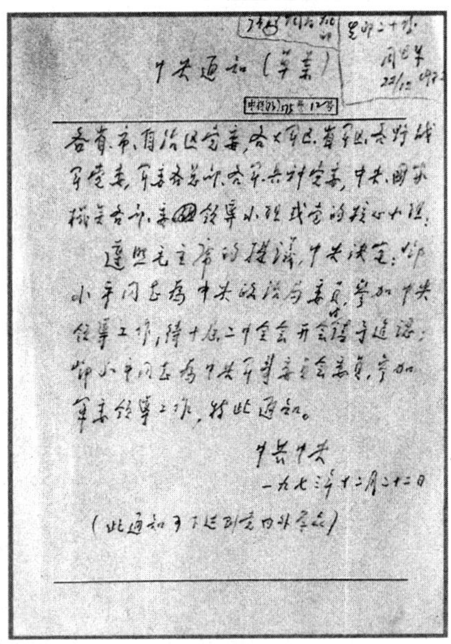
中共通知（草案）

各省、市、自治区党委，各大军区、省军区、野战军党委，军委各总部、各军兵种党委，中央、国家机关各部委领导小组或党的核心小组：

遵照毛主席的提议，中央决定：邓小平同志为中央政治局委员，参加中央领导工作，待十届二中全会开会时请予追认；邓小平同志为中央军事委员会委员，参加军委领导工作，特此通知。

中共中央

一九七三年十二月二十二日

▲周恩来起草的中共中央关于邓小平参加中共中央和中央军委领导工作的通知（历史资料）

江青：

邓小平同志出国是我的意见，你不要反对为好，小心谨慎，不要反对我的意见。

毛泽东

3月27日

迫于毛泽东的“最高指示”，江青才不得不有所收敛。

4月6日，邓小平率代表团前往纽约参加联大特别会议。周恩来亲自到首都机场为邓小平送行。4月19日，当邓小平载誉归来时，周恩

来又在首都机场举行盛大的欢迎仪式。显然这并非一般意义上的送往迎来，而是凝聚着周恩来对邓小平的深情厚谊以及为扩大邓小平在国际国内影响的良苦用心。

按照医生的要求，病重的周恩来早就应该住院治疗。但为了邓小平出席联合国大会，也为了提防江青一伙趁邓小平出国期间在国内搞鬼，周恩来坚持不住进医院。他有时白天工作，晚上治疗；有时靠输血和其他治疗办法来维持工作。直到邓小平参加联大会议归来后，他才住进了解放军三〇五医院。

王洪文去长沙告状，碰了一鼻子灰，悻悻而归。“四人帮”的发难却换来了邓小平一再升职，重权在握。

1974年10月11日，根据毛泽东的意见，中共中央正式发出关于在近期召开四届人大的通知。与此同时，有关四届人大由谁来“组阁”的斗争，也一天天明朗、尖锐。

同林彪一伙一样，权欲熏心的江青集团，早就在打四届人大的主意了。他们明白，现在已经到了“组阁”的关键时刻。这时，他们的“对手”不仅有周恩来，而且添了一个邓小平，必须用一切手段打败“对手”，抓住“组阁”的大权。

▲周恩来和邓小平的手紧紧地握在一起。图为1974年4月，周恩来抱病欢送以邓小平为团长的中国代表团出席联合国大会第六届特别会议（杜修贤摄）

早在10月6日晚上，已得知毛泽东建议邓小平出任国务院第一副总理的江青迫不及待地赶到医院，向刚接待完外宾尚未休息的周恩来一连串地提出她对四届人大人事安排及军队参谋长人选的“意见”，实际上是想在四届人大筹备工作全面开始之前，搞“先入为主”和“先发制人”。病中的周恩来这时虽然身体虚弱，头脑却清楚。他以极大的克制和耐心与江青周旋了整整两个钟头，对所有实质性问题未作一字表态，实际上是不赞成江青的“意见”。江青一无所获，败兴而归。她一回住所便向王洪文嚷道："我保留我提名的权利！"借以发泄对周恩来的不满。

此时江青还不知道，就在她赶到医院之前，邓小平已经同周恩来作了一次单独谈话。两天之后，邓小平又再次与周恩来在病室长谈。自然，两位老战友谈的是有关四届人大人事安排的问题。

10月13日，正到处寻机发难的江青从《国内动态》清样上看到有关"风庆轮"事件的报道，其中有批判"造船不如买船，买船不如租船"的所谓"洋奴哲学"的内容。江青如获至宝，挥笔批道："交通部是不是毛主席、党中央领导的中华人民共和国的一个部？""有少数崇洋媚外、买办资产阶级思想的人专了我们的政。"又称："政治局对这个问题应该有个表态"，"而且应该采取必要的措施"。

江青批示后，王洪文、张春桥、姚文元紧随其后，异口同声地提出这件事是"路线问题"，要求国务院、交通部抓住此事进行所谓"路线教育"。

与"四人帮"大段大段地横加指责、上"纲"上"线"的批语形成鲜明对照，邓小平仅在这份材料上画了个圈，而周恩来后来也只在江青派人专送的传阅文件上批了"已阅"两个字。两位国务院主要领导人对江青一伙的无理取闹均不屑一顾。

10月17日晚，在中央政治局会议上，早有预谋的江青等人联合向邓小平发起突然袭击。他们把所谓"风庆轮"事件定性为"崇洋媚外"、"洋奴哲学"的一个典型，把攻击的矛头直指周恩来、邓小平领导下的国务院。

会上，江青首先站起来质问邓小平："对这件事，你是支持，还是反对？或者想站在中间立场上？你要表明态度。"

江青一伙的这种惯用伎俩，邓小平过去已碰见多次了。但他一般都以沉默来表示"态度"。而这一次，江青那种蛮横无理、唯我独尊的腔调和做派，使他再也按捺不住心头的怒火。邓小平逼视对手，严词回击道："对这件事我还要调查，不能搞强加于人，一定要赞成你们的意见！"

这是邓小平自1973年复出以来，第一次公开"顶撞"这位"文化大革命的旗手"。对此，江青颇有些意外。她怔了好一会儿，才突然明白过来。在一阵撒泼之后，她又用泼妇式的语言攻击、谩骂邓小平。

邓小平忍无可忍，愤然起身，退出会场。这时，在一旁静观事态的张春桥望着邓小平的背影，恨恨地说道："早知道你要跳出来，今天果然跳出来了！"

中央政治局会议不欢而散。

当夜，"四人帮"在江青处碰头。经过一番策划，决定派王洪文去长沙，向正在那里养病的毛泽东告邓小平及周恩来的"状"。

第二天，王洪文背着中央政治局多数成员，擅自飞离北京。下午，刚抵长沙的王洪文便按照他们几个人事先商量好的口径，匆匆向毛泽东作"汇报"。他说，昨天，在政治局会议上，为了"风庆轮"这件事，江青同志与邓小平同志发生争吵，吵得很厉害。

看来邓还是在搞过去“造船不如买船，买船不如租船”那一套！邓那样大的情绪，可能和最近酝酿总参谋长人选有关。王洪文又说：我这次来这里没有告诉总理和政治局其他同志，我是冒着危险来的。北京现在大有庐山会议的味道。周总理虽然有病，但昼夜都忙着找人谈话，经常去总理那里的有邓小平、叶剑英、李先念等人。他们来往这样频繁，一定和四届人大的人事安排有关。

应当说，在毛泽东刚批评过江青等人的宗派活动后不久，“四人帮”又旧病复发，千里迢迢派人状告周恩来、邓小平，确实极不寻常。他们矛头所指已不仅仅是邓小平，而且还包括周恩来、叶剑英、李先念等支持邓小平的老一辈革命家。

这样，在“风庆轮”事件及其实质——四届人大“组阁”的问题上，便出现老一辈革命家与梦想“改朝换代”的江青一伙“两军对垒，阵线分明”的局面。

听了王洪文的“汇报”，毛泽东对王洪文进行了严厉批评，指出：有意见当面谈，这么搞不好！要跟小平同志搞好团结。又说：你回去后，要多找总理和剑英同志谈，不要跟江青搞在一起，你要注意她。

王洪文碰了一鼻子灰，只得悻悻而回。

在北京，江青等人派出王洪文后，仍不放心。当他们得知外交部的王海容、唐闻生将随邓小平陪外宾去长沙见毛泽东后，便迫不及待地两次召见王、唐二人，要她们向毛泽东反映国务院“崇洋媚外”的问题，甚至诬告邓小平“大闹政治局”是又一次“二月逆流”。

然而，就在邓小平即将飞赴长沙之前，王海容、唐闻生连夜赶到三〇五医院，向周恩来报告了江青的图谋。对此，周恩来明确表示：“‘风庆轮’事件并不像江青他们所说的那样，而是他们预先策划好了要整小平同志。小平同志已经忍耐很久了。”他又说，对这件事还要继续做些工作，慢慢解决问题。

原来，在17日政治局会议之后，周恩来已从邓小平等政治局委员的谈话中了解了事情的经过。他十分清楚，江青等人大加攻击所谓“造船不如买船，买船不如租船”的问题，不仅是对邓小平，也完全是冲着自己来的。几年前，正是经他批准，适当购进了一些外国船只。“四人帮”在这个问题上借题发挥，胡搅蛮缠，真是太过分了！

10月20日，王海容、唐闻生二人随邓小平陪外宾到长沙。在毛泽东会见外宾之后，王、唐向毛泽东汇报了江青等人的不正常活动，同时，转述了周恩来对这些问题的看法。

毛泽东听罢十分恼火。他把这件事同两天前王洪文“告状”的举动联系在一起，愈感江青的所作所为非同一般。他告诉王、唐二人：“‘风庆轮’的问题本来是件小事，且先念同志已在解决，可江青还这么闹，这么搞很不对头嘛！”他要王、唐回京后向周恩来、王洪文转达他的意见：总理还是总理，四届人大的筹备工作和人事安排由周总理和王洪文主持，同各方面商量办理；开人大的时间除了看准备情况外，还要视总理病情而定。他还要求告诉王洪文、张春桥、姚文元三人，不要跟在江青后面批东西。最后，毛泽东郑重提出建议：邓小平任党中央副主席、第一副总理、中央军委副主席兼总参谋长。

江青一伙做梦也不曾想到，他们精心策划的在政治局发难和赴长沙告状的结果，竟是邓小平一再升职，重权在握！

> 毛泽东痛斥江青：江青有野心，她是想叫王洪文做委员长，自己做党的主席。

王洪文自长沙回到北京后，在一周内便数次同周恩来谈话，其间，自然不敢违背毛泽东的指示，对参与“四人帮”宗派活动不得不作些“检讨”。

与此同时，王海容、唐闻生也频繁出入三〇五医院，向周恩来转达毛泽东的一系列指示。周恩来听罢倍觉欣慰。

11月初，周恩来在病室伏案疾书，向在长沙的毛泽东汇报四届人大各项准备工作

▲庄严一刻——周恩来抱病在中国共产党第十次全国代表大会上作报告（杜修贤摄）

情况，表示：坚决拥护和执行主席提议的小平同志为第一副总理，还兼总参谋长的指示。并告：我的身体情况比7月17日见主席时好多了，只是弱了些，如果近期召开人大，定能吃得消。最希望主席健康日好，这一过渡时期，只有主席健在，才能领导好。

周恩来还在同叶剑英、李先念等中央领导同志的谈话中表示：衷心拥护毛主席的指示，要继续支持小平同志的工作。

从10月底至11月中旬这段时间里，三〇五医院门前车水马龙，来客不断。周恩来简直是将西花厅的办公室、会客室、会议厅统统“搬”到了病房。

11月12日，邓小平陪同外宾再赴长沙，见到毛泽东。当天下午，毛泽东向邓小平提及10月17日政治局会议上的“风波”，对邓小平公开抵制江青一事十分赞赏，高声说道：“你开了一个‘钢铁公司’，好，我赞成你！”又说：“她（指江青）强加于人哪，我也是不高兴的！”

邓小平答道：“我实在忍不住了，不止一次了。我主要是感觉政治局生活不正常。后来我到她（指江青）那里去了一下，‘钢铁公司’对‘钢铁公司’。”毛泽东兴奋地点头：“这个好！”

谈话中，邓小平又表示：“最近关于我的工作的决定，主席已经讲了，不应再提什么意见了。但看来责任是太重了一点。”毛泽东笑道：“没办法呢，只好担起来嘛。”

最后，毛泽东提出，由邓小平主持起草周恩来总理在四届人大所作的政府工作报告的草稿。考虑到周恩来身体的承受能力，他要求报告稿不便太长，只三五千字即可。邓小平当即应诺下毛泽东的重托。

同日，对江青已极度不满的毛泽东，提笔在江青写来的一封要求“组阁”的信上批示：“不要多露面，不要批文件，不要由你组阁（当后台老板）。你积怨甚多，要团结多数。至嘱。”“人贵有自知之明。又及。”

在短短一个月内，毛泽东已数次对“四人帮”进行批评，发出警告，但这些不能改变江青一伙的本性。在接到毛泽东的批评信后，江青又于11月19日复信毛泽东，名为“检讨”，实为伸手要官。她写道：“我愧对主席的期望，因为我缺乏自知之明，自我欣赏，头脑昏昏，对客观现实不能唯物地正确对待，对自己也就不能恰当地一分为二地分析。”接下来，她揭去伪装，露出“峥嵘”：“自九大以后，我基本上是闲人，没有分配我什么工作，目前更甚。”

对此，毛泽东毫不让步，他一针见血地批道：“你的职务就是研究国内外动态，这已经是大任务了。此事我对你说了多次，不要说没有工作。此嘱。”

不久，毛泽东又针对江青提出的“由王洪文任副委员长，排在朱（德）、董（必武）之后”的“组阁”意见给予痛斥：“江青有野心，她是想叫王洪文做委员长，她自己做党的主席。”

这时，离四届人大开幕时间已不到一个月了。

周总理抱病飞长沙，毛泽东再一次肯定邓小平“人才难得”。“四人帮”的“组阁”梦终于彻底破产。

已拖延10年之久的第四届全国人民代表大会，真可以说是多灾多难，开之不易。

1970年，林彪一伙为在将召开的四届人大通过新宪法，设置国家主席（实际是林彪想当国家主席），曾大闹当年的庐山会议。4年之后，江青等人又瞅准四届人大的时机，不择手段地要阴谋由他们来“组阁”。十年“文化大革命”的历史表明，林彪、江青这两个反革命集团不除，才真是党无宁日，国无宁日，民无宁日。

1974年12月间，在这关系到由谁来掌握党和国家领导权的关键时刻，周恩来不顾自己频繁做治疗手术、体质每况愈下的不利状况，遵照毛泽东的指示，毅然担当筹备召开四届人大这一关系党和国家命运的历史重任。

12月中旬，他在审阅出席四届人大代表名额的分配名单后，致信中央政治局，提议增加若干老干部的名额。随即，他又审阅、修改了由邓小平主持起草的政府工作报告草稿，并予以批准。

在最关键的人事安排问题上，周恩来更是反复斟酌，煞费苦心。针对“四人帮”一伙竭力要把他们选定的“新生力量”安插在文化、教育、体育等部门的情况，周恩来约邓小平、李先念等人多次进行研究，商量对策。最后确定，教育部关系重大，不能让步，应以周荣鑫掌管为宜；而文化部、体委则可作些妥协，以封住“四人帮”的嘴。

12月18日下午，周恩来在医院里同邓小平作1974年的最后一次单独谈话，定下有关四届人大的各项重要方案。至此，历经几度风雨、几度春秋的第四届全国人民代表大会第一次会议的各项准备工作，已全部就绪。

12月23日中午，周恩来准备离开三〇五医院，飞往长沙向毛泽东当面汇报四届人大筹备情况。行前，医务人员再次发现他便中潜血，建议立即进行检查治疗。这时，一直参与周恩来治疗工作的叶剑英经慎重考虑后，代表几位老同志表示：为了党和国家的最高利益，眼下暂不能提这件事。他要求随同周恩来前往的医护人员，必须尽一切努力，控制住病情，保证周恩来往返和在长沙时的绝对安全。

当天，周恩来和同往的王洪文飞抵长沙。在湖南省委九所宾馆6号楼会议室内，周恩来、王洪文与毛泽东会面。一见面，毛泽东便请周恩来坐到自己身边，关切地询问他的病情。周恩来一一做了回答。

从23日至27日，毛泽东同周恩来、王洪文连续进行了四次谈话。鉴于江青一伙在筹备四届人大期间一次次的帮派活动，毛泽东再次严厉批评王洪文：“不要搞‘四人帮'！不要搞宗派，搞宗派是要摔跤的！”这是毛泽东第一次使用“四人帮”这个提法。毛泽东还说：“江青有野心。你们看有没有？我看是有。”他告诫王洪文：“我几次劝你，不要几个人搞在一起，你总是听不进去！这一次，你既然来了，就多住几天，好好想一想，写个书面检查。”

在严词批评“四人帮”的同时，毛泽东高度评价了邓小平。他说：“他（指邓）政治思想强。”毛泽东边说边用手指指脑袋。“Politics（英语‘政治’）比他强。”毛泽东的手又指向王洪文，“他（指王）没有邓小平强。”

为强调言中之意，毛泽东抓起一支铅笔，在纸上写下一个很大的“强”字。周恩来见状，十分赞同地重重地点了点头。在场的王洪文此时不仅尴尬，且十分紧张，他呆在一旁不知所措。

谈话中，当周恩来向毛泽东报告根据商定的人事安排，由邓小平任国务院第一副总理兼军委总参谋长时，毛泽东再次明确表示：“就这样。让小平同志做军委副主席、第一副总理兼总参谋长。”说着，他又在纸上写下“人才难”三个字。周恩来深解其意，脱口说道：“人才难得。”毛泽东含笑搁笔。

毛泽东转过头来对王洪文说：“总理还是我们的总理。”并关照周恩来：“你身体不好，四届人大会后，你安心养病吧！国务院的工作可以让小平同志来顶。”周恩来再次郑重地点头。

12月26日，是毛泽东81岁生日。这天，他把王洪文派往韶山“参观”，自己与周恩来作了一次单独长谈。就在这次谈话中，毛泽东提出学习无产阶级专政理论、安定团结、把国民经济搞上去等指示，并同周恩来共同审定了四届人大会议上的各项人事安排方案，作出具有深远影响的“长沙决策”。

半个月之后，第四届全国人民代表大会第一次会议选举产生了以周恩来、邓小平为代表的新的国务院领导核心，“长沙决策”得以实现。至此，以江青为首的“四人帮”梦寐以求的“组阁”阴谋彻底破产。

1974年——历史将永远记下这非凡的一页。

> 周恩来在四届人大会上坦然地向大家表示：我已经得了癌症，以后工作时间不会太长了。

1975年1月10日晚，北京京西宾馆会议厅灯火通明、庄严肃穆。中国共产党第十届中央委员会第二次全体会议闭幕会正在这里举行。

刚从医院赶到会场的周恩来，身着略显宽大的深灰色制服，面容清癯而双目炯炯有神。他端坐在主席台上，亲自主持这一具有历史意义的会议。

在通过全会各项议程之后，周恩来用迟缓、沉稳的语调向到会的中央委员和候补中央委员发表讲话：

“这次中央全会结束前，我请示毛主席，有什么话要我向大家转达。毛主席讲了八个字：‘还是安定团结为好。’现在，我要向大家讲的就是毛主席的这句话，‘还是安定团结为好’。希望中央政治局的工作，各省、市、自治区党委和革命委员会的工作，以及中国解放军的工作，都遵照毛主席的指示去做，安定团结，把今年各方面的工作做得更好，不辜负党和人民的重托。……”

在到会的许多老同志中，有不少人很久没有见到患病住院的周总理了。此时此刻，他们眼见总理的病容，聆听总理的嘱托，无不为之动容，同时，也深深为总理的健康担忧。

一周之后，新华社才迟迟播出中共十届二中全会的消息。这是一则短得不能再短的全会《公报》，其中，按过去惯例应作报道的出席会议的人员情况、会议主持人及讲话人等，统统不见了。报道中的最后一行字是：“会议选举邓小平同志为中共中央副主席、中央政治局常务委员。”

对于生前最后一次参加并主持中共中央全会的周恩来来说，有这一句话，也就足够了。

然而，中共十届二中全会，不过是周恩来在进入1975年后抱病参加的一系列重要会议当中的头一个会议。

1月13日晚8时许，在中华人民共和国第四届全国人民代表大会第一次会议开幕式会场——人民大会堂万人大厅内，再次响起周恩来总理坚定、清晰的苏北口音：

“遵照毛主席的指示，三届人大的政治工作报告曾经提出，从第三个五年计划开始，我国国民经济的发展，可以按两步来设想：第一步，用15年时间，即在1980年以前，建成一个独立的比较完整的工业体系和国民经济体系；第二步，在本世纪内，全面实现农业、工业、国防和科学技术的现代化，使我国国民经济走在世界的前列。……”

这是周恩来总理代表国务院向2800多名代表作《政府工作报告》。在这份由邓小平主持起草的不足5000字的报告中，最引人注目之处，就是向全国各族人民发出了实现“四个现代化”的伟大号召。而这一号召，报告人10年前就在这个地方提出来了，今天，他不过是重申了这一目标。

会议期间，周恩来到天津代表团参加小组会讨论。热爱自己总理的代表们纷纷向周恩来致以问候。面对一张张诚挚的面孔，周恩来似乎感到已无必要再掩饰些什么。他郑重地向大家表示：我已经得了癌症，工作的时间不会太长了，这也是自然规律，是不以人的意志为转移的。现在，我正在医院里同疾病作斗争，在可能的情况下，我还要继续和大家一起奋斗，共同实现我们的宏伟目标。

周恩来讲上述这番话时，代表们痛心地发现，眼前的周总理同几年前相比就像是

▲周恩来同叶剑英在四届人大上（杜修贤摄）

变了一个人：因过度操劳，他消瘦得几乎变了形；脸上、手上都布满了皱纹和老年斑；动作和声音也显得那样苍老、疲惫……

在1月17日召开的全体会议上，宣布了根据中共中央提议、由本次会议任命的中华人民共和国国务院总理、副总理、各部部长、各委员会主任名单。在总理周恩来后面的副总理当中，出现了邓小平、李先念、王震、余秋里、谷牧等一批久经考验的革命家的名字。这标志着以周恩来、邓小平为核心的国务院新的领导班子的形成。

新的国务院人事任命公布后，一直为党和国家前途命运担忧的人们，才真正感到了安慰和希望。

2月1日下午，周恩来赶赴人民大会堂，主持有12位副总理出席，中央军委副主席叶剑英、中国科学院院长郭沫若列席的国务院常务会议。会议一开始，周恩来便开门见山地说："我身体不行了，今后国务院的工作，由小平同志主持。医院是不想放我出来，但我还是想争取每星期来和大家见一次面……"接着，周恩来用郑重的语气开始宣布各副总理的分工：

"邓小平同志，主管外事，在总理治病疗养期间，代总理主持会议和呈批主要文件……”

这时，在周恩来身边的邓小平正沉稳端坐，若有所思。会前，周恩来曾考虑是否由邓小平来主持今天的会议，但他最终还是决定由自己来主持。其缘由正如他对身边人员所说：有些话小平同志本人不好讲，还是由我讲好。

宣布完各副总理分工后，周恩来又接着主持召开了有国务院各部部长参加的国务院全体会议。会上，周恩来继续发表讲话，提出：

“根据毛主席的指示和党中央决定，我们从今天开始来完成四届人大以后的工作。今天是开始。对于我来说，恐怕也只能够完成这个‘开始’的任务了。以后的事情，主要是由各位副总理来做。”

他停顿一下，环顾会场，加重语气说道：

“毛主席讲，小平同志‘人才难得’，‘政治思想强’。现国务院新班子以小平同志为首，一共12位。将来这样的会，请小平同志主持。我希望，新的国务院能出现新的气象，领导全国人民努力完成和超额完成今年的国民经济计划和第四个五年计划！……”

周恩来的讲话，博得全场的热烈掌声。

> “四人帮”借反经验主义把矛头对准周恩来和邓小平。毛泽东在中南海召开政治局会议，严肃批评“四人帮”。

“四人帮”的重要成员、时任党中央副主席的王洪文，私下对“四人帮”在上海的几个心腹交底说：“我最担心的就是军队不在我们手里……”

2月初，中共中央发出通知，决定取消中央军委办公会议，成立由叶剑英主持的中央军委常委会，其成员包括邓小平、刘伯承、徐向前、聂荣臻等。邓小平和叶剑英等几位老帅军权在握，这正是“四人帮”担心之所在。

3月1日，身挂“中国人民解放军总政治部主任”一职的张春桥，在向全军各大单位政治部主任讲述学习“无产阶级专政理论”问题时宣称：全国解放以后，“对经验主义没有注意批过”，因此，“对经验主义的危险，恐怕还是要警惕”。讲话中，张春桥还露骨地指责1972年周恩来领导的批判极左思潮斗争所取得的成果，是“跟着刘少奇那条路线走”；并以“个人意见”表示，四届人大提出的那个“很宏伟的目标”，“无非就是搞几千亿斤粮食、几千万吨钢”，但如果“无产阶级专政理论”“搞不清楚”，仍然会导致“卫星上天，红旗落地”。

同日，姚文元在其发表的《论林彪反党集团的社会基础》一文中，也歪曲地引用毛泽东1959年写的一段话，强调：“现在，主要危险是经验主义。”

“四人帮”的头面人物江青更是在许多场合大讲反“经验主义”。4月4日，她在接见一批工人时讲话说：“现在我们的主要危险不是教条主义，而是经验主义”；“经验主义是修正主义的帮凶，是当前的大敌”。5日，她又对“梁效”（即“四人帮”操纵的北大、清华两校大批判组写作班子笔名）成员讲道：党内“现在最大的危险不是教条主义而是经验主义”。

除在以上场合大造反“经验主义”的舆论外，江青、王洪文还私下找一些人谈话，无端指责中央某些领导人“不抓大事”、“不抓政治忙于业务”，以此来攻击领导整顿工作的邓小平。同时，他们还借历史上王明路线的错误，影射、诬蔑周恩来。

对“四人帮”借反“经验主义”大肆攻击周恩来和广大老干部的阴谋，邓小平首先挺身而出，同江青等人作针锋相对的斗争。4月18日，邓小平陪同刚从外地回京的毛泽东会见金日成同志。利用这个机会，他向毛泽东反映了江青、张春桥反“经验主义”的情况，并明确表示不同意关于“经验主义是当前主要危险”的提法。毛泽东当即表示同意邓小平的看法。在这前后，邓小平还多次到医院与周恩来商谈，互通情况。

4月23日，毛泽东在姚文元转来的一份强调批判“经验主义”问题的报告上批示：“提法似应提反对修正主义，包括反对经验主义和教条主义，二者都是修正马列主义的，不要只提一项，放过另一项。”又指出：“我党真懂马列的不多，有些人自以为懂了，其

▼同舟共济的战友最后握别——毛泽东、周恩来1974年5月于中南海书房（杜修贤摄）

实不太懂，自以为是，动不动就训人，这也是不懂马列的一种表现。”据此，毛泽东要求将此问题在中央政治局“一议”。

几天之后，根据毛泽东的意见，中央政治局召开会议。会上，邓小平、叶剑英等带头发言，用事实揭露和批评“四人帮”自1973年以来屡次寻机发难，把矛头对准周总理的卑劣行径。尤其对反“经验主义”问题，邓小平表现出极大的义愤，他说：很明显，这是一次有计划、有组织的反总理的行动！

会后，受到批评的江青等人惶恐不安，更怀恨在心。王洪文为此致信毛泽东，诬蔑说：政治局会上的这场争论，实际上是邓小平、叶剑英他们把总理想说而不好说的话讲出来，目的是要翻过去的案。

与此同时，在医院的周恩来通过和邓小平及其他一些政治局成员的谈话，也了解到政治局会议的情况。经过反复考虑，他决定将这些问题及个人意见汇报给毛泽东。

5月3日晚，在京中央政治局委员接到去中南海毛泽东住处召开会议的通知。是夜23时，政治局成员陆续到齐，周恩来也抱病从三〇五医院赶到会场。

会议由毛泽东亲自主持。此时，毛泽东双眼所患老年性白内障尚未治愈，看景物仍感模糊，但他思维仍然敏锐，谈吐不减当年。他在讲话中一开始便承认自己“犯了错误”，对批“经验主义”的文章（即姚文元的《论林彪反党集团的社会基础》）“放过了”，并就此严厉批评“四人帮”：“你们只恨经验主义，不恨教条主义。”在谈到党的历史经验时，毛泽东再次提及1931年在中央苏区发生的“邓、毛、谢、古事件”，并对邓小平说：“（当时）我只见过你一面，你就是毛派的代表。”

随即，毛泽东加重语气，打着手势讲道：“要搞马列主义，不要搞修正主义；要团结，不要分裂；要光明正大，不要搞阴谋诡计。不要搞‘四人帮’，你们不要搞了，为什么照样搞呀？”这是毛泽东继1974年多次批评江青一伙以后，又一次指出“四人帮”及其宗派活动问题。

在毛泽东讲话时，江青倚仗她的特殊身份，未作一句检讨，并不时在会上插话，引起毛泽东的不快。他面色严峻，一句一顿地告诫江青：“不要随便，要有纪律，要谨慎，不要个人自作主张，要跟政治局讨论，有意见要在政治局讨论，印成文件发下去。要以中央的名义，不要用个人的名义，比如也不要以我的名义，我是从来不送什么材料的。……”

散会时，毛泽东和到会的政治局委员一一握手道别。在与王洪文握手时，王洪文支吾说：“按主席的指示办。”毛泽东听罢用手掌做了一个翻来覆去的动作，正色道：“你不要再这个样子了！”

第二天，周恩来在医院同正式开始主持中央日常工作的邓小平商议，根据毛泽东的指示，需在政治局内进一步批评“四人帮”。随即，他伏案写下书面意见，表示“同意小平意见”，支持由邓小平主持政治局会议批评“四人帮”。

为确保开好批评“四人帮”的会，周恩来不顾身体极度虚弱，又亲笔致信中央政治局成员，提议应进一步讨论吃透毛泽东5月3日的讲话，尤其应搞清楚有人带头批“经验主义”的问题。对此，最早提出批“经验主义”的张春桥心怀鬼胎，发表异议说，周总理信中“有些话不确切”。周恩来毫不退让，以张春桥3月1日在总政讲话和三四月间军内各单位对张春桥讲话的反应的事实，回驳张春桥对反“经验主义”问题的狡辩。在铁的事实和周恩来的有力批驳面前，张春桥不得不有所收敛。

5月27日和6月3日，在邓小平主持下，中央政治局连续开会，讨论毛泽东5月3日讲话，对“四人帮”进行严厉批评。会上，邓小平、叶剑英作长篇发言，对江青、张春桥等人多次攻击、诋毁周恩来的做法逐一揭露，连发质问。邓小平以坚决的口吻说道：对这些问题，应当讲清楚，“不讲明白，没有好处”。

迫于形势，王洪文不得已作了一些“检查”。而江青等人则拒绝检讨，甚至还试图否认“四人帮”存在的事实。

事后，当邓小平向毛泽东汇报政治局会议情况时，毛泽东称赞道：“我看有成绩，把问题摆开了。”“他们几个人（指‘四人帮’）现在不行了，反总理、反你（指邓）、反叶帅……现在政治局的‘风向’快要转了。”最后，毛泽东满怀期望地对邓小平提出：“你要把工作干起来！”邓小平坚定地表示：“在这方面，我有决心就是了。”

> 躺在担架上的周恩来睁开双眼，拼尽气力大声说道：“我是忠于党和人民的，我不是投降派！”

自中央政治局批评会后，受到批评的江青一伙垂头丧气，一蹶不振。人们注意到，“文化大革命”中一向不放掉抛头露面机会的江青，在一连几个月里，几乎再没有公开露过面。王洪文、张春桥、姚文元也变得不那么盛气凌人、神气活现了。一时间，“江青挨中央批评”的消息不胫而走，广为流传。

与此形成鲜明对照的是，从6月初起，在医院的周恩来却频频会见外国来宾。经常陪同他会见外宾的有邓小平、李先念、廖承志等。

6月7日晚，周恩来在医院会见菲律宾总统马科斯及其夫人、儿子时，兴致勃勃地告诉客人：“现在会谈、宴会都由邓小平副总理包办了，这就给我提供了休息的机会……”

在毛泽东、周恩来的支持下，从这一年下半年起，邓小平领导的整顿工作在农业、商业、教育、科技、文艺等各个领域全面、迅速地展开。

7月4日，邓小平向中央读书班第四期学员发表《加强党的领导，整顿党的作风》的讲话，阐述他不久前提出的与“四人帮”一伙作斗争的著名口号——“三项指示为纲”。

他说："前一个时期，毛泽东同志有三条重要指示：第一，要学习理论，反修防修；第二，要安定团结；第三，要把国民经济搞上去。这三条指示互相联系，是个整体，不能丢掉任何一条。这是我们这一时期工作的纲。"他强调：当前，我们有好多事要办，"特别是要把国民经济搞上去"。

7月14日，邓小平在中央军委扩大会议上提出《军队整顿的任务》，要求首先在军内铲除山头，克服派性，加强组织纪律性。

8月3日，邓小平又在中央军委召开的一次会议上作《关于国防工业企业的整顿》的讲话，指出：一定要建立"敢"字当头的领导班子，要选派那些能办事、敢办事、敢负责的人来领导整顿工作。

8月18日，邓小平就加快工业发展问题发表意见，强调整顿企业管理秩序和恢复健全各种规章制度的必要性、紧迫性。

9月15日，邓小平出席在山西省昔阳县召开的全国农业学大寨会议。会上，他重申要实现"四个现代化"的宏伟目标，并提出各方面工作都要进行整顿的意见。

▲1975年7月1日，周恩来在三〇五医院同李先念副总理以及乔冠华和工作人员合影（杜修贤摄）

▼周总理、李先念与马科斯夫人及其儿子合影（杜修贤摄）

9月底至10月初，邓小平在农村工作座谈会上更加明确地指出："当前，各方面都存在一个整顿的问题。农业要整顿，工业要整顿，文艺政策要调整，调整其实也是整顿。要通过整顿，解决农村的问题，解决工厂的问题，解决科学技术方面的问题，解决各方面的问题。""整顿的核心是党的整顿。只要抓住整党这个中心环节，各个方面的整顿就不难。"

从7月到10月，短短三个月里，全面整顿的"排炮"犹如阵阵春雷，震撼祖国大地。许多老干部、老工人和广大知识分子，通过传达、学习邓小平的讲话，都油然而生一种自“文化大革命”以来从未有过的畅快感觉。

一直在周恩来、邓小平指导下进行教育系统整顿的周荣鑫，根据周恩来、邓小平对整顿教育工作的意见，在一次教育座谈会上，严词批驳了长期以来“四人帮”所散布的种种谬论，矛头直指张春桥等人一手炮制的“两个估计”。对此，周荣鑫并非不知所冒的“风险”，但他却无所畏惧：“我有些话是会刺痛那几个好搞形而上学的人的，他们肯定会要不满的。无非是再次被打倒！即使再次被打倒，我也不怕——要横下一条心，做小平同志讲的那种不怕被打倒的人！”

周荣鑫的讲话，表达了领导整顿工作的一批老干部的心声。

邓小平的全面整顿，迅速、系统地纠正着“文化大革命”以来的种种错误，使各方面工作在短时间内出现明显好转，国民经济各项指标也由停滞迅速回升，工业生产和交通运输一个月比一个月好。从下半年起，国民经济情况继续好转，工农业生产稳步上升。

这次全面整顿，深得党心、民心。历尽八年动乱之苦的人们开始感到：“四化”有希望了，民族有希望了，中国有希望了！

1975年9月7日，重病中的周恩来在医院最后一次会见外宾。当他向来自东欧的客人们坦然且又肯定地道出“马克思的‘请帖’，我已经收到了”一语时，在座的来宾都惊愕不已。随即，周恩来充满信心地对外宣布：邓小平同志将接替我主持国务院工作。邓小平同志很有才能，可以完全相信，邓小平同志将会继续执行中国党和政府的内外方针。

对1975年的全面整顿，在过去若干年之后，邓小平仍记忆犹新，并多次向国内外人士谈起。其中，也包括他当时同“四人帮”斗争的情况。

1983年7月，邓小平回忆说：“1975年处理铁路问题时，对帮派分子，我说现在不抓人，把他们调开。‘四人帮’说不行。我说凡是帮派头子，有一个调开一个，再出一个再调开，一天调一个，一年调365个。这个话传下去以后，铁路上的秩序马上就好了。”邓小平还讲过：当时抓整顿，用了几个人才，就把几个方面的工作整顿得很有成效，局面就大不一样了。

1987年10月，在谈到改革问题时，邓小平提出：“说到改革，其实在1974年到1975年我们已经试验过一段。1973年周恩来总理病重，把我从江西‘牛棚’接回来，开始时我代替周总理管一部分国务院的工作，1975年我主持中央常务工作。那时的改革，用的名称是整顿，强调把经济搞上去，首先是恢复生产。凡是这样做的地方都见效。不久，我又被‘四人帮’打倒了。我是‘三起三落’。1976年四五运动，人民怀念周总理，支持我的也不少。这证明，1974年到1975年的改革是很得人心的，反映了人民的愿望。”

1981年中共十一届六中全会通过的《关于建国以来党的若干历史问题的决议》指

出：由于邓小平“着手对许多方面的工作进行整顿，使形势有了明显好转”；但是“毛泽东同志不能容忍邓小平同志系统地纠正‘文化大革命’的错误，又发动了所谓‘批邓、反击右倾翻案风’运动，全国因而再度陷入混乱”。这便是邓小平所讲他第三次被“打倒”的根本原因所在。然而，在此之前，一直伺机反扑的“四人帮”一伙已经开始向邓小平及其支持者周恩来发难了。

这一年8月中旬，毛泽东对中国古典小说《水浒》一书发表评论，指出《水浒》“只反贪官，不反皇帝”，农民起义军领袖宋江“投降，搞修正主义”，“让人招安了”，进而得出结论：“《水浒》这部书，好就好在投降。做反面教材，使人民都知道投降派。”

对此，“四人帮”一伙如获至宝，迫不及待地借毛泽东的评论大做文章。姚文元于当天便致信毛泽东，认为毛泽东所作评论“很重要”，对现在和将来的中国都有“重大的、深刻的意义”，并提出应把毛泽东的评论和他的这封信印发中央政治局成员及各宣传、出版单位。

在“四人帮”操纵下，从8月底开始，全国各类报刊连篇累牍地发表文章，宣扬评论《水浒》也是学习“无产阶级专政理论”的一个“组成部分”，其主题就是要批判否定“文化大革命”的“投降派”。

▼1975年9月，周恩来在医院会见罗马尼亚党政代表团团长伊利耶·维尔德茨。这是他最后一次会见外宾（杜修贤摄）

几个月来一直“消沉”的江青，这时也亲自出马，在一些公开场合大肆评论《水浒》的“现实意义”，并一再强调“要联系实际”。她甚至露骨地宣称“现在政治局有些人要架空主席”，“他们反对学理论，反对限制资产阶级法权”，借以发泄对前不久中央政治局批评以她为首的“四人帮”的不满。其间，毛泽东曾痛斥江青的一些言论，并制止印发她的讲话稿。

对江青等人散布的批所谓“现代宋江”、“现代投降派”的论调，邓小平早有警觉。他在许多场合向党内外干部、群众说明：毛主席评论《水浒》并无所指，不要牵强附会，“听到风就是雨”。

与此同时，在医院的周恩来也正密切注视党内这场突如其来的尖锐斗争。8月中、下旬，他抱病连续同邓小平、李先念等作单独长谈，了解“四人帮”一伙的动向。

9月间，正当江青等人带头“联系实际”，批“宋江”、批“投降派”的喧闹甚嚣尘上之际，重病中的周恩来终于忍无可忍，愤起向“四人帮”一伙进行抗争。

一天，他在医院同有关人员的谈话中愤然提到：他们那些人（指“四人帮”）有些事做得太过分了！最近评《水浒》、批“投降派”，矛头所指，是很清楚的。如果真有投降派，那当然应该批，可事实并不是这样。我历史上虽然犯过错误，但几十年来还是努力为党、为人民的利益工作的！

9月下旬，由于病情恶化，经党中央批准，周恩来准备做第四次大的手术治疗。在生死难卜的情况下，经过反复考虑，他决定以特殊方式回击“四人帮”的攻击诬陷，用实际行动给老战友邓小平以有力支持。

9月20日下午2时，在即将进入手术室前，周恩来突然提出要看他在几年前所作关于“伍豪启事”的讲话记录稿，在场的人一时都不解其意。待工作人员将讲话记录稿取来后，躺在担架车上的周恩来强撑病体，用他颤抖着的右手郑重地签上“周恩来”三个字，并注明“于进入手术室（前）”的字样。

当担架车进入手术室时，躺在车上的周恩来又突然睁开双眼，拼尽全身力气大声说道：“我是忠于党、忠于人民的！我不是投降派！”

周恩来的声音，响彻寂静的手术室内外。在场的医护人员都怔住了。他们迅速交换着眼色，心上就像是压着一块石头……这时，守候在手术室外面的邓小平、李先念，鄙视地看了一眼旁边的张春桥，彼此会意地点了点头。

死神，又一次悄悄从周恩来身边溜走。但就在这次手术中，医生发现周恩来体内的癌瘤已向全身扩散，无法医治了。对此，邓小平果断地指示医疗组：“减少痛苦，延长生命！”

正在领导各条战线全面整顿斗争的邓小平，此时多么希望周恩来能再走出病房，同他一起并肩战斗啊。

一个月以后，处于病危状态的周恩来不得不施行第五次大手术。这一天，守候在手术室外面的仍然是上次的几个人：邓小平、李先念、张春桥……

进入手术室前，周恩来又示意让担架车停下来。他用微弱的声音问道："小平同志来了吗？"

邓小平立即跨步上前，靠近担架车，俯身问候总理。

周恩来久久注视着几十年风雨同舟的老战友，吃力地抽出手来，紧紧握住邓小平早已伸过来的双手，字字千钧地说道："你这一年干得很好，比我强得多！"

周恩来的话，在场的人都听到了。这是周恩来对邓小平领导的全面整顿的高度评价。

第二章

风中劲竹看小平

革命的一生，传奇的一生。他三次被打倒，又三次顽强地站了起来。

1966年春天的中国，看起来是一个稳定的、有秩序的、团结的国家。但仅仅几个月的时间，这种和平统一的景象就被粉碎了。在外国人和大多数中国人还毫无察觉的情况下，“无产阶级文化大革命”的第一轮排炮已经打响。延安时代的“圆桌精神”不见了，许多曾一生献身于革命的开国元老们都成了这场灾难的牺牲品。也有许多元勋在这场“革命”中几度浮沉，蒙受了不白之冤，经历了不该经历的磨难。邓小平是其中之一。

邓小平1904年出生于四川省广安县。他的童年是在“乱在先，治在末”的四川省度过的。1920年，年仅16岁的邓小平随同出国寻求真理的人们赴法国留学，在法国参加了革命斗争，在斗争中和周恩来结下了深厚的友谊。1922年加入社会主义青年团，1926年加入中国共产党，开始了他真正的革命生涯。

1926年底，邓小平离开法国到苏联中山大学学习，年底回国在冯玉祥军中从事政治工作。1927年底到1929年夏任中共中央秘书长。1929年底和1930年春，他和张云逸等组织、领导了广西百色起义和龙州起义，创立中国工农红军第七军、第八军和左右江革命根据地，燃起了革命的星火。1931 年，邓小平到达中央根据地，任军委总政治部秘书长。长征开始后，担任中共中央秘书长，做了大量工作。在 1935 年 1 月的遵义会议上，他旗帜鲜明地反对王明“左”倾机会主义路线，这成了毛泽东在“文化大革命”中对他采取缓和态度的原因之一。

抗日战争爆发后，他先任八路军总政治部副主任，后任一二九师政治委员，和师长刘伯承共同领导创建晋冀鲁豫等抗日根据地，立下赫赫战功。1945 年在党的第七次全国代表大会上当选为中央委员。

解放战争时期，邓小平任中国人民解放军晋冀鲁豫野战军政治委员。在对解放战争具有重大意义的淮海战役和渡江作战中，邓小平任总前委书记。这几大战役取得胜利后，又和刘伯承、陈毅等挥师解放南京和华东各省。接着邓小平又和刘伯承率部协同第四野战军解放中南地区；再向西南进军，解放了西南各省。邓小平卓绝的军事才能和领导组织才能在这一系列胜利的战役中得到证实。在当时，有哪支反动军队听到“刘邓大军”不闻风丧胆呢?

中华人民共和国成立后，邓小平任中央人民政府委员、中共中央西南局第一书记、西南军政委员会副主席、西南军区政治委员，分管西南局主要工作，在各项工作中取得很大成绩。1952 年被调回北京任中央人民政府政务院（1954 年改为国务院）副总理。1954 年又被任命为中共中央秘书长，同年任国防委员会副主席。1955 年党的七届五中全会上，被增选为中央政治局委员。1956 年党的八届一中全会上，当选为中央政治局常务委员、中央委员会总书记。

从邓小平一生走过的道路来看，这是光辉奋斗的一生，也是历尽坎坷和磨难的一生。他经历过上百次冲击，曾三次被打倒，又三次顽强地崛起，终于成为中国改革开放的总设计师，解放了中国人民的思想。

> 毛泽东对邓小平不满，是因为他“不听话”；林彪忌恨邓小平，是因为邓小平拒绝高岗的拉拢。“文化大革命”之初，邓小平成为“第二号靶子”。

从 1935 年遵义会议以后，邓小平就一直担任着重要职务，“文化大革命”开始前夕，邓小平担任着党的总书记这样一个关键性的职务。这时党的领导核心已分成几个对立的派别，一种倾向掩盖另一种倾向，斗争、纠偏、“大跃进”、饥饿、调整，其间还有日益尖锐的关于国际共产主义和工人运动的大论战。最后就是“文化大革命”的爆发。

当时作为党的总书记的邓小平必然处在各种矛盾的焦点。作为贯彻决议、领导组织工作、处理日常事务的机构——书记处的领班人，他日理万机，执行经常是互相矛盾的决定。当他想捍卫党，捍卫自己所领导的机构，并用它来抵制“阶级斗争”和正在加剧的永无休止的运动时，他必然会“灵活地”执行这些来自于毛泽东的决定。这并非是他想和毛泽东对立，他只是很清醒地看到当时的形势，尽可能地减少和缩小某些错误决定所带来的损失。

这样以来，邓小平便成了“文化大革命”中继国家主席刘少奇之后的第二号靶子，“党内第二号走资派”。

邓小平在“文化大革命”之初被迅速打倒的原因是多方面的。其最主要的有两个：一是毛泽东对邓小平的不满，使邓小平失去了这个光芒四射的“红太阳”的照耀；二是林彪对邓小平的嫉恨，“文化大革命”一开始，他就利用各种机会来攻击邓小平。

毛泽东对邓小平不满主要是因为邓小平“不听话”。毛泽东当时需要用足够的人们对他的崇拜来巩固他的地位和威望，而邓小平则极力推行集体领导，反对个人专断；毛泽东晚年最为得意的两件事就是“三面红旗”和“文化大革命”，而邓小平却在1962年由欢迎“三面红旗”变成反对“三面红旗”（邓小平是一贯尊重事实的），这对毛泽东来说是无法容忍的；毛泽东要搞“人民公社”，邓小平却支持邓子恢搞“三自一包”。1960年8月9日，即北戴河工作会议结束的前一天，本来已经批准了会议通过的文件的毛泽东忽然唐突地改变主意，点名批评邓小平和刘少奇。4个星期后，毛泽东又把受到冷落的人民公社计划重新提出，收回了包产到户和准备为彭德怀平反的决定，把阶级斗争以及社会主义社会还存在阶级的议案列为会议的中心议题。并且撤了主管农村

▲1948年11月，中央军委决定，组成由邓小平任书记的五人总前委，统一领导和指挥中原、华东两大野战军，举行淮海战役。左起：粟裕、邓小平、刘伯承、陈毅、谭震林（历史照片）

工作的国务院副总理邓子恢的职，用以警告邓小平和刘少奇。1966 年 10 月毛泽东对人抱怨邓小平说："尽管邓小平听力不好，但他开会总是远离我而坐。1959 年后的 6 年里他从未向我汇报过一次工作。中央书记处的工作他完全交给彭真。你们觉得他是一个能干的助手吗？"

而林彪对邓小平的嫉恨源于 1953 年底邓小平拒绝了与高岗"合作"这件事。1953 年毛泽东提出在中央分一线、二线之后，当时东北局的负责人高岗在首先取得了林彪的支持后，活动非常活跃。高岗用拉拢的办法，正式和邓小平谈判，说刘少奇不成熟，要争取邓小平和自己一起拱倒刘少奇。邓小平当即明确表示，刘少奇同志在党内的地位是历史形成的，从总的方面讲，刘少奇同志是好的，改变这样一种历史地位不适当。邓小平当时认为："高饶集团并不是为维护什么不同的纲领和方针路线，而是为了篡权。"

林彪对邓小平的嫉恨就是从这开始的。

在这种情况下，在青年学生的狂热已被煽动起来之后，毛泽东的一张题为《炮打司令部》的大字报贴在了 8 月初召开的中央全会的门口，大字报的全文是：

> 全国第一张马列主义大字报和《人民日报》评论员的评论，写得何等好啊！请同志们重读一读这张大字报和这个评论。可是，在五十多天里，从中央到地方的某些领导同志，却反其道而行之，站在反动的资产阶级立场上，实行资产阶级专政，将无产阶级轰轰烈烈的文化大革命打下去，颠倒是非，混淆黑白，围剿革命派，压制不同意见，实行白色恐怖，自以为得意，长资产阶级的威风，灭无产阶级的志气，又何其毒也！联系到1962年的右倾和1964年形"左"而实右的错误倾向，岂不是可以发人深省的吗？

大字报虽然没有正面点名，但十分明显，其主要锋芒是指向刘少奇和邓小平。在北大的第一张大字报通过新华社公布全国以后，学生就开始造反、串联，邓小平和刘少奇一心为了维护安定秩序，为了维护党的威信，想把青年学生出了格的"政治热情"纳入正轨，他们向一些高校派了工作组，并向造反的青年呼吁："一个真正的左派要同党同心同德，相信工作组。"邓小平对红卫兵狂热的行动发出警告，他禁止游行示威和在街上贴大字报。毛泽东 7 月返回北京时对邓小平的指示大为恼火："共产主义者怕学生运动，就不是马克思主义。"随即，毛泽东说工作组是"资产阶级专政"和"白色恐怖"的产物，命令撤销工作组。

参加会议的中央委员心里有数，此后，刘少奇、邓小平虽然仍是中共中央常委，但实际上离开了领导岗位，处于接受揭发和批判的地位，而"炮打司令部"则成为造反派的大方向。

林彪一伙则推波助澜。10 月 1 日，在庆祝国庆 17 周年的群众大会上，林彪发表讲话指出："在无产阶级文化大革命中，以毛主席为代表的无产阶级革命路线同资产阶级反动路线的斗争还在继续。"也就是说，与刘少奇、邓小平所谓"资产阶级反动路线的斗争"还必须进行下去。10 月 6 日，在北京红卫兵第三司令部主持召开十万人的"全国在京革命师生向资产阶级反动路线猛烈开火誓师大会"上，江青讲话说："我支持你们这种大无畏的无产阶级的革命英雄行为。"大会通过《大会通电》，呼吁全国各地"向资产阶级运动路线猛烈开火"！

在"中央文革"的直接支持、暗中指挥下，红卫兵再次向"资产阶级反动路线"发起了进攻。在北京，以李雪峰为首的北京市委被学生称为"推行资产阶级反动路线"而遭到揪斗和批判。各高校学生也冲击学校党委，夺取学院广播权，纷纷起来"造资产阶级的反"。

在造成了一定声势的形势下，毛泽东将各省、市、自治区党委负责人召集到一起，亲自主持召开了中央工作会议。在林彪与陈伯达分别于 10 月 12 日和 16 日在会上发言后，加上由于毛泽东的威信而逐渐形成的会议气氛，迫使刘少奇、邓小平在 10 月 23 日作了自我检查。邓小平直言不讳指出："在十一中全会上，毛主席的一张大字报，就是炮轰刘少奇和我两人的司令部。"10 月 25 日，林彪在大会上讲话说："刘少奇、邓小平，他们搞了另一条路线，同毛主席的路线相反。""刘、邓路线，就是毛主席大字报上说的，'站在反动的资产阶级立场上，实行资产阶级专政'的路线。"

▲1966年11月8日，聂元梓等10人在北京大学贴出大字报，诬陷和攻击邓小平是所谓"走资本主义道路的当权派"（历史照片）

11 月 1 日，《红旗》杂志第 14 期发表了《以毛主席为代表的无产阶级革命路线的伟大胜利》的社论，宣布"资产阶级反动路线的破产"，指出："无论什么人，无论过去有多大的功绩，如果坚持错误路线，他们同党同群众的路线就会起变化，就会从非对抗性矛盾变为对抗性矛盾，他们就会滑到反党反社会主义的道路上去。"这实际上是有意向群众暗示会议的主要精神。

而"中央文革"则把刘少奇、邓小平的"问题"转给了他们忠实的信徒。11月2日，中央组织部贴出了一大批指责刘少奇、邓小平的大字报，天安门前也出现了打倒刘、邓的大字报。“打倒刘少奇、邓小平”作为“无产阶级文化大革命”的第一目标，向全世界公开了。

11月3日，在毛泽东第六次接见红卫兵的活动中，刘少奇、邓小平的表面地位并没有变更。但在宣传这次接见时，报纸上登载了毛泽东、林彪、周恩来、陶铸、陈伯达五人在一起的巨幅照片，敏感的人们马上明白，这意味着刘少奇、邓小平的领导地位不过是个虚设。

打倒刘、邓的具体部署还是由“中央文革”指挥着。12月18日，张春桥把蒯大富请到中南海密谈。张春桥说：“从全国来讲，资产阶级反动路线依然相当猖狂，现在还是要深入地批判资产阶级反动路线。中央那一、两个提出资产阶级反动路线的人，至今不投降。”“你们革命小将应该联合起来，发扬彻底革命精神，痛打落水狗，把他们搞臭，不要半途而废。”

12月25日这一天，天色阴沉，北风呼啸。上午，清华大学5000余名师生员工，从清华园起步，举行了声势浩大的游行。他们来到天安门广场后，召开了“彻底打倒以刘、邓为代表的资产阶级反动路线誓师大会”。会后分成五路，由广播车在前面开道，到王府井、西单、北京站、菜市口等繁华地带演讲、散发传单、张贴大字报。很快，“打倒刘少奇！”、“打倒邓小平！”、“和刘、邓血战到底！”等大标语布满了北京的大街小巷，也贴上了天安门城楼。

1966年结束之际，源于北京的由“中央文革”直接操纵的打倒刘少奇、邓小平的活动在全国愈演愈烈，已不容许人们起来公开抵制或反对“打倒刘少奇、邓小平”的疯狂行动。

“文化大革命”期间，“造反派”曾有一句“豪气入云”的话，就是“把一切资产阶级反动派打倒在地，再踏上一只脚，让他们永世不得翻身”。因此，对刘少奇、邓小平的打击和迫害还远远没有结束。

1967年8月5日，灰色的、似乎无边无际的天安门广场是红卫兵的海洋。在这里聚集了300万红卫兵，他们在召开大会，而此时中南海内散布于各个角落的别墅之中正在举行对邓小平的最后一次公开批判。因为激进分子是在别墅的院子里对邓小平进行批判，所以邓小平的妻子卓琳和其他家庭成员也受到了牵连。他们强迫邓小平弯着腰，头向膝盖靠，臂向后伸直，以这种姿态听红卫兵激烈的言辞，然而邓小平根本未听到，他故意关掉了助听器。红卫兵们列举邓小平的“罪证”主要有三个部分：一是批判邓小平50年代的一些讲话，说邓小平代表“阶级斗争熄灭论”的错误路线。其实这不过是邓小平在当时一种尊重事实的正确估计，然而在那个“以阶级斗争为纲”的年代里，谁还认为这不是一条“罪证”呢？二是诬陷邓小平反毛主席，并引用邓小平曾说过的话加以证明：“毛主席从来没说过，他不犯错误。”“同毛主席的看法不一致是可能的吗？当然是不可能的。”

……

这些话在现在看来完全是事实，根本没有什么错误，但在当时林彪鼓吹“毛主席的话句句是真理，一句顶一万句”、“像毛主席这样的天才，世界几百年、中国几千年才出一个”的形势下，当然是“罪大恶极”的了。

“造反派”给邓小平强加的第三条罪状就更滑稽可笑了——邓小平爱玩桥牌，这是资产阶级腐化堕落的生活作风。不错，邓小平的确爱玩桥牌，而且是个桥牌高手。世界著名桥牌冠军、美籍华人杨小燕曾说：“在牌桌旁，可以感觉到邓小平是一个伟人，他的打牌技术又稳又精，令人吃惊的是，他是如此高龄的人。”喜欢打桥牌竟然也成了一条“罪状”，真是欲加之罪，何患无辞？

最后，这些造反派拉着这位已64岁的老人游街，狂吼乱嚷：“油炸他的狗头！”他们用纸糊的高帽子戴在邓小平的头上，侮辱他，推搡他，使这位老人受尽了凌辱。

最后一次批邓的喧嚣声散去了。1968年10月13日至31日召开的八届十二中全会上通过了一个极其错误的决议：将刘少奇永远开除出党；撤销邓小平一切职务，保留党籍。

当刘少奇听到自己被永远开除党籍的消息时，他已经病得奄奄一息，这个决定对这位年过古稀的老人打击太大了，他浑身颤抖，大汗淋漓，呼吸急促，大口呕吐，血压陡然升到260/230毫米汞柱，体温也升到40℃。他已完全丧失了抵抗疾病的能力，而实际上他也没有得到应有的治疗。后来这位中华人民共和国的主席，孤零零死在河南开封。

相对而言，对邓小平的组织处理，还算高抬贵手，总算将他留在党内了。究其原因，大概是毛泽东觉得邓小平曾是坚定维护自己的人。1935年，邓小平第一次被打倒就是因为他坚定地执行了毛泽东的路线。而且邓小平战功赫赫，毛泽东历来都是很重视邓小平的才干的，毛泽东认为有那么一天还得邓小平出来收拾残局，结果被历史所证明。另外，林彪、江青他们给邓小平列的“错误”，也不过是1962年“包产到户”、“文化大革命”中的“资产阶级反动路线”和不经常向毛泽东汇报工作，此外，也确实找不到更多的“罪行”来开除邓小平的党籍。不管最高决策人是怎么打算的，邓小平的党籍是保住了，这对以后的起用，毕竟是有益的。

“一号命令”把邓小平赶到了江西，周恩来一个电话为小平保平安。

1969年10月13日，苏联军队和中国军队在新疆造成了一场比珍宝岛战役更大的军事冲突，林彪利用这个机会，于10月18日发出了“一号命令”，宣布全军进入紧急战备状态，令北京机关、学校人员疏散，一律搬到外省偏僻的山区。这一号令，把那些被打倒的、靠边站的对手，一律赶出北京，化整为零，分而治之。

邓小平在“文化大革命”中的命运，随着林彪“一号命令”的发布，变得更加险恶了。

当邓小平接到勒令迁往外地的通知时感到十分震惊。他望着空荡荡的房子，家里只有他、卓琳、继母夏培根三位老人。五个孩子，东一个西一个的，最不幸的是大儿子邓朴方，伤残了，生活不能自理，还不准回家。此刻，将他扫地出门，命运之舟要将他载向何方，还是一个未知数。

当周恩来得知林彪下达“一号命令”后，立刻就看透了林彪的用心。他果断地采取两项应急措施：一方面以巧妙的方式向毛泽东揭露了林彪“一号命令”心怀叵测的真正意图；一方面又冒着风险给各地打电话，提醒各省负责人要妥善照顾好这批老干部。周恩来给江西打了个十分重要的电话，要当时江西领导人照顾好邓小平夫妇。虽然当时江西负责人是和林彪一条船上的，但他们也不得不顾及周总理的威望。事后看来，周恩来的电话对邓小平一家的安危起了不小的作用。

飞机在南昌机场降落，邓小平夫妇及继母被“请”上汽车，带进江西军区招待所。在这里，邓小平挨了一位江西省军区负责人必不可少的训话，不准他们随便外出，老老实实地接受“改造”，并派给邓小平一个姓黄的管理秘书，名义上负责邓小平一家三口的生产劳动、学习资料和生活上的事，实际上主要是监护。几天之后，三个人被送

▲邓小平和夫人卓琳、秘书王瑞林在江西（历史照片）

到南昌郊外一所无人管理的步兵军事学校，原步兵学校校长住的一座两层灰砖楼成了邓小平一家及其监护的住所。

这地方倒算安静，让这位中外闻名的政治家，可以安安静静地回忆过去和思考现实与未来。三年多的监禁劳动生活，对于邓小平来说，倒是一个整理自己思想的好机会，也许他后来许多伟大构想的蓝本就是在这里出笼的呢！

只是这军校因长年无人而变得残缺不全，大风呼啸，穿堂而过，门窗被撞击发出咯咯吱吱的声音。过了几天，在邓小平的申请下，他和妻子被人押送步行到新建县拖拉机制造厂去劳动，大约要步行二十分钟。邓小平在法国勤工俭学时学过钳工，在这里派上了用场，他像一个老工人一样熟练地做着这个工作，卓琳则做拆洗线圈的工作。在工厂劳动也是监护劳动，看管人员总是目不转睛地监视着这个“第二号走资派”，没有得到许可，不准和别人说话和干别的事。

尽管如此，与从前比较起来，对邓小平来说，总算是一个令人宽慰的变化。在京被看管的那段时间，他的电话线被切断，不准收看电视和报纸，完全与世隔绝，而现在他可以收听电台广播和阅读《人民日报》，也可以从工人们的议论中听到一些情况，这对于这位忧国忧民、关心时势的政治家来说，是很重要的。

三年劳动过程中，邓小平夫妇一天也没有缺勤过。开始，工人们都怀着好奇的心情打量着这位声名显赫的老人，后来逐渐发现他很慈祥也很勤劳，不像有人批斗时把他说得跟凶神一样。工人们逐渐对二位老人产生了好感与同情，车间的工人们对他们很关心。为了防止“造反派”危及他们的人身安全，车间工人还特地在工厂围墙开了个旁门，修了条小道一直通到步校，以免与外人接触。邓小平夫妇从这里走了三年，后来这条小路就叫“邓小平小路”，以纪念这位伟人的这段坎坷经历。

邓小平夫妇每日上午在工厂劳动半天，下午在步校校园里，拓出一片菜地，种上白菜、胡豆、辣椒、丝瓜、苦瓜等各色蔬菜。这样三位老人也可以补充一些食品。他们当时的工资已被扣发，只留给一点生活费，三位老人年龄加起来已超过了200岁，邓小平要负责一些拖地、劈柴、砸煤之类的活儿，卓琳则要洗衣和打扫卫生，而且卓琳还患有高血压病，常常卧床不起，这时邓小平还得细心照料卓琳，而年已古稀的继母则要做三个人的饭，因此，补充一点食品是很有必要的。

值得庆幸的是，邓小平被允许把他的藏书带来，这位睿智的老人可以用书本知识来填补被监禁的寂寞。邓小平同妻子抓紧时间，除了阅读大量马列著作外，还读了《二十四史》以及中外许多的书籍，这些书是以前在繁忙的工作中无暇涉及的。他们生活很单调，但也很有规律，上午去工厂劳动几个小时，中午回来吃饭听新闻广播，下午在园中耕作，间或读书看报。

1969年11月下旬的一天，邓小平的监管秘书根据“上头”的指示要邓小平写一份一个月来劳动和学习的心得体会。邓小平沉默了一会儿说：“我准备给毛主席、党中央写信。”看到那个监管秘书尴尬的神情，邓小平又随和地补充了一句：“你也尽到了你的责任。”

邓小平夫妇离开北京到江西后，唯一的一块心病，不是留恋中南海的旧居和美丽的首都，而是那些亲骨肉、那些成年的和没成年的，连一声告别的话都没说，便匆匆各奔东西了。邓小平第四个孩子邓榕远在陕西省插队劳动，本来约好了12月到北京见面，谁知他们突然被林彪一个“一号命令”，就迁到江西来了。

▲“文化大革命”期间，邓小平和夫人卓琳相依为命，用劳动和读书来充实生活（历史照片）

一天，邓小平主动找了他的监管秘书，婉转地表达了希望与邓榕在北京的见面改在南昌，还用略带自我批评的口吻说：“说温情主义嘛有点，自己的孩子有点想，可能是落后思想……”一位戎马生涯几十年的共和国元勋，道出自己想同孩子团聚的心情，还作了自我批评，听了真叫人心酸。

可是过了一个多月，仍然没有得到回答。卓琳又想到了大学毕业后迟迟不给分配还老挨整的大女儿邓林，要求把邓林接到这里。监管秘书向上面请示后，得到的答复是：“子女可以来这里，但江西省革委会不好出面联系。”

这无疑是给邓小平夫妇开了一张空头支票。江西省革委会不给联系，自己又是管制对象，连通信、行动的自由都没有，怎么进行联系？不联系，孩子能来这里吗？自从邓小平被打倒以后，其子女学校里的“红卫兵”都像发了疯似的，把对“走资派”的怒火，都发泄到邓小平子女的身上，游街、批斗、戴高帽子、人身攻击、毒打，“十八般兵器”通通使出来了，这些邓小平夫妇是知道的，而如今，他们想让孩子们来这里享受片刻的宁静都不可能了。古人曾说“莫生帝王家”，而他们是新中国一代元勋的子女，为什么也要经受这样的摧残？真是人妖颠倒的世界。

1971年，残疾的邓朴方被准许到三位老人身边。从此，邓小平夫妇还要照料这个残疾的儿子，为儿子洗澡擦身这一类最重的活就落在了邓小平身上。后来，政治环境稍微宽松一些，漂泊四方的子女可以在短期内来看望他们。从1971年起，几个子女索性都搬来与父母同住，监禁地成了他们家庭聚首的地方。

1971年11月5日，邓小平夫妇被通知去工厂参加会议，这是自邓小平被监禁以来首次让他参加政治活动，这已昭示着某种转机。1971年10月1日国庆节天安门广场没有游行，这在建国以来还是第一次。林彪的名字也有好几个星期没有在报上出现，这对那个如日中天的“第一接班人”来说，是不寻常的。果然，坐在家里等候父母归来的孩子们从父母的表情中看出一定发生了重大事情。由于当时看守人员在场，卓琳就把女儿拉到厨房，在女儿手心悄悄地写了四个字：“林彪死了。”直到看守人员吃晚饭去了，邓小平夫妇才详细地对子女叙述了刚刚从厂里听到的情况：毛主席“最亲密的战友，最好的学生，最理想的接班人，活学活用毛主席著作的光辉榜样”林彪，原来是个资产阶级的投机分子、阴谋家、反革命两面派、变节者和叛徒，他拼凑反党集团，妄图搞武装夺权，竟然企图炸毁毛主席乘坐的列车加害毛主席，阴谋败露后仓皇出逃，摔死在温都尔汗。邓小平当时显得很兴奋和激动，他只说了一句话：“林彪不亡，天理不容。”邓小平立即给中央委员会写了一封信，表示坚决拥护关于林彪反革命集团的决议。

> 邓小平一方面要遏止“四人帮”的猖狂活动，另一方面要使整个中国从疮痍中恢复过来。

林彪摔死后，他在江西的追随者也被撤换，邓小平一家的日子好过了许多。1972年1月10日，在陈毅元帅的追悼会上，毛泽东说陈毅是个好同志，并说邓小平和刘少奇的问题不一样，属于人民内部矛盾。邓小平听到这个讲话后，写信给毛泽东表示愿意为党为国家为人民再做些事情。毛泽东对邓小平是了解的，1968年党的八届十二中全会上，林彪、江青一伙极力主张开除邓小平党籍，毛泽东极力反对。正如邓小平后来自己说的：“林彪和‘四人帮’想整死我，但他们未遂，是毛主席保护了我。”

1972年秋天，邓小平和妻子被安排去江西革命圣地井冈山参观，并且重访了瑞金，参观了景德镇瓷器厂，邓小平知道，他复出的日子不远了。

1973年2月20日，在江西度过了三年多的时光后，邓小平携全家乘火车离赣赴京。1973年3月10日，根据毛泽东、周恩来的提议，中共中央决定恢复邓小平的组织生活和国务院副总理的职务。8月，在中共第十次全国代表大会上，邓小平被推选为主席团成员，并被选为中央委员。邓小平开始协助周恩来总理整顿和恢复国民经济的工作。在邓小平的倡议下，1973年12月12日，毛泽东在中央政治局会议上提出大军区司令员互相对调的建议，批评“政治局不议政，军委不议军”，提议邓小平参加军委，任总参谋长。

1974年夏天，周恩来因病情恶化住进医院，邓小平在国务院的担子越来越重了。为了在周恩来总理生病期间更好地维持国务院的日常工作，增设第一副总理在当时中国最高层领导人的脑子里都有过酝酿，又必定各有己见。1974 年 10 月 14 日张玉凤传达的毛泽东指示的电话记录里，明确记有“谁当第一副总理（邓）”，这是毛泽东的最初提议，这无疑打乱了“四人帮”长期迫害周恩来、妄图抢班夺权的计划。阻挠邓小平出任第一副总理，便成了“四人帮”一伙积极活动的一个目标。

在第四届全国人民代表大会召开之前，“四人帮”以突然袭击的办法，在 10 月 17 日的政治局会议上就风庆轮问题向邓小平发难，并由此发生了激烈的争执。“四人帮”一伙认为抓住了邓小平的口实，便密谋由王洪文出面向毛泽东告周恩来和邓小平的状，以期达到先发制人的效果。10 月 18 日，江青对王海容、唐闻生说：“10 月 17 日晚政治局开会，在谈论风庆轮问题时，邓小平和我发生了争吵，然后邓小平就扬长而去，致使政治局的会没法开下去。国务院经常借谈工作搞串联，周恩来在医院也不真正养病，邓小平和周恩来、叶剑英他们都是一伙的，周恩来是后台，你们有机会要把这些情况反映给毛主席。”当天晚上，江青和张春桥又把王、唐二人叫到钓鱼台 17 号楼，张春桥说国家财政困难是国务院领导“崇洋媚外”造成的，诬蔑邓小平跳出来不是偶然的。王、唐二人第二天赶到医院向周恩来作了汇报。周恩来说这是他们四个人计划好了要整邓小平。10 月 20 日，王、唐二人根据周恩来的意见把情况向毛泽东作了报告。毛泽东听后对江青一伙的胡闹很生气，对邓小平针锋相对地顶江青表示赞扬，并提议邓小平出任党的副主席、第一副总理、军委副主席兼总参谋长。11 月 6 日周恩来写信给毛泽东，表示对毛泽东的提议积极支持。

▲1974年10月17日，在中央政治局会议上，“四人帮”借中国自行设计制造的“风庆轮”远航归来一事，攻击交通部以至国务院领导人批准适当买船、租船是“崇洋媚外”。邓小平反对这种说法。次日，王洪文到长沙，就此事向毛泽东告状，遭到毛泽东的批评。图为“风庆轮”（历史照片）

为了阻挠邓小平出任第一副总理，“四人帮”还利用手中的舆论工具，把自己一伙比喻成“法家领导集团”，言外之意是这个集团之外的人是不能进入领导集团的。“四人帮”还把自己的得力心腹指定为四届人大代表，企图在选举中能使他们的代理人掌握一些重要部门的领导权。在四届人大筹备期间，江青一伙明目张胆地向周恩来、邓小平进攻，向毛泽东要官要权，引起了毛泽东的警觉。毛泽东在1974年11月12日给江青的一封信上，亲笔批示：“不要多露面，不要批文件，不要由你组阁。你积怨甚多，要团结多数。至嘱”。“人贵有自知之明。又及。”

几乎在同一时期，江青要王海容、唐闻生利用见到毛泽东的机会，向毛泽东转达她的意见：“由王洪文任副委员长，排朱德、董必武之后。”毛泽东对王、唐二人说：“江青有野心，她是想叫王洪文做委员长，她自己做党的主席。”

毛泽东又批评王洪文：“不要搞‘四人帮’！不要搞宗派，搞宗派是要摔跤的。”

另一方面，通过对邓小平前一段工作的考察，毛泽东说：“邓小平人才难得，政治思想强！”

这位最高决策人对“四人帮”的察觉和对邓小平公正的评价，使江青妄图组阁的阴谋失败了。

“四人帮”并不甘心在四届人大人事安排上的失败，他们利用手中的工具，制造“反经验主义”、“限制资产阶级法权”，把矛头指向周恩来和邓小平等一大批有丰富革命和建设经验的老干部。邓小平对各条战线的整顿就是在这种艰难的条件下进行的。邓小平一方面要遏止“四人帮”的猖狂活动，赢得时间，另一方面要使整个中国从“文化大革命”的疮痍中恢复过来。他继续大刀阔斧地对各条战线进行整顿，取得了明显的成效，也赢得了民心。

面对“四人帮”的无理挑衅，邓小平大义凛然，泰然处之。邓小平多次针对“四人帮”的攻击说：“这样做，无非有人讲‘还乡团’回来了，复辟了”，“不管它那一套，他说他的”，“老干部要横下一条心，拼老命，‘敢’字当头，不怕，无非是第二次被打倒，不要怕第二次被打倒，把工作做好了，打倒了也不要紧，也是贡献”。

> 粉碎“四人帮”后，邓小平的问题却一波三折。历史终究是公正的，把他推上了“总设计师”的位置上。

1975年9月，毛远新开始担任毛泽东的联络员。9月底至11月初，毛远新利用自己特殊的身份，多次向毛泽东进谗言，说什么“感觉到一股风，比1972年借批‘左’而否定‘文化大革命’时还要凶些，‘担心中央，怕出反复’。我很注意小平同志的讲话，我感到一个问题，他很少讲‘文化大革命’的成绩，很少批判刘少奇的修正主义路线”。毛泽东那时仍然坚信“文化大革命”的“伟大功绩”，不允许任何人批判“文化大革命”，甚至不赞扬“文化大革命”也是不能容忍的。因此，毛泽东肯定了毛远新的看法，批评邓小平为代表的一部分老干部说："一些同志，主要是老同志还停留在资产阶级革命阶段，对社会主义革命不理解，有抵触，甚至反对。对'文化大革命'有两种态度，一是不满意，二是要自由，算'文化大革命'的账。"而这期间，康生也乘邓小平离京之机，向毛泽东进谗言："邓小平想翻'文化大革命'的案。"这无疑增强了毛泽东处理邓小平的决心。

1975 年 11 月 3 日，清华大学党委召开常委扩大会议，传达毛泽东对反映迟群问题的信的指示，实际上，这便是之后大规模"反击右倾翻案风"的开端。11 月 8 日，张春桥在一次谈话中针对教育整顿说："一个是培养有资产阶级思想的有文化的剥削者、精神贵族，一个是培养有觉悟的没有文化的劳动者。你说要什么人？我们要一个没文化的劳动者，而不是一个有文化的剥削者、精神贵族。"不久，"四人帮"在上海的代理人被召到北京开打招呼会，王洪文有意吹出风来说："邓小平是还乡团总团长，华国锋、叶剑英、李先念等是还乡团分团长……"

1975 年 12 月 4 日，《人民日报》转载《红旗》杂志 13 期刊登署名"北京大学、清华大学大批判组"的文章《教育革命的方向不容篡改》，文章以毛泽东"七二一"指示为幌子，把教育部长周荣鑫根据邓小平整顿教育工作的指示精神所作的讲话说成是"企图为修正主义教育路线翻案，进而否定'文化大革命'，改变毛主席的革命路线"；大批"要挑中学生好的，要直接上大学"是把教育"扭回修正主义教育路线上去，搞什

▲第二次握手——1974 年毛泽东和复出后的邓小平在中南海书房相见（杜修贤摄）

么‘拔尖子’的资产阶级教育，引诱学生去爬那个‘小宝塔’，即通向资产阶级精神贵族的阶梯”；把调整科学、教育事业单位的领导班子说成是“跳出来猖狂反对工人阶级的领导”，等等。在文章结束时，又有意将所谓教育战线上的这场争论说成“是当前社会上两个阶级、两条道路、两条路线的组成部分”，矛头直接指向周恩来、邓小平。

以“教育革命大辩论”为起点的所谓“批邓、反击右倾翻案风”的运动，就此开始了。“四人帮”鼓动他们在各地的爪牙，利用舆论宣传工具，掀起了所谓“反击右倾翻案风”的恶浪。

1976年1月8日，为祖国和人民操劳一生的周恩来总理与世长辞。15日，召开了周恩来总理追悼会，由邓小平致悼词。毛泽东因病未能出席追悼会。报刊根据姚文元的指示对追悼会的情况只作了很少的报道。“四人帮”的意图是：必须把周总理忘记，应该继续完成周总理遗志的邓小平也必须打倒。

1976年2月6日，“四人帮”对邓小平的人身攻击几乎公开化，《人民日报》号召同在伟大的“无产阶级文化大革命”中受过批判，但死不改悔的走资派刮起的“右倾翻案风”进行斗争。2月7日，华国锋出任代总理。2月10日北京大学贴出大字报明显攻击那个“不管白猫还是黑猫”的人，邀请外宾到北京大学参观批判邓小平“修正主义”言论和活动的展览。《人民日报》也于13日发表文章，批判所谓的那些“否定以阶级斗争为纲的走资派”。

他们指控邓小平歪曲了毛泽东的三点指示——反对修正主义、实现安定团结和发展生产。而邓小平则提出：“三项任务是个统一的整体。”他们攻击说1975年邓小平领导下制定的恢复工业、铁路、钢铁冶金、军队和教育工作的方案，以及反对诸如江青排演的“革命样板戏”是修正主义的表现。到了3月份，毛泽东也支持了这场运动，批判文章中出现了毛泽东的最新指示：“翻案不得人心”、“资产阶级就在党内，就是那些走资本主义道路的人，他们还在走”。3月底又出现了一个最新指示：“这个人不抓阶级斗争。他从来不以此为纲。总是白猫黑猫，不区别帝国主义和马克思主义。”这已很明显表明党内最高决策人也对邓小平的做法不满。而上海《文汇报》则出现了连周恩来也一起攻击的文章：“党内走资本主义道路的当权派支持另一个死不改悔的走资派。”

邓小平确实没有悔改。在一次学生批斗大会上，当“造反派”列举他的“错误”、要他作自我批评时，邓小平说：“我已经老了，听力不太好，你们说的，我一向也听不清楚。”后来，邓小平回到华南，这里的军队和党的负责人都是他的老战友。复出后为整顿作出巨大贡献并取得明显成效的功勋式人物，又一次来到老战友这里，来躲避颠倒黑白的批斗。

1976年的清明节，是一个不平常的日子，几百万人来到天安门来缅怀周总理，抗议“四人帮”的罪行。这时的中国人民已开始觉醒，并与“四人帮”做了坚决的斗争，于是爆发了震惊中外的“天安门事件”。“四人帮”利用这一事件，诬蔑它是邓小平“煽动的”一场“反革命暴乱”，矛头指向毛主席和党中央。“四人帮”借此大做文章，以便迫使毛泽东和政治局领导核心作出撤销邓小平职务的决定。1976 年 4 月 7 日中共中央政治局通过决议：华国锋已不是代总理，而是政府首脑和党的第一副主席。决议同时撤销邓小平党内外一切职务，保留党籍，以观后效。

这对于工作刚有成效、正欲大展宏图的政治家邓小平来说，无疑又是一次沉重的打击。但他从来就没有绝望。正如邓榕在一篇回忆文章中提到她父亲总爱说“天塌下来有高个子顶着”，邓小平具有顽强不屈和乐观的性格。

但是，觉醒的中国人民已不再允许“四人帮”继续祸国殃民了。毛泽东逝世以后，“四人帮”露出了丑恶的嘴脸，企图抢班夺权，被叶剑英、李先念、华国锋等一举粉碎。奇怪的是，粉碎“四人帮”后，邓小平的问题并没有立刻得到解决，因为当时有些中央的领导同志还囿于“两个凡是”的框子里，引起了一场“真理标准”的讨论。讨论的结果是真正的真理，即“实践是检验真理的唯一标准”取得了胜利。的确，经历了十年动乱的人们已从狂热中、从乌托邦式的幻想中醒来，他们变得理智而清醒，变得很务实。

▲1976年1月15日邓小平在周恩来追悼会上致悼词（杜修贤摄）

▲1981年6月邓小平任中央军委主席后，提出必须把人民解放军建设成为一支强大的现代化、正规化的革命军队。同年9月，邓小平在华北某地观看北京部队和空军部队举行的大规模军事演习，检阅陆海空军部队（历史照片）

1978年12月18日至22日，中国共产党在北京召开了十一届三中全会，对“文化大革命”的错误进行了全面的纠正。早在7月16日至21日召开的十一届二中全会上，邓小平就恢复了失去的所有职务，而在十一届三中全会上，邓小平则进一步巩固了他的理论和威望。从此，历史把他推上了“总设计师”的位置，这反映了亿万人民的意愿。

历史证明，这位历尽坎坷的“风中竹”式的老人，为中国人民设计出了一幅美好的蓝图。

第三章
共和国主席刘少奇之死

▲最后的出访——1966年4月刘少奇在乌鲁木齐机场（杜修贤摄）

> 奇特的八届十二中全会，在人数不足半数的情况下，却宣告刘少奇政治生命的死刑。

1968年10月13日，中共历史上最为奇特的八届十二中全会在北京举行。它的奇特之处在哪儿呢？按规定，全会应出席中央委员87人（原97人，去世10人）、候补中央委员98人。因一些中央委员和候补中央委员已被打倒或受审查，被关在监狱或牛棚中，所以实到中央委员40人、候补中央委员19人，不足应到会人员的半数，这在中外执政党历史上都是罕见的。恰恰是这个不足应到会人员半数的全会，宣告中华人民共和国主席刘少奇政治生命的死刑，制造了中共历史上的最大冤案：

“在‘无产阶级文化大革命’初期，经过广大革命群众和红卫兵小将的广泛揭发，专案组的深入调查，大量的物证、人证、旁证，充分证实党内头号走资本主义道路的当权派刘少奇，是一个埋藏在党内的叛徒、内奸、工贼，是罪行累累的帝国主义、资本主义和国民党反动派的走狗。”“刘少奇罪大恶极，死有余辜，专案审查小组建议党中央根据党内外广大革命群众的强烈要求，撤销刘少奇党内外一切职务，永远开除党籍，并继续清算刘少奇及其同伙叛党叛国的罪行。”

八届十二中全会批准《关于叛徒、内奸、工贼刘少奇罪行的审查报告》，并作出把刘少奇“永远开除党籍，撤销其党内外一切职务”的决议。在59位正式代表和74位列席代表中，只有陈少敏（女）一人不畏高压，坚持自己的意见，当别人高举双手的时候，她把脸俯在桌子上表示反对……

本来毛泽东和刘少奇是多年出生入死共同战斗过的老朋友。1922年，他们曾共同领导了安源路矿工人运动。后来刘少奇一直在白区工作，毛泽东在根据地探索革命之路，在王明“左”倾冒险主义统治时期，他们都被看成右倾机会主义的代表，同样受到打击。1935年1月的遵义会议上，刘少奇支持毛泽东的正确意见，为党的历史上的这次伟大转折作出了贡献。作为“左”倾危害的体验者，刘少奇积极参加清算王明“左”倾机会主义的斗争，并写了《论共产党员的修养》《论党内斗争》等大量著作，贡献突出。当时毛泽东给予刘少奇很高的评价，他曾对薄一波说：中国革命有两个方面军，苏区是一个方面军，白区是一个方面军，少奇同志就是白区的代表。1943年，刘少奇返回延安，在中央书记处工作——当时的中央书记处实际上只有毛泽东、刘少奇和任弼时三人。在这期间，刘少奇在系统阐述毛泽东思想、确立毛泽东思想作为党的指导思想和毛泽东在全党的领袖地位方面，发挥了重要作用。党的七大上，刘少奇当选为中央政治局委员、书记处书记，实际上成为党的第二把手，被誉为中国的斯维尔德洛夫。每当毛泽东外出时，刘少奇便被委托主持日常工作。1959年，他又当选为中华人民共和国主席，与毛泽东共同领导中国，国内正式出版物上，“刘主席”的称号与“毛主席”并排出现，当然也有两位主席的肖像，刘少奇也被称为毛主席的“最亲密战友”。

▲安源路矿工人俱乐部第一届总代表及驻部职员合影（第2排左6为刘少奇）（历史照片）

1961年，毛泽东会见蒙哥马利勋爵时，肯定他的接班人是刘少奇。

毛泽东与刘少奇的分歧，大体发生在1962年初。毛泽东与外宾谈话中说，他发现刘少奇有事是1962年。他所写《炮打司令部》的大字报也说“联系到1962年的右倾”。造成分歧的主要原因是在对“总路线、大跃进、人民公社”三面红旗认识和态度上。刘少奇本来是赞成三面红旗的，但1961年八届九中全会上毛泽东提出要大兴调查研究之风后，刘少奇回湖南老家宁乡县炭子冲搞调研，接触到农村的真实情况。他看到到处是荒凉的田野、饥饿的人群，妇女们在田地里挖野菜，老人孩子们在树下采树叶，许多人饿得得了浮肿病，和原来听到的汇报和想象根本不是一回事，于是改变了对三面红旗的看法。刘少奇讲：这次回来，看到乡亲们很苦，我们的工作做得不好，对你们不起。在5月召开的中央工作会议上，他明确地表达了自己的看法，认为“工作中的缺点错误是造成目前困难的主要原因。中央要对这些错误负主要责任”。7月的中央政治局会议上，刘少奇再次批评党的一些工作没做好，“这几年党成为执政党是好事情，是成绩，乱指挥人家也听你的。但是，继续这样搞下去要跌下台的，再不能这样搞了”。

到1962年1月21日至27日的七千人大会（中央扩大会议，因有近7000人参加，故名）上，刘少奇更进一步指出全国有一部分地区错误是主要的，成绩不是主要的，不能“三七开”，不能说七分成绩，三分错误，提出“三分天灾，七分人祸”的诊断，认为错误原因是经验不足，但也有不少领导同志不够谦虚谨慎，有骄傲自满情绪，违反实事求是精神的优良传统和作风。他还提出彭德怀信中说的一些具体事实不少是符合实际情况的，人民公社当时不办也可能好些，迟几年办也是可以的，建议解放彭德怀。这些观点显然涉及三面红旗，引起毛泽东的不满。毛泽东一直认为三面红旗是中国社会主义建设道路的体现，是对马列主义的创造性发展，是完全正确的，他曾表示愿与全世界反对三面红旗的人作战，包括党内大批反对派和怀疑派，因此，谁反对三面红旗，谁就被认为是修正主义，刘少奇也被他看成犯了右倾错误。这个分歧导致了老战友的分手。

造成毛、刘分手的第二个原因是对待四清运动的不同看法。毛泽东认为要从政治上搞四清，斗争的重点是解决无产阶级与资产阶级的矛盾问题。刘少奇则认为应从经济上搞四清，有什么矛盾解决什么矛盾，不要把什么问题都往阶级矛盾上拉。1964年底中央工作会议上，刘少奇在毛泽东讲话时插话，表达了自己的看法。毛泽东很生气，联想起邓小平劝他可不参加会（当时毛泽东感冒，邓小平好意劝他不必参加会），认为中央第一线不让他放心，并坚持让刘少奇作检查，认为这不是个人之间的是非，而是马克思主义与修正主义之间的大是大非。这件事加剧了两人之间的冲突，毛泽东对刘少奇失去信任。

另外，在当时的外交问题上，在调整改革中出现的包产到户等事上，毛、刘二人间也有较大分歧。总之，毛泽东认定，党内有走资本主义道路的总代表，中央也会出现修正主义，他要解决这个问题。

解决的办法就是发动“文化大革命”。

> 六月的北京，风云动荡。刘、邓决定派出工作组引导“文化大革命”，毛泽东不同意，他认为应该“统统驱逐之”。

1966年5月4日至26日，为发动“无产阶级文化大革命”而召开的中央政治局扩大会议在北京举行。毛泽东在外地没有出席会议，但会议是按照他4月份在杭州主持召开的中央政治局常委扩大会议的部署和他在会前的安排进行的。刘少奇主持会议，5月16日，会议下发了《中国共产党中央委员会通知》，但刘少奇接受“文化大革命”是勉强的。

《五一六通知》下发后，毛泽东继续在南方休养，留刘、邓两人在京主持工作，负责“文化大革命”。六月的北京，政治风云动荡，聂元梓贴出了第一张大字报，得到毛泽东的支持，清华大学出现了群众组织红卫兵，大批学者、专家、领导受到围攻批斗，有的被抓被押，有的自杀。中央派出工作组，却与群众产生对立分歧——纷乱的形势让刘少奇不知如何应付，老革命遇到了新问题，他多次打电话给毛泽东，请示汇报，均未收到明确的回复。迫于无奈，他和邓小平乘飞机亲去杭州，与毛泽东面谈运动情况，并请毛泽东回京讨论工作。毛泽东委托他们相机处理。

▲刘少奇带领调查组到湖南进行调查，同基层干部和社员广泛座谈，听取意见。图为刘少奇在召开座谈会(历史照片)

刘、邓回京后，立即主持召开政治局常委扩大会，决定向大中学校派工作组控制和引导“文化大革命”。但毛泽东不这样看，他认为工作组“起坏作用，阻碍运动”，应该“统统驱逐之”。7月24日上午，毛泽东召集中央常委和“中央文革小组”成员开会，点名批评刘少奇、邓小平，决定撤销工作组。还是那种决定过无数重大事件的手势，还是那典型的湖南乡音：撤掉，统统撤掉。

8月1日，中共八届十一中全会在北京召开，毛泽东在全会上发表《炮打司令部——我的一张大字报》，刘少奇成为不点名的“资产阶级司令”，他在党内的地位由第二位降到第八位，林彪被定为接班人。刘少奇当即表示：保证服从党的决议，努力去认识自己的错误，不做任何不利于党的事。此后，刘少奇处于被批判的境地。

对于革命者来说，政治上的打击往往是最沉重的，但恰恰因为他们是革命者，却又总有不屈的坚韧和宽广的心胸，对刘少奇来说，工作还要做，饭还是要吃，但本来就少言的他话明显更少了。

他有个习惯：总是在开饭前几分钟才入桌，随便说几句话后就开始吃饭，一边吃，一边思考事，基本上不在饭桌上讲话，吃完饭再去办公室。现在，他犯了“错误”，晚饭更显得心不在焉，他要认识错误，他要准备书面检查，以让毛泽东满意。

10月份，正是北京最迷人的季节，庄严的人民大会堂内，毛泽东主持召开中央工作会议，中心内容是批判“资产阶级反动路线”，其中一项议程是刘少奇在全体会上作检讨。

对这个检讨，刘少奇早就准备了。1964年的一句插话都让毛泽东大发脾气，最后作了检讨，现在这么大的“错误”哪有不检讨的道理。刘少奇很精心、很认真地作了准备，并很快把检查稿送交毛泽东审阅。9月14日，毛泽东在刘少奇的检查上作了批示：

> 少奇同志：检查上写的很好，很严肃，特别是后半段更好。建议以草案形式印发政治局、书记处、工作组（领导干部）、北京市委、“中央文革小组”各同志讨论一下，提出意见，可能有些收获，然后酌加修改，再作报告，可能稳当一些，请酌定。
>
> 毛泽东
>
> 9月14日

刘少奇照批示做了。

10月23日上午，刘少奇在中央工作会议上作检讨：

> 我的检讨分三个部分，第一部分讲讲50多天来的错误。在今年6月1日以后的50多天中，我在指导“无产阶级文化大革命”中发生的是路线方向性错误。这个错误的主要责任应该由我来负，第一位要负责任的就是我……第二部分，是说我这次犯错误不是偶然的，我在历史上也犯过一些原则性和

路线性的错误，如1946年在对东北战争的指导有错误，对林彪的指导是不够的；1949年在天津的讲话有右倾错误，1962年犯有右倾错误，1964年又犯形“左”实右倾的错误等。第三部分，讲我犯错误的原因，一是不理解这场“文化大革命”是我国社会主义革命发展的更深入、更广泛的新阶段，不理解进行“文化大革命”的方法，怕乱，怕反革命上台；二是错误估计形势，世界观没改造过来；第三，最根本的是没学好毛泽东思想……

当然，他是专心地按照《炮打司令部》的口径讲的，虽然他不诿过、敢负责，但事实上他没弄清，也无法弄清自己犯了什么错误。

刘少奇的检查没能降低“文化大革命”轰轰烈烈的温度，也没能因此保护更多的人免受冲击。相反，越来越多的人受到指责、批评、批判，连红墙围起的中南海也出现了刺眼的大字报……作为国家主席，他有责任制止这种行为，可他没有了能力，然而，现实让他作出选择。经过深思熟虑，他决定辞职。

刘少奇找到了周恩来总理：“总理，事情发展到这个地步，是我怎么也没料到的，我现在这个国家主席的位子已毫无用处，为了尽早结束运动，让广大的干部免受更大

▲毛泽东和刘少奇一起出席活动（杜修贤摄）

的冲击，让国家少受点损失，我要辞去国家主席的职务。”

同样忧心忡忡的周恩来安慰他说：“少奇呵，你不要太伤心，好多事情都很难办，这不行，不行啊。还有个全国人民代表大会问题。”

> 毛泽东会见刘少奇，刘少奇恳请辞去国家主席，使党少受损失。

就在刘少奇想办法使党和国家少受损失的同时，“批刘”浪潮愈演愈烈：12月18日，名为“王光美专案组”实为“刘少奇专案组”的班子成立，当日下午，“打倒刘少奇”的大字报部分上了街。1月6日，王光美被造反派骗出中南海。1月7日，刘少奇之子刘允若被抓进监狱。1月中旬，中南海里的造反派冲到刘少奇家，开刘少奇的批斗会，让他背诵毛主席语录，若背不出，便是不忠于毛泽东思想。

1月13日深夜，一辆华沙牌轿车直驶刘少奇住处，随车秘书要他立即乘车去人民大会堂，毛主席要找他谈话。事情显得有些突然，刘少奇心里拿不准此行的意图，他拉下车窗帘子，闭目深思：都是老同事了，没有什么值得多想的，互相通通气，看看他的态度，反正目前工作是不好做了，实在不行，回家种地去，重要的是要保护各级领导干部，这种搞法对国家损失太大……

“噢，少奇来了，坐，坐。”毛泽东正倚在沙发上抽烟，他没有站起来。

“主席好，您找我有事情谈？”刘少奇平静地问。

“找你谈一谈。平平的腿好了吗？”很显然，毛泽东已知道造反派以刘平平腿被车轧断为名，骗王光美出中南海将其扣在清华大学的事。

“根本没这回事，是个骗局。”刘少奇没表现出愤怒和委屈，“主席，这次我犯了大错误，是路线错误，责任在我，广大干部是好的，特别是许多老干部是党的宝贵财富，主要责任由我来承担，尽快把广大干部解放出来，使党少受损失。我要辞去国家主席、中央常委和《毛泽东选集》编委会主任职务，和妻子儿女去延安或老家种地，以便尽早结束‘文化大革命’，使国家少受损失。”

毛泽东没有马上接话，他沉吟不语，不住地抽烟。

毛泽东不会接受刘少奇的请求，从表面上看，这似乎是刘少奇自动退出政治舞台，实际上却是一种规谏，甚至是一种无奈的抗争。毛泽东并不想让“文化大革命”到此为止，再说，让国家主席带着妻子儿女回农村种地，也是一件不好交代的事。

毛泽东避开了刘少奇的话题，他建议刘少奇认真读几本书，还特意介绍了法国学者海格尔写的《机械唯物主义》和狄德罗的《机械人》。临别时，毛泽东亲自送刘少奇到门口，要他“好好学习，保重身体”。

对刘少奇来说，会谈没有实质性意义，尽管他后来说“主席没有批评我的错误，很客气，叮嘱我认真学习，保重身体”。他心里明白，毛泽东既没拒绝他的要求，也没同意他的要求，他仍然被高高地挂起，接受批判。

果然，没过几日，刘少奇的家再次遭受冲击，造反派把他和妻子王光美推到一张缺腿的桌子上接受批斗。面对嘈杂的人群和责问，刘少奇的声音很坚定：我从来没有反对毛泽东思想，只是有时候违反了毛泽东思想；我从来没有反对毛主席，只是在工作上有过意见分歧……伴随他声音的，是那在寒风中阵阵晃动的苍苍白发。

接着，造反派扯断了刘少奇家中的电话线，红机子的声音再也没有悠扬地响起过。

> 中南海外，几十万人围集四周，一百多个高音喇叭发出刺耳的喧叫："打倒刘少奇。"

1967 年 4 月 1 日，国内各大报纸登载了署名戚本禹的长篇文章《爱国主义还是卖国主义》。刘少奇读后，气愤至极，他狠狠地把报纸摔在桌上："假话，这篇文章有许多假话，我什么时候说过那个电影（指《清宫秘史》）是爱国主义的？什么时候说过当‘红色买办’？不符合事实，是栽赃！党内斗争从来没有这么不严肃过，我不反革命，也不反毛主席，毛泽东思想是我在七大提出来的，我宣传毛泽东思想不比别人少。""我早在去年 8 月的会议上就讲过五不怕，如果这些人无所畏惧，光明正大，可以辩论嘛！在中央委员会辩论，在人民群众中辩论嘛！我还要为这个国家、人民，为我们党和广大干部讲几句话！"

6 日晚，中南海的造反派高喊着口号冲进刘少奇办公室，向他宣布如下勒令：必须自己做饭、打扫卫生、洗衣服、改变作息时间（过去刘少奇习惯夜间工作，上午休息），并按戚本禹文中所列的所谓"八大罪状"提出质问。

刘少奇早就渴望能有一个机会让他公开答辩，虽然现在是个非常场合，但毕竟有了把话说出来的机会，他逐条驳斥戚文对他的污蔑，有理有据，义正辞严。当造反派质问到"六十一人叛徒集团"时，刘少奇一下子怒火冲天，白发上竖："这个问题简直是岂有此理，六十一人出狱是经过党中央批准的，在日寇进攻华北时，必须保护这批干部，不能再让日寇把他们杀了，他们都是党的宝贵财富啊！这事，中央许多领导同志都知道，早有定论嘛！"

第二天，刘少奇交出一篇关于"八大罪状"的答辩，工作人员把原件上送，并抄成一份大字报在中南海内贴出，不料，几个小时之后，竟被撕得粉碎。

一连串的莫名打击，使刘少奇精神上极为痛苦，加上突然改变作息习惯，限制安眠药用量，他几天都没能睡着，身体变得很弱，偏偏在这时候，清华大学造反派们要组织 30 万人的大会批斗王光美……

刘少奇急了，怒了：“我有错误我承担，工作组是中央派的，光美没有责任。为什么让她代我受过？要作检查，要挨斗，我去！我去见群众，我是一个共产党员，死都不怕，还怕群众？”蕴蓄在心中的积怨终于如火山一样爆发了。

“我没有搞过阴谋诡计，工作是大家一起做的，要我承担责任，可以！但错误得自己去改！”“别人就是一贯正确的吗？要一分为二，为什么不许人家向中央文革提意见？有不同意见就把人抓起来！？”说到这里，他把手中的汤勺猛地摔在桌子上，整个身体都颤抖起来。

他努力控制住自己的情绪，把在家的几个孩子叫拢过来，缓缓地说：“将来我死后，你们要把我的骨灰撒在大海里，像恩格斯一样。大海连着五大洋，我要看着全世界实现共产主义，你们要记住，这就是我给你们的遗嘱，你们一定要在群众中活下去，永远跟着党，永远为人民。”多年斗争磨炼出的感觉告诉他，下一步，将会变得真正残酷起来。

1967 年 7 月 18 日晚，依据江青、戚本禹的提示，中南海造反派和几十万群众联合批判刘少奇。中南海外，几十万人聚集四周，他们携带的一百多个高音喇叭奏出高

▲毛泽东和刘少奇一起接见军队代表（杜修贤摄）

调的喧闹声；中南海内，造反派把刘少奇、王光美分别揪到两个食堂内批斗，同时抄了他们的家。刘少奇被强按着头，弯腰站在会场前，不许他说一句话，否则就用语录本敲他的脸和嘴。批判持续近两个小时，年近七旬的刘少奇已难以忍受，汗珠不断地从他脸上渗出，他抽出手掏出手绢想擦一下汗，不料站在他旁边的人狠狠一掌把手绢打落，他的汗水也随着震动流到地上……

对刘少奇的批斗逐步升级，刘少奇写信给毛主席："我已失去自由。"

8月5日，为了与天安门广场举行的百万人大会相呼应，江青、康生等人又策划了批斗刘、邓、陶大会，分别在各家院内举行。几个彪形大汉把刘少奇、王光美架进会场，他们一会儿强按下刘少奇的头，把他的手扭到背后，强迫他做出卑躬屈膝的样子，不让他做喷气式；一会儿又揪着刘少奇稀疏的白发，强迫他抬头拍照；最后，他们把刘、王押到会场一角，硬把他们按下去向两幅巨型漫画上的红卫兵鞠躬。此时的刘少奇已被打得鼻青眼肿，鞋也被踩掉，只穿着袜子。在神圣的祖国大地上，在庄严的中南海院内，中华人民共和国的主席，竟遭到这种侮辱性对待！王光美的心流血了，她不顾一切，挣脱造反派的手，扑向刘少奇，刘少奇也不顾拳打脚踢，与王光美的手紧紧握住，也许，这是最后的告别！执手相看泪眼，竟无语凝噎。他们传递友情、温暖和鼓励的手最终被暴力分开。

批斗会后，刘少奇被押回办公室，他虽疲惫已极，但余怒未消，立即按铃叫来机要秘书，拿出《中华人民共和国宪法》，严正抗议说：我是中华人民共和国的主席，你们怎么对我个人，这无关紧要，但我要捍卫国家主席的尊严，谁罢免了我的国家主席？要审判，也要通过人民代表大会，你们这样做，是在侮辱我们的国家，我个人也是一个公民，为什么不让我讲话？

尽管秘书当夜就写了汇报，但刘少奇的抗议没有收到任何回应。

8月7日，刘少奇给毛主席写信，抗议给他扣上反党反社会主义的帽子，书面提出辞去现任职务，并告诉毛泽东"我已失去自由"。

信是送上去了，可刘少奇的腰伸不直了，右腿也被打伤了，走路一拐一拐的，妻子和孩子们与他在同一个院子里，却不能相见，更不能相互照顾。十几天后，这种在同一个院子里的待遇也没有了，9月13日，刘少奇的孩子们被赶出了中南海，王光美被捕入狱，刘少奇则被强迫抽去腰带，被"严加看守"起来。

当刘少奇得知妻子儿女已经离家、自己已是孤身一人时，精神受到极大打击，身体状况也急剧恶化。

强迫改变生活习惯，加上不给足量的安眠药，刘少奇每天只能睡两三个小时，有时彻夜不眠，以致他神志恍惚。

他的手臂在战争年代受过伤，加上批斗会上的扭打，旧伤复发，为穿一件衣服要折腾一两个小时。

他的右腿被打伤，到饭厅吃饭，短短的30米距离，要走50分钟，前后跟着的看守战士也不敢上去扶一把，后来实在走不动，就让工作人员去把饭打回来，但去打饭的人被称为“保皇兵”，人们也不愿去打饭了，他只好打一次饭分吃几顿。

他满口只剩下七颗牙，根本嚼不动窝头、粗饭。

他长期有胃病，加上常吃剩菜馊饭，身体更为虚弱，手颤抖得不听使唤，饭送不到嘴里，弄得满脸满身都是……

刘少奇病得越来越重，大夫护士也不敢好好看，每次看病前都要开一阵批斗会，一边检查病情一边大骂“中国的赫鲁晓夫”，有的用听诊器狠狠敲打，有的用注射器使劲乱捅，还把他服用多年的维生素和治糖尿病的药也给停了。知道说什么也没用，刘少奇只能默默忍受着……

1968年7月，刘少奇突然发起高烧，医生过来用常用药敷衍一下就走了。第二天，他的病转成肺炎，引起多种并发症，随时有死亡的危险。上面得知后，立即派医护人员来抢救，防止刘少奇死掉。当时的中央办公厅负责人对医护人员说：“现在快要开刘少奇的会了，不能让他死了，要让他活着看到被开除出党，给九大留活靶子。”

为维持刘少奇的生命，医生提出实行监护、住院治疗，被看守人员拒绝；医生请求撕掉卧室内挂满的标语口号，使病人少受精神刺激，也被拒绝。刘少奇虽然没瘫痪，但无力起身，只能躺在床上，没人给他换洗衣服，没人扶他起床大小便，由于不活动，他的双腿肌肉逐渐萎缩；他的胳膊和臀部由于打针被扎烂了，护士记录日记上写着：全身没有一条好血管。

残忍的折磨，使刘少奇植物神经紊乱，他不能正常下咽食物，只好靠鼻饲维持快枯竭的生命，疾病和窒息的难忍，常使他紧紧攥着拳头，或伸开十指乱抓、乱撕，一旦抓住东西就死死不放，医护人员实在不忍目睹他难受的情景，就拿来两个硬塑料瓶让他捏在手里，不久，这两个塑料瓶被攥成了两个“小葫芦”……

对刘少奇来说，活着已是一种折磨，但他还是要坚持活下去，他要活着看到事实证明他不是“资产阶级司令部”的司令。

但是，他万万没想到，等来的却是晴天霹雳，却是轰然雷击。这就是本文开头的一幕，他被中共中央十二中全会定为“叛徒、内奸、工贼”，被“永远开除出党”，而且是在他70岁生日，即1968年11月24日这一天通知他的（十二中全会闭幕日期是10月31日）。

刘少奇得知这个消息后，气愤得浑身颤抖，大汗淋漓，呼吸急促，“哇哇”地大口呕吐起来，长期积郁在心头的气愤和非人折磨引发的疾病，一起爆发出来，他的血压陡然升高到260/130毫米汞柱，体温达40℃。但他一声不吭，攥紧双拳，那双干涩的、快要裂开的眼睛，喷射着怒火……寒风凄凄，枯木凋零，心已成灰……

从此，刘少奇沉默了，他一句话也不说，哪怕是治病和生活用语也一句不说，他用无言表达坚决的抗议。

周恩来动员北京医院的两个护士专护刘少奇，仍没改变他的沉默，他知道自己快坚持不住了，活着看到改变命运不太可能，他的冤屈只能到马克思那里去说了。

1969年10月17日，依据林彪的“一号命令”，随时都可能死亡的刘少奇被专机送往河南开封。

晚7点多钟，光着身子的刘少奇——他原来的衣服烂了，没有人补，脏了没有人换，干脆给扔了——被人用粉红色的缎子被一裹，再蒙上一条白床单，放在担架上，送上了飞机。他鼻子里插着饲管，喉咙里塞着吸痰器，胳膊上扎着输液管，奄奄一息……

晚9时许，飞机降落在开封机场，接受“紧急任务”的医护人员马上爬上舷梯，走到后舱，看见担架上躺着一个白发老人。走近一看，面容非常熟悉：这不是中共中央副主席、国家主席刘少奇吗？医护人员怔住了……刘少奇的担架被抬下飞机，放到救护车上，救护车在漆黑的夜路上驶向市区，但不是去医院，而是去市人委大院里的一个由重兵把守着的独特小院。

从这夜开始，小院内外如临大敌，戒备极严，事先被告知执行紧急任务的医护人员从此失去“自由”，不许外出，不许写信，不许同家人有任何形式的来往，形同软禁。

由于刘少奇在担架上没穿衣服，到开封的当天夜里，他的肺炎就犯了，高烧39℃，呕吐厉害，但林彪在河南的同伙却汇报称“一切均好，病情无异常变化”。

11月5日，刘少奇再次高烧，抢救两天以后才降到37.2℃。当时在他身边的人都说：“他虽然不说话，但特别配合治疗。他还是希望活下去，活到他等待着的那一天……”

11月8日，专案组下令：凡北京陪同来的人，立即撤回北京，一个人也不准留，北京带来的药也不准用。临走之前，专案组的人还特意去火化场看了看，然后向当地负责人训话说：“要激发对刘少奇的仇恨，保留活证据。”

11月10日晚，刘少奇再度发高烧。试体温表，五个小时后才取出，体温为39.7℃，虽不能确诊为肺炎，但按肺炎治疗，不准送医院抢救。到11日深夜，刘少奇嘴唇发紫，两眼瞳光反应消失，体温40.1℃。但直到第二天早晨6点40分才发出病危通知，五分钟后，即1969年11月12日6时45分，刘少奇的心脏停止了跳动。

6时47分，值班医生和护士赶到现场。

8时47分，“抢救”小组人员到达现场……此时刘少奇已被转移到地下室里，厚厚的铁门上了锁。

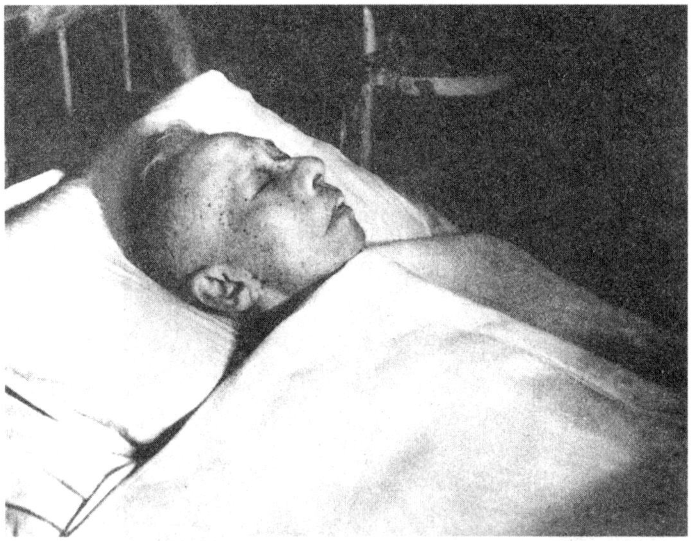
▲1969年11月12日，中华人民共和国主席刘少奇由于遭受政治迫害和人身摧残，在河南开封市含冤去世。(历史照片)

刘少奇的老卫士长李太和闻讯后火速从北京赶往开封，直奔老首长身旁，只见刘少奇躺在地下室地板上，身上盖着一个白床单，一尺多长的白发蓬乱着，嘴和鼻子已经变形，下颌一片淤血……

李太和偷偷抹去夺眶而出的眼泪，蹲下身去，给刘少奇剪去一尺长的白发，刮去长而稀疏的胡子，又找来一身普通的衣服给他穿上，然后就被人支开了。15日深夜12点，六七个人把头部面部全都用白布裹得严严实实的刘少奇拖到一辆吉普车上，开向开封市东郊的火化场。车厢装不下他那高大的身躯，两只脚露在车厢外……

火化场已得到通知，将要火化一个烈性传染病患者，工作人员忙着喷洒消毒剂。20多个军人在火化场外实行戒严。吉普车到达后，刘少奇的遗体被匆忙地送进了火化炉。与此同时，他生前在开封的遗物也付之一炬，灰飞烟灭，留下的，只有一张骨灰寄存证：

骨灰编号：一二三
申请寄存人姓名：刘源
现住址：××××部队
与亡人关系：父子
死亡人姓名：刘卫黄
年龄：七十一
性别：男
职业：无业
死因：病死

这就是共和国主席刘少奇之死！没有亲人哭声，没有白花黑纱，没有鲜花哀乐，没有党旗覆盖……

▲在21响礼炮声中，刘少奇的亲人将他的骨灰撒向浩瀚的大海（历史照片）

惨啊，共和国主席刘少奇之死！

冤啊，共和国主席刘少奇之死！

斗转星移，岁月悠悠，历史的脚步沉重而又迅速地跨过了一个又一个年头。

1978年12月，中国共产党召开十一届三中全会，开始全面认真地纠正“文化大革命”中的“左”倾错误，审查和解决党的历史上一批重大冤假错案和一些重要领导人的功过是非问题。

1980年2月，中共十一届五中全会作出《关于为刘少奇同志平反的决议》。

5月17日，北京天安门广场国旗低垂，气氛肃穆。下午，党和国家领导人以及首都各方面代表一万多人，来到人民大会堂，出席刘少奇追悼大会。

刘少奇生前曾在不同场合多次表示，他去世后遗体火化，骨灰撒在大海里。刘少奇治丧委员会和他的亲属尊重他的遗愿。中共中央书记处将散撒骨灰的任务交由中国人民解放军海军执行。

5月19日上午，刘少奇的骨灰在治丧委员会代表和刘少奇家属子女的护送下，由北京乘专机运抵青岛军港。

众多的人民群众和解放军官兵聚集在青岛码头，为这位一代伟人作最后的送行。中午，执行散撒仪式的5艘海军军舰在绵绵细雨中编队驶向黄海海域。午后1时许，在哀乐和21响礼炮声中，刘少奇的骨灰被撒向了浩瀚无边、滔滔不息的大海。

第四章

朱德被迫搬出中南海

> 康克清一个电话，让朱德从玉泉山回到大字报铺墙的中南海，面对刺目的标语，朱德淡然一笑。

康克清一个电话，让朱德从玉泉山回到大字报铺墙的中南海，面对刺目的标语，朱德淡然一笑。

1967年2月，朱德在北京玉泉山居住。

自从“文化大革命”开始，他就常住市郊的别墅里。他和以前一样对中南海的事情不太深究，对会议桌以外的事情就更不打听了。尽管他每年要多次下基层，倾听群众的声音，但对中央内部核心机密却知之甚少，他也不打听，不传说。

“文化大革命”小组成立后，他似乎更加沉默寡言，更加“孤陋寡闻”了。

然而老帅的心一天也没有沉默过，面对纷乱的局势，他陷入了深深的困惑之中……

他不理解！不理解党内斗争为什么要用“打倒”这个激烈的字眼？他多次将这种不理解在各种会议上提出来。然而他的困惑在这特殊政治环境里无疑是一组不和谐的音符，对于燃烧起的熊熊烈火也无疑是杯水车薪。

可是朱德固执地又一次将这种不理解，带到了中央召开的会议上。

“在这次运动中我觉得我们不能放松生产，要保证工农业生产大幅度增长……现在群众起来了，搞大串联……我怕出乱子，特别是生产出乱子……”

我的天！都什么时候了，老总还讲这话？会上的人为朱老总捏了把汗。

朱德也不管别人的神色，一味按照自己思路往下说：“现在有一个问题，你也是反革命，他也是反革命，帽子一戴人家还怎么改正错误？没有余地了！一打成反革命人家就没有路走了……这是问题啊，要想法解决好！”

和“中央文革小组”唱对台戏的结果，只能是把自己往老虎嘴里送。

没有多久，在林彪、陈伯达等人的授意下，由“文革小组”成员戚本禹挂帅，贴出了第一张打倒朱德的大字报，很快，“大军阀、大野心家、黑司令、轰出中南海、批倒批臭……”标语布满北京街头。

朱德一声不吭，让康克清在中南海“留守”，他自己带着秘书、警卫到郊区玉泉山的别墅里居住，离开漫天的大字报和刺耳的高音喇叭，眼不见心不烦嘛。他在宁静的玉泉山不是埋头爬山，就是和身边工作人员下棋，晚上看些文件，整天不说不笑，闷声闷气地打发时光。

一天上午，他突然接到康克清从中南海打来的电话，说是大字报贴到了中南海里边，贴到了家门口，叫他赶快回去看看。

朱德坐不住了，连忙赶回中南海。汽车才进中南海西门，就远远看见白花花的大字报刷的到处都是，红墙白纸黑字，在阳光下格外扎眼，像张牙舞爪的手臂把老帅的心揪了起来……这是中国政治中心啊！乱哪儿都不能乱到中南海里啊！

车子靠近家门，老远看见夫人康克清站在门口等他，疲惫的脸上流露出焦虑，看见朱德的汽车，她连忙迎了上去。

朱德下车一边看大字报，一边安慰康克清。

朱德看完大字报回到书房里，一看康克清正用忧虑的眼神看着他，他竟然淡淡一笑。“只要主席在，总理在，就没有关系嘛，他们了解我。你不要害怕：个个都打倒，个个都倒不了，个个都是走资派，就都不是走资派啦！”

▲1940年，朱德与康克清在延安的窑洞里（军事图片库/CFP）

一直悬心的康克清见朱德不以为然，不由得也松了口气。她和丈夫相伴了40年，走过风风雨雨漫长路途，她非常了解朱德，他对事物和时事有准确的判断，只要他说没有关系，那么就一定不会有事情的！

尽管门外的大字报还在不断更新，红色叉叉还在延续，房子里面的朱德依然平静地生活和工作。早晨散步时，他常驻足在批判自己的大字报前仔细阅读，读到胡说八道离谱处，还会发出笑声。

看来大字报不足以将这个老帅扳倒，“文化大革命”小组决定升级斗争形式，一场批斗朱德的大会在首都体育场紧锣密鼓地准备着……

> 中南海红墙变成了难以逾越的万重高山，传达室成为父女见面的温暖“山口”。

中南海里有人贴朱德大字报的事情传到了朱德女儿朱敏的耳朵里，这位在北京师范大学当教师的知识分子，只觉得急火攻心。她心想，爹爹已经是80高龄的老人，说句不好听的，蒋介石那时的污蔑都没有现在这样离谱。爹爹多病的身体万一忍受不了这些侮辱性攻击，发生了意外，我们做儿女的如何面对这幕悲剧？

她越想越着急，越想越放心不下……

那时可不是现在，有什么事情打个电话，那时私人住宅几乎都没有电话。办公室里的电话又不敢使用，让别人知道她还在和漫天大字报、历史问题成堆的父亲通话，莫须有的罪名又会从天而降。

朱敏立即骑自行车去中南海看望父亲。

朱德的住处靠近中南海西门，朱敏回家一般也从西门进去，她到西门后，和以往一样掏出进入中南海西门的证件，递给站岗的卫兵。

卫兵看了一眼说，证件已经失效，不能进去。

朱敏一听，吓一跳，几天前还有效，今天就没效了？她连忙说我是来看父亲的，我父亲是朱德……

卫兵不听她的解释，只是说，这是上级的命令，他不能违反命令，然后像木桩一样笔直站立，目不斜视，望着前方，指挥车辆进出。

朱敏知道，怪不得卫兵，他是在执行命令。

朱敏呆呆站立在空旷的门外，仿佛这红墙、这中南海、这经常进出的西门从来都和她没有关系一样。

她第一次用真切的眼光，打量这处原本熟悉现在却感到陌生的地方。她第一次发现绛紫色的红墙那么刺目，习以为常的院墙此时让人感觉是一座不可逾越的高山，一座高入云霄的大山。

原来一堵墙可以让人品尝世界上最残酷的剥夺——失去自由和亲情。

如果说以前朱敏流落异国他乡是无家可归，那么，如今朱敏是有家难归，站立在亲人的家门口，却不能进去……

中南海里上演的这幕红墙内外亲人不能相见的悲剧，恐怕属于“文化大革命”时期的独幕剧了。“文化大革命”以后，再没有听说哪位领导人的孩子不能进中南海和父母团聚的怪事了。

朱敏从卫兵镇定的神态判断，进不去已成定局，就走到旁边的传达室给父亲打个电话，告诉父亲她不能进中南海了。她以为父亲会给警卫局领导打电话，让她进去。哪知朱德在电话里听说女儿不能进中南海，许久没有说话，好一会才说：“不让进来，就不要进来了，我们没有什么，你们不要担心。要相信党中央，相信毛主席，这种状况会结束的。你在传达室等一会，我让你妈妈去门口……等以后能进来，再回家来，好吗？”

朱敏不知道父亲所指的这种状况是指中南海门岗还是社会状况。因为是传达室的电话，她不敢多问，只好等见到康克清妈妈再说。

朱德没有料到，女儿这次不能进中南海，也就意味着家人再也没有进中南海看他的权利了。他所说的“等以后”，竟然一等就是四年，直到1971年林彪摔死，“疏散”在遥远南国的朱德再次重返北京，才和女儿团聚。但是为了以后能和孩子们团聚，他再没有进中南海居住，而是搬到偏远的万寿路。

过了一会，康克清急匆匆地来到传达室，和朱敏谈了她父亲的近况。听说父亲除了沉闷外，其他都说得过去，朱敏这才放下心来。但是不能和父亲见面，她心里觉得堵得慌，有一种自己被隔离或者是亲人被软禁的感觉。

康克清正在为朱德可能要遭受批斗而心急如焚，她一见朱敏，如同看见可以诉说心里话的人，她的着急她的忧虑，强烈地表现在言语中。可是作为晚辈，朱敏却无法分担康克清妈妈的忧愁，只能在传达室里一边唉声叹气，一边小声劝解，让康克清妈妈负重的心灵得到一些宽慰。

后来批斗朱德的大会在毛泽东亲自干预下才偃旗息鼓，草草收场。

正像朱德预料的那样，主席是了解他的。到了1967年的下半年，元帅府的骨肉分离闹剧愈演愈烈，最后连康克清也有家难归了，她不能再在家陪伴朱德，被全国妇联造反派组织拉去批斗游街，吃住都在中国妇联的大院里。朱敏再次去中南海时，只见父亲拄着拐杖，牵着她的大儿子，步履蹒跚，远远朝传达室走来。

朱敏一惊，康克清妈妈呢？怎么让父亲一个人来？多日不见父亲，他明显地苍老了，白发增添了许多，谈话时父亲的神色忧郁，看得出来，父亲的心情很沉重，和女儿见面，不再像以前那么乐呵呵的。朱德没有多说什么，一一询问了几个外孙情况后，又和以前一样，要朱敏积极参加学习，正确理解“文化大革命”运动，把孩子教育好，要让他们读书，不要散在社会上。

朱敏问他，康克清妈妈呢？朱德低声说，在妇联参加运动，暂时不能回来。

▲运筹帷幄怀仁堂（历史照片）

一边的儿子，悄悄靠近朱敏的耳朵："奶奶被抓去游街了，昨天还在西单看见奶奶被押在汽车上，脖子上挂了好大的牌子，上面还有红叉叉呢！"

朱德不再作声。朱敏也不想再问什么了，在这个谁都能进来的传达室里，他们父女能说些什么呢？

朱德起身离开了传达室，女儿望着他渐渐弯驼的背影，想：爸爸嘴上不说什么，不等于心里不想事，他比康克清妈妈更难，妈妈有什么苦恼还能和我们说说，可是父亲这样的身份和在高层领导的位置上，他的内心话只能自己闷着，精神上的重压只能自己独自承受，否则像父亲这样乐观的人不会那么快地苍老，情绪也不会那么低沉。

一把"抄家"大火，使父亲的信化为灰烬，如今女儿手中唯一的亲笔信，竟然是从别处征集来的。

自从朱德开始在红卫兵大字报被打上红色叉叉后，朱敏一家在北京师范大学的日子一天比一天紧张，一天比一天沉重。按照造反派的逻辑推理——"老子反动儿混蛋"，朱德的女儿势必在劫难逃。

果然没有几天，一直执教鞭的朱敏便在家中开始"迎接"频繁"光临"的红卫兵小将们，洗耳恭听他们的"教育"，看着他们挥动纤细的膀臂，口口声声要她交代父亲反毛主席的罪行。

这简直是天大的笑话！朱敏差点没有笑出声来，她的记忆里除了父亲教育她如何听毛主席的话，读毛主席的书，就是教育她如何为人民服务。哪会反毛主席呢？

她和丈夫刘铮就一人一句讲述父亲如何教育他们的实例。红卫兵对这样的“交代”自然不满意，说朱敏夫妇是地地道道的保皇派，和有严重历史问题的父亲划不清界限，这样的态度是得不到革命群众谅解的。

朱敏不配合的行为，令造反派们气恼，他们的态度更加恶劣，凶狠狠地说：如果继续给你父亲脸上贴金，我们就要采取革命行动——抄家！

抄家？朱敏心里一震，第一个想到的是父亲写给她的信。

刘铮倒是挺硬气的：你们抄家好了，人正不怕影子歪！

可是冷静一想，眼下正是人妖颠倒的年代，造反派什么事情都做得出来！必须想办法将父亲的信藏起来。可是想来想去，家里哪个地方隐蔽？简单的家具和空荡荡的墙壁，一包信往哪儿藏？如果被抄走，落在造反派手里，就是罪加一等。还不如自己抢在造反派动手前毁掉。

朱德一共给女儿写了10多封信，大部分是朱敏从德国集中营死里逃生重返莫斯科后朱德写的。

“家书抵万金”。这叠信朱敏整整保存了20年，有时经常拿出来看看，静静地重温那些逝去的往事。

朱德的信几乎都是教育女儿如何努力学习，如何学好本领回国报效祖国，字里行间无不倾注了一个革命家崇高的胸怀和无私的品格。可就是这样革命的信件，谁也不敢让它们落入那些居心叵测的人手里，如果被当作炸弹投向危难中的父亲，朱敏是一辈子也不能原谅自己的。

▲朱德、夫人康克清与女儿朱敏、女婿刘铮（历史照片）

一天半夜，趁孩子们睡熟了，朱敏一个人偷偷起来，取出父亲的信，在皎洁的月光下，用手一遍又一遍地抚摸这一封封熟悉的信，粗糙的牛皮纸信封在手掌下发出沙沙的声响，好像在说再见……

朱敏一想到只要一把火，这些跟随她20多年的信将变成物质不灭的另一种形式，永远离开她的视线，永远不能再见……泪水一下子涌出了眼眶。难道今天在这样明亮充满柔情的月夜里，必须亲手将保存了20年的信毁灭掉吗？朱敏心痛地问自己。

可是朱敏无法忘记白天造反派在她面前扬言要抄家的神情，惧怕和疼痛像巨大的手掌来回绞杀着她的神经，那份苦恼和无奈，至今也无可名状。

终于狠了狠心，朱敏点燃煤炉，将信的一角对准蓝色的火苗，信纸哗地点燃了，红色火焰飞快地吞噬了整张信纸，顷刻间，20年的岁月化作一片片轻飘飞扬的黑色灰烬……

朱敏一边烧信，一边落泪。可是眼泪无从弥补永远的失去。直到今天，朱敏手里唯一的父亲亲笔信，还是从中央文献研究室找来的。

信件烧了，心病依然没有减轻，处境也没有因此好转。

朱敏丈夫刘铮是解放区培养的知识分子，按理说他应该是历史清白、根正苗红的革命干部。可因为朱德是他岳父的缘故，在外交部也遭受了批斗。

经过车轮般的精神折磨和人身攻击，朱敏渐渐明白，不管怎样交代，都不会合造反派的口味的。

朱敏只好想法找父亲的“罪行”，比如爱看川剧，这是喜欢封建帝王将相的表现；比如爱爬山，这是资产阶级的享受主义；再比如爱养兰花是小资产阶级情调，等等。

造反派虽然没有得到朱德反对毛泽东的材料，但是有这些也行啊！

朱敏夫妇终于获得了点自由，可是他们依然不能回中南海的家，不能和父亲一起吃饭喝茶聊天。他们每次去中南海，只能在传达室和父亲或者康克清妈妈见面，简单交谈几句。

那一段时间，中南海传达室成了朱敏心目中感到温暖的地方，也是让人感到别扭的地方。那里能见到亲人，那里也能让你感到受监视的屈辱。

可是在1970年刚刚来临时，连传达室这处唯一温暖的地方也失去了亲情的温度。

> 林彪一个“紧急指示”，老帅们天南地北被“发配”，朱德又一次面临居心叵测的“战备”。

白纸黑字，教育了几代人的党史和军史，一夜之间颠倒成黑纸白字，说什么南昌起义失败后，是林彪把保存下来的部队带上了井冈山，和毛泽东会师的。原来课本上有一篇课文《朱德的扁担》也改名换姓，变成了《林彪的扁担》，当时朱德那根红军时代使用过的扁担还完好地躺在军事博物馆的橱窗里，林彪却不顾铁证史实和诸多见证人还活着，竟然公开篡改历史。这恐怕又是林彪的一大超凡本领。

朱敏和她的孩子们将这些看到的和听到的事，利用在中南海传达室见面的机会，悄悄讲给朱德听。朱德听完后，也不作声。有时见孩子愤慨的样子，他反过来教育他们：“历史终究是历史，这是谁也改变不了的！”

“可是已经改了。不是书上都改了吗？”

“那不叫历史！”朱德生气了，嗓门高了。

其实朱德心里对什么都清楚，只是不想和林彪他们一般见识，不想挺身出来为自己申辩什么，他似乎知道林彪迟早会有恶有恶报的一天。任凭世间风吹浪打，朱德总是平心静气地期待着……

此时的期待是需要耐心的，甚至是痛心的。

1969年10月17日，林彪突然抛出了一个“关于加强战备，防止敌人突然袭击的紧急指示”，全军立即随着“副统帅”的惊惶失措，进入了紧急战备状态。现在想想，纯粹是一场自己吓自己的闹剧。

打仗？世界大战那么容易爆发？

朱德接到这个紧急指示后，对康克清说：

▲1970年8月，聂荣臻和朱德、叶剑英在庐山（杜修贤摄）

“这里面有鬼呵。现在毫无战争迹象，战争又不是小孩子打架，凭空就能打起来的，打仗之前会有很多预兆和迹象。”

康克清问：估计会有什么鬼？

“醉翁之意不在酒！”

朱德这话说完没两小时，一个紧急电话打到朱德的办公室，叫朱德 24 小时之内离开北京，疏散到广东。

这比当年朱德在德国留学，遭德国当局驱逐离境的时间还要紧迫。

朱德接完电话，哭笑不得。将帅历来都是战争的天子、战场上的王牌，谁人听说过战争在即，却让身经百战的将帅们远离战争指挥中心？难道中央军委准备打一场不要将帅指挥的战争？

其中险恶用心，明眼人一看就知道了。

林彪就是利用这不能自圆其说的备战紧急疏散方案，把眼前碍手碍脚的将帅都支得远远的，他好在中央内部施展浑身魔力，更加青云直上。

诸多手脚，诸多方案，挖空心思，都是冲一个目的：他急切也必须去掉头衔前面那个“副”字！

朱德看着还没有从批斗中完全解脱出来的妻子，说：

“这次你和我一起走，一来我有人照应，再说我不放心将你一个人留在北京。以后他们会对你怎么样，很难保证。”

可是没有全国妇联军代表点头，康克清这位全国妇联副主席是没有自由行动的权力的。

朱德果断地给周恩来打电话。事到如今，只有总理能帮助他了。

周恩来当即同意朱德带妻子同行的请求，并且说全国妇联方面由他去做工作。危难之中，是周恩来及时伸出援助之手，避免了朱德孤身一人流落他乡的悲剧。

朱德走得非常急促，连孩子们都不知道。

后来朱敏一直纳闷，此番境地的爹爹还会有什么紧急事情？

就这样，83 岁高龄的元帅被林彪“一号命令”送到了遥远的广东。

抵达广州后，朱德并没有被安置在城市里，而是用汽车送到了广州郊区——从化疗养院。而且规定他不准随便进入市区，散步范围也不能超过疗养院桥头的警戒线。

当时朱德的身份还是中共政治局委员、全国人大委员会的委员长，一个为人民大众当家做主、争取自由平等权利的委员长，竟然受到如此“民主的礼遇”，这不是极大的讽刺是什么？

和朱德一起疏散的还有许多老帅：陈毅到石家庄，聂荣臻到邯郸，徐向前到开封，叶剑英到湖南。还有一起被打成“二月逆流黑干将”的谭震林、李富春等 10 多人也被“疏散”，统统限期离开了北京。

北京空了，北京上空的正气稀薄了。

然而，落难的将帅们却在遥远的他乡呼吸到清新且纯净的空气，享受了从来没有享受的宁静和清闲，忍辱负重的心灵得到了暂时的解脱，过着老百姓平常单调的日子。

可是时间一长，而且不知道这样的平淡日子还要过多久，元帅们的心开始烦躁开始期望……因为元帅毕竟不是老百姓，他们的心曾经充满过将帅之气，曾经辉煌地搏动过，这样不平凡的心在平静中和寂寞中熬得好苦好痛好累，同时也煎熬得异常结实，如果再遇见狂风巨浪，这颗经历过出生入死、跌宕起伏的心，如今又经历了“冷宫”岁月，一定会变得更有承受力。

1970年8月，中央九届二中全会在庐山召开，朱德和分散于天南地北的老帅们相逢在庐山。被历史抛到一边的老帅们虽说都是中央委员，却不知道上层的精神。他们已经一年没有回中南海，没有坐在中央会议桌前，既不清楚中央内部的事情，也不知道毛泽东此时此刻的内心活动，以为这次会议和以往一样，又是一次“团结的大会，胜利的大会”，决然没有想到此次会议将成为历史又一个转折点。

这之前，朱德被通知回北京，原因是全国人大常务委员会要开会讨论宪法，委员长不到场主持，这会是没法开的。所以朱德有幸比其他老帅先一步回北京。这次朱德回京就再不肯进中南海住，而是在万寿路总参的一处房子里住了下来，和女儿、孙子们才有了团聚的日子，直到1976年离世，他再没有进中南海居住。

第五章

陈云拍案而起

> 康生首先发难，谢富治赤膊上阵：“陈云搞些什么，多赚钱、卖花布、炒肉片、高价商品。他一贯反毛主席，休息也不干好事。”

“文化大革命”的风暴席卷全国之初，身为中共中央副主席、国务院副总理的陈云，因为身体不好，正在家中休养。实际上从1962年开始，由于党内的“左”倾错误发展越来越严重，他已很少起到对于党和国家事务的决策作用。但是，林彪、江青、康生等一小撮利用这场大动乱爬上最高权力宝座的野心家，还是没有忘记向他泼来一盆盆的污水，射来一支支的毒箭。

第一个起来攻击陈云的是康生。1966年8月，中共八届十一中全会在北京召开。毛泽东写出了著名的《炮打司令部——我的一张大字报》，刘少奇被指责为犯有“1962年的右倾”和“1964年形‘左’实右的错误”，林彪、江青、康生等人群起而攻之。1962年协助刘少奇进行经济调整工作的陈云，也“罪责难逃”。8月13日，康生在八届十一中全会华东组小组会上发言说：“陈云同志的思想，也是长期与主席对立的。他以经济专家自居，自认为他的经济学在主席之上。看看他的1962年的报告，就懂得他的经济学是什么货色。他只讲经济，不讲政治，他讲的经济政策，据我看，只是资本主义的商人经济而已。”会后，由毛泽东批准，未经过正常选举，产生了新的中央政治局常委名单，陈云位于11名常委的最后一名。全会未重选党中央正副主席，林彪列常委第二位，成为毛泽东的接班人，陈云同刘少奇、周恩来、朱德一起，实际被免去了副主席的职位。随后，炮轰和批斗党和国家领导人的造反活动在林彪、江青等人的煽动下，铺天盖地而来。红卫兵小报上已经喊出了“打倒右倾机会主义分子、修正主义分子陈云”的口号。

当时陈云住在中南海外的北长街，周恩来为了保护他，让他转移到西郊。在江青和“中央文革小组”的挑动下，一些红卫兵要抄陈云家。中央警卫团一位副团长急忙赶去劝阻，结果不起作用。红卫兵冲入大门，进到办公室，要搬走保险柜，只是由于警卫的坚决反对，没有搬出大门。陈云很喜欢听苏州评弹，家中保存了一些评弹的唱片和录音，红卫兵说这是“四旧”，要查抄出去销毁。周恩来知道后，立即派秘书童小鹏赶到现场。童小鹏说，周总理有指示，陈云是中央常委，他的档案不是一般的档案，是党和国家的机密，任何人不许动。至于评弹，是苏州一带的文化艺术，不能做“四旧”破。你们冲进来是错误的，希望你们立即撤出去。但是，红卫兵依仗着有“中央文革”做后台，硬是不撤，双方僵持了几个小时，童小鹏只好打电话给戚本禹，把周总理的意见告诉他。然而，同样的话从戚本禹嘴中说出，红卫兵就撤走了。以后，陈云的家又被抄了一次，红卫兵还强烈要求把他拉出去批斗。只是在毛泽东、周恩来的保护下，陈云才幸免于难。否则，身体很差的他是无法度过这场浩劫的。

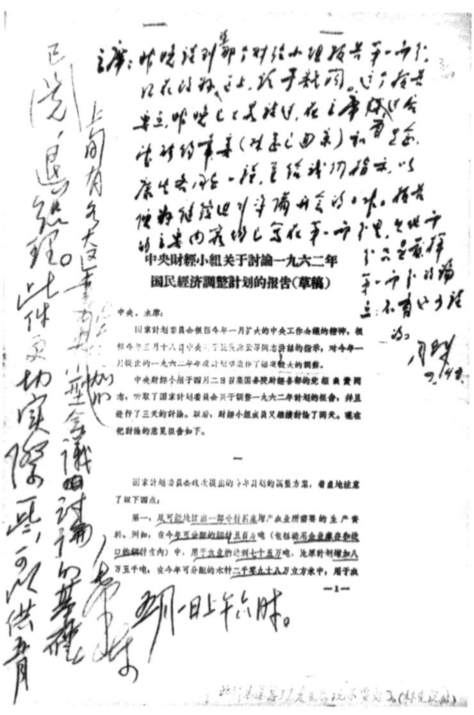

▲毛泽东、周恩来在中央财经小组制定出的《中央财经小组关于讨论1962年国民经济调整计划的报告（草稿）》上的批示，陈云当时任中央财经小组组长（历史照片）

1968年8月，根据毛泽东关于让老同志学习、了解“文化大革命”“大好形势”的指示，中央办公厅组织了一批老同志到中央警卫团“支左”的北京二七机车车辆厂、北京新华印刷厂等工厂去蹲点调查。陈云被安排到新华印刷厂。同时下去的还有陈毅、徐向前、聂荣臻等人。

1968年10月，中共八届扩大的十二中全会在北京召开，这又是对老干部的一场高层批斗会。会议一开始，就分组围攻所谓“二月逆流”的老同志，围攻所谓“一贯右倾”的朱德、陈云、邓子恢、王稼祥。这次对陈云猛烈开火的是谢富治。10月17日，在第一小组会上，谢富治说："我们回想一下，陈云同志在七千人大会上，主席三次叫他发言，他说没调查没发言权，后来不到一个月做了个黑报告反主席、反大跃进、反总路线。""按陈云同志的报告搞下去，不知成什么样子。刘、邓搞反革命修正主义，朱德同志、陈云同志也是搞修正主义的。'二月逆流'这些人不死心，还要为他们服务。"谢富治最后总结说："陈云同志多年不做工作，刘少奇突然抬出他搞经济小组，收拾'残局'，就是搞修正主义。陈云同志搞些什么，多赚钱、卖花布、炒肉片、高价商品。陈云同志一贯反毛主席，休息也不干好事。这些事情都要清算。"

1969 年 4 月，中国共产党第九次全国代表大会在北京举行。林彪、江青集团的主要成员都进入了新的中央政治局，而 1931 年就担任临时中央政治局常委、1934 年在中共六届五中全会上当选中央政治局常委后一直位于中央领导核心的陈云，第一次离开了中央领导岗位，仅被保留了中央委员的资格，林彪却成为党中央副主席。

1969 年 10 月，中苏即将举行两国边界谈判，根据毛泽东关于国际形势有可能急剧恶化，防止苏联利用谈判之机进行突然袭击，特别是核武器打击的估计，中共中央做出了紧急疏散在京中央领导人和老干部的指示，要求这些人在 10 月 20 日，即中苏谈判开始以前离开北京。于是，毛泽东前往武汉，林彪去了苏州，朱德、陈毅、徐向前、聂荣臻等老帅被安置到京广线两侧的城市。64 岁的陈云被通知疏散到江西。同时疏散到江西的还有邓小平、王震、何长工、萧克、陈再道等。可以看出，这些人大都属于被批判而未被完全打倒的对象。

起初，陈云被告之必须自己买火车票走，不再享受国家领导人应有的公务专厢。由于陈云有心脏病，路上又不安全，经过一再交涉，才同意他与同被疏散到江西的王震合坐一节公务车厢。10 月 18 日，陈云登上火车，隆隆南下。谁知，这一去，竟在江西待了两年半之久。而制造战备紧张空气的林彪等人几个月后就回到了北京，被他们阴谋打倒的刘少奇、陶铸，到了疏散地不久，即在迫害中含冤去世。

> 当全国上下欢呼第一颗人造卫星上天时，陈云却说："其实早就应该上天了！"

10 月 20 日，陈云到达江西南昌，和王震告别。当天下午，江西省革命委员会主任、省军区政委程世清来到陈云所住的招待所。

程世清见了陈云，就不负责任地说，要在江西掀起一个大跃进和工业革命，让江西这个工业基础较差的省份一年生产六七万辆汽车，还要做到每年上缴国家 100 亿斤粮食，让全国不再进口粮食。陈云心知这是完全不可能的，但在当时也不便提出反驳。实际上，江西生产汽车根本没有那么多钢板，全省的粮食产量每年只有 197 亿斤，如果交给国家100亿斤，全省都要饿肚皮。直到“文化大革命”后的1979年，陈云讲起这件事，还感慨地说：“程世清这些人胆子大，他们说搞什么就搞什么。”

陈云到江西后，周恩来特地打来电话，嘱咐说陈云身体不好，住的地方要有暖气，他过去在北京蹲点是在工厂，这次可以还安排他到工厂。于是，陈云被安排到江西化工石油机械厂蹲点调查，住在离工厂两里路的南昌郊区青云浦干部休养所。青云浦，是院前的一个湖。说来也许是个巧合，陈云出生在上海的青浦县，青云浦恰好由陈云的名字和出生地名组成，不知当时安排住处的江西省革委会是否考虑到了这有趣的一点。干休所是一个用围墙团团包围的院子，门口有武装军人站岗，门牌上写着“福州军区干休所”，当时江西省军区属于福州军区管辖。陈云住在条件最好的8号院，坐落在干休所最深处，由几间青灰瓦房组成。为了安排陈云，特地由副所长沈云贵带领战士连夜砌了一道三米高的围墙把这个院子与外界隔绝。房间里十分简单，连锅碗等日常用品都没有，要陈云自己出钱派人上街去买。但他的待遇已经比当时也在江西劳动的邓小平要好了。

1969年11月，陈云来到工厂，先参观了各车间、班组。这个工厂有1600多人，原先是属于劳改局的，当时划归江西省军区生产建设兵团第28团，主要生产化工炼油设备。陈云身穿灰色中山服，黑布鞋，外披一件绿军大衣，走进了厂里。他对工人和干部打招呼说：我是到这里来接受工人阶级再教育的，要向工人阶级学习。他住的地

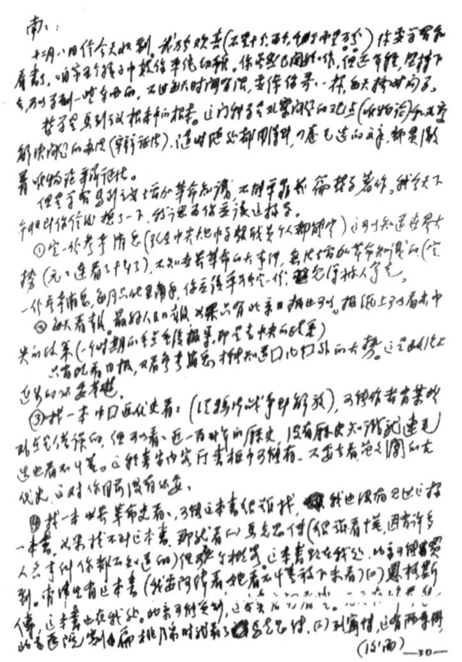

▲1970年12月14日，陈云关于读书学习问题给女儿陈伟华的信1（历史照片）

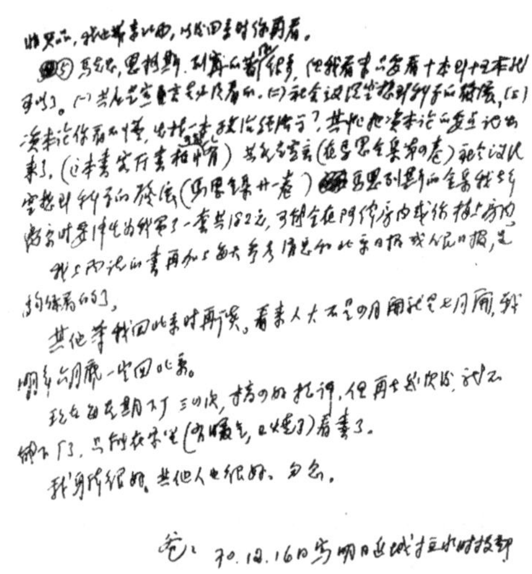

▲1970年12月14日，陈云关于读书学习问题给女儿陈伟华的信2（历史照片）

方离工厂有两里路，为了早晨8点钟上班不迟到，他每天6点多就要起床，两年多都是如此。好在上级拨给了他一辆灰蓝色的华沙牌小轿车。

1970年4月24日，中国成功地发射了第一颗人造地球卫星，中央人民广播电台播放了由卫星发射回来的《东方红》乐曲声。陈云正好在厂里，他让司机把小轿车的收音机打开，工人们便围过来，倾听那美妙的节奏。有人问："人造卫星为什么会放音乐？"陈云没有回答这个问题，却若有所思地说："其实这颗人造卫星早就应该上天了！"

1970年5月，陈云想了解江西的生产形势，就给省革命委员会主任程世清写了一封信，要求到下边的单位去看一看。其后，由江西省革命委员会办事组安排，陈云到江西洪都机械厂、南昌钢铁厂、氨厂、电缆厂、汽车厂等工厂，南昌菜市场、百货公司、南昌第19中学作了参观和调查，还到南昌以外的新余县、萍乡市、南昌县去看了看。在萍乡煤矿，65岁的陈云戴上安全帽，坐电梯下到地下几百米的深处，看望了在采煤第一线的煤矿工人。

除了下去调查，陈云在江西最多的时间是用在读书上。他从北京来江西时，带了三箱子的书，其中有《资本论》《马克思恩格斯选集》《列宁全集》《斯大林文选》《毛泽东选集》《鲁迅全集》等。这些书，有些过去读过，这次重读；有些没有读过，这次补上了。

> 林彪葬身大漠，陈云感慨万分："这个人竟然干出了这样没良心的事……"

7月，陈云曾短期回了一次北京。不久，国内形势突变，中共中央在江西庐山召开九届二中全会，原定是讨论修改宪法草案和第四个五年计划，但林彪集团却借机发起进攻，制造出一场新的风波。陈云因为还是中央委员，被通知前去参加。由于身体不好，他便住在山下的九江南湖宾馆，只是召开全体大会和华东组大会时才上山参加。也许因此，他有幸躲开了林彪与江青两个集团的争斗引起的株连。而有不少老同志，因为不了解真实情况，贸然表态，结果遭到事后占了上风的江青集团的批判。毛泽东发表《我的一点意见》后，形势才开始明朗。9月3日，陈云在华东组大组会议上发言批判了陈伯达，指出陈伯达在历史上就是个伪君子，老虎屁股摸不得，一贯靠几本书吓人，和王明一样。回到厂里，工人们看到报上公开了九届二中全会公报，猜到陈云也去开了会，便请他讲一讲会议精神。陈云摇摇头说："你们别问我，去问程世清。"这不仅是因为程世清是省革命委员会主任，应该由他来传达，而且也话中有话。程世清是林彪的党羽，在庐山上，他参加了林彪策划的阴谋，会议的内情，程世清当然比陈云清楚得多，确实应该问他。

庐山上的这场斗争一年之后终于有了分晓。1971 年 9 月 13 日，林彪、叶群等人乘坐“三叉戟”仓皇出逃，葬身于外邦大漠。消息传到基层，已是半个月后的国庆节之后了。然而作为中央委员的陈云，竟然还是从基层党员干部那里听来的再传达。那天，办公室主任马骏在厂里听到传达林彪叛国投敌的文件，急忙骑车赶到陈云住处，告诉了他。陈云沉思片刻，说道：“这个人竟然干出了这样没良心的事。”一会儿，他又感慨地说：“林彪比我还小两岁呢！”解放战争时期，陈云和林彪曾在东北共同领导建立巩固东北根据地的斗争，可以说，他对这个能打仗、沉默寡言的小个子是有很深印象的。历史发展到今天这一步，真是没有人能预料到。

10 月 5 日起，江西省委召开省委扩大会议，批判揭发林彪的反革命活动。陈云作为在江西的中央委员，也参加了会议。他在会上作了发言，以自己在东北和林彪共事的所见所闻，批判林彪当年在辽沈战役时打锦州的犹豫态度，违背了毛泽东的全盘部署。至于林彪在“文化大革命”中的武装政变活动，陈云在以后才看到印发的《571 工程纪要》，并据此进行了批判。而林彪伙同“四人帮”在“文化大革命”中的极左罪行，当时还根本不准触动。八年后的 1979 年，陈云已经重新进入中央政治局，面临着如何处理林彪、江青两个反革命集团的问题。他说：“我的看法是，处理‘四人帮’与处理林彪反革命集团要有区别，‘四人帮’这些人祸国殃民，‘文化大革命’十年，干尽坏事。而且在战争年代，他们也没有任何战功。林彪反革命集团则有些不同，他们主要是部队的，像黄、吴、李、邱他们，包括林彪，过去这些人都打过许多仗，也立过各种战功。他们现在犯了罪，应该处理，但与‘四人帮’应该有所区别。”显然，这一评价是全面的、实事求是的。

▲昂首阔步的陈云（历史照片）

> 针对“四人帮”抛来的“洋奴哲学”大帽子，陈云拍案而起。

林彪叛逃事件后，毛泽东对自己的错误有所改正，主持中央工作的周恩来相机而动，向他提出了解放大批老干部的建议，得到逐步采纳。一部分长期疏散在外地的老干部的处境开始明显改善，1972年4月，陈云返回北京。

4月20日，一辆蓝色的伏尔加小轿车停在化工石油机械厂门前，陈云向与他共事两年半的工人和干部话别。上午，陈云向工厂的负责人谈了近两个小时的意见和建议，他重复了过去的一贯看法：“工厂就是要搞生产，如果工厂只搞革命不搞生产，我们吃什么？国民经济怎么发展？国家怎么发展……”

4月22日下午，陈云登上了专门为他调来的软卧车厢，一位省革委会副主任陪同他回到北京。显然，陈云的地位和来时已大不相同。4月24日，陈云回到了北京。六天之后，他在国务院的安排下，参加了中山公园举行的庆祝“五一国际劳动节”游园活动。但是，他的名字还没有出现在报纸上。6月，应周恩来的要求，陈云参加了国务院业务组的工作。当时，这是一种过渡性的安排。

回到北京后，陈云曾给党中央和毛泽东写过一封信，希望能安排他一些力所能及的工作，每年春季和秋季到下面去做些调查。7月22日，毛泽东批示：我看都可以同意。7月31日，长期不能公开参加国家政治活动的陈云、王震、苏振华、杨勇等老干部出席了国防部庆祝建军45周年的盛大招待会，陈云的名字又以副总理身份出现在报纸上。

从1973年到1974年，陈云协助周恩来进行了外贸工作的领导和研究。两年里，陈云以他特有的领导艺术和丰富的经济工作经验，提出了一系列带有真知灼见的战略性意见，对我国70年代对外经济工作的开拓，起到重要的指导作用。

▲陈云（吕相友摄）

60年代末期和70年代初期，世界格局发生了很大变化。一方面，西方资本主义国家面临着一场大规模的经济危机，商品积压，工人失业，市场萧条。另一方面，原来的社会主义阵营也四分五裂，

1969年中苏两国发生珍宝岛武装流血冲突，苏联甚至威胁要用原子弹来对中国实施外科手术式的打击；在东欧，苏联武装入侵捷克斯洛伐克，引起了其他卫星国的极度不安，罗马尼亚、南斯拉夫纷纷向美国、西欧靠拢，抵制苏联。这样，原有的社会主义和资本主义两大阵营实际已不存在，代之而起的是发达国家和发展中国家之间日益增多的经济贸易往来。

在江西两年半之久，并未使陈云成为桃花源中人，他敏锐地看到了世界形势的这一变化，同时思索着我国的应变策略。1973年6月7日，他在家中约见刚刚出任中国人民银行行长的陈希愈、副行长乔培新及负责外汇资金的李裕民等人。陈云说："我是一天打鱼一天晒网。"他把工作指作"打鱼"，把休息指作"晒网"。陈云既不喜欢打牌、打麻将，也不喜欢跳舞之类的娱乐，平日休息主要是听评弹录音。陈云问李裕民："你多大年纪了？"李回答43岁。陈云说："听了很高兴，30多岁到40多岁，正是干工作的时候。"他又问起在延安一起搞过财经工作的乔培新的年纪，然后感慨地说："你也这么大年纪了，也算老年了！你还可以活20年，我不行了，不过和资本主义打交道是大势已定。"这最后一句话是指当时的国际形势。陈云说："过去我们的对外贸易是75%面向苏联和东欧国家，25%面向资本主义国家。现在改变为75%对资本主义国家，25%对苏联、东欧。"他还说："这个趋势是不是定了？我看是定了。因此，我们对资本主义要很好地研究。不研究资本主义，我们就要吃亏，不研究资本主义，就不要想在世界市场中占领我们应占的地位。"他幽默地说："列宁讲过：到共产主义时代，会用金子修一些厕所。我看，现在离那个时代还很远。"

这些话，在改革开放进行三十几年后的今天看来，是毫无疑问的真理，然而在当时，却如石破天惊，振聋发聩。人们刚刚从一场"防止资本主义复辟"、"批判资本主义道路"、"消灭资本主义尾巴"的狂风暴雨中走过来，外贸领域的干部几乎是谈"资"色变。进口外国商品必须供批判用，出口商品必须支援世界革命。所以，外贸活动几乎降到了最低限度，极左做法充斥其间，一年一度的广州交易会虽然还在进行，却是只邀请"左"派商人前来，交易之前，首先赠送毛主席语录、像章，高呼革命口号，如果外国人能遵守这些政治要求，我方在交易中则可不计较价钱，甚至奉送，美其名曰"精神变物质"。有的狡猾商人来到中国，装模作样，好话说尽，骗得利润到手，回去把中国货上的工农兵商标换成大美人，加价抛向国际市场，大赚其钱。还有的外国"左"派自己就打成一团，乘坐同一架飞机来中国，一派从前门下，另一派从后门下，互不理睬，还要中国向他们做思想工作，促进"大联合"……在这样的形势下，陈云竟然提出要以资本主义国家为主要对象进行贸易，还要很好地研究资本主义，确实让人为他的胆略感到钦佩，又为之捏着一把汗。

这次谈话中，陈云还提出了要研究资本主义的10个具体问题，如资本主义国家的货币发行量、黄金储备量、美元分布、基本建设投资总额、赤字等，并且要求银行研究西方领导人尼克松、康纳利、德斯坦、舒尔茨等的讲话、文章，以利用外资。有人担心这样做不符合自力更生方针，不符合既无内债又无外债的精神。陈云尖锐地指出："首先要承认是不是好事，只要是好事，你们就可以找出一个办法——一个变通的办法来让大家讨论。""要把一些界限划清楚，如不要把实行自力更生方针同利用资本主义信贷对立起来。"至于这样做是否符合那些"文化大革命"带来的极左教条，陈云旗帜鲜明地说："凡是存在的东西都有理由，是不是合法是另一回事。我们做工作不要被那些老东西束缚住，当然这可能会犯错误，但是谁不犯错误？"

从陈云家中出来，陈希愈等人十分激动，决心以此为指导思想，打开利用外资的突破口。1973 年，中国人民银行积极开展了筹措外汇和利用外资的工作，一年中筹措到 10 亿美元，这在今天来说只是一笔小数目，然而在当时却是个了不起的成就。

1973 年 1 月，毛泽东、周恩来批准了国家计委提出的引进价值 43 亿美元的成套设备方案，即后来人们常说的"四三方案"。其中包括：13 套大化肥、4 套大化纤、3 套石油化工、10 个烷基苯工厂、43 套综合采煤机组、3 个大电站、武钢一米七轧机及透平压缩机、燃汽轮机、工业汽轮机制造厂等项目。这是中国工业发展急需的一批关键设备，有的在"文化大革命"前就准备进口，但"文化大革命"一来，江青一伙挥舞极左大棒，把进口设备批成"投降卖国"，无人再敢建议。直到林彪垮台后，有关部门才又旧事重提。但张春桥却说：一米七轧机上海工人阶级自己能造，不用进口。然而，上海"工总司"的王洪文、陈阿大等一群造反起家的打手们，根本不懂技术，又压制技术人员，闹了一年多，连个轧机的影子也没见到，钢铁工业的发展被他们一误再误。于是，周恩来、李先念再次布置国家计委申请进口，毛泽东很快予以批准。同年，还批准进口美国彩色显像管成套生产线技术。江青等人又跳出来，横加指责和破坏。

1974 年 2 月，四机部（第四机械工业部的简称）有个技术员给江青写信，"揭露"出国谈判引进彩色显像管生产线的中国代表团接受了美国康宁公司赠送的玻璃蜗牛礼品，是甘心让外国人侮辱我们"爬行"。江青如获至宝，气冲冲地赶到四机部，发表一通讲话，说美国康宁公司送玻璃蜗牛是"侮辱我们，说我们爬行"，要求退回，并强烈抗议。周恩来指示外事部门经过调查，弄清玻璃蜗牛是美国人常用的一种礼品，立即主持中央政治局会议并通过决定，收回江青的讲话。但经过"四人帮"的一闹，这个彩色显像管生产技术的引进被耽搁了好几年。

原本在引进报告上签了字的王洪文，这时也随着江青把脸一翻，说向外国买船是"迷信外国资产阶级的假洋鬼子"，是"修正主义路线"。面对压力，协助周恩来进行引进工作的陈云没有退让，反而要求在引进轧机时把眼光放得远一些，连同必需的附件、备件一起进口。他说：这套轧机"如果缺了零配件，国内解决不了，就要推迟投产，耽误一年就少生产钢板 300 万吨，很不合算"。针对"四人帮"不顾国家和人民利益抛

▲陈云、邓小平在十一届三中全会上（历史照片）

来的“洋奴哲学”大帽子，陈云非常气愤，拍案而起，坚定地说：“如果有人批评这是‘洋奴’，那就做一次‘洋奴’！”

过去，外贸部门在国际市场上购买国内急需物资时，常常是直接购买现货，外国资本家一看到订单，就大幅度抬价，使我们吃了不少亏。在陈云指导下，外贸部门开始利用国际期货市场的商品交易所。如一次，他们接受了购买砂糖 47 万吨的任务，先不购进现货，而是购进 26 吨期货，再购买 41 万吨现货。待到交易市场上得知中国购买消息，砂糖价格上涨，外贸部门再抛出多余的期货。这样，不但顺利完成了采购任务，而且为国家赚取了 240 万英镑的外汇。陈云总结这次经验说：“国际市场上的交易所是投机商活动场所，但也是一种大宗商品的成交场所。”“对于商品交易所，我们应该研究它，利用它，而不能只是消极回避。”还指出：“在今后两年里对交易所要认真进行研究。”今天，中国不仅全面参加了国际商品交易中的期货市场，而且有了自己的商品交易所和期货市场。回溯当年在极左思潮猖獗，人们不敢谈也不知道期货市场还可以为社会主义国家服务的时刻，我们不能不为陈云表现出的胆识和远见而赞叹。

在周恩来、陈云和随后复出的邓小平的共同领导和努力下，1973 年至 1975 年，我国对外经济工作开拓出一个新的局面，形成了自 1954 年引进苏联 156 项援助项目后的第二次引进高潮。这期间引进的重要成套设备，到 1982 年全部投产，成为 80 年代中国经济大发展的主力军。

但是，当时中国还没有从“文化大革命”的阴云下得到解脱，“四人帮”还控制着较大的权力，极左错误仍然占据着统治地位。1975 年 11 月，“反击右倾翻案风”的迷雾再起，于 1976 年达到高潮。邓小平被迫离开了中央领导岗位，他和陈云等人进行的纠“左”努力也遭到批判。张春桥、王洪文等人立即指使在《人民日报》社的爪牙，派出大量记者前往各个部门搜集材料，攻击陈云、万里、胡乔木、张爱萍、周荣鑫等复出的领导干部。张春桥说，陈云主管的外贸部“问题严重”，“在外贸工作上执行的是一条卖国投降主义路线”。陈云痛心地看着费尽心血才有所好转的经济形势又毁于一旦，同时也作好了再次被送到基层去“蹲点”的精神准备。

1976年9月9日，毛泽东与世长辞，“四人帮”更加肆无忌惮地把手伸向了最高权力。华国锋、叶剑英、李先念等人开始考虑除掉这个根植于“文化大革命”动乱的毒瘤。叶剑英请王震找陈云商量。当时，可供选择的只有两个办法，一是召开中共十届三中全会，用合法手段把“四人帮”搞下去；另一个是采取特殊手段把“四人帮”抓起来。陈云在家里反复研究十届中央委员会名单，算来算去，觉得没有完全的把握。叶剑英主张武力解决，并派人请陈云前往他在西山的住所面谈。当陈云得知叶帅的坚定态度后，明确表示：这场斗争不可避免。

粉碎“四人帮”后，陈云在1977年3月的中央工作会议上，不顾华国锋设置的“两个凡是”的障碍，坚决主张让邓小平重新出来工作，并为“天安门事件”平反。之后，他又在1978年底十一届三中全会之前的中央工作会议上，提出了为薄一波、陶铸、彭德怀等冤假错案平反和清算康生罪行等关键性的意见。在邓小平、陈云等老一辈革命家的努力下，中国终于走上了重整河山的正轨。在历史的激浪狂飙中，陈云以他岿然不动的信念，给人们留下了中流砥柱般的高大形象。

第六章
为民鼓与呼的彭德怀

> 彭德怀在庐山会议上仗义执言，被扣上了“反党”的帽子，遭撤职罢官。

山高路远坑深，大军纵横驰奔。
谁敢横刀立马，唯我彭大将军！

人们都熟悉这首诗。

它是 1936 年彭德怀指挥劣势兵力围歼国民党骑兵部队后，兴奋的毛泽东写给彭德怀的赞扬诗。但人们或许更熟悉下面一首诗：

谷撒地，薯叶枯。
青壮炼铁去，收禾童与姑。
来年日子怎么过，我为人民鼓与呼！

它是“大跃进”开始后，彭德怀回到湖南湘潭故乡发现农村中的真实情况时，自己内心焦虑的表露。

果然，1959年7月庐山会议（八届八中全会）期间，彭德怀在吼虎岭北面的西式平房里，面对毛泽东越来越高的威望，毫不掩饰地说出了自己的心里话：

▲1955年9月，毛泽东为彭德怀授勋（历史照片）

1957年整风反右以来，政治经济一连串的胜利，党的威信提高了，脑子发热，得意忘形了。无产阶级专政后容易犯官僚主义，因为党的威信提高了，群众信任，因此行政命令多。吃饭不要钱，那么大的事，没有经过试验。总之，大胜利后容易热，就是熟悉的经验也容易忘记。要找经验教训，不要埋怨，不要追究责任，人人有责任，人人有份，包括毛泽东同志在内。

然而，恰恰相反，毛泽东并不这样看，他认为大跃进中，成绩与错误是九个指头与一个指头的关系，有所得，有所失，但得大于失。"一棵树总难免有一两个枯叶，总不能因此而把树锯掉吧，要看全局。"

彭德怀坚持自己的看法，并于7月14日写信给毛泽东。

毛泽东也恼火了：要评论这封信的性质。明明提出成绩很大，问题不少，前途光明，还是要写信，这不是下战书吗？让彭真、陈毅、黄克诚、安子文上山，参加会议。如果林彪身体还好，也让他来……

8月16日，中共八届八中全会一致通过《关于以彭德怀同志为首的反党集团的错误的决议》，彭德怀等人被撤职罢官。

一条惊涛骇浪中负重的小船，滑向沉没前最后的生命里程。

八届八中全会结束后，毛泽东与江青继续留在庐山。夏日避暑，此处当属可选之列，再说紧张了那么多天，也该放松一下了。彭德怀则飞回北京，在中央军委扩大会

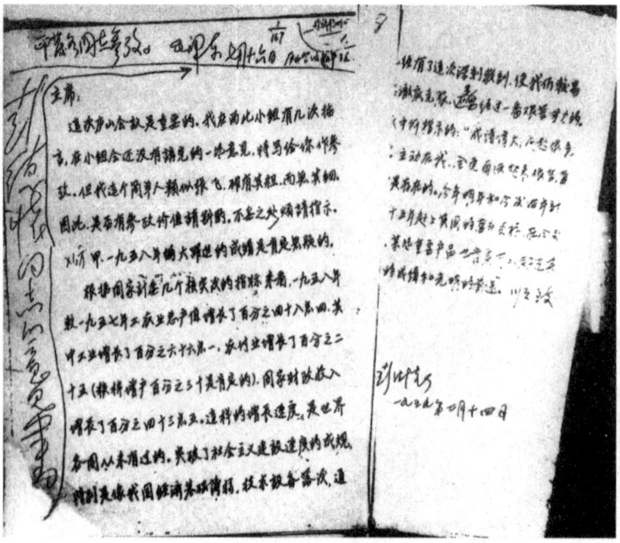

印发各同志参考。毛泽东 七月十六日

彭德怀同志的意见书

主席：

这次庐山会议是重要的。我在西北小组有几次插言，在小组会还没有讲完的一些意见，特写给你作参考。但我这个简单人类似张飞，确有其粗，而无其细。因此，是否有参考价值请斟酌。不妥之处，烦请指示。

甲、一九五八年大跃进的成绩是肯定无疑的。

根据国家计委几个核实后的指标来看，一九五八年较一九五七年工农业总产值增长了百分之四十八点四，其中工业增长了百分之六十六点一，农副业增长了百分之二十五（粮棉增产百分之三十是肯定的），国家财政收入增长了百分之四十三点五。这样的增长速度，是世界各国从来没有过的，突破了社会主义建设速度的成规。特别是象我国经济基础薄弱，技术设备落后，通……

彭德怀

一九五九年七月十四日

▲1959年7月14日，彭德怀写给毛泽东的信。信中对1958年以来产生的“左”倾错误及其经验教训提出了一些中肯的意见。16日，毛泽东在信上加上“彭德怀同志的意见书”字样，并批示：“印发各同志参考。”（历史照片）

议上继续接受批判。

既然被指责为反党集团头子，彭德怀便不能不想到日后的工作和出路，思前想后，他给毛泽东写了一封短信，要求允许他去学习或离开北京到人民公社中去边学习边劳动。

最后，彭德怀被允许搬出中南海，居住何处由他自己定，彭德怀不想奢侈，挑选了去西郊挂甲屯居住。

封建社会中的清官曾留言：当官不为民做主，不如回家卖红薯。

现在，彭德怀也到挂甲屯种地去了，半生戎马无暇日，老来偷闲学种桃。

既然是种地，便用不着过去漂亮的元帅服和一大堆勋章。“凡是当老百姓用不着的，我都不要。”他不顾警卫员的劝阻，把自己的元帅礼服、军服、狐皮大衣、地毯、名人字画、猎枪和好一点的衣服都交了公，留下的几乎全是书。他还拒绝给安排护士和公务员。他说：我没病，要什么护士。现在是个闲人了，还要人家来打扫卫生、料理生活，真是岂有此理！免了吧，我坐的“吉斯”也要坚决换掉，现在也没有必要坐那么高级的车，上大街坐公共汽车不也是很好吗！

由于他坚决要求，中央办公厅首先将配备人员从简，收回“吉斯”轿车，将斯大林送给他的灰色“吉姆”车重新配给他。

就这样，彭德怀在北京西郊挂甲屯的吴家花园里开荒地，积肥养鱼，读书学习……

同时，中国经济建设的发动机再次发出超负荷的轰鸣，但结果却与人们的愿望大相径庭：

全国出现连续三年的严重经济困难；

全国非正常死亡人口（实际上是饿死）人数超过 1000 万；

个人专断和个人崇拜之风日趋发展；

领导人在党内军内的地位不断更动；

……

历史精灵含着严峻的目光，冷冷地注视着所有的变化。

> 彭德怀写给毛泽东一封长达8万字的信，史称“万言书”。

1962年1月，负责中央第一线工作的刘少奇主持召开了扩大的中央工作会议，即七千人大会。向来谨慎的刘少奇提醒全党，中国到了该刹车的时候了，再不刹车，就要散架了。他大胆地说，不能用九个指头与一个指头的套话，处处去套党的工作成绩与错误，不是九一开，而是七三开，有的地方则是倒三七开，是三分成绩，七分错误。他还说，彭德怀在庐山会议上说的一些具体事情，不少是符合事实的，而且认为彭德怀是政治局委员，向中央、毛主席写信反映情况是正常的，即使意见不对，也不算犯错误。

然而，毛泽东坚持不予彭德怀平反：“我对彭德怀这个人比较清楚，不能给彭平反。”

因而七千人大会最后坚持彭德怀长期在党内搞小集团，搞军事俱乐部，和某些外国人在中国搞颠覆活动有关系的结论，不予平反。

“你给我去弄纸，我要写信，把我的一生写给毛主席！我的功，我的过，我的意见，我的想法，统统写出来，一条都不隐瞒。”气得暴跳如雷的彭德怀一听到这个消息，就命令式地要他的警卫员景希珍准备笔和纸。他的侄女劝他别写信闯祸，彭德怀气呼呼地说：我想过了，我甘愿毁灭还不行，我生不求功，死不图留名，但还是留了一个不公正的风气！想打倒一个人，就给他安个莫须有的罪名，这个罪名站不住，就再安一个。这就不是毁灭我一个人的问题了，是毁灭一个党，一个不公正的党是不会服人的，是会乱成一坨的。

彭德怀执笔伏案，整整写了三个月，他像重走了一次长征路，体重减少了十多斤，精疲力竭，一病而倒，好多天起不来，抄写任务只好交给他的司机赵风池。1962年6月16日，彭德怀给毛泽东和党中央的一封长达8万字的信递到了中央办公厅。

然而，平反没有等来，反而招来了一个“彭德怀问题专案委员会”。

他沉默了，也许只有沉默更好一些。

时间一晃而过，彭德怀平静地生活着，很少有人来看望他。

但这并不意味着所有的人将他忘记了。

有党内理论权威之称的康生屡屡窥视政治风向，不止一次地建议拿彭德怀开刀。1964年，他几次对毛泽东说：主席在十中全会上讲过，现在他们写小说，利用写小说反党，是他们的一大发明，由此，我想到当时的一出戏，叫《海瑞罢官》，我觉得这个《海瑞罢官》跟1959年的庐山会议有关，是替彭德怀鸣冤叫屈，替彭德怀翻案。我这个想法，提供主席参考。

江青也多次向毛泽东提出《海瑞罢官》有问题，要批判。

1965 年初，经毛泽东准许，批判《海瑞罢官》的写作班子在上海投入秘密工作。

> 毛泽东让彭德怀到三线领导建设，他十分珍惜这来之不易的工作。但好景不长，“文化大革命”爆发，彭德怀的处境急转直下。

令人迷惑的是，几乎同时，毛泽东却建议彭德怀去西南大三线工作。

1965 年 9 月，彭真代表党中央在人民大会堂接见彭德怀，转达了毛泽东的意见，但被彭德怀拒绝了，他的理由是自己这个样子不好出来工作，而且不懂工业，又脱离军队这么长时间，他还是要求毛泽东同意他回乡当农民，请彭真代为转达。他自己也写了封信给毛泽东。

毛泽东听了彭真的汇报，又接到中央机要局转来的彭德怀的信，颇感意外，他原以为他亲自点将，彭德怀会答应，不料他不愿出征。看来他心中有气，给他一个出气的机会吧。

于是，毛泽东亲自出马，给彭德怀挂了个电话，要他前往中南海见面，好好谈谈。

在中南海颐年堂，毛泽东与彭德怀谈了五个多小时。彭德怀再次被毛泽东说服：“我听你的，主席，去西南。”

彭德怀兴奋地回到吴家花园，等候南下通知。

他等来的是一篇含沙射影的文章，上海《文汇报》刊登了姚文元的长篇文章《评新编历史剧〈海瑞罢官〉》。他一看就知道是冲着自己的：“射吧，我无所谓，只要去三线工作就成。”

但是，就在他到达成都的当天，即 1965 年 11 月 30 日，《人民日报》全文转载了《文汇报》上姚文元的文章。

“娘的，刚让我出来工作，就批起我来了，真不明白是怎么回事！”彭德怀气得一拳擂在桌子上，“他娘的，批吧，我才不怕呢！我早知道我的事没完，无非再一次搞臭嘛，我等着，实际上哪一个人真会被批臭，只要自己不腐烂就好，只要毛主席不下令撤我，我就干到底，谁也压不垮我！”

彭德怀依旧是彭德怀，他抛却个人利益，全心地投入到建设大三线的工作中。

但此时的中国毕竟不是搞建设的年代，政治风暴越刮越猛，批《海瑞罢官》，批“三家村”等，都联系到了罢官的右倾机会主义分子翻案的问题，彭德怀预感到自己的处境将会更加困难。

▲彭德怀在吴家花园。右一为弟媳龙国英（历史照片）

果然，彭德怀在大三线的工作被归纳为十条罪状上报。他不但不再有阅读中央文件的权利，而且受到围攻批判。

1965 年 12 月 21 日，毛泽东在杭州与陈伯达、关锋等人谈话，提到了彭德怀：戚本禹的文章写得好，我看了三遍，缺点是没有点名。姚文元的文章也很好，点了名，震动很大，但是没有打中要害，要害的问题是罢官，嘉靖罢了海瑞的官，1959 年我们罢了彭德怀的官，彭德怀也是海瑞。

毛泽东讲话之后，彭德怀的处境便难以扭转了，他奉命返回成都，停职反省。

此时的北京，江青和康生正指使戚本禹策动红卫兵设法揪斗彭德怀。戚本禹亲自打电话给北京五大造反派头头之一的韩爱晶，告诉他可以去四川把彭德怀揪回北京。江青也有意将军，对地质学院红卫兵头头王大宾说：你们这也能，那也能，怎么就不能把彭德怀揪出来呢？让他在大山里养精神，将来好回来造反！

1966 年 12 月 25 日清晨，住在成都市永兴巷 7 号的彭德怀被翻墙而入的北京红卫兵强行绑架。他的警卫员和秘书阻拦无效，只好向西南建委办公室求援，并直接向周恩来总理请示，得到如下答复：

一、由成都军区派出部队与红卫兵一道护送彭德怀同志到北京，沿途不许任何人截留，不得对他有任何侮辱性的言行，绝对保证他的安全。

二、不坐飞机，由成都军区联系火车来京。

三、由北京卫戍区派部队在北京火车站等候，并负责安排彭德怀同志的住宿和学习。

就在周总理下达指示的同时，彭德怀已被从北京来的几支揪彭战斗队争来争去，一会儿被抢到成都地质学院，一会儿被转移到省地质局，直到成都军区干涉，他的安全才有了保证。

12 月 28 日，彭德怀坐上成都军区联系的一个软席车厢，在军人和红卫兵的共同押送下到达北京，被送到北京的地质学院。经过艰苦的谈判，才交给北京卫戍区，由卫戍区和北京航空学院、地质学院派出的 4 名红卫兵共同看押管理。

次日，周恩来就打电话给北京卫戍区司令员傅崇碧，指示他必须做到保护彭德怀的绝对安全，要对住处保密，不许武斗，不许游街，不许搞逼供信等。

因此，彭德怀在北京没有受到太大的冲击，只是看看书，写交代材料。但在 1967

年1月“上海夺权”和批判“二月逆流”后，他的处境开始变了。

彭德怀在批斗会上头破血流，昏死过去。一个南征北战的开国元帅，居然在新中国永远失去了公民权。

7月，江青和戚本禹、陈伯达等人在人民大会堂接见韩爱晶等红卫兵头头时，下达了批斗彭德怀的动员令：

彭德怀这个人被卫戍区保起来了，把他养得胖胖的，想干什么？为什么不批斗？老不批斗干什么？你们去找傅崇碧要人，就说是我说的！让彭德怀到小将中接受批判教育。

戚本禹也在一边加油打气：

你们要彭德怀交代反毛主席的罪行，要他低头认罪。他要是不老实，就对他厉害点，对他不能客气！

他还在7月18日给彭德怀专案组训话时说：

“毒蛇僵了，但没有死，纸老虎彭德怀杀人不眨眼，他是军阀，不要看他装可怜相，如壁虎一样，装死，实际上没有死，要打翻在地，踏上几只脚。”

1967年7月19日，按专案组要求，彭德怀被送到北京航空学院接受批判，在一间大教室里，众多的闯将们提出一个个令他不解而又心寒的问题：

“你为什么要反对毛主席？”

“老实交代你在朝鲜害死毛岸英的罪行！”

……

彭德怀不卑不亢，据理力争，使造反派们无言以对。

说不过就打，韩爱晶走到彭德怀跟前，一把把他从座位上拉起，当胸就是一拳，其他人也蜂拥而上，一时桌倒椅翻。彭德怀被打倒后又被揪起来，接着又被打倒，连着多次。他们还摁着彭德怀的头往墙上撞，使他头破血流，昏晕过去。批斗会结束后，教室的门口堵着一堆人，彭德怀出来时，又是一阵拳打脚踢。他们一边打还一边喊着毛主席语录：对敌人的怜悯就是对革命的犯罪！最后，彭德怀被抬上汽车送回卫戍区。

对这次批斗会，当时的原始记录如此记载：

昨天北航开了三四十人的小会斗彭德怀，会上打了彭德怀，打倒七次，前额打破了，肺部有些内伤，明天还要斗。

问韩爱晶为什么武斗，他说“中央文革小组”讲“不要武斗，但对群众不要限制过多（不大武斗即可）”，并说总理的“五条指示”过时了，“中

▲彭德怀在批阅文件（历史照片）

央文革小组”是最新指示，他们只听“中央文革”的。

北京卫戍区也在监护日记中记载：

自19日参加斗争会后，食欲大大减少，精神很苦闷……进屋后就躺在床上休息，胸部疼痛，呼吸困难，不断发出哎哟、哎哟的声音。当晚不吃饭，不能吐痰，要他写材料，他说现在不能写，要不就杀头算了。20日他的胸部疼的面积很大，而且也重了些，从床上起来很疼，也非常困难，起时需要哨兵拉一下，否则就起不来，经医生检查，胸部左右两侧第五根和第十根肋骨折断，脉搏和血压都有增加。

北航批斗会后，彭德怀的问题公开化了，《人民日报》选登《解放军报》的批判文章，公开点了彭德怀的名。7月26日下午，北航红卫兵和地质学院的红卫兵联合在北航操场举行约10万人参加的批彭大会，张闻天等人也被拉来陪斗。

批斗会议举行前，周恩来曾指示卫戍区解放军战士保护彭德怀，一不能打人，二不能弯腰，三不能侮辱。但红卫兵根本不理睬这一套。

批斗会上，彭德怀和张闻天的脖子上挂着一个又大又重的牌子，上面用黑体字写的名字全部被划上“×”，他们低头弯腰，任凭批斗者捏造罪名，而且不能申辩。批斗会结束后，他和张闻天等人又被强制从人群中两人相对、平举双手筑成的狭窄通道中低头穿过，遭受显示人们义愤的各种方式的折磨，有人朝他们拳打脚踢，有人向他们吐痰，使他们满头满脸都是青包紫块和唾液口水……长时间折磨使他们走不到一半就瘫倒了，嘴里渴，要求喝水……

其景何惨……

这还没算完，韩爱晶还倚仗人多，硬从卫戍区警卫战士手里抢走彭德怀，拉胳膊拖腿地拥上卡车开到城里游斗，彭德怀的身上又多了烂纸片和西红柿汁。两个多小时之后，可怜的彭德怀已不能走路，不能进食，只能躺在床上一动不动……

但这仅仅是个开始。

国庆节刚过，彭德怀被拉到北京师范大学批斗，会后又送到工人体育馆被“首都无产阶级革命派”联合组织批斗。一时间，批斗彭德怀成了时髦，各个单位你争我抢，以致两个月不到，彭德怀就被斗了一百多场。可彭德怀一点也没让步，他不屈不挠的头一次次被按下去，又一次次昂起来；他倔强的身躯一次次被推倒，又一次次站起；他愤怒的呐喊一次次被截断，又一次次响起来……直到他的身体和精神接近崩溃边缘……

这期间，他所住的监护所也不停地变换，那是为防止他与警卫战士建立感情而采取的措施。他先被送到五棵松，后转到罗道庄、什坊院、木樨地政法干校，最后被送到中国人民解放军总医院（三〇一医院）。此时的彭德怀已被诊断为直肠癌。

与此同步，彭德怀问题专案组也加紧了工作，并于1970年9月17日向黄永胜呈递了《关于反党头目里通外国分子彭德怀罪行的审查综合报告》，报告中说：

> 彭德怀一贯反党反毛主席，里通外国，罪行累累，证据确凿，在被审查期间，态度不老实，时常出尔反尔，我们建议：撤销彭德怀党内外一切职务，永远开除党籍，判处无期徒刑，终生剥夺公民权利。

黄永胜大笔一挥，写上“同意”二字。彭德怀的命运就这样定下了。

一个在革命最危急的时刻抛弃了高官厚禄加入中国共产党、投身革命并且忠心耿耿的人，居然在革命成功后失去了做党员的权利！一个为缔造新中国舍生忘死几十年，南征北战，立下赫赫战功的元帅，居然在新中国永远失去了做公民的权利！

> 手术之后，彭德怀的病情急剧恶化，癌细胞扩散到了全身，他疼得用牙咬着被单或大叫大骂。

俗话说，只有生病时才感觉到健康的可贵，反过来，健康的人是很难理解病人的苦痛的。对彭德怀来说，住在三〇一医院的日子则更难忍受，用他自己的话说，是比生孩子的月婆子还难受。他所在的病房不过10平方米，所有门窗都紧闭着，而且被糊上了报纸，一点自然光线也见不到。为限制他的活动，他的裤带也被人抽走了，想写字，不给笔，想听广播，收音机又被人故意弄坏了。除了少数书籍和指定看的《人民日报》《解放军报》外，只有冷清、死寂、沉闷，而且，门口还不时晃动着守卫人员的身影……

彭德怀只能仰天长叹！

为了保住彭德怀的生命，医院提出必须做手术，这遭到彭德怀的坚决拒绝：问题不搞清楚，我决不做手术，我要见毛主席。

他的侄女彭梅魁劝他答应手术，彭德怀显得很顾虑："我从来没有怕过死，只怕一上手术台可能下不来，耽误了大事！我要求他们快审查，查清楚了，我再做手术。这么多年了，他们还没查清楚，难道让我带着莫须有的罪名去见马克思？我留着这条命，就是想再见毛主席一面，把我的看法讲清楚，也尽到了我最后的这份责任，死了我也心甘。"

彭梅魁无法安慰伯伯被伤透的心，只好搬出周恩来总理增加说话的分量：您还是先做手术吧，等养好病才有机会再见毛主席。你的手术是周总理批准的，您不做手术，总理晓得也会不高兴的。

彭德怀一向佩服敬重周总理，于是同意做手术。

但是，手术之后，彭德怀的病情急剧恶化，导致半身不遂，癌细胞扩散到了肩部、肺部、脑部，他疼得用牙咬着被单或大叫大骂，没有瘫痪的右手右脚乱撕乱扯乱踹，却没有人给他打止痛针……

1974年9月后，彭德怀便常处于昏迷状态。

此时的彭德怀，虽然话已含糊不清，但依然掷地有声：

"我这一生有许多缺点，爱骂人，骂错了不少人，得罪了不少人，但我对革命同志没有搞过两手，我从来没有搞过那种阴谋。这方面，我可以挺起胸膛，大喊白声，我问心无愧。

"我能活到今天，就是长寿了，已经可以了，我仔细想过了，我这一生是值得的，对革命对人民，我做了一点工作，尽了我的责任。虽然我个人的下场不怎么好，可是我不埋怨，更不后悔。

"我死以后，你们把我的骨灰送回老家去埋起来，在上面种一棵苹果树，让我最后报答家乡的土地，报答父老乡亲。

"历史是最无情的，也是最公正的，历史将会审判他们，也会对我作出正确的评价。"

1974年11月29日下午3时35分，76岁的彭德怀停止了呼吸，带着全部的希望与失望，孤苦伶仃地到了另一个世界。

▲1978年12月24日，彭德怀、陶铸追悼会在北京举行（历史照片）

彭德怀的遗体被秘密火化，偷运四川，编号327，谎称是成都市人王川，年32岁。只有四川省委负责人段君毅、李大章等几个人知道是彭德怀的骨灰。

令人凄然的是，火化遗体的费用，竟是从彭德怀少得可怜的狱中生活费中支付的。

1944年，毛泽东在追悼普通战士张思德写的《为人民服务》中说过："今后我们的队伍里，不管死了谁，不管是炊事员、是战士，只要他是做过一些有益工作的，我们都要给他送葬、开追悼会。这要成为一个制度。这个方法也要介绍到老百姓那里去，村上的人死了，开个追悼会，用这样的办法，寄托我们的哀思，使整个人民团结起来。"

但彭德怀却没能得到这些最普通的待遇：他的遗体旁边没有党旗、没有花圈、没有挽联、没有哀乐、没有灵堂、没有追悼会，更没有吊唁的人群……

直到1978年11月，中共十一届三中全会为彭德怀恢复名誉后，他的追悼会才得以举行。

历史总是最公正的！

第七章

倒在暗箭下的贺龙

> 毛泽东把吴法宪的诬告信拿给贺龙看，并风趣地说："我当你的保皇派。"

1966年，是中国极不平凡的一年，这一年疾风暴雨的"文化大革命"爆发了。作为国家体委主任的贺龙元帅也迎来了新的考验和战斗。

9月14日下午，贺龙从外面回到家里。夫人薛明按往常习惯拿了几份文件走过去。贺龙坐在沙发上，没有马上看文件，却是点上烟慢慢地吸着，脸上也不见往日的笑容。"告我的黑状，"他突然说，嘴角现出一丝冷笑，"可就是没有告准。"

原来，早在8月间，林彪一伙就故意制造了所谓的"八二五"反革命事件，借口要追后台而把矛头指向贺龙。他们欺上瞒下，把一些长期与贺龙一起工作过的同志抓起来，诬陷为"反党分子"，并扬言说："这不是几个人的问题，是反党篡军的一个组成部分。"他们对这些老同志加以残酷迫害，大搞逼供信，要他们揭发贺龙。与此同时，林彪在空军中的亲信吴法宪，采取恶人先告状的卑鄙手法，向毛主席写信诬告贺龙，胡说在空军有一条以贺龙为代表的反党黑线，诬蔑贺龙是"黑线人物"，"要篡党夺权"。李作鹏也遵照林彪的意旨写了诬告信。

▲1942年9月，贺龙与毛泽东在窑洞前亲切交谈（历史照片）

9月14日，毛泽东主席在中南海游泳池边接见了贺龙，他把吴法宪的诬告信拿给贺龙看。主席见贺龙没戴眼镜，关心地说："不要急，慢慢地看。"贺龙看完后，面含怒色，一言不发。主席笑着说："我对你是了解的。我对你还是过去的三条：忠于党、忠于人民，对敌斗争狠，能联系群众。"贺龙也很坦然，问主席："是不是找他们谈谈？"毛主席说："有什么好谈的？"并风趣地说："我当你的保皇派。"

9月19日，毛泽东告诉贺龙说："问题解决了，没事了。"12月28日，政治局开会，毛主席特意亲切地和贺龙打招呼，叫他到前面坐。

尽管如此，林彪、江青还是不放过他。林彪对贺龙说：你的问题可大可小，今后要注意一个问题：支持谁，反对谁。弦外之音是让贺龙跟他走。12月30日，江青跑到清华大学，找到贺龙的儿子贺鹏飞，恶狠狠地说："你爸爸犯了严重错误，我们这里有材料，你告诉他，我可要触动他啦！"又说："你妈妈也不是好人！"要他跟父母划清界限。随后的一次群众大会上，江青公开宣布："贺龙有问题，你们要造他的反！"在林彪、江青一伙的唆使下，与贺龙一起工作过的战友被揪斗了，街上的宣传车喊出了"打倒贺龙"的口号。贺龙的家被抄了，大量的机密文件被抢去。围攻的人群经常挤满院子，他的家再也没法平静了。

面对这突如其来的袭击，贺龙极为愤怒："这是搞的什么名堂哟！我得去见见他们。"身边的工作人员为他的安全担心，劝他不要去，他回答说："难道我不了解群众，难道群众不了解我？！"薛明只好建议请示总理后再说。贺龙同意了，说："那好，听总理的！"

他来到周总理家，向总理请示。总理关心地说："你身体不好，不能见。有什么事我顶着。"总理留贺龙和薛明在他家住下。当时总理的工作十分繁忙，但是，他利用一切机会关照贺龙。有时利用吃饭的时间，他与贺龙说说话。对贺龙的孩子，总理也关心地问长问短。贺龙深受感动，说："总理，你真是教育了我们两代人！"

然而，在林彪、江青等人的指使挑动下，中南海也闹了起来，许多中央负责同志都受到了冲击。造反派的广播宣传车在中南海墙外一遍又一遍地高喊"打倒贺龙"。很显然，贺龙不宜再住在中南海里。1967年1月18日，总理亲切地对贺龙说："毛主席都和你谈过了嘛！毛主席还是要保你的嘛！我本想让你住在中南海，但现在中南海也有两派，连朱老总家的箱子也被撬了。为了你的安全，另外给你找个安静的地方去休息一下。你先去吧，到秋天我去接你回来。”“我估计你一下子不会适应这个环境，你可以利用这段时间，读读马列和毛主席著作，练一练毛笔字。”最后，周总理勉励贺龙说：要活到老，学到老，改造到老。贺龙听从了周恩来的安排。但是，他万万想不到，这竟是两位共同战斗了40年的战友最后一次晤谈。

年逾古稀的贺龙睡在光光的床板上，没烟抽了，只好把丢掉的烟头拣起来……连续45天断水，他为端一盆雨水而摔倒在地。

1月19日凌晨，周恩来总理亲自派人把贺龙和薛明送到京郊的西山，并要求他们严格保密。贺龙夫妇住在山腰的一所平房院落里，除了担任警卫的战士外，就再没有别人了。山沟荒僻，又与世隔绝，这对在激烈的战斗和紧张的工作中滚了大半辈子的贺龙来说，实在难以适应，一连几天，他不是在屋里踱步，就是倚窗沉思，食量减少了，睡眠也差了，有时还突然说：“要回去，能帮助主席、总理做一点事多好啊！”但是，他想起总理临行前的嘱咐，只好安心住了下来。

然而，林彪、江青一伙的夺权运动却日益在全国各地展开，贺龙的罪名也因此而不断升级。他从报纸上了解了这些，非常气愤，他对薛明说：“他们夺谁的权？这些老干部跟着毛主席南征北战，是有功的嘛，是为无产阶级掌权嘛，都叫他们给夺走了！”一天，他看到报纸上四川夺权的消息，点了几位老同志的名，更激起了他的愤怒：“说他们是‘独立王国’是有所指的。要搞我，就公开地搞嘛，为什么要找替死鬼？！老子不怕！”他把夫人拉过来，指着报纸愤愤不平地说：“看见了没有？揪出来的都是好同志呀！清理来，清理去，把好人给清出党外了！”

严酷的现实，使他决定向党中央上书。他忘不了1931年至1933年间洪湖地区的肃反运动。当时，王明“左”倾机会主义路线的代理人夏曦掌握了党的湘鄂西分局的领导权，推行了一整套“左”倾错误政策，在党和红军内部，大搞肃反扩大化，对革命同志进行“残酷斗争，无情打击”，把一个个对他有异议的同志，把一个个跟随贺龙在艰苦卓绝的斗争中打开湘西局面的领导干部，从军长、师长、团长直到营、连干部都当作“改组派”，有的关了起来，有的被杀掉了。洪湖的县区干部几乎被杀完了，有的连队前后被杀了十多个连长。红六军创始人之一、令敌人闻风丧胆的军长段德昌，从大革命时期就跟随贺龙的师长王炳南，就是在那时遭到迫害的。一些跟随贺龙干革命的同志如王尚荣、黄新廷、杨秀山、杨林等，那时都已被捆起来准备杀掉，只是由于贺龙的坚决反对，才幸存下来。

想起惨痛的历史，他再难抑制住心情的激动：“多少好同志呀，都是忠心耿耿的，能打仗，有本事的……都被诬蔑为改组派而被杀害了，一摊摊的血，真是血的教训哟！”看到那次肃反中的幸存者，现在又被揪斗、被迫害时，他语气沉重：“把革命的同志当作敌人来对待，要不得呀！要讲清楚，一定要把历史的教训讲清楚！现在我真担心有人再搞那一套！”

经过近一个月的回忆，3月7日，贺龙写完了一份关于洪湖地区肃反扩大化问题的报告。他回顾了当时的历史情况，批判了王明路线的罪恶，总结和阐明了当年肃反扩大化的惨痛历史和经验教训，并将报告带给周总理并转呈毛主席。他是在用历史上血的教训来提醒人警惕和避免血腥的历史悲剧重演啊！然而，历史的悲剧正以新的形式在重演，并愈演愈烈。在一个会上，林彪说贺龙是“大军阀”、“大土匪”，是“三反分子”。叶群在总参的会上叫嚷“贺龙要搞反革命政变”。江青也逼着周总理表态“把贺龙揪出来”，在遭到周总理的严词拒绝后，她仍不肯罢休，继续展开诬陷贺龙的种种活动。

1967年夏，林彪一伙背着毛主席，绕过周总理，逐渐控制了被秘密安排在西山的贺龙的住处，加紧了对他的迫害。他们先是借口有人要揪贺龙，怕被人发现，把窗帘拉上了，不许拉开。接着他们又把床上的被褥、枕头全部收走，以至年逾古稀的贺龙和夫人只好睡在光光的床板上，用手臂当枕头。吃的饭里沙子太多，贺龙夫妇只好把米从做饭的战士那里拿来，戴上老花眼镜去挑拣。贺龙没烟抽了，便让夫人薛明拿点钱找战士买来旱烟叶，他用手搓碎烟叶，再用纸条卷上烟末抽。后来，由于迫害加重，不能再买烟叶了，薛明就把抽剩丢掉的烟头捡起来，撕开重卷让他来抽，直到逝世前夕，贺龙抽的都是烟蒂卷成的烟。

▲1947年9月，贺龙与夫人薛明在山西兴县蔡家崖(历史照片)

更有甚者，他们竟借口水源困难，连续45天几乎断绝了水的供应，每天只给一小壶饮用水，不能洗脸，也不能漱口，以至于每逢下雨，贺龙夫妇都用水盆、水杯接雨水贮用。为了水，贺龙和薛明时不时张望天空，盼望下雨。有一次，贺龙为端一盆雨水而摔倒在地，扭伤了腰，连续18天靠在椅子上，不能行动，大便也解不下来。薛明只好用氧气筒上的导管，用嘴含了肥皂水给他灌肠。

秋天到了，贺龙记起了临行前总理说的话“到秋天我去接你回来”。然而，正是秋天的9月间，贺龙被正式列为专案审查对象，完全落入了林彪、“四人帮”的魔掌。尽管10月份周总理冲破阻力，又两次派人看望了贺龙，但从此以后，林彪、“四人帮”就切断了他们的最后联系。

失去保护的贺龙夫妇遭受到更为残酷的迫害。连护理他的医生也要经过多次政审，精心挑选。结果，他身边的必备药品被拿走了，连检验糖尿病的试剂也不给留下……1968年3月27日，贺龙突然说不出话来，口角歪斜，头痛剧烈，被送进医院，但却没有得到应有的治疗，反被诬为“诈病”送回住处。

> 接到林彪、“四人帮”党羽送来的一封信，贺龙怒吼道：“撞他妈的鬼！栽赃，完全是栽赃！”

转眼间到了1968年8月1日，即建军40周年纪念日。这一天，曾任南昌起义军总指挥的贺龙特别兴奋，他向薛明讲起了南昌起义，讲起了军队的历史。他从南昌起义谈到井冈山毛主席与朱老总会师，从抗日战争谈到解放战争，从抗美援朝谈到保卫社会主义建设。他感慨地说：“这个军队太可爱了！只要这次不被他们害死，将来打起仗来，我们这些老家伙还能出把力！”他充满自信地断言：“这样的军队，有人想利用它搞阴谋，办不到的，是要倒霉的！”验之事实，这话已成了科学预言！

贺龙热爱军队，关心军队，对军队怀有极深的感情。在失去自由后，他常与夫人谈论国家的建设、国防和军队的建设，以及有关他曾经视察过的建设工地、海防哨所、连队的食堂、战士的宿舍，乃至运动员的训练场。他满怀深情地说：“要是再能去看看这些地方，看看那些地方的人，该多好啊！”然而，贺龙哪里能想到，等待他的是林彪、“四人帮”一伙对他越来越重的迫害和摧残。

1968年9月18日，林彪、“四人帮”党羽送来一封信，要贺龙“交代”历史上的所谓“罪行”，这是隔离以来向贺龙提出的唯一重大“问题”：“1933年蒋介石派熊贡卿到湘西，与贺龙是怎样谈判的？参加谈判的是哪些人？最后达成什么协议……”贺龙看完，把信往桌上一摔，怒吼道：“撞他妈的鬼！人都给我枪毙了！栽赃，完全是栽赃！”

其实，这个“问题”是很清楚的。1931年至1933年，由于王明“左”倾机会主义的破坏，洪湖、湘鄂西地区的革命事业遭受了惨痛的失败，不仅根据地丧失殆尽，而且红军也由2.5万余人锐减到不足3000人。也就在这个时候，1933年12月，蒋介石对根据地采取两手政策，他一面以重兵围困红军，一面又亲自委派政客熊贡卿对贺龙进行游说、策反。熊贡卿先派梁素佛联络，其带着熊贡卿以昔日好友的名义写给贺龙的信，说是要来叙旧，并愿意帮助解脱困境。贺龙立即识破了熊贡卿的用心，并认为是对自己的极大侮辱，当即报告了党的湘鄂西中央分局。分局为了搞清蒋介石对中央苏区和红四方面军破坏的情况，遂允许熊贡卿前来。熊贡卿来到后，供述了情况，贺龙便下令把他逮捕了。在从茨岩塘到桑植途中的一个山垭口，贺龙激愤地对部队说："今天，我们要枪毙一个坏蛋，他叫熊贡卿。他是来干什么的呢？是蒋介石派来劝降的说客，这对我们红军是极大的侮辱。同时他又是奸细，我们绝不能放他回去。蒋介石的算盘打错了，他完全是痴心妄想。艰苦困难吓不倒红军，高官厚禄收买不了红军，阴谋诡计也骗不了红军！"接着他下令枪毙熊贡卿。这一番大义凛然的话和坚决的行动，凝聚了贺龙对阶级敌人强烈仇恨，表现了贺龙对党对人民的无限忠心。然而，这在"文化大革命"当中竟成了贺龙的"罪行"！贺龙感到自己赤诚的心被严重地伤害了。他抓过一个笔记本，不停地写上"冤枉"两个字，一页纸写得满满的。他说："他们要是叫我签字画押，我就写这两个字。要是枪毙我，我就喊冤枉！"整整一天，他都被怒火烧灼着，烟吸得很多，话很少，不时地在屋里走来走去。

那天晚上，他极感慨，他极激动，话也很多。他对夫人薛明说："1916 年 2 月 16 日（旧历），我 20 岁时，用两把菜刀砍了芭茅溪的盐税局子，开始闹革命。大革命失败后，又拒绝了高官厚禄的引诱，驱赶了敌人派来的'说客'，处理了部队的反动分子，保护了被追捕的共产党人和农协会员。然后，坚持执行党的指示，参加了南昌起义。南昌起义失败后，我脱下将军穿的马靴，穿上了草鞋，和周逸群等同志带着几只手枪路过洪湖，攻打反动民团，缴了几支枪。后来我把枪留给当地组织游击队，自己回到家乡桑植一带发动农民起义，经过艰苦卓绝的斗争，终于组织了红四军，创建了湘鄂西革命根据地。"接着，贺龙又谈到昔日九死一生的战斗和艰难的万里长征；谈到在王明路线时期，自己怎样处于被排斥和不受信任的地位，又如何不顾个人安危，仗义执言，使革命减少损失；也谈到了在张国焘搞分裂阴谋的面前，怎样坚决站在毛主席一边进行斗争的情景。贺龙也谈到了他的亲属。这是他第一次告诉夫人，他的亲姐姐贺民英、贺五妹在同敌人生死

▲1964年周总理和贺龙副总理在部队观看技术表演（杜修贤摄）

搏斗中壮烈牺牲，妹妹贺满姑被残酷地杀害，连尸骨都不能收。战争中，贺家宗族上百口人死在国民党反动派的屠刀之下，他的家被抄，房屋被烧，连祖坟也被挖了……是啊！贺龙是在革命最艰难的时候找到了党，他跟着党中央、毛主席，从没三心二意，从没有片刻懈怠。他把自己的一切都交给了党。“我本来就是在共产党背时的时候参加革命的。所以无论多么背时我都不怕，”他叹了口气，声音低下去了，“可是，现在搞成这个样子，党怎么办？国家怎么办？”这一夜，贺龙在床上翻来覆去通宵没有入睡。第二天，薛明在整理床铺时，发现枕巾湿了好几处。

那几天，贺龙不断重复一句话：“我们党里出了鬼，出了奸臣啦！”他告诉薛明，1966年9月间，林彪曾阴阳怪气地说：“你的问题可大可小，今后要注意一个问题：支持谁，反对谁，你还不知道？”但贺龙立场坚定，明确拒绝了林彪的拉拢。

林彪、“四人帮”一伙之所以疯狂迫害贺龙，置贺龙于死地，是因为林彪在战争年代曾犯有错误，贺龙对他作过批评和揭发。他的夫人薛明也清楚林彪夫人叶群在国统区时的情况。更重要的是，贺龙在全军和全国人民中有崇高的威望，而且决不与他们同流合污，这成了他们篡党夺权的重大障碍。1969年2月的一天，贺龙用手杖敲打着林彪的照片，愤怒地说：“你这个家伙，为什么不许我革命啊？为什么？过去你有错误，我好心希望你改正，现在你倒整起人来啦！”他对薛明说：“还有林彪的老婆叶群，也不是个好东西。”中共九大召开后，贺龙看到公报和中央委员名单，指着林彪、江青及其一伙的名字说：“他们反老干部有功，想把干部都搞光，搞得毛主席身边没有人。他们这样做就是要搞大换班！用心狠毒！”他对党和国家的前途更加忧虑。

> 林彪事件后，毛泽东决定为贺龙平反。周恩来在贺龙遗像前一连鞠了七个躬。

贺龙不仅在政治上受迫害，在生活上、身体上也受到了严酷的摧残。他年老体衰，患有糖尿病，尤其需要饮食的调养、药物的控制和精神上的松弛。然而，林彪、“四人帮”一伙却利用贺龙患病的特点，对他施行了惨无人道的摧残。贺龙吃的经常是清水煮白菜，给的饭也时常吃不饱，有时只好到院子里拔些野菜，用白开水洗洗烫烫充饥。然而这些终究解决不了贺龙的营养补充。糖尿病逐渐失去控制，饥饿和病魔的折磨使贺龙的身体一天比一天虚弱。

在医疗上，林彪死党派来了经过六次“政审”后精心挑选的“医生”。这位“医生”采取各种各样的花招，抄检搜查贺龙的药品，甚至用所谓“组织决定”的名义，把贺龙一些必需的备用药品全部拿走了。医疗条件越来越差，连每天必需的降糖药也没有保证。

无情的事实使贺龙意识到自己的身体恐怕不行了。但是，他不想死，他要活下去。他用当年长征的艰苦生活来激励自己。“他们硬是想把我拖死，杀人不见血。我不死！我要活下去和他们斗一斗！”他说，“我相信：党和人民是了解我的，毛主席总有一天会说话的！”他还风趣地说：“这个要求不算高吧！”

贺龙决心要活下去。然而，死神在向他逼近。

1969年6月8日早晨，贺龙照常听过广播，之后突然一阵恶心，连续呕吐三次，呼吸急促，四肢无力。这是糖尿病酸中毒的表现。薛明万分焦急，立即向监护人员报告，请求医生救治。但是，医护人员根本不作认真诊断治疗，只是让那个所谓的“医生”给打了一针“止吐针”，也没能止住呕吐。直到晚上八点钟医生才来。他们只给贺龙输上葡萄糖和生理盐水，就匆匆走开了。他们是向在外屋直接掌握这次“救治”的专案人员“请示”去了。趁他们出去的时候，贺龙对薛明说：“要小心，他们要害死我。”确实，他们后来取了病人的小便去化验。但他们检查的并不是病人的血糖的高低，而是要查出是不是病人自己服了毒。那危害病人生命的葡萄糖却输了一夜，整整2000CC，他们是要用医药谋杀贺龙，还要把“服毒”的罪名安到贺龙头上。

▲1953年朱德、贺龙在北京观看篮球赛（历史照片）

第二天，天一亮，医生要贺龙去住院。贺龙不愿去。他说："我没有昏迷，我不能去住院，那个医院不是我住的地方。"但医生坚持要其住院，并声称是"组织上决定，非去不可"。贺龙问薛明："我去住院，你呢？"薛明看看医生，见他们没表态，只好说："他们允许我去，我就去，如果不允许，我就在这个房间里等你。"

▲周恩来在贺龙骨灰安放仪式上致悼词（历史照片）

贺龙被抬出房门，送上救护车，送到了医院。然而，就在这天下午3点钟，几小时前还神智清楚的贺龙却停止了呼吸，负屈含冤、蒙垢饮恨地永远离开了人民。

贺龙去世后，遗体被秘密火化，亲属也不准到场。火化后，林彪、"四人帮"党羽又把骨灰藏起来，并且下令：不准传出去，要绝对保密。目的是不让人们了解贺龙之死的真相。

善有善报，恶有恶报。1971年9月林彪篡党夺权未遂，驾机叛逃时机毁人亡。全国掀起了批林高潮。此后，贺龙的亲属在周恩来总理等老一辈无产阶级革命家的关怀下，到北京团聚了。毛泽东主席、周恩来总理等人非常关心贺龙的平反昭雪。在一次会上，毛泽东讲到了贺龙，他连声说：翻案，翻案，翻案！1974年毛泽东和邓小平谈话时说："要给贺龙平反。"邓小平立即在政治局会议上作了传达。1974年9月底，中共中央发出了为贺龙同志恢复名誉的通知。次年6月9日，在贺龙逝世六周年之际，中央举行了"贺龙同志骨灰安放仪式"。

周恩来总理带病参加了骨灰安放仪式，并代表党中央为贺龙致悼词。

48年前，在贺龙入党仪式上，周恩来曾说过："贺龙同志是一个好同志！"现在，追悼会上，周恩来又说："贺龙同志是一个好同志！"并在贺龙遗像前一连鞠了七个躬。1982年10月，中共中央进一步作出了《关于为贺龙同志彻底平反的决定》，彻底推倒了林彪、江青和康生一伙强加给贺龙的一切诬陷不实之词，对贺龙战斗的、革命的、光辉的一生，作出了历史的公正评价。

贺龙同志永垂不朽！

第八章
不惧淫威的陈毅

“文化大革命”无序的现状，让素有斗争经验的陈毅焦虑不安。毛泽东握着陈毅的手说：“陈老总，我保你！”

提起陈毅，人们的脑海里会立即浮现出他那既幽默豪放又严肃认真，既能文又能武的身影，一个元帅外交家！不幸的是，他在“文化大革命”中遭受迫害，不幸逝世……

1966年，面对突如其来的、“史无前例”的“文化大革命”的冲击，作为外交部部长的陈毅态度非常鲜明：对反修防修的“文化大革命”是拥护的，积极推行的，但对造反派冲击党委领导，乱揪乱斗，造成社会混乱，坚持保留自己的不同意见。

因此，当他在政治局会议上听到毛泽东允许派工作组的消息后，立即召集外交部党组会议，向外交系统派出八个工作组。尽管工作组处境困难，但因陈毅等态度坚决，所以在1966年6月、7月间全国大乱，各级党委受到冲击而且大部分被冲垮或处于瘫痪状况下，外交部党组在陈毅主持下，始终行使着领导权，机关干部坚守工作岗位，只在业余时间搞运动，保证了国家外事活动的顺利进行。

然而，外事口所管辖的大专院校学生在“中央文革小组”的煽动下，冲击校党委，轰赶工作组，并计划在北京召开的亚非作家紧急会议上“揪走资派”，以造成国际影响。

对“文革小组”幕后挑唆学生企图制造国际事端的活动，陈毅极为恼火，他在刘少奇主持的中央碰头会上严肃地说：“既然中央把召集这次大会的任务交给我，我就不怕负这个责任！谁要冲击大会，就是现行反革命，我陈毅决不会客气的！”他在周恩来总理的布置下，采取了有力的预防措施，保证了亚非作家紧急会议在京顺利地举行。

但是，工作组的处境越来越艰难，毛泽东在谈话中不赞成派工作组。7月中旬政治局召开会议，专门讨论工作组问题，以刘少奇、邓小平等为一方，与“文革小组”组长陈伯达、顾问康生展开激烈争论，其焦点所在是：“文化大革命”运动究竟要不要坚持党的领导。陈毅支持派工作组，并和陈伯达等人展开辩论，双方都拍了桌子。陈伯达大骂陈毅派往对外文委的工作组是全国最坏的工作组。

7月24日，毛泽东召开会议，决定撤销工作组，第二天，中央宣布派工作组是“犯了方向性错误”。陈毅闻此，心中极不是滋味。

1966年8月5日，毛泽东在八届十一中全会上写了《炮打司令部——我的一张大字报》，使与会者吃惊不解，陈毅也觉得难以适应，特别是政治局改选，副主席只设林彪一人，使陈毅感到一场大的政治变化将要到来。无序的现实，让素有斗争经验的陈毅认为中国革命的航船已偏入危险航道，但他个人无力纠正航向，何况他还要坚守自己的指挥岗位，保持外事口的稳定。他意识到自己的艰难，也认识到自己的重要。他在外交部全体工作人员大会上，旗帜鲜明地说：“只要中央一天不撤我外交部长的职务，我就要顽强地表现自己，并企图影响这个运动！”

在许多次不同的会议中，陈毅都这样旗帜鲜明地讲话，因此受到造反派的围攻。有些同志为了陈毅好，劝他少讲话，陈毅的回答是：“人家劝我少讲点话，他们都是好心。可是我压不住，还是要讲。见到问题不讲，这不是共产党的态度。”

有造反派质问说：“你到底跟不跟毛主席走？”陈毅坚定地回答：“过去我是一向跟毛主席走的，我决定今后还继续跟毛主席走，但是，我不敢保证将来就不反对毛主席的一些意见！”他的正义行为受到围攻。面对围攻，他严肃地说：“你们说我是黑帮头子，是修正主义、机会主义，你们

▲1960年4月，周恩来和陈毅身穿缅甸民族服装，沿仰光的大街泼撒幸福之水（杜修贤摄）

懂什么叫机会主义？什么叫修正主义？如果敌人今天来了，我们每人发一支枪，我陈毅打得绝不会比你们差！也绝不会开小差！告诉你们，我是外交部长，没有罢官之前，我就是要掌握这个领导权！你们要我交权，办不到！老实说，我对你们不放心，我就是交，也不交给你们！”

8 月 24 日，在外交部红卫兵成立大会上，造反派提议让陈毅当“红卫兵司令”。陈毅说：“我不搞个人迷信。”“学习毛主席著作不要空喊口号！”8 月下旬，陈毅派人到干部宿舍，制止外交部造反派的抄家行为。8 月 30 日，毛泽东在天安门城楼上接见红卫兵时，握着陈毅的手说：“陈老总，我保你！”陈毅给毛主席敬了军礼：“请主席放心，我能过关，我是共产党员，我靠我的工作，能取得群众的信任。”

9 月下旬，国务院总结会上，陈毅汇报了外事口运动的情况，并阐述了自己对“文化大革命”的理解，他认为“文化大革命”的目的应是弄清思想，改革不合理的制度，以达富国强兵之宏图。同时，他还主动承担责任，检查自己有求稳怕乱的思想意识。由于外事口既发动了群众，又坚持了党对群众的领导，和其他乱成一团糟的部门相比，工作做得比较好，因此外事口的运动获得了国务院总理周恩来和其他领导的好评。

> 周恩来严厉警告造反派：“谁要拦截陈毅同志的汽车，我马上挺身而出。”

1966 年 11 月 13 日，在工人体育场，周恩来、陶铸、叶剑英、贺龙、徐向前、陈毅等人与 8 万多军队院校学员见面，陈毅第一个上台发言，这是 11 月份以来，他出席的第四次群众大会。在会上，他说：“我今天在这里讲话，我就不是我字当头，如果我字当头，最好我不要来讲。我来讲，讲得不好，惹起麻烦，马上就要跑到外交部来揪你、找你、抓出来。要澄清问题，那怎么得了啊……今天，你们大家给我这个机会，我还是勇敢地来讲……大家不是要作路线斗争吗？我们完全欢迎大家来作阶级斗争，但要学会搞不要乱搞……如果没有学会，这个损失很大。啊，你这个陈老总，今天在体育场，就是给我们泼冷水，唉，泼冷水是不好的，可是有时候有的同志头脑很热，太热了，给他一条冷水的毛巾擦一擦，有好处。……我说其他的恐怕不能讲，没有什么资格可以讲话，但是在你们青年人面前，我犯错误比你们多，这一点我有资格讲话，你们没犯过我这么大的错误。”

在讲话中，陈毅还严厉批评了学生冲击中南海、占领国防部的举动，反对“越左越好”的做法。这是“文化大革命”以来，学生们首次听到的系统的、严厉的、毫不拐弯的批评，台下议论纷纷、掌声阵阵。陈老总的讲话太好了，他讲出了不少老干部想说又不敢说的话。

四位元帅的讲话惹恼了“中央文革小组”，北京街头小报登了这样一条消息：王力说：“这次不批倒四个老帅，就准备上断头台。”

陈毅对此毫不惧怕。小小王力，能神气到什么程度？！

11月下旬，来北京上访的工人剧增，周总理决定在工人体育馆召开一次工人大会，以说服串联工人迅速返回原地抓革命促生产，请陈毅讲国际形势。陈毅在会上号召工人们尽快回到原地狠狠抓革命、狠狠促生产。

第二天，北京的街头就贴满了打倒陈毅的大字报。

形势日益严重。

1967年1月5日，上海造反派相继夺取报社和市委大权。9日，《人民日报》全文转载了《文汇报》《解放日报》上刊载的夺权宣言。12日，《人民日报》套红刊登了中央发给上海造反派的贺电。陈伯达、康生、江青也轮番接见造反派，集中宣传夺权！夺权！

陈毅无法阻挡夺权的风暴，但是，他还是政治局委员，还是外交部长，他还可以在自己能够管辖的范围内，尽量地减少损失。

外交战线上的混乱局面还在发展，而且波及驻外使领馆。为了国际影响，2月5日，陈毅批送周恩来一份电报，电报中明确指出：内外有别，驻外使领馆一律不准搞

▲1964年，陈毅在哈工大为学员作报告（杜修贤摄）

“四大”（即大鸣、大放、大辩论、大字报）。周恩来呈送主席。2月7日，毛主席签发了这份电报，即外事口的“二七”指示，从而稳住了驻外使领馆。

2月13日下午，在怀仁堂，围绕着要不要党的领导、对老干部要不要打倒、要不要稳定军队等问题，爆发了激烈争论。2月16日下午，怀仁堂碰头会把这场斗争引向高潮，这就是全国闻名的所谓“二月逆流”。

2月16日的会上，陈毅说：“历史不是证明了到底谁是反对毛主席的吗？以后还要看，还会证明。斯大林不是把班交给了赫鲁晓夫，搞了修正主义吗？”

当夜9时许，陈毅在中南海外事口会议室接见归国留学生代表，带着怀仁堂斗争的激情，作了长达七个小时的发言：

> 这样一个伟大的党，只有主席、林副主席、周总理、伯达、康生、江青是干净的，承蒙你们宽大，加上我们五位副总理。这样一个伟大的党，只有这11个人是干净的？！如果只有这11个人是干净的，我陈毅不要这个干净！把我揪出去示众好了！一个共产党员，到了这个时候还不敢站出来讲话，一个铜板也不值！
>
> 我们已经老了，是要交班的。但是，决不交给野心家，两面派！不能眼睁睁看着千百万烈士用自己宝贵生命换来的革命成果付之东流！

恶人先告状，张春桥、姚文元、王力等人抓住这个机会，向毛泽东作了汇报。毛泽东震怒了，立即进行了严厉的批评。在此之后的一段日子里，陈毅白天是副总理兼外长，代表中国政府处理国家大事，晚上，则变成了在“政治生活会”上受攻击的目标。3月18日，外交部党组的“政治生活会”一直持续到凌晨，散会之后，陈毅对秘书说：“40年前，我参加游行反对北洋军阀，差点被打死，今天又挨斗，‘三一八’是最黑暗的日子！”

怀仁堂的二月抗争被定为“二月逆流”，林彪和“中央文革”一伙更猖狂了，在中央的各种会议上他们都想方设法批斗陈毅，另外他们还竭力煽动造反派组织群众性批判。

在“中央文革”的支持下，一外二外造反派组成“揪陈大军”，在外交部门口拦截车辆，阻塞交通，妨碍正常外事活动，想逼迫周总理交出陈毅。但周总理尽力保护陈毅。8月26日，外语学院造反派冲入外交部院内，将陈毅的汽车轮胎放了气，包围了办公大楼，陈毅被围在外交部。8月27日凌晨，已连续工作18个小时的周恩来总理严厉警告造反派说：“谁要在路上拦截陈毅同志的汽车，我马上挺身而出；你们今天要冲会场，我一定出席，并站在大门口，让你们从我身上踏过去！”

1968年2月13日，外交部大字报栏上贴出了由91位司长、大使共同酝酿、起草的大字报《揭露敌人，战而胜之——批判“打倒陈毅”的反动口号》，大字报列举了很多事实，证明陈毅是坚定的共产党员。但是，91人大字报却被“中央文革”斥为“二月逆流”新反扑！91位干部受到批斗，这让陈毅深感不安。他当时所能做的是：让这些同志与自己划清界限，免受牵连。

> 陈伯达被毛泽东严厉批评，陈毅也因此被冷落。陈毅坦诚地表示：我相信事情最终会大白于天下。

自中共八届十二中全会闭幕，陈毅的外交生涯也就宣告结束了，除了被批斗，他已无事可做。经周恩来建议和毛泽东批准，1969年2月，陈毅被安排到北京市郊南口机车车辆修理厂蹲点，表面是接受改造，实为保护起来。

1969年3月，毛泽东指示陈毅、叶剑英、徐向前、聂荣臻4位老帅每星期召开一次国际形势座谈会，对国际斗争发表言论。3月1日下午3点，陈毅、叶剑英、徐向前、聂荣臻先后步入紫光阁武成殿。从这天至10月18日，他们先后座谈23次，给中央送上数次报告，对中国外交完成从60年代向70年代的转折，作出了重要贡献。

10月份，林彪“一号命令”下达，在京老同志全部战备疏散。陈毅被疏散到石家庄。他遵照省革委会要求，每周三个半天参加工厂活动，其余时间，和妻子张茜一起学习马列著作和《毛泽东选集》。

1970年7月后，陈毅常常感到腹痛并伴有腹泻。厂医给他开了几次止痛片，均无效果。到8月底，他想请示中央回京治疗，但正好接到中共九届二中全会在庐山召开的通知，便带病去庐山开会。此次会议的中心议题是宪法、经济、备战问题，但实际上，中华人民共和国设不设国家主席的问题才是真正的中心。当时，林彪、陈伯达、黄永胜、吴法宪一伙与“四人帮”一伙，已经为争夺国家领导权而斗得不可开交了。

8月23日，林彪在会上作报告，高度颂扬毛泽东的天才，“极力恳请”毛泽东担任国家主席。毛泽东此时已经察觉了林彪等人的用心，并找林彪谈话，希望他不要再坚持设国家主席。

陈毅本不想在会上发言，因为他并不了解整个形势的变化，但迫于形势和一些人的压力，他又不得不表态。陈毅在会上发言说：据我所知，毛主席不愿当国家主席。如果他改变了初衷，愿意当国家主席，我赞成毛主席当国家主席。他还列举历史事实，证明毛主席是天才，是“经过几十年锻炼出来的天才”等等。他的讲话被收进华北组第二期简报时，竟被“概括”成一句话：陈毅同志作了拥护陈伯达意见的发言。

后来陈伯达被毛泽东严厉批评，陈毅也因此被搭上数落。第二年夏天，陈毅与乔冠华住在同一家医院时，他把九届二中全会前后详情向乔冠华讲了，最后气愤地说：

“现在有人宣传，说我讲了要跟陈伯达战斗在一起，团结在一起，胜利在一起，根本没有这回事，那是造谣！”

乔冠华建议陈毅找毛主席解释澄清事实，陈毅表示不去，他说：“有许多事，你越去解释，越说不清楚。我现在不说，我相信事情最终会大白于天下！”

毛泽东抱病参加了陈毅的追悼会，
并深情地说：“陈毅是个好同志。”

中共九届二中全会接近尾声时，陈毅、徐向前等几位老干部向黄永胜提出要求，希望让他们回北京检查一下身体。黄永胜极不近人情，他在电话中一口回绝：“哪里来的，回哪里去！”

张茜看陈毅病情加重，就催丈夫写信给周恩来总理，请求回北京治疗。周恩来接信立即表示同意。

1970 年 10 月 21 日，陈毅回到北京，由于他还是军委副主席，便在当天与解放军三〇一总院联系。医院回电话：六病室没有床位，等准备好床位，再通知。其实，六病室有五组空病房，只因黄永胜正在住院，而且告诉医院负责人说如果陈毅来，他就走。因此，医院负责人不敢收治陈毅，一直拖到黄永胜出院。

陈毅虽然住进医院，但并没有得到及早诊断和治疗。医院某负责人专门对医生交代：陈毅主要是治疗高血压和一般查体。他还反复向医护人员说：思想上要和陈毅划清界限，要站稳立场，因为陈毅是“二月逆流”的黑干将。

56 天过去了，陈毅的病历上除了记录着一般性查体外，没有一次各科会诊的记录。

相反，黄永胜因胃病住院 18 天，医院某负责人亲自出面为他组织大小会诊 16 次，其中请著名专家会诊 7 次。

既然一切都要为政治服务，那么，“医疗也要为政治服务”，而这正严重耽误了陈毅的病情治疗。

不久，陈毅被通知身体检查正常，可以出院。陈毅回家休息，但仅仅 20 天之后，他阑尾炎急性发作，要马上手术。经周恩来批准，陈毅的手术于 1971 年 1 月 16 日晚 6 时 15 分开始。

陈毅的腹腔被打开后，医生大吃一惊，他们发现陈毅发病的原因并非阑尾炎，而是结肠癌，并且癌细胞已经转移，侵害到了肝脏。由于医生们根本就没有做大手术的思想和器械准备，手术只能做做停停，原来半个小时的手术，整整做了五个多小时。

邱会作等人知道陈毅患癌症后，对陈毅的病情不但不同情，反而幸灾乐祸，他对三〇一医院的负责人说：“陈老总手术发现癌是好事，你们有什么错误？！陈老总要长瘤子，你能不让他长吗？”他让医院暂不要写报告，企图搪塞周总理的过问。后来邱会作的老婆还专门找医院负责人，不让他们向周总理写检查，以免自讨苦吃。在邱会作一伙的支持下，医院负责人直到陈毅逝世，竟然没有向中央、向周恩来交出一个字的检查。

▲陈毅与聂荣臻在庐山合影（历史照片）

周恩来总理十分关注陈毅的病情，由于三〇一医院归总后勤部管辖，他不好干预具体治疗，只好请研究镭放射几十年的老专家吴桓兴院长为陈毅门诊放疗，尽力挽救陈毅的生命。

1971 年的“五一”节晚上，天安门广场与往年一样礼花缤纷，热闹非凡，当毛主席在天安门城楼的休息室里接见外宾的时候，陈毅面带笑容地来到大家面前，毛主席和他亲切地握手，并询问他的病情。

在场的外宾都高兴地与陈毅握手，因为陈毅此次公开出席五一庆祝会，说明他有可能重新出来工作。

夏天到了，陈毅和朱德、聂荣臻暂时离开三〇一医院到北戴河疗养，这里环境优美，空气清新，而且没有人监视，没有冷眼恶语，三位老帅都心情舒畅。

1971 年 9 月 2 日（农历七月十三），是陈毅七十寿辰，陈毅和聂荣臻元帅在北戴河合影留念，纪念人民解放军成立 45 周年，两个老帅面对照相机，安详地笑着，留下了一张很有纪念意义的照片。

不久“九一三”事件发生，林彪乘飞机外逃时，摔死在温都尔汗。事件发生后，中央召集老同志召开座谈会，揭批林彪反党活动。陈毅带病两次作长时间发言，揭发林彪的历史真面目。经过这次劳累，陈毅病倒了，从此再没下过床。

为了挽救陈毅，周恩来亲自批示，将陈毅转到北京日坛医院，并批准日坛医院给陈毅做了胃肠短路手术。

但陈毅的病情还是日益加重。1972 年 1 月 4 日，昏迷几天的陈毅神志恢复清醒，他认出守在床边的妻子和四个孩子后，嘴唇嚅动，似乎想说点什么。女儿姗姗赶快把耳朵贴近陈毅的嘴边，终于听清了“……一直向前……战胜敌人……”等话语，这是

▲张茜望着毛泽东，泪水情不自禁地流了下来（杜修贤摄）

陈毅留给妻子儿女的几句话。

1972年1月6日深夜11时55分，陈毅的心脏停止了跳动。

按政治局的规定，陈毅追悼会降低规格，由军委组织，并在小范围举行。悼词只能写600字。因政治局被王洪文、江青、姚文元、张春桥等人控制，周恩来想作变动也有心无力。因此，许多民主人士要求参加陈毅的追悼会，都未能如愿。就连宋庆龄副主席、西哈努克亲王也未被获准参加追悼会。

但是1月10日，准备午睡的毛泽东主席突然决定去参加陈毅的追悼会，智慧的周恩来总理立即给中央办公厅下令："凡是提出参加陈毅同志追悼会的，都可以参加。"

在追悼会上，两脚因病肿胀得难以走路的毛泽东不要卫士搀扶，自己走到陈毅的遗像前，深深地三鞠躬，并流着泪握着张茜的手，沉重地说："我也来悼念陈毅同志，陈毅同志是一个好同志！"之后毛主席又亲切鼓励陈毅的子女："要努力奋斗嘛，陈毅为中国革命、世界革命作出贡献，立了大功劳的，这已经作了结论了嘛！"

毛泽东的到来及他的讲话，使在场的人们呜咽不止，热泪直流，为了陈毅，为了所有在"文化大革命"中受冤屈的同志。

陈毅的逝世讣告向全世界公布了，毛泽东臂缠黑纱与陈毅夫人张茜亲切握手的大幅照片在《人民日报》的头版上刊登了。这是真正的呼声，是正义的胜利！唁函、唁电纷纷飞往北京，来悼念这位伟大的共产主义战士、勇猛的元帅、杰出的外交家。

陈毅元帅在"文化大革命"期间不惧淫威、坚持真理，与林彪、江青等反革命阴谋家作了不屈不挠的斗争，直到生命最后一息，表现了共产党人的高风亮节，陈毅元帅的精神永存，人民永远不会忘记他。

第九章
康生罪恶的政治生涯

> 康生用“理论”当作敲门砖，终于敲开了最高权力之门。“文化大革命”初期，康生使出看家本领，唯恐天下不乱。

康生，1927年加入中国共产党不久就裹上了马克思主义理论权威的外衣，在中国共产党内投机钻营长达50年，风雨任变幻，神情总自若，他常以最最革命的极左面目出现，呼风唤雨，兴风作浪。在历次政治斗争中，他都凭自己狡黠的奸道见风使舵、顺水行舟，保证了他在几十年宦海生涯中经久不衰。康生长期在中国共产党的历史上投机作案，对革命事业的败坏之深、影响之广，是国际共产主义运动史上极为罕见的。这样一个大奸臣和十恶不赦的千古罪人，直到盖棺还画着正人君子的脸谱。他生前当上了“中央文革小组”顾问，升到政治局常委乃至中共中央副主席，成为能呼风唤雨、显赫一时的“大名人”。

有道是“历史无情”，虚假的东西总会真相大白。当时间推演到1980年，康生伪装的画皮终被揭开，自以为能流芳百世的他，却遗臭万年。人们不禁要问，这个爬上权倾中外地位的大阴谋家，他是如何发迹的呢？

1927 年大革命失败后，康生被调任江苏省委组织部长。不久，向忠发被选为中央总书记，由于他是工人出身，文化水平和组织能力十分有限，中共中央秘书长兼宣传部长李立三掌握实权，康生极力附和，得到中央组织部秘书长之职，这使他认识到党内谁有权就跟谁，谁的职务高就跟谁，谁的话顶用就跟谁，并将此作为自己今后的政治支点。

党的“七大”之后，康生的实权下降。在西柏坡召开的中共七届二中全会明确饶漱石为中共中央华东局第一书记，而康生则屈居副职，他自认为在政治赌场上吃大亏而撂挑子，开始终日托病养尊处优。这次失败，让康生发现形势对他不利，于是才“以退为进”，退出政治角斗场，借以静观形势，寻求东山再起。

1956 年初，党的“八大”召开之前，饶漱石因参与高岗反党联盟已身败名裂，康生决定抓住这个机会，重返政治舞台。他开始在公开场合亮相，不放过一切接近最高领导者的机会。他探听到毛泽东准备花更多的精力从事理论工作，于是千方百计把自己打扮成“理论权威”，想尽办法夺取理论工作的领导权。

他首先将自己的办公室设在中央政治研究室，靠近为毛泽东准备的办公室，这样可以“近水楼台”。这一招很灵验，没有几个月的时间，他由于全力投入，着手抓理论工作，而被任命为中共中央文教小组副组长，1959 年他又被任命为《毛泽东选集》编委会副主任。此间，康生又毛遂自荐，向毛泽东建议在中央文教小组下设理论小组，由自己兼任组长，此后又将理论小组提升为中央理论小组，他身兼二任，捞取了实权。

这年下半年，中央决定让康生兼管党校的工作。这使康生喜出望外，他可以如愿以偿地在这个位置上打着马列主义“理论权威”的幌子招摇撞骗而通行无阻了。

康生开始使出了以前的那套“看家本领”，用一步比一步高的调门吹捧毛泽东，制造个人迷信，循序渐进地将毛泽东神化。他用理论作为敲门砖，渐渐博得了最高领导人的欢心。他借大谈“毛主席对马列主义的最新发展”来标榜自己是无产阶级的“理论权威”，并将此作为他的万能法宝，作为他的护身符和遮丑布，来为自己捞取政治资本。“功夫不负有心人”，康生终于敲开了最高权力之门，达到了自己的目的，爬上了更高的地位。在这之后 10 多年内的各种政治运动中，康生一直安然无恙，而且还能步步高升，可见康生走的这着棋是相当“成功”的。

“文化大革命”前夕，康生就感觉到了一场大的风暴即将来临，于是便先行一步，在政治舞台上煽风点火，制造混乱。早在 1964 年，康生就多次向毛泽东说过：“吴晗的《海瑞罢官》同庐山会议有关，是替彭德怀翻案。”他不顾历史事实，“发明”了《海瑞罢官》的“要害”是“罢官”。康生不愧是谙熟奸道的高参和玩弄阴谋手段的高手。在江青汇报碰钉子后，他亲自向毛泽东进言，说自己考虑了两三年，看出《海瑞罢官》剧是为彭德怀鸣冤叫屈，为彭德怀翻案。康生的描述引起了毛主席的重视，他由于抢了头功而倍加受宠。他后来又在《评新编历史剧〈海瑞罢官〉》整个部署上，起了“画龙点睛”

的作用。这篇文章的发表，是一个地地道道的阴谋，是江青授意张春桥、姚文元炮制的。从中共中央常委、政治局到书记处，除康生以外，其余人都被蒙在鼓里，不知道文章的由来。

1964年，中央决定成立文化革命五人小组，彭真被委任为组长，康生也参加了小组工作。康生与江青等人一直暗中勾结，为他们出谋划策，同时又把文化革命领导小组的情况一五一十地透露给江青，对江青掀起天下大乱起到了十分重要的作用。

为什么康生如此给江青卖命呢？稍有点政治常识的人都会看出，这是一种不可告人的双向交易，是一种一本万利的投资。康生效劳于江青，那是因为江青有可利用之处，作为主席的夫人，毕竟可以“近水楼台先得月”。有时通过江青可以从毛泽东那里拿到压倒一切的尚方宝剑，最起码也能探听到一些政治斗争的风向。多年政治生活经验的积累，使康生学会了攀龙附凤，见风使舵。他善于投机钻营，打着别人的招牌，卖自己的狗皮膏药，干着不可告知于世人的勾当。他拥有“海瑞罢官”一案的发明权，在江青和陈伯达的煽动下，毛主席予以首肯。后来，康生又将其变为毛主席的东西，大加宣扬，在制造天下大乱上立了大功。

1966年2月8日，毛泽东在武汉听取彭真和康生汇报时，曾问道：“《海瑞罢官》同彭德怀翻案是否有联系？”彭真立即据实作了否定的回答。于是毛泽东将事情和盘托出：“我说过吴晗文章的要害是罢官，这是康生向我讲的，是康生的发明权。”康生连忙插话说：“不，不是我的发明权，是毛主席的发明权。”康生作为善于玩弄阴谋的政治骗子，此后又多次在公开场合声明毛泽东肯定了他的发明。

▲因《海瑞罢官》而受批判的吴晗（历史照片）

在向毛泽东汇报之前，文化革命五人小组曾在彭真的主持下，召开了一次会议，集中讨论了由批判《海瑞罢官》而引起的学术争论问题，会后形成的汇报提纲简称《二月提纲》，这个提纲经中央政治局常委同意后，以中共中央的名义批转全国。

就在这节骨眼上，康生鼓动江青背后告状，将《二月提纲》严肃化，在毛主席表态“这个提纲是错误”后，康生又将《二月提纲》喻为“反党反社会主义的大毒草”，在中央政治局常委扩大会上宣称这个提纲是彭真背着自己偷偷搞的，是一种阴谋活动的产物。康生的“揭发”和批判，使中央决定解散文化革命五人小组。康生这着十分卑鄙的棋，使他随后一步登天，取得当时显赫的“中央文化革命领导小组顾问”的职位，凌驾在中共中央政治局之上。从此，中央政治局大权旁落，形同虚设，中国的政治生活开始更加不正常化。而康生一时红得发紫，成为红极一时的“名人”。当然这位“名人”在“文化大革命”开始前就早已不是一位无名小卒了，只是说他的“名气”越来越大，神州大地可谓是家喻户晓了。

《二月提纲》被批判之后，经毛泽东提名，康生和陈伯达被指定来起草《五一六通知》。在《五一六通知》起草的过程中，康生四处活动，到处煽风点火。

他首先鼓动一位姓吴的社会科学工作者，贴北京市委的大字报，以向彭真等人进攻为突破口，掀起在全国范围内的大动乱。而明哲保身的吴某为了给康生交差，只写了一份北京市宣传部长杨述的大字报，未了解康生的真正用意。此时，康生已拿到了《五一六通知》的御牌，取得了最高领导的信任，康生看到自己编造的谎言和阴谋得逞，打败了自己的竞争对手彭真，万分高兴。

随后，康生又秘密派他的老婆曹轶欧等七人，打着“调查”的幌子，到北京大学煽风点火，并亲自召见了曹轶欧的“老朋友”——北大哲学系党总支书记聂元梓，向她面授机宜。在康生的亲自部署和指挥下，《宋硕、陆平、彭珮云在文化革命中究竟干些什么？》这张充满火药味的大字报被炮制出来了。5月25日一贴出，它就像一声平地惊雷，引起了爆炸性的反应，北大师生强烈不满。当天晚上，严密注视各方形势发展的周恩来总理立即派人到北大严肃批评了聂元梓等人。

康生发现他指挥炮制的第一张大字报即将夭折，十分恐慌，便背着在京主持中央工作的刘少奇，孤注一掷，将大字报底稿送给正在外地的毛泽东，以求侥幸获得支持。可以说这是康生拿自己的命运押的赌注，这是他在关键时刻走的一着险棋，如果毛泽东对大字报持反对意见，他必将作为这一事件的幕后操纵者而受惩处。

6月1日，康生的阴谋得逞了，毛泽东同意将大字报向全国广播。康生心花怒放，后来把这张大字报吹到了天上，说它是“20世纪60年代北京公社宣言”。6月2日，康生又指使《人民日报》以《大字报揭穿一个大阴谋》这样耸人听闻的通栏标题，全文刊登了聂元梓的大字报，同时登出了陈伯达、王力、关锋连夜赶制的评论员文章《欢呼第一张大字报》。就这样，一场将中国引向灾难和内乱的“文化大革命”揭开了真正的帷幕。

事后，康生曾将他亲自炮制第一张大字报作为资本来炫耀。1967年1月29日，康生同外宾会谈时说：“聂元梓等人的大字报，是受‘中央文革小组’的促动和支持的。”明眼人不难看出，康生是第一张大字报的真正幕后策划者。

> 为讨好林彪，康生捕风捉影，捏造出一个“二月兵变”。

在“文化大革命”这场大内乱中，毛泽东与刘少奇已经摊牌，全国的形势异常紧张，康生意识到“神仙打仗”的时机到来了，但他这个“小鬼”决不能因此遭殃，必须从乱中抓权，谁是强者就跟谁走，俗语说“有奶便是娘”嘛。

康生看清了军方林彪权力的上升。“刘少奇垮台，第二把交椅十拿九稳是林彪的，”他心里想，“林彪虽阴险狡诈，但他生逢天时，应该在他身上投点资，来个双保险。”于是他想出了投桃报李的计策，充当了林彪反革命集团的军师和吹鼓手。当时，林彪曾煽动说中国有人搞政变，康生紧紧抓住了这次机会，捕风捉影，一心想帮助林彪铲除贺龙这个“心腹大患”。

他在一个学生写的说贺龙要组织“二月兵变”的材料上大做文章，7 月 27 日傍晚到北师大散布“彭真策划搞政变”的谣言。随即，这一新闻在全国爆炸开来，顿时刀光剑影，阴风滚滚，好像社会主义大厦马上就要倒塌下来。康生抓住了“兵变”的“事实”，甚至“兵变”的时间、地点和具体部署都调查得“一清二楚”，使林彪那篇贼喊捉贼的“五一八”讲话有了落实。这一招，极大地博得了林彪的欢心，叶群曾亲自给康生打电话代转林副主席的问候。

实际上，“二月兵变”事件是康生亲手制造的轰动全北京、震惊全中国的耸人听闻的大冤案，是康生酝酿的一个大阴谋。彭真、罗瑞卿、陆定一、杨尚昆相继被打倒，毫无提防的贺龙遭诬陷，在没有经过任何批准手续的情况下，堂堂一位政治局委员、军委副主席、国务院副总理兼国家体委主任被捕入狱，身陷囹圄，陷入呼天不应、叫地不灵的绝境，很快便在囚室里被折磨致死。林彪在军队中的阻力清除了。

控制中央专案组这个最高权力机构的铁腕人物——康生，在贺龙身上施放了一颗“重磅炸弹”。他明明早已看到北京卫戍区于 7 月 29 日写的关于向人大、北大借房驻军问题事实真相的报告，却公然进行陷害和诬蔑，直到将贺龙置于死地。康生不愧是“文化大革命”中得志的大奸，他任意捏造离奇古怪的大案件，遇到适宜的气候，就登台兴风作浪，无中生有，制造出一件件耸人听闻的冤案。

贺龙含冤而死之后，康生又在林彪身上作了进一步的投资。他看到林彪的权力越来越大，地位越变越高，便又想出了讨好林彪的主意。他吩咐中央党校的心腹，高规格印出数万套封面烫金的《林彪文集》，并亲自恭恭敬敬地将样书呈送给林彪，邀功请赏，使林彪更觉得他是一个足智多谋、不可多得的智囊谋士。

然而，康生毕竟是一个政治场上的高级投机商，狡猾透顶，文集虽然印出，但并没有向下发。他做了两手准备，为自己留了一条退路，因为他知道，古今中外，威高盖天的人，往往都以悲剧收场。果不其然，康生的老谋深算应验了。1971 年 9 月 13 日，林彪劫机叛逃，摔死在蒙古的温都尔汗。康生吓出一身冷汗，他立刻下令将储备的数以万计的《林彪文集》神不知鬼不觉地送进纸浆厂，销赃灭迹。可见康生这个大阴谋家完全是一个投机惯犯，他只知为非作案，玩弄政治阴谋，颠倒黑白，混淆是非，然而真相大白之时，他却默不作声，销声匿迹。

在康生一生的政治投机中，因为他阴谋多变，从来没有自始至终的死党，相比之下，他同江青合作的时日最长。他首先介绍江青入“龙门”，接着又在 1942 年延安整风运动审干中袒护江青的被捕历史，保驾江青安然过关。随后，又阴谋策划，让从苏联归国的贺子珍永远离开毛泽东身边，又一次保了江青的“大驾”。在“文化大革命”中，整倒刘少奇后，康生又在令江青极为嫉妒的王光美身上打主意，给王光美定了个“特务”的罪名，替江青射了一支“复仇之箭”。这一切都十分讨得江青的欢心。江青的感激之情自不待言，将康生尊称为“智多星”和“大恩人”，经常给康生通风报信，或一旁美言。

1971 年“九一三”事件之后，林彪集团彻底垮台，康生就像一个赌棍，将赌注输得精光。他受到如此大的打击后，重病缠身。既然自己不能亲自出马，只好将最后的宝押在江青身上，倾力死保“女皇”，尽“顾问”之职。党的“十大”之后，重病在身的康生，积极推行“保江组阁”的策略，本指望江氏王朝里能涂上更多的康氏色彩。但事与愿违，他们苦心经营了八年的斗争即将成功之际，康生正在焦急等待上演的“好戏”，却被“烂泥扶不上墙”的“四人帮”给演砸了。这对于康生这个大阴谋家来说，真是有十二分的不甘心。“真是太不争气了，这样的大好形势，即将毁于一旦。”康生感叹之余，也为自己的来日做着新的打算。

康生最后通过权衡利弊，感觉到形势对“四人帮”不利，于是秘密叫来了唐闻生、王海容，揭发了江青、张春桥“叛徒”的丑恶历史，详细地说出了证明材料，并叫她们原原本本地转达上去。康生当时身为党的副主席，直接掌握中央组织部，他不向组织揭发，也不向中央提出，而是采取这么一种方式来“立功”，其真正的目的并不是为了消除党的祸害，而是为了保自己。

康生一生狡黠，诡计多端，他的赌注都是押双宝，而且是押在最保险的方位上。玩弄权术，他可称得上是名副其实的“世外高人”。但临死之前，他还最后施展的投机钻营，恐怕连江青都想象不到，自以为是的中国至高无上的“女皇”却被自己的“大恩人”给秘密出卖了。

但历史是不会忘记他所犯下的罪过的。1968 年 7 月、8 月两个月内，康生授意和亲自排列的几个骇人听闻的政治黑名单，将 72% 的中共八届中委和候补中委定为“叛徒”、“特务”、“里通外国”和“有政治历史问题”者，将 61% 以上的中共八届监委委员和候补委员分别诬陷为“叛徒”、“特务”和“反革命修正主义分子”，将 50% 左右的三届人大常委委员和四届全国政协常委委员诬陷为“叛徒”、“叛徒嫌疑”、“特务”、“国特”、“里通外国分子”等。这些迫害党和国家高级干部的黑名单居然成为康生“立功”提升的重要依据。

康生迫害大批干部的同时，依据“血统论”对干部的子女也竭尽诬陷和迫害，仅中央党校被株连的“黑帮子弟”就有150多个。这些青少年还没有真正走向社会，就被进行了无情斗争，在他们幼小的心灵上留下了痛苦的烙印。

在自己的阴谋不能得逞或阴谋暴露而受到攻击时，康生会毫不犹豫地牺牲自己的“马前卒”，甚至将他自己的心腹打手或干将抓来作“替罪羊”。

1967年初，康生以为刘少奇在地方上的“代理人”已经被收拾得差不多了，他别出心裁地认为军队中还会窝藏着刘少奇、邓小平的“残渣余孽”，于是向林彪呈报了一份“揪军内一小撮”的报告。当时林彪正想借着这把刀将自己的敌对势力斩草除根，于是一股阴冷的黑风开始冲击军队，作为国家柱石的人民解放军领导机构开始大乱，陈再道、许世友等大军区司令员，有的成为“阶下囚”，有的遭受着人身污辱。

然而，正当康生踌躇满志的时候，毛泽东回到北京，听到各地围攻军队的消息感到势态严重，“将军队搞乱等于是釜底抽薪”。他怒斥林彪、康生一伙乱军夺权，起笔批道：这是“毒草”，“还我长城”。这真如平地一声惊雷，康生慌了手脚，“吓得魂不附体”。而后，康生想出了“金蝉脱壳”之计，寻找替死鬼。阴险奸诈的康生在形势危及到自身的安全时，不惜抛出他的得力党羽，移物栽赃，加害他的打手和干将，把王力、关锋、戚本禹打入牢狱。

事后，康生担心内幕败露，又谋划对王力、关锋的好友，在“中央文革小组”宣传组当办公室主任的李广文进行残酷迫害。李广文被逼迫走极端，宁愿争个“鱼死网破”，于是他深夜贴出了揭发康生的大字报。他本已成为康生的亲信，却被害坐了10年监狱，因之而受株连者多达350人。

1966年8月，康生为了将刘少奇彻底置于死地，首先授意南开大学的红卫兵成立“抓叛徒战斗队”，重点清查薄一波、安子文、刘澜涛、杨献珍等“六十一人叛徒集团”。随后，揪“叛徒”之风刮遍全国各地，他们目无国法，不分青红皂白，任意整别人的黑材料。

▲1966年6月6日，“中央文革小组”顾问康生（中）来到北京大学学生宿舍，鼓动学生起来造反（历史照片）

康生亲自指示造反派对张闻天、安子文等同志进行围攻。实际上，康生所称的“六十一人叛徒集团”纯属子虚乌有。薄一波等61名中共党的高级干部，在1931年至1936年，曾被关在北京草岚子监狱。刘少奇和北方局为营救这些同志，曾向中央打过报告，根据中央的决定，才想办法将这些坚强不屈的同志营救出狱，做了一个共产党员应做的事。但“文化大革命”中，明明熟悉这一情况的康生，竟然颠倒黑白，将61人打成“叛徒集团”，把刘少奇说成这个“叛徒集团”的头子，对刘少奇狂加迫害。

康生对在刘少奇身边工作过的孟用潜、丁觉群等人，也曾用十分狠毒的手段进行逼供，残酷迫害。康生不断罗织和加重刘少奇的罪名，将刘少奇诬蔑为“叛徒”、“内奸”和“工贼”，直至在开封监狱，将刘少奇折磨致死。

康生整人可以不需要任何事实和证据，为了将民族的精英一网打尽，不惜对广大革命群众下毒手。“文化大革命”中，在他的挑唆下，全国出现了派性大战，众多的群众组织被定为“反动组织”，遭到镇压。他制造的“内人党”黑风，在内蒙古草原上“刮”走了成千上万无辜者的性命，16222人被迫害致死，受诬陷群众多达346000多人。康生对全国广大群众的迫害，从“揪内人党”事件中可见一斑。

把康生说成是害人成性的刽子手，可以说毫不过分。在几十年的害人经历中，他发明了许多害人的理论：根据“主观想象”、“可能”的猜测，“由此及彼”的株连，要不就是“相面”或给他人“栽赃”。多年来康生自居为防奸专家，而实际上，他集历史奸恶之大成，以防奸为名，行谋害忠良之实。他残酷迫害妨碍他夺权的人，达到了惨无人道、随心所欲的地步。

> 篡改历史，颠倒黑白，污点变亮点，康生为自己涂脂抹粉。

康生之所以能在党内一步一步地往上爬，还因为他有一种将黑说成白、将自己的污点美化成亮点的本领。

康生早在20世纪20年代就与江青相识。康生在延安任中央调查部长时，从事上海地下工作的刘晓和王世英就给康生拍过江青有历史问题的电报。1942年延安整风时，康生故意欺骗组织，隐瞒中央，暗中庇护，为江青遮丑，蒙蔽过关，使江青这个有历史问题的危险人物成为长期埋在毛泽东身边的一大隐患。康生为江青篡改历史，目的是为自己捞取资本。20多年后，康生与江青合伙，在一场古今中外所罕见的天下大乱中，得以乱中抓权，趁中华民族浩劫之机一步登天。

1965年10月9日，康生在向新西兰著名共产党人谈及“五四运动”对他的影响时说：“1919年，我参加了‘五四运动’，同我的地主家庭决裂了。当时我受到了反帝运动和共产主义刊物的影响，家庭要把我送入监狱，我就公开声明脱离家庭。我原来姓张，这时改叫康生。以后，我到上海做工人工作十几年，所以虽然我是山东人，但一直把上海看作我的第二个故乡。”康生编制的这段话中有很多不实之处。虽然“五四”运动确实给康生以较深的影响，唤起了一点反帝爱国之心，但康生夸大了这种影响。第一，所谓“参加了‘五四运动’”之说，历史上至今找不到任何凭据，只能说是“经历”或“目睹”，即使“投入”，也不过是摇旗的小卒，而康生留给我们的是“积极参加者和组织者”的假象。第二，所谓“受到共产主义刊物的影响”之说，不属实。可靠资料证明，山东最早的共产主义刊物《济南劳动》周刊和《山东劳动》周刊，1921 年前后主要发行于济南、青岛，是否有少量流入诸城，无据考证。第三，所谓“家庭要把我送入监狱”之说纯属谎言。实际上可能是他少年时因打架斗殴被关在家里不准外出或家庭对他的威吓之言。第四，所谓“公开声明脱离家庭”之说，与事实不符。他离家去上海大学，是在“五四运动”之后的第五年。在上海期间，他回过家，经济来源也全部由家庭供给，并没有同他的家庭决裂。第五，他在上海待了不满 10 年，起初也没有做工人工作。第六，至于改名叫康生，则是 1933 年 7 月他去苏联之后的事。康生这样移花接木、篡改历史，无非是想借此往自己脸上“贴金子”，将自己打扮成一个坚定的早期革命者形象。

“文化大革命”中，康生为了证明自己“立场坚定”，同其家庭早就“划清了界限”，多次表白说，他除了只同一个共产党员的儿子张子石联系外，同地主家庭毫无来往。这种说法完全是为了混淆视听而编造的。

事实上，康生的地主之家，几经变迁，到解放前夕已父母双亡，完全由康生的前妻和一儿一女维系着，他们相依为命，浑然一体。既然同儿子张子石有密切联系，怎么能说同其家庭毫无来往呢？

康生与他的前妻联系少，并非因为她是地主婆的原因，而是因为他又娶了曹轶欧的关系。再说，康生同其子张子石有来往，也绝非因为他是共产党员。直到解放前夕，张子石一直是国民党救济总署青岛分署的职员。1948 年 9 月，康生任鲁中南第一书记时，才经地下党将其子引进解放区，参加了工作，并加入了共产党。其实，将自己地主出身的儿子培养入党，参加革命，也并非是同家庭划不清界限。可是康生为表白自己的清白，竟然违背历史，颠倒事实，将“入党”和“联系”的先后顺序换个个儿，真是用尽了心机。

▲五四运动（历史照片）

康生一生做尽了坏事，回过头来看，公平地说，他在上海大学阶段，可以说是他一生中表现较好，对党确实做了些有益工作的时期。他参加了1925年的上海工人“二月罢工”，“五卅”运动后，在上海总工会当干事。1926年回上海大学任中共特支委员会书记，组织了上海大学学生参加上海工人第一次武装起义。1927年任沪东区中共区委书记，组织沪东区工人参加了第二次和第三次武装起义。康生一生最为光荣的事，就是他参加了周恩来、罗亦农、赵世炎等人领导的上海工人第三次武装起义。

康生本身却从不主动谈起这段历史。他为什么对这段辉煌的历史默而不宣呢？细细查看康生的言论，我们就会发现这样一个秘密：原来他将上海大学时期他所发生的转变，偷偷移置到五年前“五四运动”爆发的时候去了。康生不可告人的目的，显然是想把自己打扮成受“五四运动”影响而背叛地主阶级家庭，走向革命的我国首批无产阶级革命家。但是，篡改的历史，毕竟是不真实的，给自己脸上贴的金子迟早会掉下来。

在“文化大革命”中，康生对于他要抓要打的“叛徒”、“特务”，总是歪曲历史，捏造“事实”。而对于自己不光彩的历史他却想肆意篡改，极力抹杀。康生也真算得上有一副好脑筋，对反对过他或他迫害过的人，他总是记得一清二楚。对于各个时期他打击迫害过的人，他都严加防范。对敢于揭发他的人，他都疯狂报复。他复仇的对象中，除了优秀的共产党员和坚定的革命者之外，还有极少数使他感到“威胁”的叛徒、特务。于是，他开始了对他肮脏的历史进行“销赃”，首先是对知道自己底细的叛徒和特务“灭口”。

王云程和卢福坦都曾经是共产党的中央委员，是相当一级的干部，但在被捕后叛变，出卖同志，在新中国成立后被我专政机关逮捕，长期关押。由于他们都知道化名赵容的康生，在30年代的上海到底做了些什么，知道赵容如何利用暗杀告密等卑鄙的手段，在党内派别斗争中消除异己，知道赵容曾“被捕叛变”、“出卖同志”等。于是康生在掌握中央专案组大权之后，曾一再催促杀人灭口，结果王、卢二人于1969年分别被秘密处死。

消灭了这样的活口，康生便又开始紧锣密鼓地清理档案中记录下来的死材料。在1967年，康生就伙同林彪、江青等人炮制了一个《中共中央、中央军委、中央文化革命领导小组关于接管清查敌伪档案的指示》。他们调动大量人员，利用“清档”之机，疯狂地破坏档案。在上海就调集了6000多人（其中外语人员3409人），组成204个小组，查封接管了103个单位保管的187万余卷敌伪档案，同时还清查了60余万份（件）解放前的报刊资料。清档工作历时四年，到1970年基本结束。仅据上海市公安局统计，全市159个单位送交的，从档案中抽出挖下剪贴的所谓“防扩散”材料，就有26000多卷（份）；从市、区两级公安机关档案中抽出的“防扩散”材料，就有41522卷（份）。据不完全统计，以“防扩散”为名，从卷宗中整卷抽走的，有4卷（册）；

被抽页的，有536页；被抠挖的，有532处；被贴盖的，有39页。康生的这种举动显然是为了消灭与自己丑史有关的物证。据上海市革委会档案清查小组在1968年3月15日写给张春桥的一份报告中，所提及有关康生历史的90页档案，至今下落不明，但是他们虽然销毁了这90页材料，却愚蠢地留下了销毁这90页材料的报告。这本身只能增加人们对康生有严重历史问题的怀疑，真是“偷鸡不成，反蚀一把米”。历史事实永远是销毁不了的，“销毁报告”成了他曾销赃的有力佐证。

康生一生捏造事实，篡改历史，求名夺利，真可谓厚颜无耻。他恨不能多给自己脸上贴几块“值钱”的亮金子，恨不能将自己的历史美化得更加辉煌。然而，历史是不能杜撰的，再好的伪装终究会被揭穿。事实一经曝光，则更显现出康生变着法子往上爬的一副奸相。

康生带着一生罪恶，十分不情愿地走上了黄泉之路。

在“文化大革命”这场横扫一切的政治大动乱中，康生眼见林彪、江青的权力和地位明显上升，为了实现自己已经膨胀的政治野心，他把自己几十年“建家立业”的本领统统拿了出来，积毕生之阴谋手段，做起了林彪和江青反革命集团的狗头军师，被奉为“智多星”。这场浩劫中的许多耸人听闻的重大事件，都是他在背后出谋划策或直接挑动搞起来的。

在这场浩劫史上，他写下了自己独特的篇章，为林彪、江青篡党夺权立下了“不朽的功勋”。仅在“文化大革命”前夕，他就“发明”了《海瑞罢官》的“要害”，“揭发”了《二月提纲》的“秘密”，并“指挥”了第一张大字报的炮制。康生将自己的这三步棋喻为他的三绝，可见其绝招在于先是害人，后是邀功。凭此三绝，他顺利地登上了“文化革命小组顾问”这个通天宝座。

当“否定一切，打倒一切”的狂风恶浪席卷全国的时候，老一代无产阶级革命家眼看着用鲜血换来的江山被糟蹋，人民大权被篡夺，他们像暴风雨中迎风展翅的海燕，像巍然挺拔的劲松，出现在斗争的第一线。

1967年2月13日，周恩来在怀仁堂主持召开了中央政治局碰头会，曾经使敌人闻风丧胆、为人民立下无数功勋的老帅们，在这里再也压抑不住内心的愤怒，同林彪、江青等人短兵相接，进行了义正严词的斗争。

陈毅、叶剑英、徐向前、聂荣臻、谭震林等相继发言，严厉质问林彪、康生、江青：“你们把天下搞乱，到底想干什么？”对他们篡党夺权的阴谋进行了无情的揭露。老帅们眼巴巴看着国家在遭难，人民在受苦，他们忧心如焚，早已把个人的荣辱得失置于脑后，宁争个鱼死网破，也要同“中央文革小组”的那一帮人斗个明白。

▲九届二中全会结束时，林彪要当国家主席的如意算盘落空。周恩来一脸肃穆，康生抿紧嘴唇（杜修贤摄）

这次会议本来是为人民所尊敬的老战士身怀浩然正气与群妖进行的英勇搏斗，是人间正义的伸张，是代表全国人民对林、江、康一伙滔天罪行的审判和控诉。然而康生一伙的伤疤被揭痛了，他们怀恨在心，连夜搞出一个中央碰头会的《记录》，添枝加叶地向毛主席汇报，状告老帅们是“向毛主席挑战”，“翻延安整风的案”，“大闹中南海”，他们蒙蔽毛泽东，拿到“尚方宝剑”后，便将怀仁堂的碰头会诬说为“二月逆流”。

在康生的精心策划下，他们迅速在全社会掀起了一股“反击”浪潮。从此，党政军文碰头会中断了，老一代无产阶级革命家的发言权被剥夺了，政治局内正常的生活制度中止了，“中央文革小组”代替了政治局，军委办事组取代了军委常委会。在这一震惊中外的重要案件中，康生作为老谋深算的狗头军师，发挥了关键性的特殊作用。

在制造党的历史上的特大冤案——迫害刘少奇的案件中，康生也起了奇特的作用。为了诬陷刘少奇，康生虚构了一条所谓“资产阶级反动路线”，还有一条“招降纳叛的组织路线”，诬蔑刘少奇“同毛主席的正确路线相对抗”，以“六十一人叛徒集团案”和“新疆叛徒集团案”来牵连刘少奇，给刘少奇扣上了“叛徒”、“内奸”、“工贼”和“特务”等四顶帽子。他伙同江青、谢富治指挥“刘少奇、王光美专案组”大搞刑讯逼供，制造伪证，肆意诬陷刘少奇、王光美是“反革命”等，对刘少奇进行了最为残忍和最为疯狂的精神折磨和人身摧残。他们抄刘少奇的家，在批斗会上揪着刘少奇的头发，强迫他抬头照相。在光天化日之下，将国家主席打得鼻青眼肿，腰和腿致残，最后将随时可能发生突然死亡的刘少奇押送至开封监狱，摧残致死。

康生在“文化大革命”中制造的理论混乱，莫过于对“唯生产力论”的批判。康生以理论家的姿态提出“唯生产力论”是工交农业战线的“修正主义的根子”，将矛头直接指向国务院主管部门的周恩来。林彪反革命集团自取灭亡后，周恩来受党中央和毛泽东委托主持中央日常工作，他在极端困难的处境中力排干扰，力挽危局，使全国形势有所好转。康生和“四人帮”不甘心束手待毙，便将周恩来作为集中打击的目标。满腹经纶的康生“影射史学”，借“批林批孔”运动之机，大批“现代大儒”、“周公”。康生此举，备受“女皇”赞扬。康生的御用写作班子，开始还是指桑骂槐，后来竟赤裸裸地向周恩来发起冲锋，为江青一伙阴谋搞“新王朝”鸣锣开道。

林彪反革命集团垮台后，为了保住多年来自己苦苦经营而爬上的地位，康生积极策划“保江组阁”的策略，在江青身上押宝，企图建立他们的“新王朝”。首先，康生来了个脱身之计，想方设法掩盖了他同林彪反革命集团之间狼狈为奸的关系。

1973年党的“十大”上，康生、王洪文被提升为党中央副主席，张春桥被提升为政治局常委，江青、姚文元保住了政治局委员的资格。康生认为时机已到，于是在“保江组阁”中大显神通。他除了利用“影射史学”打击周恩来外，还为江青培养了一个“无限忠诚”的写作班子——“唐晓文”，为江青出理论，唱赞歌。康生病重期间，干脆将“唐晓文”交给江青直接指挥，为江青充当“侍臣”，深受江青“重用”。

康生晚年虽然重病在身，但他对于“保江组阁”是花了很大力气的。他以“理论权威”的地位贩卖理论，“贩毒立功”；秘密组织班底，物色培养人选；利用“风庆轮”事件在政治局内发难，攻击交通部“崇洋媚外”，将矛头直指代替周恩来主持中央日常工作的邓小平。

更有甚者，康生又策划让王洪文乘飞机到长沙向毛主席告状。事出所料，毛主席批评了“四人帮”，明确支持周恩来主持召开第四届全国人民代表大会，并提议邓小平任党中央副主席、国务院副总理和中央军委副主席兼总参谋长，随后，又委托邓小平在周恩来病重期间主持中央日常工作。至此，康生亲手导演的“保江组阁”丑剧，只好改题换戏。

▲在康生授意下，天津南开大学红卫兵到北京图书馆查找薄一波等61人“自首叛变”的材料（历史照片）

康生作为林彪、江青反革命集团的“狗头军师”，在“文化大革命”中所犯下的罪行，是令人毛骨悚然的。每一个重大的历史案件，每一次对老一代革命家的诬陷和进攻，康生几乎都有所插足，甚至是起核心作用的“主谋”。他死前，看着自己立下的“家业”日益残败，很不甘心。就在他离死还有两个多月的时候，趁邓小平离京之机，他突然强打精神，亲自上阵，带病到毛泽东处进谗言，奏了邓小平一本，说邓小平“想翻‘文化大革命’的案”，真可谓“贼心不死”。此后，江青一伙在“风中之烛”的康生的幕后策划下，迅速发起了一个“批邓、反击右倾翻案风”的恶浪，并立即席卷全国。“四人帮”马上由守势转入攻势，刚刚有一线生机的中国又重新陷入极度混乱之中。

康生躺在病榻上，快要魂归西天了。“经过自己拼了老命的最后一搏，‘四人帮’又逐渐占了上风，但自己就要死了，已经不能亲眼看到心腹之患周恩来、邓小平等人的‘下场’了……”1975年12月16日，康生就这样带着他的一半满足、一半遗憾，十分不情愿地走上了他的黄泉之路。

第十章 玩政治游戏而翻船的陈伯达

> 陈伯达抓住宣传毛泽东思想的大旗作虎皮，成为中国首屈一指的“理论家”。

陈伯达，原名陈尚友，1905年生于福建惠安县。从他曾祖父到他这一代，曾是四代书香门第。对这样的出身，陈伯达一直否认，他自称是贫农、破落户。大约从17岁起，陈伯达便在惠安、晋江、厦门和上海混事。应该说，从青少年时代起，他就有志向和野心，但后来成为中国政要，恐怕是他起先没有想到的。

1922年到1924年，陈伯达在厦门通俗教育社任编辑，初步显示了他的“笔功”。偶然的机会，他同后来叛变革命的陈文总和大批发商林绍平结拜为义兄弟。1925年春被接纳加入国民党，同年去厦门参与组织孙文主义学会。随后到上海劳动大学读书，对共产党产生了兴趣，求学于邓中夏和瞿秋白门下。1926年秋到1927年4月，任中国国民党汕头市党部秘书，后投靠军阀张贞，任少校秘书。1927年，隐瞒历史加入中国共产党，是年冬天去了莫斯科中山大学学习。在莫斯科学习期间，因参加所谓托洛茨基派组织，于1930年被遣送回国。1931年到北平中国大学任教授，讲解先秦诸子哲学。稍后，在天津被捕。1932年出狱。次年又参加托派，也参与察绥抗日同盟军前敌委员会的活动，成为了一个抗日者。

1937年，陈伯达来到革命圣地延安。由于他上过大学，在当时以农民为主干力量的革命队伍中，算是个真“秀才”，所以他成了毛泽东的政治秘书。这使他有机会接近毛泽东，也有机会施展他的笔下功夫。这为他以后的进一步升迁打下了好的基础。1945年中国共产党第七次全国代表大会上，他被选为中央候补委员。

50年代陈伯达的主要工作是为毛泽东起草文件，做文字工作。1950年5月，“中共中央毛泽东选集出版委员会”成立，陈伯达、田家英、胡乔木参加编辑，作为主要成员编辑《毛泽东选集》，使陈伯达有机会系统地阅读了毛泽东的著作。他抓住这个机会，把宣传毛泽东思想的大旗抓在手中。新中国已经诞生，毛泽东已成为举世公认的中国人民的领袖。对于陈伯达来说，抓住宣传毛泽东思想的大旗，他也就成为中国首屈一指的“理论家”了。

1951年7月，人民出版社出版了陈伯达的《论毛泽东思想——马克思列宁主义与中国革命的结合》一书。此后，陈伯达又发表了一系列宣传毛泽东思想的著作。这些著作的出版发行，使陈伯达在国人印象中俨然成为中国的“首席理论家”。

1956年9月，在中共八大上，陈伯达当选为中央委员、中央政治局候补委员，由中共七大时第47位的排名次序“前进”到第21位。但此时他的主要工作仍是担任毛泽东的政治秘书。

1958年5月25日，一直担任“副”职的陈伯达终于获得了一项正职任命：担任中共中央理论机关刊物《红旗》的总编。《红旗》创办伊始，影响并不很大。但在随后的中苏两党大论战中，很多文章以《人民日报》编辑部和《红旗》杂志编辑部的名义发表，使《红旗》杂志为国内外所瞩目。进入“文化大革命”,《红旗》杂志更成为“中央喉舌”，负有传达毛泽东“最高最新指示”的重要使命，影响更甚于当时的两报——《人民日报》和《解放军报》。

1958年是“人民公社”、“大跃进”、“总路线”这“三面红旗”在中国大地飞舞，卷起一片“左”的狂潮的年代。一贯善于揣摩毛泽东心态的陈伯达显出了更“左”的一面。然而，这一次他却受到了毛泽东的痛斥。1958年11月的郑州会上，毛泽东板着副严肃的面孔，一针见血地批评道：“陈伯达同志提出了一个书面建议，他的建议是什么内容呢？”毛泽东以习惯自问自答的口气说：“他建议我国消灭商品生产，取消商业，否定货币的作用。取消货币，这是否定价值法则嘛……”毛泽东的话使台下一片哗然。陈伯达本想用自己这个“高见”来赢取声望，结果碰了一鼻子灰。好在当时中国建设正处于摸索阶段，建设性的意见不被人指责。这本应该令陈伯达吸取教训，但他似乎没有放弃利用手中掌握的理论去获得权力的打算，他不想做一个纯粹的“理论家”。本来，当时共产党内的理论家为数不多。如果陈伯达潜心研究理论，也许会有一番建树的。但这个典型的野心家，不会忘记书中的“黄金屋”和“颜如玉”。他的最终目的还是企望借助书本寻找仕途，他热衷于宦海争斗早已超过了他对书本的兴趣。

> “文化大革命”初期，陈伯达投入江青一伙人的怀抱，与康生一起把“文化大革命”之火煽得更旺。

陈伯达生于福建，南方的山水空灵，培养了他的机敏；久居“江湖”的历史，养成了他善于把握机会的本领。在“文化大革命”前夕，陈伯达像个稳健的商人，做着一桩桩保本的生意。1962年，陈伯达毛遂自荐，主动帮刘少奇修改《论共产党员的修养》，然后在他任主编的《红旗》杂志上发表全文，并编辑出版。但随后不久，又是他对这篇文章进行了无限上纲的批判。

尽管陈伯达转向转得快，但刘少奇等的命运岌岌可危，陈伯达又一次处于十分不利的地位。他毕竟是善于观潮弄潮的人，此时，江青势力的形成壮大似乎又给他带来了一次机遇。1965年11月11日，上海《文汇报》发表了姚文元批判《海瑞罢官》的文章，竟然在北京无声无息，这引起了陈伯达的兴趣。他来回在封闭房间里踱步，同他喜欢的两名文人——关锋和戚本禹分析着当时的形势。不久，彭真和邓拓写作班子里的秀才、抗战时写过小说《晴天》的王力加入了这个行列。王力向陈伯达等人透露了彭真最近找刘少奇、邓小平研究当前学术问题的消息。陈伯达由此敏锐地感到一场以学术名义发起的政治斗争已经来临。这一次，他吸取了教训，权衡再三，在认定准确无误后，把王力提供的情况原原本本地告诉了江青。

“好啊！老夫子！你提供的情况太重要了……继续摸情况，随时告诉我。”江青得意地说道。

江青正需要这类老笔杆子，这些人又没有什么主见，是御用文人型的。江青同张春桥、姚文元经过一阵安排，陈伯达就欣然领命入伙了。1966年4月2日，戚本禹写的《“海瑞骂皇帝”和“海瑞罢官”的反动实质》在《人民日报》《光明日报》同时发表。这是一篇给姚文元写的《评新编历史剧〈海瑞罢官〉》一文呐喊的文章。在这篇陈伯达参与修改的文章里，用一种下战书的口气，杀气腾腾地宣布：姚文元的文章揭开了一场不可避免的大论战的序幕。

1966年4月9日到12日，根据毛泽东的指示，中央书记处召开了会议，在这次会议上，毛泽东提议，由陈伯达和康生负责起草一个“通知”。这个“通知”即是5月16日中央政治局扩大会议正式通过的《中国共产党中央委员会通知》（《五一六通知》）。也就在这次会议上，陈伯达与康生一起发难，揭发批判所谓彭真从民主革命到社会主义革命时期在政治路线方面所犯的“一系列错误”，把斗争矛头指向坚持革命原则的中央政治局领导同志。

陈伯达达到了自己的目的。这次会议从组织上正式宣布撤销了以彭真为首的文化革命五人小组及其办事机构，重新确定设立“中央文化革命小组”，隶属于中央政治局常委之下，陈伯达任组长，顾问康生，第一副组长江青、副组长张春桥。如果说陈伯达此前是在为“文化大革命”作理论准备的话，那么，他现在要参加到这一实践中去了。

> 江青发疯似的扑了上去，揪住陈伯达的衣领，不得已，陈伯达只好另找靠山。

1966年6月2日，陈伯达掌握的《人民日报》在刊登聂元梓的大字报的同时，发表了他参与炮制的评论员文章《欢呼北大的一张大字报》，宣称当时坚持正确领导的北京大学领导班子是“反党集团”，煽动师生与他们作坚决斗争。陈伯达还利用掌握的舆论工具，提出“横扫一切牛鬼蛇神”等口号，煽动广大干部和群众对坚持革命原则的领导和群众进行迫害和镇压，全国动乱哄然而起。

7月，陈伯达派人去清华大学探望被关押着的造反派头头蒯大富，表示对他反工作组的支持。以后他又与江青一起，以调查“文化大革命”运动情况为名，多次去北大、北师大等校，组织批判会，撤销工作组，号召学生“甩掉保姆，自己解放自己，踢开党委闹革命”。8月18日，陈伯达主持了在天安门广场举行的规模宏大的“庆祝‘文化大革命’大会”。他在开幕词中给毛泽东冠以“伟大的领袖、伟大的导师、伟大的舵手”三个头衔。接着，林彪讲话说：“这次无产阶级文化大革命，最高司令是我们毛主席，毛主席是统帅。”从此以后，人们提到毛泽东，必加“伟大的领袖、伟大的导师、伟大的统帅、伟大的舵手”四个副词。一场造神运动和个人崇拜的歪风高涨。别有用心的陈伯达和林彪可谓配合默契，他们有共同点，都野心勃勃，后来成为一伙也就不足为怪了。

▲7月27日，“中央文革小组”组长陈伯达到北京师范大学，支持学生反对工作组（历史照片）

党的八届十一中全会上，陈伯达一跃成为中央政治局常委。在由11人组成的政治局常委中，陈伯达位居第五位，排在邓小平、刘少奇、朱德的前面，也把康生甩在了后面。花甲之年，陈伯达一次“赶浪”，使他步入了政治生涯的鼎盛时期。年事虽高，但由于“官补”，陈伯达大有焕发青春、大干一场的热情。在对付刘少奇、邓小平和彭真、罗瑞卿、陆定一、杨尚昆的问题上，他摸准了江青的脉搏，异常活跃。得意忘形之际，陈伯达似乎忘了他正在同一个极难相处的女人共事。而正是这位国家"第一夫人"的颐指气使，使他陷入困境。

1966年底的一次会议上，全国情况汇总，谈到了社会秩序一片混乱，全国到处一片打、砸、抢、抄、杀，党组织涣散了，政权快瓦解了，学校没人管，工厂陷于瘫痪。作为中国的最高领袖毛泽东心里十分不安，他紧皱眉头表示，学生老是这样闯，谁的话也不听，派军队干部去训练学生吧，实行军训，加强纪律性。毛泽东正说着，突然听一个女人喊道："我有意见，他们总不让我民主，不让我说话。"江青半道上杀进来，尖叫道："为什么不把贺龙揪出来？"毛泽东说现在不讨论此事。江青哪里肯收场，听说要把她发动的学生们管起来，她半是发疯，半是撒娇。江青起初牢牢抓住毛泽东的一个绝招就是佯嗔撒娇。她大声冲着毛泽东说道："毛主席，你不让群众起来，我就要造你的反了！"毛泽东低头看文件，但在旁人中站起来了刚直不阿的谭震林，他怒视江青："你这是干什么？毛主席是我们全党的主席，全国人民的主席，今天是中央会议的主席。在这讨论国家大事的庄严会议上，你有什么权利胡闹？！"

谭震林气得怒发冲冠，坐下时嘴里又咕哝了一句："什么东西？"谭震林一生都很认真，"二月逆流"中，他因认真而被打下去了。此时，他的话给会议带来了极度不安的空气。江青的抽泣声在会场上扬起。毛泽东宣布散会，江青大哭起来。大部分人迅速离开会场，如逃离是非之地。但这天的陈伯达不知出于一种什么复杂心理，他凑上前去："太悲伤要伤身的。制怒，制怒。"他在江青面前来回踱着步子，拖着腔调说："今天你也太过分了一点，我都替你感到难堪。这是会议，不是家里呀……"陈伯达似教训开导，又似自言自语，说着说着，他眼睛直了，嘴悬在空中，只见江青像一头发了疯的野兽，什么体面、影响全都不顾，扑了上去，一把揪住陈伯达的衣领子，用力一拽，把陈伯达的领章揪了下来。江青这一举动使陈伯达出乎意外。他想不到一个"第一夫人"，在大庭广众之下会是这样。其实，江青是好面子的人。谭震林是党内老同志之一，批评她，她不敢当面有脾气，可脸没处放。现在你陈伯达狗胆包天教训起老娘来了。你算老几？你有今天，不是老娘提携你的？"你这个窝囊废，我瞧不起你！"江青揪了、骂了，一提脚后跟，走了。陈伯达这才从噩梦中醒来，脸皮都撕了，他已无所顾及，追着远去的声音，他大声喊道："你又算老几？母乌鸦！"骂完之后，他发现空旷的会场上，仅剩下自己孤身一人，他突感四处逼来的寒气。后来的日子里，陈伯达一直感到这股寒气不散。

他在思考着，毛泽东已年过古稀，自然规律不以人的意志为转移，他百年之后，中国的天下将落入谁人之手哟？林彪！对！如今自己被江青甩掉，就应该向林彪挂上钩。他知道，中国共产党最反对什么"山头"、"集团"，正是因为有"山头"和"集团"的存在。

“你好啊！老夫子！”叶群接到了陈伯达打来的电话，她还保持着延安时打情骂俏的腔调，以为陈伯达又要报告他们哪一位敌人被他打倒了。陈伯达善于把事情办到极致。打倒陆定一，这是他的个人恩怨。但他知道陆定一同林家有矛盾，尤其是陆夫人严慰冰，从延安时就抓住叶群不是处女、假党员的问题不放。1966 年 9 月，陈伯达同叶群通过电话后，下令正式逮捕陆定一。第二年 3 月，陈伯达和叶群一阵商议后，又对陆定一夫妇使用了重刑。这一箭几雕的做法，颇使林家高兴。尽管没有入伙，但他们已有几分亲近了。现在，陈伯达与江青的风波，叶群早有耳闻。陈、江的分手之日，叶群就想到陈伯达会过来。她欢迎陈伯达入伙，一来林彪手下都是搞武的，搞文的还真需要他这样的人；二来经过长时间的合作，她已知道江青无非利用陈伯达，所以拉陈伯达入伙很容易。陈伯达向叶群表决心说：“在今后，我一定在林副主席指示下工作，步步紧跟林副主席的战备部署前进，为捍卫林副主席贡献自己的一切！”

从此往后，陈、叶之间几乎天天热线电话，有时电话打到卫生间，至于谈些什么，这是天字号的秘密。直到九届二中全会前夕，人们才清楚陈伯达是“一仆二主”。

“老夫子”原来是欺软怕硬的迫害狂，许多无辜的人经陈伯达不动声色地暗算，莫名其妙地大祸临头。

陈伯达一向自称是“小小老百姓”。其实，他是一个“一朝权在手，便把令来行”的疯狂迫害党和国家领导人的凶犯！

每年的 6 月 1 日，是自从有国际儿童节以来人类的天真节。但中国 1966 年的这一天，却发生了所有天真的人意想不到的事情。这天的《人民日报》评论员文章《欢呼北大的一张大字报》，像狂恶的暴风横行在九百六十万平方公里的中国大地上，所到之处，拔树毁屋，摧梁折栋，制造了一出出人间罕有的悲剧。在它的“欢呼”下，国家的栋梁，一夜之间变成了“走资派”；许多开国元勋，被投进了监牢；广大知识分子和专家学者，变成了“臭老九”，有的被关进“牛棚”，有的“流放”他乡；在缔造中华人民共和国的战场上出生入死的老帅和老将军们，也遭到了残酷的折磨。在它的“欢呼”下，我们党和国家的各级干部以及数不清的无辜群众，所遭受的灾难真是不计其数！炮制这篇文章的不是别人，就是陈伯达。《欢呼北大的一张大字报》不顾无产阶级专政的政权已经存在了 17 年的事实，竭力鼓吹“有了政权，就有了一切，没有政权，就丧失一切”。要夺权，陈伯达等人就要打倒阻挡他们夺权的各级领导干部。于是，《欢呼北大的一张大字报》煞有介事地攻击“目前中国那些资产阶级代表人物，那些资产阶级‘学术权威’，他们所做的，就是资产阶级复辟的梦”。它煽动“横扫盘踞在思想文化阵地上的大量牛鬼蛇神……把所谓资产阶级的‘专家’、‘学者’、‘权威’、‘祖师爷’

打得落花流水，使他们威风扫地”。

陈伯达不仅仅把“横扫”停留在理论上。1967 年 12 月 26 日，陈伯达在唐山发表诬陷中共冀东党组织的讲话，诬陷中共冀东党组织“可能是国共合作的党，实际上可能是国民党在这里起作用，叛徒在这里起作用”等。陈伯达的这一讲话，使受到诬陷、迫害的干部和群众共达 8.4 万多人，受迫害致死的有 2955 人，763 人致残。

1968 年，陈伯达同谢富治、吴法宪，在追“中共中央非常委员会”传单案的所谓后台时，又毫无根据地提出根子就是刘、邓“黑司令部”的人，并指名道姓地诬陷一些党和国家领导人是这个传单案的后台。事实上，“中共中央非常委员会”传单案，发生在前一年的 10 月 8 日，这天，天津市的一个工人来到北京市外交部街，将自己书写、刻印的 80 多封油印传单，分别投进了附近的邮筒，传单署名为“中共中央非常委员会”。此案同年 11 月在天津已破获，作案人供认：“从头到尾，从始至终都是一个人干的，没有任何人参加。”公安部对原稿笔迹和作案工具的鉴定，也完全证实了这一点。可是，陈伯达却一口咬定这是个大现行反革命案件，要追后台。1968 年 4 月，在人民大会堂接待厅，陈伯达刚走到台前，就指着墙上挂的“宜将剩勇追穷寇”标语牌，对坐在台下的专案组人员说：“宜将剩勇追穷寇，你们要学习。抓到刻版的人是起点，不是终点。老板在后台，后台不是一般人，一般人干不出来，不是仅仅一个人搞的，可能有一个组织。”在又一次接见专案人员的时候，他更加气势汹汹地说：“就是要往上追，总而言之，不管你三七二十一，搞到谁就是谁。”陈伯达一伙“立足于有，再审讯”，采取一系列指供、诱供等非法手段进行逼供，用谩骂、斥责，甚至用“喷气式”追逼所谓“后台”。同年底就追出了一起离奇的、骇人听闻的“中国（马列）共产党”假案，诬陷朱德是“中国（马列）共产党”中央的书记，陈毅是副书记兼国防部长，李富春是总理，参加的有董必武、叶剑英、李先念、贺龙、刘伯承、徐向前、聂荣臻、谭震林、余秋里等，诬陷这些革命老同志“里通外国、准备武装叛乱”。这都是这个“小小老百姓”做出来的。

▲“文化大革命”中的陈伯达（历史照片）

如果说在诬陷“中共冀东党组织”案、“中共中央非常委员会”案以及“中国（马列）共产党”案中，陈伯达只是下“指示”的话，那么，迫害陆定一他是亲自动手了。他利用主管“陆定一专案”之机，从1966年10月12日，平均每10天就发一次“指示”，有时打电话，有时亲自跑到专案组，指令要给陆定一带上铐子，交红卫兵审判。从政治到生活，从肉体到精神，多方面对陆定一进行迫害和摧残，后来亲自下令将陆定一逮捕送监。

对陈伯达的这套整人本领，梦想“改朝换代”的林彪、江青一伙十分赏识。江青吹捧他“点子多”，林彪、叶群又封他为“军师”，同时他自己也达到了政治顶峰。在1969年召开的党的九届一中全会上，他在由五人组成的政治局常委中排在第三位，在毛泽东、林彪之后，竟位居周恩来之前。

> 毛泽东拿陈伯达开刀。林彪一伙从此一蹶不振，陈伯达更是一个跟头从庐山顶栽到了山脚下。

有高峰就有低谷，狐狸的尾巴终究是要露出来的。在1970年的庐山会议上，毛泽东真正看到了陈伯达的“尾巴”，并牢牢抓住不放。

这次会议主要是讨论修改《宪法》，就是是否要设立国家主席。《宪法》起草小组的陈伯达，又一次和林彪合作干大事了。他积极支持林彪设立国家主席和“天才论”观点，这套“天才”理论又是陈伯达的杰作，从而彻底暴露了他和林彪的不正当关系。此时，毛泽东异常的清醒！毛泽东说：“陈伯达带的头，一是坚持设国家主席；二是‘天才论’，鼓动一些人、蒙骗一些人起哄，大有炸平庐山、停止地球转动之势。”毛泽东这时已认识到，陈伯达是个居心不良的可疑分子，是混入党内的反党分子。毛泽东发表了《我的一点意见》，从陈伯达30多年在重大问题上不合作说起，揭穿陈伯达搞的“天才论”的语录没有几条是马克思主义的。在当时的历史条件下，毛泽东的话起了关键作用。庐山会议上，陈伯达受到应有的严厉批判。

会议结束后，中央宣布了对陈伯达的审查。1971年，中央提出了陈伯达问题的实质，认为：“早在九届二中全会以前，林彪背着毛主席和中央政治局大多数同志同老反共分子陈伯达勾结在一起，指挥黄、吴、叶、李、邱等多次开会，多方串联，阴谋策划，妄图推翻以毛主席为首的党中央……”由于受历史的局限，中央只针对1970年在庐山召开的中共中央九届二中全会上陈伯达追随林彪、叶群抛出“天才论”，为设国家主席之争所犯的错误，而没有对陈伯达违反国家法律的罪行进行起诉。他暂时逃脱了法律的制裁。

> 陈伯达最后求见毛泽东。叶群、江青同声大呼："我们上了老夫子的当。"

"文化大革命"结束了，那种少数人无法无天的日子一去不复返了。中国要恢复法律的尊严。古人云：王子犯法与庶民同罪。如果把陈伯达只列入党内审查，很多高级干部不同意，许多群众也不能答应。

1980年冬季，一个姗姗来迟的被告走上法庭，他是江青反革命集团中最后一个出场的。出场的前一天，他问监管员："明天是不是该审我了？""你怎么知道的？"监管员知道通知他的时候还未到，有些惊异地望着他。"是我计算的，前面四个我估计已审完了，该轮到我了。"这一天是1980年11月27日，问话的是头脑仍然很清醒的陈伯达。

众所周知，起诉书中没有按1971年12月11日经毛泽东批准中共中央下发的《粉碎林陈反党集团反革命政变斗争》等材料去认定陈伯达的罪行，包括1971年批发中央专案组《关于国民党反共分子、托派、叛徒、特务、修正主义分子陈伯达的反革命历史罪行的审查报告》。这是中央"两案"领导小组和"两案"审判指导委员会在组织进行"两案"审判准备工作的一条根本原则，属于党内路线错误的问题，列入党内审查

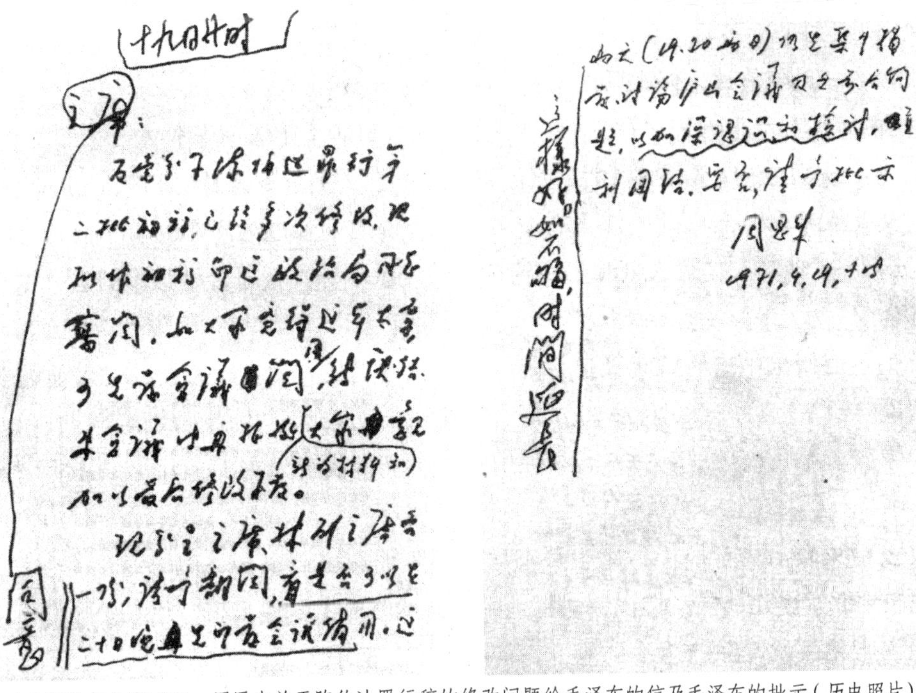

▲1971年4月19日，周恩来关于陈伯达罪行稿的修改问题给毛泽东的信及毛泽东的批示（历史照片）

的范畴，不作犯罪事实起诉。

在起草起诉书中，经中共中央、中央纪律检查委员会和“两案”领导小组决定，对陈伯达在庐山的一系列活动不提出起诉，实事求是地遵照法律原则，只追究陈伯达触及法律的事实。

经侦查，认定前中央政治局常委、“中央文革小组”组长陈伯达以推翻人民民主专政为目的，积极参与林、江反革命集团，是反革命集团主犯。

起诉书送到后，陈伯达监号里传出哭泣声。

冬日里的寒风卷着一个老头儿的哭声在狱中空旷的房间里翻滚，很可悲。

11月1日，陈伯达找工作人员谈话，说：

“我的精神、肉体都是属于党的，党对我怎么处理都行。”

他陈述了对起诉书中一系列细节上的辩解，然后说：

“我的问题是党内问题，运动开始哪有不犯错误的？党内处理可以体谅，现在罪大恶极，怎么处理都行，但不是救人的办法。”

最后，他又目光飘忽地说：

“如果毛主席还在，说一句话就好了。我不轻易流泪，今天我哭了，现在没有办法了。”

最后这句话道出了陈伯达的心迹。

陈伯达曾求见毛泽东，他想毛泽东或许能解救他。他曾做过毛泽东的秘书，也知道毛泽东一句话的威力。陈伯达求见后，毛主席那里便回了电话，让他去。这是他最后一次面见毛主席。

毛泽东一见陈伯达，握手后便说：

“这两年你都不来见我、看我了。”毛主席说这句话，让他一阵辛酸。

新中国成立之初，陈伯达因协助毛主席做一些文字事务，从党校搬到中南海住。但在“文化大革命”后，他同江青有矛盾，江青说他干涉过毛泽东的事。恰巧这时他后院“起火”，他第三任夫人刘叔晏在钓鱼台住处做了一件不适合她身份的事，被江青下了逐客令。

陈伯达对搬出中南海曾犹豫过一阵，一来在这里找人做事很方便，二来他的书太多。据说，他一生写过不少作品，包括《窃国大盗袁世凯》《人民公敌蒋介石》和《中国四大家族》等长篇历史巨著，后来陈伯达连工资带稿费只剩下3万元，其他全买了书和字画。

过去中央政治局常委中，康生藏书居首。陈伯达虽然书多，但毕竟顶不住江青，最后他搬到北京新建胡同。搬出去后见毛主席自然就成了一件难事。

毛主席见面就说陈伯达不见他了，官做大了，架子大了，不来见了，文章也不写了，总是动动嘴巴，叫别人去写……

▲陈伯达在法庭上（吕相友摄）

毛泽东对他庐山问题的谈话是：

“可以找和你一块工作的几个人谈谈。”最后一句是：“团结起来。”

陈伯达在庐山作了较长时间的检讨，中央宣布对他进行审查。

但据他后来了解，就是这天晚上，叶群带黄、吴、李、邱同江青讲和了。叶群称“上了陈伯达的当……”，江青也说“老夫子与张春桥、姚文元有矛盾，文人相轻，我们不能上他的当”。

这样，双方都把坏事推到陈伯达头上。据吴法宪交代：

“错误是往陈伯达身上推，强调上当受骗，这话是林彪讲的。”

中央对陈伯达进行审查定论后，陈伯达还是盼望毛主席能发一句话。

毛泽东去世后，“四人帮”被打倒，中央决定对他的问题重新审查，陈伯达还在等待新任领导人发一句话。他像一个田野的守望者，等待着那个金色的季节来临。他自知自己罪大恶极，但等待是他的权利和希冀。

当冬天的寒风卷起片片落叶在监狱上空翻滚的时候，陈伯达才知道他梦中的金色日子越来越模糊了。

此时，不知他明白没有，中国已逾过了一个朝代，进入一个逐渐削弱个人说话有如此权力的时代。一个法制的时代已经到来。

但陈伯达似乎没有全明白，至少他对那个金色的日子还抱有幻想。由等待到幻想，这是一种折磨，也是一种自我安慰。

> "……以后再不胡闹了，希望给我一条出路，把我放出去。"在铁证面前，陈伯达不得不低头认罪。

同监管人员谈话后，陈伯达面壁思考了半天，然后说："我一急就说不出话来，要个律师吧。"

陈伯达要律师有两个原因，一来他怕急了说不出话，二来他一生中感到汗颜的事是他不会讲普通话，属于讲中国话还要翻译的人，这不禁使林彪、江青都有些瞧不起他。

就连聂荣臻元帅也回忆说：陈伯达在攻击老帅们"二月逆流"时，他那福建话别人都听不懂，咕咕哝哝，我根本没理他。

陈伯达怕再遇到这种情况，他要请律师，并写一张条子："我要律师，为我辩护。陈伯达，1980 年 11 月 1 日。"

他向中纪委请求派人同他谈话，派谁？他当然希望派陈云，因为从报纸上他早已知道陈云担任中纪委负责人。

这大概是他升起的新希望。在他被判刑之后，他还委托有关人员转达如下的话：

"我希望陈云、邓小平、彭真考虑给我一条出路。对我的案子，大的方面讲是宽，可实际上就是关死。我活不到 85 岁了。我承认我有罪，但也要考虑当时前前后后的情况。搞了一辈子革命，落了三条罪，现在打倒了，报上什么罪名都给我加，有些我实在不知道……以后再不胡闹了，希望给我一条出路，把我放出来，研究点经济史、历史，在死之前为党为人民做一点无害的工作，搞出一点小名堂。"

11 月 17 日晚，法警向陈伯达送来了特别法庭开庭的传票，陈伯达拿在手上如同拿着烫手山芋。

陈伯达看完传票后对法警说：

"现在我脑子很乱，眼睛也不好，材料写不完，延长点时间吧。"

法警宣布自己是执行法庭的命令，陈伯达火了："为什么闹得这么紧张呢？要杀就杀，要毙就毙。"

他唠叨是唠叨，但写辩护材料的事却抓得很紧，当晚就赶紧起草。但他写了几笔就嫌灯不亮，就 10 平方米的监号，已有两个 50W 的灯，地下掉根针也能看见，可他硬说看不见。

监管员又给他添了一根蜡烛。不一会儿，陈伯达又叫不行，还是看不见，又加了一根蜡烛。

几分钟后，陈伯达问：“有煤油灯没有？”

这天夜里，陈伯达服用了三次安眠药还是没睡着……

开庭前的两日，律师应陈伯达的要求，再次同陈伯达谈话。

陈伯达主要对起诉书中所列“江青、康生、陈伯达擅自决定批斗刘少奇”提出不同意见：

“这事这会忘记了。如果我真正参与这个决定是不会忘记的。我想是江青、戚本禹他们策划煽动起来的……”

律师记录了他的谈话，同时安慰他：应当相信法庭是实事求是的、公正的，必定会区别对待的，不要胡思乱想；生活上按照看守人员的要求办，注意休息。这些话使陈伯达安静了许多，他开始用平稳的声音说话：“谢谢你们！”

11 月 28 日，陈伯达首次接受法庭调查。法庭出示、宣读了 1967 年 7 月 15 日关于批斗刘少奇的报告。陈伯达同康生、江青一起签名同意，他还亲笔将报告中的“少奇”二字勾掉，在刘字后面加上“邓陶夫妇”四个字。陈伯达承认了这一事实。

陈伯达在证据面前，还承认他同吴法宪、谢富治利用侦破的“中共中央非常委员会”一案追查后台，诬陷、迫害党和国家领导人。

法庭还出示了 1968 年 5 月陈伯达批准的逮捕陆定一的报告。

陈伯达看完后，说：“这件事呀，老实说，我这个人的记忆太糟了，我实在不记得，但事实俱在。”

他供认将陆定一交红卫兵审判，还说出了他当时对陆定一专案的“三条指示”。

法庭继而投影了这三条指示。原文：降低生活标准（不超过 12 元），沙发、软床、写字台等一律撤掉；要他（和她）写逐日活动，先从去年 10 月起到今年被捕止；考虑交红卫兵审判（此事内部掌握）。

陈伯达补充说明了交红卫兵审判的原因，但他没有交代为何这样对待陆定一。

下庭后，陈伯达似乎很难平静。他说：“陆定一的案子我现在才知道了全部情况，感到很痛心……”经医生检查，他血压由出庭前 160/90 毫米汞柱上升为 200/110 毫米汞柱。

法庭继续审理。陈伯达对 1966 年《人民日报》社论《横扫一切牛鬼蛇神》的出笼和审定予以承认，并解释原题目叫《再接再厉，把无产阶级文化大革命进行到底》，是他审定时改过来的。

1981 年 1 月 25 日上午，第一审判庭和第二审判庭的 10 名林彪、江青反革命集团案主犯，又全部被押在一起，听取对他们的判决。陈伯达嘴巴直哆嗦，他大概同多数老年人一样，越老越想活，总以为过去白活了，很多事没有干，现在老了，应该好好弥补。

一个庄严的声音在法庭回荡：陈伯达犯有刑法第 92 条，阴谋颠覆政府罪；刑法第 98 条，积极参加反革命集团罪；刑法第 102 条，反革命宣传煽动罪；刑法第 138 条，诬告陷害罪。判处被告陈伯达有期徒刑 18 年，剥夺政治权利 5 年。

陈伯达浑身哆嗦不止……

1988 年 10 月 17 日，服刑 18 年的陈伯达刑满出狱，获释仪式在医院里举行。

1989 年 9 月 17 日，85 岁的陈伯达走完了自己的人生历程。

第十一章
挺过寒冬的彭真

北京拒绝刊登评《海瑞罢官》一文，彭真由此惹下“大祸”。毛泽东批评北京市委“针插不进，水泼不进”。

1965年11月10日，上海《文汇报》抛出了姚文元的文章《评新编历史剧〈海瑞罢官〉》。这篇文章登在报纸显要位置，标题设计也特别醒目。文章的结尾还这样写道：“《海瑞罢官》这张‘大字报’的现实意义究竟是什么？对我们社会主义时代的中国人民究竟起了什么作用，要回答这个问题，就要研究一下作品产生的历史背景。大家知道，1961年，正是我国因为连续三年自然灾害而遇到暂时的经济困难的时候，在帝国主义各国反动派和现代修正主义一再发动反华高潮的情况下，牛鬼蛇神们刮起一阵‘单干风’，‘翻案风’……他们希望有那么一个代表他们利益的人物站出来，充当他们的政治代理人，同无产阶级专政对抗，为他们抱不平，为他们‘翻案’，使他们再上台执政。‘退田’，‘平冤狱’，就是当时资产阶级反对无产阶级专政的焦点。”“《海瑞罢官》并不是芬芳的香花，而是一株毒草。它虽然是头几年发表和演出的，但是歌颂的文章连篇累牍，类似的文章和作品大量流传，影响很大，流毒很广，不加以澄清，对人民的事业是十分有害的。”

这篇文章是在江青的授意下由姚文元执笔炮制出来的，实际上这也得到了毛泽东的支持，毛泽东想以此发动一场大的运动，那就是“文化大革命”。毛泽东实际上是想让他们在文章中把《海瑞罢官》和庐山会议联系起来，正如毛泽东后来对林彪他们说“唯有军队的报纸才点破了《海瑞罢官》的政治实质”。

江青指使姚文元炮制这篇文章的事，对党中央、对周总理都是保密的。当然作为当时已是中央第六号人物、北京市市长兼第一书记、全国人大常委会副委员长的彭真也是不知道的。因此他对事先不打招呼就发表姚文元批判北京市副市长吴晗（《海瑞罢官》的作者）的文章感到愤怒，而且彭真向来认为吴晗是个忠实的好同志、学识渊博的好学者，如此“上纲上线”，分明是另有企图嘛！彭真曾直言不讳地说：“《海瑞罢官》这出戏我看过，毒害没有那么大。”同时，他针对张春桥、姚文元说：“上海周信芳也演过《海瑞罢官》，难道张春桥没有责任？……”中宣部及新华社一些主要负责人也认为，姚文元文章最后联系“单干风”、“翻案风”很勉强。因此，北京等地区的报刊拒绝转载姚文元的文章。

正是这种做法，使彭真为自己惹下了“大祸”。他根本没有领会毛泽东的意图。1965年9月的政治局常委扩大会上，毛泽东当面诘问彭真：“吴晗可不可以批判？”彭真答道：“吴晗有些问题可以批判。”事后，彭真也未体味出这句话可能隐藏的含义，这位耿直的共产党人根本没有准备对吴晗进行批判。

两个星期过去了，北京等地报刊仍拒不转载姚文元的文章。毛泽东下令：出小册子！11月24日，上海新华书店急电全国各地新华书店征求订数。北京市新华书店奉市委之命不表态，电话询问也不表示意见。直到11月29日才在来自上面的压力下，被迫同意征订，但仍拒绝发行。

▲1958年11月25日，毛泽东与彭真在武汉散步交谈（侯波摄）

作为另一方的代表江青、张春桥，他们一边捺下性子等待对方的反应，一面策划着“放长线钓大鱼”。在双方僵持的局面下，周恩来出面了。不过他实际处于一种两难境地，毛泽东已开始抱怨“针插不进，水泼不进”的北京市委要搞“独立王国”了，他必须使毛泽东改变对彭真的这一看法，以保护彭真。

市委专门开会讨论了北京各报转载姚文元文章的问题，彭真最后同意转载，但他认为，北京各报只能相继转载，以免震动太大，并强调这是执行“放”的方针，实际上是退一步地保护吴晗。

11月29日，《北京日报》《解放军报》全文转载了姚文元的文章。次日，《人民日报》也在“学术研究”栏里全文转载。彭真试图把这场讨论限制在学术讨论范围内，因此他亲授《北京日报》的按语，强调了要根据“百花齐放、百家争鸣”的方针，进行平等的、以理服人的讨论。《人民日报》的按语是周恩来总理修订的，也强调了“双百方针”。只有《解放军报》的按语是:《海瑞罢官》是一株反党反社会主义的大毒草。

此后，《北京日报》《人民日报》按照周恩来、彭真的意见，有意刊登了邓拓、周扬、李琪等人的长篇文章，造成在学术观点上热烈讨论的气氛，有些文章还尖锐地批评了姚文元无限上纲的错误做法。这显然违背要下定决心，以批判《海瑞罢官》为突破口开展一场意义深远的政治运动的毛泽东的意愿。

1966年2月13日，彭真召开了五人小组会议，准备以五人小组的名义，起草一个汇报提纲，在全国范围内控制批判《海瑞罢官》的火力。五人小组是由彭真、陆定一、康生、周扬、吴冷西五人组成的，彭真是组长。在五人小组扩大会议上，彭真说：“吴晗的问题是学术问题，与彭德怀没有关系，不要提庐山会议。学术批判不能过火，一过火就有反复……”与会大多数同志赞成彭真的说法，只有康生“力排众议”，说吴晗的问题是政治问题，要同庐山会议相联系。

根据彭真在五人小组扩大会议上的总结精神，《关于当前学术讨论的汇报提纲》即《二月提纲》于2月4日拟成了。提纲中提出了在学术问题的讨论上要坚持实事求是，在真理面前人人平等的原则，要以理服人，不要像学阀一样武断和以势压人。

2月8日，彭真、陆定一和康生亲自去武汉向毛泽东汇报，毛泽东又一次指出：吴晗的《海瑞罢官》的要害是罢官，是同庐山会议，同彭德怀的右倾机会主义有关的。他还两次问彭真：“吴晗是不是反党反社会主义？”彭真没有直接回答。显然，汇报气氛并不融洽。

3月17日至20日，在政治局常委扩大会议上，毛泽东专门就学术问题作了讲话。他说：……各地都要注意报刊、杂志、出版社掌握在什么人手里，要对“资产阶级的学术权威”进行切实的批判。《前线》杂志是吴晗、廖沫沙、邓拓的，是反党反社会主义的。他提出，文、史、哲、法、经，要搞“文化大革命”，要坚决批判，到底有多少马列主义？他宣称：我们要培养自己的年轻的学术权威，不要怕年轻人犯“王法”。“文化大革命”的号角吹响了，当然，在当时还有很多人并不理解号角发出的旋律和含义，更没有人会想到，要让缺少生活经验又爱冲动的年轻人去冲锋陷阵。

3月28日至30日，毛泽东又多次同康生、江青、张春桥等谈话，指出：所谓“五人小组汇报提纲”，混淆阶级界限，不分是非，是错误的。他强调要支持左派，建立队伍，进行“文化大革命”。还说如果北京市委和中宣部“再包庇坏人，中宣部要解散，北京市委要解散”，“‘五人小组’要解散”。这无疑给了这群野心家一剂强心针。

4月9日至12日，中央书记处召开会议。会上，康生传达了毛泽东3月底的几次谈话内容，并罗列了彭真自批判吴晗以来的一系列“错误”。《红旗》杂志主编陈伯达还揭发批判了彭真从民主革命到社会主义革命时期在政治路线方面所犯下的“一系列罪行”。会议决定彻底批判“五人小组汇报提纲”的错误。

4月16日至20日，毛泽东亲自主持政治局常委扩大会议，对彭真所谓的“反党罪行”进行了无情的批判。决定撤销《二月提纲》，撤销原来的“文化革命五人小组”，重新建立“文化革命小组”。

此后，毛泽东再次严厉地批评彭真，说北京市委“一根针也插不进去，一滴水也泼不进去”。说彭真按他自己的世界观改造党，却为自己准备了垮台的条件，凡是有人在中央搞鬼，我就号召地方起来反他们，叫孙悟空大闹天宫，并要搞那些保玉皇大帝的人。现象是看得见的，本质是隐藏的。本质也会通过现象表露出来。彭真的本质隐藏了三十年。

5月1日，在庆祝国际劳动节的活动中，彭真没有公开露面，“文化大革命”的第一大标志便是彭真的沉沦，他成了这次“奇特的革命”的第一个牺牲品。

5月4日至26日，中共中央召开政治局扩大会议，准备揪出“彭、罗、陆、杨”“反革命集团”的问题。“四人帮”为了使这一决议让群众接受，便大造舆论，大肆批判“三家村”，矛头直指彭真和彭真领导的北京市委。

5月16日，中央政治局扩大会议通过了毛泽东亲自主持制定的《中国共产党中央

▲共商大计——1962年4月7日，毛泽东、周恩来、刘少奇、朱德、宋庆龄、董必武、邓小平、彭真在中南海勤政殿召开的最高国务会议上（杜修贤摄）

委员会通知》，即《五一六通知》。《五一六通知》宣布：撤销彭真领导的“文化革命五人小组”，重新设立以陈伯达为组长、江青为第一副组长、康生为顾问的“中央文化革命小组”，隶属于中央政治局常委之下，直接、具体领导“文化大革命”。

> 欲加之罪，何患无辞，康生把“二月兵变”的毒箭射向了彭真。批斗会上，彭真始终紧抿着双唇，眼中露出不屈的光芒。

《五一六通知》发出的第三天，即5月18日，林彪在中央政治局扩大会议上作了连毛泽东都吃惊的长篇讲话。林彪事先并未准备发言稿，但他却能临场发挥，“引古论今、旁征博引”，洋洋万言，大念“政变经”，肆意诬蔑彭真、罗瑞卿、陆定一、杨尚昆想搞反革命政变。林彪在发言中说：“……对他们几个人的揭发、解决，是全党的大事，是保证革命事业继续发展的大事，是巩固无产阶级专政的大事，是防止资本主义复辟的大事，是防止修正主义篡夺领导权的大事，是防止反革命政变、防止颠覆的大事……”，“彭真手段狡猾很隐蔽，他在晋察冀是百分之百的王明路线，比王明还王明路线，超王明路线”，“彭真、陆定一控制的文化部是为资产阶级服务的文化部……”，等等。这个真正的野心家其实是在借毛泽东对彭真、罗瑞卿、陆定一、杨尚昆的错误处理的机会，推波助澜，欲置四人于死地，为自己夺权扫清组织上的障碍。

因此，当彭真等人被撤销了领导职务，成立“彭真专案组”专案审查时，林彪、江青一伙并不就此罢休，而是四处搜罗、捏造“罪证”来加害彭真。

1966年7月27日，康生在北京师范大学的一次群众大会上煞有介事地说：“今年2月，北京市彭真这个人黑帮，他们策划政变，策划把无产阶级专政推翻，建立资产阶级专政！策划在北大、人大，每个学校里驻一营军队，这是千真万确的。他们在北大看过房子，这件事含极大阴谋的。”8月4日，他又在北大对群众煽动说：“彭真是否要搞政变？要！彭真是否要抓军队？要！”这话出自当时身为“中央文革小组”顾问的康生之口，一时蒙骗了许多群众，似乎“二月兵变”确有其事。

其实这不过是林彪、江青一伙捕风捉影图谋打倒彭真和诬陷贺龙而捏造的谣言。事情的原委是这样的：1966年2月，根据中央军委加强地方武装建设的决定，北京军区从外地调来一个团归北京卫戍区，平时担任民兵训练任务，维持社会治安，战时作为扩编地方武装的基础。但是，该部队一直找不到营房，找房的人按海淀区武装部的介绍，曾去当时一些学生下去“四清”的大学，如北大、人大等借过空房。实际上由于其他原因，部队后来并没有去住。

这本是属于军队正常调动之事。但是在“文化大革命”那种“左”得出奇的阶级斗争的警惕性的支配下，被一些“富有革命警惕性”的青年当成政变的蛛丝马迹。7月的一天，北京大学一些学生和工作人员开会串联时，有人讲了2月间曾要住军队之事，并认为调动这么多军队很可能要搞政变。北京大学团委干部丁键把大家议论的内容整理后写成大字报，标题为《触目惊心的二月兵变》，把一些猜测和议论当成事实，这一“触目惊心”的渲染，在当时特定的气候下，在北大校园激起了强烈的反应。很快，红卫兵把大字报传抄到各校、各地。

当时正苦于缺乏公开打倒彭真“有力证据”的阴谋家康生，立即抓住这一情况，用尽其造谣之能事，大做文章。他起初是为了借此诬陷彭真，后来借此来打倒贺龙，后来在有关同志的努力下，这一诬陷成为泡影。

但林彪、江青一伙并不从此罢休，对彭真的迫害仍在继续。他们指使“彭真专案组”对彭真轮番“审问”，让彭真交代“反革命罪行”，并且对彭真施以肉体的摧残。要不是周恩来从中保护，彭真这些“文化大革命”之初便被定了性的老干部，也许早就惨死在专案组的折磨中了。

林彪、江青一伙慑于周恩来总理的威望，不敢太过分地对彭真加以迫害，就鼓动狂热的学生去批斗彭真等老干部。1966年12月，江青在群众大会的讲话中说：“彭真在组织部搞自己的一套，在北京市委搞‘独立王国’，从不高举毛泽东思想红旗”，“彭真这些人有野心”。林彪则在群众大会上煽动群众：“这次文化大革命是一场大批判、大审查、大教育的运动，在某种意义上讲，这次文化大革命就是对干部的批判，就是批判干部的运动。”

▲1962年12月28日，周恩来、彭真参加首都医学界座谈会（杜修贤摄）

在他们的煽动下，12月的一天，彭真被揪出来公开批斗。狂热的群众高呼着“打倒彭真！”“彭真必须老实交代罪行”的口号，使彭真精神上受到很大创伤。

这个1923年就参加革命，为革命出生入死几十年的彭真，被国民党通缉过、抓捕审讯过、监禁过，他大概不会料到竟会有这么一天，他会被为之浴血奋斗了几十年而解放了的人民揪斗、批判，逼他交代“罪行”。他的“罪行”是什么？让我们来看看他一生走过的道路吧。

彭真1923年加入中国共产党。在白色恐怖的年代里，他在山西省进行地下工作，和同伴一起创建了山西省党组织。1924年至1929年，他出任中共天津地委组织部部长、顺直省委组织部部长，领导太原、石家庄、天津、唐山等城市的工人和学生，和当时的军阀进行了坚决的斗争，被军阀悬赏通缉。1926年6月在天津被捕入狱。在狱中，彭真组织了狱中党支部，领导了几次绝食斗争，与反动军阀斗争。1935年由于党的需要，他们在党中央的指示下，履行了军阀的“出狱手续”——在反共启事上签名。这本来是在当时党中央的指示下，出于革命的需要而采取的措施，但后来却被林彪、江青一伙抓住作为借口，硬说他们是“叛徒集团”。

1935年出狱后，彭真任中共天津市委书记、北方局组织部长，和刘少奇一起巩固和发展了“一二·九”学生运动的胜利成果。抗日战争爆发后，任中共中央晋察冀分局书记，在晋察冀地区建立了抗日根据地，和日寇浴血拼杀。日寇曾悬赏几万大洋要彭真的人头。1941年，彭真来到延安，先后任中央党校教育长、副校长。1944年任中共中央城市工作部部长、中共中央组织部代理部长，1945年任组织部长。1949年2月，在新中国成立前夕，彭真任北平市委书记。中华人民共和国成立后，任中央人民政府委员、中央人民政府政务院政法委员会副主任。1951年当选为北京市市长。此后，他在北京市任市委书记、市长长达17年，为首都的建设倾尽了心血。从1956年起兼任中央政治局委员、中央书记处书记、中央政法小组组长。他还是第一、第二、第三届全国人大常委会副委员长，第二、第三、第四届全国政协委员会副主席。

这就是彭真走过的历程，从这些闪光的足迹里，你能找到他“反革命的罪行”吗？然而，在那个人妖颠倒的年代，功劳越大，就越是林彪、江青一伙夺权路上的障碍，他们视彭真为眼中钉、肉中刺，不但要在职务上夺取彭真的权力，还要在精神上对彭真加以摧残。他们成立了“彭真专案组”，不断地审问，要他承认强加给他的一系列“罪行”，这位顶天立地的共产党人愤怒了，他用沉默、用大义凛然的陈述来回答他们的审问，招来的却是无休止的折磨。

林彪、江青一伙连彭真在狱中安静的权利也剥夺了。在“红卫兵”运动逐渐兴起的时候，他们又多次把彭真拉出去批斗，企图从精神上和肉体上拖垮彭真，以达到借刀杀人的险恶目的。

随着刘、邓、陶问题的公开化，批斗会的规模和声势直线上升。1967年1月4日、

5 日两天下午，中央音乐学院毛泽东思想战斗团、东方红公社、中央戏剧学院毛泽东主义战斗团、中央乐团井冈山革命造反团和首都东方红“红卫兵”联合委员会等单位共同发起主办的“誓死保卫毛主席，斗争彭、罗、陆、杨反革命修正主义集团大会”在北京工人体育馆连续召开，3.6 万参加了大会，成为当时轰动北京城的一大新闻。

1 月 4 日上午 9 时许，与会者举着红旗，有组织地进入会场，会场上朗读毛泽东语录和唱语录歌的声音连绵不绝，同时还教唱了新歌《谁反对毛主席，我们就和他拼》，利用红卫兵对毛泽东的狂热崇拜情绪，煽动他们对被批斗者的仇恨情绪。这次大会其实并不是群众“自发的”，而是林彪、叶群、江青一伙暗中策划和操纵的。他们要维持大会秩序的工作人员不要干预红卫兵上台，让他们自己上台搞，完全把周总理对这些老干部要加以保护的指示抛之脑后。

下午 1 时 30 分，大会正式开始，全场高唱毛泽东语录歌，齐声朗读“最高指示”。当大会执行主席充满激情的“首先代表大会全体同志敬祝我们最最敬爱的伟大领袖毛主席万寿无疆！”的话音刚落，会场上爆发出了浪潮般的呼喊声“祝毛主席万寿无疆！”“毛主席万岁！万岁！万万岁！”。群众疯狂的情绪被激发起来。这时，彭真等人分别挂着写着自己名字的一米见方的大牌子被红卫兵押进会场。他们各自牌子上的名字被画上了鲜红的“×”。彭真等人被红卫兵扭曲着双臂，弯着腰，面向四周。彭真这时已是年近 65 岁的老人，长期的精神和肉体上的折磨，已使他的身体很虚弱了，他以这种姿势站着，就是身强力壮的年轻人时间长了也受不了，何况身体虚弱的高龄老

▲1965年5月1日，刘少奇、彭真等同志来到劳动人民文化宫，和首都群众一起欢庆“五一”（杜修贤摄）

人。彭真大汗淋漓，脸色苍白，但他始终紧抿着双唇，眼中露出不屈的光芒，他知道有人怀有不可告人的目的，要置他于死地，但他不会屈服，他要同他们进行顽强的抗争。

狂热的红卫兵们争先恐后地跳上讲台，历数彭真等人的“罪行”，然后高呼“打倒”“砸烂”之类的口号。每一个人发言完毕，彭真等人便被红卫兵押着绕场一周，这时场上口号声四起，许多人伸长脖子想看看这些大人物的模样。也有少数人趁机冲他们吐口水，扔杂物，进行人格侮辱。此时彭真的心情是可以想象的，他曾经为了包括这些人在内的首都人民的幸福生活而日夜操劳，现在他们却在打倒他、侮辱他。

大规模的批斗会和体罚、“喷气式”逐渐流行开来，彭真不断地被从监禁地揪出来批斗，经受着人格的侮辱和肉体的摧残。彭真逐渐从这些所谓的“批斗”中看穿了一些人的险恶居心，也逐渐坚信党会把一切都弄明白，因此彭真忍受着这些精神上和肉体上的摧残，顽强地活着，与他们抗争。不被批斗的时候，彭真就被关在京西半壁店中央警卫部队某部驻地。这里收押着许多共和国的元勋，彭德怀、班禅额尔德尼等都关在这里。曾经警卫过元勋们的忠诚战士，却变成了看押元勋们的“狱卒”。

根据上头指示，在这座特别监狱里，一切“犯人”，不论职位高低、罪行大小，一律在警卫连吃饭，伙食标准和战士一样，每月十二元四角五分五厘，这是总后勤部根据地区物价核定的伙食标准。十余块钱的伙食费当然很难说吃好，每天不是窝窝头就是发糕，或者粗米饭，最多一星期吃一次八五粉的白面馒头。彭真自然也和战士们一样，生活很苦。彭真有个吃夜饭的习惯，不论吃馒头还是吃窝头，都要留一个夜里吃。好心的战士郑有田留意了彭真这个习惯，每次分饭都要多给彭真一个馒头或窝窝头。不巧有一次彭真夜里吃时被查哨的麻脸副指导员看见了，他来到炊事班，厉声质问分饭的战士：“郑有田！你为什么多给了彭真窝窝头？”

郑有田立正回答：“报告副指导员，一个没多给！”

“放屁！我亲眼看见你给了他两个！”

“是！副指导员。给两个也没多给，他能吃两个，咱们的伙食不是随便吃饱吗？”

这个曾经和“旗手”握过手的麻脸副指导员气得教训这个战士道：“郑有田，毛主席教导我们，对敌人的仁慈就是对人民的残忍！你是为了叫他吃饱接着搞二月逆流反毛主席反‘中央文革’吗？你忘了上边传达的，谭震林挟起皮包就要走，陈毅说走啥子哟，跟他们干！叶剑英摔断了小拇指，这些都是彭真幕后操纵的。你不要小看一个窝窝头，窝窝头里有政治，窝窝头里有阶级斗争。一个窝窝头反映了你立场不稳，敌我不分，政治上糊涂到姥姥家了，这可是对毛主席不亲，对敌人不狠，对社会主义不爱，对文化大革命不忠。”

郑有田早就看不惯他不可一世的神情，便不急不慢地说：“报告副指导员，上边指示，一要保证他们不死，二要保证他们不跑，叫他们吃饱了好老实交代。要是他们病了死了跑了，咱们可完不成这特殊看押任务了。那怎么向毛主席交代呀？副指导员你说呢？”

麻脸副指导员有点恼羞成怒，后来看在场的指导员并没表态，也就不好发作。“文化大革命”时部队并没有乱，也幸亏部队没乱，大多数官兵痛恨“造反派”那种惨无人道的做法。“窝头事件”后来传到上面，由于一些部队领导的抵制，不了了之。

> “造反派”去部队驻地抢人。总理立即命令傅崇碧：尽一切努力把彭真抢回来。

彭真等元勋们在这里虽然没有人身自由，但可以免受“造反派”的冲击与侮辱，大多数战士对他们也很好。因此，林彪、江青一伙想方设法指示“造反派”去部队驻地抢人。在部队打不还手、骂不还口的纪律下，“造反派”出入军队驻地如入无人之境，他们把彭真抢到了北京西山山沟里，正等着主子对他们下达下一步的命令。周总理听到这个消息后火了，立即命令卫戍区司令傅崇碧：“中央没有决定，怎么可以随便抓人抢人？这样下去还行吗？身为国家总理的我，在没有罢免我总理以前，我命令你们，尽一切努力立即把彭真抢回来，抢不回来，我找你卫戍司令傅崇碧算账！……你们要

▲彭真成为“文革”中第一个从天安门城楼消失的人（杜修贤摄）

多动脑筋，保证他安全，你听清楚了吗？”

傅崇碧立即回答：“总理，我听清楚了，保证完成任务，请总理放心。”

北京卫戍区的官兵早已看不惯“造反派”们的做法，接到这个命令后，个个都摩拳擦掌。王副团长在动员会上说：“去年我去制止造反派武斗，本来为他们好，打得头破血流的，年轻轻的上当受骗，他们反倒说我向这边向那边，狗咬吕洞宾——不识好人心！到后来打架的两边全冲我来了。这次抢彭铁嘴，你们都把背包带藏好，骂不还口，打不还手。用小绳子还不行吗？不打不骂不还手不还口，看哪个闹得欢，用小绳子一拴，把彭真抢到手后，半路再放喽。”

在警卫部队的声势下，平时作威作福不可一世的“造反派”终于熊了。警卫部队把彭真抢了回来。也许，傅崇碧正是这时开罪了“中央文革”，为自己种下了祸根。后来，他被林彪、江青清除出去，受了几年的冤屈。

但彭真年已花甲，在西山早已被折腾得筋疲力尽，一天多没吃饭，连口水都没喝，身上也未带任何随身之物，就连解手用的大便纸，也不得不用土坷垃代替。在生命处于危险之中，平时不爱开玩笑的彭真这时却风趣地说：“这比长征好多了，可惜我没经过长征！”

在北京，有周总理这棵参天大树护着，彭真等元勋们还好过些。可1969年底，林彪一个“一号命令”，把这些老干部都疏散到各地，分而治之。林彪就指使他在各地的心腹，对这些老干部继续迫害。彭真被下放到一个陌生的地方接受“劳动改造”，尽管当时林彪、江青的爪牙们百般迫害他，彭真始终没有屈服，他坚信党终有一天会弄清这个问题。面对林彪、江青的淫威，他像一棵傲雪的劲松，在这艰难的日子里抗争着，

▲彭真在作报告（杜修贤摄）

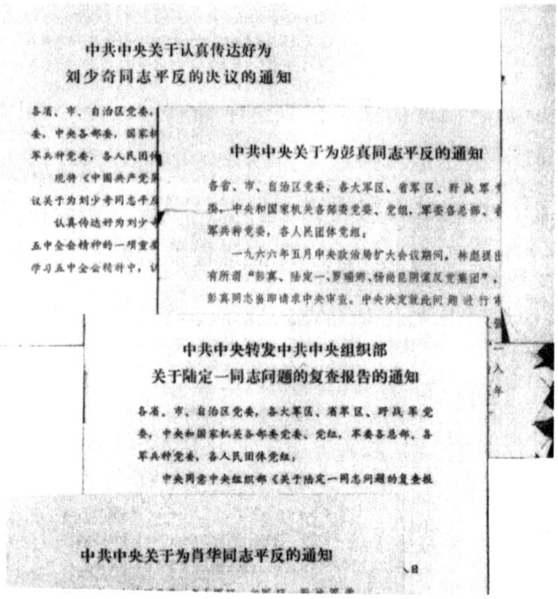

中共中央关于认真传达好为刘少奇同志平反的决议的通知

中共中央关于为彭真同志平反的通知

各省、市、自治区党委，各大军区、省军区、野战军党委，中央和国家机关各部委党委、党组，军委各总部、各军兵种党委，各人民团体党组：

一九六六年五月中央政治局扩大会议期间，林彪提出有所谓“彭真、陆定一、罗瑞卿、杨尚昆阴谋反党集团”，彭真同志当即请求中央审查。中央决定就此问题进行审

中共中央转发中共中央组织部关于陆定一同志问题的复查报告的通知

各省、市、自治区党委，各大军区、省军区、野战军党委，中央和国家机关各部委党委、党组，军委各总部、各军兵种党委，各人民团体党组：

中央同意中央组织部《关于陆定一同志问题的复查报

中共中央关于为肖华同志平反的通知

▲中共中央关于为彭真等同志平反的通知（历史照片）

挺立着。

当地农民是朴实的，他们以一种朴素的情感爱戴着这些老前辈。彭真在这些人中间，可以更清楚地看清这场政治风云的实质。于是他更坚信有一天会乌云散尽，还人民一片晴朗的天空。彭真思索着国家和人民的前途，这一切都支撑着他生命之火顽强地燃烧着，他希望有一天能扭转这个乱世，作出一个共产党人应有的贡献，就像他最初的抗争一样。为了真理，为了祖国和人民，他忍辱负重，默默地忍受着对他的一切打击和诬蔑。

林彪集团覆灭后，1973年彭真周围的政治环境宽松了一些。他可以和他的家人经常见见面，他相信不久的将来，乌云就会散尽，他的沉冤也会得到昭雪。

这一天终于来到了，1976年10月“四人帮”被粉碎，经过两年的拨乱反正，1979年2月中央正式做出决定给彭真平反。6月份，他在全国人大五届二次会议上被补选为副委员长，兼任全国人大常委会法制委员会主任委员、中央政治局委员。1980年兼任中央政法委员会书记。同年9月任中华人民共和国宪法修改委员会副主任委员。1979年以来，先后领导了刑法、刑事诉讼法、宪法和其他一些重要法律的制订和修改。他长期主持政法工作，对促进和加强中国社会主义法制建设作出了重大贡献。1983年6月在第六届全国人民代表大会第一次会议上，当选为全国人民代表大会常务委员会委员长。

这棵傲雪的劲松终于度过了寒冬，迎来了一个山花烂漫的春天。

第十二章
坐“直升飞机”上来的王洪文

> 时势造就了像王洪文这样的“英雄”，他摇身一变成了“总司令”。

1973年8月24日，中国共产党第十次代表大会在北京举行。令人惊奇的是，这次大会上，在主席台中央毛泽东座席的一侧坐着周恩来，另一侧竟坐着一个有些面生的年轻人。他正襟危坐，一脸平静地望着台下，似乎踌躇满志的样子。但是人们仍能看得出：小伙子有些紧张。接着，中共中央主席毛泽东用浓重的湖南方言宣布大会开始。在国务院总理周恩来作完政治报告之后，那个不知担任什么职务的年轻人也拿起讲话稿，慢条斯理地念起了《关于修改党章的报告》。

人们于是猜测，这个突然冒出来的年轻人可能来头不小呢！果然，预料被证实了。8月31日，中共十届一中全会召开之后，会议发出公报：

> 中央委员会主席：毛泽东
> 中央委员会副主席：周恩来、王洪文……

人们迅速搜寻记忆中的高层领导人政治档案。这个王洪文是谁？怎么升得这么快？

1956年，21岁的王洪文从部队转业到上海国棉十七厂。正是在这里，他找到了自己政治发迹史的起点。在“文化大革命”开始以前，王洪文的性格就显露出来了：他具有极强的参与政治的欲望。从军队复员以后，他想凭自己是复员军人和党员这两项条件，在国棉十七厂混个不错的工作，最起码也得坐办公室。入厂那天，他穿着一身军官服，拿着介绍信，兴冲冲地找到厂党委办公室。他根本没想到，厂里竟决定分配他到该厂的第二纺织工厂当保全工。他气坏了，对厂党委非常不满，但也毫无办法，只好脱下自己还没穿几天的军官服，穿上一件蓝色工作服，整天与满是油污的机器打交道。1960年，厂党委决定调王洪文等人去崇明岛。当时我国正处于三年困难时期，工厂由于缺乏原料不能开工，于是厂里决定派一批人到崇明岛去开垦农田，支援农业生产。这次本属正常的工作调动，却再次引起了王洪文的强烈不满，他认为厂党委是在整他。他整天吊儿郎当，不事稼穑，却在岛上打鸟、钓鱼、捉蟹，好不容易熬过了两年的时间，又回到上海。1964年，他被调到国棉十七厂保卫科当保卫员。

在这一时期，王洪文对于厂党委、对于现存政治体制已经强烈不满。他对于政治有着过度的野心和欲望。虽然现在他已当上了保卫员，坐进了办公室，但是如果一切就这样按部就班地进行下去，他王洪文只能从科员，慢慢往科长、处长爬，一辈子最多也就混个局长。现有的政治体制已经阻滞了他再往上爬的速度。另外，厂党委对他的几次工作安排，更加深了他对厂党委，对现存政治体制的不满。他开始寻找发泄私愤的机会，这时，“文化大革命”爆发了……可以说，如果没有“文化大革命”，王洪文不可能是后来的王洪文，他也许会成为一个上海滩的流氓，一个歪戴帽、斜叼烟走在大街上的痞子，但绝不会像他后来表现的那样丧心病狂、张牙舞爪，直至被时代的飓风挟持到他政治生涯的巅峰……

“文化大革命”开始后，混乱和疯狂迅速波及全国。5月25日，北京大学的造反派聂元梓率先在校园内贴出了《宋硕、陆平、彭珮云在文化革命中究竟干些什么？》的大字报。经毛泽东批准，这份大字报在6月1日由中央人民广播电台播出，接着，《人民日报》也全文刊登了这份大字报。王洪文敏感地意识到反抗的机会到了，于是在6月12日，他纠集其他六个人，贴出了上海国棉十七厂的“第一张马列主义大字报”——《剥开党委画皮看真相》，把矛头直接对准党委。大字报分为三个部分：

一、厂党委不抓阶级斗争；

二、执行修正主义路线；

三、把群众意见当耳边风。

在大字报上方，还贴着三条醒目的标语：

坚决打倒资产阶级反动权威！

> 坚决打倒资本主义当权派！
>
> 坚决挖掉修正主义老根！

6月18日，王洪文等人又贴出了《再揭厂党委修正主义干部路线》的大字报。

这两张大字报的贴出，在国棉十七厂引起了强烈反响，厂子里的工人都议论纷纷，生产受到影响。而王洪文则在这些事件中“声誉鹊起”，成了厂子里的“风云人物”。大字报惊动了上海市委，于是派来了工作队，整顿秩序。王洪文凭直觉预感到工作队于己不利，于是掉转炮口，从猛轰厂党委转向炮打工作队，贴出《市委工作队滚回去！》的大字报，使工作队的行动步履维艰。

不久，王洪文的目光开始从厂党委、工作队转到厂外，投向上海市委。11月6日，上海的各个“工人造反派”头头纠集在一起，召开了所谓的“上海工人串联交流经验会”，在会上，成立了“上海工人革命造反总司令部”（简称“工总司”）。由于王洪文是复员军人、党员，所以被推为“工总司”的“司令”。成立伊始，王洪文就迫不及待地把批判的矛头对准上海市委。他们印制、张贴了许多海报，大造舆论声势。海报上写着：

> 我们上海工人革命造反队定于1966年11月9日（星期三）中午12点在文化广场举行上海工人革命造反总司令部成立大会。会上将彻底批判和控诉上海市委压制革命运动，迫害革命群众的罪行，粉碎上海市委推行的资产阶级反动路线。
>
> 我们希望全市各工矿企业的革命造反派和革命群众支持我们，支援我们积极参加大会，并热烈欢迎一切革命群众参加大会。
>
> 我们通令上海市委，以及各工矿企业的领导，不得用任何借口阻止、刁难革命造反派来参加这次大会，不准戴高帽子、扣工资，不准挑动群众。违令者就造你们的反！

接着，王洪文又派人到上海市委，向市长曹荻秋（上海市第一书记陈丕显正在病休）提出了“三项严正要求”：

一、上海市委必须承认“上海工人革命造反总司令部”；

二、曹荻秋必须参加9日的大会，接受批判；

三、提供宣传工具。

但是上海市委没有接受这三项条件，他们开会一致同意曹荻秋提出的“不参加、不承认、不支持”对策。市委还要求“全市各工厂的工人坚守工作岗位，不要参加工总司”的活动。王洪文对上海市委的不肯就范非常恼火，但是他一时之间又毫无办法。11月9日，“工总司”成立大会之后，王洪文决定，率领造反派到北京去告状。他的建

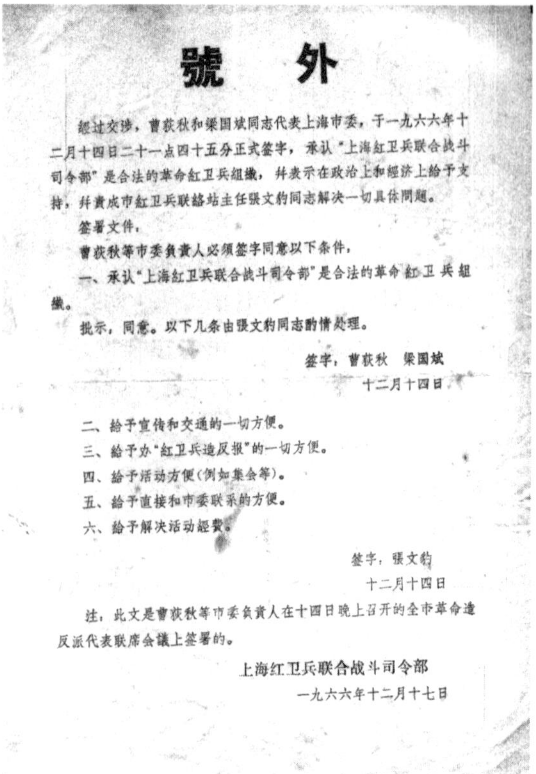

號外

經过交涉，曹荻秋和梁国斌同志代表上海市委，于一九六六年十二月十四日二十一点四十五分正式签字，承认"上海紅卫兵联合战斗司令部"是合法的革命紅卫兵組織，并表示在政治上和經济上給予支持，并責成市紅卫兵联絡站主任張文豹同志解决一切具体問題。

签署文件：

曹荻秋等市委負責人必須签字同意以下条件：

一、承认"上海紅卫兵联合战斗司令部"是合法的革命紅卫兵組織。

批示：同意。以下几条由張文豹同志酌情处理。

签字：曹荻秋　梁国斌

十二月十四日

二、給予宣传和交通的一切方便。

三、給予办"紅卫兵造反报"的一切方便。

四、給予活动方便（例如集会等）。

五、給予直接和市委联系的方便。

六、給予解决活动經費。

签字：張文豹

十二月十四日

注：此文是曹荻秋等市委負責人在十四日晚上召开的全市革命造反派代表联席会議上签署的。

上海红卫兵联合战斗司令部

一九六六年十二月十七日

▲"文革"时期，"上海红卫兵联合战斗司令部"印发的关于"安亭事件"的号外（历史照片）

议得到了热烈的响应。于是，就爆发了震动全国的"安亭事件"。

11月10日黎明，天上飘着细雨，在大街上，出现了年轻的"造反派"，他们成群结队地往上海火车站涌去。在车站，王洪文他们乘坐的是一列驶往郑州的火车，原定于晚上23点开车。经过王洪文交涉，这次列车改为69次特快，于早上7时就启动了。列车以每小时90公里的速度向前奔驰，王洪文和造反派们在心里不禁窃喜。这时，上海市委紧急决定，通知已经开出的两辆列车，一列停在南京，一列锁在安亭，未开出的第三趟列车，不再开出。果然，69次特快通过南翔之后，速度忽然放慢，慢慢停在嘉定县境内的小站安亭。透过车窗，王洪文看到火车慢慢倒开，退入一条岔道，站长扳好扳道之后，随即锁上。火车停下的地方，除了一堆木材、一堆煤，是一片荒野，什么都没有。

列车还没有开出上海境内！王洪文恼羞成怒，他感到自己上了上海市委的圈套。他跟部下商量之后，决定拦车北上。为了扩大影响，他们决定拦14次特快，因为这趟车速度快，而且许多首长和外宾也经常乘坐。中午12时零2分，14次特快开过来了。王洪文急忙指使部下行动：有的挥舞着帽子，有的脱掉上衣，使劲甩打。火车上的司机感到莫名其妙，一个急刹车，列车停了下来。王洪文带头跑上铁轨，挡住火车。一会儿，轨道上站着的、坐着的、躺着的都有。王洪文找到列车长，要求把他们乘坐的火车挂在14次特快后面。列车长当即拒绝了，因为以前从没有过这种事，他警告面前的年轻人："你们赶快放行，否则你们要承担一切严重后果！你们要明白，这是14次特快！"

"我们拦的就是你这14次特快！"王洪文咬牙切齿地说。

14次特快进不得，退不得，只好停在那儿。这下，沪宁线的交通受到极大影响。当时的沪宁线上虽然大部分路段都已铺了双轨，但安亭一带恰恰是单线。这样14次特快等于卡住了沪宁线的咽喉。于是，一列列客车、货车无法运行，全国交通受到很大影响……

消息很快传到千里之遥的北京。"中央文化革命领导小组"（简称"中央文革"）得知，一个名叫王洪文的年轻人率领着“上海工人革命造反总司令部”的数千造反派工人，在北上北京状告上海市委的行进途中，被搁置在安亭附近。“中央文革”的组长陈伯达、副组长江青、张春桥等人开会讨论，决定派张春桥到上海去解决这件事。这是因为他不仅在中央任职，而且还是上海的市委书记处书记。张春桥此人阴险毒辣，他作为市委书记处书记，排名在陈丕显、曹荻秋之后，因而早就想打倒以陈、曹为中心的市委，自己取而代之。“安亭事件”就给他提供了绝好的机会。他在乘飞机前往上海的过程中，盘算着怎样才能达到目的。11 日夜 10 时，他到达上海机场，接着直奔安亭。在这里，他看到了那位带头拦车卧轨的年轻人。

“春桥同志，这是王洪文同志。”

他马上热情地伸出手。这个年轻人英俊潇洒，并不多说话，而是一直微笑着。

“这是小潘，‘工总司’的副司令。”

“呵，你好，你好。”

……

寒暄片刻，谈判开始。张春桥希望工人造反派们回上海，这是他此行必须完成的任务。而那个小潘却锋芒毕露，找出种种理由，非要坚持北上不可。张春桥心里直着急，他并不反对他们造反，只是他希望回到上海，造陈丕显、曹荻秋的反……

这时，一直沉默寡言的王洪文发话了：

“春桥同志，我拥护你的意见，‘工总司’立即撤回上海，就地闹革命。”

张春桥心里正高兴，王洪文接着说：“但是，有几个问题，要请春桥同志表个态。不然，我们难以说服队员，难以打消大家的顾虑。”他向张春桥提出了五个问题：第一，上海“工总司”是不是一个革命的合法的组织？第二，我们北上控告上海市委，是不是革命行动？第三，“安亭事件”的责任由谁来负？第四，能不能答应我们的要求——曹荻秋作公开检查？第五，能不能给“工总司”提供工作方便？

张春桥听着王洪文侃侃而谈，不由得暗地里称奇。他没料到这个年轻人竟讲得有条有理，头头是道，他不像小潘那样一味提要求，而是先主动退一步，然后抓住问题实质，寻找突破口。正所谓能者治兵，以退为进，以守为攻。王洪文的要求既解除了“工总司”的后顾之忧，又达到了北上的目的，不仅与张春桥要达到的打倒上海市委的目的一致，而且王洪文高度的谈判技巧，使张春桥心里对这个年轻人开始刮目相看。

他们两个开始合作联合，“并肩作战”。12 日上午，张春桥在安亭对造反派们发表讲话，王洪文则站在他的身边。

“同志们，我是代表‘中央文革小组’特地从北京赶到这里，是来解决大家的问题的，是来向大家学习的。”张春桥“谦虚”一番后，言归正传，“希望大家不要再去北京，尽快回到上海，就地闹革命！”

会场上开始议论纷纷，许多人表示不满。这时，王洪文以“工总司”司令的名义讲话了：

“同志们，张春桥同志是伟大领袖毛主席派来的亲人。春桥同志对我们的关心，就是毛主席对我们的关心，春桥同志已经明确表态……”

张春桥马上接腔：

“我认为，‘工总司’是革命的合法组织，北上告状是革命的行动，你们是被上海市委逼到安亭来的！‘安亭事件’的责任，应当由上海市委来负。同志们，你们回到上海后，如果有谁因为这件事受到责难、打击，你们可以来找我张春桥！”

王洪文看到时机已到，于是发出号召：

“同志们，我们的目的已经达到了，我们应该听从春桥同志，立即返回上海！”

于是，这支北上的告状队伍喧闹着，又掉头向东了。

到了上海以后，13日下午，张春桥在文化广场与“工总司”造反队员见面，并当场签字，答应了“工总司”提出的五项要求，从而使曹荻秋及上海市委陷于被动。此后张春桥与王洪文互相支持，利用“工总司”造反派的力量，一步步地把曹荻秋、陈丕显打倒。另一方面，王洪文又利用自己“工总司”司令的特殊地位以及张春桥的支持，剪除异己，把一些不服从自己的造反派力量统统打垮，从而使自己成为上海滩上无可争辩的“工人领袖”。渐渐地，被糟蹋得毫无生气的上海市居然出现了秩序。

上海成立“人民公社”，王洪文豪情满怀：“自己坐天下，掌大权，腰杆子挺起来了！”

1967年2月5日，上海的最高权力机关“上海人民公社”成立。在成立大会上，张春桥、姚文元、王洪文依次坐在主席台上，一个个春风得意、志满意得，脸上露着春天般的笑容。在张、姚发言之后，王洪文大步流星地奔向发言席，他已经对这个职位窥视好久了。他以高亢的声腔，读着“公社”发布的“通令”：

“宣布旧上海市委、市人委死刑，剥夺它的一切职权……”

“一切权力归上海人民公社临时委员会。”

后来，王洪文面对记者“豪情满怀”地说道：“我们建立了上海人民公社，自己坐天下，掌大权，腰杆子挺起来了！”

“上海人民公社”成立后（由于毛泽东反对，2月24日，“上海人民公社临时委员会”改为“上海市革命委员会”），上海市并未日见太平。由于“革委会”支持一派，压制另一派，因而社会上反对“工总司”及“革委会”的造反派力量越来越多。于是，刚刚成为上海市第三号人物的“工人领袖”王洪文，也就责无旁贷地担当起镇压其他造反派力量的“重任”。在这许多次的群众武斗中，尤以1967年8月4日王洪

▲1967年2月24日，上海人民公社改名为上海革命委员会（历史照片）

文率“工总司”造反队员血洗“联司”（“革命造反联合总司令部”的简称）的事件最惊心动魄，惨不忍睹。这一天，“工总司”队员在王洪文率领下，带着弹弓、砖头、铁矛等武器，直奔“联司”所在地上海柴油机厂。据目击者后来回忆这次事件说：“1967 年 8 月 4 日凌晨，王洪文经过策划，调动了 10 多万人，开动近千部各种机动车辆和船只，从水陆两面对上海柴油机厂进行围攻，他们切断水电，用 25 吨履带式大吊车在前面开路，后面跑着头戴藤帽，手持各种，棍棒、刀斧和武斗工具的受蒙蔽的人员，抓到一个毒打一个，把男的上衣全部剥光，女的上衣撕破，作为标记。在这次武斗事件中，被关押打伤的就有 650 人，有的至今医治不愈，留下了严重的后遗症，有的成了残废，群众的财物被抢劫一空。工厂损失达 350 多万元，厂房修理费花了 14 万元。”1980 年 12 月 6 日，王洪文在受审判时承认说：“……控诉‘联司’大会以后，我决定调动队伍转攻‘联司’，8 月 4 日早晨，大约调动 4 万人，实际上去了 10 多万人，把‘联司’包围起来，下午开始围攻，到晚上就把‘联司’砸掉了。这件事，主要是我策划的，与其他人关系不大。”

王洪文用别人的血为自己铺平了向上爬的道路。在上海，张春桥是天，姚文元是地，他王洪文就是老三。由于张、姚经常待在中央，王洪文实际上成了上海的“王”。他时刻不忘紧跟张春桥他们走，由此就打开了通往中央的道路。1969 年 4 月，在中国共产党第九次全国代表大会上，他终于当上代表，并且成为大会主席团的成员。4 月 1 日，大会开幕，王洪文身穿一身没有红领章和红五星帽徽的军装，拘谨地坐在台上，脸上丝毫看不出上海滩流氓的痞子气。中共“九大”是一次“庆祝”和总结“无产阶级文化大革命”经验的大会。在毛泽东、林彪、周恩来、陈伯达、康生、黄永胜发言之后，各个方面的典型人物纷纷登台亮相。王洪文作为工人造反派代表作了发言。他一脸庄重，用流利的普通话介绍了上海的情况，并谈了自己的感想，表了决心。这是王洪文第一次站在中央的主席台向全国和世界亮相，这次发言使他成为大会的新闻人物，知名度迅速波及全国。会上，王洪文被选为中共中央委员，从此进入中共高层。

此后，王洪文鸿运高照。他深深知道，自己之所以能在短短的不到三年的时间里，从一个工厂的保卫员迅速升到中共中央委员的高位，离开江青、姚文元尤其是张春桥的帮助与支持是无法想象的。张春桥就是他晋级升官的阶梯，王洪文于是就自觉地把自己同张春桥的命运捆绑在一块，一荣俱荣，一损俱损。但是，以江、张、姚的能量，让王洪文当个中央委员还可办到，而搞个政治局常委、中共中央副主席的职位恐怕就非他们力所能及了。王洪文根本没有想到，自己火箭似的升官速度很快就超过了他的"保护人"，还引起他们的嫉妒与羡慕。这一次，火箭发动的推动力可要大得多了……

毛泽东开始对王洪文发生兴趣，但他却浑然不觉。做了副主席，王洪文开始显山露水。

"九一三"事件以后，毛泽东心里受的打击很大。林彪的背叛不仅是对"文化大革命"的嘲弄，而且还是对毛泽东选接班人能力的一次羞辱。有好长一段时间，他的情绪都不太好。这些天，张春桥经常往中南海跑，尽力接近毛泽东，渴望得到毛泽东的赏识，成为接班人。

"王洪文写文章怎么样？"有一天，毛泽东在闲聊中忽然漫不经心地问道。

张春桥立刻敏感地意识到，毛泽东在注意王洪文，可能要选他做接班人。

果然，过了不久，毛泽东下令，调王洪文到北京"学习"。

毛泽东是怎么对王洪文感兴趣的？在这以前，他们接触的机会并不多。王洪文第一次见到毛泽东，是1967年10月18日在天安门广场毛泽东接见红卫兵的时候，不过这时毛泽东不可能注意到他。后来，王洪文在上海的造反夺权活动搞得"轰轰烈烈"，倒是深得毛泽东赞赏。毛泽东称赞"工总司"等起草的《急告全市人民书》和《紧急通告》，要求全国报纸转载，电台播送。据说，在"九大"召开的时候，毛泽东也对王洪文非常注意。在王洪文发言的时候，毛泽东一直在认真地听。1971年9月10日，在林彪集团试图暗害毛泽东的危急时刻，王洪文走进毛泽东停在上海的专列，表示自己的忠诚之心，并做好了保卫的准备。到底是从什么时候毛泽东开始注意王洪文的，似乎已成了历史之谜。

但是王洪文对所发生的一切还浑然不觉。1972年9月7日，他乘飞机来到北京，住在钓鱼台9号楼。

说是来学习，但王洪文并不知道自己要学什么。刚开始，"中央文革"办公室给

▲毛泽东、周恩来会见外宾。会见时王洪文在场(杜修贤摄)

他送来四卷《毛泽东选集》，还有许多马恩列斯的选集。但他似乎没有读书的“雅兴”。他散漫惯了，习惯不了中央机关严肃刻板的日常工作。他也不习惯这儿的作息时间：每天下午三四点起床，起来后接着看文件；吃过晚饭后，开始出席各种会议；略事休息后，午夜开始办公；直到清晨，太阳从窗户上射进来，才停止工作；吃过早饭，拉上窗帘，然后睡觉。

很快，王洪文知道了实情。1973 年 5 月 20 日，中共中央工作会议召开，会议主要讨论“十大”的准备工作。根据毛泽东的提议，中共中央政治局决定把王洪文调到中央，王洪文、华国锋、吴德列席中央政治局会议并参加工作。这说明，毛泽东经过一段时间的考察之后，终于下决心，对王洪文投了信任票。于是此后，王洪文更是显山露水了。8 月 20 日，中共中央又召开会议，协商中共“十大”的主席团名单和中央领导机构人选。在会上，又是根据毛泽东的意见，王洪文担任选举筹备委员会主任，副主任为周恩来、康生、叶剑英、江青、张春桥、李德生，负责大会的筹备工作。

1973 年 8 月 24 日，在中共“十大”上，王洪文作为接班人的身份终于公开显露出来。他坐在毛泽东的旁边（另一边是周恩来），这无疑是在向外界宣布他已成为党内仅次于毛、周的第三号人物。当周恩来作完政治报告后，王洪文开始作《关于修改党章的报告》。他念道：

四年多来的实践充分证明，九大的政治路线和组织路线都是正确的。九大通过的党章，坚持了我们党一贯的根本原则，反映了无产阶级文化大革

命的新经验，在全党、全军、全国人民的政治生活中起到了积极的作用。修改草案的总纲部分，保留了九大党章关于我们党的性质、指导思想、基本纲领、基本路线等规定，结构和内容作了一些调整。条文部分修改的不多。总的字数略有减少。九大党章总纲中有关林彪的一段话，这次全部删去了，这是全党、全军、全国人民的一致要求，也是林彪叛党叛国，自绝于党，自绝于人民的必然结果……

……要有敢于反潮流的革命精神。毛主席指出：反潮流是马列主义的一个原则。许多同志在讨论修改党章时，联系党的历史和自己的经历，认为这是党内两条路线斗争中的一个十分重要的问题。……事关路线，事关大局，一个真正的共产党员，就要出以公正，不怕撤职，不怕开除党籍，不怕坐牢，不怕杀头，不怕离婚，敢于反潮流。

在一片热烈掌声中，王洪文结束了讲话。

8月31日，中共十届一中全会召开。王洪文排名紧靠毛泽东、周恩来，成为中共中央副主席。至此，王洪文接班人的地位完全确立。

9月12日，王洪文陪同毛泽东第一次参加外事活动，接见法国总统乔治·蓬皮杜。9月13日，《人民日报》登出了毛泽东与王洪文的合影。此后，他一共参加了十几次外事活动。毛泽东对这个年轻人寄予厚望，故意让他参加一些重要活动，使他在全国、全世界面前曝光。逐渐地，绝大多数中国人，都知道出了个王洪文；而在英语世界，“Wang Hongwen”也成了一个并不陌生的字眼。

▲1974年5月29日下午，毛泽东主席会见马来西亚总理敦·阿卜杜勒·拉扎克·宾·达图·侯赛因。周恩来总理、王洪文副主席、李先念副总理等参加了会见（杜修贤摄）

> 毛泽东发现自己又一次选错了接班人。巨人既然能把他轻而易举地托上天空，同样也能毫不费事地把他扔到一边。

接见外宾是件严肃、庄重的国事活动，可不像在上海滩逛街那样自由自在。王洪文深知这一点，于是一旦有外事活动，他就很认真地应付。在外宾面前，他正襟危坐，不露轻浮。但本性难移，时间一长，他开始随便起来了。在接见外宾时，他开始斜倚歪坐，二郎腿也翘起来了。1974 年 9 月 4 日，毛泽东在书房接见多哥总统亚德马。对于政治敏感的人们忽然发现王洪文没有参加会见，坐在毛泽东身边的，是国务院副总理邓小平！此后，这位王副主席再也没有接待过外宾，怎么回事？

问题并不出在王洪文接待外宾的坐姿上，而是因为他与江青、张春桥、姚文元抱得太紧。当上副主席以后，他发现，自己既与以周恩来为代表的老干部合不来，也与以叶剑英为代表的军界人士搭不上话，他还是与在“文化大革命”中同时发达的江青、张春桥、姚文元比较能谈到一块儿。相同的命运，使这四人产生了一种“英雄相惜”的感觉，于是四个人开始紧紧抱成一团儿，党内有什么事儿，他们总是事先商量，意见一致。许多党内的重要文件也仅在他们四个人当中传阅，阅完不转给政治局其他人，直接做出决定。

四个人的活动触动了毛泽东最敏感的政治神经，他最容忍不了的就是背对他的宗派活动。1974 年 7 月 17 日，在中央政治局会议上，他第一次对这四人的帮派提出警告。他指着他们几个人说：“你们要注意呢，不要搞成四人小宗派呢。”此后，王洪文再

▲邓小平和叶剑英在全国四届人大上投票，王洪文在一旁窥视（杜修贤摄）

没有参加外事活动。虽然如此，毛泽东仍然期待他改正过来，“不要几个人搞在一起”。但他很快失望了，王洪文行动依然。10月18日，王洪文到长沙，向毛泽东告周恩来等人的状。他极力吹捧江、张、姚，说张春桥怎样有能力，姚文元怎样读书等。毛泽东当即批评了他，说：有意见当面谈，这么搞不好。你要注意江青，不要跟她搞在一起。你回去后找总理、剑英同志谈谈。

12月23日，在四届人大召开前夕，王洪文为了能使“四人帮”组阁，再次飞往长沙去秘见毛泽东。毛泽东对此极为恼火，他当着周恩来的面批评王洪文：

“你不要搞四人帮，不要搞宗派。搞宗派要摔跤的。

“我几次劝你，不要几个人搞在一起，你总是听不进去！这一次，你既然来了，就多住三天，好好想想，写个书面检查给我！”

至此，毛泽东对王洪文彻底失望，王洪文的“接班人”地位就此告吹。

王洪文大概没有明白，自己从一个工厂保卫员是怎样爬到权力最高峰的。他可能更不明白，巨人既然能把他轻而易举地托上天空，同样也能毫不费事地把他扔到一边。在短短的10年期间，他就迅速走过了从兴起到辉煌，然后再从辉煌到衰亡的过程，像一颗并不耀眼的星彗星从天际滑过。1976年10月的雷声一响，王洪文就走向了自己政治生涯的末日。可以说，他是一个悲剧式人物，而他的悲剧加剧了国家和社会的悲剧，给我们的国家和人民带来了深重的灾难。

第十三章
张春桥难圆总理梦

> 得到柯庆施的赏识，鲁迅眼中的“文坛恶少”竟然坐上了华东新闻出版局负责人的金交椅。

张春桥，1917年出生于山东巨野，其父是国民党内搞卫生工作的一个处长，家里很有钱，有洋车，有用人。张春桥是一个交际广泛、四处活动的人物。1932年入济南正谊中学。1933年就已非同凡响，踏上了政治舞台，成为反动组织“华蒂社”的发起人及中坚分子，并在“华蒂”创刊号上发表了小说《银玲》，第2期发表了小说《秋》。可见，张春桥很早就显露了他的特点：在政治和文学的双重轨道上运行。1934年夏，张春桥从正谊中学毕业后，秃笔一支，浪迹于济南文坛，自命为“前进作家”，目空一切，对施蛰存、老舍和臧克家发动进攻，也不把郭沫若、鲁迅等放在眼里，小小的张春桥，真乃一只文坛刺猬、十足的“文坛恶少”！

1935年5月，上海的四马路上，出现了张春桥瘦削的身影。他担任上海杂志公司的校对员，校对之余，投稿于上海各报纸、杂志，相继在《大晚报》及《大晚报》副刊《火炬》上发表《行之端》《土枪射手》《我控诉》等文章。此后，他成了明里是《火炬》副刊主编、暗里是国民党军统特务崔万秋的打手，化名为“狄克”向鲁迅射出冷箭，在《火炬》副刊“星期文坛”上，发表了一篇《我们要执行自我批判》的寒光闪闪的文章，后又给鲁迅写信，攻击、抹杀鲁迅。鲁迅对此极其愤慨和轻蔑，作《三月的租界》《出关的“关”》二文进行反击。可是，在鲁迅辞世之后，张春桥居然挤出了眼泪，赶紧把自己化装成“鲁迅的学生”。这个文坛无赖，竟写起悼念的文章来。由此可知，小小的“狄克”，两面派手法已经颇为到家了。难怪，他后来在中国的政治舞台上，明里是人，暗中是鬼，对于这种化身之技、变脸之术，他早已颇为精通了。

1937 年 8 月 13 日，枪炮声震撼着上海城，张春桥离开上海，前往济南，住进了济南市警察局长赵群弼的家中。同年 12 月 13 日，南京陷落，济南危在旦夕，赵君弼准备逃命。这时，张春桥才从牙缝中挤出几句话：“赵局长，我要去延安。”

踏上延安那片热土才几天，张春桥的胸前便挂起了一枚“中国红军创立十年纪念”的红星章，他终于混入了红色的洪流。到达延安后两个月，他便写起了“延安通讯”，凭借着“化身之技”，在延安加入了中国共产党，被任命为《晋察冀日报》副总编，不时地与时任社长兼总编辑的邓拓产生摩擦，他向邓拓射出了冷箭，向中共晋察冀边区党委写了针对邓拓的告状信。幸亏中共中央北方分局书记彭真了解邓拓，使“狄克”诬告失败。历史的现象，常常周而复始。“文化大革命”开始之际，“狄克”伙同姚文元整邓拓，彭真又一次出面保邓拓，只是这时“狄克”已经得势，把邓拓连同彭真一起打了下去……

1947 年，《石门日报》在石家庄出版了，张春桥奉调出任《石门日报》社社长，他很得意，他的顶头上司是情投意合的柯庆施。柯庆施不久被任命为石家庄市市长，张春桥被他看中，任命为石家庄市政府秘书长兼《石家庄日报》社社长。在石家庄的这段共事，后来成为张春桥跳“龙门”的契机。

离别大上海十二载，张春桥终于回来了，而且成了华东新闻出版局副局长！走马上任之后，他意识到这个“副”字太碍手碍脚了。正局长是恽逸群，兼《解放日报》社社长、总编辑，又兼华东新闻专科学校校长。恽逸群跟邓拓一样疾恶如仇，不留情面，这使张春桥快快不快，恽逸群成了压在他头上的一块“石头”。张春桥对《解放日报》社长兼总编辑这把金交椅垂涎三尺，他想撬掉恽逸群这块大石头，坐上这把可以左右上海舆论的金交椅。

张春桥开始交运了。《解放日报》漏登了《抗日战争胜利六周年斯大林元帅电贺毛主席》的电讯，一些人狠狠地乘机攻击恽逸群，其中的“积极分子”之一，便是张春桥。事态扩大，导致了恽逸群的下台。张春桥乘隙而入，取而代之，坐上了他梦寐以求的金交椅。这是一个拥有无上权力的职位，他可以利用报纸，捧一些人，攻一些人。特别是报社的《内部情况》直送中央和上海的领导人物，他的《内部情况》三天两头要一两个局、部以上的领导干部审阅。他不断地扩张自己的势力。这是一个消息灵通的所在，上海各界的一举一动，他都马上知道，他了解上海的脉搏、上海的三教九流，这为他日后成为上海的统治者打下了基础;这是一个“通天”的位置，作为《解放日报》社长兼总编，张春桥三天两头与上海党、政、军首脑人物聚晤，以至与中央领导建立了经常的联系。张春桥坐上这把金交椅，从此便一步步直上青云。

摸准毛泽东的思想脉搏，连发大论，张春桥开始引起毛泽东的注意。

1954年9月，陈毅被任命为国务院副总理兼外交部长，陈老总的工作重心北移，需要另外挑选一人来沪主持全面工作，柯庆施被内定为中共上海市委书记。在走马上任之前，柯庆施先来上海摸摸情况，并留住了准备北上担任《人民日报》副总编辑的张春桥。柯庆施走马上任了，张春桥紧随其后，身份是柯庆施的“政治秘书”。柯庆施特别留意毛泽东主席的言论，他深刻地影响了张春桥，张春桥把来自柯庆施那里毛泽东的动向，当作自己行动的指针。1956年9月，在中共第八次全国代表大会上，柯庆施当选为中央委员；张春桥在1956年中共上海市委第一次代表大会上，当选为市委委员。成为中共97名中央委员之一的柯庆施，随时得知来自中央的动向，张春桥的消息更加灵通了。1957年6月8日,《人民日报》震撼全国的社论《这是为什么？》一发表，张春桥就接二连三地在《解放日报》上发表反击“右派分子”的文章。张春桥有句座右铭:“凡事左三分。”他今日批这个，明日批那个，成为上海滩数一数二的“反右英雄”。

社论
这是为什么？
石景山钢铁厂

▲1957年6月8日,《人民日报》发表题为《这是为什么？》的社论，揭开了反右派斗争的序幕。张春桥接二连三地在《解放日报》上发表反击“右派分子”的文章（历史照片）

张春桥反反复复地琢磨，摸准了毛泽东的思想脉搏，数易其稿，写出了一篇出人意料的文章:《破除资产阶级的法权思想》。这篇文章刊于1958年第6期《解放》杂志，不多时便送到毛泽东主席手中。毛泽东对此发生了兴趣，嘱令《人民日报》予以全文转载，并亲自提笔写了“编者按”。

毛泽东定的“编者按”连同张春桥的文章，在1958年10月13日《人民日报》以醒目的位置发表。张春桥的名字，第一次引起全中国的注意。这一天，对于张春桥来说，是极其重要、具有历史意义的一天。

1955年，“反胡风”运动开展之后，姚文元因写了《论胡风文艺思想》一书，受到牵连，陷入困境。张春桥帮了姚文元，以《解放日报》为之撑腰，短短的10天内，连发四篇姚文元批判胡风的文章，使姚文元“反戈一击”成了“反胡风的英雄”，这算是张、姚的第一次合作。

张、姚的第二次合作，是在1957年夏天，张春桥获悉要“反右派”的消息，立即转告了姚文元。姚文元急急忙忙地赶写了《录以备考》一文，发表在《文汇报》上。这篇文章成了姚文元的“成名作”，因为它得到了毛泽东的赞赏，并且嘱令《人民日报》头版转载，还配发社论《文汇报在一个时间内的资产阶级方向》。这篇文章使姚文元引起了毛泽东的注意，在姚文元看来应该感谢张春桥。从此，姚文元对张春桥言听计从，成为张春桥的得力打手。张春桥扶植这根棍子，张春桥要写什么批判文章，只要动口，都由姚文元动笔。

1958年7月1日，《解放》半月刊在上海创刊，经张春桥提携，姚文元调入中共上海市委理论刊物《解放》，担任编辑部的文教组组长。姚文元更加疯狂地挥舞棍子，攻击一批著名作家，一时间威震中国文坛。张春桥充当幕后导演，出谋划策，让姚文元冲锋陷阵，出头露面。用张春桥的话来说：“在报纸上，姚文元出面，比我们方便。”当《解放》停刊之后，张春桥把姚文元安排到《解放日报》担任编委兼文艺部主任。这样姚文元不断地按张春桥的意旨，在《解放日报》《文汇报》上发表文章。

在张春桥得意之时，却遇上了一个敌手——中共上海市委宣传部常务副部长陈其五。陈其五在上海宣传、教育、理论、文艺各界享有颇高声望，他的政治见解与张春桥迥然不同。张春桥把他作为自己的一个劲敌。张春桥咬牙切齿，狠狠地说道：“整人要有机会。陈其五，你等着吧，非给你一点颜色看看不可！”

在中共八届十中全会上，毛泽东发出“千万不要忘记阶级斗争”的著名号召。张春桥认为，除掉自己的眼中钉、肉中刺的机会终于来临了。他向陈其五发动突然袭击，陈其五成了上海“阶级斗争”的靶子。他中箭落马了，被撤销了职务，开除了党籍，被逐出上海，“发配”到江苏扬州。张春桥获胜，取而代之，成为中共上海市委宣传部部长，独揽上海的思想、文化领导大权。不久，张春桥升为中共上海市委候补书记。

到了1965年，张春桥升为中共上海市委书记处书记，成为上海举足轻重、有头有脸的人物。

> 当张春桥第一次握着毛泽东那大而厚实的手时，“幸福暖流一下子涌上心头”。

江青南下，住进上海锦江饭店。她把柯庆施请到了锦江饭店。柯庆施带来了他的政治秘书张春桥。他把江青的见解归纳为三点：第一，她要“破”，也就是批判。她要批《海瑞罢官》，要批《李慧娘》，要批“帝王将相、才子佳人、牛鬼蛇神”。第二，她要“立”，也就是提倡现代戏。这一回，在上海看了沪剧《红灯记》觉得很不错，只是沪剧的地方性太强，观众面狭窄，她想改成京剧，推向全国。第三，上海比北京好得多。上海有柯老挂帅，可成为她的“基地”。今后，她要常来上海，不是为看病而来，是为建设“基地”而来。

这一次与江青会面，对张春桥来说，是极其重要的，是历史性的。他给江青留下深刻的印象。张春桥交了鸿运。他发觉，一旦得到江青的青睐，飞黄腾达指日可待。他得知江青要搞“京剧革命”，要抓“京剧现代戏”，于是投其所好，在上海抓“京剧现代戏”，这显然是接近她的捷径。

张春桥迫不及待，想为江青效劳，他对江青说：“上海不光是‘破’，能立呀！江青同志，给上海交任务吧，我一定把上海的京剧界组织好。”

张春桥终于盼来了江青给他的任务。江青又“光临”上海，那是1963年12月25日至1964年1月22日，上海举行华东地区话剧观摩演出。这次观摩演出，用当时的宣传词句来说，是“在柯庆施同志领导下，在江青同志关怀下”举行的。在这次观摩演出中，张春桥抓住机会，紧跟江青。他把江青请到了上海京剧院，“指导排演”《智取威虎山》。这样，《智取威虎山》成为第一出由“江青同志亲手培养的革命样板戏”。上海也终于有了“样板”，张春桥的暂时目的达到，他乐了。紧接着，第二个任务下达了，1964年冬，江青在上海看了淮剧《海港的早晨》，产生了极大的兴趣，她对张春桥说：“《海港的早晨》也可编成京剧嘛！”

▲柯庆施（历史照片）

张春桥遵照江青的“指示”，竭尽全力抓《智取威虎山》、抓《海港》（前身是淮剧《海港的早晨》），在上海树起了两块“江记样板戏”。由此，张春桥博得了一个别致的雅号：“两出戏的书记”！张春桥借助了“抓京剧现代戏”这条捷径，迅速地靠上了“第一夫人”，从此扶摇直上。

1965年4月9日柯庆施病逝。此后，江青频繁来沪。每一次火车还没驶进上海北站，张春桥早已肃立于站台，恭候江青光临。这时的张春桥已成了“四出戏的书记”——江青又派给他芭蕾舞剧《白毛女》和京剧《奇袭白虎团》的任务。张春桥感到肩上的担子重了，他想物色一个“忠实”的内行，替他分担。他找到了于会泳，这个人“忠实”于江青，精通“拍马经”，对“样板戏”也内行。张、江对他极为欣赏。

于会泳在张、江的提携下，成了“政治暴发户”，张春桥也有了得力的左右手：通过于会泳抓“革命样板戏”，通过姚文元抓另一桩“绝密”任务——江青交办的批判《海瑞罢官》。

以江青为帅、以张春桥为军师、以姚文元为“笔杆子”，实行“三结合”，秘密写作评《海瑞罢官》。他们上瞒中宣部、中央政治局，下瞒上海市委、华东局，直至1965年11月10日，署名“姚文元”的长文《评新编历史剧〈海瑞罢官〉》发表于上海《文汇报》。批判《海瑞罢官》是张春桥一生中的大事，也是江、张、姚三人结帮的契机。

1966年3月28日，康生背地里向毛泽东告彭真的状，毛泽东把康生说的情况告诉了江青。江青立即打电话找来了张春桥。当张春桥握着毛泽东那大而厚实的手时，他感觉“幸福的暖流一下子流遍全身”。

张春桥真的要飞黄腾达了。当年上海滩上的恶少“狄克”，如今居然可以坐到伟大领袖身边的沙发上。他借助于搞“革命样板戏”接近了“第一夫人”，又借助于批《海瑞罢官》接近了伟人。在毛泽东面前，张春桥言语不多，勤于笔记，一副虔诚的信徒的姿态。他预感到就要步入中国政界的最高层了。

> 出任“中央文革”副组长，成为张春桥宦途上跨出的关键一步。

张春桥的宦途上跨出了关键性的一步——出任“中央文革”副组长，这成为他从上海跨到中央的重要一步，成为他进入中共中央政治局的跳板。

1966年11月9日，“上海工人革命造反总司令部”宣告成立，上海市委对此采取“不赞成、不支持、不参加”的“三不”态度。“工总司”的“司令”王洪文率队冲向上海北站，扬言“到北京告上海市委的状”。为向上海市委施加压力，王洪文决定卧轨拦车，这就是上海爆发的“安亭事件”。

1966年11月11日，“中央文革”小组派张春桥乘军用专机赶回上海，会见“工总司”。张春桥在此结识了王洪文。因搞“革命样板戏”江、张携手，因批《海瑞罢官》江、张、姚结谊，今又因“安亭事件”增加了一个同伙王洪文。张春桥想借助王洪文推翻上海市委，因此他很痛快地支持“工总司”，张、王的第一次合作非常成功。毛泽东对此却没有反对，在16日的政治局会议上他说："可以先斩后奏，总是先用事实，后有概念。"张春桥听到这一消息，知道自己"立了一大功"。

张春桥野心勃勃，他认为争夺中央的地位比上海更重要，他要"进军北京"了。

▲1966年10月6日，张春桥在"全国在京革命师生向资产阶级反动路线猛烈开火誓师大会"上讲话（历史照片）

1966年7月25日晚，江青、张春桥光临北京大学，会见了由于写大字报《宋硕、陆平、彭珮云在文化革命中究竟干些什么？》而闻名全国的聂元梓，他们三人相交很深，臭味相投，一见面就热烈地交谈起来。聂元梓对常溪萍恨之入骨，她要攻击批判常溪萍。张春桥的战略是"从常溪萍身上，炸开了上海市委的缺口"！张春桥向上海的造反派讲话时，点了常溪萍的名。果然，在张春桥离开上海的第二天，聂元梓等召开了"批斗常溪萍、炮轰上海市委"大会，聂元梓高呼："打倒常溪萍，炮轰上海市委！上海必然大乱！"大会结束后的第四天，上海又爆发了第二桩轰动全国的"《解放日报》事件"：在聂元梓、王洪文的指挥下，红卫兵占领了《解放日报》社，长达九天九夜。在张春桥的导演下，上海大乱了。

老谋深算的张春桥，要置上海市委于死地。他挑选一些信得过的狐朋狗友，建立一套"工作班子"，以便在中央立足，坐在北京遥控上海。张、姚策划让徐景贤"起义"，建立了"市委机关革命造反联络站"。聂元梓来上海"串联"了，她和徐景贤初次相见，便非常投机，拟定了全上海造反派的行动"战略"口号："炮打上海市委！火烧陈丕显！揪出曹荻秋！打倒杨西光！砸烂常溪萍！"1966年12月18日，召开了"批判上海市委的资产阶级路线大会"，那些口号在上海文化广场高喊着。徐景贤口若悬河般地历数了上海市委的"反对毛主席革命路线"的罪行。张春桥笑了，把上海市委"将"死的目的得逞了。可是，张春桥决不满足于这些，他在北京又干了一桩"大事"，他秘密会见蒯大富，面授机宜，借蒯大富向刘、邓开炮。密谈后的一个星期，上万红卫兵涌上北京街头，"打倒刘、邓"之声震撼首都，掀起了"打倒刘、邓"的高潮。张春桥在这场活动中，却是一个"隐身人"，神不知、鬼不觉地在背后"教唆"。与蒯大富密谈时，他还再三关照，只是"随便聊聊，不要往外说"。江青去清华时，张春桥不去，却让姚文元替他去。可见，张春桥是一个多么阴险的人！

1967年1月4日，张、姚返回上海，与"市委机关革命造反联络站"密谈，张春桥说道："陈、曹的垮台，已经是大势所趋，我和文元这次回到上海，目的就是在推倒陈、曹之后，在上海建立崭新的政权，而你们——'市委机关革命造反联络站'，将是政权的工作班子。……"定下了"一月革命"的步骤，他们把自己在上海夺权，称为"一月革命"；把上海建立的新政权，称为"上海人民公社"。

正当张春桥做此美梦的时候，上海红革会向张春桥发起了进攻，抓走了徐景贤。在上海街头贴出了这样的海报："1月13日上午，全市炮打张春桥大游行。下午，在上海人民广场举行上海市炮打张春桥誓师大会。"张春桥在这危险的时刻，只有向江青呼救。

江青救了张春桥，那"炮打张春桥"的海报纷纷被"中央文革特急电报"所覆盖。张春桥终于盼来了这一天，1967年2月5日，"上海人民公社"成立，上海落进了张、姚、王这伙阴谋家手中。"狄克"成了上海的"主宰"。

> 张春桥目光转向北京，觊觎着中央的党政大权，终于用"文革小组"副组长的头衔换到了一个中央政治局委员的位子。

野心勃勃的张春桥，掌握了上海的党政大权，他的目光转向北京，觊觎着中央党政大权。

1967年2月18日，周恩来在怀仁堂召集中央碰头会，谭震林、叶剑英、陈毅等，与张春桥、康生、陈伯达等，展开了一场"大论战"。谭震林愤怒地斥责这帮无赖："你们的目的，就是要整掉老干部。你们把老干部一个一个打掉。40年的老革命，落得家破人亡，妻离子散……"坐在张春桥一侧的姚文元、王力像记录员似的，记下了对面射来的每一发"炮弹"。而张春桥冷若冰霜，一言不发，他竭力用脑子记对方的每一句话，不马上"回击"，他向来的策略是"后发制人"，这一次也不例外。当天夜里，张春桥和姚文元、王力一起核对笔记，由王力连夜写出了《中央碰头会记录》，第二天，拿着这份记录，到毛泽东主席那里，告了老帅们的状。老帅、老将军、老干部们的"二月抗争"，由于张春桥一伙的捣鬼，被说成"二月逆流"。

张春桥得意了，2月24日与姚文元在上海露面。此时此刻的张春桥仿佛是"钦差大臣"，他借用毛泽东的威望，抬高了自己，保护了自己。他的头上，已经戴着金灿灿的光圈，成为上海至高无上的权威。在那一段特殊的历史时期，"中央文革小组"代替了政治局、书记处，权重一时，张春桥大权在握。

"中央文革小组"副组长是张春桥在"文化大革命"中赖以立命的王牌。但是，毕竟这么个"小组"的副组长是个不伦不类的头衔。他在中央站稳脚跟始于中共"九大"，他一跃为中共中央政治局委员，成为中共第七号人物。在会议新闻公报上，张春桥的名字是如此出现的："毛泽东、林彪、周恩来、陈伯达、康生、江青、张春桥、姚文元……"

张春桥是不安于中央政治局委员的位子的。林彪的自我爆炸、陈伯达的垮台，使张春桥从第七号人物递升到第五号人物。他窥视着中央副主席的位置。可是事与愿违，1973年8月30日，中共十届一中全会公布了中共十大的选举结果：中共中央主席毛泽东，中共中央副主席周恩来、王洪文、康生、叶剑英、李德生。张春桥呢？他的心情非常沮丧：只落得个中共中央政治局常委。更使他恼怒的是，林彪的倒台却导致了"二月逆流"的平反，老帅们一一恢复了名誉，在中共十大，邓小平成为主席团成员。张春桥意识到，一场新决斗又要开始了。

张春桥仍在得意。《人民日报》头版，以显赫的位置刊登一张照片，说明上写着"中共中央政治局常委、国务院副总理张春桥"。人们简直不敢想象，"狄克"会成为"中共中央常委"，会成为"国务院副总理"！

张春桥在宦途上飞黄腾达至此，仍不满足，他想当总理。

> 张春桥在仕途上飞黄腾达，仍不满足，他想当总理，但毛泽东把大权交给了华国锋。

1974年4月，周总理因患癌症，病情渐渐加重，只好住进了北京医院。张春桥与邓小平并列为副总理，两人是水火不容，尖锐地对立。邓小平是他实现总理梦的最大障碍。论资历，论能力，论智慧，论经验，张春桥算什么，只不过是一个靠"打倒走资派"起家的小卒，他不是邓小平的对手。最使张春桥不安的是，毛泽东和周恩来都支持邓小平。独力难当，四人结帮，为了共同反对周恩来、邓小平，王、张、江、姚结成了"神圣同盟"——"四人帮"。在"四人帮"中张春桥是军师，江青是"旗手"，姚文元是棍子，王洪文是副主席的牌子，他们"四合一"结成一帮。"四人帮"的核心是张春桥。

在担任副主席的希望落空之后，张春桥的双眼一直盯着国务院总理的位子。显然，只要周恩来健在一天，周恩来就是总理。眼下张春桥所要力争的，是"第一副总理"。因为"第一副总理"有双重的意义：第一，现在总理正病重，"第一副总理"意味着主持国务院日常工作；第二，一旦周恩来故去，"第一副总理"理所当然地成为总理。

从毛泽东的机要秘书那里传来了这样一句话："谁当第一副总理？邓。"这使张春桥坐立不安，他必须抢在邓小平之前，尽力改变毛泽东的主意。于是他出主意，让王洪文去长沙告邓小平的状。但是，张春桥这"狗头军师"完全失算了，毛泽东决定："提议邓小平任党的副主席、第一副总理、军委副主席兼总参谋长。”从 1975 年 1 月 5 日至 1 月 18 日，短短的 13 天之内，毛泽东和周恩来把中国的党、政、军大权，全都交给了邓小平。张春桥惨遭败北，他的总理梦破碎了。

可张春桥并不甘心，他的“总理梦”并未完全破灭。有人向毛泽东告邓小平的状：“邓小平否定‘文化大革命’，邓小平在翻案！”张春桥高兴了，“四人帮”从政治危机中解脱出来了。就在这个节骨眼上，邓小平最有力的支持者——周恩来，于 1976 年 1 月 8 日与世长辞！在张春桥看来，中国的新总理非他莫属了。本来势必会接替周恩来成为总理的邓小平，眼看着会被“反击右倾翻案风”赶下台，张春桥的“总理梦”可以实现了。

张春桥万万没有料想到，新总理不是他，而是华国锋。张春桥费尽全力，终于扳倒了邓小平，毛泽东却把大权交给了华国锋。张春桥是多么沮丧、恼怒，他要报复！

“四人帮”你一炮、我一枪地围攻华国锋。张春桥是这样说的：“天安门闹事，使我想起了 20 年前的匈牙利，想起了那个纳吉。纳吉原先是匈牙利的部长会议主席，给赶下了台。他们 1956 年就煽动闹事，发动叛乱，当上了总理。我看，邓小平就是今天的纳吉，中国的纳吉！”1976 年 4 月 7 日，中共中央政治局召开紧急会议，作出两项重要决定：中共中央关于华国锋同志担任中共中央第一副主席、国务院总理的决议；中共中央关于撤销邓小平党内外一切职务的决议。此时的张春桥，心境是复杂的，忧喜

▲张春桥也曾是众人的“中心”（杜修贤摄）

参半：喜的是从此把邓小平赶下了台，忧的是华国锋不仅成了总理，而且成了第一副主席。张春桥又开始谋算着怎样干掉华国锋了……

1976年9月毛泽东去世，张春桥认为自己的威信比华国锋要高，取华国锋而代之仍大有希望。张春桥仍把上海视为“基地”，他警告徐景贤，上海正面临着“大考验”，“要打仗”。10月初，在张春桥亲笔写的提纲中，有着这样的话：“革命与专政。怎样革、怎么巩固政权。杀人。”根据张春桥的“指示”，“要警惕党内出修正主义，在中央，在上层”。上海在准备着“打仗”、“杀人”，给民兵发了74000余件枪、炮，弹药1000多万发。

毛泽东在病重之际，曾说过：“看来只有在腥风血雨中交班了，我死了以后会怎样，只有上帝才能知道。”已经蒙受十年浩劫的中国人民，怎么还受得了新的一场“腥风血雨”？

“狄克”的末日来临了，他的“总理梦”再也无法实现了。

1976年10月6日晚8时，华国锋发出通知，说在中南海怀仁堂召开政治局会议。当张春桥和王洪文、姚文元依次步入怀仁堂，等待他们的是荷枪实弹的解放军战士。与此同时，江青在中南海住所被捕。不开一枪，张春桥一伙，“和平”地进入了监牢……

第十四章
文坛“杀手”姚文元

> 毛泽东发现“偶感”。姚文元成为文坛一颗新“星”，名噪一时。

1969年4月，中国共产党第九次全国代表大会在北京召开。

姚文元身着军装，出现在大会主席台上。

会议闭幕时，新闻出版物报道：今天在主席台前列就座的有：周恩来、陈伯达、康生、江青、张春桥、姚文元……新当选的38岁的中央政治局委员姚文元，成为党的重要人物。

从20年前的一个普通高中生，到20年后党的最年轻的中央政治局委员，姚文元的人生道路是耐人寻味的。

姚文元，1932年出生于上海一个文化人家庭。1948年10月加入中国共产党。1950年7月参加工作，担任新民主主义青年团上海卢湾区工委宣传部干事。1953年至1956年期间，担任卢湾区党委宣传部理论教育科科长。

从文化家庭中走出来的姚文元，自高中时代起，就一直幻想着当一名作家。他仰慕胡风，为此，他在父亲指点下写成了《论胡风文艺思想》一文。

此文完稿之时，正值1954年“批胡”运动发动之际。此时的姚文元，秉承了其父姚蓬子——文化投机商人的遗传本领，马上转向，“反戈一击”，在上海文坛以一副标准的“左派”面孔作了第一次亮相。

也就是在这次运动中，身为《解放日报》社社长兼总编的张春桥看中了姚文元。在张春桥的支持下，姚文元先后发表了13篇批判胡风的文章，他的“棍子”第一次打出了棍威。

1957年6月10日，是姚文元个人历史上的转折点。

这天，毛泽东打开《文汇报》，发现了一篇短文《录以备考——读报偶感》，作者名字姚文元。

这篇“偶感”是由新华社5月25日电讯引出的，它报道了毛泽东5月25日下午在北京接见中国新民主主义青年团第三次全国代表大会时的讲话。

在各报刊对这一消息报道的编排中，姚文元看出了“门道”，大发感叹，写下了《录以备考》。

毛泽东看完，颇为赞赏，当即通知《人民日报》加以转载。毛泽东还嘱令以“本报编辑部”的名义，写了《文汇报在一个时期内的资产阶级方向》，与姚文元的文章一起刊于1957年6月14日《人民日报》第一版。全国各地报纸转载了这两篇文章，中央人民广播电台在新闻节目中摘要播发。

《人民日报》编辑部的文章，第一次公开点了《文汇报》和《光明日报》的名，赞扬了姚文元的文章，全国为之瞩目。

于是，姚文元作为一颗文坛新“星”，在全国名噪一时，他一跃而成为上海作协党组成员、反右派领导小组成员。

随后的日子里，姚文元跟随张春桥，炮轰《文汇报》《新观察》，“棍打”王若望、施蛰存、流沙河、鲁莽、徐中玉、徐懋庸、冯雪峰、艾青、巴金、丁玲……

26岁的姚文元已成了地地道道的文坛打手。

如果说，在反胡风的时候姚文元不过是个小棍子，在反右派时是铜棍子，那么在批吴晗的《海瑞罢官》中，他成了江青手下的金棍子。

有张春桥等人的支持，江青把上海当“基地”。为了达到不可告人的目的，她在上海北京之间来来往往。

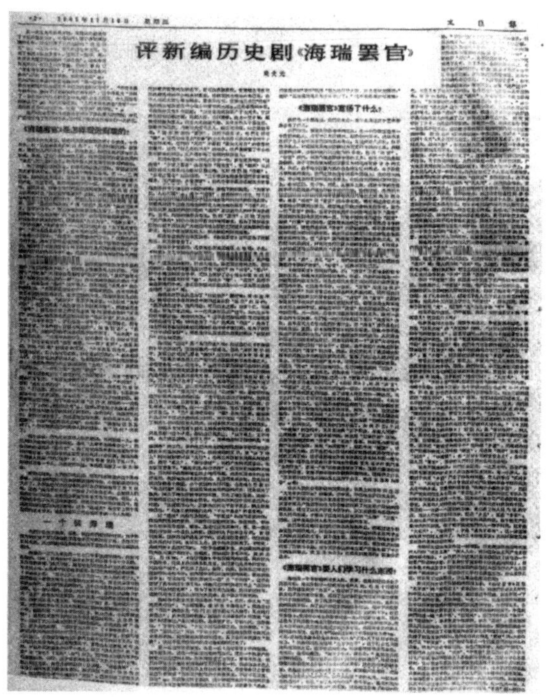
评新编历史剧《海瑞罢官》

▲1965年11月10日，上海《文汇报》发表《评新编历史剧〈海瑞罢官〉》(历史资料)

1963年，江青求助于柯庆施，对廖沫沙的《有鬼无害论》进行了批驳，打响“大批判”的第一炮。

第二炮是对准吴晗的。可在北京江青得不到支持。于是1965年，江青再次南下，她要物色“笔杆子”来批吴晗的《海瑞罢官》。姚文元被遴选为“笔杆子”。

姚文元的创作处于“绝密”状态。由于他只是高中毕业，对明史一窍不通，他调人来给他查资料，回家求助于他的父亲。他担着风险批《海瑞罢官》。

1965年11月10日，姚文元推出了他的《评新编历史剧〈海瑞罢官〉》。《文汇报》一发表，骂声四起。

1966年2月3日至7日，彭真、陆定一、康生、周扬、吴冷西“文化革命五人小组”举行扩大会议。彭真主持制定了《二月提纲》，主张“要坚持实事求是、在真理面前人人平等的原则，要以理服人，不要像学阀一样武断和以势压人”。

同时，上海以江青为首，还有林彪指令总政治部派出的刘志坚、李曼村、谢镗忠、张春桥，推出《林彪同志委托江青同志召开的部队文艺工作座谈会纪要》（简称《纪要》），它的主题是：“文艺界在建国以来，被一条与毛主席思想相对立的反党反社会主义的黑线专了我们的政……”

由于林彪支持，毛泽东同意《纪要》，战胜了《二月提纲》。

这时姚文元又拿出了《评反党反社会主义的大黑店“三家村”——〈燕山夜话〉〈三家村札记〉的反动本质》，江青送到毛泽东手中，毛主席认为题目过于冗长，于是写下《评“三家村”》四个字。于是“经主席亲手改定”后，1966年5月10日，在《文汇报》上刊出了《评“三家村”——〈燕山夜话〉〈三家村札记〉的反动本质》。这篇文章充满杀气，血光照人，把邓拓、吴晗、廖沫沙打成反革命集团。

文章发表的第六天，大火烧到“三家村”的“后台”，即中共北京市委第一书记兼北京市市长彭真身上。

这一天——5月16日，中共中央政治局扩大会议通过了著名的文件《五一六通知》，标志着“文化大革命”的开始。

18日，林彪又炮制了“彭、罗、陆、杨反党集团”的大冤案。

如果说，攻廖沫沙、批吴晗、揪邓拓是“文化大革命”的序幕，那么清除“彭、罗、陆、杨”则是“文化大革命”的开幕第一仗。从挖后台彭真，由彭真牵连罗瑞卿、陆定一、杨尚昆，姚文元立下了“汗马功劳”。

姚文元连升数级，成为政治局委员，兼国家舆论总管。

冤狱遍地，惨祸四起。姚文元的秃笔所到之处，泪汪汪，血斑斑。

主演《海瑞罢官》的马连良也受到秃笔挞伐，在“文化大革命”的锣鼓刚刚敲响之际便饮恨而亡。

《海瑞上疏》遭到株连。《海瑞上疏》与《海瑞罢官》被诬为一“骂”一“罢”，南呼北应。主演《海瑞上疏》的是“麒派”创始人、著名京剧表演艺术家、共产党员周信芳，他被打成了反革命，受尽凌辱，在沉沉黑夜中屈死。

一“马”一“麒”，都是中国京剧界精英，全被姚文元的秃笔一笔勾销！

由于批驳了姚文元的谬论，上海三位著名学者李平心、周谷城、周予同被打成“上海的三家村”。

著名史学家、上海华东师范大学历史系李平心教授被姚文元诬为“自己跳出来的反面教员”，“反党反社会主义”。他在1966年受迫害致死，时年53岁。临死前，他还铮铮如是言：“有几个问题是我事先绝对料不到的：第一，历史人物要全盘否定；第二，对清官一棍子打死，这无论如何也不合逻辑；第三，现在忽然从学术讨论完全转入政治斗争。现在问题很难说，很可能今天没有问题的人，明天有了问题。（吴晗）哪里会打着红旗反红旗呢？现在反正就是一顶帽子戴上去……”

历史学家翦伯赞教授、翁独健教授，《南包公——海瑞》的作者蒋星煜，《海瑞上疏》的编剧许恩言……文网恢恢，他们一个个被押上批斗台。

姚文元批判《海瑞罢官》所引起的株连，创造了中国历史上的“奇迹”，令人触目惊心！

1966年8月5日，毛泽东写了《炮打司令部——我的一张大字报》，被视为“彭、罗、陆、杨”的“黑后台”的刘、邓“司令部”遭到“炮打”，使“文化大革命”达到第一个高潮。

江青兴奋不已，在那篇题为《为人民立新功》的讲话中，她是这样评价姚文元批判《海瑞罢官》的“历史功绩”：“一个吴晗挖出来以后就是一堆啊！”从挖吴晗，进而“挖”那“三家村”、“挖”那“中共北京市委”、“挖”那“彭、罗、陆、杨”、“挖”那“刘邓司令部”，姚文元为“文化大革命”立了“头功”。

姚文元这个江青手下的金棍子，他的《评新编历史剧〈海瑞罢官〉》是蘸着吴晗的鲜血写成的……

两“评”——《评新编历史剧〈海瑞罢官〉》和《评“三家村”》——的发表，使姚文元连升三级，从《解放日报》的编委，一跃成为中共上海市委宣传部长。

然而，这个把别人的肩膀当作向上爬的阶梯的刀笔吏，还没到中共上海市委宣传部就任，便直飞北京，成为“中央文革小组”的18名成员之一。不要小看这小组员，这比宣传部长不知高多少——须知，陈伯达不过是“小组长”，江青、张春桥也不过是“副组长”，如此而已。

1966年8月1日至12日，中共八届十一中全会在京召开，这是“文化大革命”开

▲马连良

▲周信芳

▲吴 晗

▲周谷城

▲李平心

▲周予同

▲翁独健

▲蒋星煜

▲翦伯赞

▲姚文元的秃笔所到之处，冤狱遍地，惨祸四起

张以来最为重要的中国最高层次的政治会议。姚文元作为“中央文革小组”成员得以列席这一核心会议，这是姚文元平生第一次进入中国政治核心。这次会上，毛泽东“炮打司令部”，使刘少奇在党内从第二位人物降为第八位，林彪取而代之。“彭、罗、陆、杨”职务被宣布全部撤销……

见到毛主席写了《炮打司令部》，姚文元紧跟着在会上贴出了《永远跟着毛主席前进》的大字报。

会议之后，中共中央决定：“中央文革小组”成员列席参加中央政治局会议。这样连中共中央委员都不是的江青、张春桥、姚文元等居然坐到中共中央政治局的会议桌旁。35 岁的姚文元，坐到了毛泽东身边！

《评新编历史剧〈海瑞罢官〉》发表一周年之际，上海发生了震惊全国的“安亭事件”，张春桥与姚文元飞抵上海，处理“安亭事件”。张春桥与“上海工人革命造反总司令部”的“司令”王洪文结盟，于是“三人帮”成了“四人帮”。

11 月 24 日，上海爆发了“红卫兵发动的震撼全国的”《解放日报》事件。

张春桥、姚文元控制了“上海工人革命造反总司令部”和“上海红卫兵革命造反总司令部”。

他们摧毁了摇摇欲坠的中共上海市委，发动了著名的“一月革命”，成立了“上海人民公社”。姚文元忙着接见群众，起草《上海人民公社宣言》。

2 月 12 日，张春桥和姚文元被电召回北京，受到了毛泽东严厉的批评：“你们成立上海人民公社，为什么不跟我打一声招呼？”他们顿时吓出一身冷汗。

“与上海一样，各省市都想叫人民公社，国务院叫什么？中华人民共和国叫什么？政体要改变，国家体制要改变，外国大使都要作废，要重新换大使、重新承认……”

他们这才意识到问题的严重性。

好在他们的乌纱帽没有丢。他们匆匆忙忙飞向上海，把挂在上海外滩的巨大的“上海人民公社”牌子取下来，换上了“上海市革命委员会”招牌。他们这才化险为夷，总算没翻船。

就在上海的“一月革命”闹得天翻地覆之际，北京也大风大浪，大起大落。

王任重被打倒，中共中央书记处刷掉一个书记。江青乘机发难：王任重的后台是陶铸！是刘、邓新的代表人物。于是中共中央政治局常委、国务院副总理陶铸下台了。仅次于毛泽东、林彪、周恩来的“第四号”人物被打倒了。

1967 年在反“二月逆流”中，政治局陷入瘫痪，又是“中央文革小组”取而代之。这是中共党史上史无前例的现象。

由于陶铸、王任重、刘志坚、谢镗忠、尹达等被打倒，“中央文革小组”只剩下八个人：陈伯达、康生、江青、张春桥，还有四支秃笔——姚文元、王力、关锋、戚本禹。

可是四支秃笔共存的日子很短。林彪要清洗军内阻碍其当接班人的一大批老革命家。三位秀才"遵命"起草了"揪军内一小撮"的社论，被毛泽东看见了，认为是乱军口号，追查下来，林彪装聋作哑。江青、康生、陈伯达往秀才们身上一推，四支秃笔倒下了三支。姚文元成了"中央文革小组"中唯一倚重的一支笔杆子。

1969年4月，中共九大召开。姚文元升迁为中央政治局委员，成为前24名首脑人物中最年轻的一个——年仅38岁。

一年之后，第二次"庐山会议"上，陈伯达受到严厉批评。陈伯达倒台了，姚文元晋升为全国舆论总管。

姚文元开始以退为进，退到幕后却导演着幕前的一切，评《水浒》把矛头指向周恩来。

1972年借批判"右倾回潮"把攻击的矛头指向周恩来；1973年，为"白卷英雄"张铁生撑腰……姚文元开动舆论机器，成为"中国帽子公司"和"中国谣言公司"的总经理。

1975年邓小平复出，这给"四人帮"篡权阴谋一个沉重的打击。姚文元再也无法忍耐，他从幕后跳出来发表了《论林彪反党集团的社会基础》。不料文章发表不久受到了毛泽东的批评，说他不懂马列。这就意味着他要下台，而这位舆论总管没让毛主席的讲话发表，他趁机又批起《水浒》。

《水浒》这部长篇小说，打从元末明初问世以来，600多年间已有众多的评论，就连姚蓬子当年在上海师范学院中文系讲授古典文学时，也曾细细评论过《水浒》，称《水浒》是"农民起义的史诗性文学长卷"。

到1975年炎暑之际，中国居然出现"《水浒》热"。一时间，大报小报评《水浒》，工人农民评《水浒》，大会小会评《水浒》，亿万人民评《水浒》。

引发这场"《水浒》热"，其实纯属偶然。最初是毛泽东与北京大学中文系教员芦荻聊天时，谈起《水浒》，芦荻记录了毛泽东的见解：

> 《水浒》这部书，好就好在投降。做反面教材，使人民都知道投降派。
>
> 《水浒》只反贪官，不反皇帝。摒晁盖于108人之外。宋江投降，搞修正主义，把晁的聚义厅改为忠义堂，让人招安了。宋江同高俅的斗争，是地主阶级内部这一派反对那一派的斗争。宋江投降了，就去打方腊。
>
> 这支农民起义队伍的领袖不好，投降。李逵、吴用、阮小二、阮小五、阮小七是好的，不愿投降。

鲁迅评《水浒》评得好。

金圣叹把《水浒》砍掉了二十回。砍掉，不真实。

见到芦荻整理的毛泽东谈话记录，姚文元如获至宝，随即写了“请示报告”。毛泽东大笔一挥“同意”。

于是正处于步步退却中的“四人帮”，一下子抓住了毛泽东的旗帜，神气活现起来。

姚文元过去也曾评过《水浒》，但与毛泽东的观点大相径庭。

作为“墙头草”，这时候的姚文元随风倒那当然不在话下。他积极“贯彻执行”毛泽东关于《水浒》的指示，完全按“行情”行事。

“舆论总管”发动了一场空前规模的“评《水浒》”运动，起初使许多人困惑不解——用得着如此连篇累牍地去评《水浒》？

“舆论总管”导演了一幕幕舆论战！

“舆论总管”的目的究竟是什么呢？

事情就像10年前那样，姚文元的长文在《文汇报》上冒出，忽然评起《海瑞罢官》，多少人不知道他葫芦里卖的是什么药！

这个哑谜的谜底，直到一个月后，江青跑到大寨，在群众大会上讲话，才终于被点穿：

“不要以为评《水浒》是一个文艺评论，同志们不能那么讲，不是，不单纯是文艺评论，也不单纯是历史评论，是对当代有意义的大事……”

是什么样的大事呢？江青说道：

“为什么主席现在指示批《水浒》，大家考虑考虑。《水浒》的要害是排斥晁盖，架空晁盖，搞投降。宋江收罗了一帮子土豪劣绅，贪官恶吏，占据了各重要岗位，架空晁盖，不然为什么晁盖头天死了，第二天就把聚义厅改为忠义堂，所以主席谈，林彪一类如上台搞修正主义很容易。主席在关于理论问题的指示中说，对资产阶级法权加以限制……批《水浒》就是要大家都知道我们党内就是有投降派……”

9月17日，江青在大寨讲话，讲得更明白：

“评《水浒》要联系实际。评《水浒》就是有所指的。宋江架空晁盖，现在有没有人架空主席呀？我看是有的。”

直到这时，人们才恍然大悟：原来，批《海瑞罢官》要害是罢官，而海瑞则是彭德怀；这一回评《水浒》，要害是排斥晁盖，架空晁盖，而晁盖是毛泽东，至于宋江是谁，不言而喻了。难怪，宋江给安上“投降派”、“修正主义”之类的大帽子。

姚文元已经有了评《海瑞罢官》的“经验”，难怪一听说毛泽东跟芦荻聊天说及评《水浒》，马上拿来作为“令箭”，发动了一场亿万人民参加的“评《水浒》运动”！

“醉翁之意不在酒”。姚文元和他的伙计们哪里在研究《水浒》？他们在借助“评《水浒》”整人。

1976 年，当第一期《红旗》发表《评论〈水浒〉的现实意义》一文时，姚文元亲笔加上几句话作为“点眼”之笔：

“毛主席关于评论《水浒》的指示特别强调了领导权的重要性。‘摒晁盖于 108 人之外’，就是修正主义者宋江篡取了领导权，排斥了革命派晁盖。”

“四人帮”借助于“评《水浒》”在舆论上占了上风，姚文元得意了。1976 年 2 月 16 日，他写下了这样的日记：

“外国人都说：宣传工具在左派手中，是‘宣传毛的主张’‘继续革命’的，但搞‘经济工作的是求实派’，经济工作什么时候能由真正的马克思主义者来领导呢？”

> 姚文元在人民大会堂的窗内向外窥视，手中的冷汗将望远镜弄得湿漉漉的。

但是天安门广场的怒火，使正在得意的姚文元感到末日要到了。

1976 年 4 月 4 日，正值星期天。

早有“探子”向姚文元报告：4 月 4 日这天，将会有数十万以至上百万人涌向天安门广场，在人民英雄纪念碑前祭奠去世不久的周恩来总理。北京许多机关、学校、工厂正忙于做花圈，连幼儿园的孩子们，也在做纸花……

姚文元那敏感的政治神经马上收紧了。在他看来，纪念周恩来，就是向“四人帮”示威！

4 月 2 日，北京各单位紧急地传达“舆论总管”的紧急电话通知：“清明节是鬼节，是旧习。要破‘四旧’，不得在清明节那天搞什么祭奠活动……”

姚文元的电话通知，激怒了人民群众，如同火上加油。

涌向天安门广场的人，更多了！

愤怒的火山，终于在丙辰年清明节大爆发。

哀思如潮，银花似浪。人民英雄纪念碑四周，被白色的花圈紧紧围裹。每一朵小花，都代表着一颗火热的心。

人民，忍受了 10 年苦难，再也无法咽泪吞声了。

举起笔，诗言志，悼总理，斥妖魔。

中国，进入了大拼搏的时刻。

4 月 5 日中午，人民大会堂，一扇玻璃窗后边，张春桥在向外窥视。看毕，他颓然地将望远镜递给站在身边的姚文元。面对从四面八方自动涌来的成千上万戴白花、挂黑纱的人们，张春桥和姚文元脸色惨白，手心的冷汗把望远镜弄得湿漉漉的。

愤怒出诗人。一首无名氏题诗《向总理请示》，在天安门广场上贴出以后，传诵一时：

黄浦江上有座桥，江桥腐朽已动摇。
江桥摇，眼看要垮掉。
请指示，要拆还是烧。

另一道题为《斥“乞子”》的诗，锋芒所向，直指姚文元。这首诗痛斥了姚文元的卑劣行径。因由是1976年2月6日，姚文元指令《参考资料》（人们习惯地称之为《大参考》）转发香港某报一篇极其恶毒地污蔑周总理的文章，往尸骨未寒的周总理身上大泼污水。诗是这样写的：

二月六日大参考，是谁拍板定稿？
为何举起敌人刀？你想造谣中伤吗？
是疏忽吗？总理白璧无瑕、品德崇高。
不，是鬼花招！你想借刀杀人吗？
必须老实交代，总理周围有八亿人站岗放哨！
来吧，小心你头上那几根秃毛！

在诗潮怒火之中，密探混迹于人群，抄来天安门广场上一首首“反诗”。如利箭钻心，姚文元自知“江桥”在“摇”，面临倾覆的危险。

他，用颤抖的笔，在日记本上写下几行字：“中国这个国家，激烈的斗争不断，但解决矛盾（某一个方面、部分）却总是不彻底。为什么不能枪毙一批反革命分子呢？专政究竟不是绣花。”

姚文元预感到末日不远了。他，磨刀霍霍，要以笔为刀进行大讨伐了……

《人民日报》也在姚文元手下成了“造谣日报”。

5月18日，《人民日报》在第一版刊登姚文元授意、署名“梁效”的长文《党内确实有资产阶级——天安门广场反革命事件剖析》，姚文元在审看大样时，反复琢磨着文中一句结论性的话：

“天安门广场反革命事件是怎样闹起来的呢？它的根子在党内，是党内最大的不肯改悔的走资派邓小平一手造成的。”

姚文元认为，这句话还“不够深刻”，拿起秃笔，圈去那个“是”字和“一手造成的”，加了一句，变成：

“天安门广场反革命事件是怎样闹起来的呢？它的根子在党内，党内最大的不肯改

▲张春桥老谋深算，姚文元不动声色（杜修贤摄）

悔的走资派邓小平就是这次反革命事件的总后台。”

“舆论总管”开足了宣传机器，把成束成排的“纸弹”朝邓小平倾泻！姚文元以墨写的谎言掩盖血写的事实，把落日的余晖吹嘘成灿烂的朝霞。越是末日，这位“舆论总管”越是疯狂，在他“总管”之下的舆论，造谣惑众，欺上瞒下……

1976年9月9日凌晨零时10分，毛泽东的心脏停止了跳动。

“舆论总管”到了最忙碌、最紧张的时刻。这位“舆论总管”肩负着他的伙伴们的重任：利用他们在宣传上的优势，为“四人帮”夺权制造舆论。

毛泽东病重之际，已不省人事，没有留下任何遗嘱。姚文元居然造出“按既定方针办”的“毛泽东遗嘱”。

因为“四人帮”的命运是与“文化大革命”休戚相关的，“按既定方针办”就是按“文化大革命”方针办。

姚文元一次又一次给新华社打电话，强调“按既定方针办”。他的“指示”，已迅速由新华社传向全国每一根宣传神经。

历史的车轮毕竟无法逆转。无法无天了10年，“四人帮”气数已尽。

1976年10月6日，一副锃亮的手铐咔嚓一声，套在了姚文元的手腕上。

1981年1月25日上午，姚文元走上了历史的审判台。

他，终于罪有应得，被判处有期徒刑20年，剥夺政治权利5年。

第十五章 江青十年“女皇”梦

来到延安，江青引起毛泽东的注意。任军委档案秘书，她如愿以偿地摘走了本不属于她的果实。

江青，1915 年出生在山东诸城，取名淑蒙。因小时缠过脚，所以她以后一生的步态特像罗圈腿。在上县立学校时，她因常和学生打架而被学校开除。后来她谈起这段经历说：“当时我发誓决不再让什么人欺侮我。”这表明，她已经把自己尴尬的社会情况转化为个人不平的意识，这实际上造就了她后来的“强人”性格。

20 年代中期，江青在济南第一师范学院附属第二小学继续受教育，改名为李云鹤。1929 年她进了由赵太侔、王润生等主办的山东省艺术专科学校，开始学京剧、话剧等。为了生活，她和一个姓费的青年结了婚，这段婚姻只维持了几个月。16 岁的李云鹤只身来到了青岛，结识了俞启威，两人相爱，很快同居了。俞启威是青岛大学党小组的宣传部长，经他介绍，李云鹤进入了“共产主义文化阵线”的圈子。1933 年 2 月，江青经俞启威介绍加入了中国共产党。同年 7 月，俞启威被捕，李云鹤担负的掩护工作也从此结束。

她脱离了青岛党组织，只身一人来到上海，并易名蓝苹。同年 10 月，她被捕，两

▲1931年，江青(前左)在青岛时与友人合影(历史照片)

个月后被保释出狱。1935年4月，她进入了电通影片公司，参加了《自由神》《都市风光》的演出。1936年，转到联华影片公司，担任了话剧《娜拉》的主角。娜拉这位“叛逆的女性”跟她性格极为相似，她成了娜拉的“本色演员”。1936年，蓝苹闪电般地和当时兼任电通影片公司杂志编辑和导演的唐纳相恋并结婚。婚后，蓝苹掀起几次情海风波，使唐纳死去活来，几度自杀，最后两人分道扬镳。

1937年8月下旬，蓝苹来到了延安。她一眼就盯住了毛泽东，并且利用一切可能的机会接近毛泽东，她也引起了毛泽东的注意。两人在毛泽东的窑洞里见了几次面，一起谈工作、戏剧、学习，相互频繁的接触，使毛泽东爱上了蓝苹这个年轻、聪明、热情、大胆而且美丽的姑娘。蓝苹24岁，毛泽东已经45岁了。1938年8月，蓝苹接到了调令，从鲁艺转到毛泽东的办公室附近，任军委档案秘书这个美差。她如愿以偿地找到了她的大山。毛泽东与江青结合时，中央书记处作了有关规定，其中一条是：江青同志只管毛泽东同志的私人生活与事务，20年内禁止在党内担任任何职务，并不得干预过问党内人事及参加政治活动。毛泽东给蓝苹取了一个新的名字——江青。这个名字从意思到发音都很适合一个有野心、有诱惑力、迷人而且深不可测的女性。江青确实开始担任起主妇的角色，按约法三章的要求，料理着毛泽东的健康、日常生活。1940年8月，江青生了个女孩，毛泽东十分喜爱，孩子的出生，使江青巩固了在毛泽东身旁的地位。

毛泽东和江青浪漫式的婚姻生活到1942年后开始变化。渴求独立、有野心的江青是不甘于做一个家庭妇女的，获得权力是她的目的。1942年后，江青开始从谨慎的家庭主妇式的生活中走出来。1947年后，随着解放战争的节节胜利，江青开始适度地参与了战争和政治。毛泽东还是严格遵守中央决定，不让江青参政、参加领导会议。对此，江青有气，但也只能放在心里。

1949年全国解放后，江青只在党内担任中宣部文艺处副处长的职务，很少有惹人注目的活动。毛泽东和江青的关系也不再和谐，江青一味参与毛泽东政治生活的做法使毛泽东对她不满。50年代对江青来说，是她在感情上受到毛泽东冷遇的时期。

> 江青在军队中谋到领导地位，值得她“感谢”的是林彪。林彪吹捧江青：是我们党内女同志中少有的杰出代表。

1961年9月9日，毛泽东为江青所摄庐山仙人洞照片题诗：

暮色苍茫看劲松，乱云飞渡仍从容。
天生一个仙人洞，无限风光在险峰。

这首诗公开发表于1963年，被江青作为粉墨登场的政治资本。

有一天晚上，江青在人民大会堂作为主人招待日本的松山芭蕾舞团。江青满心欢喜地向客人赠送了一张风景照片。这张照片就是李进拍摄的庐山仙人洞。照片的背面是毛泽东热情的诗句，题词“赠李进”。江青带着炫耀的神气挥笔在照片背面写上大字：“江青摄”。这是一个大胆而有目的的行动，江青向全世界宣告，李进就是她本人。

1962年9月29日，毛泽东、江青和苏加诺夫人的大幅照片出现在《人民日报》的头版。这张照片使中国人惊异，因为新中国成立以来，毛泽东和江青合影的照片从未正式发表过。

江青着手戏剧改革是在1962年。她认为应该改造表演艺术，使之适应社会主义意识形态的要求。江青从心眼里喜欢“要么使它革命，要么禁止它”的口号。她认为，中国传统戏内容应成为过去，20年代以来，传统戏曲曾经历过一个辉煌的发展时期，而其他时候都由“帝王将相，才子佳人”统治着，对新中国的人民毫无益处，至少对现政权没有政治价值可言。

1962年9月，江青约见了中宣部、文化部的四个正副部长，“指出舞台上、银幕上帝王将相、才子佳人、牛鬼蛇神泛滥成灾的严重问题”。部长们并没有听进她发出的“警告”。这个时候，她听到了柯庆施在上海发出的“大写十三年”的崭新口号，与她不谋而合。于是她南下，会见柯庆施与张春桥。上海有柯庆施那样的市委书记兼市长，有张春桥那样的谋士，有姚文元那样的棍子，她得到了支持。所以，她所组织的第一篇批判文章，成功地在上海登出来了。她觉得，上海可以成为她的“基地”。

1963年2月，她指示，中国京剧院改编《红灯记》。是年秋，江青又把上海货——沪剧《芦荡火种》，推荐给北京京剧院一团改编为京剧《沙家浜》。1964年1月，江青在上海京剧院“指导排演”《智取威虎山》。1964年冬，改编京剧《海港的早晨》。

江青已无意把戏剧看成娱乐形式，她知道她正在进行的是政治活动，而不是艺术活动。江青给剧团排练的每个演员一本自己签名的《毛泽东选集》，像一个帮头给自己的手下发枪一样把书发下去，尖着嗓门喊道："你们别以为我只是来推销新戏，我是来同封建主义、资本主义和修正主义战斗的！"

1964年夏，京剧现代戏观摩演出大会在沉闷的政治气氛下拉开帷幕。江青在会上讲了话，这次讲话是她一生中第一次重要的对公众的讲话。

刘少奇在谈江青的新戏时说她是："瓜没熟就摘了下来。"彭真则批评这些戏说："穿着露裆的裤子上台。"

江青从京剧又转向舞剧，改编出舞剧《红色娘子军》和《白毛女》，江青为《红色娘子军》的主题加上了一个近乎崇拜的结尾——颂扬毛泽东。《白毛女》在江青掏空了其中爱的成分加上阶级仇恨之后也成了"样板戏"。

1965年冬，一天，江青突然造访中央交响乐团，并宣布说："资本主义的交响乐没有生命力。要去掉所有的旧框框。"江青力排众议，她的两部音乐样板《黄河协奏曲》和《交响音乐沙家浜》问世。音乐将为"革命"服务，为江青的政治生涯服务。

江青在新闻界的御用文人对新京剧、芭蕾舞剧以及交响乐评论道："它们是江青同志亲手培育的，是无产阶级文学艺术的一串闪亮珍珠，闪耀着毛泽东思想的灿烂光辉。"

60年代中期，江青非常走运，成为全国人民代表大会的一名代表。她开始出席重要的会议，甚至可以参加中共中央的会议。

1965年初，以江青为帅、以张春桥为军师、以姚文元为"笔杆子"实行"三结合"，秘密写作评《海瑞罢官》。上瞒中宣部、中央政治局，下瞒上海市委、华东局。1965年11月10日《评新编历史剧〈海瑞罢官〉》这篇"大批判"的"雄文"发表于上海《文汇报》，揭开了"文化大革命"的序幕。

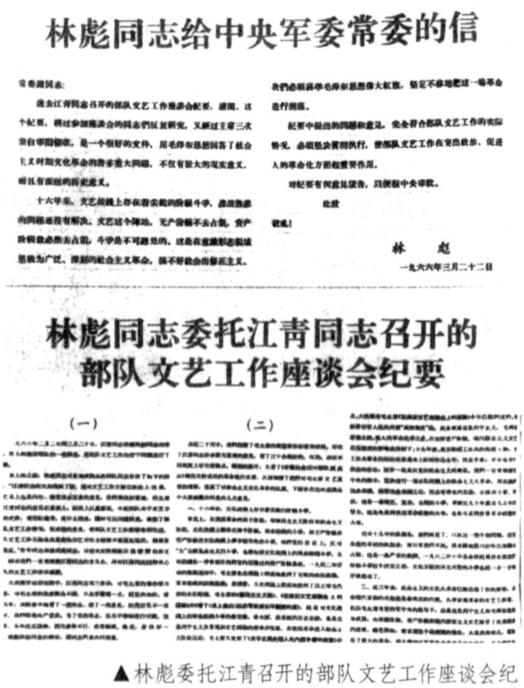
林彪同志给中央军委常委的信

常委各同志：

送去江青同志召开的部队文艺工作座谈会纪要，请阅。这个纪要，经过参加座谈会的同志们反复研究，又经过主席三次亲自审阅修改，是一个很好的文件，用毛泽东思想回答了社会主义时期文化革命的许多重大问题，不仅有很大的现实意义，而且有深远的历史意义。

十六年来，文艺战线上存在着尖锐的阶级斗争，谁战胜谁的问题还没有解决。文艺这个阵地，无产阶级不去占领，资产阶级就必然去占领，斗争是不可避免的。这是在意识形态领域里极为广泛、深刻的社会主义革命，搞不好就会出修正主义。我们必须高举毛泽东思想伟大红旗，坚定不移地把这一场革命进行到底。

纪要中提出的问题和意见，完全符合部队文艺工作的实际情况，必须坚决贯彻执行，使部队文艺工作在突出政治、促进人的革命化方面起重要作用。

对纪要有何意见望告，以便报中央审批。

此致

敬礼！

林　彪

一九六六年三月二十二日

林彪同志委托江青同志召开的部队文艺工作座谈会纪要

（一）

（二）

▲林彪委托江青召开的部队文艺工作座谈会纪要（历史照片）

1966年是江青人生道路上最得意的一年。这一年她在军队中有了职位，更使她有理由自我标榜为战士。她将要成为文艺战线上的大军的统帅。这一下使江青踏入了通向政治权力的主航道。

江青在军队中谋到领导地位，值得她"感谢"的是林彪。吵遍天下的江青，从来没跟林彪翻过脸，直到这个人摔死在异国之时，其原因是"林副主席是支持我的"。林彪"委托"她召开了一个部队文艺工作座谈会。在这次座谈会上，林彪"称赞"江青：

“在文学艺术方面，她的政治感很强。”又说：“今后部队关于文艺方面的文件，都要送给她看。”此后，林彪正式吹捧江青：是我们党内女同志中少有的杰出代表，她作过许多重要贡献，不为人们所知，这次“文化大革命”，她的才华就显露出来了。林彪把江青的行政级别从九级一下子提高到五级。在一次军委扩大会议上，林彪把江青请到台上，把那些威名赫赫的将帅全部置于她的眼皮底下，听她教训。江青登上了政治舞台，是林彪搬的梯子，他的“功劳”大大的。

江青亲自建立了三条重要的政治联系渠道：第一个是与林彪的关系，第二个是与上海“左翼”的“掌权知识分子”的关系，第三个是与她的同乡和老相识康生的关系。

> 江青对幕僚们说：女人可以当皇帝，即使在共产主义时代，也可以有个女统治者。

1966年5月，江青出任“中央文革小组”副组长。在中共历史上，“中央文革小组”是一个空前绝后的怪物。在“文化大革命”中，“中央文革小组”竟代替了政治局、书记处，权重一时。作为“中央文革小组”副组长的江青，地位是显赫而重要的，她大权在握了。

“她善于隐蔽，善于向人暂时献媚，乘‘文化大革命’动乱之机，使用一切奸计，凡是阻碍她的触怒她的，不论什么人，不论什么小事，她都视为大逆，都想加以消灭。”这是与江青并肩战斗过的原“中央文革小组”同事陈伯达，后来在秦城监狱里写的关于江青的评语。江青在对叶群的一次交谈中说：“文化大革命，就是把你要打倒的人统统打倒。把你的仇人告诉我，我去整他们；我的仇人告诉你，你要想办法，帮我去打倒！”江青就是一个如此充满仇恨的女人。

石油部一位高级干部在一次讨论江青“最新指示”的会议上说：“江青是个女同志，她喜欢自吹自擂。”结果，他被打倒了。

“陶铸压迫我！”在人民大会堂，江青面对一大群“斗志昂扬”的红卫兵喊道，又怪里怪气地加上一句：“他还压迫‘文革小组’！”那些被政治狂热鼓动起来的青年人，不可能知道江青的举动包含了政治因素，也包含了个人因素。

范瑾被押上了工人体育馆的看台上批斗，双臂被高高地反扭过来，披头散发。江青目睹此景非常开心。江青为什么如此恨这位妇女呢？是因为范瑾战胜了她，成了俞启威的爱人。这使江青耿耿于怀，恼恨在心。江青给她罗织了大量罪名，将其迫害致死。

江青手中好像掌握了所有反对过她的人的名单，她寻觅着每一个人。周扬也被她揪出来，在工人体育馆，当着一万多红卫兵的面，她气势汹汹地谴责周扬是资产阶级分子，一名红卫兵将周扬的头按下去。江青在看台上冷笑着。

郑君里曾做过江青与唐纳的证婚人，他被捕入狱，于1969年死于狱中。

在朱德和陈毅被指控为“走资派”后，也要批判他们的夫人康克清、张茜。江青修改了一份号召斗争陶铸和邓小平的文件，把他们的妻子也划入挨斗之列。当徐向前与聂荣臻两位老帅受到“文化大革命”的冲击时，她指责他们的夫人是“叛徒”、“特务”。刘少奇被打成“走资派”、“中国的赫鲁晓夫”后，江青在一次群众大会上高喊：“应该把王光美揪回清华大学做检讨！”

江青利用运动，来实现自己不可告人的目的。

江青喜欢打破正常的秩序，个人想干什么，就干什么。她认为枪杆子、笔杆子是打造一个生机勃勃的社会的两件工具。在一次大型群众集会上，她讲道：“要是我，如果有人抢我的枪，我一定要反击。”

1969年4月中共“九大”上，江青成了中央政治局委员。在这之前，她连中央委员都不是。

在1970年和1971年上半年，江青和林彪的关系大大降温，但是，他们在许多方面仍互相帮助，并且始终在密切合作，以抵御“文化大革命”中死灰复燃的“走资派”对其乌合之众进行“报复”的威胁。

自从林彪摔死在异国后，她“反戈一击”说：林彪不仅想当皇帝，而且还不择手段地迫害她！他在她食物中下毒，在所有阴谋反对毛主席的人中，实际上林彪最阴险、最野蛮。

以往对中国历史不屑一顾的江青，现在突然成了如饥似渴学习武则天和其他接近王权宝座的一切女性生涯史的学生。江青总是对幕僚们说：“女人可以当皇帝，即使在共产主义时代，也可以有个女统治者。”她开始以赞赏的口气提到历史上那些皇太后中的一位——吕雉。她对慈禧太后的观念和权术极感兴趣。说穿了，江青想当“女皇”。

江青刻意雕琢出一个蔑视她的敌人——中国政治传统。她未经毛泽东同意就会见了洛克珊·维特克，她正在超越毛泽东，她的形象不是毛泽东妻子，而是一意孤行的人。她对维特克说：她是一位与毛泽东“不相上下的革命人物”，她在毛泽东身边学了很多东西，已经武装起来了，就要从他那颤巍巍的手中接过整个国家。当维特克恭维说，她在这位中国领导人身上看到了一位老师时，江青欣喜若狂，好似升入九重天。

在江青看来，周恩来是她上升道路上巨大的绊脚石。她向周恩来发起了进攻，大搞“批林批孔”运动。批林批孔本是批林彪的，可是江青一伙只向林彪虚晃一枪，即向周恩来猛杀了一个回马枪。司马昭之心，路人皆知。他们对周恩来进攻的战略战术，有时是迂回战术，拐几个弯，攻在周恩来身上；有时是含沙射影，指桑骂槐；有时是面对面的短兵相接。这样的攻势，三天一小打，五天一大打，有时甚至天天打。就是一下打不倒周恩来，但也不能让周恩来安静。这就是江青对付周恩来的策略。

▲“文革”中的江青“风光无限”（杜修贤摄）

江青一伙到处讲：“现在的革命对象，就是旧社会吃过糠，抗日战争负过伤，解放战争扛过枪，抗美援朝渡过江的民主派”，而民主派的总代表又是周恩来。

在江青的煽动下，一场“批林批孔”实则“批周”的妖风刮了起来。江青在一次有记者参加的大会上，杀气腾腾地说道：“在我们国家里有没有当代大儒？你们想过这个问题没有？告诉你们，肯定有。这个大儒，一不是蒋介石，二也不是刘少奇、林彪。究竟是谁，还要我给你们挑明吗？”大儒指的是谁？这是不点名的点名。一时间，在北京、天津、上海等地街头上，出现了一大批“批林批孔批周公”、“打倒当代大儒”、“批宰相、批老帅”、“批周礼”、“打倒黄埔军校的政治部主任”等大字报。幸亏毛泽东看清了江青一伙的阴谋：这也是夺我的权。她自以为翅膀硬了，可以一手遮天了，这完全是一种无组织无纪律的行为。

江青千方百计地抓军权，为了建立自己的武装，几乎费尽了心血。一天，她把张春桥、王洪文、姚文元找来，把自己的心思向几位心腹透露。她说：“现在，我们怎样把军队抓过来呢？这应该是决定胜负的关键的一步棋，现在抓都有点晚了。”她激愤地一挥拳头：“人总不能被尿憋死，我们搞第二武装吧，造反派还是听我们话的。把民兵组织起来，发枪支弹药，进行军事训练，节骨眼时，把这批队伍拉出去，是可以跟他们较量个高低的。”

当听说毛泽东提议让邓小平当第一副总理时，江青一伙焦急万分，他们要抢在正式公布之前，改变毛泽东的主意。于是，江青派王洪文去长沙向毛泽东告邓小平的状，可王洪文从毛泽东那里得到的，是一番严厉的告诫：“你回去要多找总理和剑英同志谈，不要跟江青搞在一起，你要注意她。”1975年1月中旬，第四届全国人民代表大会选出以朱德为委员长的全国人大常务委员会，任命周恩来为国务院总理，邓小平为第一副总理。“四人帮”的如意算盘，被毛泽东一语道破：“江青有野心。她是想叫王洪文做委员长，她自己做党的主席。”江青的主席梦破碎了。

毛泽东震怒：“孤陋寡闻，愚昧无知，立即撵出政治局，分道扬镳。”江青失宠后，将满腔仇恨泼向了邓小平。

江青的一举一动，越来越引起毛泽东的反感。在1975年5月3日的政治局会议上，他严厉地批评江青一伙说：要搞马列主义，不要搞修正主义；要团结，不要分裂；要光明正大，不要搞阴谋诡计，不要搞“四人帮”。自从“文化大革命”以来，场场政治战役，她一般都是大获全胜，江青没有料到自己会失败。毛泽东作了一个果断的决定，让邓小平主持政治局会议来批评江青、王洪文、张春桥、姚文元。邓小平义无反顾地主持了政治局会议，对江青等人进行了严厉的批评。江青的“倒阁”运动不但没有如愿以偿，反而一败涂地。

江青一想起会上对她的批评，字字句句，都像锥子似的刺着，她就怒从心头起，恶向胆边生。她和张、王、姚策划说：“第一，这场战役不能鲁莽硬拼，应采取敌进我退，敌驻我扰的策略。敌人正在势头上，拉开架式，要同我们决一雌雄，我们要避其锋芒，先咽下这口气，该写检讨就写。但写检讨要注意分寸，口径一致，原则问题决不让步，不能让对方抓住要害。我们今后的行动，也要隐蔽一些。”

江青挨批不久，又发生了一件事，使权势盖天的江青声名狼藉。

几年前，美国的一位副教授路易斯访问了江青，回国后，突击出一部肉麻的吹嘘歌颂江青的书，里面江青用自白的方式，胡说八道，泄露了大量党和国家的机密。一位外交人员冒着生命危险，把这本书送回国内，又呈送了毛泽东。毛泽东看罢，非常气愤，一气之下批道：“孤陋寡闻，愚昧无知，立即撵出政治局，分道扬镳。”

一时间，几乎家喻户晓，江青要篡位，要当女皇啦，都向外国人透露了。江青听了这些传闻，愤怒至极，一口咬定这是邓小平干的，只有邓小平才会存心搞臭她。但她又抓不着把柄。

狂妄愚蠢、得意忘形的江青，没有料到原想出个大风头，却走向了反面，成为臭不可闻的人物。

“江青失宠了”，人们私下议论着。

江青四面楚歌了，她那股疯狂的劲头，不得不暂时收敛一下。但她的满腔仇恨，却向邓小平喷射出来。她对邓小平恨之入骨，暗中凝聚力量，对付邓小平。

▲置身政治风云中，叶帅一脸凝重，右侧的江青俨然一副领导人的派头，而叶帅身后的陈云眉头紧锁（杜修贤摄）

1975年9月至10月间，报刊上已带着火药味了，一支又一支的冷箭，矛头都冲着邓小平。《人民日报》中的一篇批宋江的文章，表面上批的是宋江，实际是影射邓小平。

邓小平要落实干部政策，解放干部，给一些冤假错案平反。这更刺痛了江青等人的神经，使他们火冒三丈，暴跳如雷。

江青等人疯狂地抵制邓小平的所作所为，斗争在升级。江青一伙三天两头交换动态，准备发起全国进攻。他们估计形势，如果能在毛泽东去世之前，把中央大权接管过来，这是上策。万一毛泽东突然离开人世，中国天下归谁所属，将是一场生死搏斗。能够取胜，就连不可一世的江青，也不敢说这个大话。

他们终于想出搬兵的妙计，想到了一位能在毛泽东面前说话的人，他就是毛泽东的亲侄子毛远新。江青把希望完全寄托在他身上。

毛远新神不知、鬼不觉地来到了毛泽东的身边，事前江青向他面授机宜。他向毛泽东告了邓小平的“御状”。

毛远新告状成功，江青欣喜若狂。邓小平所做的一切，她都恨得咬牙切齿。她下决心，不置邓小平于死地，决不甘心。她抓紧时机，向邓小平发起全面进攻！她又请康生出马，向毛泽东告了邓小平：“对这样具有伟大历史意义的文化大革命，却有人想全盘否定它，搞复辟，向我们反攻倒算！”“这就是邓小平。我斗胆说一句，他一上台就居心叵测。”

两次告状均大功告成，江青得意忘形，情不自禁地说了一句：“邓小平一垮台，天下就是我们的了！”

> 毛泽东的提议像一声晴天霹雳，江青感到头晕目眩。毛泽东正告江青：我死了，看你怎么办？

1975 年 12 月 16 日这天，神州大地，狂风大作，日月无光，批邓运动已经在全面展开了。

周恩来的身体状况日渐恶化，邓小平又要垮了，毛泽东的身体也每况愈下，未来的天下，肯定是她江青的了。想到这些，江青高兴得如腾云驾雾一般。在一次会议上，江青凶狠地说道：“不打断敌人的脊骨，让敌人彻底丧失战斗力，决不罢休！”会场上一阵狂热的口号声：“打倒邓小平！”“向江青同志致敬！”此时江青是多么得意！

1976 年 1 月 8 日上午 9 时 57 分，周恩来与世长辞了。江青是多么兴奋！较量十年的对手，终于倒下了，他的左右手邓小平跟着就要下台，剩下的残兵败将，哪个是自己的对手？成为中国头号铁腕人物的时间不远了。她一想到这，就高兴得手舞足蹈。

江青在思索着让谁当总理，春桥当然是最合适的，他是自己的人，对自己唯命是从，将来主席百年之后，自己当主席。她得意地自言自语道：“将来的天下，终于要落到我手里了。”江青正在得意，可是事与愿违，毛泽东提议让华国锋任国务院代总理，主持国务院工作。

毛泽东的提议，像一声晴天霹雳，江青只觉得头晕目眩，天旋地转。面对新的形势，江青一伙又商量对策。“华国锋好对付。”江青自信地说，“他来中央的时间不长，没有基础，实际上光杆司令一个。”

此时的江青已权迷心窍，不管是谁，只要不是她那伙人当总理，她都要闹个天翻地覆。她立刻召开 17 个省、市、自治区负责人的会。她把自己凌驾于毛泽东、党中央和政治局之上了。她要在各省市领导人面前亮亮相，显示一下威风！她是中国第二号实权人物。

清明节前几天，江青外出路过天安门广场的时候，就看见人民英雄纪念碑前花圈如山似海，人流如潮。江青对此非常痛恨，咬牙切齿地说：“这些人是借着悼念周总理的名义，反对毛主席、反对我，抵制反击右倾翻案风，拥护邓小平……”

江青一伙向无辜的人民进行了残酷的毒杀，1976 年 4 月 5 日，在天安门广场悼念周恩来的群众，遭到了血腥的镇压……

江青命令开动全国的宣传机器，大肆宣扬、攻击邓小平是“天安门事件的幕后操纵者”。邓小平又一次被撤销了党内外一切职务。

▲周恩来的逝世，使亲者痛，仇者快（杜修贤摄）

在毛主席病危期间，江青比任何人都忙。一天下午，她把张春桥、王洪文、姚文元召集在一起说：“据我看，主席也没几天的活头，眼下的形势，可以用两句话：胜利的前景在望，严酷的现实当头。主席只要眼睛一闭，一场恶战就开始了。”

1976年9月9日，毛泽东逝世了，江青忙得不可开交，她心急火燎，想早日“登基”，坐上“女皇”的宝座，可是不把对手打败，她是隔着锅台上不了炕呀！

毛泽东去世后，江青一伙活动频繁，经常密谋策划。江青以“女皇”的口吻，说道：“我同意搞杀人计划。”望望姚文元：“这项计划由你搞，上海武装由洪文搞，时间越快越好。一定要抢在他们行动的前边。”他们开足了马力，在篡党夺权的道路上全速行进。上海已发下枪炮74000余件，弹药1000多万发。电台、通讯联络工作都已准备齐备。一场真枪真炮的大战迫在眉睫。

毛泽东多次讲过：我死后，她会闹事的。她是有野心的，想当党的主席。毛泽东还正告江青：我死之后，看你怎么办？

毛泽东既有知人之明，又有先见之明，他的话言中了。

江青自己作孽，走完了自己坎坷的政治历程。1976年10月6日，震惊中外的事件发生了。在神州大地上，权势盖天的江青被擒了。

她的目光，始终盯着一个“权”字，“第一把交椅”、“最高的发号权”是她最终的猎物。但历史跟她开了个玩笑：她处心积虑地要夺取权力，到头来却受到了权力的无情惩罚。

第十六章 李富春与蔡畅的风雨路

> 李富春比蔡畅一家早两个月到法国。他那时还不到20岁，也没有明确的“主义”，只是纯朴地认为劳动也能救国。

20世纪20年代的中国是受苏联十月革命胜利冲击波震荡，封建势力和求解放、争独立的革命力量发生巨大碰撞的年代。毛泽东在湖南发起组建的新民学会为中国革命的血管中注入了新的血液，而新民学会主要成员蔡和森携母亲葛健豪、妹妹蔡畅，还有未婚妻向警予抵达了自由故乡——巴黎。

繁华的巴黎同时也是充满哲学思想、具有反抗精神的城市。涌进“自由故乡”的中国人，受各种思潮影响，组建了各种小组，形成了各种派别，自由的空气中汹涌着各种色彩的浪头，出现许多“主义”的追随者，什么“国家主义”、“无政府主义”、“资本主义”，当然还有社会主义。每个“主义”的追随者，都认为自己寻找的“革命道路”才是真正的“救国之路”。

蔡和森以他的勤勉好学、知识才干，孜孜不倦的进取精神，独立思考、远见卓识的思想力量，吸引了周围的中国学生。

李富春比蔡和森一家早两个月到法国。他抵达法国时还不到20岁，也没有明确的“主义”，只是纯朴地认为劳动也能救国。由于没有社会资助，家中筹集的钱仅够到法国的旅费，到法国后，他几乎身无分文了。他在英伦海峡边的勒阿尔市一家军工厂找了份工作，尽管李富春有熟练的钳工技能，能独立制作产品，但是法国老板瞧不起中国工人，给的工钱很低。当年在勤工俭学的中国学生中流传一首“散工曲”，反映了中国留学生的悲惨遭遇：

> 做工苦，做工苦，最苦莫过“马老五”（法语“散工”译音），“舍尖”（法语“工头”）光喊“郎德舅”（法文“他妈的”咒骂语），“加涅”（法语“挣钱”）不过“德桑苏”（法文，200小钱，合10法郎）。

众多的留学生中，李富春算是幸运的。一个偶然的机会，他得到了一份火车司机的差事。因为工作勤恳，待人和善，很快和法国同行混熟了。在他们的帮助下，共同包修了三台火车头，一下子挣了一大笔钱，成为勤工俭学学生眼中的“李富翁”。凭借自己的技能和精明多谋的头脑，李富春总是能找到挣钱较多的工作，表现出了极强的独立开拓能力和经济方面的天赋。这或许是他日后成为新中国经济领导人的早期实践活动，也是他步入经济领域的第一个台阶。

1920年春，李富春到法国南部蒙达尼公学专心学习，通过李维汉知道了国内的老朋友蔡和森也来了巴黎，很快和他取得了联系，并且受蔡和森革命思想的影响，思想认识上发生了很大的变化。

因为蔡畅比李富春大一个星期，李富春总是尊敬地叫她“大姐”，这个特别且甜蜜的称呼，一直叫到新中国，叫进中南海。

李富春在接受新思想的同时，也结识了和他同年同月出生又是湖南同乡的蔡畅。因为蔡畅比李富春大一个星期，李富春总是尊敬地叫她“大姐”，并且将这个尊称“请”进了他们的爱情中。这个特别且甜蜜的称呼，李富春一直叫到新中国，叫进中南海，直到生命最后一刻依然和以往一样深情地呼唤妻子为“大姐”。因为李富春叫大姐的缘故，身边的同志都称蔡畅为大姐，连比蔡畅大两岁的周恩来也同样喊大姐，渐渐的，“大姐”成为蔡畅的另一个名字。尽管丈夫口中的“大姐”和母亲唤的乳名“毛妹子”截然不同，但是它们各自融合了不同内涵的亲昵和爱意。

1922年秋天，“欧洲少年共产党”经中共中央批准成立了中国共产党旅欧支部，李

▲蔡畅（第二排右一）与葛健豪（第一排右四）在法国与法国女教师合影（历史照片）

富春转为中国共产党党员。第二年春，蔡畅也转为中共党员。

革命之花盛开时，革命人的爱情之花在战斗的洗礼中不断得到培育和浇灌！

留法勤工俭学的学生中，女学生极少。能够远离祖国到异域他乡求学的女子更受到男子的青睐和关注。可是这些出类拔萃的青年女子，不是一般男子能轻易接近的，当年李维汉给毛泽东的通信中提到："学会诸女友，都比我们强，我极喜。"李富春和蔡畅的感情发展也经过了一段时间的考验，他们最终能结为夫妻，还要归功蔡畅的母亲葛健豪"之命"。

蔡和森一家的情况，在留法勤工俭学的学生中绝无仅有，特别是蔡母葛健豪已经50多岁，用她独特的小脚远渡重洋，不辞万里，追随儿女求学的传奇故事，常常成为中国留学生的美谈。

葛健豪具有的反抗性格不仅遗传给了后代，而且她也积极参与孩子们的活动，中国最早的革命团体之一——毛泽东、蔡和森等创建的新民学会就是在长沙她居住的房屋里宣告成立的。

李富春在法国第一次见到一身中式装扮、面容刚毅、手拄拐杖、缠裹小脚的葛健豪，心中不由得充满了敬仰之情，因为他最喜欢接近的蔡畅和她母亲长得十分相像，连刚毅的神态、自信的目光都十分相似。

谁能想象，这样一位坚强开明的母亲在回国以后承受了作为母亲最难承受的打击。为了革命，她先后失去二子蔡林蒸和三子蔡和森、儿媳向警予。但她还是一如既往履行一个革命母亲的义务。她一边积极办学，完成党交付的各项工作，一边含辛茹苦抚养革命后代。

那时，在法国勤工俭学的学生，能维持自己的生计就很不容易了，而李富春勤工的收入比一般同伴都多，还能帮助学友们。他的这种能力和精神，蔡和森一家都很钦佩。葛健豪经常夸奖李富春，说这样能干的小伙子不多见，又好助人为乐，真是患难知己。李富春在法国举目无亲，也很乐意到蔡家坐一坐，聊一聊故乡长沙的事情，彼此都有共同语言。时间一长，李富春成了蔡家常客、不可缺少的家庭成员。渐渐地，葛健豪心里多了一个“小九九”，认为李富春为人厚道，大智若愚，没有大男子习气，有技术，适应环境能力强，“毛妹子”与他都是要革命的人，他们结合，志同道合，生活一定会和美。但是葛健豪想到女儿 13 岁时因反抗父亲包办婚姻离家出走的事，心里不免觉得沉重，估计孩子是不会随随便便对待自己的婚姻大事的。她这个当娘的也不急于捅破这层窗户纸，怕欲速则不达，何况他们都才 21 岁。

但是不久，这层窗户纸终究被严酷的现实捅破了。

1921 年底，因为参加法国当局禁止的集会活动而被捕的蔡和森和同期被捕的 100 多名中国学生遭法国当局驱逐，要将他们押送回国。消息传来，蔡家犹如五雷轰顶，加上这些日子为援救他们四处奔忙，心力交瘁，葛健豪和向警予婆媳俩都病倒了。此情此景，蔡畅特别焦虑，尽管许多学友来探望，但哥哥不在，家中缺了主心骨。这时她感到，家里没有一个男子可真不一样。她不由自主地把眼光投向正在床边和母亲说话的李富春，心中涌上了别样的感觉。这是人在经过惊恐无望和孤独无助后获得的一种踏实、安全和温馨的感觉。

蔡畅心里发生了微妙的变化，就连李富春不高的个头在蔡畅眼中也变得高大起来。

很快，已经怀孕的向警予也追随丈夫回国了，只剩下母女俩的蔡家好像灌满了沉闷的空气，一向坚强而不畏惧困难的葛健豪也感觉到一种莫名的精神压力。由于一时还不能回国，蔡母觉得不能再拖了，该是决定蔡畅婚事的时候了。当母亲正式提出李富春时，蔡畅毫不犹豫地点了头。

瓜熟蒂落。1923 年春天，李富春、蔡畅携手走进巴黎市区一个半地下的咖啡馆，想单独庆祝自己的大喜日子。没有想到邓小平提前得到消息，他躲在咖啡馆里，当他们两人刚坐下，他突然笑着出现在他们跟前，一边道喜，一边嚷着要为大哥、大姐证婚……在巴黎编辑和发行《赤光》刊物期间，李富春、蔡畅与邓小平结下了深厚的友谊。16 岁就留法的邓小平天性活泼，常常操着一口浓重的四川口音，当着二人面快言快语说：“怎么样，该请我们吃喜酒喽！”今天他终于如愿以偿，喝下了不同寻常的喜酒。

李富春和蔡畅晚年每当回忆起这段美好的日子，总是兴致勃勃地说：“那时，我们三个人喝了一点酒就完成婚礼，那可是革命化哟！小平同志还是我们的证婚人哩！”

> 他们的结合目的很明确，不是为了天伦之乐，更不是为延续所谓的“香火”。

1924年初，李富春和蔡畅唯一的女儿李特特出生了。蔡母抱着在法国出生的外孙女，心中充满了甜蜜的温馨，催着他们给国内的家人报告喜讯。

不过可别以为这个极为甜蜜和诗意的名字下有一个甜蜜的童年。特特的经历和她的名字一样，充满了奇特和特别。

李特特是在蔡畅毫无做母亲的思想准备时落下了生命的种子。蔡畅从她1918年投身革命，便立下了誓言：为解放劳苦大众，推翻旧中国人剥削人的制度，实现共产主义而奋斗终身！

可是漫长的革命历程才刚刚开始起步，这个不期而至的小生命就要跑出来侵占年轻革命家的宝贵精力和时间！蔡畅知道，一旦生下这个孩子，势必要为此分心，势必影响工作和学习。特别在封建的旧中国，一个女人要想自立自强是何等的艰难，如果有了孩子，女人再想展翅高飞，那就更加困难，几乎近似痴想。所以她想来想去，狠狠心，决定中断妊娠，宁愿放弃做母亲也不愿意因此影响她所热爱与献身的事业。

李富春也同意妻子的做法。他们的结合目的很明确，不是为了天伦之乐，更不是为延续所谓的“香火”。他们是为了在革命征途中能携手并肩，志同道合，共同走向中国革命胜利的彼岸。他们不仅是夫妻、亲人，也是战友、同志。所以在他们一开始涉及职业革命家这一危险且神圣的领域时，就没有预留孩子的位置，“孩子”在他们心中几乎和“包袱”词义等同，他们怎么可能有初为人父初为人母的喜悦呢？

打掉这个孩子，似乎已成定局。

可是他们没想到法国法律禁止妇女堕胎，所以没有医生敢为这个在他们眼里有点近似残忍的中国妇女做人流手术。

蔡畅要堕胎的念头，遭到母亲葛健豪极力的反对，为了保住这个革命后代，葛健豪以牺牲自己心爱的学业为代价，向女儿蔡畅承诺，孩子出生后决不让他影响父母的工作，由她承担抚养外孙的重担，让孩子成长为革命接班人！

蔡畅还有什么好说？孩子是革命后代，他有权来到这个世界！

十月怀胎，一朝分娩。1924年春天，一个健康的女婴在法国巴黎出生了，好像命中注定，特特刚诞生便成为父母的独生女儿，同时也意味着将拥有一个孤独的童年。因为母亲为了防止再有第二个孩子，在产床上果断地让医生给她做了结扎手术，终身不再要孩子！

蔡畅这一行为，恐怕是中国历史上第一位用手术绝育的方法实行计划生育的女性！

蔡畅在1924年就敢于向封建社会“无后为大”的伦理道德挑战，可见蔡畅坚定的革命信念和反封建制度的勇敢精神。直到今天，这种行为仍让人感到敬佩和感慨！

不管怎样，小生命还是保存了下来，并且顺利地在这个世界上成长，尽管这个世界并不明亮，并不是处处盛开鲜花。远在东方的祖国还在军阀混战中，政局动荡，民不聊生……但生命毕竟是美好的。

小生命的降临，最喜欢的是外婆，她欢天喜地按照蔡畅法国名字头两个字母“TT”的谐音，给新生婴儿起名为“特特”。

在特特8个月时，国内的革命运动有了突飞猛进的发展，在法国的中共党员陆续回国。组织上决定让李富春、蔡畅、聂荣臻离法，去苏联短期学习，然后回国。这意味着他们在法国五年的生活结束了，李富春夫妇提前安顿母亲和8个月大的女儿回国。葛健豪一个人带着吃奶的婴儿，漂洋过海，辗转了大半个地球，终于在1925年回到阔别五年的中国。而李富春和蔡畅在1925年早春二月，经德国前往神往已久的十月革命的故乡苏联。

周恩来与邓颖超、李富春与蔡畅是中南海里出了名的模范夫妇，两个家庭，各有正副官职。

李富春长期从事计划经济工作，特别是解放战争时期，他在东北卓有成效的经济计划工作，不仅有力保障了三大战役的后勤供应，而且还有力支援了抗美援朝战争。为此，他被中央视为中国经济计划工作的奠基人之一。

1953年，李富春和陈云作为周恩来的助手前去苏联，制订了中国第一个国民经济五年计划书。从这以后，李富春和陈云担任国务院副总理，主管财经工作，协助周恩来领导经济工作，成为周恩来的左右臂。

蔡畅自从1942年担任中央妇委书记以来，一直是中国妇女界最高领导人，邓颖超在新中国成立后担任全国妇联副主席，她们也是多年的工作同伴，多年的亲密姐妹，如今住进中南海，还是和以前一样，生活中相互关心，工作中相互配合，她们经常一道出席会议和各种活动，工作配合非常默契。

在中南海里，像这样各有正副职务、互为助手，又是终身伴侣的家庭并不多，加上他们都是有情趣的革命者，表达感情的方式也很独特，周恩来、邓颖超在谈恋爱时一样喜欢写信，以信抒情；而李富春和蔡畅也保持了法国拥抱接吻的习惯，落落大方地表达爱意。他们是中南海里出了名的两对模范夫妻。

▲1924年7月，中国国民党驻法国总支部第二次代表大会代表合影。第三排右四为周恩来，第四排左五为李富春（历史照片）

但是1960年以后，他们的情趣也随着共和国沉重的脚步逐渐减少。中国经济出现多次冒进，多次违背经济规律，总理周恩来挨过批，副总理陈云做过检查，副总理李富春也受到了冷落。

1962年经济工作开始调整，李富春因为受到不公正的批评而不再主持国家计委工作，直到1966年“文化大革命”开始，面对经济战线无政府状态，周恩来决定再次起用李富春。这天傍晚，李富春乘坐一辆黑色吉姆车从外地回来，驶进中南海西门，来到临近西门的庆云堂一号的朱砂红门前，这是一座清代的四合院。他和蔡畅已经在这里居住了10多年了，再熟悉不过的地方。蔡畅听见汽车声，从正房出来，看见李富春走进院子，她摘下老花镜，高兴地上前握住丈夫双臂，在面颊上亲吻了一下，这是他们夫妇特有的见面礼节。刚开始身边工作人员不习惯，时间一长，大家也就习惯了，如果好久不见老两口行洋礼，就怀疑他们是不是闹别扭了。有时在机场这样的公共场合，邓小平、聂荣臻、陈毅等老学友也爱和他们开心：“大哥大姐行个洋礼，怎么样？”他们也不推辞，大方地行个洋礼。

西花厅在庆云堂北面，相隔不远。不一会李富春的汽车就驶进了西花厅，夕阳照在总理办公室的窗棂上，李富春疾步走到门前……周恩来的嗓音有些沙哑，问：是富春嘛，进来啊进来。总理起身和李富春握手，说：富春老弟，让你中断疗养，是不得已而为之啊，以后我向大姐赔罪，加倍给你时间休养。

李富春幽默地说：还是到马克思那里永远休养吧。既来之则安之嘛，我是做好打持久战的准备。

好！有你这句话就行，今天叫你来，就是准备让你重返经济战线打持久战。

周恩来告诉他为什么这么着急将他召回，因为现在需要他再次将经济工作管起来。总理不等李富春表态，将当前经济工作的严峻局势简要讲述了一下，他说主席在南方，北京的院校出现动乱，中央派了工作组，收效不大，社会上也开始搞“文化大革命”，工农业第一线人员也加入了运动，如果不加以引导和控制，国民经济建设将会受很大影响。李富春默默地吸烟，用左手的食指一下接一下搓磨自己的两撇浓眉，这是他遇到难题时的习惯举动。他沉思了一会，对总理说出自己的顾虑：自己已经一年多没有领导经济工作，对现在的经济形势更加不了解，而且在当前“文化大革命”的局势中领导经济工作更加没有把握。他怕辜负总理对他的重托，不能很好地完成党和人民交给的任务。

周恩来双手抱臂，认真且严肃地说：你管经济工作是行使国务院副总理职责，协助我管经济，这是副总理职责之内的工作，这些材料拿去今晚加个班，明天就召集经济口开会！

李富春张嘴还想说些什么，可当他看见周恩来鬓角一缕白发，他喉结滚动了一下，将半截香烟捻灭在烟缸里，二话没说，起身抱起桌子上的一叠材料走出总理办公室。很快，中央下发了一系列有关抓革命促生产、坚持岗位搞运动的文件。然而面对“文化大革命”的熊熊烈火，这些中央指示无疑只是杯水车薪，作用不大。为了便于更好地抓经济工作，1966 年 8 月，李富春当选为中央政治局常委。这是李富春革命生涯中最辉煌的巅峰。但好景不常，仅隔四个月，他被卷入“二月逆流”的漩涡中。

> “文化大革命”一开始，分管经济工作的李富春始终不能理解。“二月抗争”中，他第一次在党的高层会议上说了话。

1967 年 2 月，中央决定周恩来每三天召开一次政治局常委碰头会，及时处理“文化大革命”中全国各地出现的重大问题。

2 月的一天下午，周恩来在中南海怀仁堂会议室主持碰头会，康生在会上对李富春攻击，说他联络副总理搞地下串联，是“反党俱乐部主任”。李富春质问康生：什么是反党俱乐部主任？我找同志商量工作，是我的工作职责，如果我不抓工作，总理的工作势必压力更大，如果你们信不过，就请组织审查！反正你们手里有权！

一向谨慎和蔼、善于包容别人的李富春第一次在党的高层会议上发了火，说了重话。他这一说，像拉了导火线，引发与会许多老将帅对“文化大革命”的不满。

“文化大革命”以来，许多老同志被打倒，或者处境不利，朝不保夕。李富春因为协助周恩来搞经济工作，“四人帮”一时无法打倒他，中南海里的老同志将李富春视为最接近中央核心又最令人信任的知情人，经常到他家中打探消息，商量对策，以防“文革小组”的暗算。时间一长，在“文革小组”一些成员眼里，李富春成了对抗“文化大革命”力量的代表人物，只有想法整倒他，才能打击那些老资格而且还死不服气的将帅们，这次连李富春找其他副总理谈工作也成为反革命串联的“证据”。

李富春回到家和蔡畅谈了会议上的事情，蔡畅也很纳闷：我们一个是政治局常委、副总理，一个是全国妇联主席，在家中约人谈事情，是很正常的事，康生怎么能随便

▼能顶“半边天”——1963年4月4日毛泽东在中南海会见妇女代表（前排右起：陆定一、聂荣臻、周恩来、毛泽东、蔡畅、邓小平、李富春、谭震林）（杜修贤摄）

胡说，这样不讲党性？

李富春和蔡畅几乎一夜不眠，心情格外沉重。

2 月 16 日，周恩来再次在怀仁堂召开碰头会时，“文革小组”一方对上次碰头会还心怀不满，这次他们又和陈毅、谭震林、李先念发生了激烈的争吵，而这次李富春没有参加会议，但是他仍然和其他几位老同志被毛泽东批判。

康生、陈伯达、江青等人以为有了毛泽东的尚方宝剑，连续召开了七次政治局政治生活会，林彪最后将中央碰头会上纲为“一次政变预演”，并且定性为“二月逆流”，几个在会上仗义执言的老同志，各自都获得了一顶吓人的“帽子”。

中央党政军碰头会从此中断。

1968 年 10 月，林彪在党的八届扩大的十二中全会上造谣说，在中央的老干部有两个摊子，并说李富春、陈毅、李先念副总理为一摊子，叶剑英、聂荣臻、徐向前老帅为一摊，李富春是打头的，陈毅是联络员，两头跑。说他们是有组织有计划有纲领地进行反党活动。

在这期间，周恩来焦急万分，曾经多次做工作，希望将这些不实之词推翻，给这些激烈的人身攻击降温。但是他面对的对手太多，无法扭转这不公正的局面。不久，蔡畅也给诬陷为“反党俱乐部黑老板娘”。当大字报贴到天安门时，毛泽东知道了这件事情，他很生气，说：

“毛妹子，我从小就认识她，她这样忠厚的人都反党，洪洞县里哪还有好人了？”

蔡畅听到这个消息，像受了委屈的孩子，流下了眼泪。慢慢地“二月逆流”降了些温。黄永胜一天半夜敲开李富春家的门，说以后不要公开再说什么“二月逆流”，不准再搞批斗。据说是毛主席对“二月逆流”有了具体的指示。林彪怕老帅们知道这个批示的真实内容对他不利，死活没有让这个批示和大家见面。

到了 1968 年，中国的经济形势更加严峻。如果说 1967 年还勉强搞了一个国民经济年度计划，1968 年连起草全国计划的条件都没有了。这一年是自从 1954 年有了第一个国民计划书后唯一没有国民经济年度计划的一年。

> 一个电话，急令李富春夫妇三天之内离开北京疏散到广州。

1969 年 2 月，李富春接到林彪的“一号命令”，要求他和蔡畅三天内离开北京，“疏散”到广州从化，并不准他们再回北京。他们带着所有衣物和书籍离开了北京，到广州后他们又几乎与世隔绝，尽管朱德和董必武也在广州从化，但是相互不能串门，更不能交谈。这是李富春和蔡畅结婚以来，经历的一次少有的精神痛苦。虽然情绪低落到极点，但是他们相依为伴、相互鼓励，尽量将每天日程安排满，不让自己闲着。李

▲松下碑旁，周恩来、邓颖超同李富春、蔡畅留影（侯波摄）

富春牙病严重，疼痛难忍，无法安寝，蔡畅陪他度过了一个又一个闷热潮湿的长夜。

日历一天天地薄了下去，可他们的处境却一点没有改变……

1970年8月中央在庐山召开九届二中全会，身为中央委员的李富春和蔡畅来到了庐山，他们和多日不见也疏散在外地的几位老总在庐山的山路上不期而遇，但是大家不约而同地收住了脚步，远远地凝望着，而不敢贸然上前打招呼。一向开朗活跃的陈毅做了个抱拳作揖的动作，便急速下山了。原来大家心情都一样，因为“二月逆流”的问题，都怕连累对方，节外生枝引出事情。李富春和蔡畅住的楼正好在陈毅对面，每天蔡畅都看见陈毅盘腿坐在地毯上，像在练功，而每次他都背对着蔡畅他们的窗户。蔡畅对李富春说陈毅是个开朗活跃的人，什么时候这样沉闷过？看了让人心里难过。李富春叹了口气说：我们都一样啊！到庐山后，李富春牙疼更加严重，半面脸都肿了起来。蔡畅心痛丈夫，想告诉周恩来，叫医生来看看。李富春不同意：我们这个时候还是少给总理添麻烦，你没见他消瘦了好多……他也不容易啊。

蔡畅想想只好作罢。恰在这时，周恩来打来了电话，询问他们的情况，蔡畅忍不住将李富春的牙病说了出来。周恩来在电话那头果断说：有病应该治，我介绍你们去天津治病，那里有个最好的牙医，我熟悉。你们开完会，就直接去天津，不要回广东了。

因为周恩来的保护，李富春和蔡畅回到了北京。

也因为周恩来的保护，邓小平1973年再次复出。1974年6月周恩来住进医院后，邓小平接替了总理的部分工作。1974年10月，邓小平从联合国开会回来，途经法国，在那里停留作了短暂的访问。回国以后，他和妻子卓琳一天晚上到庆云堂一号。邓小平一进门就亮开他那高亢的川音，问：猜一猜，我给你们带啥子啰？

蔡畅和李富春围着邓小平带来的纸盒子，两人猜了几样东西都没有猜对。邓小平打开盒子：法国面包，没有想到吧？

蔡畅拍着手说：我怎么没有想到呢？咳，还是法国原装的面包！

“比我们在那里时好吃多了，不信，你们尝尝？”

邓小平告诉他们，这次带回的法国面包还送给了聂荣臻和正住院的周恩来。让大家一起分享面包的同时，也回忆当年在法国勤工俭学的时光。

邓小平来后不久，李富春在卫生间里漱口，吐出了一口鲜血。

北京医院里，李富春病历上赫然写着：肺癌晚期。

李富春病逝，重病在身的周恩来坚持参加完追悼会，昔日的证婚人邓小平如今含泪致悼词。

1975年1月9日凌晨，蔡畅在中南海接到北京医院的电话，说李富春病情恶化。她感到很意外，因这几天患感冒，不敢去医院，怕传染给李富春，晚上她还和丈夫通了电话，说一切都很好，病情比较稳定。才几个小时，病情怎么突然恶化了呢？前天，她去医院还和李富春谈起四届人大的人选，对邓小平将接任中国领导的重任感到欢欣鼓舞。

蔡畅刚下车，主治大夫迎上前，紧紧握着蔡畅的手，低下头，没有说话。从大门到电梯门前，短短十多步路，有几个负责治疗的大夫都默默过来和她握手。她开始有点预感，着急地望着电梯的指示灯。

二楼电梯门一开，她看见邓小平已经在电梯门前等候着她。邓小平握住蔡畅的手，沉重地说：“大姐，节哀顺变！”

“小平，富春他怎么啦？”

“大姐，医生尽了最大的努力，富春在今天的凌晨时分离开了我们……”

蔡畅眼睛睁得大大的，吃惊地望着邓小平，手里的黑色纱巾滑落在鲜艳的地毯上。她飞快地冲进病房，只见李富春直挺挺地睡在病床上，身上覆盖着白色的单子，对面的书桌上还堆了一摞材料和文件，其中有一份文件还打开着……

蔡畅跑到李富春病床前突然急刹住脚步，定定地立在床前，泪水哗地涌出眼窝……

秘书赶紧上前搀扶着她，她还是定定地望着，突然蔡畅用力甩开秘书，大叫了声“富春！”扑了过去，紧紧抱住丈夫：“富春，富春，我来迟了，我来迟了。”

秘书这时告诉蔡畅，中央领导人很快要来医院和李富春遗体告别，医生还要布置一下病房。蔡畅弯腰在李富春脸颊上轻轻地吻了一下，一颗泪珠滴落在他的脸上，蔡畅用手掌轻轻地拭去……

李富春去世的当天，周恩来在三〇五医院知道了这个噩耗，他不顾医生的劝阻，

▲李富春与陈云、罗荣桓（历史照片）

一定要亲自到北京医院向李富春遗体告别。

当周恩来拖着瘦弱的病体走下汽车，蔡畅没有想到重病在身的周恩来突然来了，既是感动又是心痛，连忙搀扶住总理，紧握老战友瘦骨嶙峋的手，有些埋怨：“你看，你怎么还是来了？”周恩来悲伤地说：“我不能不来啊，我和富春相识了半个多世纪，……我们几乎没有分开过……大姐，你说我怎能不来，不来，我的心不安啊！”

蔡畅的眼泪又涌了出来，她怎能忘记他们夫妇和周恩来夫妇50多年的交往？

休息了一会的周恩来对蔡畅说，走，我去见见富春……蔡畅见总理起身很困难，便上前去扶他。从不轻易让人搀扶的周恩来，却将一只膀臂微微抬起……蔡畅挽着周恩来，一同走到李富春遗体前。周恩来在李富春遗体前缓缓鞠了三躬，他凝视着安详沉睡的富春，心中无比心痛，哽咽地说：“富春啊，你比我小，得病也比我晚……可你怎么这么性急呢？要在我前头到马克思那里报到！……党和国家还有好多工作需要你做啊……富春同志，安息吧……”周恩来努力地克制自己的感情。蔡畅在旁边也强忍着眼泪，她不想让重病的总理过于伤心。

一寸丹心图报国，两行清泪为思亲。此时此刻，同在法兰西度过年轻时光和拥有美好记忆的革命战友，内心那份痛楚可想而知了。

“富春的追悼会我要来参加，我现在……受医生管啊！”周恩来抬起手腕，指指手表说。

周恩来坐进车里，突然摇下车窗，探出头，目光异常凝重，对蔡畅一字一顿说："节哀顺变，时间会说明一切的。好好保重，这很重要！"

蔡畅含泪点头："恩来，你也要多保重啊，这也很重要！"

邓小平和蔡畅一同目送周恩来的汽车远离视线。蔡畅的眼泪再也抑制不住了，转身背着大家，用手绢擦泪。邓小平在身后轻轻说：大姐，总理刚才不是让你多保重嘛，大哥的一生是革命的一生，战斗的一生，别人不了解他，我们还不了解他？俗话说，真金不怕烈火炼，富春大哥是真金，历史老人是烈火。你说是不是？

蔡畅猛然转过身定睛望着邓小平，抿了抿嘴唇，她又恢复了往日的沉着和坚定。"我没有事，不要担心！"因为她从革命战友那里得到了信心和力量。

李富春追悼会定在1975年1月15日在北京医院召开，一代开国元勋、曾经担任过中央政治局常委、长期担任国务院副总理的李富春，追悼会规模十分简单而冷清。蔡畅此时内心倍感压抑，她坚持不让其他亲属参加追悼会，由她独自为生前蒙受不白之冤却忍辱负重，临终都没有说半句怨言的丈夫送行。

邓小平在追悼会上为半个世纪的老战友致悼词。周恩来抱病前来为战友送行。当年为战友证婚的邓小平这时却面对战友的骨灰盒，他依然是一口川音，但是他沉痛，他哀伤，他落泪，用喑哑的语调为李富春致了悼词。半个世纪前是为生者贺喜，半个世纪后是为亡人盖棺，这一喜一悲，浓缩了人生荣辱兴衰。

> 蔡畅用手掌轻轻地拍击着周恩来的后背，像是鼓励像是安慰也像是最后的告别。

1975年6月15日，蔡畅在北京饭店理发，她突然看见周恩来身边的工作人员，惊奇地问是不是总理也来了？她话音未落，周恩来在医护人员的搀扶下，缓慢地走向他常去的房间。此时周恩来的身体已异常虚弱，但是他要在生命最后的时刻将他以前常去的地方再走一遍，和当年为他服务的工作人员作个告别。这天他正好来到北京饭店，和以往一样先到他办公休息的房间，然后又请理发师傅为他最后一次理发。蔡畅看见周恩来来了，也不等自己理好发，就急切地到周恩来的房间看望。周恩来见蔡畅来了，感到意外，吃力地站立起身子，伸出他那只略带残疾的右手，握住蔡畅饱经人生磨砺变得厚实的手。

蔡畅也紧紧握住这只好似兄长让人感到踏实有力的手！这种握手他们是那么地熟悉，它们整整相握了54年。可是此时握手，他们却相视默默，许久说不出一句话。蔡畅用凝视的目光打量着周恩来……总理憔悴瘦弱的面容引起她的不安，她握着总理的双手，忧伤地说："恩来，按理你比我大两岁，可是50多年你一直叫我大姐，今天看见

▲1960年3月8日周恩来、蔡畅在北京庆祝三八国际劳动妇女节（杜修贤摄）

你这样瘦，大姐心痛啊！”

周恩来也感慨地说：“你是我们革命的大姐，是全国妇女同胞的大姐，富春都叫你大姐，我当然要叫你大姐啦！”

这时，蔡畅声音有点哽咽了，伸出双手扶住周恩来消瘦的双臂，像告别即将远行的亲人那样深情地说：“恩来，让大姐好好亲亲你，行吗？”

周恩来脸上又浮现了他那特有的笑容，爽朗地说：“好啊，大姐，我们是老战友了，我也想亲亲大姐！”说完，相互亲吻了面颊，又紧紧拥抱在一起。蔡畅用手掌轻轻地拍击着周恩来的后背，像是鼓励像是安慰也像是最后的告别。蔡畅松开周恩来双臂，几乎没有抬头，立即转身而去，因为她已泪流满面！此时此刻她不愿意让生死与共的老战友看见她的眼泪。从法国认识起，几十年艰难险阻、风雨征程，他们从来都是笑迎困难坦然面对死亡，眼泪不属于他们这些坚强的革命者！最后的告别，依然不能用眼泪作为句号。望着蔡畅步履蹒跚、不断抽泣的背影，周恩来的视线也模糊了……而他们身边的工作人员却哭出了声，这种无比沉重的场面表达了一个令人心碎的含义——诀别！

半年之后，周恩来走了，永远地走了。蔡畅没有再流泪，她像握周恩来手那样，紧紧握住邓颖超的手，两位并肩战斗的革命姐妹，此时的心境几乎不用言语的表达便彼此相通。她们都失去了终身爱人，但是都获得过一个充满真情的人生，痛苦的心灵中留下了一段满足和欣慰的姻缘。

这以后，蔡畅又在中南海庆云堂一号生活了15年，1990年9月，她度过了九十寿辰后，留下“丧事从简，不搞遗体告别，不开追悼会”的遗嘱，安详离世。

第十七章
陶铸大起大落中南海

> 陶铸到京工作，江青寄予希望，认为是炮打“刘、邓资产阶级司令部”的人选。可是陶铸“不识时务”，他没有使江青满意。

1969年中秋的夜晚，圆圆的月亮已高挂天空，对“文化大革命”的动荡习以为常的人们也坐了下来，迎接佳节。但是安徽省合肥市西郊的解放军某部医院门卫却突然森严起来，严格检查进出的行人。全体病员（除重病不能下床者外）也被以看电影的名义集中到广场。与此同时，一名医生和两名护士被秘密喊到一个房间集中，听候调遣。七点钟左右，一阵急促的电话铃声响起，他们接过电话后便匆忙朝着病区西头的“秘密病房”奔去。

不一会，一辆黑色轿车悄然驶来，停在了“秘密病房”的门外。车门打开，一个面戴口罩、身着呢大衣、手拄拐杖的人走下车来。

他是什么人物？搞得这么神秘！

医护人员猛然认出来了，他不就是中央政治局常委、国务院副总理陶铸吗？不错，他是陶铸，但此时的他已变成“中国最大的保皇派”、“叛徒”。按照林彪的“一号命令”，他被“疏散”到安徽省。

由于陶铸的胰腺癌已到晚期，又经过飞机上的长途颠簸，他的身体变得很虚弱，但他仍镇定自若，拄着手杖，庄严凝重地、一步一步地走进早已为他准备好的“秘密病房”，开始了他生命的最后一段路途。

这是1969年10月18日夜晚所发生的事情，此时，史无前例的“无产阶级文化大革命”已经持续了三年之久……

1966年5月底，经邓小平推荐，中南局第一书记陶铸被调往北京工作，担任中共中央宣传部部长、中央书记处常务书记兼文办主任，接替了刚刚被打倒的彭真的工作。6月1日，陶铸从广州飞往北京，走马上任。

对于陶铸到京工作，江青曾寄予希望。因为陶铸长期搞地方工作，对中央内部的情况很不了解；与刘少奇、邓小平也仅仅为一般工作关系；再加上陶铸敢于放炮，性情直率，因而被江青视为日后可用炮打“刘、邓资产阶级司令部”的人选。

8月1日，中共八届十一中全会召开，经毛泽东安排，陶铸成为政治局常委中的“第四号”人物。全会充满着火药味，特别是毛泽东在8月5日写的《炮打司令部——我的一张大字报》，震动了全会。

八届十一中全会后，毛泽东先后主持召开了几次政治局的生活会，内容是批判刘少奇和邓小平。会前，江青私下找到陶铸，要他在会上打头阵，向刘、邓放炮。没想到陶铸以刚来中央，对情况不了解而加以拒绝。在这几次生活会上，陶铸从头至尾都没有发言，不肯给“中央文革小组”当炮弹，甚至连谢富治攻击刘少奇、邓小平的发言，陶铸都没批准印在会议简报上。陶铸的所作所为，不能不引起江青等人的不快和不满。

▲陶铸和邓小平等同志在湛江市海滨公园（侯波摄）

八届十一中全会，实际上是毛泽东以党的会议的形式，组织对刘少奇和邓小平的全面围攻。尽管他们的职务仍然保留，但实际上已被“拉下马”了。可陶铸依然真诚地认为，刘、邓即便有错误也是认识问题，况且刘少奇仍然是国家主席，而邓小平也还是政治局常委，因此在他主管的新闻宣传上，一如既往地把刘、邓作为国家领导人来对待。在新华社将要刊发的一组国庆检阅的新闻照片中，依然有毛主席和刘主席两人在一起的照片，并且安排了邓小平的照片。

陶铸的所作所为，引起了江青等人的更大反感，一场风波随之而来。

1966年10月，中央召开工作会议，对刘少奇和邓小平进行了无情的批判，毛泽东的《炮打司令部——我的一张大字报》也向全党全国公布。10月25日，知道十一中全会内情的中央组织部300多名群众，要求前往中南海向毛泽东和党中央送交决心书，表示坚决揭发、斗争刘少奇和邓小平，此举为陶铸所阻止，“组织部组织人去中南海喊打倒刘少奇，贴他的大字报，这种做法我不赞成”。11月2日，陶铸在中央组织部讲话时再次重申：“不能把刘少奇同志叫作敌人，不能喊打倒。”“我不赞成写打倒刘少奇的大字报。他是国家主席，中央政治局常委，犯了路线错误，是团结——批评——团结的问题，是人民内部矛盾的问题。”可想而知，在刘少奇被“中央文革小组”紧追不舍、处境极为艰难的情况下，陶铸说出这样的话会有怎样的后果！果然，一场厄运向他袭来。

> 在对待造反派的态度上，陶铸与江青发生争执。江青等人想借助毛泽东打倒陶铸，没有成功，便煽动造反派围攻他。

11月27日，“中央文革小组”成员关锋根据江青的授意给江青写信，指责陶铸。他在信中说：“陶铸同志到中央工作以来，就积极支持刘、邓路线，并参与了刘、邓路线的制定，陶铸的说法，是直接同主席的《炮打司令部》的大字报唱对台戏。”关锋还在信中建议中央“密切注视，加以考察”。江青收信后把信转送了毛泽东。

次日，在文艺界召开的动员大会上，江青发表讲话，她说：“毛主席和他的亲密战友林彪同志、周恩来同志、陈伯达同志、康生同志，以及其他许多同志，都肯定了我们的成绩，给过我们巨大的支持和鼓舞！”她故意“忽略”了名列陈伯达之前的陶铸，而且她明明知道她的讲话将要印在《人民日报》和《红旗》杂志上。言外之意，陶铸不是毛主席革命战线上的人，人们可以任意怀疑并进而打倒他。

如果说在对待刘、邓的问题上，陶铸与“中央文革小组”已经陷入很深危机的话，那么在对待造反派的态度上，又使陶铸与“中央文革小组”间加大了分歧。当时的造反派是“中央文革小组”的宠儿，而陶铸则对造反派不赞成和看不惯，为此，江青不时与陶铸发生矛盾。

江青和陶铸吵得最厉害的一次，是关于吴传启的事。吴传启是《哲学研究》杂志总编，“文化大革命”开始后，他在学部贴出第一张大字报，“造反”甚早。对此事，陶铸夫人曾志有一个回忆：

> 那天，陶铸去“中央文革”开会，一进屋，江青就以居高临下的口吻质问陶铸：“你为什么迟迟不去宣布支持革命左派？”陶铸说：“有的革命左派确是有问题的，他的材料你已看过，我怎么能去支持这样一个人呢？”江青蛮横地说：“只要是写第一张大字报的，就必须承认他是革命左派，就必须支持他们。至于什么历史问题，那有什么了不起！”江青又傲慢地补充了一句：“你不也是国民党吗？”陶铸也火了，他立即反唇相讥：“你知道我是什么时候的国民党党员？我是第一次国共合作时期的国民党员，是在国民党军队集体参加国民党的。那时毛主席也是国民党，周总理也是国民党……而这个革命左派是什么性质的国民党？他的国民党能够与我们的国民党混为一谈吗？”一席话说得江青恼羞成怒。她竟然命令似的非让陶铸去支持不可。陶铸此时已经到了忍无可忍的地步，他霍地站了起来，直视着江青声色俱厉地说道：“你干涉的太多了！管得太宽了！你什么事情都要干涉！”仅说了这么一句，江青就大哭大闹起来，说什么她这一辈子还没有受过如此大的气，说陶铸欺负她，镇压她。陶铸对我说：“你不知道，江青对我们，经常像训孙子那样地训斥，总是用命令的口吻，真是让人受不了！”……

陶铸与江青争吵一事迅速传到了毛家湾。副统帅夫人叶群发话了：“这个陶铸，他怎么能说到毛主席，怎能跟江青吵？”在这件事以前，林彪对陶铸比较欣赏，而这以后，林彪也不敢接近陶铸了。

陶铸与江青的尖锐对立，使“中央文革小组”认为必须除掉陶铸。

12 月 4 日下午，林彪主持召开了中央政治局扩大会议。“中央文革小组”借机对陶铸发动突然袭击。王力等人攻击陶铸用生产压革命，他指着陶铸说：“11 月 10 日《人民日报》发表了《再论抓革命、促生产》的社论，差不多所有革命工人都不能接受这篇社论。主要的就是讲生产，写得很厉害，批评得很凶，这些词句都是陶铸同志坚持的。”《红旗》有篇社论叫《信任群众、依靠群众》，有一段话是陶铸坚持要加进去的，就是：绝大多数共产党员、党组织是好的。王力还说：“陶铸同志很坚持要党委统一领导工厂的‘文化大革命’”，“统一领导就是镇压革命。”“文革小组”顾问康生插话：“工厂究竟有没有阶级斗争？有没有走资派？”

陶铸迫不得已地作了“检查”。他说：“工业农业‘文化大革命’问题，我要负主要责任，坚持老框框，怕乱了生产。写了‘抓革命、促生产’的两篇社论。”陶铸进而光明磊落地说：这一切都由于“思想上没有解决问题”。

陶铸新中国成立后长期在广东从事实际工作，对革命和生产二者之间的关系，有着切身的体会。在经历过1957至1959年间政治冲击生产的运动后，他一直强调“抓革命促生产”。12月24日，在“文化大革命”碰头会上，江青质问陶铸：“为什么不许批斗余秋里、谷牧（当时国务院主管生产的负责人）？谁作梗？”陶铸说：“明年的国民经济计划要订，是我不让斗。”江青、张春桥听后一起狂叫：“党内最大保皇派就是你陶铸！”陶铸凛然地宣布：“咎由自取，我对我所做的一切负责。”

尽管这样，毛泽东还是要保陶铸。12月29日，他找陶铸谈话，说道：“江青这个人啊，容不得人，对她的言行不必介意。你这个人啊，就是说话不注意，爱放炮。在中央工作不比地方，要处处注意谦虚谨慎。”

看来，毛泽东无意打倒陶铸，而只是提醒他要注意。以江青为首的“中央文革小组”无法借助于“最高指示”打倒陶铸。

江青和陈伯达手中还有“法宝”，那就是煽动造反派。1967年1月4日，他们在人民大会堂东边会议室接见湖北专揪王任重造反团时，宣布陶铸是“中国最大的保皇派”。陈伯达说：“陶铸同志到中央后，并没有执行以毛主席为代表的无产阶级革命路线，实际上是刘、邓路线的坚决执行者！刘、邓路线的推广，同他是有关系的。他想洗刷这一点，但洗刷不掉。后来变本加厉！……他是文化革命小组顾问，但对文化革命问题从来未跟我们商量过。（江青插话：他独断专行！）是的，他独断专行。他不但背着文化革命小组，而且背着中央。他是资产阶级反动路线在中央的新的代表人物，是中国最大的保皇派。”

陈伯达的这番话，为打倒陶铸定下了调子。

这时候的陶铸就在隔壁房间里，竟毫无所知。他正在找安徽省委书记张恺帆谈话，然后，又忙着接见安徽来京的学生。

又是一条“爆炸性”的新闻。

当天傍晚，北京的街头巷尾便出现了大量的传单、大字报、大标语，赫然印着醒目的新口号：“打倒中国最大的保皇派陶铸！”

晚上，首都数千名红卫兵和造反派上街游行，高呼“打倒中国最大的保皇派陶铸！”等新口号。

晚9时，中南海西门外响起了一片“打倒陶铸”的口号声，高音喇叭一次又一次地广播着陈伯达的讲话。

几乎同时，急电发往全国各地。各大城市的红卫兵、造反派也连夜刷出大标语：“北京急电——打倒中国最大的保皇派陶铸！”

据陶铸夫人曾志回忆：直到深夜12点多，陶铸才回来。我把情况相告，他竟全然不知？！凌晨2点多钟，总理来电话告诉陶铸，说江青他们的讲话他也是才知道的！

陈伯达、江青、康生点起的“打倒陶铸”之火，迅速燃遍全国。

之后，江青和陈伯达又火上浇油，1月7日去新华社发表讲话，捅出了所谓“照

▲陶铸和毛泽东、陈郁合影（历史照片）

片事件”。陈伯达的原话是：“从陶铸接管中共中央宣传部以后，就接管了新华社。这个新华社在他接管以后，搞了好多非常之糟糕的事情，搞了同党的十一中全会相对立的一些照片，把中央所批判的以刘、邓为代表的执行资产阶级反动路线的一些人物，跟我们伟大领袖毛主席凑在一起，硬要凑在一起，有好几次。……刚才有个同志递了条子才可笑哩，说有一张邓小平的照片，身体是陈毅同志的，头是邓小平的。（笑声）这么凑的！就是想各种办法要让他们操纵新华社发表的消息，发表的相片和电影，把刘、邓美化。这些事是什么东西？是什么性质？（群众:反党！）由他们判断是不是呀？（群众高呼口号：打倒陶铸！打倒中国最大的保皇派陶铸！敬爱的毛主席万岁！）……”

关于“照片事件”，陶铸夫人这样说：那是八届十一中全会后，新华社将要发一组国家领导人国庆检阅的新闻照片。审稿时，陶铸发现没有邓小平的镜头，就指示一定要有小平同志的照片，并询问新华社有什么办法可以补救。新华社同志说可做技术性处理。后来他们将一帧照片上一个同志隐去，将小平同志的照片移补过来。这就是后来轰动一时的、被“四人帮”大肆渲染的所谓“换头术”事件。

这“换头术”事件见诸于传单、大字报、红卫兵小报，一下子群情哗然，“打倒陶铸”的呼声甚嚣尘上。

事态的发展，使得毛泽东不得不表态了。

就这样，没有经过党的任何会议的讨论，没有下发任何文件，党的一位中央政治局常委，就靠边站了。

> 已经失去自由、监禁在中南海的陶铸听到姚文元的文章，两眼发直，悲愤地说："这是要置我于死地啊！"

1月4日以后，陶铸失去了自由，被监禁在中南海原杨尚昆住处的房子里。同月20日左右，陶铸失去阅读中央文件的权利，其住处被派驻了四个警卫。到了3月，陶铸遭受的迫害进一步升级，原装在屋内的红电话机被拆掉了，电灯线也改为36伏的低电压，以防止陶铸自杀。

1967年9月8日，中央人民广播电台全文广播了姚文元的文章《评陶铸的两本书》，彻底将陶铸抛了出来。姚文元别有用心地歪曲原意，断章取义，无限上纲，将陶铸的《太阳的光辉》一文中的"太阳本身有黑点"几个字单独抽出来，大做文章。因为在"文化大革命"中，人们都赞颂毛泽东为"红太阳"，姚文元胡说："这不是赤裸裸地咒骂我们的党和伟大的领袖吗？"他还把陶铸讲的精神生活要"做到大家心情舒畅"，诬为"舒舒服服地搞资本主义复辟"，是"叛徒加奴才的'精神生活'"。陶铸在书中谈到文艺创作时讲："可以看好的方面，也可以看坏的方面……要允许作品中写缺点……不要给人家一个印象，似乎要歌颂人民公社，就要把人民公社说得一下子好得很了。"姚文元则栽赃说，"这是所谓写光明与黑暗'并重''对半'反动理论的翻版"，是"暴露黑暗"论，如此等等。姚文元的广播对陶铸的精神是一个极大的打击，他两眼发直，悲愤地自言自语说："姚文元这是置我于死地啊！"这一夜，陶铸没合眼，在屋里徘徊着。第二天，他恢复了平静，就是在前一夜他为自己在政治上做了最后的选择：斗争到底，绝不屈服！

1968年3月底，陶铸受到了更严密的监管，警卫人员增加了，并在屋子里设了三个岗位。一个在房门口，一个在房后门，第三个像影子似的紧紧跟在陶铸身边，写字时站在椅后，睡觉时站在床头，吃饭时站在桌边，上厕所时站在面前，这是江青一伙设计的精神酷刑，让人分分秒秒都处在一种充满敌意的、冷冰冰的盯视之下，犹如芒刺在背、鬼魅缠身。然而，陶铸对这种精神折磨却处之泰然，他以超人的意志和坚强的信念，为自己创造了一个宁和坦然的处境。为明心志，他用毛笔写了一张纸，端端正正地摆在桌上：

"自杀，就是有见不得人的事，不想把自己的问题弄清楚。当然也有这样的可能，就是你去见了马克思，问题还是弄不清楚。那也不要紧，事实终究是事实，最后还是可以弄清楚的。我相信我自己的四句话：性质纵已定，还将心肝掏。苌弘血化碧，哀痛总能消。"

这是陶铸血和泪的控诉，是火和钢的自白。这里面的每一句话，每一个字，都是深思熟虑的产物，都是不屈不挠的结晶。它表现了一个真正共产党员的形象。

> 批斗大会上，几个打手按住陶铸的脑袋，要他低头认罪。他不屈地反抗，拼命地扬起头。

春去夏来，骄阳似火。毛泽东离开北京去巡视大江南北。就在这个时候，江青一伙的毒手伸了过来。8月，他们在天安门召开了百万群众参加的“批斗刘邓陶大会”。几乎同时，在中南海内，一群彪形大汉闯进了陶铸的房内，二话没讲就把他押去开批斗会。在批斗现场，江青一伙架起了摄影机，准备将来在全国放映。几个打手把陶铸的双手反剪，把他的脑袋使劲往下按，要他低头认罪，陶铸不屈地反抗，拼命把头昂起来。正在这时，又上来几个人，围住陶铸对他一阵拳打脚踢，陶铸额头上顿时鼓起几个大的肿包。这场残忍的闹剧足足持续了三个小时。自此以后，陶铸更显得虚弱不堪，但一个信念在支撑着他：一定要力争活下去！

1968年国庆节前后，陶铸头晕、眼花、想呕吐，但无人过问他的病情。拖到1969年元旦，陶铸病情继续发展，胃部不适和恶心呕吐，全身酸胀，毫无食欲，医生看后，也只是随便给点胃药和止痛片了事。直到3月中旬，才来了位医生，在检查陶铸腹部时发现他右上腹有一个大的包块，才将陶铸送进三〇二传染病院。入院后检查，发现他患的是胆囊癌，需要立即动手术。

▲陶铸（历史照片）

陶铸又从三〇二医院被转送到三〇一医院外科。但他住的不是病房，而是牢笼：病房的窗户用木条钉死，下面的两块玻璃用报纸糊上，四个警卫轮流在门口监视着。面对死神的威胁，陶铸毫不畏惧，二话没说就在手术单上签了字。

手术以后，陶铸身体虽有好转，但时隔不久，病情再度恶化。进入9月下旬，癌细胞在陶铸的体内扩散，医生诊断后说没有更好的治疗办法，只有用止痛剂和麻醉药来减轻痛苦。肉体上的疼痛使陶铸在床上东倒西歪，前趴后仰，大汗淋漓。他不能进食，每天只能吃点流质，精神上的冤屈又得不到申诉。但陶铸以惊人的毅力与病魔抗争，任凭

▲陶铸夫妇（历史照片）

痛得死去活来，也咬紧牙关绝不哼一声。此时的他，与其说凭肉体活着不如说是凭信念活着。他并不怕死，但是自己一生清白，岂能蒙垢赴黄泉？“不，我不能死，不应该死！”在冥冥中，他无声地呐喊。

对陶铸悲惨命运的最后一击终于降临了。1969年10月15日，中办领导叫去了陶铸夫人曾志，对她说：北京要紧急疏散，可能爆发战争，陶铸要疏散到安徽合肥，你怎么办，自己决定，随陶铸去也可以，但是去了以后不准与外界通讯，不准与任何人来往，不随他就去广东插队劳动，但必须与陶铸断绝联系，陶铸到那里后，每月给他100元生活费，生活自理。上面还规定陶铸离开北京的时间为18号。

当曾志回去将汪东兴的话如实相告后，陶铸沉思良久，然后毅然决定不要曾志陪同，自己去合肥。16日，“中办”政治部主任王良恩来与陶铸谈话，说:“审查你的历史，你有变节自首的问题。”陶铸冷冷地说:“我已经是油尽灯残的人，你们尽可随意给我做结论。但是我是一个共产党员，我有权利保留自己的意见。我相信历史会对一切做出说明。”陶铸并表示同意离开北京去合肥。

陶铸临行前，满怀深情地要曾志转告女儿陶斯亮:“我怕是难见到亮亮了，你看到她，要告诉她，爸爸在政治历史上是清白的，是对得起她的，希望她要坚强，要紧跟毛主席好好做人。”说完他又把自己写的《赠曾志》七律二首赠给了与他共同生活40余年的夫人：

重上战场我亦难，感君情厚逼云端。
无情白发催寒暑，蒙垢余生抑苦酸。
病马也知嘶枥晚，枯葵更觉怯霜残。
如烟往事俱忘却，心底无私天地宽。

> 在合肥解放军某医院，陶铸走完了人生最痛苦的43天。火葬场火化遗体，他成了一个叫“王河”的烈性传染病人。

在陶铸到达合肥之前，西郊解放军某部医院的“秘密病房”已作了精心改装：一张病床的床腿被截去了一段，显得特别矮；电灯吊得几乎贴到天花板上，重新单独装了变压器，电压很低；北边墙的窗子外面钉上了几根木杆，把窗口挡死；窗子上拉了厚实的窗帘；病房门口走廊的一头被堵死，一直堵到顶上楼板；走廊外只有一道门进出，平常是封闭的，不轻易开，非监护人员一律不准进入。这样精心安排的目的，据说是为了“安全”和“保密”，为防止病人“逃跑”、“自杀”、“行凶破坏”和“被打死”。

陶铸进入“秘密病房”后，每天24小时都有看守严密注视他的活动，进行“特级护理”。按照规定，看守人员不能随便与病人交谈，却要不厌其烦地写下病人的“动态日记”……

陶铸到达合肥那天夜里，专案人员召集医护人员警告说：“现在你们面对的是一个凶恶的敌人，对他监护，只要不出问题，就是完成任务！”对他“要坚持斗争，要讲究斗争策略”。

不是囚犯，却连囚犯都不如。囚犯还有放风的时候，陶铸是不能出来放风的。“病房”里不见一丝太阳光，大白天小屋里也是一片灰暗。

“铁屋如灰”。陶铸生命的最后43天，就是在这间见不到阳光的小屋中度过的。

到了10月下旬，由于身体和精神的双重折磨，陶铸的病情明显恶化。他已经完全不能起床，不能吃饭，不能解大便，此时的他如再不作病情检查，很快就会饿死！

医护小组把病情反映到上面，结果勉强得到同意给陶铸作一次检查。同时也下来一道“指示”：“与病人接触的人不能再扩大范围，特别要注意保密。”

10月23日深夜，万籁俱寂之际，监护人员走进了“秘密病房”，用担架把他抬到放射科进行胸透。检查证明，陶铸的病情已非常严重：肠子粘连，成为完全性肠梗阻。后来又经过请示，一直拖到11月15日，才得到上边批准，决定给陶铸施行手术。

深夜，无影灯下，陶铸的腹腔被打开了，主刀的医生突然呆住了：陶铸淋巴结广泛转移，癌组织满腹部都是，大的如蚕豆，小的如绿豆，血管焦脆，稍碰即破，随时都会引起大出血。手术根本无法进行。折腾了半夜，打开的腹腔又被缝合起来，连完全性肠梗阻治疗问题也没有能得到解决。相反，衰弱的陶铸因这一刀而流了更多的血，付出了更大的代价，死亡之神加速向他走近……

手术后，陶铸就一直处于昏迷状态。

11月30日22时15分，受尽冤屈和侮辱的陶铸告别了人世！

陶铸逝世的当天夜里，医护小组立即打电话报告了“中央”。第二天，专案人员带着“六条意见”从北京飞到合肥，在他们的“监督”下对陶铸的遗体进行了“热处理”。

有人提出让他的亲属来合肥料理丧事，遭到了专案人员的拒绝。

医护人员为陶铸穿上一件件“老衣”——最外面的是黑灰色大衣。在为陶铸找“老衣”时，他们打开他从北京随身带来的那个大箱子，发现里面装的几乎都是书，衣物只有少量的几件：米黄色的衬衣、丝棉衣、呢制服……有谁知道，这一件件衣物都是他来合肥时，曾志亲手一件件折叠好放进去的——万万没有想到这是她为陶铸准备的老衣呀！

12月1日，陶铸的遗体被用一床白布床单裹盖着抬上救护车，迎着哀号的寒风，奔向火葬场！

火葬场早已得到通知，说有一名叫“王河”的烈性传染病死者要火化。因而，火葬场除了留两名烧大炉的工人外，其余人一概不参加这次火葬，两个烧炉工也不准接近遗体。跟来的几个人戴着大口罩，身着白衣服，忙着搬动遗体，谁也不说话。他们以“医护”名义出现，造成一片“烈性传染病”的恐怖气氛。

等到陶铸遗体投进炉膛20分钟后，专案人员估计不会出什么“差错”了，便驱车离开。

根据专案人员的“意见”，陶铸的骨灰被收进一个质量最差的骨灰盒。火化单上签上了“斯亮”二字。这是他们盗用陶铸女儿的名字，来掩饰其见不得人的罪恶勾当。

这个写着“王河”的骨灰盒，被弃在那无数普通的亡灵中间，从此一过九年。直到1976年“四人帮”被粉碎，党的十一届三中全会召开以后，陶铸冤案才得以平反昭雪。陶铸虽然被迫害致死，但他作为一个真正共产党员的革命形象，却永远不会在人民的心中泯灭……

第十八章
乔冠华的坎坷政治生涯

> 别人叫他“乔老爷”，他不生气。家人也不时地称他几声“乔老爷”，后来索性叫“老爷”，他全都认了。

乔冠华虽说是外交部长，也比杜修贤年长10多岁，而杜修贤只是中南海专为毛泽东、周恩来摄影的记者，无论是官职还是年龄，杜修贤都属于他的部下和晚辈。他们交往了10多年，又多次共同陪同周恩来、陈毅、邓小平等领导人出访，因为建立了很深厚的忘年之交。

乔冠华逝世许多年了，不知怎的过去的照片老在杜修贤手头出现，杜修贤就产生一种错觉，觉得老朋友好像根本没有长眠，只是去了很远很远的地方。说不定什么时候会出乎意外回到他的跟前，掏出香烟，潇洒地挥动大手，你一支他一支地抛撒，然后他带头，让大家一齐把无数的“烟筒”任意地支立在他并不宽敞的居室空间里，大口大口地吞云吐雾……然后，打开一瓶好酒，清香四溢，惹得大家急切地仰脖痛饮，好一阵被水形火性的东西浇得通体痛快无比……

随着年龄指数接近“八宝山”的标准，回忆往事成了平日里不可失去的内容，杜修贤总是喜欢独自与往事干杯，品尝岁月留下的苦酒甜酒烈性酒，尽管一杯比一杯火

▲乔冠华和工作人员在一起（杜修贤摄）

烈，一杯比一杯苦涩，但总是品不完往事，喝不醉回忆。

在新中国第一代领袖时期的外交史上，有三个人的形象在杜修贤的摄影镜头里特别富有个性：一个是周恩来，具有儒雅风度的外交家；一个是陈毅，具有大将风度的外交家；再一个就是乔冠华，具有才子风度的外交家。他们配合默契，各显丰采，为新中国打开了通往世界的外交大门。他们各有千秋各有特点，周恩来严谨庄重而敏锐，陈毅潇洒大度而幽默，乔冠华思路敏捷且文才横溢。说到外交家，人们自然而然就要提起他们。

杜修贤与乔冠华的交往过程，也是乔冠华由外交部长助理到外交部长职务变迁的过程。可杜修贤从来没有感到他们之间有职位高低界线和年龄大小的隔阂。乔冠华总是乐呵呵地平视身边的同志，和他们风雨同舟，共度岁月。再因为他的个性直率、不端官架子和才子文绉绉的气度，手下的人都不惧怕这个上司，喜爱和他亲近，甚至和他嬉闹。50年代末，一出《乔老爷上轿》的喜剧电影逗乐倾倒了许多的观众，不知不觉乔冠华也沾了笑星的光，大家借花献佛，把“乔老爷”的美名送给了当时还很年轻的部长助理。就这样他带着这个雅号，走过20多年。

别人叫他“乔老爷”，他不生气。家人也不时地称他几声“乔老爷”，后来索性叫“老爷”，他全都认了。久而久之，单位上下，红墙内外，无人不知无人不晓“乔老爷”何许人也！

乔冠华是标准的“乐天派”，更是地地道道的“工作狂”。

杜修贤和乔冠华打交道最多的一次是周恩来出访亚非拉14国，那也是他们的初交。

那是1963年年底，杜修贤在周恩来身边拍摄已经三年了，是新华社派到中南海里的专职摄影记者，分工负责周恩来总理的新闻摄影。这次出访，杜修贤自然不能落下，他带了许多摄影用具，包括整套冲洗照片的箱子（那时的冲洗属于现代人根本不屑一顾的手工操作）。出发那天是12月13日，正是天寒地冻的季节，他们由北京机场起飞，在昆明作短暂停留后，第一个访问的国家是阿联，也就是现在的埃及。这次周恩来率国家友好访问团出访，是他外交生涯中时间最长、访问国家最多的一次外交活动，也开创了中国外交史上的一个新纪元。陪同访问的除了外交部长陈毅外，还有国务院外事办公室副主任孔原，外交部副部长黄镇，国务院办公室主任童小鹏，外交部长助理乔冠华，以及他的夫人、新闻司司长龚澎等10多位负责外交、警卫工作的领导同志。杜修贤的新闻拍摄采访主要由乔冠华负责，发回国内的新闻照片也由他审定，不过他非常放心杜修贤的摄影技术。杜修贤记得第一次送照片给乔冠华审，乔冠华却递支烟给杜修贤，也不看照片，说："你自己决定发稿吧，我知道，你的照片不错。不看了。"临了，把一整包烟也塞给他，这以后他成了乔冠华长期"特供"的烟友。既然乔冠华这样信任他，杜修贤也就不送乔冠华审查了，乔冠华的信任只能增强他的工作责任心。

乔冠华的夫人正好是新闻司的"头"，负责发新闻稿，杜修贤和他们两口子打交道相对比别人要多得多。在访问团里最引人注目的也要数乔冠华和他夫人龚澎。一个是外交部长助理，一个是外交部新闻司司长，职务相差不大，又都在外交部工作，这次又一起随同出国，自然是大家注意的目标，也是大家寻开心的话题。男人一离开家，没有夫人管着，自以为可以端端男子汉豪爽气派的架子，不管在家里是不是"气管炎"，反正出来了就想当当"肤氢松"（谐音"夫轻松"）。可"乔老爷"就不行了，没有他们那么自在，出国在家没有什么分别，妻子左右跟着，有时为了工作的问题还要争执一番，别人不知道还以为是夫妻斗嘴呢！说起来也冤枉，他们争争吵吵，大部分都是因为工作上的矛盾和分歧，为自己的家事还真没有时间争吵呢，连孩子留在北京都顾不上管。不过那时代的人好像只知道工作第一，特别是在周恩来身边工作，更是不能有半点分心，得把整个人都交给工作，用现在的话说叫地地道道的"工作狂"，即使出国也不轻松，甚至比在国内还紧张。现在的人或许不理解，以为出国是游山玩水、领略异国风光的美差，想去只恨找不着门哩，你们还说紧张？要知道那时出国根本不是什么好玩轻松的事，更谈不上风光。每人的工作量就无法让你感到好玩，承担的重大责任更无法让你感到轻松。出访有很严明的纪律，外国人馈赠出访人员的礼品几乎不和大家见面就全部上缴礼宾司，连吃饭也和国内一样要按规定交钱，跑14个国家每人只有30美元的零用钱，有什么风光？至于什么买大件、换外汇，那简直就是天方夜谭。周总理更加严于律己，连出访服装都是他自己出钱制作的。而随行人员至少出访服装不用自己出资。

大家不在乎经济所得，却很重视精神的充实。工作之余，大家娱乐方法很多，打打扑克下下棋什么的，要不散散步。有时就凑一起取取乐，和“乔老爷”夫妇开玩笑时，杜修贤一般不参加，只是在旁边掩嘴偷偷笑，觉得“乔老爷”十分有意思，标准的乐天派。不管别人怎么说笑，乔冠华不恼不急，甚至比别人更有兴趣，而且会突然乘人不备，来个“回马枪”。大家被乔冠华打“哑”了，乔冠华便开怀大笑。杜修贤打从心眼里喜欢这位大个子却没有大架子的“上司”，和谁都能谈谈笑笑，渐渐地他和“乔老爷”也敢放开了。

宴会上，“乔老爷”妙趣横生的表演逗得大家笑得直岔气，照相机把他那带有酒气的精彩瞬间，永远定格在了胶片上。

回国后，代表团在大会堂座谈出访14国的历程，座谈会结束后，大家又在宴会厅会餐，吃到一半，乔冠华喝酒喝乐了，开始把他的拿手“活宝好戏”拿出来表演。“乔老爷”一手拿盘子，一手拿勺子，边敲边说边舞，一会学几内亚妇女的舞蹈动作，一会模仿阿拉伯地区男人走路，大家被“乔老爷”妙趣横生的表演噎得直岔气，把酒水都喷了出来，晚宴被“乔老爷”精彩的表演推上了热闹无比的高峰。杜修贤乘机狠狠抓拍了几张“乔老爷”洋相百出似乎还带酒气的瞬间。过后，“乔老爷”一看照片，也忍不住大笑起来：“好呀杜山（周总理在几内亚为杜修贤起的雅号），你给我留证据啊？哈哈……”

周恩来对这次出访取得圆满成功非常满意，他指示新华社和对外文化联络部举办一次“我国领导人出访国新闻图片展览”，绝大多数照片都是杜修贤拍摄的。乔冠华接受这个任务后，向总理提议，展览图片上要署拍摄记者的名字。总理向来对在身边工作的同志要求很严，名利的事情，更加严格，可这次他听了乔冠华的建议，觉得有道理，就同意了。在一旁的邓大姐这时对杜修贤说：“老杜，选图片时，记住多选一些外国人举毛主席像的场

▲14国出访座谈会结束后，乔冠华妙趣横生的表演，把晚宴推向了高潮（杜修贤摄）

面。”杜修贤心直口快，说总理访问，别人都举总理的照片，没有主席的画像呀。乔冠华连忙制止杜修贤，向邓大姐表示，一定多选一些有主席像画面的照片。从总理那里出来，杜修贤对“乔老爷”嘟囔：没有主席像的照片，怎么选呀！乔老爷却批评杜修贤没有政治头脑：这么大型的新闻展览，全是总理的，别人怎么看？主席是党的最高领袖，外交方面能取得成就，也是因为执行了党的外交路线。总理是具体执行者，怎么能不放主席的画面？再说，主席还到机场迎接总理凯旋而归，那照片，你总是照了吧？

“乔老爷”这一番话，让杜修贤佩服，毕竟是老外交了，不仅才智敏捷，而且政治成熟。杜修贤自然心服口服。

在出访回国的第九天，3 月 24 日，图片摄影展在人民大会堂开幕，这是杜修贤记忆里唯一一次在大会堂举办的摄影展览。毛泽东、周恩来、刘少奇、朱德等领导人的形象都出现在画面里。没有想到，这竟是毛泽东最后一次到机场欢迎周恩来总理，以后再也不可能有这类的照片了。

> 周恩来去世后，他心碎神摇，悲痛欲绝。对总理那种视如父辈的深情厚谊，深深地震撼了在场的人。

乔冠华虽然是嬉笑怒骂、批评人尖锐、眼里不容半点沙粒的人，但他也是非常重感情义气的人。他和周恩来总理的感情就很深，他最崇拜敬仰的伟人就是周恩来。如果说远距离仰望一个人能使人产生崇拜，那么，近距离相处后产生的崇拜是真正人格上的崇拜。他们在一起相处交往了整整 30 年，从重庆办事处就在一起，在周恩来培养教育下，乔冠华由留洋才子成为新中国第一代外交官，多次协助周恩来总理处理重大国际事务。1971 年他率团参加联合国会议，首次代表新中国坐在恢复后的联合国席位上；1972 年，乔冠华负责起草了《中美联合公报》。公报公布后，引起了世界强烈的反响，为中国外交赢得了实质性的突破。后来又迎接了尼克松访华。他这一连串重大外交活动，深得大家的赞赏。

1974 年乔冠华出任外交部长，而关注他成长的周恩来总理却住进了医院。那时外交部情况复杂。杜修贤有时见到乔冠华心情苦闷，常常对他说自己很思念病中的总理。乔冠华说现在只有陪外宾去医院的时候，才有机会和总理说说话，多坐一会儿。1975 年夏天，杜修贤为总理和身边工作人员拍下了最后的合影，留存了这珍贵的瞬间，就是乔冠华积极倡议的结果。

1976 年 1 月 8 日，周恩来与世长辞，乔冠华和所有热爱总理的人一样，悲痛不已。当时对周恩来丧事规格压得很低，让人感到异常痛苦。但既然是中央的决定，谁

▲1971年，乔冠华率我国代表团参加联合国第二十六届大会（杜修贤摄）

也不能改变。

周恩来总理逝世后，那些在他身边工作多年的人，顿时觉得脊梁塌了一般，心里空落落的，只觉得万念俱灰，还不如也跟着总理一走了事。此时此刻的乔冠华就是这样的心情。他伏在总理遗体的玻璃棺上，发出阵阵揪心的哭声，他边哭边说："总理啊，你一生无儿无女，今天我就作为你的子女送你最后一程吧……呜呜……"

杜修贤从来没有看见一个感情奔放的人会如此悲绝。虽说乔冠华脾气耿直，爱发火，可悲痛起来却叫人惊恐。大家费了很大劲才将他从灵柩上拉开，当总理遗体消失在火化炉里时，他又发出悲惨的哭声，在场的人全都哭成一团。

等回来，杜修贤急忙给章含之打了个电话，告诉她，今天晚上注意一下"乔老爷"，总理火化时，他的情绪过于激动，他毕竟是60出头的年纪了……杜修贤还没说完，就听见章含之在话筒那一头也泣不成声。

乔冠华在他极度悲哀的时候流露出最真实的情感。他不仅将周恩来当作首长，更当作父辈敬爱。他犹如失去最亲的人，在他的灵魂深处珍藏着最珍贵的感情，只有他自己一人独自品尝独自感受。

第二天骨灰停放在劳动人民文化宫。在三天吊唁时间里，乔冠华推辞掉一切公务，天天去为总理守灵。当时中央规定守灵每天只去一个政治局委员，外交部轮流去一位部级干部。乔冠华是中央委员、外交部长，不必天天去守灵，但为了总理，他独自守到最后。

> 主席的一句话，使他的笑容重新绽现。江青插手，事情又变得复杂、微妙。

共和国外交部长为共和国总理送行，难道不也预示着周恩来时期外交部长生涯的结束吗？世界上许多自然现象可以预测，唯独政治气象无法先知。在乔冠华送别周恩来亡灵之后，坎坷的命运向他发出了灰色的请柬。

邓小平结束第二次政治生涯的最后一件事情，是为周恩来致悼词。2 月邓小平就遭到点名批判，一场批判所谓的“右倾翻案”风在多灾多难的中华大地上漫天席卷。杜修贤当时听说外交部是“右倾翻案”的“重灾区”，真为乔冠华捏把汗！他知道乔冠华是一个没有学会“建筑城府”这种本事的人，不擅攀附，没有心计，对人对事都是“直来直去，辛辣味苦”。这大概决定了“乔老爷”命中注定要经受磨难。

对于乔冠华来说，周恩来逝世，头顶失去一方晴朗的天；后来邓小平遭受批判，他的脚底又少了一块结实的地。杜修贤记得，总理丧事后不久乔冠华病了，这病是由于内心深处积郁了许多委屈而爆发的。听说乔冠华住进医院后，有人就借“批邓”风，把外交部的老干部也捎带上一块批了。

接触毛泽东的机会，乔冠华也不少，他经常陪外宾进出毛泽东书房，可他从不在主席面前谈什么，特别是外交部的事情。

但是一个无防人之心的人，最终却被人害了。

整乔冠华的浪潮几乎与“批邓”同时开始。那时，杜修贤每次见到“乔老爷”，他的情绪都极坏，他说：“老杜啊，这官当不了了。丢了乌纱帽和你喝酒！我和含之回家卖红薯！”杜修贤听说外交部在批判右倾，很为他担心。

杜修贤记得在 1975 年 12 月，他去主席书房拍摄会见外宾的情况，乔冠华正好也在场，他表情比较严肃，和以往不同，好像心事重重的。主席会见外宾以后，和大家一一握手告别，当握到乔冠华的手时，主席和以前一样总要开心地叫他一声“乔老爷”，可这次乔冠华没有笑，而是将头深深低下，像犯了错误的孩子，轻声自责道：“主席，乔冠华犯错误了……”

“嗯？……”主席先是一怔，后来说，“那不是什么错误嘛。”杜修贤私下问外交部的人，他们偷偷告诉他：外交部有人告乔冠华的状，说乔冠华是右倾，在联大和日本人会谈、和基辛格会谈都犯了错误。

主席这样一说，乔冠华心情顿时开朗许多，熟悉的笑容又浮现在他的脸上，以为主席发话，那些整他的人就要收敛些。可是后来，乔冠华的日子似乎更加充满危机。再以后江青也乘机插手，事情变得更加复杂和微妙！杜修贤有点担心，问乔冠华怎么

▲1974年5月，毛泽东对乔冠华说:“你没有犯错。”（杜修贤摄）

江青也过问外交部的事。乔冠华叹气说：“没有办法，指定的，现在只有我用他们的内部矛盾，先解决部内的问题。”听乔冠华这么一说，杜修贤以为情况会好一些，可是没过多少日子，就听说“乔冠华在外交部犯错误了”，传言说他是“借刀杀人”，点名批评了他。开始杜修贤和许多人一样都不明白这句话的含义，后来知道乔冠华在外交部不真正“批邓”，而是“打内战”。在当时，这一传言就足以使乔冠华由辉煌的顶峰跌入黑暗的谷底。

等到6月成都之行时，乔冠华已经元气大伤，他党委书记的职务被别人取而代之了。

乔冠华爱抽烟，吞云吐雾。乔冠华爱喝酒，腾云驾雾。有了固体的烟和流动的酒作为他灵感的助剂，写出的文章如行云流水，如山峦凝重，文笔极好。他的跟前始终不离两样宝贝，一是烟二是酒，几十年如一日，“恶习不改，痴情不变”。

“乔老爷”的嗜好正好对上了杜修贤的偏爱，因此他们除了是烟友还是酒友。当然绝大多数的时候都是杜修贤揩他老首长的“油”了。“乔老爷”有好烟好酒自然不会忘记杜修贤，有时他们一同陪同领导人出访，“乔老爷”会悄悄往杜修贤的包里塞上一条外烟，或是一瓶好酒，甚至国外的名牌打火机也会从“乔老爷”手里挪到杜修贤的口袋里。有时杜修贤不好意思，要好好感谢“乔老爷”。“乔老爷”一听却哈哈笑，笑得他那大个子直摇晃：“杜山你就别客气了，不喝白不喝，不抽白不抽。”

1976年夏，“乔老爷”陪同新上任的总理去成都迎接尼泊尔国王，杜修贤作为摄影记者也随同前往。

杜修贤是半夜才接到通知，急急忙忙赶到机场，正好“乔老爷”夫妇也到了。杜修贤看见他们，和以往一样高兴地上前打招呼。“乔老爷”见杜修贤后笑笑，显得很勉强，不像以前那样精神饱满。“乔老爷”一脸倦容，坐在沙发里，臂膀无力垂着，手里还夹着一节燃烧的香烟，一缕青烟轻盈地弥散在他异常疲倦的面容上。

杜修贤知道“乔老爷”最近的日子不好过，外交部内部正在批判他，说他不积极“批邓”，刮右倾翻案风，执行右倾外交路线什么的。他受到莫名其妙的排挤，各种各样的蜚语甚多。他用那么沉郁的目光望着杜修贤，好像有话，却没有说出来，默默递了支烟给杜修贤，想点火，杜修贤没让，自己掏出打火机点了烟。

杜修贤估计“乔老爷”此时心情不舒畅，也就不多打搅他了。心情不好的人总是愿意自己独处，杜修贤非常理解这种心态，让他安静地呆一会吧。杜修贤转身想走，章含之可能怕杜修贤误会，悄悄把他拉到一边，说：“老杜，老乔昨夜等通知，什么时候去成都，几乎一夜没睡，太累……哪知道指示来了，叫外交部的先走，飞机一早起飞。周总理什么时候不是和外交部长同机走的？你说是吧？不同机不要紧，关键是老乔有许多情况准备在飞机上汇报。老乔心里能不着急吗？不汇报，弄不好罪责又是他的，现在活得太累……”章含之是心直口快的人，最后一句话听得出来她在抱怨，也是在为丈夫担忧。

杜修贤只好劝她说：“你叫‘乔老爷’好好休息一下。明天再汇报也不迟嘛。”章含之年龄比杜修贤轻，又是章士钊的女儿，自幼个性倔强，观点鲜明，清高直爽，不愿意迁就顺从，依杜修贤看，她和乔冠华能结为伉俪，起作用的不是门第地位和身份，性情相投、个性相近、天性豪爽才是他们相爱的情结。看见章含之的神态，杜修贤故意把话说得轻松些。老实说，杜修贤也感到别扭，如果是周总理、邓小平同志，这些事情不用你跟在后头提醒，他比你还要认真，材料你要是准备得不全面，不受批评才怪哩。他们每次会见前都要仔细听取外交部长的介绍。

飞机抵达成都双流机场，太阳已经升得很高了，随后花了两个多小时才到宾馆。杜修贤和“乔老爷”一行在宾馆住下后，大家也不想睡觉，嚷嚷要出去看看“杜甫草堂”。本来杜修贤最不喜欢逛景，可大家见他手里有留影的家伙，哪肯放过他？非要他拿相机为他们“喀嚓”几张，也为瞻仰过大诗圣留个证明吧。成都是著名的历史古城，具有辉煌的历史，文物古迹遍及城市角落。但在“文化大革命”时代，都关闭了。于是大家缠住“乔老爷”要他带着去，才能破例开门。看得出来，乔冠华只要和大家在一起情绪就好起来，他又放开他谈笑风生的大喉咙了，四处可听见大家喊他“乔老爷”和他噢噢答应的声音。杜修贤特意抓紧时间为他们夫妇多照几张照片，这样无拘无束的放松实在难得。别看到处跑，却没有时间赏景，别人玩的时候，他还在伏案写材料，别人睡觉了，他还要开会、批阅文件。密集的日程安排使他几乎变成了一台不停运转的机器，除了工作还是工作，而且现在工作又比以前多了一分微妙，少了一分融洽，要难得多。

> “乔老爷”的罪状无奇不有：令人啼笑皆非的“黄色照片”、“预谋夺权事件”……

杜修贤和“乔老爷”一起从成都回到北京没有几天，外交部开始张贴乔冠华的大字报。批判的内容五花八门，无奇不有。杜修贤后来听别人说，其中还有他的罪状，说乔冠华夫妇在“杜甫草堂”要他给他们照“黄色照片”。又说：“晚上住在宾馆里也预谋着联合夺取外交部的大权，他们不仅和当地的造反派联系，还把摄影师杜修贤叫去预谋，就是研究外交部大权的事情……”

天哪，杜修贤想笑，却无法笑出来，黄色照片？乔老爷和章含之身上的衣服一件没少，何谈黄色？再说他们连紧挨一起的姿势都没有，何谈黄色？当时还为了叫他们挨紧点，“乔老爷”直笑骂杜修贤，说杜修贤拿他个老头开心。这可好，不知谁和他开了这个天大的玩笑。

杜修贤去拿香烟，也成了联络造反派的证据。杜修贤又不是外交部的人，他们的权不权与杜修贤有何干系？写大字报的人有没有神经搭错线？杜修贤不禁要怀疑。

不知情的人还以为乔冠华倒霉是在粉碎“四人帮”之后，其实这之前已经“霉”上了。

不过乔冠华充满了信心，他可能太书生气了，以为正义在手就能战胜邪恶。殊不知真理往前一步就是谬误。有人就是利用所谓的真理，行使自己的谬误。

1976 年 9 月 9 日，毛泽东主席与世长辞。在这个悲痛的日子，有人并非悲痛而是幸灾乐祸，双目低垂，心里却在虎视眈眈盯着权力最高宝座。

江青一伙的心思一刻也没有离开组阁的名单，满心盘算着如意的人选。

也有人对能否继承党中央主席的职位信心不足，显得忧心忡忡。

被打倒被靠边的老帅们见时机已到，利用可以利用的一切力量，打倒了妄图篡党夺权的野心家。

斗争最终的局面，大家有目共睹：“文化大革命”终于结束了。

乔冠华在这场政治斗争中成了权益砝码的牺牲品。

他在“四人帮”倒台之前已经失意，遭受批判。“四人帮”倒台后仍然遭受批判，竟然被划为“四人帮”体系里的人，这是他万万没有想到的。

乔冠华和许多有嫌疑有牵连的人一样，又一次在劫难逃，大祸临头！

联合国会议每年在 9 月份的第二个星期二开会。这时毛泽东的丧事还没有办完，乔冠华赶不上“联大”的开幕式了。自从乔冠华 1971 年第一次率团开赴联合国，已经代表中国出席了五次会议，这次是第六次。尽管乔冠华已经失意，但是参加联合国会

▲1975年5月访法期间，邓小平、乔冠华与法国朋友们相谈甚欢（杜修贤摄）

议还非他莫属，他熟悉情况，有国际会议的丰富经验，别人一时无法取代他。他只好等主席追悼会结束后再去美国参加“联大”会议。杜修贤在大会堂主席吊唁厅碰见乔冠华，他一个人闷闷地坐在旁边的小会议室里休息，可能刚刚守完灵。杜修贤坐到他身边，静静的，谁也不想说话，也不抽烟。他的肺常年烟熏火燎，已经出问题了，不得不节制。杜修贤坐下后感到从心灵深处流淌出来的是累，是一种真正无奈的累。许久，乔冠华问了杜修贤一句话：“主席追悼会的请柬你领到没有？”杜修贤回答说没有。他用忧伤的眼神看了杜修贤一眼，就再没有说话。杜修贤估计他也没有收到请柬。那是个特殊时期，出来参加活动等于证明正身，说明此人没有问题。以前凡是重大活动都少不了乔冠华的请柬，也总有杜修贤的。这次杜修贤也觉得奇怪，听“乔老爷”一问，心里更嘀咕。多年新闻经验告诉杜修贤，如果乔冠华这次上不了追悼会的天安门主席台，那么，他肯定是遇到麻烦了，而且是大麻烦。这反击右倾翻案风他是躲不了了。后来追悼会那天，杜修贤特意留神寻找乔冠华在不在，谢天谢地，他在主席台上，但表情极为阴郁。听说是开会前一个小时才收到的请柬。

这兆头好像不吉利。杜修贤心里挺疙瘩的。

等乔冠华能脱开身时，已经是9月中旬了。这时他把精力放到了联大报告上。谁能想到，这个报告又发生了荒唐的事端！

主席逝世后不知怎么炮制出来了个“按既定方针办”的指示，全国大报小报上都是“按既定方针办”。平民百姓谁也不会注意“按既定”和“照过去”有什么本质区别，可是咬文嚼字的人就能咀嚼出这是大阴谋，反党的大信号。乔冠华倒霉的程度随同这个居心叵测的所谓主席临终指示的运用而变得更加深重，有人要把他装进一个预谋好的“陷阱”里，而他还一无所知，一步一步走向“陷阱”。

联大报告出来后，他因劳累过度差点送了命。他的心脏发生了绞痛，幸好夫人懂得一点病理常识，送医院及时，控制了梗死，不然那时就魂系英灵了。不过倒能落个轰轰烈烈的场面，也能免去诸多磨难。

▲乔冠华与华国锋在一起（杜修贤摄）

属于另外世界的人是不会遭受人间的苦难的，解脱也是一种福气！

乔冠华没有一病不起，而是抱病坚持去“联大”参加会议。他不愿意让外国人猜测中国局势如何如何什么的，他去参加会，至少可以说明主席去世后中国政局没有乱。他到“联大”的发言稿，是经过政治局讨论通过的，上面有两处有“按既定方针办”的字样，当时全国上下都在宣传使用这句话，乔冠华起程前曾报告中央，如果有修改的地方，请在10月5日前告诉他，以便修改。

中央一直保持沉默，直到4日才通知外交部要删除那句话。外交部5日上午才打电报通知乔冠华修改。有人大概以为乔冠华已来不及改了，所以6日一粉碎“四人帮”，外交部马上就组织批判文章，批判乔冠华在“联大”发言，说他违抗中央命令，在报告中坚决不删“按既定方针办”，为“四人帮”鼓吹。

但是他们忘记了时差常识，中国5日上午，正好是美国4日深夜，乔冠华不仅接到了电报，而且还有充分时间修改稿子，把“按既定方针办”删得干干净净。可是国内的大字报却荒唐地一口咬定他在“联大”说了这句话。等乔冠华归来，一个囚禁室已经精心布置好，正等待他的“光临”。为了这句话，还有其他许多似是而非的事，他被剥夺政治生命，被卸掉官职。当然，真正的原因并不在此。那“按既定方针办”不过是封他的口的借口而已，更何况他说明了没有讲，不信，可以去“联大”查底稿啊！不会有人去查，永远不会有人去查！因为根本不需要事实真相。

直到乔冠华去世，他的妻子在解除软禁后，去了美国。她专门去了“联大”资料库查了当年乔冠华在“联大”的发言，上面一个“按既定方针办”的字样都没有。可惜啊，这一切来得太晚，乔冠华永远无法得到这个能证明他清白的证据，也永远不再需要这个证据了……生命最终是要消失的，而耸立在人们心中的丰碑，才是人一生本质的证明和永恒的存在！

第十九章
李立三在悲剧中闪光

> 他分别在苏联和国内坐过牢，两场举世震惊的政治大灾难，他均是受害者。

鲁迅有句名言：“悲剧将人生有价值的东西毁灭给人看，喜剧将那无价值的撕破给人看。”

20世纪中，两个社会主义大国里先后发生了举世震惊的政治大灾难。这两次灾难，给本篇的主人公——一个坚贞不屈的革命者带来了一生的悲剧。

20世纪30年代，在苏联，由于苏共中央政治局委员基洛夫遇刺身亡而引发的一场大规模的“肃反运动”，或称“大清洗”，造成了全苏联的政治恐怖局面。据统计，有70%的中央委员和候补委员，56%的党代会代表被逮捕和枪决；苏联红军3.5万人遭难，全军近半数的军官被送进集中营。1933年联共（布）有党员350万人，1937年只剩下不到200万人。

这场政治灾难发生过后三十年，中国大地上也发生了同类性质的政治大灾难，即“无产阶级文化大革命”，造成长达十年的全国性动乱。它摧残了大批干部，包括受牵连的在内，约有上亿人，占全国人数的1/9，造成的经济损失约5000亿人民币。

两场灾难，李立三皆为受害者，也是见证人。他用鲜血和生命写下了对那些疯狂的、丧失人性的邪恶政治势力的声讨和控诉，表现了一个真正的革命者为捍卫真理和正义，宁折不弯的高尚情操。

1930年底，年仅31岁的李立三遵照共产国际的命令，只身来到莫斯科检查交代错误。此时的他已被免去中共中央负责人的一切职务，因为他在中央工作期间所犯的“左”倾冒险主义错误在策略上脱离了共产国际的指导，受到共产国际的严肃批判，共产国际将立三错误定性为“反共产国际”的“立三路线”。

谁知一去就是15年，这期间，他在莫斯科遇到了红颜知己——苏联姑娘李莎，缔结了跨国姻缘，留下了一段可歌可泣的爱情佳话。

1933年夏季的一天，19岁的苏联姑娘基什基纳·叶莉札维达·帕夫格夫娜（即李莎）去看望朋友莎丽达·列依索洛娃。列依索洛娃的丈夫叫杨松，是中国人，在共产国际工作。

当叶莉札维达推开杨松家的门时，一眼便看见沙发上坐着一位身材高大、笑容可掬的中国青年。杨松指着这位中国青年对她说：“认识一下吧，这是我的中国同胞李明同志。”

李明当即站起，不失礼貌地同叶莉札维达握手，就这样，他们相识了，并开始了交往。

过了些日子，还是在杨松的家里，许多朋友来这里聚会，叶莉札维达也来了，她很乐意同中国同志聊天，同时可以更多地与李明会面。通过前几次的接触，她对李明的印象颇佳。今天，她渴望在杨松的家里再度与李明会面，可是，李明还没有来。

有人大声问杨松：“老杨，李立三今天能来吗？”

叶莉札维达一惊，也大声地问：“怎么，李立三在苏联？他是什么时候来的？”

列依索洛娃咯咯笑起来，戳点着叶莉札维达的额头说：“你呀，真是个小傻瓜！李立三不就是李明吗！你同他那么好，还会不知道？”

叶莉札维达被这意想不到的事情搞糊涂了，一时愣怔无语，她确实还不知道李明就是李立三，因为李明没有对她讲过这事。

在当年的莫斯科，很多人一听到李立三这三个字就会警觉起来，离他远远的，唯恐沾上“机会主义”的病毒。但叶莉札维达却认为，不管他是叫李明，还是叫李立三，都不能阻止她对他的友谊，她喜欢他的爽朗、耿直，常听中国同志戏称他为“坦克”、“大炮”，那是他性格的真实写照；她爱他有理想、有追求，有脚踏实地的革命精神；她欣赏他那极富传奇、浪漫色彩的革命生涯……随着时间荏苒，接触增多，两颗心逐渐向一起靠拢，爱情的种子在他俩的心中慢慢地生根、发芽、含苞欲放。

当时，叶莉札维达正准备考大学。她狂热地爱上了比自己大15岁的李立三。此时李立三远离祖国，孤苦寂寞之中得到美丽的叶莉札维达的爱恋，自然十分高兴，他同

▲1921年7月，李立三（前排左8）在法国与蔡和森（第三排左10）等人合影（历史照片）

样深深地爱着叶莉札维达。

1936年2月初，在莫斯科共产国际柳克斯公寓7层的一间14平方米的房间里，李立三和叶莉札维达举行了简单的婚礼，陈云等十几名中国同志参加了婚礼，向新郎新娘表达了美好的祝愿。

按照苏联的传统习惯，女人出嫁后必须在自己的名字后面加上丈夫的姓氏，这样一来，叶莉札维达应该称为"叶莉札维达·李"，李立三根据"莉札"的谐音，给妻子取了个地地道道的中国名字：李莎。

从此，李莎便将自己的命运同李立三紧紧地联系在一起了。

新婚燕尔的李立三被苏联内务部的人带走。李莎吃尽苦头千里寻夫。

新婚燕尔，李立三和李莎沉浸在小家庭的温馨之中。他们没有休婚假，而是以勤奋地工作来欢度蜜月。

1938年2月23日，天还没有亮，一队全副武装的苏联红军官兵及内务部的人员急速地踏进了高尔基大街上的柳克斯公寓。粗暴杂乱的皮靴撞击地板的响声把李立三和李莎从睡梦中惊醒，一种不祥之兆袭上他们的心头。

有人在敲李立三的家门，固执而粗野。李立三会意地看了看李莎，走过去打开房门。

闯进来几名带枪的军人，为首的军官严肃地问："你就是李明吗？"

"是的，我是李明。"李立三用俄语回答，语气是平静的。

军官斜睨着李立三，冷峻地说："你被捕了！穿好衣服，立即跟我们走！"他向李立三出示了逮捕证。

几名士兵一拥而上，架起李立三就走。

李莎冲过来阻拦，护住李立三说："你们凭什么抓人？他是个好人，他没有罪。"

军官冷笑着说："有罪没罪，请到肃反委员会去解释。"他一把拽开李莎，大喝一声："带走！"

李立三临出门时，回过头说："李莎，不要哭，快去告诉我们的党组织，我是清白的，在莫斯科我没有做过任何对不起苏维埃的事情。"

李立三被捕的第二天，有关人员就来撵李莎立刻搬出柳克斯公寓。李莎第一次尝到政治上被歧视的滋味，只好忍气吞声，按照有关人员的指令搬到公寓院子一隅的窄小厢房里，那是专门为被捕人员的家属准备的，已经住进了七八个人，把个小屋子挤得满满登登。

李莎虽然离开了共产国际的干部宿舍，可是，对她的政治迫害并没有结束。她所在的外语师范学院的团组织逼她在团籍和丈夫之间做出选择，要么要团籍，要么要丈夫，二者只能选其一。

一天，学院团委召开全体团员大会，让李莎当众表态。面对全体团员期待又冷漠的目光，她的心在颤抖，这是艰难的选择，因为她既爱团籍，也爱丈夫。经过思考，她终于下定了决心，平静地对大家说："我的丈夫李明不是反革命，我了解他，问题总有一天会搞清楚的。"说完，她默默地掏出团证，轻轻地放在主席台的桌子上，转身走了出去。不知不觉中，眼泪流过面颊。

李立三被捕后同李莎失去了联系，既没通电话也没有书信捎来。李莎到内务部去问过几次，对方不是推说不知，就是缄口不语。因此，她一直不知道丈夫被关在哪里。

李莎惦念着丈夫，决心找到他的下落。莫斯科的初春，乍暖还寒，她冒着凛冽的寒风几乎寻遍了莫斯科的所有监狱，得到的都是冰冷的答复："没有。"

"总不会在地球上消失吧，肯定是关在了监狱里。"李莎不灰心，继续寻找。当冰雪开始消融、大地开始泛青的时候，希望的嫩芽也在李莎的心中萌发。这一天，她风尘仆仆地来到塔千卡监狱，问讯处前仍然排起了长队，她随着人流一点一点地向前蠕动，终于来到了窗口前。她在递上身份证后大声说："我找一个叫李明的中国人，原名叫李立三，他是我的丈夫。"

里边静悄悄的，没有传出以往听惯了的粗暴吼声，李莎感到奇怪，踮起脚跟向窗口里望去，只见一个上了年纪的看守正低头在一个大本子上查找。

又过了一会儿，窗口里传出老看守的声音："有这个人。"

李莎心里一阵激动，终于找到了！她问老看守："我可以见他吗？"

"不行！肃反委员会有规定，一律不见。"

李莎怅然若失地离开窗口，轻轻擦去不知不觉中涌出的泪花，虽然不让见面，但毕竟找到丈夫的下落，这对她来说就是很大的安慰。

时间似流水，李莎在痛苦的煎熬中度过一年半……

1939 年 11 月 4 日的晚上，忙碌了一天的李莎刚刚上床躺下，就听见有人敲门。"这么晚了，谁会来呢？"李莎疑惑地下了床，走过去打开门。

一名军官微笑着站在门外，态度和蔼地问："您就是李莎同志吗？"

李莎觉得问话有些特别，因为自打李立三被捕后，很少有人对她露出笑脸，更没有人亲热地称她同志。

"是的。"李莎木然地点点头。

军官仍然是笑容可掬地说："我给您送来了十月革命节的礼物！"

军官闪开身，他的身后站着李立三。

李莎惊喜万分，旁若无人地拥抱李立三，疯狂地吻他。

李立三也紧紧地拥抱着妻子，感觉到她的全身在颤抖，他自己也是无比激动，无声的泪落在妻子的秀发上。

> 李立三终于无罪释放，回到了祖国。李莎不顾亲人们反对，来中国安家。

李立三出狱之后，共产国际终于在 1940 年 3 月对李立三作出了结论：李立三在苏联的问题搞清楚了，对他的指控是没有根据的。

1945 年 12 月 31 日晚 8 点钟，苏共中央联络部长潘友新将李立三找去，一见面就十分热情地说："祝贺你，立三同志，你当选为中共七届中央委员。"

李立三也很激动，中国共产党没有忘记他，尽管他不在国内，还是选他为中央委员。

是的，祖国和人民没有忘记李立三，中国共产党没有忘记李立三，在选举中共七届中央委员时，毛泽东向与会代表讲了话，肯定了李立三对中国革命的贡献，李立三当选为中央委员。也许他当时不知道，他参加七大的党代表登记表是老朋友陈云代他填写的，这也从一个方面说明中国共产党和同志对他的信任。

潘友新还告诉李立三，共产国际无条件准许他回国。

1946 年 1 月 16 日，在苏联生活了 15 年的李立三踏上了归程。

当列车徐徐开动的时候，李莎情不自禁地流下眼泪，她冲着火车大声说："等着我，

▲毛泽东和李立三亲切交谈（历史照片）

我也去中国！”

李立三走后，李莎便也着手做去中国的准备。这时，亲友们又来劝说她不要去中国。有人对她说：“中国还没有解放，内战正在进行，你刚刚经历了苏联的卫国战争，何必又要到中国去受战乱之苦呢？”还有人对她说：“中国共产党还没有夺取全国政权，解放区的生活很艰苦，你何必舍弃苏联的优裕生活而去中国遭罪呢？”

李莎去意已定，她说：“立三的事业在中国，我应该到他身边去，助他一臂之力，他需要我，需要家庭，我不能丢下他独自在苏联享福。我既然做了中国人的媳妇，就应该到中国去。”

经过中共中央同苏共中央的联系，李莎带着苏共中央联络部签发的证件，于 1946 年 9 月底动身前往中国的哈尔滨。李立三此时在中共中央东北局工作，办公地点就在哈尔滨市。

李立三对妻子和女儿的到来非常高兴，在美丽的松花江畔，他们安了家。

李莎被安排在哈尔滨俄语专科学校任教员，她以满腔的热情为丈夫的祖国工作，毫不保留地将自己的知识传授给中国学生。

一晃十几年过去了，到了 1964 年，李莎已完全熟悉了中国的风土人情和生活习惯。可是，中苏两党的关系却剑拔弩张，日趋恶化。因为有一个苏联籍的妻子，李立三的处境艰难起来。当时，苏联撤走了全部专家，许多生活在中国的苏联人也都回国了。李莎面临着选择：是继续留在中国，还是回苏联？

这时，康生又出面劝李立三同李莎离婚，当然是出于政治上的考虑。可是，李立三没有这样做，他与李莎是患难之交，彼此心心相印，怎么可以离婚呢？

李莎也舍不得扔下李立三回苏联，她毅然放弃了苏联国籍，申请加入中国国籍，以表达她对李立三坚贞不渝的感情。1964 年 7 月，李莎正式成为中华人民共和国的公民。

> “文化大革命”呼啸而至，李立三又一次在劫难逃，为刘少奇辩护给他带来了杀身之祸。

1966年春夏之交，“无产阶级文化大革命”的“红色风暴”在中国大地上呼啸而至，李立三戴着“立三路线”的帽子，自然属于被横扫的“牛鬼蛇神”之列。但是人们都知道，李立三的错误是30多年前的事情了，并且是反复清算和检查过的。他虽然是华北局书记，但实际上早已靠边站了。他既然不是主要的当权派，也就不可能执行“资产阶级反动路线”、“镇压造反派”。因此，华北局机关内普遍认为他是只“死老虎”，造反派们也没有兴趣去多理会他。这样，在“文化大革命”运动开始的半年里，他只作为陪斗参加了一些批斗会，人身尚属自由。

1966年底，他被通知参加批斗陶铸的大会。会上，他听到的“揭发批判”是一派胡言乱语，看到的是陶铸被造反派的侮辱性折磨搞得精神恍惚，他抑制不住心里的悲愤，离开了会场。这种毫无根据的无限上纲、乱定罪名的行径，简直与苏联1938年肃反高潮的形势毫无二致。他对自己的朋友说，他准备上万人大会接受批斗，但无论如何都要坚持实事求是，不能说假话牵连别人。

1967年“一月风暴”之后，全国形势发生了急剧的变化，集中“揪斗头号走资派、中国赫鲁晓夫”成了运动的重点。1月21日，“揪叛徒全国造反联络站”的两个专案人员找到了李立三，他们与那批大喊大叫的造反派不一样，态度显得很温和，一副知情达理的样子。他们懂得自己面对的这个李立三曾是党中央的重要负责干部，他掌握许多老干部的情况，是个“活档案”。他们企图从李立三口中挖出一些有力的证据，以达到他们的预期目的。他们对李立三说：“刘少奇是中国的赫鲁晓夫，在我国搞修正主义。他现在的罪行要清算，他的历史罪行也要清算。”他们要求李立三“戴罪立功”，揭发刘少奇的罪行。他们与李立三进行了长时间的谈话，记录被保存下来，成为研究李立三在最后一次严峻政治考验面前，坚持讲真话不讲假话，保持共产党人晚节的证明。

李立三详述了他与刘少奇在20年代搞工人运动时期，共同战斗过的真实历史。他说：“在安源，1922年9月，快要罢工时，毛主席派刘少奇来安源”，“罢工期间刘少奇初到，认识人少，我认识的人多。工人把我保护起来，由刘少奇出面。《燎原》电影，就是反映这个事。电影中的雷焕觉，是把我和刘少奇写成一个人”。“‘二七’罢工后，主席的思想是（安源）弯弓待发之势”。这时，他从安源被调走，刘少奇按照毛主席的指示精神，领导那里的工人“只提一些要求”威胁矿上，但没有罢工，因此“安源没有受到镇压”。刘少奇是正确的。“这段时间（半年）中，我和刘少奇在一起工作，这一段没有看出他有什么问题。”

▲李立三在群众大会上演讲（历史照片）

李立三接着讲“五卅运动”时期。他说：“五卅运动”中，我是上海总工会委员长，刘少奇调来担任总务部长（类似秘书长）。由我出头露面，当时工商学联合会，我代表工人去的。工会具体工作，刘少奇做的多，我做的少。“这段期间与刘少奇相处三个月，也看不到他有什么问题。”

“第三次是武汉时期，1926年到1927年，全国总工会我是负责人，他是第二把手”。在收回英租界的斗争中，“刘少奇是支持群众的。这段时间也没有看出他有什么问题”。这以后就再没和刘少奇一起工作。总之，“这三个阶段没有看出刘少奇有什么大问题”。

此后，还有各种各样的人物来找李立三，让他“立新功”，贡献出刘少奇“叛徒材料”或者别的一些老干部的“罪行”。李立三都一一作了实事求是的说明。

在那个疯狂的年月里，“打倒一切”、“造反有理”，实际上是顺之者昌，逆之者亡，不管你心里愿不愿意，理解不理解，都得跟着形势喊“打倒”，否则，自己就将被打倒。在那个时代，沉默尚且不易生存，李立三却在为一个板上钉钉的全国喊打的最大“走资派”讲真话、摆功，这真无异于大义凛然地上了刑场，入了地狱。

李立三被专案组列入了重点迫害对象，他第二次走进了冤狱。

从那两个专案组的人采访他之后，李立三被列入了重点迫害的对象名单。“中央文革小组”的人先后制造出来一系列政治谣言，发动点名揪斗李立三的活动。首先，叶群出来讲话，说李立三曾经反对并正在试图谋害毛主席“最亲密的战友”林彪。不久，戚本禹也在一次“接见”“造反派”头头们的会上公开煽动：你们不要以为李立三是只“死老虎”，他的问题大得很，好比一瓶子水，你们只知道那几小滴，他是“里通外国的苏修特务”。于是“李立三里通外国”的大字报立即贴在机关里和大街上。勒令李立三交代当外国“特务”、出卖国家机密“罪行”的大字报也张贴出来了。各种规模的批斗会也纷纷召开。在一次批斗李立三的大会上，会场挂起“坦白从宽，抗拒从严”的大字标语，口号声震耳欲聋，逼李立三交代“罪行”。李立三提笔在纸上写了八个字“坚持真理，修正错误”。然后他说，我李立三犯过严重错误，什么时候都可以检讨，并且愿意改正，但是，反党的卖国的事是没干过的。

1967年5月20日深夜，李立三的家被造反派查抄，家里什物全被底朝天地翻了个遍，所谓的可疑的书信、文字材料都被抄走了，连《红楼梦》《刘志丹》等文学作品以及照相簿和小孩玩的洋娃娃也被抄去，当作李立三“变修”的罪证。

6月5日，依照“中央文革小组”的指示，成立了由全国各地58个“造反组织”参加的“批斗李立三反革命集团联络站”。“联络站”发表公告说：“窃居华北局书记处书记职务的李立三，是一个正牌的反革命修正主义分子、托洛茨基分子、里通外国分子。40多年来，他一贯地猖狂地反对我们最最敬爱的伟大领袖毛主席，反对毛泽东思想，反对毛主席的革命路线，积极为党内头号走资本主义道路的当权派刘少奇的篡党、篡军、篡政活动忠实效劳。……企图颠覆我国无产阶级专政，复辟资本主义制度……”

就是根据这些无中生有、随意编造的上纲上线“罪状”，一波揪斗李立三的狂暴恶浪更加猛烈地袭来。仅在5月、6月间，召开批斗李立三的大会就达14次之多。在批斗会上，造反派残酷地折磨他，脖子上挂牌子，让他弯腰“坐飞机”，已68岁的李立三每次从批斗会上下来都是大汗淋漓，脸色蜡黄。李立三回到家里也不得安宁，天天都会有几批人到家里轮番审问他，威逼他交代“罪行”。他已经不比在莫斯科监狱的当年了，那时他正当青壮年时期，在令人窒息的牢房里，60多名犯人挤在不到20平方米的阴暗潮湿的地下室，他都能够满不在乎地呼呼入睡。而此时的李立三已经是头发花白的老人了。在惨无人道的折磨下，他经常头昏脑涨，手脚麻木，站立不稳。他的高血压症因得不到医治和休养愈益严重。他曾五次写信给“中央文革小组”，要求对“里通外国”罪名辩诬；要求允许他请假治疗，待体力恢复再回来接受批斗，而他没有得到答复。

6月18口，家里突然闯进一帮红卫兵，粗暴地对李莎说：“走！去华北局，批斗李立三。”他们不由分说，强行把李沙拉走。

李莎被拉到华北局的会场，胸前挂上了牌子，上面用可怕的字体写着“苏修特务李莎”。她被推到主席台前沿，面向群众而站，那里一溜儿站着十几名被批斗的“牛鬼蛇神”，她用眼角的余光扫一眼同台被批的人，发现右边第二个人是李立三，他的脖子上也挂了个牌子，牌子上写的什么字看不清楚。

李立三也发现了李莎，投去深情的一瞥，这种场合是不允许他向爱妻打招呼的。他的心一阵绞痛，因为自己又一次连累了妻子。

李莎、李立三与同台难友全都是“喷气式”站着，时间长了受不了，刚要抬头，马上有造反派冲过来把你的头按下去。李莎自己受折磨倒还无所谓，她心疼的是李立三，他已经是68岁的老人了，怎么受得了如此的摧残？

批斗会结束了，李莎同李立三一同回家，她的情绪很坏，一句话也不说。李立三却风趣地对她说："还不高兴呢，你竟能够同华北局书记同台被斗，提拔得真快呀！"

幽默的话把李莎逗笑了。然而，李立三也看见妻子的眼眶里滚动着泪花。

连续的批斗使李立三的健康受到了严重破坏，他咳嗽、气喘、心力衰竭、失眠，体重急剧下降。他曾提出到医院看病，待治好病后再接受批斗。可造反派不允许，不管你有病没病，照批不误，使得李立三的身体每况愈下。

6月20日，李莎再次被带到华北局机关，仍然同李立三站在一起接受批斗。批斗会之后，造反派破例地用车送李立三和李莎。李立三有气无力地偎在李莎身上，小声问："你是什么时候被带出来的？中午吃饭没有？"

李莎眼泪夺眶而出，默默地点点头，李立三握住李莎的手，她的手在哆嗦。

汽车飞快地驶过中南海北门，驶过北京图书馆，离李莎的家越来越近。突然汽车停住了，一个造反派对李莎说："你下来，快一点！"

李莎问："为什么让我单独下来？要不我就同立三一起下！"

造反派恶狠狠地吼道："少废话！让你下你就下，李立三不能下车！"

李立三微睁双眼，想说点什么却说不出，他太虚弱了，连说话的力气都没有了。

"千万保重！"李莎握住李立三的手，哽咽着下了车。载着李立三的汽车一溜烟儿开走了，造反派把他秘密关押在三里河一座私设的牢房里。

不堪折磨，李立三吞下了安眠药离开人世。在他死后，李莎也被押上囚车，一关就是八年。

6月20日晚，李立三提笔给毛主席写信，他相信毛泽东是了解他的，不仅因为他们同是从湖南出来投身革命的，更因为早在1921年底，他从法国勤工俭学回到湖南，还没来得及探望家乡父老亲人，就风风火火地跟着毛泽东到湖南安源考察去了，年仅22岁的李立三从此开始了职业革命家的生涯。1929年9月，李立三主持中央工作期间，他和周恩来代表党中央明确表示支持毛泽东在红四军中的政治核心领导地位，奠定了古田会议的基础。后来，他因"立三路线"的错误离开领导岗位到了苏联，这15年留苏历史在政治上的情况也早有清白的结论……

6月21日，许多单位联合召开了大规模的批斗李立三大会。由于前一天夜晚的折磨，走进批斗场的李立三显得十分疲倦。他脸色苍白，眼睛深陷，大颗大颗的汗珠子从脸颊上滚落下来。他微睁着眼睛，强打精神向会场上扫一眼，当他发现自己的妻子李莎也在台上陪斗，嘴唇张了一下，随即又向她点点头。李莎看着他，一阵揪心的痛苦难以压抑，眼泪夺眶而出，她怕他看见，扭过头去，咬着牙根，闭上了眼睛。这次批斗会是这对患难夫妻最后一次无言的痛苦相见。李莎万万没有想到这是她与丈夫的永别。在大会上，造反派们叫喊着质问李立三为什么要“里通外国”，为什么要“反党反社会主义”？李立三振作精神，愤怒地答道：“我绝不是什么里通外国分子，说我反党反社会主义，有什么证据？”回答他的是会场上一阵阵的狂叫和口号声。李立三蔑视这一切，他一句也不再说了，仿佛已经睡着了。

▲李立三和夫人李莎（历史照片）

6月22日中午，李立三强支撑着身子，拿起笔写了一封绝笔信，信是写给毛泽东的。他信中说：“……只有一点，就是我和我的全家绝没有做过任何里通外国的罪行。只有这一点请求中央切实调查和审查并作出实事求是的结论。”

当看管人员走进牢房时，李立三已含冤离开了这“人妖颠倒、是非混淆”的尘世。他们把李立三的遗体用“服毒者李明”的牌子送往火葬场。

6月22日下午，几个彪形大汉闯进李莎的家，其中一个人把逮捕证摔到她面前，厉声说：“你被捕了！”

李莎被押上囚车，直接送进秦城监狱。李莎还不知道，在她被捕的前4个小时，不堪折磨的李立三吞服了大量的安眠药自杀身亡。没有通知任何亲友，没有开追悼会。

这一切，李莎均蒙在鼓里。她被关进秦城监狱的一个单间时换上了黑色的囚服，看管人员对她说：“从现在起，你没有名字了，只有号，你是77号。”

1975年5月24日，李莎走出秦城监狱的大门，又被遣送到远在山西的运城。

在运城，可看的书报比秦城监狱多。后来，女儿又给李莎寄来几箱子俄文书，她有了自己的“图书馆”。但是，李莎最放心不下的还是李立三，她还不知道丈夫已死，还在盼望着与丈夫团圆。

1978年底，李莎回到了北京，三年半的“流放”结束了，直到这时，她才知道李立三早已不在人世。可是，她已经没了眼泪，此时的最大希望是丈夫能早日平反，恢复名誉。

在李立三死后13年，1980年3月20日，中共中央在北京中山纪念堂为李立三举行了隆重的追悼会。追悼会台子上放骨灰的位置，只摆着李立三生前所戴的一副老花镜。追悼会上，新的中共中央为李立三平反昭雪，恢复名誉，推倒一切强加给他的诬陷不实的罪名，肯定了李立三是“我党的优秀党员，无产阶级革命家，中国工人运动的杰出领导人之一”，肯定了他的一生是清白、光明磊落的，“他为中国人民的解放事业和伟大的共产主义事业，献出了自己的毕生精力”。他给后人留下了一串闪光的脚印，也留下了一个闪光的精神世界。整个中山堂摆满了鲜花、苍松、翠柏、花圈、挽联。哀乐低回，人们神情肃穆，向李立三的遗像三鞠躬。

李莎参加了追悼会，望着丈夫的遗像，她百感交集，悲痛的泪水禁不住往下淌，她终于盼来了这一天。

> 李立三的一生是革命的一生，虽然犯有错误，但他对于自己的错误从不掩饰，勇于正视。

李立三生于1899年11月18日，湖南省醴陵县人。从降生人世始，他就面对着贫穷、黑暗中国的种种苦难，末代王朝带给中国人民的内忧外患，北洋政府军阀混战的兵荒马乱……在他面前另有一种选择，那就是投身革命，救国救民。从李立三1921年底加入中国共产党算起，到“文化大革命”含冤去世，投身革命近半个世纪。

在20年代，他创造了中国工运史上最辉煌的历史篇章，他是当之无愧的中国工人运动的开拓者，是具有传奇色彩的工人领袖和英雄。然而，新中国成立以后，在工人阶级当家做主的国家里，李立三的这段历史竟被涂抹掉了。安源罢工的民歌被改了词，“五卅运动”中上海总工会似乎就没了委员长这个人……1954年，李立三回家乡醴陵休假，醴陵离安源很近，他多么想去安源看看，在那儿有他创办的第一所平民学校、工人补习学校、安源路矿工人俱乐部和工人自己办的消费合作社……安源是他声名鹊起的地方，安源工人歌颂他这个救苦救难的洋学生是“天下第一英雄”，这个民歌他太熟悉了……但是他最终没有去安源，只是请个别安源老工人到他家里叙旧。他对秘书说：我去安源会引起人们对我历史的称颂，这在政治上是不适宜的。

30年代伊始，在“左”倾思想弥漫全党的氛围下，在共产国际对各国共产党包括中共党的指导思想是“反对右倾主要危险”的方针形势下，作为中共中央主要负责人的李立三犯了严重的“左”倾冒险主义错误，使中国革命尚属低潮的形势，又蒙受了一次损失。李立三的“左”倾错误在党内统治从1930年6月起到9月结束，不足4个月时间就得到了纠正，李立三从此离开中央领导岗位。李立三的错误被共产国际定为一次“反共产国际、反马克思主义”的路线错误，称为“立三路线”，现在看来这是不确切的。正如瞿秋白所说，李立三的“左”倾思想体系与共产国际对中国革命的指导思想之间没有根本分歧。李立三执行的就是莫斯科路线，仅是策略上的不同而已。但

▲1954年9月，中央人民政府第34次会议表决通过《中华人民共和国宪法草案》，前排左二为李立三（历史照片）

是，在那种特殊的历史环境下，“立三路线”这顶大帽子从此扣到李立三头上，一辈子没有翻过身来，不到4个月的错误被批判了近40年。连他20年的丰功伟绩也默然消失了，他近半个世纪献身革命的种种贡献也化为乌有了……历史对他太不公平了！

本来，遵义会议以后，已经弄清楚王明比李立三犯了更加严重的“左”倾错误。但是，为了照顾共产国际的关系，遵义会议后10年里，还把王明路线当作“立三路线残余”加以批判。“立三路线”弄得界限很不清楚，许多王明的错误移到李立三的头上。直到1945年党的“七大”以后，才把党内的三次“左”倾错误的历史责任分开。

李立三生性开朗、豁达、坦率，从善如流，对于自己所犯的错误从不掩饰，勇于正视自我。对于党内的“左”倾路线错误，包括自己的那次给当时的中国红军和城市地下党组织带来的伤亡、损失总是痛心疾首。他曾在莫斯科、在北京通过各种会议以及学校的讲台，深恶痛绝地批判“左”倾错误给中国革命带来的危害。坚持真理、修正错误是他的准则。他光明磊落的坦荡胸怀是革命者的楷模。那些批判他的人，往往是自己站在极左立场上，毫无实事求是之心，倒是心怀险恶别有用意。

李立三对党内批评和过火斗争，始终没有消极，没有后退。他顾全大局，忍辱负重，兢兢业业为党工作。新中国成立之初，党派他主持全国总工会工作，他全身心投入，富有干练的开拓性创业精神。陈云曾称赞李立三是一辆坦克车，大有所向披靡之势。他是新中国工会工作的奠基人，先后主持制定了《工会法》《劳动保险条例》《劳动保护条例》《奖励创造发明、技术改进和合理化建议的决定》等文件，用立法的武器维护广大工人群众的政治权利和物质权利。国民经济恢复时期，李立三总结和推广了一系列大型企业如鞍钢等厂矿工人发展生产的经验，开展轰轰烈烈的劳动竞赛和劳模运动。著名的马恒昌小组、毛泽东号机车组、郝建秀工作法、公路运输汽车10万公里无大修、煤矿的施玉梅安全生产运动等都是李立三亲自发现、总结和树立起来的先进典型，由他们带动了全国工人为建设新中国而贡献力量。1950年，李立三发起组织包括清华、燕京、辅仁等三所大学的教授和学生一百多人的考察团，到西南地区工矿企业去实地考察工人安全卫生和企业管理方面的情况。李立三还主持制定了一系列有关工厂管理民主化、工人参加管理的法令和条例。

可是，厄运又一次向他袭来。1951年底，李立三又被批判了，说他在工会工作中犯了"路线错误"。陈伯达以中央领导的身份在全国总工会党组第一次扩大会议上批判李立三"是代表落后工人的，是代表消费、分配、购买力的，这些都是极右的"，在工会工作中犯了"工团主义"错误，"经验主义"错误……这样，李立三离开了全国总工会的领导岗位。1954年9月他又被免去劳动部长职务。后来担任第三机械工业部副部长，此部取消后，又任中共中央华北局书记处书记。在这期间，他仍勤勤恳恳地工作，不计较职位高低、工作大小，只要中央给工作，他仍然像"坦克车"那样，向前奋进。

在我们党的历史上，这么长期地给一名优秀的共产党人以极其不公平的批判，不仅是李立三本人一生的不幸，也是党的不幸，给党的威信造成了损害。李立三在临终前对党组织只有一点要求，那就是还他历史的清白。

第二十章
“开明君主”张闻天

> 在庐山会议上，张闻天失去毛泽东的信任。

在中国共产党内，毛泽东、刘少奇、周恩来、朱德、邓小平等人英名远扬，为世人所熟悉，相比之下，张闻天则不甚有名。尽管他是杰出的马克思主义理论家，尽管他在相当长的一个时期内（1935—1943 年）是中国共产党的总负责人……

确实，张闻天是一个老资格的革命者，他在 19 岁时就走进了中国最早的马克思主义传播者队伍——此时他已在文学创作、翻译方面显露才华，而且很有名气，还参加了郭沫若、沈雁冰等组织的创造社和文学研究会。但他放弃了学术研究这条道路而投身于革命。1925 年，张闻天加入了中国共产党，随后赴苏联留学。

张闻天是著名的“二十八个半”布尔什维克之一，因为他在苏联学习和工作的五年多里，曾习惯于按苏联的模式思考和行动，并在回国后应用于中国革命中。但是，张闻天很快校正了自己，在长征中面对毛泽东时，他放弃了自己的观点，坚定地站在毛泽东一边，进而帮助毛泽东在遵义会议上确立了领导地位。这一直是让人瞩目的功绩。尽管在此之前张闻天已是中华苏维埃共和国中央政府人民委员会主席、中央政治局委员、中央军委委员、中央书记处书记兼宣传部长，但他没有权力的欲望，而这恰恰给毛泽东提供了他在与对手斗争时最需的自由。因此，毛泽东虽然不是总书记，却取得了中共中央的实际领导权。

1937 年 11 月，王明从苏联回国后，曾不满毛泽东在党和红军中的一手控制局面，指责毛泽东滥用中央名义——当时多数中央书记处成员在各根据地而不在延安，中央的决定实际上是毛泽东的决定。对此，毛泽东改用与张闻天、陈云、王稼祥等人联名的办法发布指示。毫无疑问，署上党的总负责人张闻天的名字，会大大增加毛泽东的力量和其指示的合法性。

后来，毛泽东高兴地承认张闻天是个“开明君主”：洛甫这个人是不争权的，是个好同志。对此，张闻天说：这是对我的最好评价。

张闻天的个人品质换来一个又一个的职务，在延安，他先后担任中央政治局委员、主管中央日常工作的书记处书记、中央宣传部部长、中央机关报《解放周刊》主编、马列学院院长、中央干部教育部部长、中央西北工作委员会主任、中央研究院院长等职务。他非常尊重毛泽东，所有重要事情都要先征求他的意见，并反复领会其意图。为此，张闻天得到一个极具讽刺的称呼：“墙头草。”但他并不反驳，只是常书写一副对联：根深不怕风摇动，身正何愁月影斜。他严肃地说：真理在谁手里就跟谁走。实践证明，这是他一生的追求。

正是在延安，毛泽东与王明“左”倾教条主义的斗争全面展开，并坚持认为 1931 年至 1934 年间党的领导人犯的错误是“左”倾路线错误。作为该时期的主要领导，张闻天深知自己应负的责任。1941 年 9 月，他在中央政治局扩大会议上作了检讨，并请求辞职。不久，他不再担任中央书记处会议召集人和中央宣传部部长职务了。

张闻天在整风运动中受到了批判，他的地位急剧下降，就连他那篇在党内外产生广泛影响的《论待人接物问题》也被说成不讲阶级观点。遵义会议上他鼎力支持毛泽东的功绩也被抹杀，不为人提。1942 年 1 月至 1943 年 5 月，他因“缺乏实际经验”而到陕北和晋西北补课、实地调查。

张闻天在实地调查时，仍没忘记宣传毛泽东的伟大。1942 年 7 月 1 日，中共成立 21 周年纪念日时，他在山西省神府发表讲话，反复强调：二十年来中国革命的历史证明，如果离开毛泽东的正确领导，就不可能取得胜利。反之，今后的中国革命，有了毛泽东同志的正确领导，不管目前多么困难，最后一定能取得胜利。中国革命二十年来的最大收获和最大成就，就是形成了久经考验的、英明正确的党的领袖毛泽东同志的领导，这是中国革命必然取得最后胜利的可靠保证。

1943 年 3 月，中共中央实施机构调整，毛泽东为中央政治局主席、中央书记处主席。中央书记处只有三个人：毛泽东、刘少奇、任弼时。

当选中央政治局委员的张闻天请求中央允许他去做地方工作，以锻炼自己的实际工作能力。

1945年11月，他和夫人刘英奔赴冰天雪地的东北。他先后担任合江省委书记、东北局常委兼组织部长、东北财经委员会副主任、辽东省委书记等职，在东北根据地的开辟、建设方面，特别是关于新中国社会经济构成模式方面，他都作出重要贡献。

▲庐山会议期间的张闻天（历史照片）

新中国成立后，张闻天转入外交战线。1951年4月，他接替王稼祥，任中华人民共和国驻苏维埃社会主义共和国联盟特命全权大使。1955年回国，他担任外交部常务副部长。

做外交工作，不是两耳只闻行内事，作为一个革命者，一个政治局候补委员，他有权力关心所有的问题，何况他一直研究经济。他在大跃进的热潮中了解到实际情况，看出了问题，他有自己的意见和看法。

张闻天在庐山会议上发言了，而且是在彭德怀意见被攻击后：“不平则鸣！脑袋里装了那么多东西，心里有那么多话，能够不说吗？我是共产党员，应该讲真话！”

讲真话，使他失去了毛泽东的信任，使他成为“右倾机会主义”和“反党集团”成员。张闻天看到决议后，流泪了……

他的血压突然升高，前列腺肥大症加剧，出现尿毒症。他被送进了医院，做了手术……

张闻天虽然仍保留着职务，但实际上被停止了工作。对此他难以忍受，“我不能闲着！我要工作，大的工作干不了，就做小的工作了”。他找到党的总书记邓小平和国家主席刘少奇，不久，他被安排为社科院经济研究所特约研究员。

他不顾身体不适，去上海、江苏、浙江、湖南三省一市调查归来，写成《关于集市贸易等问题的一些意见》，但在“社教”中被打成“复辟资本主义的黑纲领”，成了他“反党”的新罪证。他被停止了中央政治局候补委员和中央委员的全部权利，受到专案审查。

> 张闻天戴着政治帽子进入“文化大革命”，自然是在劫难逃，受尽磨难。

中央办公厅主任汪东兴奉命取消了张闻天的“供应卡”，撤掉了“红机子”，后又搬走了煤气罐，取消了小汽车。

1966年8月9日，社科院经济所造反派开始揪斗张闻天，年近七十的他遵照“命令”，揣上月票，带上检查交代材料，倒两次公共汽车到经济所接受批判。他被推上会台，造反派立即给他挂上黑牌，戴上高帽……

时值盛夏，天气闷热，加上人群围观拥挤，患有多种疾病的张闻天难以支撑，昏晕过去。造反派一边拖他到后台，一边骂：你别装死，你死不了！

此后，张闻天又接受了无数次批斗、审问。除了挂牌子戴高帽外，他又尝到了坐“喷气式”、被示众游街和拳打脚踢的滋味。

根据张闻天的“文化大革命”记事本统计，仅1967年一年里，他接受审讯、回答问题、写交代材料等就达219次。

1969年2月16日，天津南开大学的抓叛徒战斗队来人了，要他交代“六十一人叛徒集团”的前前后后，张闻天不愿说假话，也不愿加害已陷绝境的刘少奇等人，便说他是当时的中央负责人，是经他签字批准的。

不久，他被拉到经济所接受审讯，两个穿着军装的人说他们是康生派来的，训斥张闻天在“六十一人叛徒集团”问题上不老实，想把水搅浑。并启发张闻天重新写材料：这个案子是刘少奇背着中央搞的，你张闻天为什么承认是你批准的？以后再瞎说，后果由你负责！你应该给子孙后代留条出路！

张闻天当场拒绝了他们的要求：要整就整我吧，我不能说假话、陷害人。

回来后，张闻天告诉夫人：我可能会被逮捕。

果然，1969年5月16日，一个班的武装军人开往张闻天的寓所，宣布对他们夫妇实行隔离监护。从此，两个人被关在两间冬冷夏热的房子里，不准听广播，不准看报纸，不准同任何人来往，甚至不准他们两个人见面，在被报纸糊住玻璃的房子里，一次又一次地接受审讯……这样的日子持续了523天。

1969年10月20日，中央办公厅通知张闻天：遣送广东肇庆，限三天内起程；张闻天的名字停止使用，另取化名；对外保密，只能同直系亲属通信。

夫妇俩又见面了，此时的张闻天脸色苍白，全身浮肿，头发和胡子又长又乱，令刘英难以相认。但只要俩人在一起，刘英认为再穷再苦也是幸福。她不由得回忆起长征路上与张闻天交往的幸福时光……

> 刘英说：“黑夜里行军，小马灯倒是顶亮的。”张闻天意味深长地说：“这是流萤（刘英）啊！”刘英不好意思地低下了头。

张闻天与刘英数十年忠贞如一的爱情是在艰难的长征路上萌发的。读书人在表达对痴情挚爱的恋人那种埋藏于心灵深处的绵绵情愫时，往往显得文雅而含蓄。在一次夜里行军中，与张闻天并辔而行的刘英说：“黑夜里行军，小马灯倒是顶亮的。”张闻天立即接过话题，意味深长地说：“这是流萤（意指刘英）啊！”寥寥五个字，脉脉无限情，说得刘英怪不好意思地低下了头……

刘英虽然对张闻天一向深怀钦佩，但最初的时候并无亲密关系。她对张闻天产生深刻印象是在扎西听他传达遵义会议精神。红军第二次占领遵义时，还是西南边陲“春城无处不飞花”的早春季节，乍暖还寒。张闻天和毛泽东住在一个大户人家的平房里，屋子里还生了一盆炭火。当刘英跨进张闻天的房间时，一下子感到了春的暖融。张闻天让警卫员彭健给刘英煮了一碗醪糟。当刘英接过这碗甜甜的、酸酸的醪糟时，她明显感到神色凝重的张闻天有话要说。他的脸在炭火烤炙下显得很红，眸子里透露出一种青春的希冀：“我们互相都了解，希望不仅仅做一般的同志……”张闻天的嘴那天显得有点笨拙，讷讷言道，刘英毫无精神准备。虽然她对张闻天颇有好感，但从未想过“恋爱”之事。事实上，长征路上一天到晚累得要死，有时连绑腿都不松，便倒下呼呼睡去。那个时候即使真有谈情之心，亦无爱恋之时。“我早有打算，五年不结婚！”刘英几乎是不假思索就直截了当地表明了自己的态度。刘英生硬的回答当然令人失望，但张闻天涵养极深，并无半点沮丧之情流露出来，他仍然热情地留刘英用完饭再走。

▲张闻天和夫人刘英在江苏调查途中（历史照片）

刘英虽然拒绝了张闻天，但是她的内心可不平静，往事一幕一幕呈现在眼前。记得到瑞金不久，张闻天就打来电话：“尤克娜（刘英留苏时的名字），今天我们要打你的‘土豪’！”原来，从外面到苏区工作，组织上总是发一笔路费，一路开销以后总能省下几个钱。一些熟悉的同志就乘机“敲竹杠”，让来者“请客”，这就叫“打土豪”。早知道这个老规矩的刘英在电话里爽快地答应了。到了吃晚饭的时候，刘英就到了张闻天那儿。于是，张闻天、刘英、博古、潘汉年等同志，加上少共中央的一些同志，大约十来个人都加入了“打土豪”的行列，大家说说笑笑，高兴地簇拥着“财神爷”准备出发，只有邓颖超没有动。“小杰，我不去打你的‘土豪’了，你给我一元钱，让我买一双雨鞋吧！”原来邓大姐没有雨鞋。

刘英和张闻天等人一起走了十来里路，来到县城的馆子，美美地饱餐了一顿，无非就是熬豆腐、红烧肉之类，把刘英剩下的十来元钱统统花光了。

在长征途中，刘英进一步认识和了解了张闻天，他真实、可敬、可爱的方面深深打动了红军姑娘的心。

当时，大家都很年轻，每天晚饭前后总喜欢搞点体育活动。张闻天、陈云、潘汉年爱打乒乓球，就在办公室楼下客堂里用方桌拼了一个长方形球台。刘英常去看热闹，张闻天总是喊：“刘英，来一盘！”那时的乒乓球拍很简单，还在上面打了几排圆眼子。右手横握拍的张闻天球艺不错，刘英显然不是他的对手。

几个月后，刘英调任中共福建省委常委、团省委书记，来到闽西的长汀。后来福建召开党代表大会时，张闻天和金维映代表苏区中央局前来赴会。为了躲开国民党飞机的突然袭击，会场设在一个偏僻的小村子里。会议期间还宰猪，大家会餐，肉皮、下脚则煮了当夜宵。张闻天很爱吃肉皮，但对这里的肉皮却不敢恭维：“肉皮好吃，就是毛太多。”刘英告诉张闻天，杀猪不刮毛，是吃和毛猪，所以毛特别多。这次会议也为张闻天、刘英提供了相互接触的机会，彼此的了解就更多了。

一年后，当刘英穿着从陈潭秋身上脱下来的棉袄（她一直穿到了陕北）踏上茫茫长征路以后，她和张闻天便有了更多的相处时间。

在长征路上一步步认识到毛泽东路线正确与伟大的张闻天，那时候已开始了自己思想上的转变。长征中，恶性疟疾未愈的毛泽东和负伤的王稼祥，以及骑马行军的张闻天成了中央队的“三人团”（此时，博古、李德、周恩来为“最高三人团”），这种特定的环境为统一彼此思想创造了一个良好的契机。黎平会议后，张闻天和王稼祥在一片金黄的橘林里为遵义会议的召开写了成功的最初一笔。一个月后，具有历史意义的遵义会议在老城枇杷桥（现子甲路 80 号）国民党师长章柏辉的公馆召开。张闻天根据自己与毛泽东、王稼祥拟定的提纲和意见，起草了至今还闪烁着真理光辉的遵义会议决议。随后，他被会议推举为党中央书记，取代博古“负总的责任”。会议确立了毛泽东在党内的实际领导地位。从此，长征的军事行动就完全在毛泽东的指挥下进行。十年后，毛泽东在“七大”会议期间真诚地对全体代表说：“如果没有洛甫、王稼祥两个同志从第三次‘左’倾路线中分化出来，就不可能开好遵义会议。同志们把好的账放在我的名下，但绝不能忘记他们两个人。”此诚是发自肺腑的实言。

那个时期，刘英和中央队行军靠近，而且宿营地也相距不远。她有空常到毛泽东、张闻天那里去，对温良、谦和、宽厚，后来被毛泽东誉为“开明君主”的张闻天有了进一步的认识与了解。回想起来，刘英觉得张闻天确实可敬可爱。

> 在张闻天和刘英结婚的那天，毛泽东赶来闹洞房：“你们要请客，不请客可不算数噢！”

张闻天自己挑破了那一层薄薄的窗户纸，感情世界顿时豁然洞亮。刘英这才发现敬爱的感情已经暗暗地在向爱恋转化，爱情的幼芽顽强地钻出了肥沃的土地……

毛泽东后来提议刘英接替邓小平担任中央队秘书长。“我干不了，我是做群众工作……”刘英对下达命令的总政治部代主任李富春说。“……不要紧，到那里自有人会帮助你嘛！”李富春露出狡黠的微笑。刘英一听，脸马上就红了，她知道富春大哥说的是张闻天。李富春可是位厚道大哥，他不止一次地对夫人蔡畅说过刘英跟张闻天合适。

刘英担任中央队秘书长以后，党中央领导正式开会大多由刘英作记录。到了这个时候，张闻天常常把自己那支心爱的钢笔递给刘英。要知道，长征路上大家用的绝大多数是铅笔，钢笔可是稀罕的宝贝，刘英就这样默默地感受着张闻天那深厚、真挚的爱……

尽管刘英沉浸在爱的暖流里，但是她仍然保持着清醒的理智。刘英对博古那位容貌秀丽的夫人刘群仙说过的一句生动风趣的俏皮话“行军中骡马要比老公好！”留下了很深刻的印象。她早已认定：在长征路上，要做工作，就不能结婚生孩子，要生孩子，就别想工作！毕竟是久经考验的老革命，刘英毫不犹豫地选择了前者。因而在整个长征过程中，她始终冷静地和张闻天保持着一定距离，或者说是一种不即不离、若即若离的“模糊”状态。刘英不是没有困难地抵御着张闻天那一次比一次猛烈而又含蓄的情感攻势。但是，她终究牢牢守住了“阵地”。

1935 年 10 月，中央红军历尽千难万险，终于到达陕北吴起镇，随后在瓦窑堡落脚。对张闻天、刘英两人同样是经受了磨难与考验的感情历程而言，这也是瓜熟蒂落、水到渠成的难忘时刻：“这下有了家，该可以了吧？”一天，张闻天悄悄问刘英。刘英红着脸，默默无语。

张闻天、刘英结婚没有请客，也没有举行任何仪式，只有邓颖超、博古等同志来到小小的“新房”——夫妇俩刚刚分到的那孔石窑洞道喜。前来“爱的小屋”闹“洞房”的只有毛泽东。“你们要请客，结婚不请客不承认！不算数噢！”他对张闻天、刘英夫妇大声嚷道。碰到这样的场面，张闻天便不知道说什么好。还是新婚夫人能干，嘟嘟嚷嚷道：“拿什么请客呀？没有钱，又没有东西！……”“那——还是不承认！”毛泽东开始还装出不依不饶的样子，到底还是收了场，结束了这场嬉笑，“我倒是真心实意给你们贺喜来了，还写了一首打油诗呢！”毛泽东最后一本正经地说。

……

刘英从回忆又走进了现实。

他们没有时间细说各自的遭遇，便立即请人收拾行装，准备上路。依照指示，张闻天改用化名“张普”，意为姓张的普通劳动者。

于是，在广东肇庆郊区一个军分区的宿舍区，多了两位别人不相识的老人。

没有熟人，没有电话，只有警卫，只有空旷，因为这里离最近的集镇还有两里多路。

就是在这里，张闻天度过了六年时间。

六年里，他不停地读书，虽然已是垂垂老者，心却依旧年轻，为了激励自己，他写了座右铭放在桌上：为了能够分析和考察各个不同的情况，应该在肩膀上长着自己的脑袋。

视力只有0.2了，他还是不停地读；拿笔的手已不住地颤抖，他还是不停地写；没有卡片，他就把旧台历翻过来或把小学生的练习本裁开用。他写了一个又一个专题，一叠又一叠卡片，并收藏起来。

林彪倒台后，张闻天想回北京，但毛泽东拒绝了他，夫妇俩只好定居无锡。

“九一三”事件以后，周恩来主持中央日常工作，使各方面的工作有了转机。张闻天觉得黑暗即将过去，曙光就在前头。他开始寻找机会，争取改变自己的流放生活。

1972年3月，张闻天到广州治牙病。广州军区保卫部长到张闻天住所来，向他传达周恩来要他写一个关于林彪与会理会议的材料。张闻天于3月28日写就交出后，在4月2日给“毛主席、周总理并党中央”写了一封信，请求“早日在政治上和组织上解决我的问题”，“回到北京去，在党的领导下做些力能胜任的工作”；同时转达刘英“希望中央对她的问题也能早日做个结论”的请求。张闻天在信中还诉说了“遣送”肇庆两年半以来过着“非常孤寂和闭塞的生活”，“精神上感到苦闷”，言辞甚为恳切。到6

月份，张闻天被告知：中央决定自今年5月起恢复张闻天、刘英原工资待遇，算是得到一点宽慰。但张闻天内心对自己没有做工作而领工资又深感不安。

1973年3月，邓小平复出担任国务院副总理，张闻天很兴奋，他与身边的警卫人员谈论时说：“小平同志很精干，肯动脑子，办事果断，实事求是，他出来工作，我们国家就有希望了，周总理也不会那样忙了。”党的“十大”于1973年8月20日至28日举行，一批“文化大革命”中受排斥和打击的老同志被选为中央委员。希望又在张闻天内心活跃起来。9月20日，他同刘英联名写信给毛主席和中央，重复以前的多次请求，希望早日回京，恢复组织生活，做点工作。毛泽东读到信后发话，可以让张闻天、刘英就地参加党的生活和工作。但这个指示不知在哪个环节卡住了，一直没有传下来。1974年2月21日起，张闻天、刘英编入市委办公室党小组，监管的生活总算结束了。

张闻天夫妇恢复组织生活之后，政治上和生活上虽然都有一些改善，但幽居岭南，与外界隔绝，总不是长久之计。想到自己年事已高，体弱多病，所以，张闻天在1974年写信给毛主席和中央，不再提继续工作问题，只提两点要求：一是希望能回到北京度过晚年，一是希望中央能给以到全国各地参观、学习的机会。信中写道：“我现在已经是74岁的老人了，身体不大好，思想和行动很迟钝，眼睛的白内障大有发展，阅读文件和书报日益困难，因此，我想在我不能走动或变成瞎子之前，看看我所热爱的伟大的社会主义祖国的新面貌。至于旅途中的一切费用，都可以用我们的存款来支付。不用另外花公家的钱。”在悲凉的晚景中提出如此恳切的愿望，谁读了都要为之感动。可是，回答仍然只有沉默。

▲张闻天在无锡蠡园（历史照片）

不过，张闻天并没有灰心，他相信党，还是继续争取。1974年7月下旬，经过反复请求，刘英获准赴北京探亲。在北京，刘英去看望了王震。王震非常关心张闻天，他劝刘英鼓动张闻天再向毛泽东打报告。刘英回肇庆后，经过一番商量和考虑，张闻天于10月18日又给毛主席写了一封信：“希望回到北京生活和养病”，“能有机会到各地参观学习”，除此之外，“没有其他要求了”。这封信经王震转呈，于10月底送达正在长沙的毛泽东阅后，让身边人员签批：“到北京住，恐不合适，可另换一地方居住。”

张闻天想回北京的希望破灭。无奈，他只得提出拟以自己的家乡上海为养老地点。然而“四人帮”是不能容忍张闻天在他们的领地内安居的，1975 年 4 月 28 日，张闻天致函中央组织部，正式提出：如上海不成，苏州或无锡也可以。直到 6 月 9 日，才接到通知：同意迁居无锡。

听到总理逝世的消息，张闻天潸然泪下。他在重病中仍然忧国忧民。

1975 年 8 月 23 日，张闻天一家离开幽居 6 年的流放地肇庆，24 日从广州乘火车赴上海。一路上张闻天的心情很不平静。车过金华，进入杭嘉湖平原，张闻天不时从座位上站起来，眺望窗外秀丽的江南景色。是啊，从 1919 年在南京参加声援五四运动投身革命起，至今已经 56 年了，现在以 75 岁高龄回到江南故地，也可以说是叶落归根吧。

8 月 25 日傍晚车抵上海，江苏省委组织部和无锡市委已派人在车站上迎候，随即驱车前往无锡，夜半抵达。张闻天一家被安排在太湖饭店的小山 2 号招待所暂住。这里面临太湖，走出房门，迎面扑入眼帘的就是著名景点鼋头渚。凭栏远眺，水天一色，太湖七十二峰在万顷烟波中隐现，真有心旷神怡、宠辱皆忘之概。

9 月 1 日，张闻天一家搬进城里汤巷 45 号居住。这里是一幢两层小楼，单门独院，比较清静。张闻天依旧化名“张普”，对外联系、书写病历就用“45 号”作为代号。

张闻天刚到无锡，心情是比较愉快的。当时全国的形势由于邓小平主持中央日常工作、进行全面整顿，有了明显的好转。张闻天把家安好，立即继续他的社会主义基本理论的研究工作。进入深秋季节，天气冷热无常，衰老多病的张闻天适应不了。1975 年 11 月 2 日，他步行外出，较为疲劳，加之饮食不周，下午就突然发病了，胸前区持续性疼痛，四小时不能缓解。晚间住进无锡市第一人民医院，诊断为冠状动脉粥样硬化性心脏病——心绞痛型，生命垂危。抢救脱险后，经中、西医合作治疗 20 多天，他总算好转过来。

经过这一场波折，无锡市有关方面格外谨慎起来。严冬将临，心脏病患者最怕伤风感冒，于是给张闻天房间安了一个木屑炉取暖。但炉子烟大呛人，只好让他和刘英移居新生路 7 号招待所，那是无锡市有数的两三处有暖气设备的房子。自然界的寒流袭击是抵挡住了，可是，政治寒流的袭击却无法抵挡，1976 年开始，大浪迭起，寒流滚滚，张闻天的健康受到严重损毁。

1976 年 1 月 9 日，清晨，广播中传出哀乐声声，张闻天听到周恩来于 1 月 8 日与世长辞的噩耗，心痛如绞，默坐良久，潸然泪下。他对医护人员说：“周总理是少有的人才。没有周总理，我们这些老干部早就不知到哪里去了。”

人们悼念周总理的眼泪还没有擦干，“四人帮”又兴风作浪，将1975年冬发动起来的“反击右倾翻案风”推向高潮，矛头直指邓小平。张闻天对党和国家的前途深为忧虑，愁闷郁结，过了春节就又病了一场。病后有一天，张闻天同住在楼下的一位干部议论当时的形势，忍不住宣泄内心的愤懑。他说：“怎么搞的，国内经济、政治形势才好转一点，又折腾起来了。一会儿说人才难得，一会儿又说右倾翻案，真是莫名其妙！据我看，按‘八大’路线和精神行事，根本没有错嘛，像我们这样一个大国，如果不把国民经济搞上去，那就国无宁日，民无宁日了。”他又说：“把许多靠边站的老同志重新安排一下，让他们干点工作，这也算是‘右倾翻案’吗？”

不久，发生了“四五”天安门事件。4月7日晚8时，电台广播了关于撤销邓小平党内外一切职务的决议和《天安门广场的反革命政治事件》的报道。张闻天听后，一夜没有安眠。

> 张闻天知道不久将离开人世，留下临终遗愿：全部存款交党费。

1976年4月以后，张闻天的心绞痛和肺水肿不断发作，差不多每天晚上都要给氧。4月23日傍晚，又突然发作，气急心悸，十分难受，25日深夜出现过片刻过早搏动。医生会诊，一致认为张闻天病情反复发作，心功能日益减退，体质衰弱，可能再度发生急性左心衰竭及严重心律失常（心室纤维性颤动），导致心室停搏。为此，讨论并安排了抢救措施。5月22日再次出现险情，凌晨4时许，突然心悸气急，发生“急性左心衰竭”，四小时之后又出现心律失常。紧急抢救后稍有缓解。医生发出病危报告：张普的心脏有随时停止跳动的危险。

张闻天自知病情沉重，不久将离开人世，不由得想到身后之事。

4月的一天，他要夫人刘英坐到他的床前，对刘英说：“我不行了……别的倒没有什么，只是这十几年没能为党工作，深感遗憾。”张闻天嘱咐刘英：“我死后替我把补发给我的工资和解冻的存款全部交给党，作为我最后一次党费。”这话重复说了几遍。刘英强忍住一眶泪水，默默点头。张闻天没有听到回话，就要刘英拿纸来，写下保证，签上名字。刘英说：“难道你还信不过我？”语犹未了，眼泪禁不住夺眶而出。过后，刘英即将张闻天的这个“遗愿”变为他们夫妇俩的“合约”，写在纸上，念给张闻天听：“二人生前商定：二人的存款，死后交给党，作为二人最后所交党费。张、刘 1976年4月。”张闻天这才微笑点头，放下心来。

张闻天在重病中还一直惦念着他的文稿。有一次，上海亲友前来探视，他把外甥马文奇留下，替他抄写在无锡增补改定的《无产阶级专政下的政治和经济》，还说：“如

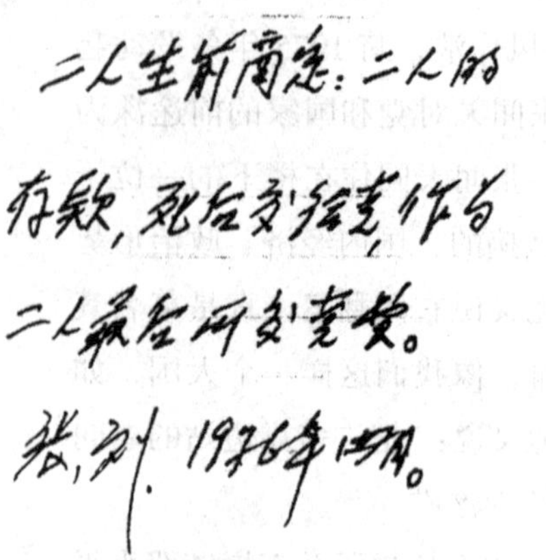

二人生前商定：二人的存款，死后交给党作为二人最后所交党费。张、刘。1976年4月。

▲1976年4月，张闻天、刘英关于把个人存款作为党费交给组织的字据（历史照片）

果能有一个懂政治经济学的文字秘书，我就可以写出更多东西来。”“文化大革命”初期被抄家抄走的在经济所期间所写的13篇论文合订本，于1975年9月发还。取回无锡后，张闻天像见了失而复得的宝贝似的，又逐篇校读，病中精神稍好就拿过来读。每篇文章都有他用铅笔或圆珠笔校改的字迹，在文题右上方标上写作日期和序号，不少篇写着“已校”二字。他曾对马文奇说，上面把在经济所时的文章发还了，正在看，看来有些东西还是可以用的。还说：“这些东西以后都要交给你保存，将来可以用你的名义发表。”张闻天还一直念叨他那十几本被抄家抄走的“政治经济学笔记本”，跟刘英和马文奇一再提起，说，如果能要回来，可以写出更多的东西。

张闻天5月发病躺倒，经过抢救治疗，到6月上旬有了转机。6月中旬，他居然又能挣扎着下床散步了。张闻天常说：“生命在于运动！”事实上，他的主动脉经常阻塞着，就因为经常活动，小血管畅通，才保持了生命力。不过，重病后的张闻天身体是那样的虚弱，走不了几步就要歇一下。他向医务人员了解，如果一时走不动路，用什么办法可以代步呢？来无锡后，工厂、农村都还没有去参观过呢！医务人员打听到有一种香港产的可折叠的多功能新式轮椅，张闻天听了很想请工厂设法做一辆。医护人员找来了这种轮椅的产品说明书（英文），张闻天很有兴趣地阅读、琢磨。他是多么希望身体能好起来，行动自如，走到生机勃勃的群众生活中去啊！

> 张闻天逝世后，中央有关部门电话指示江苏省委：不开追悼会，骨灰盒存放在无锡。刘英献给几十年风雨同舟的伴侣的花圈上，也只能写“献给老张同志”。

张闻天终于没有能够战胜病魔。他突然匆匆地离开人间，他死在黎明前最黑暗的时刻。

1976年7月1日，是中国共产党成立55周年的纪念日。清晨醒来，他默默地打开收音机，传出的是一片“批邓反右”、“走资派还在走”的鼓噪。他勉强听完新闻节目，喝了几口米汤，什么话也没说，静静地躺着休息。下午睡了一会，醒来听别人念《参考消息》。钟敲4点，他又上床休息。片刻，有便意。

张闻天长征到达陕北后动过一次手术，留下了“肛门狭窄”的后遗症；加上胃肠功能紊乱，所以每次解大便，都是一个关卡。这次照通常办法，经甘油灌肠后给予氧气吸入，但排便不多。上床休息后，感到解便未尽。遂又灌肠，在吸氧下解便。一切似乎都很正常。然而，不幸就在这一瞬间发生了。张闻天排便时，只说了声：“心里难过得……”言犹未了，就昏倒在警卫员张敏群身上。

医护人员全力抢救，终究无力回天。下午 7 时 30 分，张闻天的心跳完全停顿。

此刻，他逝世在中国共产党的 55 周年生日，逝世在太阳就要升起的黎明。江苏省委当夜急电当时的中央，请示丧事安排问题。

7 月 3 日，有关部门向中央提出一个方案：“遗体在无锡火化，并在无锡开个追悼会”，由江苏省委一领导同志主持，无锡市委一领导同志讲话。同时报送了草拟的一份讲话稿，说张闻天“是大家所熟悉的一位老同志。他在南京参加过著名的‘五四’学生运动，一九二五年加入中国共产党，跟随伟大领袖毛主席进行了二万五千里长征，在长期革命斗争中，对中国人民的伟大革命事业做了一些有益的工作”。可是，这样简到不能再简的仪式，低到不能再低的评价，上面都不同意。

江苏省委一再催询，迟迟没有答复，直到7月8日下午，中央有关部门才电话指示江苏省委：不开追悼会，骨灰盒存放在无锡。《新华日报》发一消息，刘英由江苏安置。

▲1979年8月25日，张闻天追悼会在北京举行（历史照片）

在这之前，省委组织部干部曾向中央反映：遗体告别时如送花圈，写张闻天还是写张普？答复是继续保密。所以，7月9日下午向遗体告别，“张闻天”这个名字都不许出现。刘英献给几十年风雨同舟的伴侣的花圈上，也只能写“献给老张同志”。

张闻天遗体于10日下午火化，骨灰盒被锁在无锡公墓办公室的一个小箱里面。

又过了三天，7月13日，才在南京的《新华日报》第三版右下角以“本报讯”的报道方式，登出张闻天逝世的消息。这则消息由北京方面拟定，仅78个字：

> 中国科学院哲学社会科学部经济研究所特约研究员张闻天同志，因长期患心脏病，医治无效，于一九七六年七月一日在江苏无锡病故。张闻天同志一九二五年加入中国共产党。终年七十六岁。

首都报纸一概保持缄默。

冤死的灵魂是难以升入天堂的，它游荡在祖国的上空，直到1978年8月26日，党中央隆重举行追悼张闻天大会，为他平反昭雪……

历史应验了张闻天的话：历史最公正，是非、忠奸，这一切，历史终将证明，终将作出判断！

第二十一章
“铁骨”立地罗瑞卿

罗瑞卿是对林彪篡夺权力威胁最大的人，林彪把他作为军中第一个要清除的对象。

在“文化大革命”期间，林彪、江青一伙为了壮大自己的势力，拼命地网罗党羽，培植自己的亲信爪牙，而对反对他们的人，则设法迫害，不惜置于死地，为其夺权扫除障碍。为了抓住军权，林彪在军队中采用拉拢引诱和威胁相结合的手段，培植他的代理人。在拉拢、威胁当时中国人民解放军总参谋长、一个顶天立地的铁骨汉子罗瑞卿失效时，他便 180 度转弯，把罗瑞卿作为在军中第一个要清除的对象。

罗瑞卿是四川省南充人，年轻时就参加了共产党领导的革命，曾在黄埔军校武汉分校学习过。他跟随毛泽东进行了二万五千里长征，在陕甘宁边区的抗日军政大学当过教育长、副校长。他身材高大魁梧，面孔憨厚和善，抗大的师生都亲切地称他“罗长子”。中华人民共和国成立以后，历任政法委员会副主任、国务院政法办公室主任、公安部长兼任公安军司令员、政治委员。1955 年被授予大将军衔。1959 年开始担任国务院副总理、国防部副部长、中央军委秘书长、中国人民解放军总参谋长等职。毛泽东非常器重和喜欢罗瑞卿，也许这也是林彪嫉恨罗瑞卿的原因之一。

毛泽东与罗瑞卿的亲密关系始于长征时期。当时，罗瑞卿任红一军团保卫局长，毛泽东经常和红一军团一起行动，因此，保卫毛泽东的安全，就成了保卫局长罗瑞卿的重要职责。无论是在行军途中，还是毛泽东亲临前线指挥作战，罗瑞卿总是形影不离地守护在毛泽东身边，保卫毛泽东的安全。

新中国成立以后，罗瑞卿任公安部长期间，也十分关心毛泽东的安全，总是亲自过问。每次毛泽东外出，他都跟随同行，并亲自布置检查保卫工作。毛泽东视察长江三峡时，想在三峡附近下江游泳，罗瑞卿就到三峡去观察水情，发现那一段江面漩涡较多，劝说毛泽东不要到那里去游泳。1959年，罗瑞卿出差到长沙，听说毛泽东在湘江边要游湘江，马上赶去检查安全措施，又陪伴毛泽东游江。随后，他还亲自作毛泽东的警卫，陪毛泽东游韶山，直到妥善安排毛泽东上了庐山。在节日期间，罗瑞卿的工作就更加繁忙，为保卫毛泽东的安全而跑前跑后。许多领导人在节日里都能携带妻室去天安门观看焰火，他却没有享受过这种天伦之乐。即使他的妻子抱怨，他仍以工作为重，以保卫毛泽东的安全为重，自始至终坚守岗位，可谓是毛泽东最忠实的保卫者。他为了能在毛泽东游泳时紧随左右，在年近五旬时，还刻苦地学会了游泳。罗瑞卿那高大的身躯，那诚实、憨实的面容，使毛泽东对他非常放心，以至罗瑞卿遭受陷害时，毛泽东也不得不承认，罗瑞卿除了一片好心，反对他游长江外，还没有反对过他。

1964年，罗瑞卿开展全军群众性练兵运动，用以提高军队素质。并亲自领导组织北京、济南等部队的军事表演，让毛泽东观看。毛泽东看后非常高兴，当即表扬了罗瑞卿，并建议罗瑞卿在全军普及北京、济南军区的经验。

▲红一军团和红十五军团部分领导邓小平（后排右一）、陈光（后排右二）、罗瑞卿（后排右四）、徐海东（前排右一）、聂荣臻（前排右二）、杨尚昆（前排右三）、王首道（前排右四）在淳化县桃渠塬村驻防时合影（历史照片）

罗瑞卿受到毛泽东的表扬，引起了林彪的嫉恨。一心要爬上权力宝座的林彪，把罗瑞卿看成他在军内强有力的竞争对手。而且，林彪长期以来在军内推行个人崇拜，罗瑞卿对此持反对意见。1960年，林彪抛出“顶峰论”和“最高最活”等极左口号，罗瑞卿当即针锋相对地指出：“难道马列主义、毛泽东思想就不再发展了吗？把革命导师的理论说成‘顶峰’，这本身就违背了毛泽东思想。”“‘最高最活’，难道还有次高次活？毛主席知道了也不会同意。”1961年，林彪又提出“背警句”、“立竿见影”等口号时，罗瑞卿明确表示自己同意罗荣桓元帅的观点，尖锐地指出，死背硬记，从书本中找现成答案，搞“立竿见影”，而不去认真学习毛主席著作的精神实质，这种学习方法违背了理论联系实际的革命作风。在战略方针上，林彪主张消极防御，说：“不要看地形，看地图就行了。”而罗瑞卿反驳说：“地图要看，地形也要看，打仗不熟悉地形是不行的。”为此，罗瑞卿还做了大量的实地勘察工作。当林彪喊出“革命化”、“骡马化”的愚昧口号时，罗瑞卿说：“我军要拥有现代化一切最新技术设备”，并为发展国防工业和国防科研付出了大量辛勤的劳动。针对林彪空喊政治，在军队搞“文”不搞“武”，罗瑞卿强调：搞好军事训练是一件具有战略意义的大事，现在要靠训练来准备打仗。林彪诬蔑1964年群众性练兵运动“冲击了政治”，是“单纯军事观点”，鼓吹“政治可以冲击其他”。罗瑞卿反驳说：“不能乱冲一气。政治是统帅，政治工作也要保证军事任务的完成。否则，天天讲突出政治，业务工作总是搞不好的，那就不是真正的政治好。”

因为罗瑞卿总是反对林彪，林彪感到十分恼怒，但由于毛泽东对罗瑞卿很信任，林彪就不敢对罗瑞卿过分发作。于是他和叶群就利用请罗瑞卿一起看电影等手段和罗瑞卿套近乎，妄图把罗瑞卿拉上他的贼船，但都被耿直的罗瑞卿不卑不亢地拒绝了。特别是1959年林彪主持中央军委工作，任国防部长后，由于这位怕风怕光的部长的身体原因，许多事务实际上都是由罗瑞卿来具体抓。刘少奇曾公开表示过，罗瑞卿是国防部长的接班人。因此，在林彪看来，对他地位和权力威胁最大的人，莫过于罗瑞卿，而罗瑞卿又不为他的威逼利诱所动，只好找机会来除掉罗瑞卿。因此，在罗瑞卿被诬陷和关押期间，林彪把罗瑞卿和他的意见分歧，都当成罗瑞卿“反革命的罪证”，将其像一枚枚重型炮弹一样轰向罗瑞卿。

江青要一套军装，罗瑞卿明确交代：军衣可以发，但不给领章、帽徽。

导致罗瑞卿遭受迫害的另一个致命的因素就是他得罪了当时的“第一夫人”、“迫害狂”江青。

1965年11月，在《评新编历史剧〈海瑞罢官〉》一文发表前后，江青想以文艺为缺口在中国大地上大显威风，从而为她实现更大的野心铺平道路。她想到了军队，想到了与毛泽东关系亲密的罗瑞卿。她多次打电话给罗瑞卿，说她要召开一个“部队文艺工作座谈会”，请罗瑞卿参加。谁知罗瑞卿“不识抬举”，对江青的要求置之不理。其实罗瑞卿对江青本来就很反感，江青曾经要罗瑞卿发给她一套军装，罗瑞卿明确交代：军衣可以发一套，但不给领章、帽徽，因为她没有军籍。江青感到她的话对这位一直跟随毛泽东身边的耿直的罗瑞卿似乎不起任何作用，她想出风头的路也被罗瑞卿堵死了。因此，江青对罗瑞卿怀恨在心，一直在暗中想方设法置罗瑞卿于死地。

江青在罗瑞卿这儿碰壁后，并没有动摇她以文艺界为突破口而大出风头的野心，这时，她又选中了林彪。在对待罗瑞卿问题上，二人狼狈为奸，可谓是不谋而合。从此二人勾结起来，终于把罗瑞卿一步步地推向深渊。

1965年秋冬之际，林彪开始行动了。他叫秘书打电话授意海军副司令员李作鹏写一个关于近年来海军两种思想斗争的情况，重点是罗瑞卿的表现。林彪的老婆叶群则亲自打电话给李作鹏，说罗瑞卿“有野心”，“想当国防部长”，“正在组织新班子”，要李作鹏“从海军的角度”写材料。接着又给空军司令员吴法宪打电话：“你要彻底揭发罗瑞卿在空军的活动。你听到刘亚楼（前空军司令员）生前对罗瑞卿有什么意见要讲。”这是明显的示意、出题目。接着叶群又说：“林总讲，你是跟罗长子还是跟林总？”

听到这里，吴法宪完全明白叶群的示意。他马上表忠心：“我当然跟林总。跟罗瑞卿不是往邪路上走吗？请你告诉林总，我一定跟他，你们可以看我今后的行动。”

叶群很高兴，就说：“林总已经把你的级由六级调升至五级。”就这样，吴法宪心甘情愿地上了贼船，不惜踩着罗瑞卿的身体往上爬。叶群和吴法宪捏造了所谓罗瑞卿要刘亚楼转告叶群的“四条意见”：一、要好好保护林总身体。二、林彪早晚要出政治舞台的，现在不出，将来也要出政治舞台的。三、今后林彪不要再多管军队的事情了，由罗总长去管好了。四、一切由罗去管，要放手叫他去管。明眼人一看便知，如果罗瑞卿真的讲了这四条，那就确有伸手要军权的嫌疑。吴法宪按叶群授意，从1965年底到1966年3月，发了两次言，写了一封信，一口咬住罗瑞卿讲了这“四条”，因此，“充

▲1952年，罗瑞卿（右一）陪同刘少奇视察空军地勤部队（历史照片）

分证明罗瑞卿确实有向党伸手和夺取军权的野心”。这是死无对证的指控，因为刘亚楼已于 1965 年 5 月去世。

这一切都准备好了之后，林彪对罗瑞卿采取了突然袭击。当时罗瑞卿正在云南落实中央军委的军事部署。他正忙于工作时，忽然接到通知，要他马上到上海去开会，却没有透露会议的内容。罗瑞卿迅速安排好工作，准时到达上海机场。前来接他的是上海市委一位负责人和空军司令员吴法宪。

罗瑞卿已感到事情发生了微妙的变化，吴法宪一反往日的“热情”，紧板着面孔。进市后，罗瑞卿也没有被安排在他每次去上海暂住的锦江饭店，而是安排在一个陌生的地方。并且他们还委婉而坚决地阻拦了罗瑞卿与秘书通电话。这里警卫森严，在一间房间里他见到了几位熟悉而又深为敬重的老战友，但他们谈话犹犹豫豫，欲言又止。最后，他终于知道了，正在开的会议是对自己的突然袭击，并且这是中央的决定。罗瑞卿急于知道会议情况，却自始至终被拒之门外。

这次会议是林彪策划诬陷罗瑞卿的一次紧急会议。从 1965 年 12 月 8 日开始，到 15 日结束，由林彪主持。毛泽东 11 月末在杭州听取叶群利用海军的材料对罗瑞卿问题的汇报后，不能容忍有人竟违背他“突出政治”的方针，于是不顾和罗瑞卿的亲密关系，忍痛割爱，于 12 月 2 日在一份报告上对罗瑞卿问题作了如下批语：“那些不相信突出政治，对于突出政治表示阳奉阴违，而自己另外散布一套折中主义（即机会主义）的人们，大家应当有所警惕。”

林彪得到这个批示，如获至宝，肆意地歪曲事实对罗瑞卿进行陷害。会议揭发批判了罗瑞卿的所谓“反党篡军的罪行”。连中央委员都不是的叶群却能够出席会议，并在会上作了“最有分量”的发言。叶群这个被誉为“浑身上下都是假”的女人，其实对罗瑞卿是怀恨已久的。60 年代初部队评职称时，叶群向罗瑞卿伸手要大校军衔，而罗瑞卿却按规定给她评为上校，没有满足叶群的权欲。1965 年春，林彪关于“突出政治五项原则”发到部队前，罗瑞卿建议改掉文件中提到叶群名字的地方，此事又使叶群十分恼火。这次能在中央会议上对罗瑞卿开火，叶群当然要火上浇油。她说：“罗瑞卿掌握了军权，一旦出事，损失太大。他的个人主义已经发展到野心家的地步，除非林彪同志把国防部长让给他，他当了国防部长后又会要更高的地位，这是无底洞……”对她的一派胡言，邓小平在会上公道地为罗瑞卿申辩，但在那种情况下，显然无济于事。因为叶群他们为了加强“罪证”的分量，曾逼刘亚楼的遗孀翟云英作证，失去丈夫还处于恍惚之中的翟云英表示没有听说所谓“四条”，只承认她看见刘亚楼临死前伸出四个指头。他们抓住这一根稻草，叫秘书代翟云英写了证明。同时，叶群还授意李作鹏凭空诬告罗瑞卿“有不可告人的秘密，有阴谋活动，想占领海军这个阵地”，等等。

在这种情况下，与会的人已无法为罗瑞卿辩解，于是林彪在会议上宣布了撤销罗瑞卿中共中央书记处书记、国务院副总理、公安部部长、中国人民解放军总参谋长、国防委员会副主席等一切职务。对罗瑞卿的迫害开始了。

在江青的配合和参与下，林彪加快了对罗瑞卿迫害的步子。1966年3月，林彪在北京连续召开批判罗瑞卿的会议，并指定罗瑞卿在会上做检查。如果罗瑞卿不承认林彪罗列给他的一系列罪行，检查就不能通过。因此，会议开得很特别，没有确定日期，停停开开，每当罗瑞卿要陈述真相时，他们就宣布休会，这其实是在逼供，他们根本就不想给罗瑞卿申辩的机会。罗瑞卿当时的处境正如他的女儿点点在《生命的歌》一文中所叙述的那样：看见的是，他所崇敬的德高望重者背过脸去，卖身求荣者鼓噪淹没了仗义执言的呼声，心地善良的人被迫闭口不语，或违心附和，反复无常的人则高举顺风旗，脸上堆满狞笑，血口喷人。他好像被推进茫茫黑夜中，黎明没有盼头，他好像被推上悬崖绝壁，却只能往前走。他面前的一切使他心境彷徨，迷惑无法解，他意识到有人在逼他，逼他离开这个世界。

1966年3月18日深夜，罗瑞卿感到孤寂、郁闷、悲愤，觉得再也忍受不到天明，决心以死来抗争。他给妻子郝治平留下一张字条："治平：会议的事没有告诉你，为了守纪律……永别了，要叫孩子们永远听党的话！我们的党永远是光荣的、正确的、伟大的，你要继续改造自己！永远革命。"之后便从他住房的楼顶纵身跳了下来。然而，历史也许知道有那么一天他会沉冤得昭，他没有失去生命，只是左腿骨折。当他躺在医院里，睁开眼看见旁边流泪的妻子时，一再嘱咐她："要把孩子养大，不要让他们斩草除根。总有一天，党会把事情搞清楚的。"他相信党，相信光明一定会到来。

但是，他面临的却是更大的不幸，林彪说他是个"身败名裂"的敌人，以自杀这种形式自绝于党自绝于人民，是"叛国"的"罪行"。罗瑞卿被送到了一个陌生的地方，陪伴他的是一张硬板床、一张小方桌、一个难得见到阳光的小窗户、严密的看守。这位没有坐进敌人监狱的大将却坐进了"自己人"的监狱。断肢的疼痛使他昼夜难眠，更严重的是心里的绞痛。而林彪则幸灾乐祸，并准备一步一步地把罗瑞卿逼到绝路。

> 批斗会上，红卫兵把罗瑞卿放在大箩筐里抬了出来。因怕他再站立起来，一个多月做两次残忍的大手术。

罗瑞卿开始了被囚禁的生活，但他这时就是想过"囚徒式"宁静的生活也不可能了。此时，狂热的"红卫兵"踏上了政治舞台，社会上的批斗风像着了魔似的狂吹乱卷。周恩来总理预感到罗瑞卿可能要受到冲击，指示："要保护好，要保密，不要被人抢走。"又指示吴法宪，把罗瑞卿安排到空军医院，妥加保护。吴法宪密报叶群，得到的答复是："不行！你反对罗瑞卿，你又包藏罗瑞卿，你怎么交代？"吴法宪于是寻找种种借口，一会说空军医院没有合适的房子，一会说医院靠近公路不安全，欺骗总理，拖延时间。康生和谢富治也四处煽风点火，公开宣称罗瑞卿“里通外国”，是“内奸”，还是“假党员”。

1966年12月24日，在林彪“靠红卫兵而诛之”的阴险毒辣指示下，解放军各军事院校在京学生的首都“红卫兵”万余人在北京工人体育馆召开批斗“以罗瑞卿为首的篡军反党集团”大会。会前，林彪亲自作了具体指示：“干部不要上台，由红卫兵自己搞。……执行红卫兵的指挥……叶群同志提到上次斗争大会无严慰冰，群众意见很大，这次加上郝治平更好。”在林彪一伙的暗中指示和帮助下，罗瑞卿被红卫兵捆绑到会，一同遭批斗的还有罗瑞卿的妻子郝治平以及肖向荣、梁必业等军队领导人。而叶群则穿着绿军装，戴着红袖章，捂着大口罩，挤在第19看台的“红卫兵”中，为林彪计谋得逞而奸笑着。

1967年1月4日、5日两天下午，“誓死保卫毛主席，斗争彭、罗、陆、杨反革命修正主义集团大会”在北京工人体育馆连续召开，3.6万人参加了大会。

1月4日上午9时起，与会者举着红旗，唱着革命歌曲和朗诵着语录进场。大会还教唱新歌《谁反对毛主席，我们就和他拼》。下午1时30分，大会正式开始。彭真、陆定一、杨尚昆分别挂着写着名字、并在名字上画“×”的一米见方大牌子，被红卫兵押进会场。罗瑞卿因骨折，伤口未愈，缠着纱布，被用大箩筐抬了出来，并有幸坐在凳子上。但他被两个“红卫兵”扭曲肩臂，面向四周。大会发言一个接一个，口号声此起彼伏。每一个发言结束，被批斗的人便被押着绕场一周。罗瑞卿拖着伤腿，面色灰白，痛苦不堪。不但是腿上的伤在折磨着他，人们误解他的口号声也刺激着他的神经。但他的目光是坚定的，他逐渐清醒地意识到有人故意要借狂热的红卫兵的手除掉他，他不再想死了。他知道，只有活着，才能继续和他们斗争。他深信中国的那句古话：“谁笑到最后才笑得最好！”

▲1960年，罗瑞卿陪同毛泽东会见全国民兵代表（历史照片）

大规模的批斗会和体罚已经很流行了，罗瑞卿不断地被批斗。他的腿伤未愈，却一面接受所谓的治疗，一面接受群众的“审查”。在做第二次跟骨病灶清除手术时，根据常规，手术后七天拆线，但“为了斗争需要”，六天便拆了线，并被拉到会场上批斗。当时的罗瑞卿处于一种身体不能好好休息，腿伤不能很好愈合，精神折磨难以忍受的状况。

不久，在林彪一伙的策划下，罗瑞卿作为彭德怀的“伴郎”被抛了出去。在纪念中国人民解放军建军40周年活动中，罗瑞卿被称为军内“第二号走资派”一再被报刊点名，并被冠以“资产阶级的大阴谋家、大野心家”等罪名。8月16日，在报刊上对八届八中全会决议进行的宣传中，罗瑞卿又被称为“党内最大走资派在军内的代理人”被一再点名。8月24日，《人民日报》头版头条刊登了要“发扬痛打落水狗的革命精神”，对“反革命修正主义分子、大野心家、大阴谋家、大军阀罗瑞卿和他在总参谋部的一小撮帮凶”，从政治上、思想上、理论上进行大批判的消息。8月28日，《人民日报》又登载了“北京部队机关无产阶级革命派”的《大比武是罗瑞卿篡军反党阴谋的大暴露》的文章。从此，罗瑞卿一天24小时，几乎处于“车轮战”和“精神战”的笼罩下。他身体日渐虚弱，腿伤也日益严重。

1967年9月14日，罗瑞卿整日高烧不退，昏昏沉沉。深夜，他拄着拐杖，扶着

▲1953年，罗瑞卿陪同毛泽东瞻仰南京中山陵（历史照片）

墙壁，拖着伤腿，一步一步蹭向厕所。看守嫌他走得慢，推了一把，他摔倒在水泥地上，造成伤腿股骨骨折。就在骨折后第三天，罗瑞卿被强行接出医院。11月中旬，新伤旧疾再次恶化，成了威胁他生命的大敌。罗瑞卿再次住院作骨折牵引复位手术。被林彪控制的医院，奉行着"医疗为政治服务"的原则，罗瑞卿的病房就成了审讯室，专案人员说："你不承认自己的罪行，就别想舒服。"一个问题接着一个问题逼着罗瑞卿回答，只要他稍有怠慢或回答不中对方的意，牵引就停止。对抗肌肉痉挛、对合骨折端的牵引是非常痛苦的治疗，时牵时停就是破坏治疗。这段"治疗"期，对罗瑞卿的病体是一种折磨，对他的意志也是一种磨炼。两个月后，罗瑞卿又被赶出医院。

1968年5月底，罗瑞卿几经"治疗"的腿不但没有好，反而恶化了。6月1日，他写了一个报告："……左腿动了几次手术，伤口仍然不好，经常流脓水，又跌断了左腿的骨头，请求再治一治，伤口如治不好，则把左腿锯掉……"

7月13日，罗瑞卿被送进医院。7月25日，医院作出手术方案并写出报告。叶群得知这事之后，8月4日打电话给吴法宪说："罗瑞卿动手术的问题，林彪不同意，要推迟进行，林彪又说，罗瑞卿到现在没有搞出什么材料，要抓紧审问和斗争。搞出材料后到秋后再动手术，如果手术不好，什么材料也不能写了，请立即告诉罗瑞卿专案组，动手术问题推迟到秋后进行。"他们关心的是搞出罪证，彻底搞垮罗瑞卿，而对罗瑞卿的身体则根本不在乎。

在林彪的亲自策划下，罗瑞卿的手术延期了。8月7日，专案组重写的报告上说："目前为了抓紧时间对罗瑞卿进行不间断的审讯和斗争，建议对罗瑞卿的手术治疗推迟到秋凉之后进行。"

罗瑞卿听到这个决定之后沉默了。他能说什么呢？他只能凭着坚强的意志，凭着对光明的渴望，顽强地活着。对他们的逼供，他仍以沉默来作为回答。因此手术秋凉后并未进行，而是拖到1969年初。1月25日深夜，在没有进行认真的学术讨论，参加手术的医生和护士又作了临时更换，以致这些医生在连病人都没有见过的情况下，截去了罗瑞卿小腿的下1/3部分。五周以后，又做了高位截肢术，将罗瑞卿的左腿从股骨以下摘除。本来股骨有可能治好，这样便可能安装假肢，但他们怕罗瑞卿再站起来，便做了如此残忍的手术。

在罗瑞卿身心遭受残害的同时，他的家人也遭到了林彪一伙残酷的摧残。妻子郝治平，这位16岁就投奔延安的老革命，于1966年下半年被关进监狱，在狱整整六年。儿子罗宁，在1967年大年三十夜里被投进监狱，一坐就是五个春秋。其他的五个孩子，也受尽了各种折磨、侮辱和艰辛。

历史是公正的，以残害别人来实现自己权力欲望的人绝不会有好下场。林彪摔死后，罗瑞卿于1973年底初步获得了人身自由。他对子女说："一个共产党员，这么多年不能为党工作，还要受人无端的打击和诬陷，内心是太痛苦了。这些年，我几乎不会

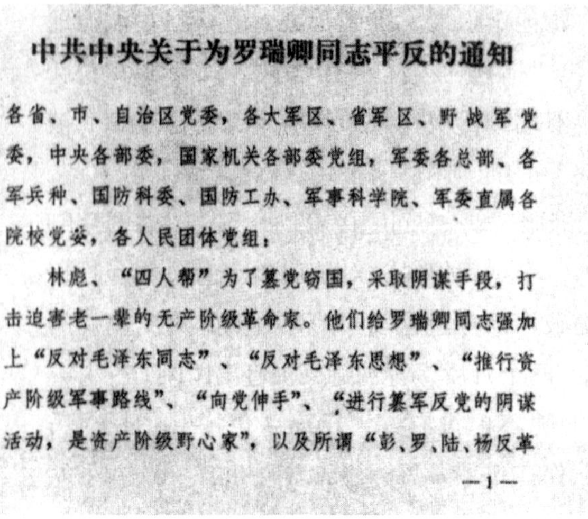

中共中央关于为罗瑞卿同志平反的通知

各省、市、自治区党委，各大军区、省军区、野战军党委，中央各部委，国家机关各部委党组，军委各总部、各军兵种、国防科委、国防工办、军事科学院、军委直属各院校党委，各人民团体党组：

林彪、“四人帮”为了篡党窃国，采取阴谋手段，打击迫害老一辈的无产阶级革命家。他们给罗瑞卿同志强加上“反对毛泽东同志”、“反对毛泽东思想”、“推行资产阶级军事路线”、“向党伸手”、“进行篡军反党的阴谋活动，是资产阶级野心家”，以及所谓“彭、罗、陆、杨反革

—1—

▲中共中央关于为罗瑞卿同志平反的通知（历史照片）

笑了……”

也许在1973年初步获得自由时，罗瑞卿终于会笑了，但一定笑得很勉强。因为林彪摔死了，但是“四人帮”还在猖狂地活动，江青不会允许这位顶天立地的将军再站起来。罗瑞卿虽然人身初步获得了自由，但他仍然不能恢复工作，如他自己所说“一个共产党人，多年不能为了党而工作，内心太痛苦了”。他的案子在“文化大革命”初期就定了性，而且还有毛泽东的批语，因此他仍然蒙受冤屈。

1976年，历史终于把“四人帮”推上了审判台。又经过一年多的曲折，罗瑞卿复出担任军委秘书长等职务。此时正值粉碎“四人帮”之后的初期，百废待兴，因此坐在轮椅上工作的罗瑞卿感到很不方便。他曾对沈图说:“坐在轮椅上真不方便，生活不能自理，工作更不方便。”1978年夏，党中央安排罗瑞卿去西德治病，安装假肢。罗瑞卿心里很过意不去，说:“这次党中央安排我去西德治病，作了十分慎重的安排，国家为我花了这么多的钱，心里真过意不去……”这位历尽沧桑和折磨的将军对党的忠贞依然不改，对革命工作的痴心依然不改。

人们都期望这位铁骨铮铮的将军能站着回来，继续为党为人民工作，但是命运竟是那么残酷。罗瑞卿竟在西德手术后不久心脏病突发，于1978年8月3日与世长辞。他活过了那场浩劫，他希望自己能站起来在浩劫后为祖国做点事情，然而残酷的病魔却夺去了他的生命!

毛泽东曾评价罗瑞卿，说他“原则性太强”、“水至清则无鱼”，正因为他这种性格，在奸臣当道的日子里，他才最早成为军内被迫害的对象。将军的铁骨，将军的忠魂，正是一个真正共产党人应该具备的品格。将军，如果您九泉下有知，您一定会笑得很欣慰，十一届三中全会以后，党昭雪了您的冤屈，恢复了您的一切名誉。您虽然离开了人世，但您的铁骨忠魂却永远活在中国人民的心中。

第二十二章

“乐天派”廖承志

> 长征途中，因廖承志不同意张国焘的“左”倾错误，被张国焘当作反革命，开除了党籍，戴着手铐随队伍行军。

廖承志祖籍广东省惠阳县，1908 年 9 月 25 日出生于日本东京。

由于自幼受益于孙中山先生、宋庆龄女士和他的父母廖仲恺先生、何香凝女士的教育熏陶，廖承志在岭南大学读书时就参加了学生运动和工人运动，并在革命实践中接受了马克思主义，1925 年他加入了中国国民党。

同年 8 月 20 日，其父廖仲恺被国民党右派暗杀。不久，他东渡日本，到东京早稻田大学第一高等学院留学。

1927 年“四一二”反革命政变后，廖承志脱离了国民党。这丝毫没有动摇他的革命信念，没有使他停止斗争，相反，他于 1928 年在上海加入了中国共产党。

而后，共产党派他到德国汉堡做中国海员工会工作，并转入德国共产党，领导中国海员罢工并取得胜利。他到过荷兰、比利时等地考察国际革命运动，领导中国海员运动。

他在德国、荷兰均曾被捕，并遭“驱逐出境”，其中在汉堡入狱半年。

1930年他被国际海员工会派往莫斯科，参加职工国际第五次代表大会。并进入莫斯科中山大学学习，与蒋经国、陈复（陈树人之子）并称为中山大学的三公子。

1932年回国后，廖承志加入了红军，并参加了二万五千里长征。

在长征途中，因他不同意张国焘的“左”倾错误，被张国焘当作反革命，开除了党籍。并且他被四方面军的保卫部门押着，戴着手铐随队伍行军。

在这样的待遇下，他过了三次雪山、草地，直到红一、红二、红四方面军会师后，经周恩来营救方才获释。

1937年冬，党中央派他去香港主持抗日民族统一战线工作，组织侨胞和港澳同胞支援祖国抗战。1942年被国民党当局逮捕，1946年经中共营救出狱。

新中国成立后，历任中共中央对外联络部副部长，中共中央统战部副部长，团中央副书记、书记处书记，全国青联主席，中国青年艺术剧院院长，华侨事务委员会副主任、主任，国务院外事办公室副主任，外交部顾问、党组第二副书记，国务院侨务办公室主任，华侨大学校长，北京外语学院院长，中国人民保卫儿童全国委员会副主席，中国人民保卫世界和平委员会副主席，中国亚非团结委员会主席，中苏友好协会副会长，中日友好协会会长，中华全国归国华侨联合会名誉主席，纪念宋庆龄名誉主席基金会顾问等职。

他一生的革命征途是十分艰险的。他曾对夏衍说：我没有算过命，但命中注定要遭牢狱之灾。这是事实，他一生共坐过“七次半”监牢。

他用讲故事那样轻松的口气说：我坐过“七次半”监牢，解放前七次，“文化大革命”中与世隔绝的五年，这算是半次。

作为一位有着坚强的党性和高尚的品德，胸襟坦荡，刚直不阿，而又豪放乐观的老共产党员，他有着很强的政治水平和很高的政治洞察力。在大风大浪中，他头脑清醒，立场坚定，爱憎分明。

> 廖承志是个乐天派，总是“天气晴朗”，有一次因为赶走记者，得罪江青。

1966年，在那一场使人惊愕的内乱刚刚拔地掀天而起的时候，他就敏锐地察觉到江青一伙的阴谋，同夫人经普椿多次用暗语说：“那个戴眼镜的（指江青）在捣鬼。”并且怒火满腔地表示：“好人死了，我们都戴孝；那个戴眼镜的死了，我们戴红花。”

他对贺龙的冤案，也早有自己的看法。1974年，党中央为贺龙平反以前，他和谭震林等曾经在人民大会堂看电影《洪湖赤卫队》，结束时带头起立高呼：“是个好戏！”

引起全场爆发出雷鸣般的掌声。

1966年，贺龙与夫人薛明已经与世隔绝，失去了自由。他的孩子们为了躲避“四人帮”爪牙的抄抓，隐姓埋名，东藏西躲，漂泊在社会上，无依无靠。

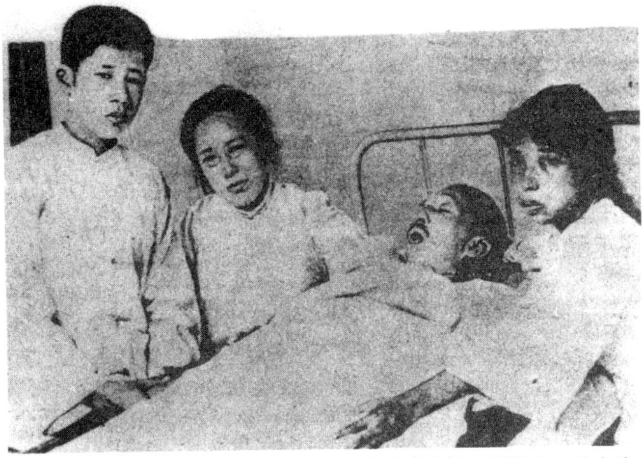

▲1925年8月20日，国民党左派领袖廖仲恺被国民党右派暗杀。廖承志（左一）及其母亲何香凝（左二）、廖梦醒（右一）在廖仲恺遗体旁（历史照片）

贺龙日夜思念孩子，时常拖着病弱的躯体，扶着窗子，轻声呼唤孩子们的名字。尤其使他放心不下的，是当时只有16岁的小女儿黎明。

当时，廖承志家里也很困难，门口被贴上了大标语“火烧廖承志”。而且，贺、廖两家虽然互相尊敬，和睦相处，但平时交往并不多。

有一天晚上，贺龙的孩子鹏飞、晓明和黎明兄妹三人在走投无路的情况下，借用一家门房的电话，试探着给廖家的孩子打一个电话，想知道他家的情况，如果对方很困难，就不准备登门打搅了。

电话要过后，话筒里传来阿普（亲友对经普椿的习惯称呼）和廖家孩子热情的声音：“你们在哪里？到我们家来，现在就来，我们惦念着你们哪！”

而后，阿普给廖承志打了电话，他又惊又喜，说：“收下他们，全部收留！再难也要收留！”

贺鹏飞带着晓明、黎明进了廖家，一家人问寒问暖地把他们兄妹安置了下来。

贺鹏飞他们得知廖家处境也很危险，三个人住在廖家目标太大，不能给廖家带来麻烦呀！窝藏贺龙的子女将会招致什么，他们心里比谁都清楚。于是兄妹三人商定离开这里，另觅藏身之所。

经普椿看出了他们的心思，劝慰道：“这是你廖叔的意见，一定要把你们留下。”

“在患难中支持人们的支柱是德性。”老一代如此，少一代何尝不是如此呢？

贺鹏飞他们虽在困境，但不愿连累别人。第二天一早，他们向经普椿倾心吐胆，说了去意。

经普椿说什么也不依，急得都快落泪了。孩子的父母已经缧绁加身，怎么能让孩子再沦落天涯呢！她对孩子们说：“留你们是廖叔的意见，要走得问问他！”

电话打通了，廖承志知道挽留不住这些刚强的孩子，便叮嘱经普椿：“不要让孩子们生活上发生困难！”

经普椿拿出了粮票和钱，要贺鹏飞和晓明带上。这对囊空如洗的贺家兄妹，何止是物质上的援助啊！这是老一辈共产党员正直的心啊！

他们感到艳阳融融，世上毕竟好人多，他们没有绝望。他们含泪同经阿姨和妹妹黎明告别，便放心地走向新的藏身匿形的生活河流。

有一天，廖承志获准悄悄回家看望九十高龄的母亲，他把贺黎明叫到身边亲切地对她说："好！好！你就住在这里！"他又对妻子说："实在危急，就用妈妈的保护伞！"

何香凝副委员长的住室，是周总理亲自规定不许任何人冲击的禁区。

当时，某些人如同猎犬般到处在嗅在找。可多少次突然袭击查抄，廖家一次次"坚壁清野"，贺黎明深藏在何香凝老人的卧室里，安然无恙。

那是人心筑成的避风港啊！

人人都知道廖承志是个乐天派，他豁达乐观开朗，有人说他是面对死神也会发笑的人。确实，他的脸上总是秋高气爽、晴晴朗朗。

然而，当一次周恩来总理突然召见之后，他的脸一下阴了下来。

那是"文化大革命"开始不久，北京饭店被"红卫兵"夺了权，民族饭店两派纷争，友谊宾馆伙房不冒烟了……北京八大饭店里的宾客避之惶惶。

▲1925年，廖承志（右）和廖梦醒在广州（历史照片）

于是，周总理召见了他，对他说；"小廖，国庆节眼看就要到了，将有大批外宾到京，八大饭店乱糟糟的，怎么能完成接待外宾的任务呢！国务院要成立一个接待领导班子，你来当组长！"

跟随总理几十年了，从他手里接过无数次重任，就是随他到国民党巢穴南京，在特务如麻的环境中工作，廖承志也没有见过总理有这般严峻的神色。

廖承志知道局面很复杂，便像以往一样坚定地回答："好！我去！"

走马上任了，他一反和蔼可亲、温文尔雅的常态，脸阴下来居然没有一丝笑容。

他站在北京饭店前大厅，面对着一群被狂热鼓荡得失去理智的红卫兵，毫无惧色地庄严宣布：“现在宣读周总理的决定：从即日起北京饭店停止‘文化大革命’，全体同志要集中全副精力接待好毛主席的客人……”

他一口气把暂停“文化大革命”接待好外宾的意义，以及如有违反必须严肃处理的规定公布于众。

八大饭店的局面终于稳定下来了，廖承志和领导小组全体同志夜以继日地工作，终于圆满完成了国庆节接待外宾的工作。

当廖承志向总理汇报接待情况时，总理高兴地用手点着廖承志说：“好哇！你个小廖，听说你破纪录连阴了 20 天呀……”

廖承志爽朗地笑了，接着幽默地说：“最新天气预报：阴转晴！阴转晴了！哈哈哈哈！”

但不久，他的脸又阴了。有一天，廖承志赶往民族饭店处理两派纷争，他从加强团结、消除分歧出发，耐心细致、苦口婆心地做思想工作。就在这时，闯进来两位穿便衣的，自称是《解放军报》记者，要参加会议。

廖承志对他们说：“对不起，我们现在解决内部问题，不需要公开报道！”

“我们是搞内参的！”

“我们自己会写！”

“你们会写？哼！”来人冷笑着说。

“年轻人，我当新华社社长的时候这个世界上还没有你哪？”

来人恼羞成怒，说：“你！……”

廖承志义正辞严地说：“请你们出去！”

两派在没有外来干扰的情况下，听从廖承志的劝导，识大体、顾大局开始坐到了一条板凳上。

当他拖着疲惫的脚步回到家中时，已经是后半夜了。刚刚躺上床，突然一阵急骤的电话铃声把他惊起。

“你是廖承志吗？”一个女人恶狠狠地问。

“是的！你是？”

“你连毛主席司令部的人都敢撵，你还是不是共产党员？”那女人咬牙切齿。

“你是谁？”他虽已猜个八九不离十，但仍想印证自己的判断。

“江青——！”尾音拖得很长，那无疑是一句潜台词：“走着瞧！”

咔嚓！电话挂了。

原来那些记者是江青派去找碴儿的，本来想鸡蛋里挑骨头，找出廖承志的“反动”言论，没想到反让他把人轰了出来，大大地丢了江青的面子，她怎能不恼羞成怒呢！

不几天，就传来了廖承志想象得到的消息：

“火烧廖承志！”

“炮轰廖承志！”

“油炸廖承志！”

大标语一夜之间贴满了大街小巷。那个魔瓶里放出来的女妖复仇之心如燃如炽，廖承志在劫难逃。

> 每当王震掌勺，廖承志就肩上搭块毛巾，吆喝着，像饭店里的堂馆，给苦涩的日子留下了开心的笑声。

“文化大革命”前期，江青虽能兴风作浪、行云布雨，但魔力毕竟有限。周恩来的威望，使妖孽望而却步。

在廖承志和其他一些老同志危难之时，周恩来总理发出一道命令：廖承志被召进中南海接受“文化大革命”政策教育，提高思想认识。

江青简直气疯了！

逃得了和尚逃不了庙，打、砸、抢！

侨务委员会的造反派冲进廖家，抓不住廖承志，就抓他的夫人经普椿，把她当作“侨委的王光美”来批斗。北京华侨学校的女学生也气势汹汹地逼迫经普椿交代廖承志的“反党”罪行。

交代什么呢?

廖承志把一生都交给了革命，交给了党！他坐了七次牢，德国的、荷兰的、日本的洋牢，国民党的土牢，张国焘的班房，这些都没有使他动摇过对党的忠诚。

不！他是党的儿子！他不反党！不反毛主席！

“砰！”那位血管里已经被女妖注入病狂残忍的“文革菌”的女青年端起桌子上的玻璃板猛地砸在经普椿头上。

“哗啦”，近一平方米的玻璃板被撞成碎片，迸撒一地。

造反派扬长而去，经普椿倒在血泊里！

也许是牵挂着丈夫和星散在全国各地的子女，也许是牵挂着九十高龄的婆母，经普椿不愿离去。悠悠一口气，她又返回到了阳世间。

她这才看见女儿哭得像个泪人儿，用小小的镊子一点一点从头上夹出一片片插入皮肉中的玻璃碎片。她的头枕在女儿的腿上，鲜血和着泪水濡染了裤子。

此时，廖承志被困在中南海里。

中南海北门右首有一排平房，廖承志同王震、余秋里、谷牧、陈正人等人幽居于此。中南海墙外一圈都是“揪人、斗人联络部”，只要踏出宫墙半步，立时如同羊入虎口。

王震也是个乐天派，他早年做过铁路工人，会做饭会炒菜，南味辣子鸡、宫保肉丁尤其做得好，达到色香味形俱全。

在这里幽居必须“自食其力”，自己管理自己的生活，王震被推举为厨师。

每当王震掌勺，廖承志就肩上搭块毛巾，一边吆喝着，一边当下手忙碌着，像饭店里的堂倌，乐得大家捧腹大笑。

有一回余秋里家里送来一些包好的生饺子。别看廖承志出国留洋，走南闯北，下饺子这一招可从来没学过，放冷水的同时就把饺子推下锅。哈哈，等水烧开，一锅饺子也就成了一锅糊涂汤。

▲1946年初，被中共中央营救出狱的廖承志一脸笑容（历史照片）

端着片汤不像片汤、糨糊不像糨糊的东西，廖承志沉默有顷，好像在悟“道”。突然，他哈哈一笑诌出了一个新的歇后语：冷水下饺子——糊涂。

最快乐的日子要算是星期天了，开始时只有经普椿获准能来探视。每逢这一天，廖承志就早早在门前倚闾相望了，王震他们也都眼巴巴地盼着。

经普椿一到就会引起一阵欢乐之波。她悄悄带来了他们的家书，别看夹在菜篮里的一张小小纸条，那可是会令老将军开颜的平安家书。篮子里还有各位嫂子们亲手做的可口菜肴，饱含着亲人们的缕缕情思。

经普椿一到，卷卷袖子，就动手为他们做几样拿手的广东菜，什么雪里蕻烧鱼、炒盖菜、广东烧肉、炒沙河粉等。

这一天便是“老饕”们的节日。

有一次，廖承志双手举着被烧了大窟窿的被子迎接妻子。

“阿普！有人放火啊！”他一本正经地说。

“中南海里有人放火？凶手抓到了没有？”

“抓到了！”

“是谁？”

“我呗！哈哈哈哈！”他爽朗地笑着说。

“又开玩笑！怎么回事？”

原来，幽居的生活使他越来越苦恼，没有工作，与世隔绝，使他烦恼，烟瘾也越来越大。晚上睡前，他总是一根接一根地抽。

这一天晚上，他到后半夜才入睡。睡了不多久，突然有人把门踹开了。他以为中南海外面的造反派冲进来了呢！刚想问个究竟，兜头就泼来一盆又一盆冷水。

原来他人睡着了，烟蒂落在被子上，到后半夜着了火，满屋浓烟。亏得换哨的战士经过，发现了险情报了警。

一盆盆凉水把他泼了个透心凉，水珠滴答，他成了落汤鸡。

火扑灭了，被子上留下了钻得过牛头的大窟窿。他冻得上下牙打战也没耽误说笑话：“嘿，火龙王、水龙王，都爱跟我交朋友啊！”

他还告诉妻子一件趣事：“有天晚上，我睡得真香，突然觉得身子底下湿漉漉的，是尿床了？不会，从小就不爱尿床呀！到老怎么会？……可一摸，水汪汪的还热乎着呢。打开灯一看，嗬呀，热水袋破了，发了水灾啦！”

廖承志的幽默风趣是无处不在的，他妙语连珠的话常常把家人逗得前仰后合，似乎他永远是快乐的。

廖承志从中南海搬出来后，就回到侨委去听取群众的“意见”。

哪里是提什么意见呢！他很快被批斗、隔离。然而，他仍然那么快乐，似乎种种折磨只是一种洗礼似的。

只有做妻子的经普椿用心才能感知他内心痛楚的呻吟。

有一天，她从他的枕头下抽出一张信笺，上面是一首无题诗：

独对孤灯守寂寥，秋凉似水透绵腰。
檐头冷冷一弯月，心底焰焰万念消。
自悟残生日渐促，尚拼余力渡江潮。
梦中忘却“靠边站”，还向旌旗笑手招。

赤子之心跃然纸上，为党工作的愿望是如此强烈。

他知道工资已经停发，每月只有20元生活费；他知道妻子已经变卖首饰、衣物，在苦苦支持着家庭；他知道儿女星散各地，室迩人遐；他知道老母病卧长榻，望眼欲穿。

尽管妻子是微笑着来看他，可是他何尝看不透妻子心中正滴着血呢？

“妈妈怎么样了？”

他是个孝子啊！平日里出门总是先禀母亲，入门总是先问妈妈平安。妈妈也是90多岁的人了，正是床前需要人的时候。可他却身陷无休止的批斗围攻之中。他心中不安啊！

“妈妈由我照管！你放心好了。”

“他们不要你去干校了？”

“我不去，我对头头说，何香凝已经90多岁了，我走了没人照顾。你们去请示总理，总理让走我就走。就这样顶住了！”

他以异样的目光望着妻子，一向文静、温柔、纤弱的妻子，变得刚强多了。

他拂开妻子前额的头发，轻轻地抚摸着那道伤疤。面对着战争年代一同出生入死、辗转千里，和平年代相濡以沫、相敬如宾的妻子，他心头的热潮化作了泪水。

他按日本礼节，向妻子鞠躬："谢谢！谢谢你一人尽了两人的孝道！为了我，你……"

▲1946年，周恩来（右二）、董必武（左一）、邓颖超（右一）与廖承志（右四）、廖梦醒（右三）、经普椿（左二）在南京祭扫廖仲恺墓（历史照片）

一对老夫老妻，苦雨凄风相伴……

> 他指着江青的画像坚定地说："他们坏事做得太多，要不了多久就会垮台的，一定会垮台的！"

在廖承志丧失自由的时候，他的外甥女李湄托舅妈悄悄将珍藏多年的画带进了隔离室。

廖承志见到这幅画，深深理解外甥女的苦心。他对妻子说："这回该我像钢丝了，我要顽强乐观地活下去，还有许多工作等着我干呢！"

原来，在1946年4月，廖承志随周恩来从重庆飞往南京，到中共代表团工作，在南京与姐姐廖梦醒相会。其时姐大李少石在重庆被国民党谋害已数月，外甥女李湄还沉浸在丧父的悲痛之中。

为此廖承志给外甥女画了一幅漫画，画上是一个胖子笑眯眯的，两手按膝腆着大

▲1981年，廖承志（左二）、邓颖超（左三）和孙中山先生的亲属孙穗芳（左一）、孙穗芬（左四）在一起（历史照片）

肚子坐在竹椅上，俏皮地挤眉弄眼，一副乐天的样子。

上面的题词是："革命者的神经，不要像纤维一样，应该和钢丝一样，因此，经常笑，经常头向着天，永远不要消沉！"

他以此来鼓励外甥女要乐观，要坚强地摆脱丧父的哀痛。

廖承志认为，画和意志的结合会成为一种精神的盾。因此，当女儿笃笃大学毕业后被当作可教育子女"发配"青海劳动，远离父母，屯垦边陲时，他把心融进了画中，把人也融进了画中，画了两幅回忆长征的速写画，悄悄让妻子夹带出去寄给女儿。

因为他想，物质的支援固然是必需的，失去自由的父亲却心有余而力不足。他觉得应该使女儿成为一个精神富有者，应该持有一种精神的盾，帮助她渡过重重难关。

那两幅画，一幅是一位红军在长征路上倒下了，另一位瘦骨嶙峋的战士默默地向战友致哀，然后迈着更坚定的步伐向前迈进，前仆后继的大无畏革命气概催人泪下。

他在附给女儿的信中这样写道："第一幅画是爸爸在长征时的大致景象，千万不要忘记革命是千辛万苦、无数牺牲才得到的胜利。你爸爸要说诉苦忆甜，自问五谷不分，但吃苦也在长征时尝过。你们是在一帆风顺，温暖暖、软绵绵的温室里长大的，千万要警惕，不要忘了本了！"

第二幅画画的是一位参加红军不久的女战士为了长征，忍痛将自己的骨肉送给他人。画面上的母亲正给孩子喂最后一次奶，身后黯然站着的是她的丈夫，身前蹲着一个孤独无亲的老汉，等待着把孩子接走。远处红军战士唱着歌在前进，旁边有一位戴眼镜的干部脱下帽子给他们母子分离致以同情。

整幅画体现了一个主题：队伍要前进，革命要前进，不能给红军添累赘，只能割舍骨肉。为了革命，战士是能付出一切代价的啊！

他在信中说："那两幅，仓促画成，说艺术，也不成熟，粗糙得很。但你姑且把它留下吧！"

画和信是从那样恶劣的环境中偷带出来的，自然不能有过多的表示。但用先辈创业维艰的苦难经历作为一种号角来唤起女儿的革命信心，希望女儿能经受得起超乎寻常的挫折和打击，这种良苦用心是可以感受得到的呀！

他的女儿也正是在这种无声的号角鼓舞下，才战胜了一阵阵政治的恶风险浪。

除此之外，廖承志还多次为妖男妖女们画了不少丑相，一次又一次地审判他们，将他们烧成灰。

1976年，正是“四人帮”猖獗一时的最高峰，也是黎明前最黑暗的时刻。

有一天，他把儿女们召到跟前，信手画了一个油头粉面的王洪文，添了一个贼眉鼠眼的张春桥，加上了一个凶横龇牙的江青，三人在密室中策划。而于会泳、浩亮则在门外望风，败类丑态尽现纸上。

他点着江青的脑袋坚定地说：“不会太久了，他们坏事做得太多，要不了多久就会垮台的，一定会垮台的！”

如斯预言，时隔几个月，一声春雷，扫妖魔乾坤清澄。

廖公全家，该是戴红花的时候了……

第二十三章

伍修权的“三八”传奇

伍修权作为特派代表出席联合国大会和安理会，在会场上，他义正严词，直斥美帝。

人生八年有几何？岁月蹉跎风浪多。
奋斗一生如一日，晚晴高唱晚节歌。

这也许算不上什么上乘的诗作，既没有“大江东去”的粗犷豪迈，更无“晓风残月”的意境。然而，它却是用沧桑岁月的笔写成，是一首用以明志的诗，是饱尝了人世的风霜，不堪回首，却并不消沉的独白。

八年，对于一帆风顺的人来说，只是短暂的一瞬，而对这首诗的作者——伍修权来说，却是一生中横亘着的最难忘的一段，如同清早起来，仍忘不掉昨夜的噩梦。

而事实上，又有谁能在政治运动频繁的中国过上长时间风平浪静的日子呢？尤其是身居高位的人，一旦在政治激流中躲不开强大力量的撞击，他便会失去平衡，跌到低谷里去。

1966年到1976年，是非颠倒黑白混淆的年代，是阴谋家、野心家的天下。他们利用手中掌握的特权以及对群众的煽动，向每一个威胁到他们地位的人高高扬起了鞭子。十年浩劫，一场噩梦，能够从梦中摆脱出来、重见光明的人，已经是很幸运的了。

伍修权是一个不幸而又有些许幸运的人，不幸的是，他没能躲过“横扫一切牛鬼蛇神”的棍棒，在政治的大劫难中无力摆脱厄运，遭受了无情而漫长的打击。而他到底没有在漩涡中彻底地沉下去，没有在风霜雪雨中倒下，最后终于等到了曙光的来临，从这个意义上看，他又是幸运的。

1908年，清王朝内连续发生了两件大事：光绪帝“驾崩”和慈禧太后“归天”。就是这一年，在湖北武昌的一个小职员家庭里，伍修权出生了。随后，辛亥革命的炮火轰塌了清政府的统治，也给伍家带来了不幸，父亲和祖父的失业，使家庭衰败了。

经历了一番困苦生活以后，12岁的伍修权到了武昌高等师范附属的“单级学校”接受免费教育。该校停办以后，他被推荐至高师附小，在那里，遇到了党的创始人之一陈潭秋。在他的直接引导、帮助下，伍修权加入了中国社会主义青年团，开始走上了革命道路。

1925年秋，在高师附中读二年级的伍修权作为进步青年的代表被推荐到苏联莫斯科中山大学学习。后来，因国内形势需要，又转至莫斯科步兵学校学习军事。在这一时期，他和同志们一道，接受了共产主义理论的熏陶，逐渐坚定了革命志向，并加入联共成为候补党员。

▲李德，原名奥托·布劳恩，德国人。时为共产国际派驻中共的军事顾问。伍修权曾担任李德的翻译（历史照片）

1931年5月，伍修权回国，开始在国内进行革命工作。同年7月，成为中共正式党员。

为了培养军事人才，中共中央开办了红军学校。伍修权在这里先后担任连指导员、营教导员和团政治委员，后又担任模范团政治委员、三师政治委员、汀州连城分区司令员兼政治委员。

1933年10月，伍修权被指派作共产国际派来的军事顾问李德的翻译。李德，这个具有权威而又不了解中国实情的人曾一度给中国共产党带来极大的影

▲战争年代的伍修权（历史照片）

响。作为他的翻译，伍修权是很不好受的。后来，伍修权写回忆录时说："那是一个难堪的任务。"

不久，他又担任了红三军团副参谋长，陕甘支队作战科科长，红二、红五军七十三师参谋长，参加了举世闻名的二万五千里长征。抗日战争期间，他担任了陕甘宁边区政府交际处处长、秘书长，八路军甘肃办事处处长，中央军委一局局长、作战部副部长，为革命做了大量工作。

解放战争时期，伍修权任东北民主联军第二参谋长，东北军区参谋长兼军工部政治委员。

新中国成立两个月后，伍修权作为东北军区参谋长，受命执行一项特别的任务：负责第一次访苏的毛泽东在东北境界的警戒工作。不久，《人民日报》上公布了中央人民政府的正式任命，伍修权担任了外交部的苏联东欧司司长。

1950 年 1 月，伍修权随周总理率领的访苏代表团，出使莫斯科。

1951 年 1 月，伍修权又被任命为外交部副部长。抗美援朝战争爆发以后，他又作为特派代表与代表团其他成员一起出席联合国大会和安理会，参加"美国侵略台湾案"的讨论。在会场上，他义正严词，直斥美帝，正如郭沫若所说："我们的特派代表在成功湖……把美国和他的仆从国的外交阵线打得落花流水了。"

1955 年 1 月，中国与南斯拉夫两国正式建交。3 月 1 日，伍修权被任命为中国首任驻南斯拉夫特命全权大使，正式开始了外交活动，为中南两国关系友好作出了重要贡献，后来，中南关系恶化，1958 年 5 月被调回国内。

根据自己调查研究得出的结论，伍修权认为被当作"修正主义"来批判的南斯拉夫共产主义者联盟，总的看来还是遵循马克思主义的，而这与当时中共的看法是相违背的，因而他遭到了党内批评。此时，王稼祥（对外联络部部长）建议伍修权到中联部工作，得到中央批准。于是伍修权开始了继外交部八年后的第二个八年：中联部八年。

十年浩劫，给中联部副部长伍修权带来了厄运，开始了他的第三个八年——"牛棚”八年。回想起噩梦中的情景，人们往往会不寒而栗，而一旦噩梦是真实存在的，就值得回忆。回忆是为了不能忘却，以诫后世。

> 中联部贴出了一张大字报，署名伍修权。这张大字报不但不解决问题，反而使他成了“跳出来的敌人”。

1966年8月18日，天安门城楼上，毛主席容光焕发，满面春风，笑容可掬地俯视自己的“孩子们”。城楼下，是红卫兵的海洋，成千上万的革命小将怀着无比崇敬的心情高呼“万岁”。这是毛主席等中央领导人第一次检阅红卫兵。开始以后，一些红卫兵向毛主席和林彪以及陈伯达、康生等“文化大革命”的头面人物，一一献上了红袖标，热闹气氛，令人惊叹。

中间休息时，有两个人在一旁交谈。这两个人，一个是刘少奇，另一个就是伍修权。

刘少奇:“我把北大聂元梓的报告反复地看了多遍，实在看不出它的意义为什么比巴黎公社宣言还要重大。”

伍修权:“我还没有认真地看，我回去再找来好好读他几遍，看看到底有什么意义。”

他们并非在有预谋地商量什么，当时，伍修权看到刘少奇被冷落在一旁，便过去与他聊聊。伍修权是一个善良而正直的人，也许正是这种美好的品格在并不美好的年代里给他带来了不幸。

“文化大革命”之初，伍修权一直忙于党的对外联络工作，并未过分注意运动的发展。他以为“文化大革命”无非是文化界的事，与自己工作的关系并不是很大。而且，他多年来从事国际上“反修”斗争，应该是没什么问题的。

刘少奇、邓小平等领导人被认为犯了“错误”，从主要领导岗位上被拉下来，而林彪、康生等人却成为风云人物的现实，使伍修权很不理解。毛主席一张《炮打司令部》，使伍修权意识到：这场运动非同寻常。

但是，他仍然没有想到，厄运会降临到他的头上。

“是祸躲不过”，这句谚语是中国人发明的，自然有其道理，尤其在中国，如果你被卷入一场斗争中，就别想安安稳稳地生活。“文化大革命”的触角是无所不至的，既然最高领导人下定决心，就不是一个两个人能够抵制得了的。“文化大革命”形势发展迅速，让人始料未及。

中联部并没有神灵的庇护，它也不例外地成为“革命”的目标。此时，康生已将自己的得意门生王力从部里调到了“中央文革小组”，中联部内也成立了“文化革命委员会”，作为领导运动的权力机构。王力和康生等人的插手，使中联部受到了“优惠”，一场严峻的斗争在部里渐渐拉开帷幕。

“文化革命委员会”的成立，使伍修权等中联部里的领导人徒有其名，不但不能支配部里的工作，连自身的命运也遭到威胁了。

分管为外国党培训干部教学工作的副部长许立，是最早成为“斗争对象”的。他已六十多岁，还有高血压病，而这丝毫不能引起造反派的同情，仍然狠批狠斗。这引起了伍修权的不满，他说：“《十六条》中不是说了吗，‘要文斗，不要武斗。’许立同志已六十多岁了，再过三十年，你们也六十岁了，如果那时你们也遭到同样的情况，就会知道应该怎么办了。”

无意中“引火烧身”，伍修权的这句话成了把柄，成为被批判的“靶子”，被造反派说成“宣扬资产阶级人道主义，反对阶级斗争观念，压制了造反派的革命热情和革命精神”。

部里开始贴出攻击伍修权的大字报了，内容都是工作中的问题。

“他在外事活动中，和外国人谈话没有大力宣传毛泽东思想，却大讲自己的经历。”

“他同苏联修正主义分子接触时，大讲友好多，坚持斗争少。”

诸如此类的话，是人们费尽心机搜罗出来的。抓住一句平常的话，然后上纲上线，甚至无中生有，都是当时“斗争”的手段。对于这些，伍修权并不十分在意，他相信“为人不做亏心事，半夜不怕鬼敲门”。自认为没有做对不起党和人民的事，也就不怕人们对自己的揭发批判。

倘若真的如那句俗语所说，那么造反派们也显得太无能了。既然把斗争的矛头指向了你，你就会像上了“黑名单”的暗杀对象一样，无法逃避追击。

首先是做检讨。诚实、正直而又无限忠于党和人民的伍修权又充分体现出他的品格。他决心用毛泽东思想来对照检查自己，诚心诚意地按照群众的要求去做。1967 年 1 月 12 日，他在部里的群众大会上做了第一次检讨：

“我自‘文化大革命’开始，一直处于很不理解，很不认真，很不得力的状态。

“我没有充分的思想准备来迎接这场伟大的运动，迎接这场对全体干部，特别是领导干部大审查、大批判、大改造的伟大运动，所以运动以来我的思想总是落后于形势，迟迟跟不上来。

“我借用‘半夜不怕鬼敲门’这句俗话，等于把群众比成了‘鬼’，这是对革命群众的侮辱。”

其检查之诚心，到了一定程度。而人的欲望是永无止境的，造反派根本不满足于这 点点检讨。于是，他尽力给自己扣上大帽子：自己“执行了刘邓的资产阶级反动路线，犯了严重的错误”，“违背了八届十一中全会的精神，特别是违背了毛主席《炮打司令部》的精神”。

在战场上，忍让退缩会引起敌人更猖狂的进攻。伍修权的“触及灵魂”的检讨越是深刻、真诚，越是过不了关。一次又一次的大会，一次又一次的批判接踵而来。他郑重其事的检查乃至必要的解释，都成了“很好的反面教材”。

“他仍然顽固坚持资产阶级反动路线的立场。”

“他在攻击革命造反派，支持保皇派。”

“他明目张胆地抗拒康生指示，掀起反康生的逆流。”

一些五花八门的批判词如炮弹般横飞。

面对这一切现实，伍修权再也不能稀里糊涂地“任人宰割”了，他开始自我思索，慢慢寻找问题的根源。他暗问自己：“什么原因，使他们揪住我不放？”

渐渐地，他终于察觉，问题还是出在康生、王力那里，也正是他们一伙人，导演了中联部一幕幕怪剧。

伍修权是一个不会溜须拍马的人。他一直对康生有些看法，和许多同志一样，感到此人是埋在毛泽东身边的一颗定时炸弹，还根据康生善于投机取巧的特点，给他取了个外号——“智叟”（《愚公移山》中的人物）。最初，康生之流想拉拢他，但伍修权并没按照他们的意图办事，甚至于唱反调，而且对康生本人也不太恭敬。这一切，康生当然心中有数。“顺我者昌，逆我者亡”，于是，伍修权便被看作他在中联部施展阴谋的绊脚石，从而遭到非难，怎么检查也过不了关。

伍修权在劫难逃，但一切都刚刚开始。在康生的唆使下，造反派揪住伍修权不放，甚至当他在用《毛主席语录》为自己辩护时，也遭到攻击：“伍修权念毛主席语录是一种亵渎和侮辱！”

动乱在升级，中国在混乱中挣扎。

造反派们得寸进尺，对伍修权越来越不客气，不断围攻，逼迫他承认一些子虚乌有的“罪行”。在批斗会上，他们连推带撞，手指戳到他的脸上，叫骂不绝，“黑牌子”、“高帽子”都套上了，他的人格遭到了污辱。

人格？！造反派们连人的生命都不顾，根本不管什么人格。“人道主义”也荡然无存。由于长时间得不到休息，伍修权高烧 39.8℃，不得不住进了医院。几日以后，病情稍减，他就继续接受批斗和交代“罪行”。

一切都乱了！一向风平浪静的中联部终于没能成为一个安全的“避风港”，同全国各地一样，彻底陷入了混乱。

1967 年 4 月 6 日，中联部贴出了一张大字报，署名伍修权。原来他又是从个人的美好愿望出发，希望很快解决部里的派性对立，制止事态的发展。这张大字报引起了极大反响，成了有名的“四·六大字报”。

这张大字报不但不解决问题，反而使他自己成了“跳出来的敌人”。因为其中的语言完全不合康生、王力等人的口味，4 月 28 日深夜 12 时，康生对中联部造反组织下达

▲伍修权1940年在兰州与夫人张毓兰（张秀莲）、女儿曼曼、儿子天福合影（历史照片）

了“重要指示”：“希望你们同中联部伍修权划清界限，他最近贴出的大字报是错误的，继续把斗争矛头指向革命干部和革命群众，继续挑动群众斗群众，指向以毛主席为代表的革命路线。”

当天下半夜，伍修权从梦中惊醒，被“造反总部”的人马从床上拖下，反扭着双手拉到了会场批斗。这突然降临的灾难，使他终于明白：自己的问题已发生了质的变化，康生、王力已公开将魔手伸到自己头上来了。从此，他便成了“专政对象”。

在造反派的“命令”下，伍修权被迫停止工作，并被剥夺一切权力，接受审查和批斗。于是，曾为革命事业勤勤恳恳工作几十年，并为中国外交事业立下汗马功劳的伍修权一下子被打倒了。

“打倒黑帮分子伍修权！”

“打倒反革命修正主义分子伍修权！”

此时，中联部的院内外，墙上墙下，贴满了巨大的标语。

伍修权面对这突来的一切，感到似乎有更严重的后果在等待着他，显然面前的一切已足以将一个意志薄弱的人击垮。这时，他想到了一个人——周恩来总理！

伟大的周恩来总理曾用他崇高的威望和丰实的羽翼保护了许多遭到不幸的同志。伍修权面对着周总理的照片，觉得他的微笑是那么可亲，这微笑是否能给自己以希望？他又想到，每天不知有多少电话打给总理，而且周总理也正处于艰难之中，威望毕竟不是权势。

伍修权还是走向了红机子电话，打到总理办公室，报告了他的情况，希望他们能派人到中联部处理一下这个严重的事件。

结果，事情并没有想象中那么好，反而引起了造反头头的注意。他被迫带着全家，搬到一个很狭窄而且没有电话机的房子。

接着，林彪和叶群也插手了。林彪和伍修权当年一起在东北时便格格不入，此时，正是林彪报复、彻底打倒伍修权的好机会。伍修权问题同彭真连在一起了，又有一些舆论接踵而至：

“伍修权这个人很坏，阴险得很，一般人看不出来。”

“他支持彭真，每次开会他都骂娘……骂的是林总。”

“东北所有的坏事，都有他的份。”

在他们的直接迫害和诬蔑下，伍修权终于真正遭受了大难，尝够了受打击陷害之苦。

4 月 8 日深夜，康生亲自拟写了打倒伍修权的几条标语，发动了全面攻击。斗争中体现出了中国人罕见的效率，当夜，大街上便出现了打倒伍修权的巨幅标语。接着，北京大专院校“红太阳”和“人大三红”等造反组织，成立了一个“专揪伍修权”的兵团，其规模可以想见。

“首都大专院校红代会”和“社会斗批改联络站”经过一番精心策划，专门出版了题为《伍修权罪行录》的小册子，列举了他的“滔天罪行”：

“伍为李德作过翻译，后来得到彭德怀的重用，被提拔为三军团副参谋长，他早就反对毛主席了。

“他把学习毛著当作茶余饭后的消遣，认为只有吃饱了肚子才可以学习毛泽东思想，这真是修正主义混蛋逻辑。

“他驻南斯拉夫期间，里通外国，大搞阴谋。”

面对这些措辞“激烈”的话和“充足”的证据，伍修权真是哭笑不得，可又毫无办法。人们的“智慧”一旦发挥出来，常常使人深信不疑，而当事人是有口难辩。

在造反派的“辛苦”下，伍修权的批斗审问问题逐渐“走向社会”，以达到更强烈的效果。这类批斗分为大、中、小三种形式，最大规模的有两次，一次是在体育馆内，一次是在人民大学操场上。在身体不好、烈日炎炎的情况下，伍修权忍受着精神和肉体上的双重折磨。他被迫接受无中生有的“罪状”，被迫在年轻小将的叫骂中低下头，他失去了一名老干部的尊严，失去了与家人团聚的日子，失去了最宝贵的自由！

深夜，伍修权躺在床上睡不着觉，他在努力回忆自己走过的路：十几岁便参加革命，在腥风血雨中为党、为国家、为人民默默工作着。他还记得第一次中弹受伤的情景，记得坐在苏联人的大车上偷偷回到祖国。新中国成立以后，他中外奔波，为党和

▲1950年11月28日，中国政府代表伍修权在联合国安理会上发表长篇讲话，历数近百年来美国侵略中国的罪恶事实，控诉美国侵略朝鲜、侵略中国领土台湾的罪行。图为安理会会场，代表席（有字牌的）前排左一为伍修权（历史照片）

人民付出了辛勤的汗水。记得1965年，有一次毛主席指着他对外宾说："从苏联回来的人，他是没有反对过我的一个。"他自以为对毛主席是忠心无贰，毛主席也是信任他的，而他还是被戴上"一贯反对毛主席，一贯反对毛泽东思想，一贯反对毛主席革命路线"的帽子，承受着巨大的政治压力。

何日才是尽头？难道会永远混乱下去吗？他差点崩溃了。

大概是造反派看出了伍修权的情绪不对劲，就把他关到了南小楼的一个房间里，进行"机关隔离"，这是"牛棚"生活的第二阶段了。造反派不但"细心"，而且很"辛苦"，他们轮流看守，昼夜不断人，俨然一副看守"全国通缉要犯"的样子。

如果认为这些"阶级敌人"会终日苦坐消磨时间，那可就错了。充满"阶级仇恨"的造反派不会让他们闲待着，而是让他们"运动运动"，清扫大字报、掏公共厕所成了伍修权的"职业"。造反派们说："你们这些老家伙从来不劳动，这回让你尝尝滋味。"

他确实尝到了劳动的"艰辛"，清扫一批又一批的大字报，冲洗着时常堵塞的厕所，冬天劈柴火，还做一些诸如收拣乱砖头、平整土地等毫无意义却能使人劳累的活。

1968年5月3日，中联部新盖的22号楼前，一辆吉普车突然而至。车上下来三个人，一个是造反派头头，另两个是军人。他们径直来到伍修权面前（此时伍已调到此处）说：“奉中央决定，将由北京卫戍区对你实行监护。”然后两个军人绑架式地将他押上了车。

吉普车开到了北京卫戍区在通县的一处军营，从此，伍修权开始了一生中唯一的一次漫长的被“监护”的生活。

原来，这又是康生的直接指示，他曾宣扬：原中联部的领导人都是坏人，坏人和叛徒比较长久地篡夺了中联部，部里叛徒特务很多，部长、副部长也垮了。他还特意说：把伍修权关起来。

在被“监护”的过程中，伍修权再一次忍受着没有阳光、没有新鲜的空气之苦，而阳光和空气，对于一个失去自由的人来说，是多么的可贵！在这里，没有可以打开的窗户，唯一可开启的房门整天关着，只有每隔一段时间的放风，才可以让他呼吸一下新鲜空气。

夏天到了，当地蚊子也加入了“造反”的行列，肆无忌惮、成群结队地侵袭这里的“犯人”。管理人员开始给了一顶蚊帐，没过多久又收走了，可能是蚊帐挡住了看守者的视线，不便于监视。

冬天到了，房子里没有暖气，只给安了个炉子，却又不给煤球，只有一些煤末子。

每一种生活，都有其优缺点，这里也是如此。在外面时，三天两头，不是批斗就是围攻，没完没了地逼供，还要参加各种劳动，使人难以忍受；而在这里，相对安静多了，只有专案组来找他，其他的人不再插手了。

但是，这唯一的专案组不是好应付的。这个专案组由三个人组成，分别是陆、海、空三军的干部。负责人是陆军干部，是一个级别不低，爱享受、摆派头的人，他不但主观，而且极蛮横，每次审查都和伍修权来一通辩论。在伍修权实事求是、有条不紊地回答后，他常常很恼火，训斥道：“你知道你的身份吗？你现在根本不是在接受审问，而是在摆老资格教训人！”

审来审去，专案组得不到预期的效果，却又毫无办法。

> 他几乎不敢相信自己的眼睛了，怀疑这是否还在梦里，面前站着的，是已四年没能见面的妻子儿女。

岁月在慢慢地消逝，伍修权已度过了四年苦难的日子，一切都在不明不白中进行，最难过的，莫过于蒙受不白之冤。

1971年9月13日，飞机坠毁的一声巨响，使一个反革命集团粉碎了，这就是林彪叛逃的“九一三”事件。与外界隔绝的伍修权，并不知道事件的发生，只是在报纸上揣摩出一点蛛丝马迹。

一个月后，专案组又来找他，这回不是关于他自己的，而是关于林彪的。伍修权对所问的问题，一一如实做了回答。而专案组的人以为他还有什么顾虑，便说："你现在什么也不要顾虑了，林彪已成为大坏蛋了，有什么你只管说吧！"

惊奇之后，伍修权说："林彪是不是个大坏蛋，我现在不了解情况不好说，我只知道摆事实，没有问题的就是没有问题，我不能随便说。"

这句话，再一次表现了他诚实、正直的品格。对于使他遭到无情打击、蒙受不白之冤的人，他不是迫不及待地复仇，而是仍以博大的胸怀，实事求是地说话。

"九一三"事件以后，"犯人"们的待遇得到了一定的改善，伙食、卫生等问题逐渐地好转起来。林彪的垮台，给生活在黑暗中的人们，带来了初露的曙光。

1972 年 6 月的一天，伍修权起得很早，他向看守人员借了个刮胡刀，在他们的监视下刮了刮胡子，变得特别兴奋。上午，他被送到附近一个地方，在那里，站着一位妇女和几个孩子。

他几乎不敢相信自己的眼睛了，怀疑这是否还在梦中，但他还是激动地走上前去，禁不住老泪纵横。面前站着的，是已四年没能见面的妻子儿女。四年，对于一个不完整的家庭来说，太长了。四年之内，他们不能互通音信，只是默默地互相牵挂着，这次相见，可以说是最大的恩典。伍修权感慨万千。

通过妻子徐和介绍，伍修权得知儿女都因自己的问题遭受到不同程度的攻击，而儿女因父母而遭不幸、受牵连的事，在"文化大革命"中是很平常的。

以后，伍修权又得到了几次与亲人见面的机会，妻子儿女的探望，给他物质和精神上都带来了一定的满足与安慰。孩子们了解到父亲在住"牛棚"期间患了糖尿病，就联名给周总理写信，要求及时治疗父亲的病。经过周总理的努力，1973 年春，伍修权被送到阜外医院治疗，不过，他被监护的身份并未改变，看守仍然日夜"辛苦"，专案组的人也不断到医院继续审查、核实他的问题。

黑夜再长，也抵挡不住黎明的攻势，太阳出来以前，黑夜也正如被打败的敌人，逐渐退去。1973 年 3 月，专案组的负责人更换了。新来的几个人是工作认真、善于听取意见的人，这给伍修权带来了希望。同年 7 月，专案组到医院看望他，并给他看了审查初步结论。一些被歪曲的事实，都恢复了本来面目，一些污蔑之词也不见了，他的"罪状"只剩下了三条：在东北支持过彭真，为南斯拉夫说过话，在"文化大革命"中犯了路线错误。

一个词，往往决定了事物的性质。伍修权也因一个词的改变而受到了"优待"。

在对他的整个评语中，说他"推行了刘少奇、彭真等的反革命修正主义路线"。伍修权提出反对，说他仅仅是"执行"而不是推行，并没有独立地"推行"过什么路线，只是按照上级的指示和决议做过一些工作而已。结果，一个词的改变，使伍修权由处于"敌我矛盾的焦点"而变成了"犯错误的好人"。

专案组对他的态度也改善了，因为此时，他不再是“人民的敌人”，而是与他们处于平等关系了。专案组还鼓励他道：“你再忍耐一段时间吧，我们会建议将你解放出去。”

黎明前的黑暗，也是令人难以忍受的。林彪虽然垮台了，还有“四人帮”及其亲信在兴风作浪，变本加厉地继续迫害干部、群众。一时，“批林批孔”、“反击右倾翻案风”、“反对复辟回潮”等运动兴起了。“四人帮”为了维护自己既得的利益，继续横行。

伍修权的问题也受到干扰，一时得不到落实，他又被关进了见不到阳光的“牛棚”。在此期间，只能通过细读《人民日报》来了解一点外面的事，同时排遣漫长的寂寞与孤独。

他反复阅读《毛泽东选集》，这在当时无疑是一种鼓舞。什么《艳阳天》《金光大道》等长篇小说，他也一字不落地通读一遍，以解除空虚。

身为共产党，坚贞为革命。
时时勤检讨，莫使染病根。

在“牛棚”中能写出这样的“明志诗”，真令人敬佩，从中也可看出老一辈革命家永远积极向上、为自己的信念奋斗不止的高尚风格。

1974年8月，伍修权又被批准会见家属，地点在铁狮子胡同的大帅府内。妻子悄悄地告诉他，已有不少老同志被“解放”出来，叫他耐心等待，一般都会在一个节日里“解放”出一批。

生命诚可贵，爱情价更高。
若为自由故，二者皆可抛。

还有什么，比失去自由之后又重新获得自由更令人幸福的呢？人们为自由而战，不惜失去生命，而没有失去自由的人，也许体会不到其意义。

> 黑暗终于被太阳驱散。伍修权终于结束了八年的“牛棚”生活！他的获释是毛主席直接干预和周总理努力的结果。

黑暗终于被太阳摧毁了。

1974年9月29日，对于伍修权来说，是一生中最难忘的日子。他在敌人的弹雨中幸存下来，在长征途中的草地上摆脱过死神的威胁，而这一切，在获得自由面前，都显得微不足道。他没有死在敌人的屠刀下，却被关进了社会主义的“牛棚”，而最终没有永别新中国的人民，走出了那个暗无天日的地方，这难道不是最难忘的日子吗？

这天上午卫戍区派人通知他，让他把自己的行李物品全部整理捆包起来。伍修权明白了，他终于盼到了这一天。

八年“牛棚”生活，彻底结束了！

9月30日晚，人民大会堂宴会厅内灯火通明，国庆25周年招待会正在这里举行。许多刚从“牛棚”中被“解放”出来的人应邀出席了招待会，其中包括刚获自由的伍修权。老同志们久违之后再次相见，百感交集，其心情可以想象得到。

后来，伍修权了解到，自己以及其他同志的获释是毛泽东主席直接干预和周恩来总理努力工作的结果，敬爱的周总理，为他人在做默默的奉献。

10月1日的报纸上，公布了参加国庆招待会全体人员的名单，人员多达几千人，其中也有伍修权的名字，这是他在八年以来第一次不是作为“打倒”对象出现的，标志着他生活的新开始。

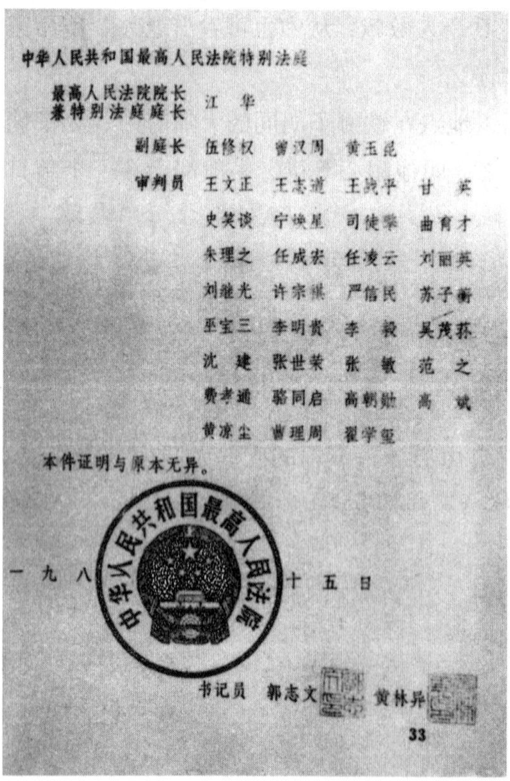
中华人民共和国最高人民法院特别法庭

最高人民法院院长兼特别法庭庭长　江　华

副庭长　伍修权　曾汉周　黄玉昆

审判员　王文正　王志道　王战平　甘　英
史笑谈　宁焕星　司徒擎　曲育才
朱理之　任成宏　任凌云　刘丽英
刘继光　许宗祺　严信民　苏子蘅
巫宝三　李明贵　李　毅　吴茂荪
沈　建　张世荣　张　敏　范　之
费孝通　骆同启　高朝勋　高　斌
黄凉尘　曹理周　翟学玺

本件证明与原本无异。

一九八　十五日

书记员　郭志文　黄林异

33

▲1981年，伍修权作为中华人民共和国最高人民法院特别法庭副庭长，参与了对林彪、江青反革命集团主犯的公开审判（历史照片）

从1967年1月到此时，整整八年的时间，而伍修权在外交部和中联部正好也工作过八年，他风趣地说：“我现在也是‘三八式’干部了！”同样是八年，而这第三个八年，是他刻骨铭心的记忆。

在1976年元旦后不久召开的第四届全国人民代表大会上，伍修权作为一名人大代表出席了会议，在人大的选举中，又意外地成为全国人大常委，这是他在“牛棚”中做梦也想象不到的。十年动乱彻底结束之后，1980年，开始了对林彪、江青反革命集团十名主犯的公开审判。这对于全国人民来说，是一件大快人心的事，因为他们导演的一幕幕丑剧，使中国一度沉沦。这动乱的十年，恰似一场内战，那些没有死在敌人屠刀下的革命者，却在“社会主义”红旗下，失去了自由、生命，这真是一场灾难。

伍修权被推选为参与审判工作的领导，因为受审的主犯中有许多是军人，都很有资历，这就需要一个能够镇得住他们的人，主持一个专门的军事法庭来审理，而伍修权被认为在资历和威望上能胜任这项任务。

伍修权仍然凭着自己一颗正直、诚实的心，以及出色的工作才能，为审判工作做出了自己的努力。

他是一个动乱的受害者，一个时代的目击者，他历尽艰难，饱受坎坷，尝尽了受迫害的滋味。

这第三个“八年”作为历史的见证，永远留在人们心中。

第二十四章 陈再道盼来平反的曙光

大难不死，必有后福，陈再道成为第一批被授予上将军衔的将军之一。

1966年开始的"文化大革命"像一股来势凶猛的狂潮，在中国960万平方公里的土地上横流，几亿人被一种革命的狂热所左右，东批西斗。1967年元旦刚过，上海便发生了"一月风暴"，并导致全国性"造反夺权"的新高潮，随之林彪、江青等人暗中指挥的揪"军内一小撮"的活动如地下奔突的岩浆，能量越积越大。2月，在北京怀仁堂内，以陈毅、叶剑英、徐向前、聂荣臻、李先念、谭震林、李富春等为一方，以康生、陈伯达、江青、张春桥、姚文元等为一方，围绕"文化大革命"一系列重大问题展开面对面斗争。但老帅们的这次抗争被诬为"二月逆流"。此后，"中央文革小组"取代了中央政治局，党、政、军相当大的一部分权力落入林彪、江青一伙手里，但这仍不能满足他们的欲望。为了在混乱中夺取更大的权力，他们一方面煽动"打倒一切"，采用阴谋手段迫害老干部；另一方面插手挑起群众中的对立情绪，造成"全面内战"。武汉"七二〇"事件便是在这种背景下爆发的。事件的核心人物、武汉军区司令员陈再道也因此经历了一场生死考验。

陈再道是湖北省麻城县乘马岗区程家冲人，1909年1月24日出生在一个贫农家庭。3 岁那年，父亲程源瀛因痨病去世。不久，姐姐和母亲也离开人世。陈再道因此从小体验到了穷苦人家的苦难。在 17 岁的时候，他独身一人参加了共产党领导的农民自卫军，配合北伐军作战。由于报名时“程”误写为“陈”，就改叫陈再道。1927 年大革命失败后，他参加了湖北黄安、麻城起义。不久起义失败，在敌人的白色恐怖面前，有的人退却了，有的人投降了，但经过血与火考验的陈再道却更坚决了，也更成熟了。1928 年，他在江子英等人的介绍下，加入了中国共产党，入党后的陈再道愈加坚定了为革命为党奋斗一生的信念。后来，他任红一军第一师排长、连长、营长等职。

1932 年 8 月，蒋介石亲任鄂豫皖三省“剿匪”司令，对鄂豫皖根据地发动大规模“围剿”。当时中共领导人张国焘不顾徐向前等人的反对，提出“不能停止进攻”的方针。此时陈再道任十一师三十二团三营营长，在进攻陡坡山的战斗中，该营担任突击任务。陈再道身先士卒，率全营战士突破阵地。这时，一颗子弹从陈再道的右臂上部打进去，又由后背颈下穿了出来，子弹差几厘米就打中了咽喉，但碰到了颈动脉，鲜血马上流了出来，陈再道知道挂彩了，但他觉得离死神还远着呢，于是不顾战友的阻拦，继续指挥冲杀。战斗结束后，给陈再道看病的医生一边给他包扎，一边笑着说：“你这个人真算命大，如果这一枪再往前一点，恐怕你吃饭就不香了。”陈再道却回答：“革命还没胜利，哪能轻易就‘光荣’了！”

抗日战争爆发后，陈再道由原来的红四方面军四军军长改任一二九师三八六旅副旅长。1937 年 10 月下旬，三八六旅在刘伯承师长的指挥下，在山西平定七亘村设伏，将日军辎重部队大部消灭。日军二十师团占领娘子关后，向平定进犯。刘伯承判断敌人认为我军早已撤离，于是令三八六旅再次设伏，我军以伤亡 40 余人的代价毙伤敌 400 余人，缴骡马 400 余匹和大批军用物资。在同一地点两次伏击成功，成为当时的一段佳话。12 月，陈再道任“东进纵队”司令员，开赴冀南创立抗日根据地，以后又任冀南军区司令员。

▲1936年底，陈再道与萧克（左一）、刘伯承（左二）、耿飙（左四）合影（历史照片）

1942 年，日伪军对冀南地区进行多次铁壁合围，反复“清剿”。军区政治部主任刘志坚等人在一次突围时，腿被打断，被关在大营据点。师长刘伯承、政委邓小平知道后，指示陈再道等人一定要把刘志坚抢救出来。陈再道命令六分区司令员易良品组织抢救。据可靠情报，刘志坚的身份没有暴露，要将他押送到枣强去。易良品于是让二十团团长楚大明埋伏在大营、恩察之间的南宫庄附近公路两侧。10 月 20 日，敌人押送刘志坚从据点出发，有日军 30 多人、伪军几十个人。在进入埋伏后，首先将日伪军隔开，六连攻击日军，四连抢救刘志坚。由于伪军与我军有关系，只是朝天鸣枪，刘志坚被顺利抢救出来。这次伏击在冀南广为流传，日本人说八路军神出鬼没，伪军说八路军会轻功，人民群众也把八路军看作是英雄好汉。

解放战争时期，陈再道任晋冀鲁豫第二纵队司令员，参加定陶战役、挺进大别山战役和淮海战役。新中国成立后，曾任中南军区副司令员兼河南军区司令员，被授予上将军衔。后调任武汉军区司令员。“七二〇”事件就是发生在这个时候。

林彪、江青一伙的黑手纷纷伸向武汉，目的只有一个——搞乱武汉，乱中夺权。陈再道所在的武汉终于爆发两派群众的大规模武斗。

1967 年 2 月，武汉市和北京南下的部分军内外造反派强行占据了设在汉口的《长江日报》社红旗大楼。8 日，他们在《长江日报》发表《关于武汉地区当前局势的声明》，提出“子弹上膛，刺刀上枪”，“全武汉、全湖北要大乱，特乱，乱深乱透”……一系列充满极左思想的口号。9 日，他们又发表社论，称在中国人民解放军的“支持下”接管《长江日报》社，给人造成武汉军区支持他们的假象。此后，造反派组织乱冲乱杀，整个武汉陷入混乱之中。2 月 21 日，造反派冲击军区“支左”指挥部，引起武汉军民强烈不满。武汉军区遂于 28 日发表《严正声明》，指出军区派部队到红旗大楼，是为维持正常秩序，防止发生械斗，绝不是支持“二八”声明。至于某些军内造反派在声明上签字，只能代表他们自己，不能代表武汉军区，更不能代表中国人民解放军。当时，陈再道和钟汉华均在北京，军区经过慎重修改并报全军“文革小组”后发表了这个声明。

回到武汉的陈再道积极贯彻会议精神，3 月 17 日，武汉军区和公安机关根据“军委八条命令”把“工人总部”的头头朱鸿霞、胡厚民和少数骨干分子扣押。3 月 21 日，军区又发表《通知》，宣布解散“工人总部”及所属组织。武汉的社会秩序和生产形势有了明显好转。

武汉的稳定使林彪、江青一伙乱中夺权的计划难以实施。于是，林彪、江青联合起来大造舆论。4 月 2 日，《人民日报》发表了由“首都红卫兵”驻《人民日报》监督组成员根据武汉造反派和北航“红旗”赴武汉人员提供的材料写成的《正确对待革命小将》社论，批判和警告武汉、成都等地的军队领导，不要压制造反派和红卫兵。4月6日，林彪、王力、关锋、戚本禹等人炮制“军委十条命令”，同“军委八条命令”相对抗。武汉地区的稳定局面出现反复，造反派公开贴出大字报向军区“宣战”，声称要粉碎武汉地区的“二月黑风”和“三月逆流”，要揪出陈再道这个“武老谭”（武汉地区谭震林式人物）。4月16日，江青在接见军内外造反派时谈道：“成都、武汉，那是问题比较严重的地方，可以冲一冲！”

▲“文革”时期的武斗器械（历史照片）

陈再道和钟汉华决定向中央汇报一下武汉的情况，以消除某些人的误解。4月19日，汇报在钓鱼台举行，周恩来、“中央文革小组”的成员参加了这次汇报会。江青问武汉是否有5万人绝食，陈再道给她否定答复。江青当面表示自己听信一面之词，有的话讲的不好。接着，江青意味深长地说：“武汉的国民党渣滓最多，撤退时有一两个师留在武汉，散在各个工厂里，情况复杂。”经周恩来提议，江青答应由戚本禹在21日接见武汉造反派。汇报会似乎在双方达成协议后结束了。

第二天下午，江青派人送来一份《文革快报》，上面刊载了反映武汉军区传达“中央文革小组”19日会议的有关指示。江青在“情况反映”上批示：“陈再道、钟汉华：这是怎么回事？以势压人！我们不理解。阅后退江青处。”突然的变卦使陈再道和钟汉华摸不着头脑。事后查明，钟汉华19日向军区党委常委传达了会议精神，并作了“绝对不能再往下传”的规定。记者是从一位列席常委会负责“支左”工作的人吹的风中获悉，认为是以“中央文革小组”的名义去压造反派。事情到了这个地步，陈再道怎么解释也不会有用。很快，有人取走了19日会议记录，21日的接见被取消，两人被“驱逐”出北京，甚至连参加庆祝“五一”节活动都被禁止。

武汉正处于两派群众的对立中，街头贴满了“打倒陈再道，解放全中原！”“油炸陈再道，火烧钟汉华！”等标语口号，造反派不仅挑起事端，制造武斗事件，甚至绑架钟汉华。与此同时，与造反派组织对立的群众组织主张保武汉军区，保陈再道。5月16日，成立了“百万雄师”联络站。于是，“工人总部”和“百万雄师”之间的武斗事件不断升级，军区的“支左”也难以进行。

在北京的林彪、江青一伙则遥控指挥，积极活动。林彪多次向吴法宪交代：“要把军队一小撮不好的人，都揪出来烧掉。”吴法宪则多次打电话给武汉空军副司令员刘丰，要他们独立思考，不要听大军区的，不要跟武汉军区跑。江青派出的北京各院校造反派，在武汉放风“武汉的谭震林，中央是饶不了他的”。5月初，戚本禹的秘书在接见武汉地区造反派的一头目时，说：“武汉问题主要是同军内一小撮的斗争”，“这是一场更加复杂尖锐的斗争”，“需要把全国的老造反派统一起来”，“武汉的谭震林是陈再道、孔庆德、韩东山，后台是徐向前”，“中央5月16日要发文件点军内问题，这是支持你们的，你们要借东风，要激化矛盾。口号要明确，一是要打倒陈再道，二是不要把张体学与王任重分开来提，三是要为‘工总’翻案”。

> 毛泽东对周恩来说：“到武汉去，保陈再道去。”谢富治、王力来武汉，名为解决问题，实为挑起更大事端。

6月4日，武汉军区发表《公告》，肯定“支左”方向是正确的，重申不得为“工总”翻案，并希望各群众组织能实现大联合。但没有消除两派对立。6月26日，“中央文革小组”办事组和全军“文化大革命”办公室给武汉军区发了一道经康生授意拟定的电报：最近，武汉市发生的大规模武斗，是不正常的，希望武汉军区立即采取有力措施制止武斗。“百万雄师”一些人对若干院校和工厂的围攻，应立即停止。杀害革命群众的凶手，应按照中央《六六通令》严肃处理。不久之后，中央将请武汉军区和各派群众组织的代表来京汇报。“中央文革小组”把武斗的责任归罪于“百万雄师”和武汉军区。

在武汉军区“支左”人员做了大量工作后，武斗已经停止了，赴京汇报的各派群众组织代表也确立了。7月，周恩来打电话给陈再道，说主席要到长江游泳，要武汉做好准备。直到7月14日，陈再道接到武空刘丰电话，说总理已到武汉，要他去武空。原来，周恩来到武汉是为毛泽东打前站的。周恩来的专机是吴法宪安排的，却没有通知陈再道，只透露给武空的刘丰。这一切，陈再道都被蒙在鼓里，一无所知。当天晚上，毛泽东到达武汉，住在东湖宾馆的梅岭一号，周恩来住在百花一号。陈再道、钟汉华为保证毛泽东、周恩来的安全也搬到了东湖宾馆乙所。这时，谢富治和王力带着北航“红旗”的四个造反派也由成都赶到武汉，他们不顾周恩来关于中央代表团暂时不要公开露面的指示，在刘丰的陪同下去街上看大字报，公开了他们的身份。这无疑给武汉的造反派打了一剂强心针，9月15日，造反派举行大规模游行，欢迎谢富治、王力来解决武汉问题。

7月15日和7月16日的上午，毛泽东召集周恩来、谢富治、王力、李作鹏、杨成武等人开会，听取有关云南、贵州、四川、武汉各地问题的汇报，讨论解决武汉问题。毛泽东最后指示：要给“工人总部”平反，把朱鸿霞放掉，“百万雄师”是群众组织，谢富治、王力要派专人做好他们的工作。军区对两派都要支持，陈再道支持造反派，造反派是会拥护陈再道的。并让周恩来在武汉多留几天，做好武汉军区工作。

周恩来根据毛泽东的指示，召集了武汉军区领导及“支左”负责同志在百花一号开会，谢富治和王力参加了汇报会。会上，谢富治、王力以“中央代表团”的身份盛气凌人，攻击武汉军区“支保吃左”，大方向错了。陈再道等人针锋相对。7月18日下午，汇报会结束。周恩来作总结讲话，建议陈再道、钟汉华主动承认犯了方向路线错误，而这恰恰是陈再道等人接受不了的。周恩来从大局出发，希望通过一定的让步来解决武汉问题，并多次作了陈再道等人的工作，反复说明“作检讨，不是要打倒你们，而是要保你们”，并讲主席说过“到武汉去，保陈再道去”。7月18日晚，周恩来带领陈再道和钟汉华来到梅岭一号。当毛泽东了解到陈再道不承认犯了方向路线错误时，他笑着解释说：“方向路线错误怕什么？现在他们一提就是方向路线错误，都是方向路线错误。要做好工作，慢慢来，不要着急，首先把部队的工作做好，把‘百万雄师’的工作做好。”对于陈再道、钟汉华，毛泽东说：“我要他们做工作，做工作做到不仅打不倒你们，而且要做到拥护你们为止。”同时，要谢富治、王力设立一个接待站，做好来访群众组织的思想工作。当夜，周恩来离开武汉。

阳奉阴违的谢富治、王力并未按毛泽东指示去办，自从他们公开身份后，周恩来

▲1967年7月，毛泽东到达武汉，住在东湖宾馆梅岭一号。图为梅岭一号外景

只好让他们去做群众组织工作。谢富治、王力首先接见“造反派”，并表示亲切慰问和支持。对另一派群众组织，谢、王二人则横加指责，并将“百万雄师”头头的名单带走。这样的工作使对立派的紧张关系不但没有缓和，反而加剧了。但谢富治、王力还没有达到大乱的目的。于是18日夜，他们来到武汉水利电力学院造反派总部，王力发表讲话：武汉问题一定解决得最好、最快，因为武汉有一支钢铁的无产阶级革命派。毛主席、林副主席、党中央、“中央文革”坚定不移地支持你们，你们受压抑、受打击的现象是不允许存在的，要把这种形象翻过来，叫它一去不复返。

被激怒的“百万雄师”抓走了王力，毛泽东离开了武斗升级的武汉。

第二天，造反派四处播放谢富治、王力在武汉水利电力学院的实况录音及王力的“四点指示”:军区“支左”大方向错了，要为“工总”平反，造反派是革命左派，“百万雄师”是保守组织。这种支持一派打压一派的做法激起武汉军民更大的愤慨，声讨王力的大字报、大标语贴满了武汉街头，要求王力从“中央文革”滚出去。同一天，陈再道、钟汉华在军区党委常委会上念了检查，下午由谢富治、王力做工作，直到夜里11点多钟。晚饭后，湖北省省直机关的干部和武汉地区某独立师、29师的战士来到军区门口，要求谢富治、王力接见他们。由于大门被“百万雄师”的群众挡住，陈再道将王力由后门送回东湖宾馆。陈再道和钟汉华则赶到曹家花园军区招待所，释放了朱鸿霞、胡厚民等人。这时，“百万雄师”的群众和一些战士乘坐几十辆拉响警报器的消防车、上百辆大卡车一起涌进军区大院，质问王力在武汉水利电力学院讲的“四点指示”是什么意思，“支左”方向没错，陈再道、钟汉华为何要当“投降派”，要求谢富治、王力接见。虽然军区的几位领导同志赶到现场做工作，但王力在东湖宾馆纹丝不动，愤怒的群众又来到了东湖宾馆。事态发展愈来愈无法控制。

1967年7月20日，气温同往常一样闷热。陈再道走出东湖宾馆乙所向百花二号走去。谢富治、王力就住在那儿。刚进房间的陈再道未及顺口气，“百万雄师”200多名代表就冲了进来，要求王力出来。王力此时正躲在隔壁，一动也不敢动。陈再道同谢富治领着这些人到房后的草坪上“谈判”，最后谢富治答应下午接见他们。王力也从房间走出来，同陈再道、谢富治坐在一起。恰在此时，以部队战士为主的几百人冲了进来，大声喊着要让王力接见。在一片混乱中，陈再道被打倒在地，王力趁机跑回屋里。群众追进去要王力到军区大院回答问题，王力坚持不走，被群众强行塞进汽车，拉到了军区大院。这时，武汉大街上，数千辆大卡车满载着工人、农民和驻军指战员，排成四路纵队，举行游行示威。机关干部和学生的游行也开始了，并一直持续到23日。他们一路高呼“打倒王力！”等口号，这就是震动全国的“七二〇”事件。在国外，一些电台报道："武汉发生了反毛叛乱"，"陈再道上将曾有效地控制了武汉"。这些传闻是从哪儿来的呢？

林彪在7月20日上午，亲自给毛泽东写了一封信，并由叶群的秘书送戚本禹修改。戚本禹觉得"这是大事"，找到陈伯达、关锋一起修改，最后又签上江青的名字。江青交代邱会作："你有脑袋在，这封信就要在！"带着这封信，邱会作到了武汉面呈毛泽东，并说外面形势不好，林彪、江青为毛泽东的安全担心，请毛泽东转移到别的地方去。毛泽东已经听说王力被劫走，并叫人通知陈再道找回王力。毛泽东对于转移则没有拿定主意，毕竟信是"亲密战友"他们弄的，迟疑了一个晚上，翌日凌晨2点钟，毛泽东坐着武汉空军的汽车离开梅岭一号，踏上了赴上海的行程。

在北京，林彪、江青组织了数万人的欢迎仪式。武汉"七二〇"事件定性，陈再道在劫难逃。

当天，周恩来从北京赶到武汉，并让人尽快找到王力，控制事态发展。王力在军区大院被钟汉华等人接走后转移到某师师部六号楼，又突然神秘"失踪"。原来，保护王力的29师政委张昭剑认为投机机会来了，便隐瞒该师揪王力的事实，谎称公检法、"百万雄师"、"独立师"在搞暴乱，已经包围了29师师部，外面的喊声是要抓王力。于是，王力跟着张昭剑躲到六号楼南侧的小洪山。在山上，王力说："冲东湖有组织，陆海空三军都有。东湖的警卫队长就是'百万雄师'的。武汉的天，不是毛主席的天，武汉的枪杆子，不在毛主席手里。军区班子烂了。他们要变天！"7月21日，武汉空军的刘丰得知王力在29师，便找到张昭剑，大骂武汉军区。张昭剑立即表态："我听空军的。"王力又被转移到武汉空军司令部。7月22日凌晨3点多钟，王力被李作鹏、刘丰护送全山坡机场。刘丰还给吴法宪打电话，称王力是他接出来的，并在以后的报告中说："武汉游行队伍还很多，独立师全副武装，坐着卡车、摩托车，端着上了刺刀的步枪……"吴法宪则向林彪作了汇报。

周恩来22日在王家墩机场召集叶明、孔庆德、李作鹏、刘丰等人开会，让叶明、孔庆德去29师主持军区工作，希望能稳定武汉局势。但是，李作鹏和刘丰在周恩来走后就制造事端。李作鹏叫海军党委给海军驻武汉的单位发电报，说"七二〇"事件是"反革命兵变"，要他们表态"打倒陈再道"，并操纵东海舰队发表了《严正声明》："我东海舰队严阵以待，随时准备粉碎任何反革命暴乱！"刘丰则同吴法宪串通一气，打电话给张昭剑说："武汉军区问题大了，不是一个陈、钟问题，'七二〇'是林彪派邱会作来处理的，武汉军区有鬼！"张昭剑立即宣布29师脱离武汉军区，扬言要把军区领导"统统打倒"，并将叶明、孔庆德赶出该师。

▲报纸关于武汉“七二〇”事件的报道（历史资料）

同一天下午，谢富治、王力飞回北京，林彪、江青组织了数万人的欢迎仪式。当晚，林彪主持了“中央文革小组”全体成员参加的会议，听取了谢富治的汇报，决定把“七二〇”事件定为“反革命暴乱”。处理时分两个步骤：第一个步骤，以中央名义调陈、钟进京，看陈、钟敢不敢来，如不敢来，就证明陈、钟有问题。第二个步骤，起草关于处理武汉问题的中央文件，开一个百万人的欢迎大会，并通知各地举行集会和游行示威。会后，林彪打电话给戚本禹说：“处理武汉问题的两个步骤，第一步和第二步要错开走，以免打草惊蛇。但第二步应当马上着手准备，向武汉、郑州地区的群众进行宣传的传单和报刊宣传的材料，现在就应该开始起草，起草好之后，先经‘中央文革小组’研究，然后再请主席审查修改，主席批准之后再印发。因为这不是一般的、普通的情况，应当报告毛主席。为了打击反动的头子，争取受蒙蔽的群众，提高左派的威信，在传单中需要点明哪些人和哪些组织的名，也请你们考虑，报告毛主席。”“中央文革小组”也向全国发出“紧急通知”，要各地搞“三军联合行动”（即武装游行）来声讨“七二〇”事件。

7月23日凌晨3点钟，中央发给武汉一份电报，要陈再道、钟汉华、牛怀龙、蔡炳臣等15人进京开会。24日凌晨3点多钟，陈再道一行抵达北京，住进京西宾馆九层。上午，北京一伙造反派冲进宾馆，声称要“找陈再道辩论”。由于周恩来的事先安排，傅崇碧立即将陈、钟二人送进电梯，停在两层楼之间。林彪、叶群指使“三军造反派”包围宾馆，并要人张贴“揪出黑后台徐向前”的大标语。叶群让林办工作人员参加游行示威，并邀集江青、关锋、戚本禹等人，到京西宾馆“观阵”，让各总部、各兵种负责同志陪同，乘坐几十辆小车围着宾馆转，以示对造反派的支持。

1967年7月25日下午3时，距天安门前欢迎大会还有两小时，林彪打电话通知“中央文革小组”：“我经过仔细考虑，以为今天下午的大会，我以参加为好。目的在于增加左派的威力，打击右派的气焰。这个欢迎大会，实质上要开成一个示威性质的会，向右派示威，加速右派的瓦解。所以，我觉得参加利多。”江青、陈伯达立即表示：林彪的意见“十分英明”，请林彪“一定参加”。关锋建议，为了“壮大声势”，应请在京汇报的黄永胜、冼恒汉等人参加，而“住西山的那一位（指叶剑英）就可以不参加了”。林彪非常赏识地说：“关锋同志的意见很好，应当壮大声势，并使这个声势扩大到全国去。”果然，陈毅、徐向前、叶剑英等人都没有参加大会。林彪、江青一伙策划的欢迎大会在一片“打倒陈再道”、“打倒军内一小撮”的口号声中结束了。

> 吴法宪气急败坏地窜到陈再道跟前，撕掉他的帽徽、领章，江青称道：“吴法宪有造反精神。”

26日下午，在京西宾馆第一会议室召开扩大的中央常委碰头会上，陈再道等人被指定在第一排站着，不准坐下。会议刚开始，谢富治就抢先发言，称“七二〇”事件是陈再道一伙操纵独立师、公检法、人武部和“百万雄师”搞的“反革命暴乱”，矛头是对准毛主席、林副主席和“中央文革小组”的……紧接着，吴法宪在叶群指使下，声称“陈再道是武汉‘反革命暴乱’的罪魁祸首”，“是镇压革命、屠杀革命群众的刽子手”……他不时将矛头指向徐向前，说什么武汉问题，徐向前是要负责任的，这个责任应当追究……徐向前忍无可忍，愤然离开会场。对于这些指责，陈再道据理抗争，吴法宪等人气急败坏地窜到陈再道跟前，撕掉他的帽徽、领章，对他拳打脚踢，带头搞武斗。这种恶劣行为竟被江青称道：“吴法宪是造反派，有造反精神。”

27日，林彪、江青以中共中央、国务院、中央军委和“中央文革小组”的名义，发表了《给武汉市革命群众和广大指战员的一封信》，信中说：“你们英勇地打败了党内、军内一小撮走资本主义道路当权派的极端狂妄的进攻。你们的大无畏精神和果断手段，已经使一小撮人的叛逆行为，一败涂地。”“全国无产阶级文化大革命的新高潮开始了！”“武汉军区个别负责人，公然对抗毛主席的无产阶级革命路线，反对中央军委的正确指示，煽动不明真相的群众，反对中央，反对中央文化革命小组，竟然采取法西斯的野蛮手段，围攻、绑架、殴打中央代表。”同一天，林彪亲自主持会议，撤销陈再道和钟汉华的职务，由曾思玉和刘丰担任。

“七二〇”事件后，“揪军内一小撮”的运动波及全国。武汉军区的独立师被打成了“叛军”。湖北省被打伤、打残、打死的干部、军人、群众，多达18.4万人。仅武汉市就被打死600多人，打伤、打残6.6万多人。“百万雄师”提供给谢富治名单上的13个人全被逮捕，他们当中的8人直到1972年才被放出来。林彪、江青等人利用“揪军内一小撮”达到了篡党夺权的目的。

自7月26日在扩大的中央常委碰头会上被揪斗后，陈再道便步入了一段极度艰难的日子。他不能理解自己在闯过无数艰难阻碍后却不能过“文化大革命”这一关，不明白为何自己对党和人民从来是一心一意，为何在“七二〇”事件中被人称作“罪人”。陈再道苦苦思索，还没有想出答案，厄运又降临了。一群佩戴造反派袖标的军人闯进陈再道的房间，他们不分青红皂白，粗暴地将陈再道弄到十一楼会议室。随着陈再道的到来，屋里响起了“打倒陈再道”、“陈再道罪该万死”、“敌人不投降，就叫他灭亡”的口号。造反派边喊口号边强迫陈再道交代“罪行”，“老实交代搞‘兵变’的计划！”“交出你的‘黑后台’”。陈再道刚说没搞什么“兵变”，立刻被造反派打倒在地，接着被拳打脚踢，打够了又揪起来，这样来回折腾了一次又一次，他的汗水顺着脸流淌下来，湿透了衣服，又一滴一滴地落在地上，把身下的地板浸湿了一片。“造反派”见强攻不奏效，就开始使软的。他们问：“你听‘中央首长’讲话，为什么不作记录？”“我文化低，跟不上。”“为什么文化低？”“小时候，上学少。”“为什么上学少？”“家里穷，受地主剥削。”这时，“造反派”哑口无言了。从此，批斗会接二连三，陈再道都顽强地挺过来了。

> 林彪发布“一号命令”，把陈再道和钟汉华赶到了江西部队农场。一个意外差一点将陈再道又一次置于死地。

陈再道在京西宾馆被揪斗的情况很快引起周恩来的重视。他以“看起来”的名义，将陈再道等人安排到西山橡皮子沟一个工兵部队的营房里。但这并没有让陈再道等人逃脱“三军造反派”的揪斗。每当太阳落山，造反派就派汽车拉陈再道等人到京西宾馆，批斗从晚上八九点钟开始直到第二天凌晨三四点钟才结束。林彪、江青等人还不甘心，他们将陈再道等人押到三总部、空军、海军大院去接受群众的批斗和“示众”。这种大规模的批斗会，无非让挨斗的人低头弯腰听批判者发言，等批判者发完言，则被揪起后衣领“示众”，然后在口号声中被推上汽车。这与小批斗会相比，陈再道等人受到的“待遇”要好一些。

陈再道在橡皮子沟营房住了两个月左右，又被接回京西宾馆。杨成武传达了毛泽东的三条指示：第一条，好好休息；第二条，注意安全；第三条，有错误就检讨。尽管有毛泽东的指示，陈再道仍然不断地遭到批斗。不久，他又被送到解放军政治学院。批斗的人不仅有“三军造反派”，还有来京学习的湖北、河南的“造反派”。大约在1968年底，陈再道又被搬到总参海运仓招待所，住进了红小楼。当时，人们因为楼上住的是“反革命”分子，故称其为“黑小楼”，陈再道、钟汉华却叫它“红小楼”。渐渐地，“红小楼”的叫法就传开了。在这里，陈再道的处境比以前好多了。除了应付审问、批斗，他可以看书看报，锻炼身体。

1969年，陈再道正在房间里同几个刚进楼的同志聊天，接待室传话说有人找。陈再道不知是谁，匆匆走出小楼。一个熟悉但又遥远的声音使陈再道站住了。“爸爸！”小女儿江平仿佛从天而降一下子跑到他面前。他做梦也想不到这时见到了自己的女儿，几年不见，女儿长大了。陈再道百感交集，不知该说些什么。“爸，你好吗？苦不苦？”女儿急切地问着，眼里还含着泪。“没出息，哭什么？爸不是好好的吗？”“他们说，你跳楼自杀了……”“别听他们胡说，家里你妈都好吗？”父女俩边走边说进了红小楼。从女儿那里，陈再道了解自己走后，妻子被揪斗，家里的东西也被造反派抄走了，两个工作的儿子和三个上学的孩子也因父母问题受牵连。陈再道听着女儿的诉说，眼泪不知什么时候涌了出来，他赶紧扭过身去。到1969年7月20日，他的夫人张双群被“解放”出来，同钟汉华的妻子白之芳结伴来京看老伴。张双群的到来使陈再道一颗悬在嗓子眼的心真正地放下来。这对患难夫妻神情平静，仿佛什么事情都没发生一样，但他们都从对方的眼神里看出这几年所经历的艰辛，他们谁也没有说什么，却彼此理解对方的心意。

1969年10月17日，林彪作出“关于加强战备，防止敌人突然袭击的紧急指示”。10月18日，黄永胜把“紧急指示”以“林副主席第一个号令”下达全军，又叫“一号命令”。军委办事组决定将陈再道和钟汉华送江西部队农场。在有关人员的护送下，陈再道分到江西军区独立团驻高安县的农场，到农场后又被化名陈新，分配到二营机枪连。部队的战士都知道这个“陈新”就是陈再道，他们亲切地称陈再道为老陈。陈再道刚到连队，大家或许由于他的地位或许由于别的原因，总与他保持一种距离。连里干部让陈再道自由活动，可以不出早操。陈再道就利用这个时间爬山、散步。转眼到了春季，连里开始忙着干农活。干部考虑到陈再道的年龄和身体，插秧那天分配他递秧苗的任务。下田插秧是南方最累的农活，陈再道挽起裤腿，接过秧苗，弯下腰干了起来，还开玩笑地说：“这比坐‘喷气式’舒服多啦！”战士见他插得又快又好，都问：“老陈，您插过秧？”“参军前、参军后都干过。”“我说呢，一看就是庄稼能手！”陈再道下田插秧的消息像长上翅膀传遍了连队，战士们觉得新奇，都跑过来看。田头休息的时候，大家围着他坐着，把他当成了自己人，原先的距离和拘束立刻消除了。

农场的生活使陈再道觉得有一种鱼入水、鸟归林的感觉，但除了从报纸、广播中听到一些新闻外，其他各种消息十分闭塞。陈再道同别人一样，想听到一些外面传来的消息，了解外面的形势。终于，在团部小卖部，他听到一位刚从庐山回来的战士说，九届二中全会开完了，国庆节准有人上不了天安门城楼。陈再道想到了陈伯达，他觉得那些篡党夺权的坏人日子不会长了。就在这时，一个意外发生了，它差一点将脱离了林彪、江青一伙迫害的陈再道又一次置于死地。原来，陈再道在房子里点个小炉子取暖。有一天，陈再道感觉不舒服就躺在床上休息。可是，不仅没有好转，反而头疼恶心，四肢无力。陈再道从床上爬起来，想去洗把脸清醒一下，他走到脸盆前，从桶里倒了水，放进盆里的毛巾还没拧出来，突然的头晕目眩使他一下子栽倒在地上。万幸的是，他栽倒的时候恰巧将脸盆碰歪了，水桶也弄倒了，冰凉冰凉的水淌到陈再道的头上、脸上，他慢慢清醒过来。就在清醒的一刹那，陈再道的脑子里闪过一个念头：煤气中毒。头昏脑涨，他使尽全身气力，一点一点向门口爬去。陈再道刚爬到门口，就高喊来人，接着便什么也不知道了。陈再道被送到南昌，住进了省军区的医院。在医生的抢救、治疗下，他很快恢复了健康。令陈再道始料不及的是，曾经在部队执行“监视”的人现在也跟到医院。为了补充一下营养，陈再道在医院自己炖了点肉。很快，有人打小报告到北京。上面来人调查了半天，最后以“没什么”了事。不久，陈再道离开医院，重新回到了农场。

> 党中央发出通知，在武汉市召开大会，为“七二〇”事件平反，威武不屈的陈再道终于看见公正的曙光。

1971年初，福州军区通知陈再道到福州进行体格检查，他没有想到，这次福州之行竟结束了两年来在农场的劳动生活。

陈再道来到福州，临时住在军区招待所里。钟汉华也来到福州，这对“难兄难弟”别后重逢，倍感亲切。福州军区司令员韩先楚向他们传达了上级的三条指示：一是恢复政治待遇，二是好好学习、休息，三是住院检查身体。福州军区总医院的全面检查表明，陈再道除了肺部不大好，身体没有什么大毛病。体检后，陈再道被安排在汤井巷招待所，罗瑞卿和张爱萍也住在那里。陈再道知道了“九一三”事件，“林彪已经自我爆炸，就应该重新审查‘七二〇’事件，作出正确结论”，他想着，心里等待着这一天的到来。

等呀，等呀，1972年6月，中央军委任命陈再道为福州军区副司令员。陈再道重新工作的消息传遍了招待所。

曾迫害过陈再道的江青一伙人并不甘心，他们运用两面派的手法：　方面，江青捎话给陈再道，表示道歉；一方面却在1974年3月中央党校第三期学习班上，把陈再道编在上海组，想利用马天水、徐景贤、王秀珍一伙对陈再道进行斗争。陈再道针锋相对，江青则说他是“翘尾巴”。

1975 年 8 月，陈再道调到军委担任顾问，退居二线。第二年，周恩来、朱德和毛泽东相继逝世，党和国家的命运到了异常严峻的时刻。10 月 8 日，“四人帮”被党中央一举粉碎，全国人民一片欢腾。陈再道在高兴之余，想起“七二〇”事件，想起被迫害的武汉军民，他多次给中央和有关领导同志写信，陈述“七二〇”事件的真相，请求中央重新审查“七二〇”事件。

1978 年 7 月 26 日，中共中央发出通知，决定给“七二〇”事件平反昭雪。11 月 28 日，在湖北省武汉市召开大会，为“七二〇”事件平反。至此，沉冤 11 年的“七二〇”事件终于以其本来面目昭示人间。

陈再道面对林彪、江青等人的迫害，顽强地坚持斗争，终于看到了胜利这一天，他以无愧于一个共产党员的行动，坚强地度过了那段艰难的日子。

第二十五章 杨勇保卫北京军区

杨勇接枪连发九发，发发击中目标。蒙哥马利回国后说：“这要成为我们军事家的一条禁忌：不要和中国军队在地面上交手。”

在北京某部队的射击表演场上，英国元帅蒙哥马利接过一支半自动步枪，瞄准、射击，钢板靶应声倒下。随后，蒙哥马利又把枪递给旁边陪同其参观的一位中国将领杨勇。杨勇没有客气，举枪连续射击，九发子弹，发发中靶。于是，一个是“二战”时欧洲联军总指挥、英国元帅，一个是朝鲜战争后期的志愿军总司令员、中国上将，互为对方精湛的射击技艺而诚服。蒙哥马利元帅回国后，曾在一次记者招待会上说：“这要成为军事家的一条禁忌：不要和中国军队在地面上交手。”

此时，杨勇是中国人民解放军副总参谋长，北京军区司令员。他是叱咤风云的沙场骄子，他是慈爱严厉的父亲，他是璀璨夺目的将星，也是被后人奉为楷模的国家功勋。

古老的浏阳河畔是一片美丽的土地，景色如画，风光旖旎；这里也是一片不屈的土地，受河水恩惠的人民在受尽剥削压迫后，毅然拿起武器，向反动势力发动反击……

1912年9月29日，杨勇出生在这片神奇的土地上，在浏阳县南乡清江村度过他的童年。虽然家境并不富裕，全家还是把杨勇送进小学去读书。

当时正是轰轰烈烈的北伐战争和湖南农民运动蓬勃发展的年代。当地党组织的教育，农民运动的洗礼，使杨勇从小就接受了革命的思想，投身于如火如荼的农民运动中。1926年下半年，他被选为区农民协会组织的儿童团队长，和农民自卫队一起参加对土豪劣绅的斗争。不久，加入共产主义青年团。“马日事变”后，他参加浏阳工农义勇军和农民攻打长沙的壮举。革命转入低潮时，杨勇被迫离家出走，到处寻找党组织。1930年2月，经县委介绍，他正式参加了中国工农红军，同时成为中国共产党党员，并逐步成为一名优秀的红军指挥员。

1934年10月，第五次反“围剿”失败，中央红军被迫进行长征，已成为红四军十团政委的杨勇在团长牺牲的情况下指挥十团浴血奋战，和兄弟部队一道，完成了掩护中央领导机关安全渡过湘江的任务。随后，他跟随毛泽东踏上更艰苦漫长却更有希望的征程。

突破四重封锁，战湘江，浴血夺关津。

赤水娄山飞渡，血染土城滨。

草地雪山横越，塞边枫，耿耿赤诚心。

辟创中兴业，只研朱墨赞忠魂。

1937年7月7日，日本军队开始了全面的侵华战争，北平城卢沟桥淹没在激烈的枪炮声中。

平津告急！

华北告急！

……

中华民族到了最危险的关头。

炎黄子孙们吹响了号角，中国共产党人举起了抗日的大旗，红军改编为国民革命军第八路军，杨勇成为八路军一一五师三四三旅六八六团副团长。

烽火卢沟，平型关前，百战建功。忆吕梁山畔，几番奏捷；汾离路上，三战告成，保卫陕甘，近敌回撤，草木皆兵贼胆惊。

▲朝鲜老大爷送别志愿军兵团司令员杨勇（前排左二）和政委王平（前排左三）（历史照片）

敌羞恼，复致书麾下，一决雌

雄。关山飞渡若风出敌后，挥师太行东，更梁山脚下，聚歼虎狼；潘溪渡口，伏击蛟龙。泰岱云翻，东平湖荡，不斩狂胡心不平。

且把酒，向黄河碧浪，酹祭精忠。

解放战争中，杨勇打出冀鲁豫，跃进大别山，驰骋中原，会师淮海，全歼黄维兵团，突破长江，进军西南，身经数百战，所向披靡，歼敌数十万，解放大片国土，为推翻蒋家王朝、取得新民主主义革命的胜利，建立了卓越功勋。令许多国民党高级将领惊讶的是，自己在战场上的直接对手只是一名三十几岁的年轻军人！

1950年10月19日，中国人民志愿军在彭德怀司令员直接指挥下开赴朝鲜，与朝鲜军民一道顽强地抗击侵略者，使战争格局大变，美军被一步步赶回三八线，并迫使他们同意谈判解决朝鲜战争。从1951年7月开始，朝鲜战争就形成了边打边谈、军事斗争和外交斗争交织在一起的十分复杂的斗争局面。1953年6月，骄纵的美国人和李承晚集团突然无理中断谈判，使情况更加微妙。

杨勇正是在这种微妙的形势下被任命为第二十兵团司令员前往朝鲜战场的，他受命组织指挥金城以南地区的进攻战役，以给敌人新的打击。7月13日夜间，志愿军和朝鲜人民军发起战役，历时14昼夜，歼敌5.2万余人，拉直了金城南战线，收复失地148平方公里，造成了停战后的有利态势，促进了停战的实现。

1955年10月，杨勇被授予上将军衔，并获一级八一勋章、一级独立自由勋章、一级解放勋章；1956年9月，被选为中国共产党第八届中央委员会候补中央委员；1957年，任志愿军司令员。杨勇在朝鲜期间，十分尊重朝鲜劳动党和金日成同志，爱护朝鲜的一草一木，忠实地履行了党和祖国人民赋予的国际主义义务，在共同的斗争中，与朝鲜人民结下了深厚的友谊，并荣获朝鲜民主主义人民共和国一级国旗勋章。1958年志愿军离朝时，金日成亲自送行，平壤市30万群众载歌载舞，与志愿军依依惜别。他们回到北京时，首都人民举行了隆重的欢迎仪式。周总理亲临车站迎接，后又受到毛泽东等党和国家领导人的接见。杨勇也因此成为世界闻名的军事将领。

杨勇从朝鲜回国后，被军委主席毛泽东任命为北京军区司令员。次年10月，又担任副总参谋长兼北京军区司令员。从此他把全部身心投入到人民军队的革命化、现

▲1958年10月30日，中华人民共和国全国人民代表大会常务委员会、中国人民政治协商会议全国委员会常务委员会举行扩大的联席会议，听取中国人民志愿军司令员杨勇作关于“中国人民志愿军八年来抗美援朝工作报告”（历史照片）

代化、正规化建设工作中。他一贯重视军事训练，重视培养部队英勇顽强的战斗作风。在任北京军区司令员的七年中，他抓机关整肃，七载兢兢业业换军区新颜；深入基层，走遍晋南燕北鞠躬尽瘁。杨勇组织开展的全军区群众性大比武活动，受到毛泽东等中央领导人的赞扬。从1965年初开始，杨勇又受命成为数十万北京地铁工程建设者的总指挥，为北京市的现代化建设付出了辛勤劳动。

> 杨勇报告主席：这伙人强行冲击军区司令部，我采取了适当防卫措施。毛泽东幽默地补了一句：“我们就把它当作一次防突袭演习吧。”

1966年，正当年轻的共和国经过17年的求索、拼搏、不断地总结经验而进入了蓬勃发展的大好时期，一场令人头晕目眩史无前例的风暴席卷了华夏大地。大批从长征中走出来的将军们怎么也不会想到，他们已成了这场“风暴”的扫荡目标。

因为枪杆子里面出政权，枪杆子也保政权，林彪副统帅说过：“我对有些大军区还总不放心，他们不听我的话，北京军区、武汉军区尤其严重……要用‘文化大革命’解决这个问题……”

生性耿直、作风正派、疾恶如仇的杨勇司令员也确实做了几件让林副统帅很不放心的事：

60年代初，林彪刚主持军委工作的时候，曾暗示军队高级干部撰文吹捧他，一些干部迫于形势写了“颂德信”，而杨勇却写了《作战中的四个问题》交卷，冒犯了林副统帅。

1965年初，正当贺龙、罗瑞卿、杨勇他们把群众性练兵运动推向高潮时，躲在暗处窥视的林彪跳了出来，指使其妻叶群搞了一个广州军区红一连的所谓“调查”报告，全面否定这次练兵的成就，公然提出了“政治可以冲击其他”的谬论。面对这样的压力，从1月中旬到2月底，由杨勇主持召开了北京军区常委会、党委会和党代表大会，在杨勇和政委廖汉生等的坚持下，党代表大会的决议中写了：“1965年要更高地举起毛泽东思想伟大红旗，突出政治，保证生产、训练不退下来。”就是这句话，在“文化大革命”中，被造反派利用，反复批判杨勇对抗林彪指示，在北京军区以军事训练来冲击政治的所谓“一个突出，两个不退”的罪行。

1966年初召开的全军政工会议，在林彪等人的阴谋活动下，给1964年的大比武定了“方向性错误”的结论。杨勇不但没有及时反省“错误”，而且在军区会议上婉转地否定了关于大比武的结论，同时告诫下面的同志要慎重对待肃清罗瑞卿同志的所谓“错误”的运动。

不久，林彪放出风来：“其他军区的情况都了解一些，唯独北京军区的情况不了解。”这不阴不阳的话，暴露出林彪的一番用心。私下，林彪又让人劝杨勇去见他，表示一下态度。一打一拉的目的，是在逼迫杨勇就范。可是，他万万没想到，杨勇竟然对他一而再、再而三的“努力”无动于衷。

面对当时大势所趋的压力，杨勇明知这样做是要冒极大政治风险的，但是他没有因此而退缩。

林彪究竟要怎样利用“文化大革命”来解决杨勇这个使他不放心的人呢？

他终于向北京军区伸手了！

1966年12月的一个上午，在一个月内“横扫”了沈阳、南京、兰州三大军区的所谓“星火燎原战斗队”，冲击了北京军区司令部大楼，扬言要查抄什么“华北党”，杨勇司令员毫不犹豫地请这群敢于冲击军事要地的狂徒“住”进了地下室。

这个消息可是惊坏了“中央文革小组”的康生大顾问。他立刻尽其诬陷和奉迎之能事，在最高统帅面前狠狠地告了这个不听招呼的杨勇一状。

毛泽东听了康生的报告，自然不会很高兴，他当即要通了杨勇的电话。

当杨勇从激动难抑的秘书手中接过听筒时，心中已有所悟。

“杨勇吗？听说你下令抓人了？”

这开门见山的话语不禁使杨勇有些惊讶，他马上回答：“报告主席，今天上午军区门卫、内卫和值班室都向我报告，这伙人强行冲击军区司令部办公室，砸开了档案室，撬开了保险柜，威胁到核心军事秘密。当时我就在办公室，并没有接到任何通知。既然‘中央文革’没有通知我这是革命行动，我也就无法判断他们是革命左派。因此，我采取了适当防卫措施。……行！主席让我放人我坚决执行。不过，今后如再有无端冲击军区机关者，我建议仍应采取果断措施，以防泄密。”

这坦诚的话语似乎使毛主席也略有感触，他的语气缓和了一下，说：“好嘛，马上放人吧。”接着，毛泽东又幽默地补上了一句：“我们就把上午的事当作一次防突袭演习吧。”

主席的幽默却没有驱散积在杨勇心头的乌云。那些人是什么来头，居然马上引来主席出面保驾，真怪！

其实，那年头的怪事又何止这一件呢？！一个星期前，堂堂的北京军区政治委员廖汉生，就在开着的军区党委会上被抓走了，“隔离审查”的命令还是林彪亲自批的。

杨勇怔了一会，拿起话筒要通警卫员：“把那些人放了！”顿了一下又说：“从今天起，门卫、内卫一律加岗，如有人来闹事，统统给我堵在门外！”

“演习事件”刚过不久，也就是1967年1月21日凌晨，为敲定华北地区的一次军事演习而就寝于京西宾馆的杨勇，身为北京军区司令员，竟在众目睽瞪之下被军区的造反派蛮横地抓走了，直接送到了预先准备好的军区大院批斗会现场。他被一些人强迫着驾了“喷气式”，还被戴上了用铁丝篓子制作的高帽，尖利的铁丝头在杨勇的头上划出了道道血口，鲜血直流。造反派们还野蛮地猛按那顶高帽，想让杨勇低头认罪，承认自己是“三反分子”。

杨勇轻蔑地看了一眼那帮张牙舞爪的小丑，对着台下不明真相的群众，说：“同志们，我杨勇一不反党，二不反社会主义，三不反毛主席。如果我有错误，欢迎同志们批评。”可是，他的呼吁和自白招来了一阵更粗暴的批斗。

从这天开始，杨勇迈上了比他所走过的二万五千里长征历时更长、条件更残酷的阶下囚征程。一小撮阴谋家为了达到他们不可告人的目的，对这位高贵的囚徒进行了无休止的残酷迫害，他的妻子儿女也横遭株连。但是他和他的亲人从没有绝望过，他们在抗争，在期待……

▲1963年1月，时任北京军区政治委员的廖汉生同志在连队与战士交谈（历史照片）

杨勇被隔离审查了，而且

是一次彻底的隔离。林彪一伙为了隔断杨勇与外界的联系，常常在半夜里用遮得严严实实的汽车拉着杨勇在北京周围兜圈子，转上几个小时才又开到新地方，用这种办法把杨勇弄糊涂。可是，不管他们怎么转，只要一到一个新地方，杨勇就能凭着黑暗中远方地平线上的轮廓和地形地貌，准确地说出这是哪儿，驻防的是什么部队。那些"护送"他的人常常又惊又怒，逼问杨勇是怎么知道的。

杨勇严肃地对他们说："我的职责是保卫北京地区的安全，这些地方我都亲自来看过地形，布置过部队，有的地方还不止来过一次，作为一名军人，对于自己曾经勘察过的地方保持清楚的记忆，这是必须具有的基本素质能力，有什么可奇怪的呢？"说到这儿，杨勇又自嘲地说："只有一点我确实没有料到，这些地方会成为你们关押我的看守所！"

为了防备警卫战士与杨勇处久了，产生感情，丧失"阶级立场"，战士们总是隔不久调换一批。然而，军人的感情是朴素的、真诚的，战士对功勋卓著的将军的爱也是无私的，在高压政策面前，他们有的不畏强暴仗义执言，有的表面保持沉默而暗地里对将军采取同情保护的态度。一位看守杨勇的年轻战士，曾冒着受处分的危险为杨勇买来鸡蛋、挂面，并再三劝慰杨勇说："司令员，你要保重身体，国家、军队都需要您！"一位在革命队伍中长大的部队干部，当着看守的面对杨勇说："司令员，您的身体怎样，要多保重呀！"像这样感人肺腑的事情在杨勇囚禁期是屡见不鲜的，这些普普通通的干部、战士关怀着他们的司令员。

失去自由的杨勇也曾苦苦反思着自己的过去，究竟做了什么对不起党和人民的事情，以求找到被审查的原因。反思的结果，却使他从怀疑自己变成了坚信自己，由不安变成了坦然，他感到问心无愧，同时又对自己的无端被拘和长期关押充满困惑。他并不担心自己的处境，他相信太阳终有出来的一天，他在囹圄之中抗争着，期待着……

1969 年 4 月 1 日，中国共产党第九次代表大会在北京召开，毛泽东在讲话中提到了杨勇："……有些地方对干部就是揪住不放，有些人将来还是要工作的，群众理解了，就解放他们。北京的杨勇是怎么回事？……这些人总还是有功劳的吧……"

4 月 28 日，"九大"结束了。5 月 14 日，周恩来总理向党政机关人员口头传达了毛主席在会议上的几次讲话，其中就包括关于杨勇的内容。

然而，身陷囹圄的杨勇是不会知道这些情况的。他唯一可以感受到的却是近来专案组对他的态度更蛮横了，逼供更紧了。

在以后找到的一本杨勇专案组的工作记录上，关于这一阶段的专案工作有这样一段具体指示："在毛主席没有做出新的指示之前，继续按敌我矛盾整，一定要尽快整出个结果来。"后来，一位专案组成员在揭发材料中写道："……1969 年 7 月以后，他们（指林彪一伙在北京军区的追随者）看到形势对自己越来越不利，进一步加紧了对杨勇同志的迫害，决心要在1969年底以前攻下来。在这种情况下，他们要我到‘杨组’加强力量……”

> 造反派千方百计诱逼杨勇自杀，桌上摆着绳子和整瓶的安眠药。有人暗示说：“受不了，你可以死嘛。”

黎明前的黑暗期冀着曙光，但它又被最浓重的黑雾所蒙蔽，所以最显严酷。杨勇正是在这种黑暗中受着煎熬。清早，杨勇就被押着到田里劳动；晚上，专案组搞疲劳审查，整宿的轮番审讯让他彻夜无眠。杨勇被关的地方四周全是稻田，蚊虫特别多。他们既不允许杨勇夜里关纱窗，也不允许挂蚊帐，还把一个200瓦的大灯泡放在杨勇的头顶上，整晚亮着，妄想用困倦、蚊咬、灯烤、饥饿、干渴、罚站等精神和肉体上的折磨配合他们的疲劳审讯来摧毁杨勇的意志。

更卑鄙的是他们还千方百计地诱逼杨勇自杀。他们把杨勇关在五层楼上，撤去哨兵，窗户大开，桌上摆上绳子和整瓶的安眠药。每当杨勇对这种逼供和折磨抗议时，总会有人暗示说：“受不了，你可以死嘛。”有一次，连续几天几夜审讯后，杨勇实在熬不住了，就对他们说：“好吧，你们拿纸来，我按你们的要求交代，可得先让我清醒清醒……”话没说完，杨勇已经倒在椅子上打起呼噜来，整整睡了一天。专案组来催材料时，杨勇在一张纸上写下了曹植的七步诗：“煮豆燃豆萁，豆在釜中泣；本是同根生，相煎何太急？”真可谓“严刑何所惧，浩然正气来”。专案组的人气得暴跳如雷，罚杨勇站了16个小时。看着这些人变形的嘴脸，杨勇硬是紧咬牙关坚持着，不低头认错，结果弄得腿胀脚肿，连鞋子也穿不上，在这样的折磨下能活下来，除了坚定的信仰外，还必须有能够战胜自我的勇气和豁达。杨勇是威慑八方的将军，但他也能使自己成为一个最普通和乐观的人。环境再不好也吃得下，睡得着。有时，专案组的人折腾到半夜，全溜号吃夜宵去了，把杨勇一个人搁在那儿自我反省“问题”。杨勇可不管那套，专案组的人前脚走，他随后也跟着去了。他针对专案组的责难反驳说：“你们能吃，我为什么不能？你们审我是加班，我干了一天活又受你们的审也是加班，夜餐我也得吃。”噎得那帮人哑口无言，只会干发脾气。

将军不是文人墨客，自杀，也不属于曾历经无数死亡和挣扎的战士阶层！

1970年2月，邯郸裴堡农场生产连突然召集紧急会议，指导员对全连官兵说：“受上级命令，我们全连在看守一个叫‘老杨’的‘三反分子’。老杨是个大黑帮，他一贯反对毛主席，反对林副主席，反对‘无产阶级文化大革命’，是个有严重问题的右派。我们与他斗争了好几年，都没能使他认识自己的问题，这足见其反动立场的顽固性……因此，把他下放到我们连里进行劳动改造，一边劳动一边继续作检查。”指导员

▲1964年6月15日，毛泽东观看了北京军区、济南军区训练尖子汇报表演。随后，意犹未尽的毛泽东闭起左眼、睁大右眼，举起一支步枪瞄准。身旁四人为（左起）罗瑞卿、刘少奇、杨得志、杨勇（历史照片）

讲完后，一位上级保卫部门的代表向全连宣布了不准单独与老杨接触；不准老杨单独活动；不准他邮寄信件，要寄必须通过上级党委；不准暴露部队番号；不准私自将报刊和有关文件给他看等“十不准”。而且扬言“如果”谁违犯了这“十不准”，要受党纪军法惩处。

就在动员会召开的同时，被称为“老杨”的杨勇正坐在一辆驶往裴堡农场的北京212吉普车里，另外还有随同前往的专案组的各色人物，这些人坐满了好几辆小轿车。杨勇望着窗外移动着的华北平原，禁不住思绪泉涌：

1946年初，为了使蒋介石政府同意“停止对抗，和平建国”的民众呼声，杨勇率部在刘、邓首长的指挥下参与了打退进攻解放区顽敌的邯郸战役，三战定乾坤，打得伪蒋部队人仰马翻，溃不成军。那是一个将帅、一个军人的骄傲……可现在呢？浴血奋战的沙场，却成了25年后的劳改场。人生何其矛盾、离奇！

刚进入农场的杨勇就感到了一种紧张、沉闷的气氛。他住在一排营房的角落里，单间，对面是专案组的宿舍，房梁连通，纸糊在玻璃上只留下一个小小的监视孔。杨勇诚恳地对战士们说：“我是个有错误的人，十几年来脱离体力劳动，这一次是来连队锻炼的。请大家多帮助，有什么问题，也请同志们指出来，我一定虚心接受。”

会后，一位战士像发布新闻似的对同班的战友们说："我就坐在老杨的后面，我在他坐的小马扎上发现了两个字——杨勇。这个劳改分子就是咱们的军区司令员。"

第二天，专案组人员还在以旅途疲劳为借口蒙头大睡时，杨勇就主动要求随连队下地参加备耕生产。

看着下手利索、不辞劳苦干活的老杨，战士们都有些佩服。负责监视杨勇的二排长米万贵还小心地对杨勇说了句："老杨，你慢点挖不要紧的，可别累着了。"

杨勇高兴地说："没事，没事。"可汗水把他的衣服都浸透了。

1970年4月，北京军区保卫部来了个干部，宣布恢复"老杨"的军籍。杨勇听后，激动得半天说不出话来。为了争回做一名普通战士的权利，杨勇不知斗争了多少个日日夜夜。今天，他可以佩戴上鲜红的领章和帽徽了！杨勇眼中闪烁出更强烈的希望之光。

这是一个战士对军队的眷恋！这是一个老兵对党的忠诚！

从此，老杨在战士们眼中再也不是什么"三反分子"了，关心老杨的战士也越来越多了。

看老杨实在跟不上年轻战士们的早操队伍，来二连负责整顿支部的周其谓对连长说："他这么大年纪了，还跟小伙子们一起跑操，能行吗？"

从此，连长就派六班的一个战士每天早晨陪他一起散步，就算早操。

大田里的活很累，连长怕累着老杨，把他安排在副业班。

杨勇并没有在战士们的照顾下松懈下来，他在副业班依旧认真劳动，还常利用中午休息时间，戴着草帽、挂着毛巾在菜地里锄草。

在裴堡农场期间，杨勇注意了解战士的伙食、生活训练状况、医疗卫生情况等部队建设中的实际问题。事后还有人形容说："将军身遭囹圄灾，犹记当日戍轮台。"

自然，专案组的干将们没有因为战士们的态度发生了或明或暗的变化而放弃对杨勇的迫害，他们仍常来催杨勇交代问题，他们的阴谋活动在其主子彻底垮台以前是不会善罢甘休的。

1970年九届二中全会以后，为了解决林彪集团在全会上所暴露出来的问题，中共中央决定在全党全军开展"批陈整风"运动。杨勇正是在这种"大气候"变化的形势下住进了三〇一医院，他在连队篮球比赛当裁判时摔伤了腿。不久又传出了毛主席对黄、吴、叶、李、邱等人的批评。来看望杨勇的人悄悄地把这些"小道消息"告诉了他。这对深受林彪集团迫害的杨勇来说，确实是一个好的转机。

一天，北京军区有个在运动中受冲击迫害的干部来看杨勇时谈到"华北会议"的情况，劝杨勇向中央揭发原北京军区某些负责人的问题。杨勇沉默了一会儿，却明确表示："这不行。对他们在最近几年的所作所为，我不清楚。道听途说和自己的揣测不能作数。如果他们确实有问题，组织上一定会查清的。"杨勇停了一下，为避免使那位

▲为提高人民解放军的军事技术水平，1964年全军组织了“比武大会”，掀起了群众性的练兵运动。图为（左起）周恩来、贺龙、杨勇等人同参加比武的战士交谈（历史照片）

干部难堪，他又耐心地说：“这几年，我被隔离，谁整我，为什么整我，不能说自己心里一点儿不明白；但仅凭个人的感觉就作为问题向组织上揭发是不行的，心里不踏实。不能因为他们曾不负责地整了我，我就不负责地去整他们。年初我的大儿子小平到邯郸来看我，也提出让我写揭发材料，我批评他不要感情用事，不要看风使舵。他一时接受不了，觉得很委屈。现在，我还是这个态度，一个共产党员无论在什么情况下，都要知一说一，知二说二，实事求是。”

杨勇的态度使来人感到很意外，同时也展现了他那坦荡的心胸。将军就是将军，他一贯坚持抛弃个人恩怨的实事求是的作风。

1971年9月13日，林彪自绝于人民，驾机外逃，摔死在蒙古温都尔汗。1972年5月，中央在北京召开了批林整风汇报会，在周恩来总理的建议下，毛主席提名增补杨勇等三人参加这次会议。

7月，原北京军区司令员杨勇被中央任命为沈阳军区副司令员，杨勇愉快地接受了任命。8月1日，在周恩来的精心安排下，他参加了“八一”招待会，第二天，杨勇的名字正式见报，以这种方式为杨勇公开恢复名誉。

1972年8月3日，杨勇正式赴任沈阳军区副司令员。1973年6月，杨勇又被中央任命为新疆军区司令员、新疆维吾尔自治区党委第二书记。在东北，将军身影辉映白山黑水；调新疆，足迹遍布南疆北疆，成边寓赤子深情。在新疆任职期间，杨勇不顾“四人帮”的高压政策，坚持战备第一、生产第一，成为稳定边疆的中流砥柱。杨勇对南疆铁路、天山公路和乌鲁木齐石油化工总厂这三项造福新疆千百万人民的基础工程倾注了无数心血。

在此期间，他又被“四人帮”及其爪牙多次诬陷为“在新疆搞右倾翻案风的罪魁祸首”、“复辟势力总代表”、“推行邓小平修正主义路线的代理人”等，也曾几次在全国性大报刊上被公开点名。可杨勇丝毫没有退缩，坚决抵住了这股最后的“歪风”，同新疆军民筑起了民族团结的钢铁长城，稳固了祖国的西北大门！

四年冤狱灾，五年成边情，杨勇表现出了一名军人、一名共产党员的高风亮节，真是丹心耿耿，铁骨铮铮。

沙场驰骋著勋业，帷幄运筹赖奇方。
情操永留玉石洁，风范长存军魂赞！

第二十六章 陆定一因何被称为“阎王”

> 八届十中全会后，江青约见中宣部部长陆定一等人，但江青受到了部长们的冷遇，懊恼异常。

对浩瀚的“文化大革命”史料粗加研究就可以体察到：从“文化大革命”初期到“九一三”事发之前，中央内部实际上存在着两股发动、支持“文化大革命”的势力：文人势力，即江青、康生一伙把持的“中央文革小组”；军人势力，即林彪及其追随者在陆、海、空三军中所掌握的部分实权。这两股势力既相互配合，打击共同的“敌人”，又互相排斥，争抢有限的权力。同时，他们又在最高统帅毛泽东的无限权威震慑下，形成表面绝对服从、相互争宠，暗里积聚力量、伺机夺权的局面。

60 年代中期开始，这两股势力就大有腾达之势，得罪其一便祸患无穷。而当时，中宣部部长陆定一的悲剧就在于他同时深深得罪了这两股势力，而且被最高统帅贬斥为“阎王”，以至于他的问题在历次运动的波折中都没有被平反，身经冤狱十三载。而他在 1966 年几个月中的经历更成为 ·部短小的“人间喜剧”。

1962 年 10 月，毛泽东主席亲自主持召开了中国共产党的八届十中全会，并作了《关于阶级、形势、矛盾和党内团结问题》的报告，向全党全民发出了“千万不要忘记阶级斗争”的号召，强调要抓意识形态领域里的阶级斗争，并针对刘志丹的弟妹李建彤写的历史小说《刘志丹》说：“现在不是写小说盛行吗？利用写小说进行反党活动是一大发明。凡是要推翻一个政权，总要先造成舆论，总要先做意识形态方面的工作。革命的阶级是这样，反革命的阶级也是这样。”

毛泽东的话是有针对性的，在当时也是他决心在意识形态领域中掀起大革命的一个预告。这对当时早已不满足于“第一夫人”地位的江青来说却是如获至宝。她恨透了那些曾经压制过她，只把她的地位限制在夫人领域的战将元勋们。1959 年庐山会议倒了一个彭德怀，压了黄克诚、张闻天等人，使她欣喜若狂。而眼前这个可以用文化为突破口抖尽威风的机会，她是不会放过的。

八届十中全会结束没多久，她就利用自己的特殊地位公然要求约见中宣部、文化部的四位正副部长。

在四位高级干部的注视下，江青得意地敲打着手里的铅笔，不阴不阳地说：“深刻理解了主席前一阶段的讲话后，我认为目前在舞台上、银幕上表现出来的东西，大量的是资产阶级、封建主义的东西……”

看了一眼态度不置可否的陆定一，她又进一步暗示说：“你们认为《海瑞罢官》怎么样？我认为很有问题，应当好好批判！”

一直怀着最大耐心听江青“高谈阔论”的陆定一再也听不下去了，他态度坚决地说：“对海瑞进行研究，这是毛主席提出来的。吴晗同志作为一名历史学家，写了几篇评海瑞的文章后，又勇敢地跨行业写京剧剧本《海瑞罢官》，这是一个很好的尝试嘛。现在说批就批，这会影响很多人的积极性。此事不要草率地从事为好！”

陆定一说完，几位主事的副部长也大都表示不能立刻批《海瑞罢官》。

江青此刻虽然懊恼异常，但还是掩饰地摆摆手说：“既然你们都不同意，我们以后再谈吧！”

几乎与此同时，毛泽东指示将用来批判资产阶级权威的 39 个《文学艺术资料》发到党内县一级单位，其中就包括吴晗的《海瑞罢官》和北京市文教书记兼副市长邓拓等人编写的《燕山夜话》等材料。

然而这件事仍没有引起中央宣传部、文化部各级领导的高度重视，在京的几位文艺评论家也拒绝为江青批《海瑞罢官》执笔写作。气急败坏的江青却把这笔账全记在了陆定一头上，她曾几次在工作人员面前表示要采取“措施”。

这位阻碍了江青的成名之路而使其怀恨在心的陆定一，并非战功赫赫的骁将，但他却是一名 1925 年就参加革命的老红军、老战士，是全党有名的马克思主义理论家、宣传家，卓越的新闻工作者。

陆定一，1906 年出生在享有秀水名城美誉的江苏无锡。即使在富庶的江南，年少的陆定一也目睹了无数劳动民众的凄苦流离，他立志要做一名和黑暗抗争的人。早在

▲1946年2月，以周恩来为首的参加政治协商会议的中共代表团和中共参政员秦邦宪在重庆合影。左起：吴玉章、陆定一、周恩来、邓颖超、董必武、王若飞、秦邦宪（历史照片）

1925年，还是南洋大学（交通大学前身）学生的时候，他已是一名光荣的共产主义战士。大革命中，他是共青团中央宣传部长，并主编《中国青年》，这个时期他的文章，对鞭挞黑暗势力、鼓舞青年投身革命，起了很好的作用。大革命失败后，他参加“八七”会议，对陈独秀右倾机会主义的危害有了深刻的认识。在许多人彷徨在歧途、怀疑退缩的时候，陆定一写了《中国革命的前途》一文，以马克思列宁主义为指导，精辟地阐述了中国革命的问题，指出民权革命是中国今日之必需，在无产阶级领导下，与农民结成联盟，必将取得民权革命的胜利，并将转为社会主义革命。实践证明，这些论点正确地反映了中国革命的发展道路。1928年末，陆定一作为中国共青团驻少共国际的代表，同时也是中共驻共产国际代表团的成员之一常住莫斯科。回国后，在王明路线统治时期，他也遭到“残酷斗争，无情打击”。长征后期和东西征中，陆定一担任红一方面军宣传部长。抗日战争爆发后，又任八路军政治部宣传部长、政治部副主任。在这五六年中，他致力于军队政治工作的建设，有不少的创举；同时，大力宣传抗日战争，鼓舞民气军心。

1941年，陆定一由太行回到延安，担任党中央的机关报《解放日报》的总编辑，在毛泽东的领导和关怀下，《解放日报》进行改版，出色地宣传了党的路线、方针、政策，并为无产阶级政党如何办报开辟了一条崭新的道路。他在新闻理论方面也颇多建树，如主张新闻要坚持唯物论的反映论、坚持新闻的本源是事实，坚持新闻实事求是的精神、讲究科学性，为党的新闻事业做出了重要贡献。

1945年初，陆定一担任了中共中央宣传部长。抗战胜利后，作为中共代表参加重庆政治协商会议，在周恩来领导下，与国民党进行了一场特殊的斗争——谈判桌上的斗争，也在民主人士中做统战工作，使政协取得了令人满意的成果。但这纸协议墨迹未干，即被蒋介石所撕毁，爆发了全面内战。在谈判和解放战争的过程中，陆定一写了许多关于政治问题、国际形势、军事动态的言论，揭发国民党破坏政协决议发动全面内战的阴谋，也及时向外界报道解放战争中我军节节胜利的情况。转战陕北期间，他为《解放日报》和新华社写的社论、评论，留下了毛泽东、周恩来修改的笔迹。

新中国成立后，在党的八大上，陆定一当选为中央政治局候补委员，后来又担任中央书记处书记兼中央宣传部部长，国务院副总理兼文化部部长，主管包括宣传、教育、文化、卫生、新闻、出版等工作，几乎涉及意识形态的各个领域，他的许多文章、报告、讲话，反映了当时党中央的方针政策，有些对今天的新闻工作仍然有指导意义。

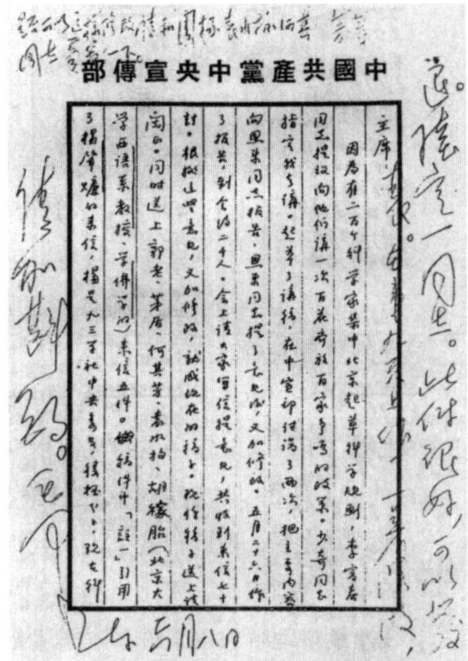

▲1956年6月8日，毛泽东在陆定一送审《百花齐放，百家争鸣》讲话稿的信上的批语（历史照片）

特别值得指出的是，他提出了学术性质、艺术性质、技术性质的问题是要让它自由，即百家争鸣。这和毛泽东先前提出的百花齐放，形成了党的双百方针。他代表党中央在怀仁堂作《百花齐放，百家争鸣》的报告，对于文艺、科学的发展起了巨大的促进作用，至今仍受到文艺界、学术界以及广大知识分子的欢迎。在教育方面，他又提出“教育为无产阶级政治服务”，“教育与生产劳动相结合”。1958年以后，又致力于教育改革的探索，如课程改革、创办农业中学。

在漫长的革命生涯中，陆定一以一支犀利的笔，撰写了大量文章，为中国的革命和建设事业呐喊助威。在社会主义建设关键时期，面对党内日趋严重的极左倾向和人们的狂躁情绪，他却凭着自己对真理的执着追求和信仰，尽量保持着清醒的头脑。他决心不理睬急于建功成名的“第一夫人”江青的利诱，试图顶住一股想在文化宣传领域中引起混乱的歪风。然而，在当时的形势下，他的努力能见效吗？

> 毛泽东对陆定一领导的中宣部提出严肃批评：中宣部包庇坏人，压制左派，是个阎王殿，要打倒阎王、解放小鬼。陆定一由此获“阎王”之称。

尽管江青一心要打开批判的缺口，但是经过多次尝试，她也觉察到在北京是攻不下《海瑞罢官》的。于是，她秘密到上海找到上海市委候补书记、市委宣传部部长张春桥合作，借上海攻北京。1965 年初，江青在上海市市长柯庆施的支持下，与张春桥拍板成交，决定由上海《解放》杂志编委姚文元执笔写作，还决定，此事要对党中央，包括周恩来总理保密。

“保密了七八个月”后，1965 年 11 月 10 日，这篇经毛泽东亲自审阅过的文章终于在《文汇报》上刊登了。接着，毛泽东要求各地报刊转载。

明确拒绝过江青无理要求的陆定一这时已对文章的背景有所了解，但是他和新华社的负责人看过文章后都认为，姚文元在文章的最后一部分把《海瑞罢官》中的学术问题硬与“单干风”、“翻案风”联系，不仅很勉强，而且有故意夸大事实、挑起事端之嫌。所以，陆定一支持当时的北京市市长彭真的做法，拒绝转载姚文元的文章。

11 月 29 日以后，《人民日报》《解放军报》及北京各大报刊在毛泽东的压力和周总理的斡旋下，被迫转载了姚文元批《海瑞罢官》的文章。1966 年 2 月，以彭真为组长、陆定一为副组长，康生、周扬、吴冷西为组员的“文化革命五人小组”召开扩大会议，在搜集整理解放以来许多次学术批判材料的基础上，大部分与会者赞同彭真所说的“吴晗的问题是学术问题，与彭德怀没有关系，不要提庐山会议”的看法。同时表示，对于学术讨论，要强调“学术批判不要过头，要慎重”。陆定一还特别述说了斯大林时代的历史教训，指出“学术批判不能过火，一过火就有反复”……只有康生“力排众议”，坚持说吴晗的问题是政治问题，要同庐山会议的政治背景联系。

根据彭真在五人小组扩大会议上讲话的精神，《关于当前学术讨论的汇报提纲》亦即后来所说的《二月提纲》于 2 月 4 日拟成了。《汇报提纲》提出了在学术讨论中坚持实事求是，在真理面前人人平等的原则，要以理服人，不要像学阀一样武断和以势压人，在一定程度上纠正了长期存在于党内的极左偏差。

此后，《汇报提纲》经政治局常委会议讨论通过后向毛泽东汇报。彭真、陆定一和康生还亲自去武汉向毛泽东当面汇报。

然而，他们并没有真正理解领袖挑起这场争论，进而掀起反修防修大革命、大运动的最终目的。因此，他们越是想限制这场争论的性质和范围，越是容易引起毛泽东的反感。

在 3 月中旬召开的政治局常委扩大会议上，毛泽东专门就学术批判问题作了讲话。他说，我们解放以后，对知识分子实行包下来的政策有利也有弊，现在学术界和教育界是知识分子掌握实权。社会主义革命越深入，他们就越抵抗，就越暴露他们的反党反社会主义面目。吴晗和翦伯赞等人是共产党员，也反共，实际上是国民党，现在许多地方对这个问题的认识还很差，学术批判还没有开展起来。各地都要注意学校、报纸刊物、出版社掌握在什么人手里，要对资产阶级的学术权威进行切实的批判。事后，毛泽东还对陆定一领导的中共中央宣传部提出严肃批评：中宣部包庇坏人，压制左派，是个阎王殿，要打倒阎王、解放小鬼。于是，身为两部部长的陆定一就理所当然地成为了阎王，属于“打倒阎王”的首要选择对象。

> 叶群收到了有关部门转来的信件，打开一看，先是愤恨，继而大哭起来。

屋漏偏逢连阴雨。“祸不单行”，在陆定一受到江青打击之时，他夫人严慰冰也被林彪等人所憎恨。

在北京西城区平安里附近的一条胡同里，有一个被高大的青砖围墙圈住的大院，这便是毛家湾1号林彪住宅。整个宅院的基调是灰色，从胡同里经过的老百姓只能见到门口荷枪实弹的哨兵，似乎更增添了这座院落的神秘气氛。

1966年5月的一天上午，秘书为声威显赫的林副统帅的夫人——叶群送上了几封有关部门转来的信件，叶群打开一看，冷汗直冒，眼前发黑，她先是愤恨，继而大哭起来。

原来这是几封用化名寄来的信。信中无情地揭露了叶群的一段见不得人的历史和腐化糜烂的生活，说她是个假党员，青年时乱谈恋爱，在成为林彪老婆之前就已经同男人发生过性关系。这几封信犹如晴天霹雳在叶群头上炸响。

林彪闻讯赶来，此时，他已接到报告，公安部门经过调查，证实这些匿名信是陆定一的夫人严慰冰书写投寄的。林彪气得面色铁青，大骂陆定一夫妇是反革命、王八蛋。然而，林彪也意识到事情传扬出去的严重性，再加上叶群的挑唆和哭闹，他竟不惜亲自出马，写了一封证明他们结婚时叶群是“纯洁的处女”的书面材料。这份“处女证明”在叶群的命令下送交中央，并恬不知耻地要求中央政治局传阅。

这样一来，林彪、叶群一伙更加不择手段地要把陆定一夫妇打倒。

1966年的春天似乎比往年来的都晚些，都5月份了，从窗口刮进的小风还带着些寒意。

在中南海增福堂的一间书房里，女主人严慰冰正坐在一张铺好宣纸的书案前发呆。她手里握着精心挑选的毛笔，本想就院中

▲陆定一、严慰冰夫妇，摄于20世纪50年代（历史照片）

刚开的几株月季写一段惬意的抒情小诗，可一坐下来就觉得思绪烦乱，锦句难成。首先，是丈夫陆定一自从全国各大报刊全文转载了姚文元批《海瑞罢官》的文章后情绪就一直不稳定，前几天又莫名其妙地被派到外地去做调查；几天之后，她又和自己最厌烦的林彪之妻叶群在特供部门相遇，对方有意挑衅，还同她大吵了一架，弄得很多人在背后议论此事。正在自己最心神不宁的时候，前天晚上，住在她家中的妹妹严昭无缘无故地从梦中醒来，跑到院子里对着一簇花草悲泣连声，问她，只是说觉得世态炎凉，总好像预感到要发生什么不幸的事……严慰冰越想越不安，只得放下笔走到院中来散散心。

这时敲门声传来。她在文化部的领导，一位副部长突然光临增福堂，他连几句寒暄的话都没有，就直截了当地表示此行的目的就是来通知她，中央组织部要找她谈话。严慰冰欣然同意，反正她要找组织部谈叶群的事。可当她说一会儿自己骑自行车去时，那位领导却慌忙说："外面有车子，就是来接你去。"严慰冰不经意地看了一眼那位一直在有意躲避她眼光的领导，又想进屋去换换衣服，可是她刚一挪开脚步就看到那位领导猛地抬起头来直视着她。于是，严慰冰只好停下脚步，只拿了一件外套就随着那位表情尴尬的副部长走出了院门。

她刚走出院门，就看见两名彪形大汉走了过来，一左一右地站在她身体两侧，几乎是不容反抗地把她架上了那辆黑色伏尔加小轿车。这时的严慰冰虽模糊意识到自己可能被诱捕了，可她还是不敢相信这事实，直到她认清那辆车是把自己带到了监狱时才变得愤怒起来，可是已经晚了……

严慰冰从这一天起开始了她长达十三年的炼狱生活！

> 政治局扩大会前，每个座位上竟放了一张林彪证明叶群是处女的亲笔复印件，在中国现代政治史上留下了一大笑柄。

5月6日，身为政治局候补委员、书记处书记的陆定一在安徽合肥作调查研究时，忽然接到中央办公厅负责人汪东兴打给他的电话，通知他立即回北京，参加党的重要会议。

专程来接陆定一回京的飞机升空时，他的情绪不由得也随之升空了。从去年11月上海《文汇报》突然发表姚文元批《海瑞罢官》的文章以来，全国思想文化界都被搅得人心惶惶。到了1966年4月，政治气温直线上升，本来只在军队内部发行的《解放军报》，突然拿着鸡毛当令箭，对全国的所谓大革命问题，气势汹汹地指手画脚甚至发号施令起来，耸人听闻地宣传党和国家已被什么"黑线"、"黑帮"专了政。那个当年上海滩的“明星”江青，正和林彪、叶群打得火热，而毛主席又公开首肯了他们合伙搞的一个什么《座谈纪要》。这个《座谈纪要》虽以“部队文艺工作”为名，内容却与部队风马牛不相及，说的全是党和国家的大事，特别是文化战线的大事，并且是宣传部、文化部所管的事，《解放军报》登的那些火药味特浓的文章、社论等，大都与这个《座谈纪要》有关。这不能不引起人的注意：军报和它后面的人，到底要干什么？

陆定一思绪奔涌，可是，他没有想到自己的政治生涯，也从此走到了顶端。北京等待着他的，不是5月的鲜花，而是自己“政治上的死刑”！他没有想到自己的结发妻子严慰冰，在光天化日之下，从中南海家中被诱捕和绑架，受尽侮辱；连妻妹严昭，也受牵连被非法隔离。他更没有想到自己的家已多次被抄，面目全非。

1966年5月召开的中央政治局扩大会议是“文化大革命”开始的标志之一。在这次会议上，连中央委员都不是的张春桥发表了长篇讲话，会议通过了《中共中央委员会通知》即《五一六通知》，做出了重设“中央文革小组”、批判《二月提纲》、批转对罗瑞卿的处理等决定。林彪在讲话中有意大谈政变经，极力鼓吹对毛泽东的个人崇拜，他又毫不遮掩地大放其辞：“有一批王八蛋，他们想冒险，他们伺机而动。他们想杀我们，我们就要镇压他们！他们是假革命，他们是野心家，他们搞鬼，他们现在就想杀人，用种种手法杀人。陆定一是一个，陆定一的老婆就是一个。他说他不知道他老婆的事，怎么能不知？”

陆定一回京后奉毛泽东之命参加了这次会议。不久，5月20日，中央政治局又开了一次会议，而且很特别，这天本是安排陆定一作前一段“工作失误”的检讨。可会前，在每个座位上竟放了一张林彪亲笔的复印件，题目是“一份庄严声明”：

我证明

（一）叶群和我结婚时是纯洁的处女，婚后一贯正派；

（二）叶群与王实味根本没有恋爱过；

（三）老虎、豆豆是我与叶群的亲生子女；

（四）严慰冰的反革命信，所谈的一切全属造谣。

林彪

一九六六年五月十四日

此份文件在散会时由工作人员取走。在庄严的党的会议上，出现如此不伦不类的东西，只是因为林、叶二人急于遮丑“辟谣”，消除影响，却在中国现代政治史上留下了一大笑柄。

陆定一按时赶到当天的会场。他并没有注意到林彪、康生、张春桥等人的异常表现，只是稍感会场气氛过于严肃，连同志相见时的问好和寒暄也没有了，他也没太在乎。

陆定一的到来使会议气氛更加沉闷，静了好一会之后，坐在陆定一对面的林彪突然对他气势汹汹地喊道："陆定一！你——"

"我，我怎么了！？"陆定一一惊，茫然地抬起头，望着林彪那张气得变形的脸。隔了好一会儿，林彪才缓过一口气来，咬牙切齿地说："你天天在想变天，天天在想变天！"

陆定一莫名其妙地问："变天，变什么天？"

林彪怒气冲冲地说："你讲，你跟你老婆严慰冰，勾结在一起，长期地用写匿名信等办法，恶毒地攻击和诬陷叶群同志和我，还有我的全家！你讲，你们目的是什么？为什么要搞这个阴谋？你立刻向党讲清楚！"

陆定一终于明白了林彪的意思。他扫了一眼莅会者脸上的复杂表情，又强压了压心头的气，用尽可能平静的语气申辩说："这个问题，我可以讲一讲。因为事情的真实情况，并不是——"他抬头望了林彪一眼，"不是刚才说的这样。严慰冰写什么匿名信，我根本不知道，她既没有跟我商量过，谈不到什么'勾结'嘛！我本人也从来没有发现她写了什么信，这个事情，组织上可以调查，完全可以查清楚。"

林彪猛然打断陆定一的话："你狡辩！你自己老婆的事，你怎么会不知道？"

"那不一定。"陆定一实在忍受不了在党的最高会议上被这样蛮横无理地盘问，他挖苦地说，"丈夫不知道老婆干的事，不是很多吗？"

一直处于被审地位的陆定一忽然冒出这么一句一语双关又很富幽默感的话，不禁使在座的人大出意外。这些天不断传闻严慰冰信上的话，加上每人座位上放的"处女证明"，不能不使有些人暗自发笑。

自以为是的林副统帅可受不了这样的奚落，他因极度愤怒而满头大汗，可是嘴巴却使不上劲，张了几下也没蹦出一个字。几分钟后，林彪才猛跺双脚，抬起右手，直指陆定一道："我，我，恨不得，一枪，毙了你！"

看副统帅那架势，仿佛手中真有一把枪，要手刃仇敌似的……真要有枪就很可能使陆定一血溅会场了。

正当林彪因气愤过度而瘫在椅子上时，旁边杀出来一个"救驾"的"程咬金"。只听一个山东腔的男中音吼道："陆定一，你是个特务！"

陆定一只凭声音就判断出了那声音的主人是何人。他瞥了一眼讲话人，冷冷地说："康生同志——"

"谁是你同志？"那声音又响了起来。

陆定一不客气地回敬道："好吧，就算不是。不过，我想提醒一下，现在不是1942年整风时候了，你还想搞延安'抢救运动'的那一套吗？"

延安整风本来是毛泽东倡导的"反对主观主义以整顿学风，反对宗派主义以整顿

▲1963年，毛泽东、周恩来、邓小平、李富春、李先念、谭震林、陆定一、薄一波、聂荣臻等，接见了出席关于青年工作、妇女工作、工业交通企业、政治工作、工商行政工作的全国性会议的全体人员，向群众致意（杜修贤摄）

党风，反对党八股以整顿文风”为内容的普及马克思列宁主义的教育运动，康生却节外生枝地借口审查干部，利用整风运动将大批干部特别是来自白区的知识青年，诬为“国民党特务”、“汪精卫特务”和“日本特务”等，冤屈和伤害了许多同志。此事后来由中央作了纠正，但康生当时的所作所为，却给亲历者留下了极为深刻的恶劣印象。现在康生竟又要故技重施了，陆定一的话正击中要害。

康生一计不成又生一计，他厉声叫道：“好！你敢反对延安整风，整风是毛主席亲自领导的，反对整风就是反对我们伟大的领袖，伟大的统帅，伟大的……”

他还没“伟大”完，会场就响起了不满的“嗡嗡”声。眼看会议开不下去了，康生也顾不得以理服人的道理，他迅速亮出震山法宝：“陆定一，现在我代表中央宣布：从今天起，对你实行隔离审查，老老实实交代你的罪行去！”这次会议也草草宣布散会，算是终止了这场“人间喜剧”。

不可一世的林副统帅和康生恼羞成怒地离开了现场，而“秀才”出身的陆定一却被两个大兵给带走了。根据林彪所述的“他们反对毛主席是共同的”，“他们反对林彪同志是共同的”，“他们都是党内的资产阶级当权派”，“他们有可能勾结在一起”等为理由，“错误”性质不同、工作关系并不密切的彭真、罗瑞卿、陆定一、杨尚昆等人被定性为“彭、罗、陆、杨”反党集团。9月30日，陆定一以“压制左派的活阎王”和“攻击、辱骂毛泽东的亲密战友林彪和他的一家的黑后台”为罪名，被宣布实行“隔离反省”。

> 在北京的陆定一全家无辜受难之时，远在江苏无锡故乡的祖籍旧宅，也被“红卫兵”小将们抄家多次。

在北京的陆定一和严慰冰一家无辜受难之时，远在他们共同故乡的江苏无锡的祖籍旧宅，也被一位“无限忠诚”于副统帅、有高度“政治觉悟”的驻军政治部首长组织“红卫兵”小将们给抄了多次。

叶群听说此事后真是如获至宝，她马上致信那位首长，请他带着那些可能作为陆定一“罪证”的物品进京报告。那位急于向副统帅表衷心的驻军首长到京后，受到林彪和叶群的亲切接见，叶群还安排他住进了北京第一流的招待所，可谓热情之极。

可那些宝贵的“罪证”又是什么呢？不过是些旧日的破烂衣物。其中较有价值的也只是区区几件：陆家长辈曾挂过的几幅画轴，其中有一幅上竟画了个有着顶戴花翎、身穿朝服的清代官员；还有一部残缺不全的“陆氏家谱”，也算是搞封建迷信；最重大的发现是从陆家找出了一顶破陋不堪的青布小轿，这足以说明陆定一曾是一个“反动官僚兼恶霸地主”。为了收集更充分的证据，他们还煞费苦心地从县政府所存的旧档案中，找到几份陆家过去的地契，这才算是“剥削劳动人民血汗的铁证”。最后，就连陆、严两家好一点的锅碗瓢盆也充数作为“剥削”来的实物。

在叶群和陈伯达的精心策划下，一个“陆定一、严慰冰反革命罪行展览会”在中共中央宣传部所属的“孑民堂”积极筹备起来，展示物包括这批翻“祖坟”挖出的小轿、地契、“细软”等“罪证”，还有多次从陆定一在中南海增福堂家中抄出来的中外名著精装本及主人精心收藏的陶瓷、古砚、老京剧名角唱片等“毒草”、“四旧”。

可是当所有这些展品摆出后，展览室的气氛却远不如想象的浓烈，甚至只能显出主人颇为勤俭、朴素等与展出目的大相径庭的效果。但这些是难不倒副统帅夫人的，她大显神通地为展览从国库中拉来的几十捆大面额人民币，外加十几个纯金元宝，还有一些来路不明的绫罗绸缎，为整个展厅增加了许多“辉煌的色彩”。这一卑鄙的招术确实蒙骗了不少善良而狂热的人们，他们看后无不对陆定一、严慰冰这对“反革命”及其“反动家庭”，竟如此“骄奢淫逸”和“穷凶极恶”表示出极大的愤慨和仇恨。

展览结束后不久就在东郊体育场召开了批斗陆定一等人的十万人大会。林彪的秘书曾对这次批斗大会有过这样一段记载：

在会场上十几万“红卫兵”的呐喊下，被批斗的人一个个被带上来，他们都光着脑袋，有的头发被揪得松松乱乱，一大块头皮明显地裸露着，分别由两个彪形大汉反剪着他们的双臂，死死地按着他们的头，步履踉跄地被押向主席台前。他们中有一个长得胖胖的50多岁的人，一上来就在台阶上摔倒了，额角划破，鲜血直流，但由于他的双臂一直被反绑着，那些血只能任其淌下……

这种令人心寒的场面真让人难以想象。我暗想，这样搞，毛主席同意吗？为什么这样残酷呢？而叶群却极为兴奋地看着，一边还满怀遗憾地说：“怎么不见严慰冰呢？”

直到汽车开回毛家湾，她还在念叨那句话。

那次所谓的罪行展览确实使叶群一伙达到了名利双收的目的。首先，从根本上对陆定一和严慰冰判处了“政治上的死刑”，以后再也没人敢提及叶群的那段丑史了；其次，那些展览中整匹的绸缎布被瓜分一空，抄家得来的有用物品被象征性出卖，一件皮大衣“卖”十元钱，一个清代出品的陶瓷花瓶标价五角……一些人真发了一笔可观的“国难”财，以后这种“双丰收”型的展览会很快被推广到全国。

在一场场“人间喜剧”闭幕后，更惨烈的结果显现了出来。

陆定一、严慰冰全家及其亲属一一被打入监牢，受到长期非人的待遇，陆、严二人横遭奇冤十三载，直到十一届三中全会以后才得以重见天日。严慰冰的老母亲、老共产党员过瑛惨死狱中……

个人的悲剧与整个社会的浩劫相比是微小的，但正是无数个微小的悲剧构成了整个社会的大悲剧，并因而造成大动荡、大浩劫。

第二十七章
邓拓栽倒在“三家村”

邓拓慧眼识真宝，果断地收藏了散失在民间的苏东坡名画，没想到这个举动在康生的挑动下一时谣言四起，满城风雨。

1961年春季，一次邓拓从外地出差回来，荣宝斋的画家许麟庐先生告诉他，前几天一位四川来的老先生曾拿着一幅苏东坡的手卷《潇湘竹石图》来荣宝斋询问价格。由于客人要价较高（那时正值三年自然灾害的困难时期），荣宝斋一时难以筹措到钱，因此那位客人走了。邓拓听罢脸上露出遗憾和焦虑的神色，急忙托付这位画家朋友帮助他打听这位不速之客的下落。

不久，许麟庐告诉邓拓，那位收藏《潇湘竹石图》的老先生马上就会路过北京回四川了。邓拓在这期间已从书画界的朋友口中得知那位老先生姓白，他北上探亲的时候曾经把《潇湘竹石图》拿给文物鉴赏家看，被鉴定为赝品，白先生十分生气，携画而去。邓拓当时想，苏东坡的画迹从来只见书载，不见画卷，苏氏的真迹可谓稀世珍宝，不管它是真是假，总不能让这难得的机会错过。更何况，假若此画是真，再次失落民间或遭到不测，那将是国家文化的一大损失。

邓拓的一位绘画师友周怀民先生在他百般思虑的时候送来了一个喜讯：他的家中有一本日本出版的画册，上面印有苏东坡的《枯木怪石图》。

“什么？画册在你手边么？”邓拓的面颊上露出喜悦舒展的神色，立刻驱车同周怀民来到周宅。邓拓细细端详着一张不足一尺见方的珂珞版印刷品，时光荏苒流逝，他似乎被这小小的画面吸进去了。周怀民在一旁详细地向他介绍着苏东坡的绘画特点。

一日，许麟庐带着《潇湘竹石图》的收藏者白先生来到邓拓的家中。进门的这位老者满头银发，清癯瘦削的脸颊红扑扑的，脸上挂着劳累留下的疲惫之色，高高的个子，手中人造革的提兜中露出一截原色木制的方匣。60年代的中国正在天天讲阶级斗争的政治氛围中，所以许麟庐并没有介绍主人，而是说：这位就是白先生，他今天拿来了苏东坡的《潇湘竹石图》，大家准备共同欣赏一番。老人客气地向主人躬了躬身。许麟庐同时对白先生说，这位就是十分有兴趣看您收藏的邓同志。因为许麟庐不愿向来客说出邓拓的身份。寒暄几句之后，大家落座。

邓拓从白先生的手中接过画卷，走到书案前，展开全图，隽逸之气扑面而来。画面上一片土坡，两块怪石，几丛疏竹，左右烟水云山，渺无涯际，恰似湘江与潇水相会，遥接洞庭，景色苍茫，令人心旷神怡。此时，一头银发的白先生静立屏气，似乎在揣测主人的心思。

时间悄无声息地过了一会儿，邓拓才好像从梦中醒来，高兴地对白先生说：“你这幅画我也不能辨别真伪，但从目前情况来看，这幅画的珍贵是毋庸置疑的。我虽然十分喜欢，但是囊中也很羞涩，老先生你看准备要多少钱？”

话音未落，这位老先生扑通一声跪在地下，双手作揖，说道：“这是我的心血，由您保存我就放心了，关键在于我庆幸遇到了知音。”邓拓急忙扶起白先生，口中连连说：“过奖，过奖。在中国古代绘画鉴赏的造诣上，我不过是个学生，完全是为苏东坡的艺术成就和他的气质所感召，入迷而已。再说，有古书记载苏轼流传在世的画迹就《枯木怪石图》《潇湘竹石图》两幅，若我能够有幸珍藏一幅，乃我的幸事。”

史书中记载的宋代大文豪苏东坡的《潇湘竹石图》成了国内研究者和书画家们关注的一件稀世珍宝。八百多个风雨春秋，历史本身就使这幅绘画作品显露出它不容忽视的价值，更何况画作出自苏东坡这位大家之手。因为人们对东坡词的喜爱，对他书法的青睐以及对大文豪潇洒丹青的倾倒，更使得《潇湘竹石图》的身价倍增。然而，关心这幅作品的人也都清楚地知道，在抗日战争中，苏东坡的一幅《枯木怪石图》流失到了日本，侥幸逃脱劫掠的《潇湘竹石图》就更加珍贵了。艺术上的共识使这件事很顺利地谈妥了，定价5000元。邓拓当即付给这位老人2000元，并且答应三天后全部付清。邓拓把荣宝斋经理侯恺先生邀到家中，商定请荣宝斋的师傅来家中挑选他的个人收藏，以凑齐3000元为准。邓拓收藏了《潇湘竹石图》后，为了研究和考证，他从历史博物馆借来历代丝织品的样标，用放大镜细心观察、分析历代丝织经纬的特点；

同时也大量观赏苏东坡不同年代的书法作品，潜心琢磨苏氏《枯木怪石图》的用笔特点，广读苏东坡所用的金石印鉴。为了准确地鉴定此画的真伪，他还请来许多书画鉴赏家、画家共同斟酌、研究。

原来，收藏《潇湘竹石图》的白先生原名叫白坚夫，是北洋军阀吴佩孚的秘书长。在北洋军阀统治时期，白坚夫在北京方雨楼的古玩店中买走了苏东坡的这两幅仅传于世的绘画珍品。其中《枯木怪石图》是方雨楼主从山东的私人收藏家手中买来的，另外一幅是方雨楼主的家传。白坚夫早年留学日本，娶有一位日本太太。他在北洋军阀统治时期，为了讨好日本主子，曾将手中他个人认为画技不精的《枯木怪石图》卖给了日本人，而《潇湘竹石图》却被他视为苏氏的绘画精品，珍藏身边。1931年日本侵占中国东北三省后，白坚夫卖身投敌。“七七事变”后，国民党和中国共产党结成了抗日统一战线，国民党把白坚夫作为汉奸抓入监狱。抗战胜利后，国民党当局释放了白坚夫。他的日本老婆在他入狱期间不辞而别回国了，他出狱后，返回四川老家，从此在政治舞台上销声匿迹。

1961年，全国的经济困难使白坚夫难耐饥肠辘辘之苦，决定把自己收藏几十年的《潇湘竹石图》卖掉，以补贴家用。他曾经专程赶到上海，但是没有能够达到预期的目的，失望地辗转来到北京。他找到自己的旧相识、国家文物管理局文物处处长张珩，张珩自小就喜欢玩赏、鉴定文物，解放前就与白坚夫有过交往。白坚夫把《潇湘竹石图》拿给张珩是希望帮助他定酌，看个价钱。恰逢那两天有位书画鉴赏专家来到张家，这位专家说此画是赝品。白坚夫一气之下卷起画就走了。白先生正走投无路时，巧遇沈阳故宫博物院的杨仁铠先生，杨先生是白坚夫的四川同乡，正在北京开会。他向杨仁铠诉说了他不远千里出来后的甘苦。杨先生听罢向他推荐了邓拓。白坚夫说：“只要能找到个识真宝的知音，钱少我也愿意卖。”

邓拓收藏了一幅苏东坡的《潇湘竹石图》，消息不胫而走，康生、陈伯达，一些和邓拓相识的老同志如萧劲光、傅钟、吴作人、黄胄也登门来观赏。然而，客人中间却有别有用心的人。不久，当时国家文物局负责人在康生的怂恿下散布说，邓拓和国家文物收藏单位抢购文物，也有人诽谤邓拓玩物丧志。一时间几乎闹得满城风雨。

然而，制造谣言的人总是有他心虚的原因。时隔不久，康生就委托别人在故宫博物院为他举办了一个“康生捐献收藏砚台展览”。在这次展览上，展出了康生个人收藏的140余方砚台。可是当1979年再度于故宫举办“康生盗窃国家文物罪行展览”的内部活动时，公布了一个统计数字，康生藏砚竟达到264方，而且收藏的品质之精、数量之多，是国内外收藏家所望尘莫及的。原来，康生在办展览时和故宫博物院有个条件，允许他在展览之后，需要时把砚台拿回家玩赏。结果康生不但在展览后的一年内把展品全部“借回”，而且他把故宫的许多砚台也“借回”家去了。在“十年浩劫”中，康生更是变本加厉，他一次次地到北京市文物局的仓库中，把抄家文物精品库中的砚台“收藏”回家。在这次“康生盗窃国家文物罪行展览”中，属于邓拓的两方砚台也摆在展览柜里。邓拓当时曾经再次请那位专家到家里，让他仔细地鉴定《潇湘竹石图》，并且委托其转告有关部门，如果他们认为此画是苏东坡的真迹，就立刻把《潇湘竹石图》无偿捐献给国家。可是那位专家仍然坚持认为此作是赝品。（80 年代，经多数专家鉴定，最后确认是真品。）君子做事坦荡荡，面对流言蜚语，邓拓请荣宝斋的老画家许麟庐帮助他把自己收藏的古代绘画统统做了挑选，精选出 144 件佳品，经过仔细的斟酌，小心地在画上押上邓拓珍藏的收藏印，然后无偿捐献给了中国美术家协会。捐赠活动无仪式，也没有一纸证书，一切非常平静低调。

邓拓收藏名画的风波结束后，没想到 1966 年的“文化大革命”让他跌入新中国成立后罕见的文字狱。

> 北京的政治空气，密云欲雨，狂风将起，邓拓读了两遍姚文元的文章，感到里面潜伏着一派杀机。

每年的 4 月 5 月，是北京最美好的时节，但是 1966 年的暮春，却成为最郁闷恼人的日子——政治气候狂风将起，有点叫人透不过气来。

也就是这个时期，邓拓一连好几天都几乎从早到晚地坐在书房里，心情沉重而烦躁。他怎么也没想到，自己在忠诚地革命了几十年之后，一场政治大风暴会倏然而至，隆隆惊雷竟首先轰击到他的头顶上。这是他做梦都不曾料到的。

其实，近一两年来，乌云一直在中国大地的上空翻滚。文化艺术界最先领略到了这一点，比如对电影《北国江南》《林家铺子》、戏曲《李慧娘》《谢瑶环》和其他一些文艺作品的批判，在学术领域中对一些哲学、历史理论问题的批判，都是调门越来越高，口气越来越硬，帽子越来越大，早已远离学术讨论、百家争鸣的正确方针。稍有点政治阅历的人都会意识到，这背后一定有名堂，一场新的政治运动已经在隐隐发动。

至于要批判吴晗，邓拓在 1965 年就断断续续听到。开始时，他有点纳闷：《海瑞罢官》有多少可批的？为什么要翻出一个五年前写的戏来批？吴晗又有什么了不得的问题？写海瑞、赞颂海瑞精神，实在也可以说是“遵命文学”，是按毛泽东主席和一些中央首长的要求搞的。有位同志曾经大惑不解地问邓拓：“海瑞精神不是毛主席亲自提倡过的吗？毛主席不是批评过那种不顾人民疾苦的官僚主义者不及封建时代的海瑞吗？”邓拓当时没有回答，心里觉得这位好心的人未免像自己过去那样太书生气了。

其实，五个多月前，即 1965 年 11 月份，上海的《文汇报》就抛出一篇姚文元评《海瑞罢官》的长文。邓拓耐着性子仔细读了两遍，觉得此文完全是装腔作势的吓人战术，根本不是谈历史和戏剧，无非借海瑞为由头，扣个大得吓人的政治帽子。那咄咄逼人的架势，更隐伏着一派杀机。对此，邓拓极为气愤，在随后主持的几次会议上，他谈了自己的想法:要把《海瑞罢官》当成学术问题来讨论，不要扣大帽子;要用商讨的语气，对吴晗对姚文元都一样，否则，文章怎能让作者心服、让读者受教育呢?

吴晗见到姚文元的文章后，找邓拓诉说委屈:“如果真是要讨论对海瑞的评价，我可以奉陪，写文章参加争鸣。但姚文元是在扣政治帽子，我只能保持缄默，以示抗议。试问，我的剧本写在庐山会议之前，当时既不知道彭德怀同志要罢官，又怎么未卜先知地影射 1962 年才发生的单干风和翻案风呢？岂非神话！”

邓拓望着吴晗，只能默默地点点头。吴晗的反批评当然是对的，只是未脱书生气。那个姚文元显然是有来头，有恃才会无恐，同这样的人进行学术争鸣，岂非与虎谋皮！然而，彻底的唯物主义者是无所畏惧的。邓拓在市委的会议和其他场合，仍然严肃地反复强调：应该坚持党的优良传统，正确区别学术问题与政治问题的界限，维护党的思想理论斗争的正确方针。他对市委理论刊物《前线》编辑部的同志就这样叮嘱过:“《海瑞罢官》首先要作为学术问题来讨论。要培养良好的风气，把不好的风气慢慢扭转过来，在真理面前，人人平等，都有发言权，不能一批评就不得了。过火的批评要纠正，不能一棍子将人打死。”

1965 年 12 月，邓拓以向阳生的笔名在《北京日报》上发表《从〈海瑞罢官〉说到道德继承》一文，就学术问题与吴晗商榷，态度平和，其情真，其意诚。

但是，有人却要置《海瑞罢官》于死地。

1967 年 4 月 12 日，江青自己的一段讲话能证明这一点:“批判《海瑞罢官》……张春桥、姚文元为了这个担了很大的风险啊，还搞了保密。”“当时彭真拼命保吴晗，主席心里是很清楚的，但就是不明说。”“因为主席允许，我才敢于去组织这篇文章。对外保密，保了七八个月，改了不知多少次。”“有个反革命分子判断说，一定和批判吴晗有关。那是有点关系，但也是搞戏，听录音带，修改音乐，但是却也在暗中藏着评《海瑞罢官》这篇文章。因为一叫他们知道，他们就要扼杀这篇文章了。”

对于要批《海瑞罢官》和吴晗的内幕，邓拓也隐隐约约听到一点传闻，但他并未深信。可康生、江青等人几个月来的言行，终于使他渐渐地心如明镜：他们想要有所作为。康生其人，平时道貌岸然，俨然一副马列主义理论权威的架势。但邓拓知道他是个翻手为云、覆手为雨的两面派，一掌大权便要整人，尤其是整知识分子、文人的时候，更是心毒手狠。对江青，邓拓也从来抱敬而远之的态度，他说过她是个蛇蝎一样的女人，心胸狭窄，喜怒无常，前两年她心血来潮，忽然要在北京搞“试验田”，搞京剧改革，作为市委文教书记，邓拓不便硬顶，只好借口有偏头痛的病，躲避了晚上陪江青看戏的苦差。看来，这回很难摆脱这两个人的毒手了。

就在邓拓的文章发表不久，林彪、江青合作召开了部队文艺工作座谈会，抛出了全盘否定建国以来文艺工作成就的《纪要》，不仅吴晗和他的《海瑞罢官》要批判，连

▲邓拓（前三）和《前线》部分工作人员在一起（历史照片）

邓拓本人也列入了被批判的行列。1966 年 4 月份，北京市委召开会议，传达了中央精神，要公开批判邓拓参与撰稿的《燕山夜话》和《三家村札记》。讨论时，发言的人不多，冷冷清清。大家似乎都有难言之隐，并对这次大批判感到很不理解。以彭真、刘仁为首的市委们很尊重党中央、毛主席，按照上面的指示布置了要做的事，执行了中央指示精神；同时劝邓拓不要紧张，要正确对待，严格要求自己，注意健康，不要把身体搞垮，希望他放下包袱，轻装前进，将来还要做很多工作。邓拓衷心感激老同志老战友的深切关怀，但是，当他回到家里，孤灯静坐，想起前前后后的事，却总是平息不了满怀压抑、委屈和激愤的心潮。

> 一场巨大的政治灾难终于降到了邓拓一家头上，邓拓成了"三家村黑掌柜"。

据邓拓夫人丁一岚和孩子们的回忆说：那 年的整个春天，邓拓几乎都在沉默中度过。家里很难听到他娓娓动人的话语，再难看到他温文和蔼的笑容。他本来就严于律己，很少同家人随便议论政事，尤其属于党内机密的事，从来绝口不谈。孩子们每周六从学校回家，总见邓拓终日紧锁双眉，连最小的岩岩也不敢多问一句话。大一些的子女，在学校里常听到党团组织和老师的反复教育：“要站稳立场，坚决同反党反社会分子划清界限。”他们爱邓拓，相信邓拓，但他们更要同党团组织站在一起，只能用茫然的、带着恐惧的眼光偷偷地寻思他们最熟悉的父亲。丁一岚那时正参加广播局的“四清”运动，工作紧张，很少回家。报上的文章和来自各种渠道的传闻，使她终日忧心如焚，却难得有同丈夫倾心交谈的空暇。直到后来，她每一忆及，还是悔恨不已。

一进入5月，形势便更加严峻起来。5月8日，署名高炬和何明的两篇文章同时发表了，这对邓拓来说真如五雷轰顶，万箭钻心。翻开报纸，天天的整版篇幅，通栏标题，尽是《铲除反党反社会主义毒草》《坚决同邓拓斗争到底》；打开收音机，从早到晚，也都是“愤怒声讨”、“彻底清除”的声浪。那浓浓的火药味，使邓拓终于明白，这场席卷全国的狂飙，很难说是“文化大革命”。什么“百家争鸣”、“自由辩论”，什么“真理面前人人平等”，什么“思想批判从严，组织处理从宽”，所有这些正常的原则，早被刮得无影无踪，何况他已经被剥夺了辩白的权利，那么，还能说什么呢？

凭着多年新闻工作的经验，他自然清楚那种“声势浩大”、“全国一致”的来龙去脉：一纸电文，一个紧急通知，就能够在一夜之间调动起千军万马。社论、材料、文章、反应依次见报，各条战线先进人物、少数民族代表纷纷出场，反正自有笔杆子捉刀代笔。只要有三五篇、七八篇，就能冠以通栏大标题，“舆论”就造成了。

“群众是对的。”面对着那些足以使人神经高度紧张的报纸版面，邓拓痛苦地抑制住自己的愤慨：“既然宣布我反党反社会主义，那就是敌人，他们理应表示憎恨，群众从来是相信党、相信党报的。”

然而，他扪心自问，自己怎么会变成敌人！？怎么可能成为敌人！？30多年来，即使在敌人的监狱里，在敌后行军、骑在马背上编报纸的日子，他也从未对共产主义事业有半点动摇。即使在1957年被无端斥责为“书生办报”、“死人办报”，他也只是反责自身，默默忍受，如鲁迅说的躲到丛林中自己舔干净身上的血迹。他仍然一如既往、夜以继日地工作，也仍然用自己的一支笔，热情地为社会主义前进的脚印讴歌，为杰出的中华儿女画像。凭什么要诬蔑自己是“反党反社会主义”呢？

邓拓的偏头疼病发作了，并引起他颈部渗血，坐卧都极为难受。老战友杨述来看他，谈到眼前风云，两人心情都相当沉重。

邓拓悒郁地说：“我作了一年以后再弄清问题的准备。”

杨述眯起眼睛，透过深度近视眼镜看了他一会，摇摇头：“我看这一次可能会长些，可能需要两三年吧。”

在1966年5月，人们自然不可能对眼前这场正在开始的历史悲剧作出深刻的剖析。即使是邓拓、杨述这样具有高度学识水平的历史学家和理论家，甚至连符合实际的预见也难以做到。他们空自慨叹：“屈贾谊于长沙，非无圣主；窜梁鸿于海曲，岂乏明时！"只能相对缄默，束手无策。

但是邓拓还有更深的忧虑。

很明显，这场政治风暴，已经将党内斗争推到社会上去了。姚文元已在杀气腾腾地叫喊："不管是'大师'还是'权威'，是三家村或四家店，不管多么有名，多么有地位，是受到什么人指使，受到什么人支持，受到什么人吹捧，全都揭露出来，批判它们，踏倒它们。"还要挖出"最深的根子"。很清楚，诸如"根子"、"包庇"、"后台"这类字眼，岂是某个作者或编辑能够随便加上的？这是明眼人一看便知的。他们的矛头还指向谁？搞倒吴晗，搞倒邓拓，肯定还要搞倒北京市委，搞倒思想文化战线的一大批人，那么，他们究竟意欲何为？

> 被扣上叛徒罪名的邓拓，像落井受伤的麋鹿，被狠心的"猎人"捆住四肢，只能任人宰割。

5月16日，报上发表了戚本禹的文章。文中竟有这么一句："邓拓是一个什么人？现在已经查明，他是一个叛徒。"

叛徒！看到此处，邓拓顿时热血上涌，只觉眼前昏黑，头晕目眩，全身像一片枯叶，在狂风中悠悠荡荡，坠入无边无际的骇浪惊涛。

他想起自己1930年加入共产党时的情景，他想起1937年进入晋察冀抗日根据地后的生活，他想起自己担任边区日报总编辑和新华分社社长职务后的辛勤工作，想起他主持编辑中国第一部《毛泽东选集》时的情景。自己一辈子搞马列主义宣传，怎么会是叛徒？

他禁不住拍案而起，绕室徘徊。这个姓戚的有什么根据这样血口喷人！什么"现在已经查明"！查明了什么？他不能忍受这种凌辱！他要向市委申诉，向中央申诉！思想批判从严，也不能无中生有、肆意诬陷！怎能任意给人戴这么一顶又重又黑的大帽子！

走了几圈，他的心情渐渐平息，终于颓然坐下，犹如一头落井受伤的麋鹿，被狠心的"猎人"捆住四肢，投进囚车，动弹不得，只能俯仰由人。

是啊，历来的文字狱，本来不需要多少根据，也不需要什么人证物证，有时一句话，仅仅一句话，就足够置人于死地了。

"这是怎么回事？"丁一岚一回到家，就急切地问邓拓。她上午在单位看到报上那篇文章，心头就像爆炸了一颗炸弹。她相信丈夫政治上是清白的，怎么可能跟共产党人最憎恨最厌恶的"叛徒"二字连在一起呢？

"纯粹是诬陷！"邓拓愤愤地说，"我两次被捕的情况，抗战初期就在太原向黄敬

▲邓拓与妻子丁一岚在平山（历史照片）

同志讲了。被捕以后，我的组织联系人和我领导的支部都没有受到牵连和破坏。我没有做过任何对不起党的事！这是组织上早就调查清楚，作了结论，写在档案上的嘛！”

邓拓苍白的脸上泛起红晕，他紧咬嘴唇，胸部不停起伏，仿佛一团怒火即将喷薄而出。丁一岚有点慌乱：此时此刻，他那心脏病千万不能突然发作啊！

沉默好久，邓拓喟然长叹：“也许这是中央重新给我作了政治结论。”

屋里本来已经阴冷的空气骤然凝固了。丁一岚没有作声，邓拓的话像一记重锤，沉重地敲击着她战栗着的心扉。

邓拓告诉夫人：今天北京市委派人来通知我说，今后参考文件不送了，还说我也不需要这些文件了，真是岂有此理。戚本禹一句话就代表组织结论吗？这么不严肃。我的历史是可以查的，我要申辩！

丁一岚明白了为什么她黄昏时拖着沉重的双脚踏进家门时，邓拓仍在伏案疾书。

“你今天一天都没有回来。我有好多话要对你说。”

丁一岚静静地在书桌边的小沙发上坐下，不安地期待着。

“一岚，”邓拓缓缓地开口，“我又想了好久，你和孩子们还是同我先分开一段时间为好。家里有姐姐照顾我，不要紧。这样对大家都好。”

丁一岚心乱如麻。他们昨天曾经议过这件事。儿女都渐渐长大了，戴上了红领巾，入了团，思想纯洁得很，眼睛里容不得一粒沙子。蓦然间，他们挚爱的、崇敬的父亲，竟然成了凶恶的“反党反社会主义分子”，成了为人所不齿的“叛徒”！他们不敢相信，又不能不相信，《人民日报》《红旗》杂志都这么登的，还能搞错了吗？在学校里，受到老师的诘问、同学的辱骂白眼，真想回家在妈妈面前痛哭一场，倾诉心中的屈辱和苦处，可是，家里温暖融洽的欢乐气氛，早已变成了阴森森的冰窖，他们又不愿回家，想避开更让人压抑的沉默和无言。妈妈只是叹气，只是嘱咐他们要相信爸爸是好人，不要对爸爸说刺激性的话。这几天，家里人的话越来越少，有时索性一句话也不说，连走路的脚步都放得很轻很轻。

孩子们的凄惶神情和异常举动，自然都落在邓拓的眼里。一阵阵痛楚咬啮着他的心。孩子都是好孩子，怎么也不能连累前途无限的儿女们，那是他的掌上明珠啊！

“好吧，”丁一岚心不在焉地叹口气，“我带孩子们先避开一阵……”

邓拓深情地望着妻子凄苦的脸：“最好明天就走！”

丁一岚心中一怔：为什么那么急？莫非他预感到什么？莫非今天他听到什么消息？不会的，近来他什么会议也不能参加，什么文件也不能看到。但她不忍多问，只是随口应了一声。

“好吧，反正等问题解决了，我们就回来。”

邓拓默然凄笑：“你太傻了！”

二十年后，丁一岚回忆起那个永世难忘的夜晚，仍然气愤满怀，泪珠盈面：“我是太傻了！太单纯了！我当时听不出这句话的分量。那些日子，老邓好几次问我：你说这场运动到底为了什么？我回答不出。当时真的不理解，以为无非又来一场跟过去差不多的政治运动，批几个人。用不了多久，问题搞清楚了，该甄别的甄别，该平反的平反，总相信党是了解他的。谁能料到竟是那么一场使多少人家破人亡的浩劫！真是太傻了！”

> 邓拓以自己的死作为最后的抗争和自白。丁一岚心碎神摇，失声痛哭，想不到竟这样永别。

深夜，北京的街道上纷纷扰扰，但邓拓的家院却是宁谧的。初夏季节，正是一架紫藤萝开花的时候，它在暗夜里散发着沁人心脾的幽香。要是往日，邓拓会挤出一点难得的时间，在它身边赏月观花吟哦，或是端坐在藤椅上把卷凝思，消磨几番春晨夏夜。但今夜，它却显得孤独清寒，真有点“寂寞开无主”了。

灯下，邓拓仍在奋笔誊抄给市委领导的那封信，他要向自己敬重的老领导彭真、刘仁诉说：

……许多工农兵作者都说：“听了广播，看了报上刊登的邓拓一伙反党反社会主义的黑话，气愤极了。”我完全懂得他们的心情。我对于所有批评我的人绝无半点怨言。只要对党对革命事业有利，我个人无论经受任何痛苦和牺牲，我都甘心情愿。过去是这样，现在是这样，永远是这样。

……仔细审阅我写的东西，与报上三次摘要和批语对照，联系自己当时思想，我认为有许多问题要进行具体的分析和批判，例如《说大话的故事》，是我听到当时有些农村又有买卖婚姻和谎报产量说假话的现象有感而发，怎么能说是“妄想煽动人们反对党的总路线，攻击大跃进”呢？《一个鸡蛋的家当》，原是有感于当时有些社队又在搞投机买卖和剥削行为而写的，怎么就成了“要纠集牛鬼蛇神起来推翻我们的党”呢？《两则外国寓言》，写在苏共二十二大以后，所讲的竞技人的吹牛和山雀的夸口，显然是把古巴事件以来赫鲁晓夫之流的嘴脸，比作西方贵族老爷。

他要申诉，他要反驳，明知这样做未必会有好的结果，但是一个共产党员的党性，一个马克思主义者的唯物主义态度，要求他必须这样做。粉身碎骨浑不怕，要留清白在人间！而对这种无耻的诬陷，他只能寄希望于组织。

文章的含意究竟如何，我希望组织上指定若干人再做一番考核。《燕山夜话》和《三家村札记》中，我写的文章合计171篇，有问题的是多少篇？是什么性质的问题？我相信这是客观存在，一定会搞清楚的。

对戚本禹诬陷的叛徒问题，邓拓在信中回顾了解放前两次被捕的情况，给以明确的辩驳，请求党组织作审查。

邓拓，这里用得着你对妻子说的那句话：“你太傻了！”阴谋家将磨得锋利的屠刀搁在了你的脖颈，你还在认真地请组织上指定人去调查核实，还天真地指出“有一些重要地方与原话有出入”，还要驳斥某人将你的《留别人民日报诸同志》一诗解释错了。唉，你也太天真了。“欲加之罪，何患无辞”，你当然明白刀笔吏们的惯技，明白三百年前“清风不识字，何必乱翻书”的卑劣手法，但你还是要全力争辩。

邓拓强抑住心头的隐隐疼痛，委婉地用曲笔进行一些揭露和反击。他不点名地提到了那个几十年一贯以整人为业的康生，说康生在大庭广众下批坏戏时，声色俱厉，好像社会主义的中国即将毁在几出戏上，而他自己看戏却必定点名要看《十八扯》之类。这小小的一击，却击中了康生的要害。康生看到这封信后，一直愤愤于怀，曾经恨恨地骂了一句：“邓拓临死前还咬了我一口！”

在这封长长的遗书的最后一段，人们听到的是一个忠诚的共产党人披肝沥胆的呼喊：

作为一个共产党员，我本应该在这一场大革命中经受得起严峻的考验。遗憾的是我近来旧病又发作了，再拖下去徒然给党和人民增加负担。但是，我的这一颗心，永远是向着敬爱的党，向着敬爱的毛主席。

我要离开你们的时候，让我们再一次高呼：

伟大、光荣、正确的中国共产党万岁！我们敬爱的领袖毛主席万岁！伟大的毛泽东思想胜利万岁！社会主义和共产主义的伟大事业在全世界的胜利万岁！

几十年文章满纸，邓拓已无数次签过自己的名字。此刻，却是最后一次签下这两个字。他感到一阵异常的宁静，也感到突然的疲惫。偶尔抬头，天边一钩残月正在藤萝架上洒落冷冷的清辉。他忽然想起战争年代写给妻子的旧句：“似有难言心事在，行看冷月晚窗移”，心头不由自主地涌起一阵难以抑止的眷恋和哀伤。

肠炎又发作了。他去卫生间的时候，穿过妻子的卧室（为了工作方便，他自己单住一间卧室），看到她睡得很安详，就悄悄地走过去。望着风雨同舟二十多年的爱侣，不禁百感交集，怆然泪下。他让自己稍稍平息一下，又抽出信笺，给她留下最后几行字：

……

我因为赶写了一封长信给市委，来不及给你们写信。此刻心脏跳动很不规律，肠疾又在纠缠，不多写了。

你们永远不要想起我，永远忘掉我吧。我害得你们够苦的，今后你们永远解除了我所给予你们的精神创伤。

永别了，亲爱的。

他在信末注了日期：5 月 17 日夜。其时已是 5 月 18 日凌晨。略带倦意的邓拓，眼前不断晃动报纸上毒汁四溅的文字和桌子上那几瓶为让自己休息好的药物，一丝绝念掠上心头：与其让他们活活折磨死，还不如自行了断，以自己的死作最后的抗争和自白！转眼间，一个刚直不屈的生命毁灭了！

玉碎了。一块晶莹纯洁的无价之宝，被暴虐和邪恶的魔爪无情地毁坏了！

北京市委一接到邓拓死讯，立即派人来整理一切文件遗物。从枕下发现的两封遗书，当即都被收走了。直到 1979 年党中央为邓拓的冤案平反昭雪，丁一岚才第一次读到 13 年前留给她的信。

邓拓死后第五天，他的遗体被秘密地送去火化，按当时组织的决定，用了假名，只允许亲属丁一岚和他的二姐护送遗体，除她们外谁都不知道那白色被单里裹的是谁。丁一岚不顾风险，穿上合身的藏蓝色西装，披上缀着雪花图纹的白纱披肩，向邓拓作最后告别。她从庭院前紫藤萝架上采撷了一束紫藤花，夹在从东单花店里买来的鲜花束中，因为紫藤萝是邓拓生前钟爱的花，就让它像往常一样陪伴旧主人从容远去吧。

丁一岚默默地跟到东郊火葬场，心碎神摇，禁不住失声痛哭。他们从滹沱河畔开始，同生死、共患难 24 年，想不到竟这样地永别。她向遗体献上鲜花，伤心地抚摸着他冰冷冰冷的身躯，反复地低声叮咛：

“云特，你什么也听不见了，你安安静静地睡吧，我和孩子会天天想你的！”

确实，邓拓再也听不到她的话语了！

无情的火葬场吞噬了有情人的话语……

第二十八章
廖沫沙控诉“四人帮”

> 廖沫沙打开刚送来的《人民日报》，赫然在目的大标题令他头晕目眩：《请看廖沫沙的反革命面目》。

1980年11月20日，中华人民共和国特别法庭对林彪、江青反革命集团进行公开审判。12月20日，特别法庭第一审判庭第五次审判江青，在庄严肃穆的证人席上，一位年近耄耋之年的老人，用血和泪的事实控诉江青一伙在“文化大革命”中对自己及同志残酷迫害的无耻行径。他回想起邓拓、刘仁、吴晗、老舍等人及其家属所受的折磨、所承受的不白之冤，不禁心如刀绞，泪如泉涌。他，就是“三家村”唯一幸存者廖沫沙。

此时此刻，一幕幕心痛的往事在廖沫沙的头脑中翻腾再现。1963年5月6日和7日，上海《文汇报》接连两天用很大的篇幅，刊登署名“梁壁辉”的文章《“有鬼无害”论》。这篇文章矛头直指向廖沫沙的文章《有鬼无害论》，指责：“繁星（廖沫沙笔名）同志忽略了鬼神迷信的阶级本质，因而也忽略了它对人民的毒害。所以，他能够很轻松地认为‘有鬼无害而且有益’了。”并生硬地把廖文与两条路线斗争和过渡时期的斗争联系起来，认为“我们就应当注意帮助人们破除迷信，至少也不要去拨动封建迷信的余烬，使其复燃”。

《有鬼无害论》是廖沫沙评论孟超的新编昆曲剧本《李慧娘》的一篇普通文章。

1959年，孟超按康生建议，将明代传奇戏《红梅记》改编为昆剧《李慧娘》，并在1961年秋公演。就在《李慧娘》公演的前一天，《北京日报》社的女记者侯琪亲自送票给廖沫沙，并请他“写一篇”观感。看戏的当晚，廖沫沙在休息室里见到了孟超。一见面，孟超就高兴地告诉廖沫沙：“康生来看过这个戏了。看了之后很称许，说编得还可以。”其实，从1959年孟超改编《李慧娘》起，曾多次请康生提意见，康生非常支持。1960年《李慧娘》彩排期间，康生多次到剧场观剧，主张把李慧娘的鬼魂所戴蓝色穗子改为红色。后来在1961年紫光阁的一次会议上，康生又指令《李慧娘》一定要出鬼魂，不然他就不看。《李慧娘》正式上演之时，他还特意给孟超写信：“祝贺你的成功！”

第二天，记者侯琪就来催稿了。只是廖沫沙觉得自己对昆曲知之不多，是个“门外汉”，为了慎重起见，他重新学习了毛泽东1957年《在中国共产党全国宣传工作座谈会上的讲话》。他读到毛泽东同志主张牛鬼蛇神在舞台上“有一点也可以”，还说“不要害怕人们接触错误的东西”。于是，他文如泉涌，几小时就顺利完成全文，起名叫《有鬼无害论》。文章很快发表在1961年8月31日《北京日报》上，署名为“繁星”。

想不到，就是这样一篇普通却又闪烁着辩证唯物思想的好文章，却遭到了无休无止的围攻。奸诈的康生曾给予《李慧娘》许多无微不至的关怀，1961年10月举行的

▲戏剧《李慧娘》剧照（历史照片）

苏共二十二大前夕，康生还特地请北京昆剧院的工作人员到钓鱼台演出《李慧娘》，并且受到周总理和董老的赞赏。可当他嗅出党的八届十中全会前夕出现新的政治气味时，马上拉下脸，施展他的阴险手腕，以迎合上面某些人的喜好。1964 年 7 月，在北京的一次文艺界会议上，康生竟以一种惊诧的口吻质问北京剧协的同志，为什么“出现了牛鬼蛇神，出现了《李慧娘》这样的鬼戏！”。

蒙在鼓里的廖沫沙当然想不到对《李慧娘》和《有鬼无害论》的批判，是江青与康生有计划有预谋的一次行动。

1965年12月，因为《有鬼无害论》而受审查的廖沫沙还没有“过关”，又被立作了新的靶子。姚文元在《解放日报》上撰文指出:“繁星同志写过《有鬼无害论》，吹捧过《李慧娘》这出反党反社会主义的毒草。而他为《海瑞罢官》动感情的程度、赞扬的激烈，大大超过《李慧娘》。看来，在史学界、文学界，存在某种从繁星、吴晗到‘厉鬼’、‘清官’的‘统一战线’。”于是，不仅吴晗、廖沫沙，凡是当年为《海瑞罢官》讲过几句好话的如侯外庐、孟超、曲六乙等人，连同各地演出或编撰过海瑞戏、清官戏和文章的周信芳、蒋星煜等人，一律被批判成“破门而出”向党进攻。

从 1964 年 11 月中旬一直到 1966 年 4 月，廖沫沙一直在乡下参加“四清”运动。这段时间他的主要工作就是不断地“反省”错误，不断地向上递交检查。其实，被彻底打倒的命运已成定局，几份检查又有何用?

1966 年 4 月 16 日清早，广播电台播发了关于《北京日报》发表《关于〈三家村札记〉和〈燕山夜话〉的批判》的新闻。广播宣读了《前线》《北京日报》的编者按语，文中说:“今天重新登载曾在《前线》发表过的《三家村札记》中的一部分文章和《北京日报》发表过的马南邨《燕山夜话》的摘录。《三家村札记》的作者是吴南星，‘吴’即是吴晗;‘南’是马南邨即邓拓;‘星’是繁星即廖沫沙。”“廖沫沙同志是《海瑞罢官》和《李慧娘》两株大毒草的吹捧者，也是著名的毒草《‘史’和‘戏’》和《有鬼无害论》的作者。他还写了《怕鬼的‘雅谑’》这另一株毒草。他为了反对毛泽东思想，丑化革命派，还狂妄地提倡编一本‘怕鬼的故事’。仅就以上的事实，就可以判明，他绝不是‘不自觉地给资产阶级和封建主义势力向党和社会主义猖狂进攻做了帮手’，而是自觉地反党反社会主义反毛泽东思想的一员主将。”“‘三家村’的结合当然不是偶然的，是共同的反动政治思想的产物。”“《三家村札记》《燕山夜话》中的一些作品和吴晗、邓拓、廖沫沙的其他一些作品正是这一股反党反社会主义黑风的一部分代表作。”广播里的每一个字，像惊雷一样在廖沫沙脑袋里轰响，暴风雨就要来了。

1966 年 5 月，廖沫沙得知邓拓自杀身亡的消息后，心情异常沉痛。可是更大的折磨还在等着他。5 月 8 日，在江青主持下写作的化名“高炬”的文章《向反党反社会主义的黑线开火》以显著的位置刊登在《解放日报》上。它不仅给“三家村”定下了“反党反社会主义的黑线”的基调，还发出了“打倒一大批”的叫嚣。同一天，《光明日报》

以显著版面刊登关锋化名“何明”的文章:《擦亮眼睛，辨别真假》，其中心是强调北京市委“包庇”“三家村”，与“高炬”的文章互相呼应。也是同一天,《解放日报》《光明日报》联合刊载预先炮制好的《三家村札记》和《燕山夜话》的材料摘编，每段都加上耸人听闻的“编者按”。相隔两天，姚文元在5月10日上海《解放日报》和《文汇报》上同时抛出《评“三家村”》的大块文章，对《三家村札记》和《燕山夜话》极尽罗织罪名之能事。这篇全国报刊奉命转载的长文，为所谓“‘三家村’反党集团”的提法定下了调子。

6月24日，廖沫沙打开刚送来的《人民日报》，赫然在目的大标题令他头晕目眩:《请看廖沫沙的反革命面目！》。文章把廖沫沙40年代写的讽刺国民党统治的历史小品《咸阳游》《凤兮，凤兮！》《离殷》等，穿凿附会地加上了“影射根据地”、“影射毛主席”、“吹捧国民党统治”的罪史。廖沫沙被这一出乎意料的诬陷惊呆了。

随着运动兴起，廖沫沙所受的摧残从精神扩大到了肉体。

从1966年5月始，批判、声讨“三家村”的浪潮，一浪高过一浪。到6月，“革命小将”运动兴起，廖沫沙所受的摧残从精神扩大到了肉体。

住在院子里外的青少年，整日开会批判他。夏天天气炎热，廖沫沙身上只穿件汗衫，被“革命小将”推推搡搡拉到院子里，“打倒”之声不绝于耳。他想把问题讲清楚，可哪有他张口说话的机会？他不断地被人推着、扭着。这位从1927年就参加革命活动，1930年加入中国共产党，曾三次被国民党反动派逮捕入狱，始终坚贞不屈的老革命，竟会受到这样的侮辱！他饱含热泪对妻子说:“你不如让我去死了算了吧！”

廖沫沙已经失去了人身自由，他每天被迫到院子里拔草、扫地、扫厕所。由于劳累不堪，他患了脱肛病，也得不到治疗和休息，日夜被“小将”们看管着。一天，市委机关来了一些人，把他家的家具、床铺等搬走，窗帘也给扯掉，其他的东西拿的拿、砸的砸。有一个大汉用皮带抽打廖沫沙的脑袋，打出了一寸多宽的伤口，血流满面。廖沫沙的家属也无一例外地受到牵连。妻子陈海云到文化部机关去上班，被“革命群众”勒令，和电影局的几位同事一起，每人两手捧着一个牌子，上面写着“我是黑帮”的字样，从楼下一直走上六层楼，每层楼转一圈。然后，她被指定进入一间房子，与那几位同事共处一室，墙上贴着“三家村老板娘”、“二流堂主”、“摘帽右派”等标语。

有一天，陈海云下班回家，正巧赶上母亲在厨房熬了一锅粥，那些“小将”们从地上抓起一把把泥土、沙子往锅子里放，并且他们还盛了一碗要陈海云吃，陈海云拒绝吃，他们就从头往下倒，浇得陈海云满身是粥汤。但还不算完，他们在她的衬衣背后撒上蓝墨水，她洗了又洗，可怎么也洗不干净。像这样受侮辱的事，简直太多了，幸好陈海云是一位非常坚强、乐观的人，没有用这些事来过多苦恼自己。她和父母最不忍心、最难受的是看到廖沫沙被人折磨的情景。当时，他们甚至想过：让他去解脱算了，免得受那些侮辱性的折磨。可事实上廖沫沙是不会去死的，他坚信正义的力量，他觉得总有一天问题会搞清楚。如果他自杀了，那些人肯定又会诬蔑他“畏罪自杀”。

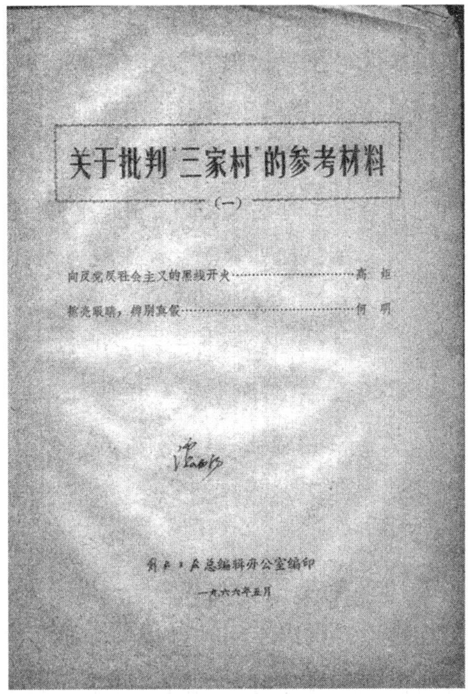
关于批判“三家村”的参考材料
（一）
向反党反社会主义的黑线开火……高炬
擦亮眼睛，辨别真假……何明
一九六六年五月

▲一份关于批判“三家村”的参考材料（历史资料）

从1966年8月中旬到11月初，廖沫沙被通知到居庸关南口附近的“反修堡”集训。所谓“集训”，无非是受侮辱、挨批斗、写检查。在那里他看见了吴晗，因为周围有人，所以彼此没有交谈。即使在这样的情况下，廖沫沙也不失一片赤子之心，在思想汇报中还提出材料上说的“党内机密”不可散布出去。他哪里知道，那样的年代，哪还有“党内机密”可言。

从集训地回来，廖沫沙白天在市委机关劳动，扫地、扫厕所、擦洗墙上的旧标语，别人在夜里11点钟能回家，而他往往被找岔子，被迫劳动到夜里一两点钟才回家。由于感冒咳嗽长期得不到治疗，以致留下了患肺气肿的病根。在受批斗的最初阶段，廖沫沙尽管身心非常痛苦，但他还是诚恳接受批判的。写文章有思想观点上的错误在所难免，他并不认为自己写的文章完全正确，但是后来接连几顶大帽子从他头上扣下来，扭胳膊、喷气式、没完没了的批斗，让他感到这哪里是什么“文化大革命”，简直是恶作剧。他的虔诚之心消失了，代之生出一种滑稽感。

1967年3月17日，一群外调人员到北京市委党校找廖沫沙问话。他们不讲实际，如果回答不合他们要求，就拍桌子、瞪眼，甚至动手打人，愤激的廖沫沙和他们冲突了。他在检查中写道：“在回答问题中，我说过：要讲实在话，我不熟悉XXX这个人，如果叫我胡说八道，我是不干的；我说过，我的罪行已经很大，再加上一条、两条，也没有什么要紧；我说过，你们这样逼供，什么问题也得不到答复；我还说过，即使我罪恶滔天，也“滔”不到天外去；我也说过，我是准备等人民来审判处死刑的，死吓不倒我。”

1967年4月29日，廖沫沙被北京航空学院的“红卫兵”组织揪去，关押了40多天。为了套取口供，他们轮番批斗、审讯廖沫沙。他们见舌头不行，就动拳头，但他们的目的却无论如何也达不到。一齐受到批斗的还有吴晗，吴晗被他们打成内伤，因为得不到治疗，1969年在监所中被迫害而死。在1967年夏天，吴晗和廖沫沙一起被京西煤矿的一个矿区揪斗，共同被人扭胳膊、做喷气式。廖沫沙曾赋诗一首《嘲吴晗并自嘲》：

书生自喜投文网，高士如今爱折腰。
扭臂栽头喷气舞，满场争看斗风骚。

斗之愈狠，信念弥坚。廖沫沙得知吴晗、田汉被迫害致死的消息，痛哭失声，几天茶饭不进。

1968年3月，廖沫沙等一批老干部以“军事监护”的名义被关押进北京卫戍区。关在这里，可以不用被揪去参加批斗会了，但是人身安全并没有因为受到“监护”而有所保障。看守对于老同志总是横眉冷目，颐指气使。廖沫沙在那里吃的是粗粮，常常吃不饱；被褥太薄，冬天冻得睡不着；提出一点要求便会招来斥骂，稍作顶撞就会遭到拳打脚踢。从那时开始，廖沫沙患上了肺气肿和冠心病。

1971年冬的一天夜晚，廖沫沙去解手，看守在后面跟着让他在前面走，看守不断地催促：“快、快。”廖沫沙怕看守吵醒楼道两边的人们，提醒他：“别嚷嚷，大家在睡觉。”不料看守认为这话得罪了他，边骂廖沫沙边往回推。推回囚室后，两三个看守一拥而上，把他按在床上，用抹布使劲往廖沫沙咽喉里塞。然后他们拳脚相加，往他头、脸、身上猛打。看守打累了，廖沫沙挣扎着站起来，把抹布从口中抽出，一看，布上全是血，原来满口的牙都给打坏了。由此，廖沫沙的进食发生了困难：窝窝头很硬，无法咀嚼，一嚼牙就痛。廖沫沙要求治疗，又遭到拒绝。直到1972年春天，上级部门一个不明身份的人来找廖沫沙谈话，他与来人及看守所负责人作了面对面的斗争，他愤怒地说：“你判我两个死判，也只能枪毙一次。反正我就一条命。我今天不跟你谈了。”当即起身拂袖而去。可出乎意料的是两天之后，一部吉普车将廖沫沙送到宣武门外的牙科医院，准许他拔牙和镶牙了。

当身心遭到摧残、冤狱临头、命运未卜的时候，有人万念俱焚、一蹶不振，而有的人斗之愈狠，信念弥坚，不屈不挠。廖沫沙就属于后一种人。

在监所中，廖沫沙仍然坚持学习，用书籍来充实自己。读书的同时，他又慢慢开始做诗、改诗。这些诗作，都收在1985年出版的《余烬集》中。在序言中，他写道：“一切事物都是有发展的，连我挨批挨斗也逃不出这条发展规律。我的‘挨批咒’、‘挨斗经’，念得久了，自然也要起变化，从念咒语发展到背诵旧体诗。起初是背我所记得的《千家诗》头一首：'云淡风轻近午天，傍花随柳过前川。时人不识余心乐，将谓偷闲学少年。'背过两三次以后，觉得这诗的第三句虽有点意思，但一、二、四句的情和景却同我的现状不对味，于是开始了我的改诗'事业'，把这诗改成下面这样：'云淡风轻近午天，弯腰曲背舞台前。时人不识余心乐，将谓偷闲学拜年。'这样一改，我觉得虽然'低级'，倒也够味，情景逼真，形象十足。"

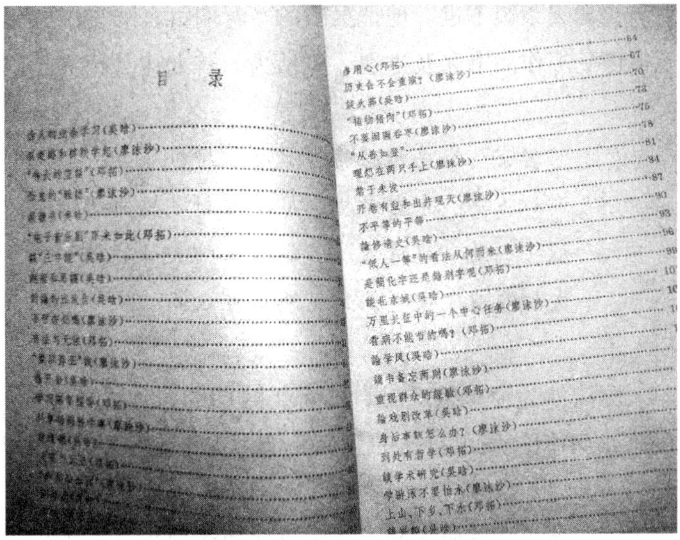
目录

▲《三家村札记》（1966年1版1印）目录（历史资料）

廖沫沙刚开始做诗、改诗，由于没有纸和笔，尽管诗作很多，但由于不能及时记录下来，大部分都自生自灭了。后来到1970年夏天，有一次午饭后廖沫沙抽烟，点烟后吹灭的火柴炭碰巧擦了一下白布衫，留下了一道明晰的黑痕。好！"笔"有了。随即他又把吸烟后剩下的烟盒纸翻拆开来，正好可当作写字的卡片。这样一来，以后再有诗作便可以保留下来了。因为笔和纸都不过是吸烟后的"余烬"，也因为这些诗作以后因家人怕它再惹祸而焚毁了许多，所以结集时取名叫《余烬集》。

廖沫沙是一个豁达乐观、善于排遣痛苦的人。冬天，家属送橘子、柑子进来，他就用手指或大头针把橘皮柑皮刻成一朵朵花，有兰花、菊花、梅花、荷花，然后再拿到暖气片上去烘干，以供观赏。他咏物赋诗，作《咏桔皮花》二首，一为"咏莲花"：

法相庄严胜佛身，斑斓荷叶更天真。
无非妙道皆般若，净土如来在此心。

还有一首"咏兰草"：

一株青翠赠湘灵，九畹贞风寄素心。
不畏严寒和酷暑，幽岩之下度黄昏。

1973年初，从探视的家人口中，廖沫沙得知吴晗、田汉被迫害致死的消息，痛哭失声，几天茶饭不进。他把吴晗的《海瑞罢官》《投枪集》《灯下集》《三家村札记》《朱元璋传》等作品书名及遭遇，概括为一首七律《悼吴晗同志》：

“罢官”容易折腰难，忆昔“投枪”梦一般。
“灯下集”中勤考据，“三家村”里错帮闲。
低头四改“元璋传”，举眼千回未过关。
夫妇双双飞去也，只留鸿爪在人间。

廖沫沙为悼念曾经对自己青年时期的写作给予很多指引的田汉而写下的《哭田汉吾师》，不但抒发了自己的悲痛心情，也迸发出对江青、康生一伙人倒行逆施的强烈愤慨：

巫咸不下问冤情，上帝深宫闭九阍！
纵有安仁能作诔，门生何处可招魂？

后来，当廖沫沙得知林彪自我毁灭的消息后，喜悦异常。想到林彪，正是他，勾结江青搞什么部队文艺工作“座谈纪要”，凶狠地提出什么“挖黑线”的口号，来整治文艺界人士；正是他，指使他的党羽，从批判《海瑞罢官》到批判“三家村”，同江青、张春桥、姚文元沆瀣一气，陷害忠良。当即，廖沫沙赋诗一首《偶感》：

“四汉”“三家”德不孤，秦皇事业化瓦墟。
坑灰未冷心犹热，读尽残篇断简书。

廖沫沙根据“中央专案审查小组”的要求，写了一份全面的检查材料。它别具一格，幽默风趣，亦庄亦谐。

1975年3月17日，廖沫沙根据“中央专案审查小组”的要求，写了最后一篇检查，再次对自身的问题与当前运动的认识写了一份全面的检查材料。这份检查以书信形式写成，它别具一格，既是自我检查，又是自我辩护。

这份检查看上去幽默风趣，亦庄亦谐，在开头他这样写道：“发生了‘通货膨胀’，原定写5页，写了20多页。而且我还删去几大段，没有抄上。怎么办呢？请你们裁度。”“请你们把原稿交打字员打印后送给领导看。因为久不拿笔，且才换一个笔尖，我写起字来非常不顺手，叫它往左，它却往右，气人得很。字写得很不清楚，怕领导看得更吃力。”

廖沫沙在谈到《论“花边文学”》这篇文章时说：“攻击鲁迅先生是犯罪行为，这点我是承认的。”“我写那篇文章之前，和发表之后的一长段时间，我都确实不知道那篇《倒提》的作者是鲁迅先生。我写那篇文章与其说是想攻击鲁迅先生，倒不如说我当时的本心是在替他鸣不平，为他出气。”“而鲁迅先生是左翼的旗帜。我是从上小学起就爱读他的文章，他是我最崇拜的前辈之一；他对我的一言之赞，我是如得九鼎的（这比喻不当，得九鼎是当皇帝，我并没有当皇帝的想法，不过是言其重大而已）。”“这就是说，那时写文章互相攻击或互相支援呼应，往往是瞎着眼睛放炮。谁也不知道对方是谁。”“冤就冤在这里。我是那年的八九月间被党调去做秘密工作，我不但搬离原住处，并且与一切熟悉的人断绝往来。冬天我被捕。在巡捕房挨打受苦，怎能知道是攻击了鲁迅先生，并向他写信道歉、解释呢？”

谈到对于运动的看法时，廖沫沙写道：“我去年读到列宁的著作，读到他在1923年写的最后几篇文章，发现他也多次提到‘文化革命’这个名词。细看他所提出的‘文化革命’的内容和意义，再参照他在其他许多著作（如《伟大的创举》《共青团的任务》等）中的有关论述，我认为列宁所提的‘文化革命’，同我国当前的无产阶级文化大革命的内容和意义，不能说完全一致。”“由此我得出一个结论，我国的无产阶级文化大革命是我国历史的必然发展。”“而这个历史发展的必须性的导火点或着火点，竟然落在对‘三家村’的批判上，这却是历史的偶然（当然从‘三家村’的三个人本身来说，这还是必然的结局）……”

在关于“三家村”问题上，廖沫沙说：“总起来说，那些东西是一笔糊涂账。糊涂在哪里？糊涂在那时和那时以前的几十年我是个‘三未通’：读马列和毛主席的书一窍未通，对革命（包括阶级斗争）一窍未通，对自己写文章是在干什么也一窍未通。”“毛主席在《改造我们的学习》中讲到我们这类人时，引用过一副对联：‘墙上芦苇，头重脚轻根底浅；山间竹笋，嘴尖皮厚腹中空。’一字不差，每一个字都落在我的身上。”

在陈述了他和“三家村”邓拓、吴晗的关系之后，廖沫沙写道：“在前述的几个问题上我都犯有严重的政治性错误。不过，这回挨了打，倒把马列书和毛主席书读懂了一些，读进去一些。若没有这场斗争，我一辈子也莫想读通这些书。”“但为了党的利益，革命的利益，为了惩前毖后，我保留将来向党的领导同志（只向党的负责领导同志，不向任何别人），汇报几件突出的虐待人的行为，以便今后在运动中有所注意。”“如果我还得在这里待下去，那就请求两件事：一是给我笔和纸；二是准许我除开马列之外，还能看点古籍。”

综观整篇检查，字里行间掩映出廖沫沙问心无愧的坦荡胸襟。即使在极恶劣的环境中，他也刚正不阿，表现出一个真正共产党人的高贵品行。

> 廖沫沙的流放地点是江西省分宜县芳山林场。意图再明显不过了，希望他与世隔绝，老死终生。

1975年春天，张春桥发表了他那篇《论对资产阶级的全面专政》，全国的政治空气又是一阵紧张。5月中旬的一天，陈海云接到中央专案组的一张纸条，要家属给廖沫沙准备一块手表，另外还要求准备一个旅行袋，等等。5月28日、29日廖沫沙得到通知，要被下放到江西。

廖沫沙的流放地点是江西省分宜县芳山林场，远离县城一百多里地。流放在这样偏僻的荒山野岭里，意图是再明显不过了，是希望他与世隔绝，老死终生。而由于廖沫沙在路上被解除了监护，又是乘坐软席卧铺，又是沿途优待，使他产生了错觉，以为不久就会返京与家人团聚了。可就在8月份，中央专案组的人来到芳山林场，向廖沫沙宣布"审查结论"："罪状"之一是他当过"叛徒"；"罪状"之二是攻击鲁迅，写"三家村"反党文章。结论是"清除出党"。一听这样的结论，廖沫沙怒火万丈，大喝："你们这样搞不对，完全不合事实！"专案组的人说："我们是代表中央的。"廖沫沙气愤地驳斥："你们代表的是哪个中央？林彪还说他是中央呢！"廖沫沙拿起桌上那份书面"结论"，往专案组人员的头上掷去。专案组人员从地上捡起来，要廖沫沙签字，他提笔写道："上述结论我完全不同意，回北京陈述。廖沫沙。"这一次打击实在是太沉重了，廖沫沙气得血压骤升，头晕目眩，浑身发抖，小便失禁，幸亏当时来探视的女儿小云在场，小云学过中医，他才没出意外。

令廖沫沙稍感安慰的是，林场的干部、职工给了他亲人般的温暖。根据中央专案组的决定，廖沫沙本来是要被监督劳动的，但林场党委书记李岳华等同志，将廖沫沙安排给培育树苗的一名青年带着劳动，让他量力而行。结果是他每天只需要在屋前后锄草一两个小时，做做样子给人看。林场还专门为廖沫沙订制了一把只有一斤重的锄头。林场的医生是湖南人，对廖沫沙的身体也十分关心，每次都给予精心的治疗。特别可敬的是林场的许多群众所给的无微不至的关心。1976年春节，是廖沫沙在林场过的第一个春节，林场的领导和许多群众纷纷来邀请他去家中吃饭，一家又一家，接连不断。还有好些人家送来自制的米花糖、炸红薯片。如果推辞，老乡们就不高兴，只好收下。像这样的事真是数不胜数。

1976年10月中旬，粉碎"四人帮"的消息传到了林场。和全国一样，林场顿时沸腾起来。廖沫沙欢跃而起，当即写下《十六即兴》：

女弟春申寻过客，水银灯下且销魂。朝云暮雨神仙洞，大地风雷白骨

生。（其一）

钓鱼台下风涛险，昆明池里剩微波。高唐旧梦终难续，落叶哀蝉唱挽歌。（其二）

1977年7月，党的十届三中全会决定恢复邓小平同志的一切职务，永远开除“四人帮”党籍。廖沫沙为此又赋诗一首《听广播，闻喜报》：

又听中天传喜报，苍生久渴望东山。
妖氛荡涤乾坤净，一片云霓出雨间。

接下来的形势日趋喜人，党的“实事求是，群众路线”的优良传统得到恢复，一批批冤假错案得以平反，高等学校恢复了招生考试制度。喜讯接连传来，廖沫沙想到自己的冤案平反的日子不会远了，不禁心潮澎湃，又赋诗一首：

陡峭攀登凌绝顶，群峦起伏若奔龙。
将军已老心犹壮，跨石披荆欲挽弓。

1978年的春天，冰雪消融，大地苏醒，春天又回到人们身边。随着全面拨乱反正

▲1980年12月12日，特别法庭第一审判庭第五次开庭审问江青。受害人廖沫沙出庭作证（刘少山、崔宝林摄）

的展开，“三家村”昭雪有望。在家属的要求得到批准后，廖沫沙于3月回京治病。

回京不久，廖沫沙向中共北京市委递交了一封申诉信，信中说：“过去写的文章，思想认识上的错误在所难免，只要是善意的批评，我诚恳地接受。但是对于林彪、‘四人帮’的所谓批判，一个字也不能接受。”“我对党对人民是无罪的。”“我坚决相信，我亲自参加并为之奋斗几十年的亲爱的党，终有一天会为我做出实事求是的结论。”很快，北京市委成立了关于邓拓、吴晗、廖沫沙“三家村”一案的平反小组，加速开展工作。

1979年2月22日，《人民日报》发表了署名“任文屏”的文章《一桩触目惊心的文字狱——为〈三家村札记〉、〈燕山夜话〉恢复名誉》。“编者按”指出：“最近，中共北京市委作出决定：推倒林彪、‘四人帮’一伙强加在‘三家村’头上的一切诬蔑不实之词，恢复邓拓、吴晗、廖沫沙三位同志的政治名誉。10多年的沉冤得到昭雪，这是坚持党的实事求是精神、拨乱反正的又一重要胜利。”文章说：“林彪、‘四人帮’一伙出于篡党夺权的反革命需要，制造了轰动全国的所谓‘三家村’反党集团的文字狱”，“邓拓同志很快就被迫含冤而死；吴晗同志在残酷的打击迫害下，也离开了人世；廖沫沙同志在精神和肉体上也遭受了极大的创伤”。

同年8月2日，新华社发出了“经中共中央批准，中共北京市委正式决定为林彪、‘四人帮’一伙制造的所谓‘三家村反党集团’冤案彻底平反”的报道。决定撤销原中央专案审查小组办公室对邓拓、吴晗、廖沫沙三位同志作的错误结论，恢复这三位同志的政治名誉；恢复邓拓、吴晗同志的党籍，恢复廖沫沙同志的组织生活。

冤案昭雪后，《三家村札记》《长短录》《分阴集》等书籍重新出版了。京剧《海瑞罢官》、昆曲《李慧娘》也重新上演了。1980年12月12日，这个廖沫沙终生不忘的日子到来了，被诬陷为“很厉害的特务”的革命者，终究站在了人民法庭的证人席上，而那位自诩为“文化革命旗手”的阴谋家江青，则永远成了人民的阶下囚。

正是：一生不屈邪魔道，终使春去春又回。

第二十九章
被“漩涡”吞没的周小舟

周小舟跟毛泽东同乡，因为年轻有为，毛泽东对他十分器重。

在“文化大革命”期间，古老的中国大地上演出了无数人间悲剧，原湖南省委第一书记周小舟之死，就是这无数悲剧中的一个。

那是1966年12月25日的晚上，周小舟在被批斗完回家后，又接到造反派的勒令，要他次日8点钟报到，参加集中反省。再也不能忍受侮辱的他拿起了枕头底下的安眠药瓶……

周小舟为什么会含冤求死呢？让我们把历史翻回到那令人难忘的岁月吧。

周小舟原名周怀求，字元诚，1912年11月11日（民国元年农历十月初三）出生在湖南省湘潭县黄荆平乡狮龙桥的一个地主家庭，与毛泽东同乡。周怀求这个名字从出生到北平师范大学毕业的20多年中一直沿用。1936年，改名周小舟的他作为中国共产党的代表，去南京与国民党代表举行谈判。这一年，他只有24岁，可谓风华正茂，意气风发。在他四次前往南京后，于1936年8月去延安向党中央和毛泽东汇报，之后调到中共中央军委，担任毛泽东主席的秘书，就正式定名为周小舟。

在担任毛泽东秘书的两年多时间里，他学到了实践中的马克思主义。此时正是毛泽东思想迅速发展并渐臻成熟的黄金时代，他极佩服毛泽东敏锐而独特的思维，佩服毛泽东渊博的知识和雄伟的韬略，甚至连写字都向毛泽东学习。

毛泽东对周小舟也颇为信任，他先派周小舟去新疆盛世才处做工作，以扩大统一战线并开拓与苏联的联系通道。周小舟去了以后，做了不少工作，出色地完成了任务。之后，毛泽东又推荐他去山西阎锡山处开创局面，他兢兢业业，胆识并用，调度有方，终于不辱使命。毛泽东对他评价很高，认为他是一个可堪造就的人才。

为锻炼周小舟的才能，1938 年秋，毛泽东派周小舟到抗日战争最艰苦、最残酷的敌后根据地去工作。于是，周小舟离开了延安，来到了晋察冀抗日根据地，直至全国解放。

> 周小舟把湖南搞得有声有色。毛泽东高兴地讲："你已经不是'小舟'了，你成了承载几十万人的大船了！"

1949 年 8 月，周小舟听从中央调令，回到了他阔别 16 年的故乡——湖南，8 月 5 日晚，进驻长沙。

在湖南，周小舟先后担任中共湖南省委宣传部长、省土改委员会主任、省农民协会主席、湘西区党委书记和湘西区军区政委、省委副书记、省财委主任等职。一张旧床，一张书桌，两个木沙发，一个洗脸架，便成为他办公室的全部财产。1953 年，他担任湖南省委书记（后改称第一书记），兼任省政府副省长、省政协主席、省军区政委，开始全面主持湖南省委工作。在此期间，他废寝忘食，励精图治，兢兢业业，奋发有为，为造福桑梓做了大量有益的工作。

当时，由于所有制问题没有很好解决，醴陵瓷业的生产一度萎靡不振。于是工业厅党组提出把地方国营、公私合营的手工业合作社联合起来，成立醴陵瓷业公司。可是，国务院批转的文件又明确规定，凡 1955 年以前建立的手工业合作社的所有制一律不动。怎么办？是坚决执行上级指示，还是结合湖南的实际情况，灵活地加以贯彻？周小舟反复斟酌之后说："国务院的文件是面对全国而言的，我们想法，是针对醴陵瓷业这一特殊情况而言。因此，可作不同的处理，但要报国务院批准。"后来他请示陈云同志，得到支持。1956 年 5 月，周小舟见到毛主席，将此事向毛主席作了汇报，毛主席也表示赞成。

周小舟在给毛泽东担任秘书的两年多时间里，深刻地体会到"实事求是"的重要性，因此，他对于说假话、空话、大话的人深恶痛绝。有一天，省委宣传部长唐麟向周小舟汇报工作时问：邻近几省有的提出一年消灭"四害"，有的提出三年消灭"四害"，湖南怎么办？周小舟请唐麟提个意见，唐麟说咱们与邻省差不多吧。周小舟平时待人从不发脾气，这回竟勃然变色。他说：“这是胡说，这绝对办不到。”唐麟一时惊得目瞪口呆。周小舟解释道：“中国这么大，人口这么多，生产这么落后，三年能消灭‘四害’吗？恐怕十年也不能做到。”

▲周小舟（左一）、罗瑞卿等陪同毛泽东外出视察（历史照片）

对于合作化运动，周小舟强调，要做深入细致的思想工作，要贯彻自愿互利的原则，个体农户加入互助组、合作社，要真正做到“口愿心愿全家愿”。在工作中，既要考虑到小农经济的特点，不可有过快过急的要求，又要逐步引导提高，按照社会主义原则加以改造。他认为，合作化必须有步骤地进行，防止盲目地贪多贪大的倾向。因此，湖南省委对农业合作化的速度采取有所控制的政策，即发展一批，巩固一批，再发展一批，波浪式地前进，很好地贯彻了稳步前进的方针。但到后期，也未能摆脱“左”的影响，步子迈得过快，超越了客观实际。当然这个问题是全国性的，不是湖南一个省的问题，周小舟一个人也无法扭转当时的局势。

1956年6月，毛泽东来湖南视察工作，看到湖南的工作搞得很好，非常高兴。他对周小舟说：“苏东坡讲‘驾一叶之扁舟’，那就是‘小舟’，你已经不是小舟了，你成了承载几十万人的大船了！”这是毛泽东对周小舟主持湖南工作以来一个总的评价，这评价是很高的，也是经得住时间考验的。

> 1958年大跃进，他坚持实事求是，反对放“高产卫星”，结果被插了白旗。

1958年，中国的大地上掀起轰轰烈烈的大跃进和人民公社化运动。党的机关报《人民日报》上不断发出惊人的报道，如河南小麦亩产7000斤，湖北稻谷亩产3.6万斤，广西水稻亩产13万斤的所谓“高产卫星”，等等。

周小舟坚持实事求是，反对放“高产卫星”，结果被插了白旗。

8月份，中央政治局在北戴河召开会议后，全国出现了大炼钢铁和人民公社化运动的高潮。以高指标、瞎指挥、浮夸风和“共产风”为主要标志的“左”倾错误也随

▲1958年6月，上海人民美术出版社编印的《大跃进墙头画报》创刊号（历史资料）

之泛滥开来。对此，周小舟保留看法，特别是对人民公社“一大二公”的提法，他持不同意见。在省委召开的会议上，他主张公社的规模“力图搞得小些”，“大体上一乡一社”（湖南当时每乡一两万人口）。与人民公社化同时而至的是刮“共产风”，即全部食堂化，食堂越办越大，为伙食供给制，盲目扩大供给范围；搞幸福院、托儿所普遍集中，小学也集中；搞大居民点，拆迁房屋，“一平二调三提款”，破坏按劳分配原则。湖南省一度四五百万人上山大炼钢铁，先搞土高炉，其次突击烧炭，再次突击运输。对于上述搞法，周小舟表示非常担心，他说：“要不是我们的工人、农民好，党和主席的威望高，恐怕会要出大乱子的。”

1958年11月至1959年3月，毛泽东主持召开了武昌会议和两次郑州会议，开始纠正当时已经认识到的若干错误。毛泽东明确指出：急于想使人民公社由集体所有制过渡到全民所有制，由社会主义过渡到共产主义是错误的。第二次郑州会议强调，必须纠正平均主义和过分集中的倾向；武昌会议上强调既要有冲天的干劲，又要有科学的态度，初步降低了1958年8月北戴河会议所确定的1959年工业生产的高指标。周小舟看到毛主席开始着手纠正“左”的错误，心里十分高兴，他曾对省委的领导同志说：“有些错误带有‘左’倾盲动主义的性质，不纠正是十分危险的。”他在湖南看到了由于“左”的错误所引起的动荡不安，察觉到“人心思定”已经成为上下左右、党内党外的普遍要求，因此提出把“人心思定”作为当时一切工作的总出发点。

1958 年 12 月，彭德怀回湖南，周小舟陪着他在湘潭县视察了三天，经过接触，周小舟发现他俩的许多观点完全一致，因此和彭老总谈得十分投机。

由于下面的问题成堆，头绪纷繁，周小舟感到坐在上面听汇报、读文件，好像雾里观花，若隐若显，抓不到点子上去，于是，从 1959 年 4 月 29 日起，他开始了为期一个月的湘西之行，进行社会调查，掌握了大量第一手材料。5 月 28 日，周小舟在省委第一届第 175 次常委会上，把湘西之行调查所得归纳为 12 个问题，作了系统汇报，中心内容是反“共产风”、反浮夸风，取信于民，稳定人心。

6 月 23 日，毛泽东回湖南视察。次日下午，毛主席畅游湘江，周小舟陪同。25 日，他又陪同毛主席回韶山。在韶山，周小舟两次陪毛主席在青年水库、韶山水库游泳。周小舟不善游，不能陪毛泽东下水，毛主席说：“两年不当省委书记，也要学会游泳啊！”

周小舟劝彭德怀不要写信，还是亲自找毛泽东谈为好。

6 月 28 日，周小舟随毛主席去武汉。路上，毛主席要周小舟和罗瑞卿、童小鹏等一起，去湖北农村调查。7 月 1 日，周小舟上了庐山。

庐山会议开始，毛泽东讲话时，把湖南省委对当时形势概括的“成绩很大，问题不少，前途光明”三句话，接受和归纳为会议的方针。他说，国内形势是好是坏？大势还好，有点坏，但还不至于坏到“报老爷，大事不好”的程度。是在两者之间。像湖南有一个同志周小舟所说的，“有伟大成绩，有丰富的经验”。说得很巧妙，实际上是：有伟大的成绩，有不少问题，前途是光明的。

7 月 3 日，正式会议开始，分 6 个大组座谈，按照 19 个问题摆情况，谈意见。大家座谈之余，游山赋诗，心情愉快。毛泽东将《到韶山》《登庐山》两首诗稿交周小舟和胡乔木提意见。

11 日晚上，毛泽东找过去和现在的秘书周小舟、李锐、周惠谈话，气氛十分融洽。他说，1958 年有些事我有责任，提倡敢想敢干，也是胡思乱想，引起唯心主义。因此，不能全怪下面和各个部门。否则，人们会像蒋干一样抱怨：“曹营之事，难办得很！”毛泽东的话，引起在座几位秘书的哄堂大笑。周小舟乘机进言：“高指标是‘上有好者，下必甚焉’。”这句话是很有些斤两的，毛泽东也听得进去。周小舟他们认为陈云管理经济历来稳重，现在的情况还是由陈云出来主管为好。毛泽东表示同意，说陈云有长处。由此又谈到曹操打袁绍，失败之后想念郭嘉的故事，说“国乱思良将，家贫思贤妻”。关于讲假话的问题，毛泽东说，转告大家，也不要那么沉重。

▲1959年8月，毛泽东在庐山会议上讲话（侯波摄）

谈话一直持续到深夜，三人才告辞出来。

外面月朗风清，三个人的心情犹如这盛夏的夜晚一样清爽，晚上的谈话明显地告诉他们，毛泽东的思想是倾向于他们，这使他们感到鼓舞！

7月12日，周小舟乘兴来到了彭德怀的住处，接上了他们以前谈及的话题。周小舟说："去年粮食造了假！数字是被压出来的。第一次说粮食数字不落实，第二次又说不落实，连造了几次数字。下面的干部就摸了一个底——要虚报不要实报。""现在吃大锅饭（公共食堂），就要大锅大灶，烧柴火不节省，劳力也不节省。小锅小灶，妇女、弱劳力都可以煮饭，但现在非用强劳力不可。搞了公共食堂，家庭用水也不方便，群众对公共食堂有意见。"

彭德怀听到这些情况后，极为生气："这样折腾，不实事求是，会让老百姓吃苦的。这些问题，你应当如实地向主席反映。"

周小舟便把毛主席找他们谈话的事说了，并希望彭德怀有机会时找毛主席谈谈。彭德怀便表示自己脾气不好，怕谈不好，想写信给毛泽东反映意见。周小舟劝他不要写信，亲自去找毛泽东谈为好，并说自己同毛主席交谈，毛泽东还是能听得进去。

彭德怀的“万言书”终于受到毛泽东的批判，周小舟实事求是为彭德怀辩护，也被罢官撤职。

7 月 13 日晨，彭德怀到毛泽东处，要谈一谈，但因为毛泽东刚睡下，没谈成。当晚他便起草信稿，14 日晨由参谋抄清，送给了毛泽东。毛泽东接到彭德怀的信后，于 7 月 16 日加上“彭德怀同志的意见书”这个非同寻常的标题，批示：“印发各同志作参考。”两个湘潭老乡在庐山顶了起来。

但周小舟站在彭德怀一边，他在 19 日的会上发言，说他完全同意彭老总的信，认为总的精神是好的，至于某些提法、分寸、词句，可以斟酌。他特别谈到得失问题：从具体问题来讲，得多于失，得失相等，失多于得，都是有的，要加区别。比如湖南搞了 5 万个土炉，有 2 万个根本没有点过火；有些地方晚稻受灾，大大减产，这就只有失而无所得。缺点少讲，或讲而不透，是难以正确总结经验教训的。正确地检查缺点，不仅不会泄劲，反而更能够鼓舞正确的干劲。

7 月 23 日，毛泽东在政治局扩大会议上发言，错误地发动了对彭德怀等同志的批判，指责彭德怀的信表现了“资产阶级的动摇性”，是“右倾性质”的问题。周小舟、李锐、周惠听了毛泽东的讲话，产生了深深的忧虑，觉得不能接受。周小舟说，主席的讲话是经过常委讨论，还是一个人的意见？按照讲话精神发展下去，很像斯大林后期，没有集体领导，只有个人决定，这样将导致党的分裂。周惠说，主席年纪老了，有些问题的决定是否变得很快？三个人实在想不通，于是来到黄克诚的住处（黄克诚曾任湖南省委书记），谈了自己的看法。周小舟又说了斯大林晚年的话，黄克诚对他们进行劝说。恰巧这时彭德怀拿着刚接到的西藏军区关于要求增派运输车辆的电报，来找黄克诚商量，于是周小舟三人告辞出来，但不巧被人看见，告到毛泽东那里，后来就成了所谓“非组织活动”的证据。

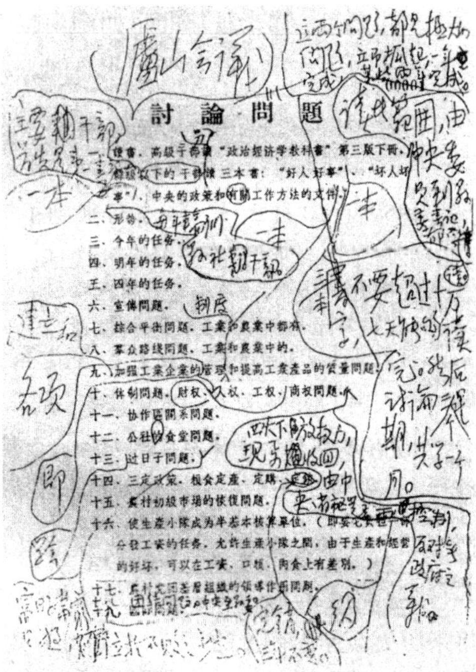
討論問題

二、形勢。
三、今年的任務。
四、明年的任務。
五、四年的任務。
六、宣傳問題。
七、綜合平衡問題。工業和農業中都有。
八、羣衆路綫問題。工業和農業中的。
十一、協作區關係問題。
十二、公社食堂問題。
十三、過日子問題。
十五、農村初級市場的恢復問題。

▲毛泽东修改的关于庐山会议讨论问题的讲话提纲（历史资料）

8 月 3 日，到会同志分成三大组，展

开了对彭德怀、黄克诚、张闻天、周小舟四人的批判。周小舟是一个对革命对自己极端负责的人，也是一个重感情的人。由于主客观之势太不相容，许多事他想不通，非常伤心，非常痛苦。8月13日他在给主席的信中写道："解剖我们自己，披肝沥胆，又感觉与实际情况确有出入。我想假若戴上（右倾机会主义）这样一顶帽子，我对主席、中央、全党、湖南党员和人民，甚至对自己的老婆和孩子，都必须说我犯了反党、反中央、反主席……的错误，然而再说下去，势必泪潸潸下，不尽欲言。"

早几天，8月7日，周小舟委托周惠一件事：一是证明他确实不是有意参加"反党集团"，再无其他任何隐瞒情节；二是证明他拥护中央、拥护总路线、拥护毛主席；三是托他代为照顾家小。周小舟已预料到后果。

果然，8月16日，党的八届八中全会通过了《为保卫党的路线、反对右倾机会主义而斗争的决议》，彭德怀、黄克诚、张闻天、周小舟四人被打成反党集团。17日，周小舟受到"撤销中共湖南省委第一书记职务，保留省委委员，以观后效"的处分。

> 罢了官的周小舟时时刻刻想到的还是人民。手术后，发生休克，他以为自己不行了，忙喊："共产党万岁！毛主席万岁！"

9月上旬，周小舟从北京回湖南接受批判斗争，9月15日，湖南省委召开省委全会扩大会议，作出了《关于周小舟同志右倾反党活动的决议》，决定让周小舟去浏阳县大瑶公社当副书记，接受改造。从此以后，周小舟开始在逆境中拼搏，直到生命的最后。

1959年10月2日，周小舟来到了浏阳县大瑶公社。他一到大瑶，就与公社党委书记进行了一次长达三个小时的谈话，特意声明说："我的问题，就是省委扩大会议印的那些材料。我不承认我是反党、反毛主席，只是如实向中央反映了一些情况。"

身处逆境的周小舟，一丝一毫没有考虑自己的处境，他心目中，时刻牵挂的是如何减少人民的灾祸。

1960年8月、9月间，周小舟去一个食堂。大队党支部书记说食堂办得如何如何好，每餐吃鱼吃肉。吃饭时，他看到的确有肉吃。他当时没有吭声，过了几天，又悄悄去那个食堂，进去一看，桌上摆的只有腌菜汤。周小舟说："中国目前条件不能搞公共食堂，将来要搞，也不应该是这种搞法。不实事求是，搞假的，是党风不正的表现，将来历史会作出评价的。"为了调查公共食堂和供给制问题，他足迹遍及全公社。通过耐心细致的工作，取得公社党委的同意，将全公社500多个大食堂划小为2000多个。对200多个条件差、群众不便的食堂，干脆解散，让人们回家吃饭。这个举动，在当时是极为大胆的，但却很实际，深受社员们的欢迎。不久，胡乔木等同志在湖南做调查，对公共食堂等问题的看法，与周小舟不谋而合，周小舟十分高兴，竖起大拇指说：“中央决定食堂马上解散，这是乔木同志为人民做的一件大好事。”

1960年，大瑶公社减产，办公室干部向县广播站写报道，如实报了产量。有的同志批评写稿人不会做事，周小舟便站出来保护作者，严肃指出：“如果广播搞浮夸，扯谎，群众会耻笑，失掉广播的意义。”“对青年突击队要表扬，但说他们搞亩产四五千斤，这是扯谎。告诉青年人扯谎，损害党的优良传统，只能把思想搞乱，把作风搞坏。”

严酷的现实使忧国忧民的周小舟常常失眠，人也日见消瘦，公社干部们劝他想开些。他说：“这样搞下去，我们会失去几亿农民，失去整个农业，失去其他一切！我们不是秦始皇，把农民搞成这个样子，能睡得着吗？”

1962年4月28日，周小舟离开了大瑶，调至广州，担任中国科学院中南分院副院长，不参加党组，排最后一名。在中南分院，他团结同志，谦虚谨慎，遵守纪律，受到院领导和科研工作人员的欢迎，心情比较愉快。1964年冬，周小舟发现胸部有问题，他去北京检查，被确诊为胸腺癌。在周恩来的亲切关怀下，他动了手术，术后突然发生休克，他以为自己不行了，忙喊：“共产党万岁！毛主席万岁！”经医护人员全力抢救，他又转危为安。次年2月，周小舟从北京返回了广州。

周小舟忍痛烧掉了自己珍藏的历史文物，一边烧，一边放声大哭：“这才是真正的有罪啊！”

1966年，十年动乱开始了，周小舟首当其冲，他在广州的家门上贴满了大字报，食住都得不到安定，还要忍受夜以继日的斗争、辱骂。他是一个具有高等文化素养的知识分子，一个硬骨铮铮的共产党人，他不怕死，但他怕无端的侮辱。为了不受侮辱，他步步退让，但已退让到再没有回旋的余地了，连他珍藏的历史文物也不得不忍痛烧掉。他一边烧，一边放声大哭：“这才是真正的有罪啊！”

1966年12月25日，周小舟又受到了批斗，造反派勒令他于次日上午8时报到，“集中反省，劳动改造”。周小舟回到家里，久久不能入睡，他想啊，想啊，越想越痛苦，越想越想不通，终于，他用微微颤抖的手从枕头下拿出药瓶——多年来他睡前必服安眠药——吞下了大剂量的药片……

12月26日早上，当被人们发现时，忠诚正直的周小舟已含恨离开了人间，他的年龄还不到55岁。

清理他的遗物，最贵重的东西是一个放大镜、一个烟灰盒、一床军用毛毯、一个

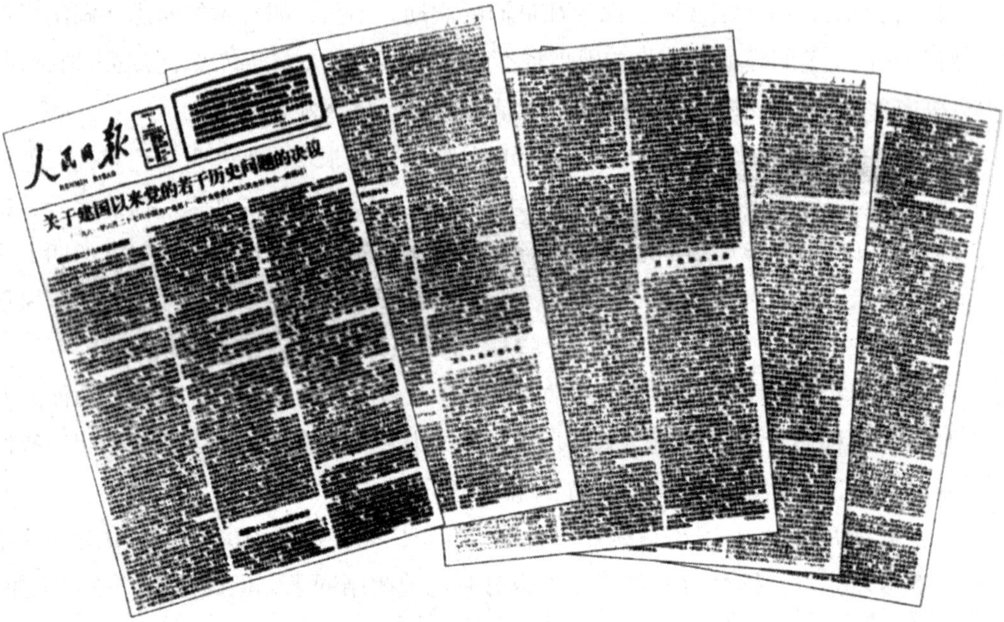
人民日报

关于建国以来党的若干历史问题的决议

▲《人民日报》刊载的《关于建国以来党的若干历史问题的决议》(历史资料)

刮须刀盒……

历史终于翻开了新一页。

1978年4月26日，当时的中共中央组织部部长胡耀邦亲笔写信给周小舟的夫人王宁，告诉她“周小舟同志的问题……要复查，为他作出一个公正的评价”。

1979年5月30日，在广州军区大礼堂隆重举行了周小舟同志追悼会，为周小舟平反昭雪。中共湖南省委派团参加。追悼会由杨尚昆主持，习仲勋致悼词。悼词说：“周小舟同志的一生，是革命的一生，是忠于党、忠于人民的一生，是兢兢业业、艰苦奋斗的一生；他敢于坚持原则，在重大问题上立场坚定，旗帜鲜明；他心怀坦荡，光明磊落，待人诚恳，团结同志；他坚持真理，不说大话、假话、空话，坚持按客观规律办事，是毛泽东同志的好学生，是真诚的无产阶级革命战士。”

6月1日，周小舟的骨灰被安放到八宝山革命公墓。

1981年6月，党的十一届六中全会通过的《关于建国以来党的若干历史问题的决议》中指出：八届八中全会关于所谓“彭德怀、黄克诚、张闻天、周小舟反党集团”的决议，是完全错误的。

沉冤终于大白，周小舟的遗愿也终于得到实现。

历史，永远是公正的。

第三十章
掌握重兵的总长
黄永胜

林彪手下的得力战将。"文化大革命"中通过出卖他人取得林家的信任，成为掌握重兵的赫赫人物。

在林彪反革命集团的几员大将中，黄永胜算是最显赫的一位。中国很多经历过"文化大革命"的人都还记得他。此人仪表堂堂，一副标准的军人风度。他也曾有着一份与他的仪表一样光彩的履历。

1910年，黄永胜出生于湖北咸宁一个中农之家。1927年，17岁的黄永胜入伍参加武汉国民政府警卫团，随后参加了秋收起义，从此走上了革命道路。在革命队伍中，他加入了中国共产党。在红军中，他历任团长、师长，参加了二万五千里长征。抗战时期他任八路军晋察冀三分区司令员。解放战争时期，他前往东北战场，在林彪指挥的东北野战军中先后任八纵司令、六纵司令、四野第四十五军军长。在人民解放军向南进军时，他成为十三兵团兼广西军区司令员、十五兵团兼广东军区司令员。新中国成立后，他历任中南军区政委、广西军区副司令员、华南军区副司令员等要职。抗美援朝中又任志愿军十九兵团司令员。1965年任广州军区司令员。

在人民解放军的开国高级将领中，黄永胜称得上是一员名将。从江西苏区到华北前线，从白山黑水到两广南国，都留下过他的战斗足迹。1933年，作为红军团长的他，就因作战勇敢和及时粉碎了叛徒的投敌阴谋，被授予三等红星奖章。这在当时是一种很高的荣誉。在东北战场上，黄永胜指挥一支组建不久的部队，曾创造了47小时歼敌1.2万多人的战绩。辽沈战役中，作为六纵司令员的黄永胜，率领部队截断国民党军廖耀湘兵团东逃沈阳的退路，面对强敌，敢打敢拼，为歼灭廖耀湘兵团荣立首功。

半生戎马，出生入死，身经百战，他的身上留下了六处枪伤。1955年，黄永胜被授予中国人民解放军上将军衔。在战场上，他的确不愧为功臣的称号。如果不是后来发生的“文化大革命”，黄永胜很可能把他那份辉煌的履历保持到生命的终点。然而，历史是不存在“如果”的，历史无情。这个17岁就参加了革命的人，却在他70岁的时候，作为林彪反革命集团的主犯走上了受审台。历史的变迁既让人感觉不可思议，更让人目瞪口呆，但却一切都符合逻辑。

在林彪反革命集团中，黄永胜与林彪的历史关系比吴法宪、邱会作、李作鹏等人要深得多，他与林彪相识要比那些人早十年左右。早在1932年，林彪在中央红军任红一军团军团长时，黄永胜即任红一军团第一师第三团团长。抗战爆发后，红军改编为八路军，开赴前线抗日。林彪任八路军一一五师师长，黄永胜则担任该师独立团副团长，可以说是林彪的老部下。解放战争时期，林彪任东北野战军（后改称第四野战军）司令员，黄永胜又是林彪手下的得力战将。

但黄永胜真正成为林彪的心腹干将是在“文化大革命”开始后。1966年8月，中共八届十一中全会召开，刘少奇的党内位置由第二位降至第八位，而林彪却由党内第六位一跃而为第二位。黄永胜敏感地注意到这一变化，出于个人野心的驱使，他立即主动向林彪靠拢。

▲黄永胜与妻子项辉芳（历史照片）

“文化大革命”初期的大串联中，黄永胜的孩子也串联来京，曾住在林月琴（罗荣桓夫人）家和贺龙家。黄永胜闻讯后，立即将孩子火速召回广州，并与妻子联名写信向叶群通报。随后，黄永胜又授意他的孩子给林彪写信，汇报贺龙家里的情况，提供整贺龙的材料。就这样，黄永胜通过出卖他人取得了林家的信任，为自己铺好了晋升之梯。

“文化大革命”一开始，各地党政军领导都受到造反派冲击。林彪出面保护黄永胜，让他由广州躲到北京，在京西宾馆里住了将近一年，以后又保荐他当了广东省“革命委员会”主任。

1968年3月，林彪一手制造了“杨、余、傅事件”，将担任代总参谋长的杨成武撤职，随即将黄永胜由广州调至北京，任解放军总参谋长兼军委办事组组长。这样，以黄永胜、吴法宪、李作鹏、邱会作为主要成员的军委办事组，就取代了军委常委会，实际上控制了军委的领导权。

> 残害忠良，大打出手，他用无数无辜者的鲜血与躯体铺垫了自己的攀升之路。

黄永胜投靠林家之时，也就是他大打出手、残害忠良的开始。他用无数无辜者的躯体和鲜血铺垫了自己的攀升之路。

1967年5月，林彪一伙提出“要调查广东地下党的问题”，诬蔑广东地下党组织不纯，实际上把矛头指向当年曾领导南方局工作的周恩来、叶剑英。当时尚在广东主事的黄永胜亲自批准要成立追查所谓广东地下党专案组，随后，成立了“审查广东地下党问题”专案组。

1968年3月，黄永胜又直接负责此事，一手制造了广东地下党大冤案：当年华南党的领导人方方被迫害致死；原地下党广东省委宣传部长、粤北省委统战部部长饶彰风也惨遭迫害，死于狱中；党的早期农民运动领袖彭湃烈士的母亲、儿子、侄儿、弟弟均被迫害折磨致死；第三届全国人大常委、原广东省副省长林锵云，是一位1927年入党的老党员，当时年已76岁，仍被强加以“叛变投敌”的罪名，在刑讯逼供下惨死。在此案中，被非法关押和批判斗争者达7100余人，其中军级领导12人，师团级干部数以百计，遭株连者近万人。

黄永胜还积极参与了对贺龙的迫害。他下令扣押了贺龙写的八封申诉信，并且在对贺龙专案组人员讲话中宣称：“贺案很重要，是大土匪、大军阀、大阴谋家。这案很大，而且很宽，有很多人。要在这个基础上继续努力。搞案本身就是一场阶级斗争，要把埋在毛主席身边的定时炸弹挖出来，要猛打猛追，要团结一致，共同对敌……”在各种迫害、折磨之下，1969年6月9日，贺龙元帅含冤而逝。

在组织对其他老一辈革命家的阴谋陷害上，黄永胜也扮演了一个重要角色。1968年6月，在黄永胜授意下，依靠逼供手段制造了一份假材料，诬陷叶剑英元帅与杨成武、肖华等人开“黑会”，密谋发动政变，篡夺党和国家领导权。1970年11月3日，黄永胜还亲自批准了彭德怀专案组提出的“撤销彭德怀一切职务、永远开除党籍、判处无期徒刑、剥夺公民权利”的报告。功高盖世的彭德怀元帅，在遭受种种非人折磨后，于1974年含恨离世。

聂荣臻元帅是黄永胜的老首长。从1933年到1944年，他都是在聂帅直接领导下工作。可是，在1968年11月的一次谈话中，黄永胜竟然声称：“聂荣臻一辈子没干过什么好事。”在总参、六兵种、政治学院领导汇报会上，黄永胜又公开对聂荣臻等老一辈革命家进行诬蔑诽谤：“……你们的《简报》说：‘功大、名声大、地位高’。有些人有多少功？反革命功倒是有。陈毅、朱德、聂荣臻有什么功绩？有些人打着红旗反红旗，如刘少奇、朱德等，要剥掉他们的画皮。”

黄永胜就任总参谋长后，即宣布“总参出了不少坏人”，对总参的广大干部群众大肆清洗迫害。在林彪、黄永胜直接指挥下，在总参制造冤假错案792起，受害者839人，其中军以上干部52人。在“文化大革命”中，总参谋部被迫害致死者有51人。

> 毛泽东说：“我就不相信你黄永胜能指挥解放军造反！”

1970年8月在庐山召开的中央九届二中全会上，林彪指使党羽在会上借要求设国家主席为题发难，图谋以和平方式夺取最高权力。当时留守北京的黄永胜马上打电话到庐山表示声援，随后又赶到庐山，并起草讲话稿，准备发言。不料，篡权阴谋为毛泽东戳穿，陈伯达也遭批判、审查。黄永胜见势不妙，立即销毁了那份未及公开的发言稿。会后，吴法宪、叶群等人都不得不做了检讨。11月13日，毛泽东又严厉批评了黄永胜：“你黄永胜是总参谋长，是个头儿。你一天到晚不抓大事，只抓小事，不参不谋，路线问题、团结问题你就抓不住。什么总参谋长，打起仗来我就是总参谋长。”毛泽东对黄永胜表示了极大的不信任。

1970年12月至1971年1月，由毛泽东提议，党中央召开华北会议，周恩来主持了会议。会议对陈伯达进行了无情的揭发批判。1971年1月，党中央又对林彪控制的北京军区进行改组。同时，派一些政治上可靠的同志参与军委办事组工作。从1971年1月下旬起，党的各级领导机构开展了“批陈整风”运动（公开宣传称“批修整风”）。毛泽东形象地把这些措施称为“甩石头”、“掺沙子”、“挖墙脚”。经此三举，林彪集团的根基开始动摇了。

1971年8月14日至9月11日，毛泽东离开北京，到南方巡视。在与各省党政军负责人谈话中，毛主席再次点名批评了黄永胜：“我就不相信我们军队会造反，我就不相信你黄永胜能够指挥解放军造反！军下面还有师、团，还有司、政、后机关，你调动军队干坏事，听你的？”

▲林彪反革命集团"四大金刚"之一的黄永胜（杜修贤摄）

9月6日，黄永胜从李作鹏处得知毛泽东南巡谈话内容。当晚，黄永胜即通过保密电话，将这一情报告诉叶群。

以后数日，黄永胜与在北戴河的林彪、叶群保持着密切联系。9月8日，林彪给林立果的"联合舰队"下达了武装政变的手令："盼照立果、宇驰同志的命令办。"

9月9日晚，黄永胜与叶群进行了长达90分钟的通话。

9月10日，黄永胜与叶群联系频繁，仅通话即达五次，最长的一次是135分钟。当日中午，黄永胜收到叶群给他的密封亲启件。下午，又从北戴河传来林彪给黄永胜的亲笔信：

永胜同志：

很惦念你，望任何时候都要乐观，保护身体，有事可与王飞同志面洽。

敬礼

林彪

可见，直到最后一刻，黄永胜都是紧紧追随林彪的。

但是，应当指出，黄永胜并未参与武装政变阴谋的策划。

可能有人会奇怪，黄永胜既是林彪集团的心腹干将，又与叶群有特殊关系，为什么在策划政变这样重要的事情上却被排除在外呢？

其实这不难理解。林彪是一个老谋深算的阴谋家，他实际上把他的力量划分为两部分：在一线的是黄永胜、吴法宪、李作鹏、邱会作这些“头面人物”，这些人过去有战功、地位高、资格老、影响大，是林彪以和平方式抢班夺权的理想人选；在二线的则是林立果、周宇驰、江腾蛟为首的秘密组织“联合舰队”成员。这些人地位较低，没有什么名气，但野心勃勃、胆大妄为、心毒手狠，具有亡命徒的特征，这是林彪准备动武的一支预备队。这两支力量构成了林彪的左膀右臂。庐山九届二中全会后，林彪和平接班的图谋已告破产，黄、吴、李、邱这些前台人物都受到追究，地位岌岌可危，其一举一动都会特别引人注目。总之，他们已失去了采取必要行动的力量。在这种情况下，林彪转而依靠林立果的“联合舰队”这支秘密力量，妄图武力夺权。对林彪来说，黄永胜等人尽管一直追随左右，但当他铤而走险、准备谋害毛泽东的时候，这些人的可靠程度究竟有多大，是值得怀疑的。也正因为如此，黄永胜和其他几员大将才被排除在政变阴谋之外，这对黄永胜来说，未尝不是一件幸事，否则，他的罪行要严重得多。林彪、叶群叛逃摔死后，黄永胜等人为掩盖自己的罪行，匆忙销毁了他们和林彪、叶群的来往信件、有关笔记、电话记录和照片等大量罪证。黄永胜因烧的东西太多，竟把一个大陶瓷花缸烧裂了。

▲黄永胜在特别法庭的被告席上（唐理奎摄）

被捕后，在很长一段时间里，黄永胜始终不肯放下架子，他不仅不交代自己的罪行，甚至不承认自己是林彪反革命集团的主要成员，而试图把自己的所作所为归咎于“路线错误”。他对于自己的罪行或百般抵赖，或上推下卸，还对预审人员大发脾气。然而，抵赖也罢，发怒也好，最终都无济于事，在越来越多的人证、物证面前，黄永胜终于不得不低下头。

1981 年 1 月 25 日，最高人民法院特别法庭以组织领导反革命集团罪、阴谋颠覆政府罪和诬告陷害罪，判处黄永胜有期徒刑 18 年，剥夺政治权利 5 年。

黄永胜的最后结局是凄凉的。他没有能够像吴法宪等人那样夫妻团聚，重叙天伦之乐。判决后不久，他的妻子项辉芳与他离婚。她不能宽恕自己的丈夫与叶群的那种暧昧关系和对她的不忠实。七个多月后，患有膀胱结石、冠心病和慢性肝炎的黄永胜因病保外就医，被安置在青岛。1983 年 4 月 26 日，黄永胜因病情恶化，死于青岛。

很久以后，细心的读者才从报刊极不显眼的角落刊登的一条简短的消息中得知了黄永胜的死讯。他生前的显赫与死后的凄凉形成了鲜明的对照。历史是无情的，历史同样也是公正的！

黄永胜作为一个历史人物已经消失了，可他一生的经历留给人们一个深刻的启示：从功臣到罪犯，从真理到谬误，从天堂到地狱，其实只有一步之遥。

人们应该慎重对待这一步！

第三十一章

吴法宪——从王牌政委到阶下囚

> 由于吴法宪体态臃肿的形象，人们总把他与“草包”联系在一起。

吴法宪这个名字，对于当代中国40岁以下的人来说已是很陌生了，但是经历过“文化大革命”的那一代人，几乎没有不知道他的。很多人至今还记得他那矮胖、臃肿的身材和那胖墩墩的脸上一双小圆眼睛、颇有几分喜剧色彩的形象。他当年曾红极一时，身兼中央政治局委员、空军司令和副总参谋长数个要职，是林彪的“四大金刚”之一，可谓威风八面。但他最后一次在公众场合露面，却是在1981年1月25日，作为林彪反革命集团的主犯之一出现在最高人民法院的特别法庭上，听候宣判。

法律的审判无疑是公正的，但它并不能代替一切，法庭只能审判一个人罪行的轻重，但却无法对一个人一生的是非功过进行裁决。那么，对吴法宪其人该怎样评价才算公正合理呢？在许多关于“文化大革命”的书中，吴法宪几乎无一例外地被描绘为“草包”走狗的形象。其实这也不难理解，一则吴法宪的外形容易让人引起有关“草包”一类的联想；二则吴法宪在“文化大革命”中追随林彪，迫害忠良无辜，其所作所为深为人痛恨，因而人们对其形成上述印象也就不足为奇了。然而，这并非全是事实。

吴法宪1915年出生于江西永丰县一个贫寒农家。他15岁就参加了红军，17岁入党，在部队中担任过团青年干事、师青年科长、团政治部主任、支队政委、师政治部主任、军区副政委等职。解放战争时期，他被派往东北，在林彪指挥的东北野战军中担任过第二纵队政委、兵团副政委兼政治部主任。新中国成立后，历任空军副政委兼政治部主任、空军政委、空军司令员。1955年被授予中将军衔。

综观吴法宪的前半生，可以说，他是在革命队伍的行列中，一步一个脚印、一步一个台阶地走上来的。这样的人不会是个“草包”，也不可能是“草包”。

解放战争时期，在东北野战军中，吴法宪任政委的第二纵队是东野公认的最有战斗力的部队之一。辽沈战役中，二纵是最先打进沈阳的部队，缴获的武器和物资也最多。从“林、罗、刘”签署的一份《沈阳解放后关于火炮调整的命令》中可以看到，仅从二纵调出的火炮就达35门，占调出火炮总数的36%，自然，这些火炮都是二纵的战利品。在东北战场上，二纵享有跑得最快、打仗最多、功劳最大、伤亡最大、缴获最多、受处分也最多的名声。在平津战役中，二纵又担任了主攻天津的任务。所有这一切，都与作为二纵的主要指挥员之一的吴法宪分不开。吴法宪在战争年代又一次“出名”是在四野南下作战后。四野在豫南打了一个大胜仗，部下把缴获的一支德国造猎枪送给他，恰巧这时又接到提升他为兵团副政委的任命，心情高兴的吴法宪，带了几个部下出外打猎。不料乐极生悲，因装错了弹，猎枪炸膛，猎物没打到，他左手大拇指被崩掉，还被当作被胜利冲昏头脑的典型通报全军。

撇开政治上的因素不说，就一般人的品质而论，吴法宪还算得上一个为人厚道的人。这是凡与他本人有过接触的人比较一致的看法。他平易近人，待人随和，是个容易相处的人。时常还爱开个玩笑，见了下级也不摆架子，即使在“文化大革命”时他炙手可热的时候，据当时曾在空军司令部工作的人员回忆，他对一般工作人员也是蛮和蔼的。

公正而言，吴法宪是有过功劳的，但并非功勋卓著；他也是有才能的，但并非出类拔萃。在开国之初人民解放军的如云战将中，他是一个二流人物，但绝非草包。

投靠林彪，他终于坐上空军司令的宝座。

如果说吴法宪的功绩、才能与他同时代的人相比都不算出众，那么他在仕途上的爬升速度却比与他资历相同甚至比他高的人快得多。新中国成立后不久，吴法宪由一个兵团副政委一跃而为空军副政委、政委，在1965年5月空军司令员刘亚楼上将因病去世后，又被迅速任命为空军司令员。这一切，自然是林彪大力提携的结果。在这里人们不禁要提出一些问题：以功以能均非一流的吴法宪，何以竟能得到林彪如此青睐呢？究竟是什么东西把这两个人绑在一起，并最终使吴法宪成为林彪反革命集团的核心人物，被押上审判台呢？

也许有人会说是因为吴法宪是林彪的老部下，这是事实，但这不足成为林、吴特殊关系的形成理由。因为曾为林彪部下而后来又遭林彪排斥、打击的，可谓不乏其人。唯一可以解释得通的原因是，他们之间有着一种共同需要、共同利益，正是这些使他们走到了一块。而驱使他们抱成一团的决定性因素，是他们心中都藏着一个共同的魔鬼——贪欲，对权势和地位的无止境贪欲。林彪为获取更高的地位和更大的权力需要网罗亲信，而吴法宪要往上爬，就要为自己寻找靠山。正是这种共同点使他们走到了一起。无独有偶，黄永胜、李作鹏、邱会作等人也是出于同样的原因被林彪网罗帐下的。

当一个把自己的命运全部维系在对某个人的忠诚上，并把这种忠诚置于一切原则和道义之上的时候，他也就变成一个卑微小人，一个不足道的走卒。吴法宪正是这样一步步完成了自身的蜕变。平易近人变成趋炎附势，忠实热情变成唯命是从，最终由一个人民解放军的高级将领变为林家的忠实走卒。多年以后，已为阶下囚的吴法宪在狱中接到对他的起诉书时，说了一句老实话："我犯罪的根本原因，是我有野心。"是的，正是野心和贪欲，使他最终陷入泥潭，直至覆顶。

1965 年 5 月，刘亚楼去世后，林彪在上海召见吴法宪，对他说："空军司令这个职务很重要，谁都想当，我考虑由你改任空军司令员。"又说："不要传出去，还没有报告毛主席批准。贺龙知道，他会提别人任空军司令员。这个职务是块肥肉，谁都想吃。我要争取报告毛主席。"

▲罗瑞卿大将（历史照片）

吴法宪立即表示："我一定不辜负林副主席的期望。"

这是林彪有意识地拉拢吴法宪的开始。当然，这个实权是不会白给的，很快，林彪就要索取报答了。

1965 年 12 月 10 日，在上海召开了一个所谓讨论罗瑞卿问题的会议。这个带有几分神秘色彩的会议实际上是林彪精心策划的，目的在于整倒罗瑞卿。本来罗瑞卿是林彪在 1959 年接替彭德怀主持军委工作后，由林彪亲自提名任命为人民解放军总参谋长的。罗瑞卿大将是人民军队的杰出指挥员，他战功卓著，才干过人，对党忠诚，在军内享有很高威望，且长期担负毛主席的安全保卫工作，深受毛主席信任。林彪对罗瑞卿着意笼络，试图将他引为自己心腹。但罗瑞卿为人正直，坚持原则，从不搞拉帮结派，对林彪在军内推行的个人崇拜及一些极左的错误做法进行了一定抵制。林彪对罗瑞卿始则失望，继而猜忌，最终把他视为眼中钉，必欲除之而后快，以至在纸上恨恨写下了“大捧别人，大跟别人，回京后根本不来见面，让他做绝——……当作又一彭黄也——”。罗瑞卿大将厄运临头了。

在陷害罗瑞卿的阴谋中，吴法宪扮演了一个重要打手的角色。事前，林彪老婆叶群打电话给吴法宪：“你要彻底揭发罗瑞卿在空军的活动，你对刘亚楼生前对罗瑞卿有什么意见要讲。”又说：“林总讲，你跟罗长子关系也很好，空军把罗长子在空军的讲话印发到全空军……你是跟罗长子，还是跟林总，应该考虑考虑！”

吴法宪慌了，含着眼泪小声回答：“我当然是跟林总，不会跟罗瑞卿，跟罗不是往邪路上走吗？请你告诉林总，我一定跟他，你们可以看我今后的行动。”

叶群则投桃报李：“林总已经把你由六级升至五级。”

1965年底和1966年初，叶群两次召见吴法宪，向他口授兼书写了所谓罗瑞卿要前空军司令员转告叶群的“四条意见”。在上海会议上，吴法宪就是根据叶群编造的所谓“四条意见”，向他以往对之毕恭毕敬的罗瑞卿开了炮。为了使对罗瑞卿的诬陷得以成立，吴法宪亲自出面逼刘亚楼的遗孀作伪证。就这样，吴法宪踏着被诬陷者的躯体走上了他的高升之路。

多年以后，吴法宪在法庭上供认：“为了跟林彪，林彪、叶群叫我干什么，我就干什么。我看罗瑞卿垮了，为了顾全自己，要跟林彪。”这时的吴法宪，已经死心塌地地要跟林彪走到底了。

> 在逛长城时，年过五旬的吴法宪竟搀扶着只有20多岁的林立果行走。

吴法宪还做了几件对林家表忠心的事。叶群曾伪造自己在白区入党的革命履历，被人揭发。为替叶群遮丑，吴法宪出面找了一位叶群的老同学，要他写了介绍叶群入党的假证明。最终，吴法宪被林彪视为心腹，成为林彪的一员干将。

“文化大革命”开始后，吴法宪也受过一场虚惊。在空军党委三届十一次全会上和1967年1月，他分别遭到批判和揪斗，但在林彪的保护下很快安然过关，并被林彪封为“正确路线的代表”。

1967年，林彪和叶群将儿子林立果安插到空军。叶群对吴法宪交代：“派子女到空军是来保你的权的。”

1967年3月，吴法宪秉承林彪的意旨，把当时才23岁、连党员都不是的林立果安排在空军党委办公室副主任的位置上。四个月后，又由吴法宪和空军司令部办公室秘书周宇驰做介绍人，将他拉入党内。1969年10月，吴法宪根据林彪的要求，将林立果提升为空军作战部副部长，并公然指示："空军的一切都要向立果同志汇报，都可由立果同志调动、指挥。"从而把空军的指挥大权拱手相让，使空军成为林立果一伙策划武装政变的基地。

1980年，在审理林彪反革命集团的特别法庭上，吴法宪供认："我当时相信林彪，我死心塌地跟着林彪。我当空军司令是林彪提出来的，所以林彪叫我怎么干，我就怎么干。为了讨好林彪，提出让林立果在空军'指挥一切，调动一切'。"

为了讨好林彪、林立果，吴法宪可说是不遗余力，甚至到了不顾羞耻的程度。在一次陪同林立果逛长城时，年过五旬的吴法宪竟搀扶着只有20多岁的林立果行走。从1968年开始，吴法宪伙同他的妻子（任吴法宪办公室主任），从空军派出20余人，以选"外事工作人员"为名，到全国各地为林立果挑选美女作"妃子"，并且把自己的家作为叶群的"审美"地点。

吴法宪既已上了林彪的贼船，也就身不由己。为了紧跟林彪，为了自己向上爬，他在"文化大革命"中迫害无辜，作恶多端。

他不仅直接参与对罗瑞卿的诬陷迫害，而且在罗瑞卿左腿受伤骨折后，故意拖延手术时间，致使罗瑞卿终身残疾。

他积极参加了迫害、诬陷贺龙元帅的活动，并在贺龙被迫害致死后，下令用飞机将贺龙夫人送到贵州偏远地区一个农场关押。

1968年4月起，吴法宪同陈伯达、谢富治一道，利用所谓"中共中央非常委员会"传单案，以追后台为名，阴谋陷害党和国家领导人，把矛头指向邓小平。

1968年11月，吴法宪在空军驻京部队干部大会上讲话，对朱德元帅肆意攻击、谩骂，诬蔑朱德"一贯地天天反对毛主席"，说"朱委员长是个军阀，几十年没改造好"。

吴法宪还参加了"陆定一专案组"，根据罗织的罪状，诬陷中宣部部长陆定一为"军统特务"、"叛徒"，并下令将陆定一逮捕。

吴法宪还对空军的大批干部群众进行打击迫害。1980年12月，他在特别法庭上供认："打倒一批干部，征服一批干部。叶群给我讲，把反对你的干部都打下去。林彪也说，你不把他打下去，你这个空军司令就当不稳。因此，我就昧着良心诬陷张廷发等一大批干部。"

在吴法宪批准的空军司令部1969年3月上报的一份名单中，被定为敌我矛盾的就有64人，其中包括空军副司令员成钧、刘震、张廷发，副参谋长何廷一等高级干部。吴法宪还直接指使了对南京军区空军参谋长顾前和空军学院副教育长刘善本的诬陷迫害，并亲自批准对二人进行批斗和关押。在关押期间，采用各种手段残酷折磨，致使顾、刘二人被迫害致死。

林彪欲借"文化大革命"之机排斥异己，但其倒行逆施，在军队内部引起诸多不满，为进一步强化对军队的控制，清除不合作的人，1968年3月，林彪勾结江青制造了“杨（成武）、余（立金）、傅（崇碧）事件”。吴法宪也参与了这个阴谋。继罗瑞卿之后担任总参谋长的杨成武，由于对军队中的老帅采取保护态度，因此林彪早就有意排除杨成武。

“杨、余、傅”中的余立金是空军政委，本是吴法宪的工作搭档，但余立金过去是红二方面军的干部，对审查贺龙有不同看法，并曾和杨成武一道陪同毛主席视察南方，但未向林彪、叶群通报情况。在其他一些事情上，他也没有秉承林彪意旨办事，遂为林彪所不容。吴法宪奉林彪、叶群旨意，先从余立金左右下手，寻找借口逮捕余立金的秘书。杨成武得知此事后，责成吴法宪进行查处。吴法宪非但不执行，反而向林彪告状，诬陷杨、余勾结要夺空军的权。林彪即以此为借口，与江青合谋制造了“杨、余、傅事件”。

3月22日晚，吴法宪打电话给余立金，通知他来家里开会。余立金一进门，立即被逮捕，并上了刑具。23日凌晨1时，杨成武也从家中被押走。当晚，吴法宪带人清查了杨成武的办公室，将查出的电话记录、照片和诗词手迹交给江青、叶群。吴法宪还表功说：“今天晚上，我不管三七二十一，一下子抓了他二三十个人！”

直到林彪反革命集团覆灭之后，杨成武、余立金等人才得到平反昭雪。“杨、余、傅事件”后，吴法宪被提为副总参谋长兼军委办事组副组长。1969 年 4 月，党的“九大”召开，吴法宪带着迫害无辜的“功绩”爬上了政治局委员的高位。

> 庐山会议上吴法宪再一次装错弹药，但这次崩掉的不只是一个手指了，而是后半生的岁月。

林彪在“九大”当上“接班人”后，野心极度膨胀，急不可待地要抢班夺权。围绕争夺最高权力，林彪集团和江青集团之间展开明争暗斗。1970 年 8 月，九届二中全会开幕前夕，在议论修改宪法草案时，吴法宪在林彪指使下，以草案中未写“天才”问题为由，同康生、张春桥争吵不休。

1970 年 8 月 23 日，党的九届二中全会在庐山召开。林彪在开幕式上首先发言，别有用心地大讲天才问题。当晚政治局开会时，吴法宪抢先提出要对林彪的讲话讨论三天。会后林彪让林立果给他打电话：“你在政治局会议上提的意见很好。林总听了很高兴，表扬你，说你又立了一功。”这使吴法宪得意非凡。

在林彪、叶群的布置下，吴法宪、陈伯达等林彪党羽纷纷出动，四下串联，在各小组会上大肆煽动，蒙蔽与会者，坚持要设国家主席，为林彪登场而鼓噪。8 月 25 日，华北组第六号简报上登出了陈伯达鼓吹设国家主席的发言。吴法宪立即起而响应。在西南组会议上，他宣读简报，并策划全组举手通过设国家主席的建议。

毛泽东及时洞察了这一阴谋，意识到林彪一伙意在夺权。他当即召集了中央政治局常委扩大会议，决定马上收回登有陈伯达发言内容的简报。吴法宪得知这一消息，如遭当头一棒。他后来在自己供词中承认："我听了之后，情绪一落千丈，心情十分紧张，心冷了半截，后悔莫及了，知道犯了错误了！"

9月1日，毛泽东写了《我的一点意见》，点名批判陈伯达，号召大家"不要上号称懂得马克思，而实际上根本不懂马克思那样一些人的当"。会议结束后，决定对陈伯达进行审查。林彪一伙在九届二中全会上进行夺权的图谋遭到惨败。

9月7日，林彪、叶群离开庐山，吴法宪、黄永胜、李作鹏、邱会作一同为林彪送行。在飞机上，由叶群导演，四人与林彪合影留念。同时，他们还拟定了稳住吴法宪，保住林彪、黄永胜的策略。下山前，8月27日下午，林彪私下对吴法宪说："你没有错，不要检讨。"叶群也曾几次打电话给吴法宪，为他打气："你犯错误不要紧，还有林彪、黄永胜嘛，只要不牵涉到他们二人，大锅里有饭，小锅里好办。"又说："林总在主席那里说话了，你的职务不会动。"

不知吴法宪这时是否想到了20多年前的那次打猎。他肯定意识到了这回他又装错了弹药，但这一次被崩掉的不会是一个手指头了。

九届二中全会后的一些日子，吴法宪是在惶恐不安中度过的。他有一种大难即将临头的感觉。他既想保住林彪这个靠山，又担心林彪会把自己作为替罪羊抛出去。在极度矛盾之中，他一度想跳窗自杀，但被老婆拉住了。叶群闻讯，急忙打来电话，又是安慰，又是威胁，又是打气，吴法宪才勉强恢复镇定。

庐山会议后，吴法宪、李作鹏、邱会作等不得不向中央作检讨，以图蒙混过关。1970年10月14日，毛泽东在吴法宪的书面检讨上愤然批道："作为一个共产党员，为什么这样缺乏正大光明的气概？由几个人发难，企图欺骗二百多个中央委员，有党以来没见过。"

▲林彪与"四大金刚"（历史照片）

庐山九届二中全会，是林彪反革命集团败亡的开始。林彪一伙在以"和平"方式夺权的企图破产后，便转而打算使用武力手段夺权。在林彪授意下，1970年10月，林立果在军内组织了代号为"联合舰队"的秘密组织。1971年3月23日，他们制订了名为《571工程纪要》的武装政变计划，图谋武装夺权，谋害毛泽东。

1971 年 8 月 8 日晚，吴法宪和邱会作来到毛家湾林彪住宅，与叶群密谈，一直谈到次日凌晨 3 点。吴法宪在被捕后这样交代：

> 8月8日晚上，开完政治局会议后，我们一起从大会堂直接到叶群家去，到叶群家时大约11点左右……
>
> 重点议论“四届人大”过关问题。首先我和邱会作提出“四届人大”这一关怎么过，……叶群说，这次比华北会议大得多，不是那么容易过关，事情无法预料，那么多代表，你们不端林彪，别人要端，要追问下去怎么办……
>
> 叶群又说，办法总会有，天无绝人之路，豁出来（我当时内心想叶群这句话就是硬干的意思）。叶群还说，不是只保林彪的问题，林彪和你们分不开，黄、吴、李、邱都要保，你们靠林彪，林彪也靠你们，就是这么几个老战友，死也死在一起，不能再受损伤了。

可见，林彪、叶群此时以武力夺权的决心已定。

山雨欲来风满楼……

> 刑满出狱的吴法宪过上了一个普通人的生活，因为那段特殊历史，连他写的字也成了“墨宝”。

1971 年 8 月至 9 月，毛泽东到南方巡视，沿途同各省党政军负责人谈话中，点名批评了林彪、黄永胜、吴法宪等人。林彪集团在得知毛泽东谈话内容后，下决心摊牌。9 月 8 日，林彪下达了武装政变的手令，准备于旅途中谋害毛泽东。由于毛泽东的机警，谋杀计划未及实施即被挫败。在政变图谋失败后，林彪、叶群、林立果等人于 9 月 13 日仓皇乘飞机北逃苏联，中途摔死在蒙古温都尔汗。

林彪叛逃几小时后，吴法宪和李作鹏、邱会作一同被召到人民大会堂。在那里，他们得知了林彪逃跑的消息。这消息对他们来说，无异于一声丧钟。

林彪叛逃后，周恩来即通过吴法宪下达了全国禁空令，这是吴法宪作为空军司令员最后一次执行公务。9 月 24 日，他接到去人民大会堂“开会”的通知。在那里，吴法宪与黄永胜、李作鹏、邱会作同时被捕，等待他的是漫长的监狱生涯。

在关押期间，吴法宪开始有充分的时间反省自己的一生。他知道自己的罪行深重，但他求生的欲望更强烈。当他赫赫扬扬的时候，他想到的只是自己的权力，当他失去这一切的时候，他想到了他的家、他的妻子、孩子，他有五个孩子，其中有三个女儿还在上学，但他没有想到他曾把许多人搞得家破人亡，而那些人也有自己的妻子儿女。

吴法宪写下了大量交代材料，交代了他参与林彪反革命集团所犯的种种罪行。

1980 年 11 月，吴法宪作为林彪反革命集团主犯之一被带上最高人民法院特别法庭，接受人民的审判。面对一件件确凿的证据、一个个见证人的血泪控诉，吴法宪低下了头。他痛哭流涕地供认了自己的罪行。在所有受审人犯中，吴法宪的认罪态度是最好的。

1981 年 1 月 25 日，特别法庭判处吴法宪有期徒刑 17 年，剥夺政治权利终身。

1982 年，吴法宪被减刑，并允许保外就医，1987 年正式获释，定居济南。他和妻子陈绥圻得以团聚，夫妻感情甚笃。吴法宪经常手挎菜篮，陪同妻子出入市场。中国的老百姓是宽厚的，人们并没有因为他是吴法宪而歧视他，因为年龄大，他还常常得到买东西免予排队的优惠。吴法宪过上了一个普通人的平静生活。他虽已高龄，但身体尚好，思维仍然清晰，谈吐流畅，只是耳朵有点聋，与人交谈须靠助听器帮忙。他喜欢养花、钓鱼，据说自己在家中设一养鱼池，自养自钓，自得其乐。他还练起了书法，他的小篆写得不错，颇有些名气，常有书法爱好者来求字。闲时夫妇还相伴外出旅游，看看大好河山。吴法宪是否从这种生活中感到一种人性的复归呢？他曾经有过功，也有过罪，最终罪大于功。然而这一切都已成为了历史。

历史是不会被忘却的。

他本来是一个普通人，最终又作为一个普通人回到人群中间。2004 年 10 月 17 日，吴法宪在济南走完了他的一生。

第三十二章
李作鹏的沉浮人生

> 李作鹏因为战争年代伤了眼睛，留下了“李瞎子”的绰号，更有趣的是他还有个“大烧锅”的绰号。

20世纪60年代，在北京海军大院，只要一提到“李瞎子”，可说是无人不晓，因为他是一个声名显赫的人物，一些大人甚至用他的名字吓唬不听话的孩了。但是，1971年他从政治舞台上消失了，直到80年代初，人们才又一次见到了他，但却是在最高人民法院特别法庭的被告席上，此时的他已威风尽失，不似当年了。

此人即李作鹏。在抗日战争时期，他的一只眼睛在作战中被日军毒气弹薰坏，以后常年戴一副墨镜，因而得了一个“李瞎子”的绰号。1981年1月，他作为林彪反革命集团的主犯之一，被最高人民法院特别法庭判处有期徒刑17年，剥夺政治权利5年。

李作鹏是江西吉安人，1914年生。1929年，刚满15岁的他参加了农民暴动，当了少先队长，是个典型的“红小鬼”。1930年他参加了红军，从战士、班长、排长、机要员一直当到军委二局的参谋、主任参谋、科长。在红军中他先后入团、入党，参加过多次反“围剿”战斗和二万五千里长征。抗战时期，李作鹏曾在延安抗大学习，后又任八路军一一五师侦察科长、作战科长。抗战胜利后，任东北民主联军前方总部参谋处长。解放战争时，先后担任东北野战军第六纵队副司令兼十六师师长、第四十三军军长。

李作鹏是个性情暴烈的人，喜饮烈酒，酒量极大，在东北时有“大烧锅”之名。当年在战场上，他也是以善打硬仗而闻名的一员勇将。辽沈战役期间，任六纵副司令兼十六师师长的李作鹏率领的前卫部队，一天两夜急行军250里，抵达北宁线时与敌军遭遇。这时，“林、罗、刘”来电：继续进军，不要与敌纠缠。但李作鹏从枪声中判断敌人为正规部队，当即回电：敌情严重，不能继续前进，待查明情况后再告。敌情迅即查明，廖耀湘兵团已东退沈阳。李作鹏统率的部队恰恰处在逃敌必经之路上，以两师部队对数万之敌，压力之大，可想而知，李作鹏没有任何犹豫，一声令下：向总部报告，准备战斗。歼灭廖耀湘兵团，六纵荣立首功。

解放海南岛作战中，正当船队横渡琼州海峡时，风突然停了，帆船无风难以行动。四十三军军长李作鹏把牙一咬：用桨划也得划过去。就是凭着这股硬劲儿，打下了海南岛。

1955年，李作鹏被授予中将军衔。

新中国成立后，李作鹏曾负责军事训练工作，先后担任过训练总监部部长、陆军训练部部长、总参军事训练部部长等职，1962年任海军常务副司令员。他在这些职位上，对军事干部的训练、海军战略工作和海军装备建设都做了一些有益的工作。但是，随着地位的升高，潜藏在李作鹏心中的权势欲急剧膨胀。他不满足于已有的地位，还想获取更高的位置，他与海军第二政委王宏坤、海军政治部主任张秀川等结成了小帮派。为了给自己寻找政治靠山，李作鹏投向了权势正盛的林彪。而林彪自1959年接替彭德怀主持军委工作后，一直试图培植自己的班底，他也看中了李作鹏这个当年的老部下。

> 靠诬陷罗瑞卿踏上林家战车，李作鹏把海军变成了一所大冤狱。

1965年林彪策划的对总参谋长罗瑞卿大将的诬陷迫害，成为林、李勾结的开始。1965年夏秋之间，林彪让叶群给李作鹏挂电话打招呼，说罗瑞卿“有野心，要当国防部长，拉人组织班子，又是提级，又是提职”。李作鹏当即回答：“决不会作出对不起林彪副主席的事情。”1965年11月27日，林彪在苏州口授电话稿，要秘书传给当时任海军副司令员的李作鹏，直接授意他从海军的角度对罗瑞卿进行诬陷。林彪甚至具体指示他从四个方面写明“在每个问题上罗的表现”。李作鹏当即与王宏坤、张秀川合谋，炮制了一份7000多字的材料，诬陷罗瑞卿“近几年来对海军领导问题，存在着严重的错误，并怀有巨大阴谋”，“是想占领海军这个阵地”。

1965年12月召开的上海会议，开始了对罗瑞卿的围攻。叶群率先在会上作了长达好几个小时的发言。她声嘶力竭地诬蔑罗瑞卿有个人野心，要逼林彪下台。吴法宪、邱会作等人也一拥而上，争相对罗瑞卿进行攻击诬陷。李作鹏等人提供的材料，在会上广为印发，成为攻击罗瑞卿的重磅炮弹。甚至没有赶上出席的黄永胜也给叶群写信，大敲边鼓。在以后召开的京西批罗会议上，李作鹏再度上阵，攻击罗瑞卿“是一个篡军、篡党、篡国的大阴谋家、大野心家、大危险人物”。

对罗瑞卿的陷害实际上成为林彪挑选亲信的一次特殊的“考试”，李作鹏、吴法宪、邱会作、黄永胜等人，以对罗瑞卿的诬陷表明了他们对林彪的“忠诚”，从而通过了这个考试，成为林彪的私党。一个阴谋，汇聚了一批野心家，林彪反革命集团即由此开始形成。

从为保权争权寻找靠山，到为取悦靠山甘当打手、整人害人，最终结党营私，阴谋篡夺最高权力，李作鹏就这样开始走上了一个野心家的毁灭之路。

李作鹏等人在林彪支持下，大整海军的材料，这些阴谋活动自然引起海军领导的抵制和反对，李作鹏在海军中处境孤立，一度日子很不好过。1966年初，李作鹏夫人董其采在给叶群的信中说：“中央军委和总政的一些人为了保护萧劲光、苏振华，就整李作鹏，李作鹏现在目标很大，支持他的人很少，在海军不好工作……他只有靠林总了。”1966年7月至8月间，海军内部召开多次会议，对李作鹏等人的阴谋活动进行揭发批判。

就在李作鹏处境狼狈的时候，林彪出来为他撑腰了。他称赞“李作鹏反对罗瑞卿是有功的”，“是突出政治的”，是“高举毛泽东思想伟大红旗的”。林彪甚至声称：“我

▲(从左至右)郭沫若、李作鹏、叶群、黄永胜、康生、董必武、周恩来、江青、姚文元、李先念在宴会上(杜修贤摄)

活着不准反李作鹏，我死后也不准反李作鹏。”

有了林彪的支持，李作鹏开始放胆地在海军进行阴谋夺权活动。1967 年 3 月 12 日，李作鹏亲笔给叶群写了亲启信，点名诬陷海军一些主要领导干部是“黑司令部的爪牙”。4 月，经李作鹏批准，海军直属机关有 36 名干部被定为重点批斗对象遭到批斗。在海军内部，李作鹏把主要矛头指向海军主要负责人萧劲光（海军司令员）、苏振华（海军政委）和张学思（海军参谋长）。

张学思是张学良的弟弟，早年参加革命队伍，新中国成立后调海军工作，后任海军司令部参谋长。张学思对李作鹏等人在海军中的阴谋进行了坚决抵制，因此，他被林彪视为控制海军的一大障碍。1967 年 7 月，林彪指使叶群打电话给李作鹏，称“张学思在东北是反林彪的”。李作鹏等人立即炮制出一个报告，诬蔑张学思“推行苏联修正主义路线，忠实执行苏振华为代表的资产阶级军事路线”。同时，他们还利用当年东北军经延安新华社联名通电蒋介石一事，将其诬为“经过长期预谋，妄图叛党投敌的一起重大反革命事件”。不久，林彪、江青据此诬陷，下令逮捕张学思，最后将他迫害致死。

1968 年 1 月 5 日，李作鹏在海军院校专案组座谈会上讲话指示：“凡是坏人都要揪，不要讲比例，有多少坏人就揪多少，不要右倾，你们那里敌情相当严重。”“现在给你们一个任务，向阶级敌人来个全面猛烈进攻，现在是该狠的时候了，要猛打、猛冲、猛追，发扬三猛战术。”

在李作鹏的“猛打、猛冲、猛追”下，海军中制造冤、假、错案 3000 多件。据后来海军政治部统计，经李作鹏点名批准遭到迫害的就有 107 人，其中 3 人被迫害致死。

在林彪陷害军队老帅的活动中，李作鹏也追随其后，插了一手。1968 年 4 月 3 日，他伙同王宏坤、张秀川向中央写信，诬陷贺龙、叶剑英配合刘少奇、邓小平、陶铸企图篡党反军，并且给叶剑英元帅罗织了九条“罪状”。

由于李作鹏充当打手，在诬陷党和国家领导人及迫害干部群众上为林彪立下汗马功劳，他在林彪提携下平步青云。1967 年他被提升为海军第一政委，1968 年又兼任副总参谋长和军委办事组成员。1969 年在中共“九大”上，他又当上了政治局委员。

听了刘丰的密报，李作鹏顿感冰水激顶。他不顾后果，私自篡改周恩来指示，放走林彪。

李作鹏得意之余，却忘了那句俗语：爬高必跌重。

苏轼诗云：“横看成岭侧成峰，远近高低各不同。”庐山，这座长江南岸的名山，历来以景色秀丽、变幻多姿而著称于世。在现代中国，这里又是政治斗争的风云际会之地，在山清水秀之中，演出了一幕幕政治交锋。

1970年8月下旬，中共九届二中全会在庐山召开，在林彪策动下，陈伯达、吴法宪、李作鹏、邱会作等人一齐出动，掀起一场要求设立国家主席的鼓噪，以便为林彪以和平方式夺取最高权力做准备。在会议进行分组讨论时，和叶群同在中南组的李作鹏与叶群一唱一和，配合默契。加上其他人推波助澜，一时间，庐山上狂潮迭起，“大有炸平庐山，停止地球转动之势”。

庐山上的一场政治较量，以林彪的夺权计划遭到挫败、陈伯达被审查而告终。会后，林彪、叶群动身下山，黄、吴、李、邱都到九江机场送行。临别时，李作鹏还紧握着叶群的手说：“一定要照顾好林总的身体，叫林总放心，我们一定照林总的指示办。”

林彪、叶群自然不会忘记李作鹏的这片忠心。当年的大年三十晚上，李作鹏的大女儿结婚，叶群和林立果特地登门道贺，又是送礼，又是照相合影。叶群还当着来祝贺的人说：“李政委是林总最信得过的人，你们要爱护他，支持他。李政委将来要担负更重要的职务。”李作鹏当时没有说话。当叶群走时，他送到汽车边，才握着叶群的手，小声又坚定地说：“请转告林副主席，李作鹏在任何情况下都忠于他。”

这时的李作鹏，除横下一条心跟着林彪走到底，已没有别的选择了。

1971年8月14日，毛泽东动身前往南方视察。沿途他频繁召见各地党、政、军主要负责人，并同他们进行了谈话，谈话内容在当时是严格保密的。

毛泽东在谈话中着重谈了庐山上的那场政治斗争，尖锐指出：“有人急于想当国家主席，要分裂党，急于夺权。在庐山上，林彪同志那个讲话，没有同我商量，没有给我看……大概总以为有把握了，好像会成功了。可是一说不行，就慌了手脚。起先那么大勇气，大有炸平庐山，停止地球转动之势。可是，过了几天后，又赶快收回记录。既然有理，为什么收回呢？说明他们空虚恐慌。”“庐山的事，还没有完，还没有解决。他们要捂住。”“陈伯达后面还有人。”

毛泽东又进一步表明：“虽然在北京开了工作会议，几个大将作了检讨，但吞吞吐吐”，“林彪不开口，这些人是不会开口的”。“我一向不赞成自己老婆任自己工作单位的办公室主任。”“林彪那里，是叶群当主任，他们四个人向林彪请示问题，都要经过她。”又不指名地点了林立果：“好的要表扬，不能捧，20几岁的人捧为‘天才’，这没什么好处。”

林彪一伙对毛泽东的南巡感到心神不安，十分紧张。他们通过各种渠道，多方探听毛泽东的谈话内容。

9月5日，作为海军政委的李作鹏陪同朝鲜军事代表团到达武汉访问。在这里，他们受到武汉军区政委刘丰的迎接。刘丰是吴法宪的老部下、林彪集团的追随者。毛泽东8月到武汉期间，刘丰也是被召见者之一，并进行了个别谈话。

9月6日凌晨6时许，刘丰来到李作鹏住的宾馆，向他密报了毛泽东在武汉的谈话内容，李作鹏听后，顿感冷水激顶。他后来在法庭上供认，听了刘丰的密报，他当时至少有三个想法："一、感觉到庐山会议的事还没完；二、感觉'纲'上得比在庐山会议时更高。庐山会议讲的是路线问题，现在讲的三条'要搞马列主义，不要搞修正主义；要团结，不要分裂；要光明正大，不要搞阴谋诡计'，这就不仅仅是路线问题；三、感觉是对着林彪来的。因为毛主席有一句话，就是不同意让老婆当办公室主任，而林彪的老婆是当了办公室主任的。所以，这几条矛头是对准林彪的。"

李作鹏怀着大难即将临头的沉重心情，于9月6日陪同朝鲜代表团回到北京。当天下午，在人民大会堂北京厅举行招待会。宴会前，他将刘丰报告的谈话内容告诉了黄永胜，并说现在好比走钢丝，搞不好要掉下来。

当晚，黄永胜回到西山后，即通过电话将李作鹏通报的这一情报报告给叶群。

当天晚上，在去外国大使馆参加晚宴的路上，李作鹏又把他在武汉得知的情况透露给邱会作。

▲1970年8月下旬，中共九届二中全会在庐山召开，林彪在这次会议上暴露了他的野心。其间，叶群、林立果等林彪反革命骨干在庐山合影。前排左起：吴法宪、叶群；后排：邱会作、李作鹏、林立果（历史照片）

李作鹏没有向吴法宪通报情况，因为他对吴法宪不放心。

9月12日是个星期日，李作鹏不知出于何种心情，带了全家去逛颐和园，当他们一家沉浸在昆明湖的湖光水色中时，在北戴河林彪的住处却是一片混乱。

林彪、叶群在得到有关毛泽东南巡谈话内容的密报后，狗急跳墙，阴谋发动武装政变，谋害毛主席。计划破产后，便准备叛逃苏联。9月12日晚，他们将一架256号三叉戟专机调到山海关机场。

9月12日晚10时30分，正在人民大会堂主持会议的周恩来接到电话，驻北戴河8341部队传来了林彪女儿林立衡的报告：林彪要逃跑。并有一架飞机于当晚飞到山海关机场。周恩来立即命令吴法宪前去查问。

晚11时22分，叶群给周恩来打来电话，称林彪想要调飞机。当周恩来问他们那里是否有飞机时，叶群却撒谎说没有。

周恩来意识到事情紧急，立即给李作鹏下达了指示（因为山海关机场属海军管辖）：“停在山海关机场的256号专机不要动。要动的话，必须有我、黄永胜、吴法宪和你四个人一起下命令才能飞行。”

但是，李作鹏在传达这个指示时，却将其篡改为“四个首长中一个首长指示放飞，才能放飞”。

叶群和周恩来通话后，林彪、叶群感到马脚已露，随即决定改南逃广州为北投苏联。

9月13日零点20分，林彪的汽车已接近256号飞机。机场站长潘浩打电话给李作鹏：“现在飞机正在加油，如果飞机强行起飞怎么办？”

李作鹏说：“你们可以直接报告总理。”但是，没有采取任何紧急措施制止起飞。

零点28分，李作鹏接到山海关机场的电话报告：“飞机已强行滑出。”

李作鹏问：“飞机到了哪里？”

回答：“快到跑道了。”

李作鹏说：“就这样吧。”

零点32分，256号飞机载着林彪一伙在一片黑暗中强行起飞了。

9月13日凌晨1时50分，飞机飞出国境，进入蒙古上空。40分钟后，即凌晨2时30分左右，256号飞机坠毁于蒙古温都尔汗。飞机上包括林彪、叶群、林立果在内的八男一女全部死亡。

这就是震惊世界的“九一三”事件。

> 温都尔汗的一声爆炸，敲响了林彪反革命集团的丧钟。审讯时，他不见棺材不落泪，认罪态度最为恶劣，成为审讯人员面前一块难啃的“骨头”。

林彪叛逃丧命后，邱会作来找李作鹏，商量是否向中央写检讨报告。李作鹏则说等一等看，他还给邱会作看了海军审讯在山海关机场未跑掉的机组人员的简报。李作鹏想咬牙挺住，而把一切罪责推到已死的林彪、叶群头上。

9月24日，李作鹏和黄、吴、邱三人一起被隔离审查。

李作鹏并不甘心沦为阶下囚。被隔离没多久，性情暴躁的李作鹏就同看管人员闹翻了。他嫌伙食不好，对看管人员大发脾气，连喊带骂，并把饭碗里的土豆、白菜泼洒一地，大嚷着要吃好的，还要喝酒。

毛泽东得知了要求改善伙食的要求，说了三句话：“黄、吴、李、邱应该吃好，有

▲1980年11月20日特别法庭开庭起诉时，前排左起：黄永胜、陈伯达、王洪文、李作鹏、张春桥在被告席上（唐理奎摄）

资格吃好，有钱吃好。”此后，伙食明显改善，但李作鹏要喝酒的要求未被周恩来批准。

如果说吴法宪在黄、吴、李、邱四人中是认罪态度最好的，那么李作鹏则是四人中态度最坏的。他起初拒不交代任何罪行，也不承认自己有罪，认为自己是“城楼失火，殃及池鱼”。他仍把自己罩在过去功劳的光环里，并且以功臣自居，在审讯中摆老资格，态度嚣张，甚至对预审人员拍桌子。后来虽然不得不交代一些事实，也如同挤牙膏一般。李作鹏的特点是：不见证据不低头，但有了证据一般都能比较痛快地认账。应该说，作为当年战场上一个善打硬仗的将领，李作鹏确实有那么一股“硬”劲儿。

但是，铁一般的事实却比他更硬。随着对林彪反革命集团罪行调查的深入，大量确凿的证据被发现了。面对摆在面前的桩桩件件铁证，李作鹏终于哑口无言了。他那股强硬劲头最后也消失了。在法庭宣布对他的判决时，他漠然而立，脸上毫无表情。

在1981年11月最高人民法院特别法庭作出判决一年后，李作鹏被允许保外就医，安置在山西太原。他和妻子在分隔10年后重新团聚了。他们住进了分配给他们的两套新宿舍。李作鹏又可以喝酒了，他仍然爱喝酒。在中国内地的这座平静的城市里，李作鹏过上了平静的晚年生活。他的子女们也常去与他相聚。2009年1月3日，李作鹏在北京病逝。

第三十三章
为林家驱驰前后的邱会作

> 邱会作因为林彪多次保他，对林彪的救命之恩是感激涕零。

在西安的街道上，走着一位老人。他年过七旬，普普通通，貌不惊人，瘦高的个子，头发已近全白，眼角、眉梢的皱纹深而密，脸上总挂着一抹笑容。他身穿一件旧中山装，完全是一副普通机关离休干部的形象，谁也不会想到他曾是个赫赫有名的大人物。

他就是邱会作。

他的经历并不像他的外貌那样普通。邱会作1915年出生在江西兴国县，这里是老革命根据地。1929年，放牛娃出身的他参加了红军，被送到瑞金工农学校特科团供给队学习，两年后毕业，在红军总部供给部当机要统计员，从此开始了军中粮草官的生涯。

1934年，邱会作随中央红军参加长征。遵义会议时，他任中央军委第四局三科科长，抵达陕北后，又升任红军总供给部粮食处长。抗战时期，邱会作担任中央军委供给部部长。1940年，他被派赴山东财经工作团，为中共“七大”筹款。以后又相继在豫皖苏边区、冀察辽边区、北平军调部执行处、热辽军区等地工作。

解放战争时期，邱会作调到东北野战军。在那儿，他任东北野战军八纵政委，和黄永胜成了搭档（黄永胜当时任八纵司令员）。邱会作参加了东北战场上的历次重大战役，在战场上的表现堪称出色。在辽沈战役堵截廖耀湘兵团的战斗中，八纵政委邱会作随部队前进，指挥所就设在距敌不到100米的一条雨裂沟里，敌人的炮弹倾泻而来，身边不时有人伤亡，他冒着炮火，坚持在第一线指挥战斗。四野南下时，邱会作任四十五军政委，后又升任十五兵团副政委、政治部主任。而该兵团司令员又是黄永胜。1951年设立华南军区，叶剑英任军区司令员兼政委，黄永胜为副司令员，邱会作为政治部主任。

1955年，邱会作任解放军总后勤部副部长兼政委，并被授予中将军衔。1959年庐山会议后，林彪接替彭德怀任国防部长，邱会作晋升为总后勤部部长。

与黄永胜相比，邱会作与林彪的历史渊源要浅得多。1948年锦州战役打响后第三天，身为八纵政委的邱会作才在四野指挥部首次见到林彪，并和林彪谈了话。林彪主持军委工作后，任命邱会作为总后勤部部长。对于当时资历较浅、声望较低的邱会作来说，这不能不说是一种破格的提拔。在这项任命中，林彪着意笼络的成分是显而易见的，邱会作对林彪自然是心存感激。但在那时，他们之间的关系尚未超出正常的工作关系范畴。

邱会作为人机敏，善于随机应变，属于眼灵脑快的那一类人，多年从事军队的财经工作，更使他练就了精于盘算的本领。但是，当这些品质与个人野心结合起来的时

▲时任解放军四野八纵政委的邱会作（前排左二）与部分师领导合影（历史照片）

候，最终却把邱会作推上了林彪的贼船。

邱会作与林彪之间的特殊关系，是在1965年罗瑞卿事件时开始形成的。邱会作积极追随林彪参与对罗瑞卿的迫害，除了为自己向上爬开辟道路外，还有另外的个人原因。

从1960年到1965年，总后每年都接到大量群众来信，揭发邱会作的腐化问题。1965年5月，经当时任军委秘书长的罗瑞卿批准，总后召开党委常委和监委联席会议，总政治部也派人参加，对邱会作进行批评。邱会作却跑到林彪那里寻求保护。

据后来邱会作供述："……我又有了生活作风上的错误。罗瑞卿、李聚奎要整我，林彪则暗中支持我。林彪叫我去谈过一次话，叶群在场。"林彪说："你'小节'上有些缺点，这是因小失大。他们现在要整你，开你的斗争会。他们要开会还是让他们开。你自己去对付他们的斗争会，方针有我来掌握。"

邱会作从此积聚下对罗瑞卿的仇恨。私欲加私仇，促使邱会作在对罗瑞卿的围攻中格外卖力气。在一次会议上，他连续四次发言，恶毒攻击罗瑞卿，诬蔑罗瑞卿"在军队造一个罗家天下"。罗瑞卿被整倒，邱会作也从此被林彪视为心腹。

> 邱会作一面对林彪无微不至地关心，如同林彪的私人后勤部长；一面置信义、良心于不顾，把攻击矛头直接指向叶剑英元帅。

"文化大革命"初期，邱会作着实吃了一些苦头。邱会作生活腐化，名声很臭，"文化大革命"开始，即成为造反派的首要冲击对象，被当作"花花太岁"，遭到关押批斗。1966年10月，总后造反派以"车轮战"对他进行批斗，他支撑不住，在总后礼堂昏厥过去。幸有林彪批示："没有我和中央军委副主席叶剑英的命令，邱会作不许下西山。"邱会作这才暂时得以脱身暂避西山。可到1967年1月19日，邱会作接到"中央文革小组"的命令，被迫从西山回到总后机关，结果又被揪斗，遭到罚跪、坐喷气式等刑罚，被打断一根肋骨，肩胛骨骨膜、两片肌肉断裂。邱会作的妻子胡敏几次打电话向叶群呼救。叶群最初不愿干预："邱会作小姘头一大串，现在人家都起来揭他，叫我们怎么说！"

1967年1月24日，邱会作给林彪写呼救信："向林总求救！今后仍同过去一样，只要还有一口气，就坚决跟着林副主席走！"

林彪接信后，即与陈伯达共同签署一道手令："立即将邱会作放出来，不得自由拘留。"1月25日凌晨，叶群持此手令到总后大院，将邱会作救出。

对林彪的救命之恩，邱会作感激涕零。他在题为"零点得救"的日记中写道：

> 1967年1月25日零点40分，是我新生的时刻，是我一辈子、是我妻子儿女一辈子不能忘记的时刻。
>
> 我听到“林副主席办公室派人叫我去”，我就知道得救了。抑制不住的感动从内心里像炸弹一样爆发出来……我用最大的忍耐忍住了眼泪，因为我发过誓了。
>
> ……
>
> 为我事林总亲自挺身而出，并派夫人来接，以我所知全军还是头一份。写到这里，我又不能不感动，不能不流下温暖的热泪。

1967 年 3 月 17 日，叶群又在“中央文革小组”会上力捧邱会作，称邱会作“是解放以来四个后勤部长最好的一个”。

邱会作从此将全部政治赌注押到林彪身上。

为了表达对林彪的忠诚和感激之情，邱会作可以说是无所不用其极。1968 年 1 月，在邱会作得救一周年的时候，他亲自选定了一个象牙底座的台屏献给林彪，并给叶群写了效忠信，表示“海枯石烂不变心”！对林彪一家的衣、食、住、行，邱会作更是全力保证，从为林彪、叶群提供特制睡衣、高级毛衣和保温拖鞋，到动用大量外汇为叶群进口两辆高级轿车，可以说是面面俱到。1969 年，仅为林家买蘑菇、木耳，就花了 800 多元，费用全部由公家开销。在总后还专门为林彪一家设立了“特殊供应点”，陈设各种高级商品，专供林彪、叶群选用。所有这些，都是无代价地自拿自用。甚至还为林彪提供服用的毒品和给叶群提供撩拨情欲的春药。林家要为林立果选“妃子”，邱会作夫人胡敏又亲自挂帅，走遍十几个省市，到处选美，忙得不亦乐乎。邱会作真可谓是林家名副其实的“后勤部长”了。

如果说邱会作逢迎林彪无微不至，那么他残害无辜则凶残无比。在林彪反革命集团的主要成员中，邱会作直接参与制造的暴行最多，也最骇人听闻。

邱会作在“文化大革命”初期曾受过冲击，尝过造反派无法无天的苦头。但是，他在林彪支持下站稳脚跟后，却以加倍的无法无天对反对过他的人进行疯狂的报复。

1968 年 2 月 27 日，邱会作亲笔规定了总后办案的“三狠”方针：“……光说理是不够的，必须向敌人专政。对那些拒不交代的人就没办法吗？应当是有办法的。……应当狠斗（坚决打击他的反革命态度），狠审（可以连续多少天进行审讯），狠专（敌人拒不交代就整他）。”

1968 年 3 月 18 日，邱会作又在总后专案会上指示：“……心要狠，对敌人要残酷，斗争手段是专政的手段；对敌人要连续审讯，几天几夜地干；必要时手铐脚镣都戴上……我看四斗、五斗、六斗都可以，要死的，不斗他也死；不死的，斗他也不死，十六条并没规定要赔命嘛！”

从 1967 年到 1971 年，邱会作在总后私设监狱，刑讯逼供，直接迫害干部群众 462 人。其中，汤平、周长庚、张树森等 8 人被迫害致死。

在邱会作“狠斗、狠审、狠专”方针之下，对被关押者进行了各种惨无人道的折磨，仅摧残人身的刑罚就达 50 多种。其中有：车轮战（日夜连续审讯）、坐高低凳、“打反骨”（用棍棒打后颈骨）、打嘴巴、“吃元宵”（集体拳打）、烟斗烧踝骨、逼自己打自己、头顶大碗、烟头烫嘴、限制喝水、逼喝脏水甚至喝小便、踢坏被关押者生殖器、对被关押者进行电击等。其灭绝人性之程度，令人触目惊心。

原总后军械部副部长梁冰，因反对邱会作遭到关押。在关押期间，对他用刑竟达 23 种。在车轮战中，连续审讯最长的一次达 17 个昼夜，他甚至还被逼着吃带粪便的馒头。在种种残酷折磨下，梁冰身体致残，半身不遂。看到这些令人惨不忍睹的事实，人们简直难以置信，这样的事竟发生在 20 世纪 60 年代的中国。

据统计，邱会作在总后指挥制造了 17 个“反革命集团”假案，直接迫害诬陷二级部长以下干部群众 457 人。

邱会作在林彪支持下东山再起后，在总后拉帮结派，与追随他的张池明、陈庞、王希克、戴金川几个人结成一伙，以帮代党，以派划线，任用私朋，排斥异己，迫害无辜，把李聚奎、饶正锡、傅连璋等一批总后的老干部统统打倒。邱会作还直接指挥了对总后卫生部副部长傅连璋的迫害。

▲傅连璋（历史照片）

傅连璋在土地革命战争时期参加革命，1934 年跟随中央红军参加了二万五千里长征，此后，一直在革命队伍中从事医疗工作。新中国成立后，他曾担任卫生部副部长、中华医学会会长、解放军总后勤卫生部副部长等职务，一直负责中央高级干部的医疗保健工作。

1950 年朝鲜战争爆发后，林彪即佯装有病，托辞不去朝鲜指挥作战。1953 年，傅连璋奉毛泽东指示，组织专家给林彪会诊。会诊前，林彪让叶群出面，暗示傅连璋给自己开具疾病证明。傅连璋为人正直，没有应允，并劝林彪停止吸毒。检查结果表明，没有发现严重器质性病变。傅连璋将会诊结果和林彪吸毒的事如实向毛泽东作了汇报。林彪从此对傅连璋怀恨在心，一直伺机报复。

“文化大革命”给林彪提供了乘乱排斥异己的好时机。邱会作秉承林彪意旨，充当了迫害傅连璋的打手。1966 年 8 月下旬，邱会作在总后勤部党委常委会上声称：“傅连璋是条毒蛇，这个人的党籍是长征时捡来的，卫生部不烧傅连璋就是没有党性。”

傅连璋对遭受的这种迫害实在难以忍受。他给毛泽东写信，报告了自己的境况，并请求主席救助。1966 年 9 月 3 日，毛泽东主席批示：“此人非当权派，又无大罪，似应予保护。”

但邱会作一伙人既不让傅连璋本人知道毛泽东的批示，又对一般干部群众保密，并继续组织对傅连璋的批斗。批斗中，傅连璋肋骨被打断，头也被打破。

1967 年 11 月，邱会作又在总后秘密成立“傅连璋专案组”。在邱会作授意下，专案组起草了《关于批判傅连璋三反言行的请示报告》及“罪行材料”。而后以此为基础，以总后党委名义写成一个《彻底批判傅连璋三反言行的报告》送交军委。12 月 18 日，邱会作以军委办事组成员的身份，在这个报告上批示，军委办事组同意批斗傅连璋，望即组织这一工作：“以我看主要批他三点，（1）三反言行，（2）黑线关系，（3）斗志衰退。”

此后，对傅连璋的迫害进一步升级。在康生、江青的插手下，傅连璋又被打成“特务”。1968 年 3 月 14 日，在邱会作亲自坐阵指挥下，对傅连璋再次进行抄家，并将他逮捕，投入监狱。

傅连璋此时已 74 岁高龄，并患有严重的胃病。在狱中，他要求吃一点稀饭，竟不被允许。在饥饿、打骂和连续审讯的折磨下，傅连璋精神失常了。在他入狱的第 15 天，这位为党和军队的医疗事业奉献了一生的老人，躺在冰冷的水泥地上，悲惨地停止了呼吸。

在对军队老一辈领导人进行诬陷迫害上，邱会作也不甘落后。

“文化大革命”前夕，邱会作就参与了对罗瑞卿大将的陷害。“文化大革命”开始，邱会作仍不肯放过罗瑞卿，在罗瑞卿腿伤住院期间，仍向上写报告要求斗他。1967 年 1 月，在北京工人体育馆召开万人大会，批斗彭真、罗瑞卿、陆定一、杨尚昆和其他一些高级干部。罗瑞卿当时左腿骨折，伤口未愈，缠着纱布，脖子被挂上一米见方的大牌子，被用大箩筐抬到会场进行批斗。

叶剑英元帅是军委副主席，也是邱会作的老上级。长征时期，邱会作就在叶剑英身边工作。50 年代初，叶剑英任华南军区司令员时，邱会作任军区政治部主任。“文化大革命”之初，邱会作受冲击时，叶剑英曾保护过他，他在西山躲避时，叶剑英有时一天去看望他两三次。

但是，邱会作为了进一步投靠林彪，竟置信义、良心于不顾，把攻击矛头指向叶剑英。1968 年 3 月，黄永胜布置整理叶剑英的材料，并成立了专门的材料组，邱会作则负责召集材料组开会，直接批准材料组整理叶剑英的黑材料。可邱会作仍嫌不足，又在总后指使其亲信陈庞、王希克等人组织班子，整理叶剑英的所谓罪行，妄图借机陷害叶剑英。

1967年10月，邱会作指使他在总后的亲信编写关于贺龙的揭发材料，并把材料批给贺龙专案组，用于对贺龙的诬陷迫害。

在中共八届十二中全会上，邱会作又当面攻击徐向前元帅。

对于功勋卓著又长期卧病的徐海东大将，邱会作也不放过，竟利用手中职权，在医疗上对徐海东进行迫害，致使徐海东病情恶化，于1970年3月病逝。

解放军总政治部是军队思想政治工作的最高领导机关。总政领导对于林彪在军队中推行的一套“左”的做法，一直有所抵制，因而被林彪认为是对他不顺从的地方。1967年7月25日，林彪下令：“你们要战斗，要突击，要彻底砸烂总政的‘阎王殿’……”

邱会作、黄永胜等人闻风而动，立即操刀上阵，开始了一场“砸烂总政”的行动。邱会作策划成立“批斗总政领导干部小组”，对总政各级领导进行批斗关押。同时，邱会作指使总后“文革办公室”编印诬陷总政干部的材料达16万字，并广为散发。

邱会作等人热衷于对总政下手，还有一个原因，那就是总政掌握着他们的历史材料，包括他们的一些见不得人的底细。在砸烂总政的过程中，邱会作指使人偷看总政档案，并从总政窃取大量机密文件和材料，既掩饰自己的丑行，又用于陷害他人。1968年9月，邱会作在一次干部大会上，大骂总政领导是“三反分子”，“总政和国民党特务机关差不多，有生杀予夺之权”。

在邱会作、黄永胜一伙“砸烂总政”的行动中，95%以上的总政机关干部被清洗，总政机关和直属单位干部767人被加上“叛徒”、“特务”、“反革命”等罪名立案审查，有482人被非法关押，其中，原总政副主任袁子钦等17人被迫害致死。

> 邱会作和其他几个同党一样，在政治舞台上输掉了全部赌注，宣判结束后，邱会作情绪激动，竟然高呼：共产党万岁。

1969年4月召开的中共“九大”上，双手沾满无辜者鲜血的邱会作平步青云，进入了政治局。

邱会作对于林彪的提携自然是感恩戴德。1970年4月，叶群写了一首《咏菊》诗送邱会作，内有两句：“宁可枝头抱蕊老，不愿摇落坠西风。”邱会作又把这首诗刻在菊光砚台上，回赠叶群，来表示他对林彪一家的忠心。

四个多月后，在庐山召开的中共九届二中全会上，邱会作又得到了表忠心的机会。8月24日，会议分组议论，邱会作在西北组会上侃侃而谈："林副主席说，毛主席是天才，毛泽东思想是全面继承、捍卫和发展了马列主义，这次仍然坚持这样的观点。为什么在'文化大革命'取得胜利以后，在九届二中全会上，还要讲这个问题，一定有人反对这个说法，这就是把矛头指向毛主席、林副主席。"

8月25日，在陈伯达等人策划下，出了华北组第六号简报，上面登了陈伯达的发言内容，鼓吹设立国家主席。简报立即在庐山引起轰动，林彪听到这份简报，大为高兴，说："听了那么多简报，数这份有分量，讲到了实质问题。"

吴法宪、邱会作等人也马上活跃起来。邱会作赶快进行部署，他不仅要记录人员将自己的发言写进简报，还要求他的发言要单独出简报。

不料，当天下午风云突变，毛主席识破了这一阴谋，主持召集了中央政治局常委扩大会议，决定立即收回六号简报。邱会作见风头不对，将他发言的简报压了下来，他还要求记录人员从中央会议记录中撕下他的发言记录，结果被拒绝。

一着走错，满盘皆输。会后，邱会作等人不得不作了检讨。

林彪反革命集团从此开始走下坡路了，令邱会作心惊肉跳的日子开始了。

1971年9月12日晚，邱会作和妻子胡敏与亲家母一起举行家宴，庆贺他的大儿媳妇生了女儿。这时他接到了叶群从北戴河打来的电话，叶群问候了他们夫妇，并称

▲林彪反革命集团主要成员李作鹏（左）、吴法宪（中）和邱会作（右）在长城上（历史照片）

赞他给孙女起了一个好名字。邱会作不会想到，几个小时后，林彪、叶群就将登机叛逃了。他饮了几杯喜酒，就带着醉意上床睡觉了。凌晨3时，一阵电话铃声把他从睡梦中吵醒。电话是从人民大会堂打来的，“总理要我报告您，人民大会堂有个重要会议，请您现在就去”。

一路上，邱会作坐在汽车里思谋着：会是什么会呢？是前不久庐山会议的事吗？不像，这没必要半夜开会。会不会是林彪……邱会作想到此，心中一紧。但想到叶群昨晚来的电话，又平静下来。

怀着犹豫不定的心情，邱会作走进人民大会堂的会议室。他刚刚坐定，李作鹏也走进来，在他身边坐下。“可能北戴河出事了。”李作鹏在他耳边小声说了一句。

李作鹏声音很低，但邱会作却觉得耳边响了一个炸雷，顿时头昏目眩……接着，他听到周恩来那充满了愤怒和鄙视的声音：“林彪跑了。他坐飞机跑了！”

以后的10天，邱会作是在惶惶不安中度过的，但他并没有闲着。9月14日晚，邱会作夫人胡敏按照邱会作的吩咐，把他们同林家的合照、互赠的照片、赠给林彪的书法底稿，以及选美介绍信和美人照片等统统销毁。邱会作自己也指使身边人员销毁大量罪证。

“九一三”事件后，邱会作与黄永胜、李作鹏、吴法宪多次电话联系或会面，订立攻守同盟。9月17日，邱会作到西山，给他的老搭档黄永胜出谋划策，说林彪、叶群死了，有问题你可以推到林彪身上去。他还提醒黄永胜，要他注意改善与一向不和的妻子项辉芳的关系：“你过去与她的关系是不对的。现在她对你的事情是成事不足，坏事有余。你应当同她和好，把你们关系不好的原因都推到林彪、叶群身上去。”

自然，这一切都是枉费心机，邱会作和林彪反革命集团的其他骨干人物一样，逃脱不掉覆灭的命运。

在漫长的囚禁生涯中，邱会作开始了反省自己罪行的过程。要他这样一个长期身居高位、历史上又有一定功劳的人承认自己有罪，当然不是件容易的事，很长一段时间里，邱会作一口咬定自己只是犯了“路线错误”，而不承认犯有罪行。1979年开始对他进行预审时，他仍坚持不承认有罪，甚至发誓“宁可死了作野鬼”。但是，在预审人员反复交代政策，特别是在党中央派万毅将军到监狱与李作鹏谈话，阐述中央的方针政策后，邱会作开始陷入思索。

邱会作态度发生转变，是在他得知妻子儿女的情况之后。十年来邱会作一直不知妻儿下落，当他知道他的五个孩子都已工作，且过着正常人的生活后，感激地说：“即使在位，孩子安排也无非这样，中央这样做，政策得人心。”这是一句发自内心的实话。邱会作当然不会忘记，他自己在“文化大革命”中是怎样用血腥手段迫害反对派的。

邱会作在和预审人员谈话时，说了自己有几个想不到：“一是想不到中央花这样大的力气对我的问题重新审查；二是没想到胡敏（邱会作妻子）没关进监狱；三是没想到孩子们得到这样好的安置，我想，现在在职干部的孩子安置也莫过于此；四是没想到中央委托万毅同志到监狱同一个囚徒说话。”

邱会作终于提起笔，开始交代自己的罪行。他供认了参与诬陷军队老帅、残酷迫害干部群众、参与林彪篡党夺权阴谋的事实，在法庭上，曾经咬定牙关拒不认罪的邱会作，面对当年受害人的妻子，下跪请罪了。

法庭一片肃穆。

这是历史性的一幕：邪恶最终被正义所战胜了。

法庭判决邱会作有期徒刑16年，剥夺政治权利5年。在林彪反革命集团主犯中，邱会作的判决是最轻的。

判决宣布后，邱会作高呼：共产党万岁！

1982年，邱会作保外就医，安置在西安。1987年9月，邱会作刑期已满，正式获得释放，并予以就地安置，他和夫人胡敏过上了普通百姓的生活。邱会作不甘于寂寞，他关心国家大事，每天读报，由于曾长期从事军队财经工作，他对中国经济改革颇为关注。他表示：“我举双手赞同改革，改革就是革命，只有改革，中国才能前进。”

2002年8月3日，邱会作在北京逝世。

第三十四章

第一个蒙难的部长张霖之

“文化大革命”中，江青煽动和策划了对张霖之的揪斗。江青面对法庭的质问，不得不低头认罪。

1980年10月，北京正义路最高人民法院特别法庭上，审判长威严地告诉工作人员：打开幻灯机。

白色的屏幕上，立即出现了一个老人被揪斗、毒打的情景。人们看清了，这位老人就是“文化大革命”中第一个被害致死的部长——原煤炭工业部部长张霖之。

幻灯片放完了，大厅内又响起了审判长的声音：“江青，这是你诬陷张霖之以后，发生的批斗场面，因此，对于他的死，你有不可推卸的责任，你承认吗？”

江青从椅子上站起来，努了努嘴唇，什么也没说。

“我再问一遍，你承认对张霖之的死有不可推卸的责任吗？”

审判长说到第三遍时，江青才勉强地点点头。

“你应该明确回答本院提出的问题！”

江青不能再沉默了，她用极低的声音回答道：“我承认，承认对他的死有责任。”

她必须负责任！

1966年8月，正是“文化大革命”如火如荼的日子，人们的工作只剩下一个内容：开批判会，写大字报，上街游行。

煤炭工业部党委也跟随大势，召开民主生活讨论会。张霖之主持会议。出乎他意料的是，他竟被一位发言者指责为攻击伟大领袖毛主席：“张霖之身为部长，不但不带头学好毛主席著作，反而攻击伟大领袖毛主席。我记得在一次党委扩大会议前，他说了这样一段恶毒的话——‘第一任皇帝都很厉害，秦始皇是第一任，毛主席也是。’同志们呀！看看吧，这不是赤裸裸的反动言论吗？！”

会后，这位揭发者的发言被整理成文章，起名为“愤怒揭发张霖之攻击伟大领袖毛主席的一次讲话”。

张霖之气愤至极：这纯粹是诬陷，一个人的自私目的没有被满足，就可以堕落到这种地步吗？参加那次会议的全体同志（除了他）都可以证明，我从未说过这些话！

原来，揭发者是因为没能提职为副部长而诬陷张霖之。

为了保护脾气耿直的张霖之，让他脱离是非的漩涡，他的夫人李蕴华写信给周恩来总理，请求中央允许张霖之到外地休息一段时间。

9月2日，经国务院主管工交口的负责人批准并报请周恩来总理同意，张霖之暂时离职休养。当天，他踏上赴大庆油田的列车。

树欲静而风不止。“中央文革小组”盯上了张霖之。

1966年11月，“中央文革小组”的碰头会上，康生手持一大堆材料，说有人揭发张霖之反对毛主席，并肯定地说张霖之是彭真圈子里的核心人物，是彭真的死党。江青、叶群等人也跟着附和，表示同意康生的说法。张霖之的问题就这样简单地被确定下来。

几天后，江青亲自接见北京矿业学院的“群众代表”，她拉着腔调，用不太纯正的普通话煽动他们造反：“你们刚才问到张霖之，我可以明白地说，他不是我们的人，是彭真的死党，也可以讲是私党，就是亲得很呐！小将们，你们一上阵，真是摧枯拉朽，就可以把他和支持他的中国赫鲁晓夫打倒呀！呵，呵，我们支持你们，不过，我要声明，谁要与我武斗，我一定自卫。我们要把张霖之这些走资派批倒批臭批深批透，批得他就像当年的托洛茨基一样臭！”

不久，在大庆的张霖之接到了让他立即返京接受群众教育的电报。

他立即返京，于12月18日傍晚抵达北京站，在此之前，他的家已经被抄，张霖之无家可归，老同事段君毅派出自己的红旗轿车把他接到京西宾馆。

车入长安街，马路两侧的路灯亮了，往前望去，就如一条波光闪烁的长河，但此时的他已无心欣赏京华夜景。车到北京饭店时，他下意识地往左看去，饭店对面的煤炭工业部大楼上，贴着巨大的标语：“揪回畏罪潜逃的走资派张霖之！”“彻底批判煤炭战线上的资产阶级反动路线！”

▲彭真。张霖之被造反派认为是"彭真死党"，与彭真同样备受造反派的批斗殴打（历史照片）

他真没想到这样，真的忍受不了，一股被侮辱的愤怒之火从心中升腾，使他难以控制自己，转身握住前往车站接他的妻子的手，眼睛红红地大声说道："如果不是相信党，相信共产主义，我'红张'今天就跟他们拼了！"

"红张"，李蕴华闻此一惊：这是丈夫几十年前的称呼呀，怎么也提了起来？

那是抗日年代，华北大平原养育大的张霖之，个子虽然不高但粗壮结实，他终日奔走在田园村庄、青纱帐，太阳、风雨把他的脸庞、胳膊、脊梁、腿脚都变成了黑红色，加上他常用化名，用过几十个，谁也叫不准他，便习惯叫他"红张"，冀南的老百姓这样叫他，伪军衙役也这样称他。

"红张"是张霖之独特性格的反映，是张霖之红色经历的证明。

此时旧话重提，惊住了李蕴华，她赶紧安慰丈夫："事情总会弄清楚的，你千万不要想不开，咬咬牙挺住！"

张霖之知道妻子理解错了，便坦然地摇摇头：你想到哪里去了，我决不会寻死、自杀，那是见不得人的事，要么就是彻底灰心了。我自己有错误不怕别人批评，也有决心改正。"文化大革命"是毛主席亲自发动的，我还要努力理解、努力紧跟呢！

这一夜，气温骤冷，上天好像明白张霖之只有一个自由的夜晚似的，悠悠地飘起了雪花，把大地变成一片洁白。

次日凌晨，张霖之服从党组织的安排，去北京矿业学院接受"群众的批评教育"。

> 一个黑大个对准他的腹部，猛击两拳。随着肋骨的断裂，张霖之应声倒在地上。

在矿院一号楼313房间——经济系六四（2）班废弃的学生宿舍里，四个红卫兵的小头头开始审讯他们的部长，之后便监管他的行动。

24日，一辆黑色轿车停在北京矿业学院的教学楼前，从车上下来两个身穿草绿色军装的人。顿时，等候的人群中响起阵阵“革命无罪！造反有理！”、“‘中央文革’与人民群众心连心”的口号声。走在前面的是“中央文革小组”成员、名声赫赫的戚本禹，他目不旁视，径直走向会议室主席台中间的软椅。“同志们，我和 ×× 同志是奉江青同志之命来的，你们炮轰煤炭部一小撮走资本主义道路当权派的行动好得很！”等一阵“欢呼”的声浪退去，他扶扶眼镜接着说：“不过，现在你们的火力还不够，还要集中轰，狠狠地轰。煤炭部在北京饭店对面，那里发生点什么外国人都可以看见。你们搞得热闹了，在那里、在大门口造反，可以震动全世界！”

事隔两天，12 月 26 日，是毛泽东主席的生日。张霖之正在房里认真学习毛主席自“文化大革命”以来的一系列指示，忽然，门被“嗵！”的一声踢开了，一群学生呼啦啦涌了进来。没等他看清那些陌生的面孔，一个黑大个就对准他的腹侧，猛击两拳。随着肋骨的断裂，张霖之两眼生泪，头晕眼黑，应声倒在地上。他愤怒地抬起头，喝道：“不许胡来，不能武斗！”话音未落，一个人扑上来，揪着他的头发狠命地拖扯，另一个人把一块写着“彭真死党张霖之”并在上面打着黑叉的大牌子挂在他头上。混乱中，张霖之的半边头发被连扯带剪地剃光，斑斑血水滴落在胸前的牌子上，染红了上面贴的纸，又滴在水泥地上。最后，他被押上了楼外的大卡车，开始了第一次游斗。

就在张霖之被持续折磨三个小时的同时，煤炭部那个没当上副部长的“老干部”和另外几个人正在策划更大更残忍的迫害。

12 月 28 日，在煤炭部大礼堂举行的批斗会上，这位“革命领导干部”亮相了。“革命造反派的战友们——”粗大的喉结在他干瘦的脖颈上下滚动，“本禹同志的指示，对我们来说是动员令、是催征鼓。我要像当年打日本、打蒋介石那样，和你们一起冲锋、扔手榴弹——”

“别摆老资格，少废话！快点揭发！”不知是谁在下面高喊。

“是，是是，我揭发、揭发！”这个“老干部”擦着瘦脸上的油汗连连应诺。在他的如簧之舌下，一个个“罪名”、一顶顶“帽子”射向张霖之，也增添着受蒙蔽的学生、群众的虚狂和怒火。终于，一场丧失理智的人性悲剧发生了。

下面是当年参加批斗张霖之的人写的日记：

> 1966年12月28日……
>
> 张部长被送至台上，强行按倒跪下。他使劲抬头，李 × ×、戴 × 猛扑上前，用力压。接着，又有四个人一齐踩在他的小腿上，让他无法再站。又有些人拿着一根木牌插进衣领，张部长拼力反抗，棍上的倒刺把他的耳朵、脸、鼻子都划破，顺着脖子淌血。会刚开完，李 × × 和一群人扭着张的胳膊穿过大、小礼堂游斗，后又到院子里斗、大门口斗。张部长站在一把凳子上，上衣被扒光，在零下17度的严寒里冻着。他遍体鳞伤，双手举着木

牌，又气又冻，全身哆嗦。有几个家伙说他站得不直，就用小刀子捅他、割他……

1967年1月12日……

汾西矿务局的李××来京，还带来一个特制的六十多斤重的铁帽子。

……

斗争会一开始，几个小子就拎着铁帽子往张部长头上扣。他双腿打颤、脸色蜡黄，汗珠直往下掉。不到一分钟，铁帽子就把他压趴在台上，口吐鲜血。这么折腾了三四次，张部长已奄奄一息，昏死过去。

具有五千年文明的中国，却公然上演着只有蛮荒时代才会出现的惨剧。

此时，张霖之的女儿正设法见他一面，她找到一号楼，老远就听见那边传来一阵阵吆喝声、嘲骂声和口号声。“是爸爸！”她的心狂跳着，紧走几步来到人群前，突然两腿像灌了铅似的再也挪不动。她惊呆了，十几天不见，父亲的形色枯槁憔悴，本来就虚弱的身体在寒风中摇曳。爸爸下身穿着那件黑棉裤，是妈妈为他总跪着挨斗专门做的，因为长，还挽了一截。“阴阳头”上的一半头发散落在脸上，胸前背后各挂着一块用细铁丝吊着的大木牌。因为重，铁丝已经深深嵌入肉里，周围全是黑紫的血痂，手里还拿着一个代替铜锣的破洗脸盆。她看着看着，一阵昏眩，几乎跌倒。

就在这一瞬间，张霖之麻木、呆滞的眼睛忽然亮了，他认出站在面前的女儿。“非非！是你！”他把手里那个敲破了的洗脸盆猛地掼在地上，两行老泪顺着面颊缓缓流下。

“干什么的，你是他什么人？”几个披着绿大衣的造反派横在两人中间，“不说，就拿这老家伙是问！”皮带飞舞，骂声阵阵。血丝和着泪水，在父亲脸上划出难看的线条。“别打了！别打了！我是他的女儿，我是来看看他的。”

“狗崽子！狗崽子！”

“给她学校打电话，把这家伙带走。”

就在造反派打电话的短暂空隙，她从父亲深沉的目光里感到他急于知道外面的一切。

“爸爸，我们都好。您、您还有粮票吗？”

张霖之没有回答，只是低沉地带着微喘说道：“回家告诉你妈妈，我一定革命到底！”

一群人硬行把他们扯拽开，她的围巾散落在地上，露出的白皙的脸涨得通红。她奋力扭过头，喊着：“爸爸，我还来看您，还来——”

张霖之咬紧牙沉默着，沉默得像一座活火山，在酝酿着喷发，酝酿着怒吼！这一天整整24小时，他粒米未进，滴水未沾。在敌意、冰冷的盯视下，在芒刺在背、鬼魅缠身般的厚重痛苦中，他在写交代用的白纸前坐了五个多小时，最后端端正正写道："我再次申明，说我在党的会议上攻击毛主席的那些话，纯属造谣陷害。你们搞了我这么多天，费了这样大的功夫，给我扣上死党的帽子，可是没有任何事实，今后像这样的逼问，我一律拒绝回答。"这就是他在被斗毒打52次、关押30多天之后，第一次交出的"坦白"材料！一颗金子似的心，在全身伤痕，衣服、头发、脸上沾满墨汁、血污、痰迹后面，还在顽强地闪光。这足以使所有政治上的懦夫、甚至使两千年前的那位老乡——刺秦王的荆轲相形见绌。

除了他的妻子儿女之外，这些天来，还有许许多多善良的人在想方设法营救张霖之。从高级干部到伙房大师傅，从左邻右舍到素不相识的煤矿工人，虽然一次次上告电话被粗暴地回绝挂断，一封封呼救信被"中央文革小组"的信访组扣压，但是人们还在打、在写、在奔走……然而，谁都没想到，对张霖之的迫害，远远超出了挂牌、游街、戴高帽、"喷气式"、辱骂、狂叫。当人们知道这一点时，已经太晚了。

1967年1月21日晚6时，张霖之瘫倒在床上。这一天，北京矿业学院的造反派举行"庆祝夺权胜利"游行。他，作为俘虏和战利品，举着"反革命修正主义分子"的牌子，陪游陪斗六个小时。此时，他觉得自己已经快油尽灯残，没有一点气力。忽然，外面传来一阵纷乱的脚步，看守王××和田××推门侧倚，放进五六个人来，未等老人张口，已被拖到地上，接着又被按跪在一张长方条凳上，脖子上挂上一捆东西。张霖之只觉得沉重无比，汗珠噼里啪啦掉下来。原来那是一个用褥子裹着的大铁炉。见他颤颤巍巍，暴徒一把抓住他的头发"帮助"他稳住。王××大声吼："张霖之，你是不是彭真的死党？""是正常的工作关系，上下级关系。""你是不是常常深夜到彭真家开会？""很少。""干什么去了？""商量工作。""胡说……"

"啪！啪！"王××左右开弓，打得老人嘴里连血带沫子淌下来，舌头都麻了，像棉花瓤子塞在口里。眼角挨了一拳，他一只眼被血糊住，另一只眼大睁着盯着凶手。"你还敢不老实——"不知是谁，照准凳腿一脚踢去，凳倒人翻。张霖之的头被那个铁炉子掇着，重重磕在水泥地上。暴徒们又把他揪起来。

带着铁卡子的皮带和军用帆布腰带像雨点一样抽落下来，疼痛的抽搐散布到他脸上的每一根筋络，冷汗直冒。但张霖之仍不吭一声。血，迸溅着，溅到四壁。飞舞的皮带铁头打塌了他的左眉骨、打裂了后脑骨、打碎了衬衣。他下意识地蜷缩着，终于，两眼发黑，又扑倒在地上。

脑子已不太清晰的张霖之只觉得极疲倦，极沉重，渐渐地，一切都模糊了，也难以听见抡着皮带的小将仍在喊："看哪！张霖之那副怪样子，装死狗，哈哈！"他好像睡着了，枯瘦的身体倒伏在地上，脸枕着温热的血，闭上了眼睛……

> 听到张霖之的死讯，周恩来含泪发表谈话："我很难过！一个部长，一个中央候补委员，一个人大代表就这样死了。"

"听说没有？那个黑帮咽气了。"

"张部长不幸遇难，唉——"

"老张死得冤哪！"

"简直没有王法了，这样搞还了得？！"

"死就死呗，这种人多一个不如少一个。"

无数张嘴带着嘲弄的、幸灾乐祸的、悲哀的、愤怒的、痛不欲生的口吻传播着一个消息：张霖之死了！一封封加急电报，一个个长途电话通过万里中继线，询问煤炭部、国务院，询问"中央文革"，要求证实这个消息是否准确。

李蕴华和她的子女们是三天后才得到音讯的。天寒地冻，孩子搀扶着母亲，路途遥遥奔向东郊火葬场。一位工人告诉他们，三天前矿院造反派把遗体拉来扔下就走了，要不是你们找到这里，再过些时候就火化了。张克非后来忆及那时的情景，仍肝胆欲裂："我们见到爸爸时，真不敢相信自己的眼睛。一个月前，他还笑着鼓励我好好学习毛主席著作，积极参加'文化革命'，现在却孤零零地躺在地上。爸爸赤裸着上身，下身穿着条棉毛裤，光脚，嘴里满是紫色的血块，背上尽是鞭伤、刀痕，头上有几处血洞……他的面容上凝留着愤恨，微张的嘴像在抗议。这是谁专谁的政，谁革谁的命？一个没有倒在国民党反动派和日寇屠刀下的老战士就这样完了。我想不明白，一辈子也想不通！"

当天深夜，全家人蜷缩在几只椅子搭的床上，屋里没有暖气，房间里空荡荡的，更觉得寒气逼人。当远处电报大楼的钟声敲过 12 点后，扔在屋角的电话忽然响了。二儿子张世平抓起电话，刚听了一句，就惊讶地跳起来，冲着李蕴华大叫："妈妈！妈妈！快来呀，是周总理办公室打来的！"全家都呆了，只有泪水像山泉般涌了出来。李蕴华激动得全身抖动，她几乎是扑在听筒上捕捉着对方的声音："李蕴华同志，我是总理秘书周家鼎。总理十分关心霖之同志的问题，指示我们要立即通知公安部，通知谢富治同志，由法医、煤炭部、矿院和家属四方组成调查团，查明霖之同志的死因。他还让我告诉您，要节哀，多保重。"李蕴华含泪"嗯、嗯"地应着，使劲地点头。也许就在此刻，在她几乎万念俱灰时，周恩来的关怀使她决心要坚强地活下去。

2 月 17 日，周恩来总理在中南海小礼堂接见群众组织代表时发表了如下谈话："可以把我们三四十年的老干部统统一概打倒吗？统统靠边站吗？如果我们这样做，是犯

▲1958年，（左起）二机部部长宋任穷、国务院副总理李富春、石油部部长余秋里、煤炭部部长张霖之、一机部部长赵尔陆、冶金部部长王鹤寿、化工部部长彭涛在广东（历史照片）

罪的。到现在我都很难过，张霖之一斗十几天、几十天不让回家，多年的老战友嘛！这样下去也是一种残酷斗争。许多中央同志知道后很不安，很难过。老干部是党的财富呵！你们难道可以为所欲为吗？”

3月1日，周恩来、李富春、李先念、余秋里接见七个部委的群众组织代表。周恩来含泪发表如下谈话：“矿院把张霖之同志揪去40多天，为什么不让回家，至少可以先回国务院嘛。今天我看见了钟子云（当时任煤炭部副部长，曾与张霖之一同被关押），看不见张霖之，他已经化成灰了，我很难过！他失掉人身自由40多天，这样的拘留是违法的。一个部长，一个中央候补委员，一个人大代表就这样死了，就是对一个同学也不能这样！”说到这里，周恩来声音有些哽咽：“现在，让我怎么向党中央、向毛主席交代？”

3月11日，周恩来在一次更大规模的会上又说：“小将们，不要以为只有你们自己是革命的，我们许多老同志一样是赤胆忠心的。只要祖国人民一声召唤，他们照样会走上前线，血洒疆场的！可是，你们却不让他们革命，揪斗他们。像张霖之同志，还被摧残死了！”

张霖之作为“文化大革命”中第一个蒙难的部长，他的死，给所有正直、善良的人敲了警钟。国务院总理办公室不久就通知各部委：主要负责人立即搬进中南海这块唯一的“净土”，如果要与群众见面，必须事先通知，得到批准才行，时间不许超过两小时。这项规定后来成了许多老同志的保护符。

第三十五章 海军参谋长张学思遭诱捕

林彪为发展自己在海军的势力，派打手李作鹏等人去“掺沙子”。张学思挺身而出，仗义执言。

1970年5月末，正当“文化大革命”狂潮叠起之际，又一颗将星陨落大地——爱国将领张学良的胞弟、海军参谋长张学思将军蒙受不白之冤，含恨九泉！张学思逝世后，周恩来总理曾几次在和海军人员谈话中提及此事，他非常痛心地说：“张学思是个精通海军专业又能亲自出海的参谋长，现在死了，海军少了一位难得的将才，真可惜呀！”

张学思之死，根源要从林彪那里追起。

庐山会议后，林彪当上了国防部长，开始主持全军工作，同时也在各军兵种中抓权力，树威信，发展自己的势力。海军是个新军种，林彪在这里没有基础，尤其是对于萧劲光、张学思等海军领导他极不信任，他处处觉得海军“不听话”、“老不买账”、“碍手碍脚”。

60年代初期的一次军委会议上，林彪决定拿海军开刀，他批评指责海军把“四个第一”变成了“四个第二”，他给海军党委扣上了三顶帽子：一曰“放着大路不走走小路”，

▲1934年，张学思和大哥张学良（中）、三哥张学曾（右）合影留念（历史照片）

二曰“有现成的好药方不吃却乱找药方”，三曰“像个懒婆娘管家，管得稀稀拉拉”。林彪的三点批示，等于是对人民海军工作的全盘否定。

政治上否定之后，接着就是组织改组。林彪以“加强海军领导”的名义，派遣李作鹏为首的几员心腹干将到海军“掺沙子”。这伙亲信到海军后有恃无恐，到处扣帽子、打棍子，对海军成立以来的各项工作一概否定，对海军正在开展的比武活动和练兵高潮横加指责：“不突出政治”、“单纯军事观点”、“技术第一”……

身为主持军事训练工作的海军参谋长张学思不得不挺身而出，仗义执言。在一次海军党委扩大会议上，他针锋相对地说：“海军是在党中央、毛主席亲切关怀下成长发展起来的，成绩是主要的，全盘否定，不符合唯物辩证法！”海军副司令刘道生也气愤地说：“你们借突出政治，干扰和影响了军训，搞得快艇不快潜艇不潜，将来还要搞得飞机不飞！”解放军总参谋长罗瑞卿出席了这次会议，他支持海军广大干部的正确意见，对海军工作给予充分的肯定，同时，也对李作鹏一伙的谬论进行了严厉的批驳。他说：“海军党委无论在哪方面都作了很大的努力，做了大量的工作，很多工作是有成效的。这些要否定也是否定不了的。戴帽子是容易的，但是戴得不合适，就无助于问题的解决，而且要伤人！”

然而，事情并未就此而止。自林彪将一伙亲信安插进海军后，海军便不得安宁了，内部的斗争愈演愈烈。随着斗争的不断深入，就连张学思在解放初期亲手创办的被誉为“海军军官摇篮”的大连海校也受到了株连。由此而开始了一场全军院校的“焚书运动”。

张学思和海军的主要领导被搅得无法正常工作。张学思愈来愈感到憋气，他不愿意在这种黑白颠倒、自己又无法改变局面的环境中工作下去。因此，在“文化大革命”来临的前一年，他就向周总理提出要离开海军到六机部工作。六机部是受国务院直接领导的，又是管造船的，这样，也可以在周总理直接领导下继续为海军建设贡献力量。

在此前后，吕正操到张学思家串门时，张学思曾向他倾诉过自己的苦衷。吕正操又两次找周总理，谈起张学思的调动问题。

可是，周总理没有同意。他从全局考虑，决定张学思不能离开海军。为此，他以个人名义，向海军党委提出挽留张学思的三点理由：（一）他经过长期革命斗争的考验；（二）他留过学，懂得海军专业；（三）在国内外有一定影响。

这是周总理变通地给张学思的一道“护身符”。然而，连周总理也没有料到，当那场空前的浩劫到来时，谁也没有力量去阻挡那席卷全国、吞噬万人的狂涛巨澜。

1965年秋，张学思申请参加“四清运动”，他想借机离开海军一个时期，清静一下。10月，他和刘道生带领海军司令部机关部分人员来到天津塘沽区北塘人民公社，他住在渔民华老三家里。他和渔民们同吃一锅饭，同抽一袋烟，一起出海捕鱼，一起修船补网。渔民们见他挺实在，穿着也和他们没两样，都亲切地叫他“老张”。半年后，“四清”工作结束的欢送会上，渔民们才知道，老张原来是海军的参谋长，“是个大官！”。

就在工作队回京之前的最后一次出海，发生了一件异乎寻常的事情。几乎是在一瞬间，本来风平浪静的海面，忽然狂涛巨浪大作，小小的木制机帆船一下倾斜30多度，甲板上的人几乎全部摔倒。张学思当时正在驾驶台上，他和经验丰富的船长迅速把船头转向，才使渔船没有被掀翻。大约有一袋烟工夫，浪峰过去了，海面又平静下来。这场灾难来得突然，去得迅速，甲板上的渔具都被打坏，一位渔民丧生，还有五六人受伤。原来，这是渤海南部海底发生地震造成的海啸。这场海啸发生得非常突然，人们事先毫无思想准备，这似乎是上苍向人们预示着什么。

大自然的灾难张学思幸运地闯过来了，而即将来临的人类历史上空前的浩劫，他却无法闯过去……

在海军党委扩大会上，演出了群众罢免党委主要领导人的闹剧，张学思感到震惊和愤慨。

1966年5月，张学思结束了“四清”工作回到海军司令部，正好赶上了海军党委扩大会议。在此之前，林彪集团已阴谋把罗瑞卿打成了“反党分子”和“资产阶级军事路线的代表”。在这次会议上，他们以“肃清罗瑞卿在海军的影响”为名，掀起了篡军夺权的险风恶浪。

这次会议开得极不正常。会议一开始，一伙人便跳出来鼓噪说：海军主要领导人紧跟罗瑞卿推行资产阶级军事路线，必须立即做出检查和交代！一下子把海军主要领导推到了被告席上，并罢免他们对会议的领导权，由林彪的一伙亲信组成会议领导小组。会议急转直下，变成了围攻会和斗争会，甚至提出要罢海军主要领导的官。张学思由于参加“四清”，有半年脱离了海军的军政要务，他没有料到，事态发展得这么迅速和严峻，一个高级党组织的会议，竟然出现了所谓“群众”罢免党委主要领导的闹剧，真是咄咄怪事，他感到震惊和愤慨。

这场会议的“火”很快就烧到张学思的身上。张学思一直以作风严谨而闻名于海军内外，而会议的操纵者们除了批他执行罗瑞卿的资产阶级军事路线外，还莫须有地要他交代所谓房产不清的问题，企图“从经济上到政治上彻底挖出资产阶级在海军的代理人”。早在 1952 年，因国家建政协礼堂，张学思的二母亲卢夫人以张家全体成员的名义，把北京顺承王府卖给政府。她把这笔钱平均分成十八份，张家成员每人一份。当时，张学思说通母亲许夫人，把他们母子兄妹所得的五份，共八亿五千余万元（旧币）全部捐献给国家。1953 年，张学思由大连调北京海军机关工作，他的母亲许夫人用自己的私蓄在北京买下一座四合院居住。张学思作为一名海军的高级干部本应享有一套公房，但他看到许多干部住房紧张，便主动提出他不要公房，自己全家和母亲住在一起，到 1966 年，他在这所私宅已住了十几年，一切费用完全自理，就连修缮费也没有用公家花一分钱，这难道成为整他的罪状？张学思气愤地写了一份关于自己房产问题的说明材料，拿到会议上散发……

海军会议情况通过简报反映到党中央。中央书记处和军委的老帅们立即看出这是违背党的组织原则的丑恶事件，一致决定要严肃处理。担任书记处书记、负责军委日常工作的叶剑英亲自来到会场，传达了当时主持中央工作的刘少奇的指示，指出这个会议不正常，路线错误是第二位的，非组织活动是第一位的！叶帅激动地说：这是搞地下活动，是阴谋罢官夺权！他还点林彪一个亲信的名字，严肃地说：“×××，你要搞陈桥兵变，黄袍加身！”党中央领导同志的指示，揭露了林彪一伙的阴谋，挫败了他们的嚣张气焰。

海军党委扩大会议立即发生 180 度的大转向，强压在心头的怒火喷射而出，大家纷纷发言，对林彪一伙在海军的阴谋活动进行揭露和抨击。张学思在会议的后期连续几次发言，他指出：在我们军队的党委会上，竟然出现此类事件，是令人十分痛心的。毛主席要我们团结起来，以大局为重，正确分清和处理两类不同性质的矛盾，我们本应先分清是西安还是延安的问题，可是却有人搞地下活动，混淆两类矛盾，怎么能团结起来？他们是罢官夺权，把全军搞乱，要长不可长之风，怎么能以大局为重？把坚持正确路线的领导同志说成是错误路线的代表者，如此这般，关系如何不紧张？张学思还就林彪亲信们罢免萧劲光、苏振华等海军主要领导人职务问题进一步揭露：“你们企图用欺骗的手段，作出决议，造成既成事实，去逼中央军委点头，这种企图是个阴谋，这种做法是恶劣的行为，必须彻底揭露，使全军引以为戒！”张学思的发言引起全场的共鸣，人们感到惊讶和敬佩，想不到一向非常谨慎的张参谋长，在原则问题上态度这么明朗!

然而，张学思及一切善良的人们不会想到，此时，那场史无前例的“文化大革命”已经拉开了序幕。他们与林彪一伙针锋相对的抗争，却为自己埋下了深不可测的祸根……

> 海军的大权终于落入李作鹏等人手中。张学思成为眼中钉、肉中刺，他们密谋策划，在深夜诱捕张学思。

一场政治风暴在中国大地刮起，林彪、江青等野心家、阴谋家粉墨登场，大肆进行篡夺党和国家权力的阴谋活动。海军当然是他们“夺权”活动的一个重要目标。在林彪的策动下，海军领导机关和军事院校掀起了大鸣、大放、大字报、大辩论的所谓“四大”活动高潮，各军事院校的“造反派”纷纷进京，推波助澜。林彪还亲自出马，在人民大会堂召见了李作鹏一伙亲信，“亲切勉励”一番。随即，海军上下传达了“林副主席”的“四点指示”。于是，凡是抑制他们阴谋活动的领导干部，都一批又一批地被打成了“走资派”。1967 年 1 月，海军政治委员苏振华被戴上了反党、反社会主义、反毛泽东思想的“三反分子”帽子，被打倒。萧劲光司令员由于毛主席出面保护才得以幸免，然而，林彪一伙只不过是把他作为“右的代表”而一时保留罢了。海军的领导大权完全落到林彪反革命集团的手里，李作鹏当上了海军党委第一书记、海军政治委员。

接着被打倒的就是副司令、副政委……在这种情况下，主持正义的张学思仍不买他们的账。几位海军领导同志被揪斗之后，李作鹏的亲信便迫不及待地提出要撤掉这些首长的警卫员和公务员。海司管理局不知怎么处理此事，便向参谋长请示。张学思听后果断地回答:“我还没见到上级的正式文件，不能撤，仍保持原待遇！”他明知有风险，但硬是顶住了。

李作鹏一伙一直把张学思视作眼中钉、肉中刺。“文化大革命”初期，他们鼓动一伙人写揭发他的大字报。可是，张学思在海军司令部威信很高，上下级关系很融洽，因此，除了有几张揭发他“家里养只贵族猫”、“给猫喂鱼、看病”之类的大字报外，再也找不出他任何问题。李作鹏一伙当然不会罢休，硬是把张学思排斥在“文化大革命”运动的领导之外，甚至罢免了他的海军司令部党委书记的职务。

“运动不让我管，我可以专管作战。”张学思没有放弃海军参谋长的职责，他为了保持海军部队的稳定，不使指挥间断，便把全部精力投入到战备值班、处理海军部队一些日常工作中去。从 1966 年底开始，各地发生了冲击军事领导机关的事件，海军军事院校的一些造反组织，也多次冲击海军领导机关。在海军的作战指挥、机要、通

▲张学思（左二）与萧劲光（左三）研究海军教学方案（历史照片）

讯面临着被破坏的严重关头，张学思亲自出面组织海军司令部的干部、战士，日夜守卫在这些要害部门，用沙袋子塞住各楼梯口，阻止“造反派”的冲击。在局势最严重的一段时间里，张学思吃住都在作战值班室里，一步也不离开。他对周围同志说：“部队乱了，还怎么打仗？我们这里的一切都是属于国家的重要机密，要是遭到损失，怎么向党向人民交代！”

李作鹏一伙恨不得立即把张学思除掉。张学思也预感到李作鹏一伙是不会放过他的。眼看着他所熟悉和尊敬的领导人，像刘少奇、邓小平、陶铸、彭真、贺龙等，一个又一个、一批又一批被打倒，他的心情越来越沉重。一天，他对妻子谢雪萍说：“这场运动，我们的日子是不会好过的。”谢雪萍担心地问：“他们会对你怎样？”张学思说：“我自17岁就参加了共产党，30年来，我对党对革命，可以说是出生入死，忠心不贰！”张学思情绪有些激动：“我问心无愧，坦坦荡荡，他们要整我，叫他们整好了，一不用怕，二不用躲，看他们能把我怎样！”

1967年7月，林彪、江青集团一手制造了武汉“七二〇”事件，并乘机提出了“打倒带枪的刘邓路线”、“揪军内一小撮走资派”的反动口号。林彪反革命集团要在全军范围内扫除一切敢于对他们进行抵制和斗争的人，这回，他们对张学思下手了！

7月21日，由林彪的老婆叶群出面，向海军的李作鹏打招呼。她在电话中说：“张学思在东北时是反林彪，以前他和国民党有勾结。”要他们尽快送张学思的材料。

接到这个讯号，李作鹏一伙立即进行密谋策划。经过两天的苦心编造，他们搞出了一个“关于张学思的严重问题”的材料，给张学思罗织了两条“罪状”。一是说“张学思在东北工作时，与彭真、林枫等关系很好；来海军后，忠实地执行了以苏振华为代表的资产阶级军事路线，他在海军的两个阶级、两条路线、两个司令部的斗争中，是完全站在苏振华一边的”。李作鹏一伙还特别说明，张学思任海军参谋长是由周总理支持的。二是说“张学思有特务嫌疑”，“蒋匪特务机关长期以来策反张学思”，“张学思自己写的自传中也交代接触过很多国民党上层人物，蒋匪大特务戴笠还请他吃过饭”。

这份材料不敢通过公开的途径上送，李作鹏派他的老婆在7月24日送给了林彪、江青和关锋。

又过了一些日子，林彪集团的吴法宪把他们在海军的同伙叫到京西宾馆，说：“上边已决定，逮捕张学思。”主子发令，亲信们就立即投入了行动，布下了罗网。

1967年9月11日凌晨4点，张学思家里的红色内线电话突然响起一阵急促的铃声。张学思从睡梦中惊起，拿起了电话筒，这是一部直通中央和海军作战值班室的机要电话，只听对方传来低低的声音：“你是张参谋长吗？要开个紧急会议，你马上到第一招待所来。”光明磊落的张学思，根本没有想到这是一个阴谋。他急忙披衣起床，叫醒隔壁的司机。

谢雪萍也被电话铃惊醒了，她问丈夫有什么事，张学思只说有急事要去开会，便急急忙忙洗漱了一下，什么也没有吃，就乘车走了。谢雪萍万万没有想到，她的丈夫这一去就陷入魔掌，再也不能回家了！

张学思到达海军第一招待所时，天还没亮，整个海军大院一片寂静，招待所门前也没有一个人影，门厅内透出一片微弱的灯光。张学思走进大门，只见门厅里有几个穿黄军装的人迎视着他，他没有理会，继续向小会议室走去。那几个人便尾随而来，紧接着李作鹏的一个亲信从会议室门里迎了出来，张学思已被这伙人包围了起来。再看会议室，里边空无一人，根本没有开会的迹象。张学思目光严厉，直逼对方，厉声问道：“你们想干什么？”那个李作鹏的亲信冷笑着哼了一声说：“我向你宣布，根据上级决定，你被逮捕了！”对于林彪反革命集团在海军的所作所为，张学思是心里有数的。他也估计到李作鹏一伙早晚是要整他的，但他不曾料到，他们竟会采取如此卑鄙狠毒的手段！这就是“左派”领导的革命行动吗？张学思的愤怒很快变成了蔑视，对镣铐也嗤之以鼻，他用轻蔑、辛辣的语调说：“你们也太不光明正大了！既然是上级决定，那完全可以在大庭广众面前宣布我的罪状，然后把我逮捕起来，为什么还要用欺骗的手段把我骗来？！”几句话说得那亲信无言以对，他们手忙脚乱地把张学思架上了囚车。

> 关押在阴暗潮湿小屋里的张学思充满屈辱和愤怒，一封封申诉信如同石沉大海。

张学思被关进北郊卫戍区某团的一个营区里。营区的一角有一排陈旧的平房，这里原是一个连队的营房。平房的走廊在中间，两边临时间隔成一间间10平方米左右的小房间。玻璃窗外安上了铁丝网，窗户紧闭着，下半截还糊上了报纸，以阻止屋内的人向外观望。房子很阴暗，水泥地面十分潮湿，屋子不通风，很闷。

张学思走进这个环境，心里充满了屈辱。第二天，张学思就写了一封短信向李作鹏和海军党委提出询问：“究竟为什么要把我关押起来？我到底犯了什么错误或什么罪行？”几天过去了，没有任何回答。9月16日，张学思又写了一封信提出质问：“抓人总得有个理由吧？你们叫我反省也好，交代也好，起码也要告诉我反省和交代哪些方面的问题吧？！”这次，李作鹏在信上批了几句话：“张学思的信如何处理有两个方案：一不理他，二告诉他可能问题严重，正在审查中。”结果还是不做回答。9月27日，张学思第三次写信质问，还是没有任何回音。

就在张学思被诱捕的当天早晨，李作鹏一伙就派人奔到张学思家里抄家。谢雪萍质问他们：为什么把张学思关起来？他是什么问题？回答是：“有重大政治问题，不能告诉你，你们也不要打听。”

张学思被关押，到底凭什么？全海军机关除了李作鹏一伙，谁也不知道，就连海军司令员萧劲光也被蒙在鼓里。

在那个黑白混淆、人妖颠倒的年代，哪里还讲党委领导和社会主义法制？人已被抓起来了，却还没有立案。9月13日，李作鹏才指使其亲信搞了一个以海军党委名义上送的“立案报告”。报告说国民党特务机关长期策反张学思，张学思可能有重大的政治问题，为此“请示对张学思进行隔离审查，并向海军直属机关各级领导和革命群众公布张的问题”。可是，这个“立案报告”还是被周总理看到并压了下来。当时，周总理的处境已经十分困难，但为了保护张学思，他仍很策略地批示道：“此事待成武同志回来考虑。”周总理的这句话包含了两层意思：一是不同意立即抓人；二是把这件事交给当时主持总参工作的杨成武同志来处理，进而把张学思保护起来。然而，他哪里知道，李作鹏一伙早已秉承了林彪的意旨，先斩后奏，把张学思逮捕关押了。周总理还批示道：“事情没有查清之前，不要向群众公布。”然而，林彪的一伙亲信偏偏要反其道而行之。周总理批示之前，他们对抓张学思的事一直保密，总理批示刚下，“张学思是特务”等谣言就迅速传遍海军大院，有个别的狂妄之徒甚至提出要“揪张学思的后台老板！”，想通过整倒张学思来诬陷栽赃周总理。

张学思被捕后的一天，有几个人鬼鬼祟祟地来到张学思家中对他的夫人谢雪萍说：“我们是上级派来的专案组。你和张学思1961年参加‘西安事变’25周年招待会，是哪里通知你们的？什么人主持的会？讲了什么话？有什么活动？”谢雪萍一想：“这不是要调查周总理吗？”一股怒火涌上她的心头。

原来，林彪集团和“四人帮”一伙要调查的，是1961年12月12日由周总理主持举行的“西安事变”25周年招待会。张学思夫妇和杨拯民夫妇应周总理邀请而出席，他们就坐在总理的一左一右。席间，周总理代表毛主席和党中央，表达了对西安事变，对张学良、杨虎城两位爱国将领的怀念之情。张学思感情异常激动，在给周总理敬酒时竟泣不成声。总理也难过得流下了热泪，深情地对大家说：“25年了，杨先生一家4人牺牲了，张先生还囚禁在台湾，没有自由，怎能使人想起他们不落泪呢？”张学思因悲伤过度，未能终席。散席时，周总理还专门去看望了张学思。

对于林彪一伙要张学思夫妇交代的所谓“问题”，谢雪萍愤慨地说：“要调查，你们到周总理办公室去，那里有记录！”说得来人无话可说，只好灰溜溜地走了。

张学思在被关押的日子里，非常想念长期爱护和保护他的周总理。1967 年 10 月 5 日，张学思向周总理写信申诉：

> 我背叛了自己出身的阶级，在党内遵循毛主席指引的道路走了30年，在工作中虽然曾有过这样那样的缺点和错误，但是我以党性和生命向党保证，我绝不是叛徒、特务、反革命分子……我已向海军党委写了三封信，至今无回示也无人与我谈话，因此给您写了这封信。

这封信，周总理没有收到。林彪一伙早已设下重重关卡，严密封锁消息。张学思的几个子女也向周总理写了一封信，反映张学思被关押的问题，结果不仅信被没收了，还遭到了一顿训斥，叫他们“不要到处告状”。谢雪萍向毛主席写了一封信，报告了张学思被诱捕和家中被抄的情况，并且亲自送到中南海门口，可是，信照样落到了李作鹏一伙的手里，并且又一次受到“警告”。

> 张学思驳倒了一条条强加给他的逻辑混乱、令人发笑的罪状。他刚正不阿、宁折不弯的态度，给他带来了日益升级的批斗。

一个月过去了，李作鹏一伙经过一番策划，成立专案班子，加紧了对张学思的折磨和迫害。

10 月 8 日，李作鹏的一个亲信来找张学思，传达了李作鹏的“指示”：“据有人揭发，你是敌人长期进行策反的对象之一，在已破案的材料中涉及到你，这是什么性质的问题，你应该清楚。所以你一定要老实交代，协助组织把这个问题搞清楚。”张学思听后心里明白了，这是要从政治上陷害他。他抑制住心中怒火，镇定地回答说：“既然是这个原因把我抓起来的，这就不是我自己向党做任何保证可以解决的。我自己也没有什么可以交代的，你们可以调查嘛！”一连几天，张学思只字未写。

张学思的强硬态度，使林彪反革命集团非常恼火，他们决心采取群众斗争和专案审讯相结合的办法来压服张学思。从 1967 年 10 月 25 日开始，连续十几天，张学思天天被拉到海军大院，进行大会、小会批斗。批斗以后，专案组又不断进行“提审”，有时搞所谓连续作战，1968 年的 3 月 1 日到 13 日，就连续“提审”了 13 天，李作鹏一伙怂恿揪斗组说：“你们要有强烈的阶级仇恨，作坚决不调和的阶级斗争。”

在相当长的日子里，张学思受到了残酷的迫害和折磨。然而，他精神上所受到的打击比肉体上的摧残更加难以忍受。每次他被拉到海军大院批斗，发现以往那一张张亲切熟悉的面孔变得陌生而冷酷，他的周围，到处是愤怒仇视的目光和震耳欲聋的吼叫，时常还会夹杂比拳打脚踢更侮辱人格的谩骂……张学思虽然参加革命几十年，但由于特殊的身份和长期从事军事工作，他很少参加党内的政治运动，很少有党内斗争的经历和经验，在他的心目中，党一直是一幅纯洁完美的图画，一直是一个高大神圣的形象。他越是坚信党，就越是不理解他目前的处境。

曾与张学思同期受迫害，就关押在他隔壁房间里的吕正操将军，曾回忆到以下一段情节：

我们每顿吃的饭，是一碗发了霉的大米或一个又干又硬的馒头，我们都不够吃，可是张学思的精神压力大，经常剩下一半。剩下了也不许倒，要留着下顿吃，他就拿张报纸盖着，报纸上有毛主席的像，看守的战士就批他蔑视伟大领袖，他反驳，和战士吵，便受到围攻。每天晚上提审的时候，他都据理反驳，和他们争吵得非常厉害……

吕正操将军认为，一是由于张学思对党内斗争认识上的单纯，缺乏接受这场空前严酷斗争的思想准备；二是他从母亲那里继承了刚正不阿、宁折不弯的秉性，所以他在蒙冤关押期间，所受到的心理伤害、精神折磨和肉体摧残，比其他人严重得多……

以下，是笔者看到的当年审问张学思的有关笔录：

专案组：今天，交代一下你的假党员问题。

张学思：我不是假党员，两次入党，都是经过组织审查的，都有入党介绍人，我的自传里已写得很清楚，你们还可以调查活着的人……

专案组：老实交代，你是不是想搞个人势力混进党内来的？

张学思：我如果是为个人私利的话，还有必要冒着生命危险找共产党参加革命吗？论我的家庭出身、个人私利、物质享受，够高的了，何须到共产党这里找。要谋取高官厚禄的话，在国民党那里是很容易的事。

专案组：要你交代的是，你是怎么混入共产党内的？

张学思：你们说我是混到党里来的，就算是“混”吧，像我这样的人，不愿到国民党反动派那里去“混”，却偏偏要在共产党里边来“混”，对这，我也觉得光荣！

……

专案组：据我们掌握的资料看，你一直是国民党的策反对象，现在，你交代你是怎么和国民党特务相勾结的？

张学思：这个问题我还是第一次听到。如果光凭这一条，就可以抓人定案的话，国民党特务的策反工作就太好做了。只要在他们的计划上多列一些人的名字就行了。因为多少年后，还会有人以这些东西为凭据，帮他们把那些人打成“特嫌”分子。

专案组狠批张学思的态度，随后举出了几条“证据”：

1937 年，国民党特务头子戴笠请张学思吃过饭；

1938 年，张学思到香港接受特务训练，在那里学开飞机；解放战争期间在东北，国民党专门收罗了一批原东北军上层人物，委以参议名目，主要做以张学思为主的一些人的策反工作；

1956 年，国民党港澳特务机关派人来北京做张学思的策反工作，在参加西安事变 20 周年纪念会上同张学思有过接触……

张学思：我认为，这不能成为证据。你们提到的事情，不少是我写在自传里的一些个人经历。关于戴笠请吃饭的事，我自传里写得清清楚楚，那是受周恩来副主席之命进行释放张学良活动，才特意去找的戴笠。其中的经过，回来我马上就向组织上作了报告。同样，在香港启德机场学飞机，那也是受组织之命去香港待命。为多掌握一门本领，我自己掏钱学的。在香港的游人，只要掏钱，谁都可以学，这里有什么把柄可抓？你们根据这个来定我“特嫌”简直是荒唐可笑！

专案组又批张学思的态度，要他不要抵赖，老实交代。

张学思：你们给我定罪的依据不仅可笑，而且可怜。既然我张学思在抗战的时候就已成了特务了，那么，解放战争时期，国民党还有什么必要向我策反呢？

专案组又是一顿批斗。

张学思：不是我不想交代，是我实在不知道该怎么交代。你们说某某人在西安事变20周年纪念会上和我接过头，这怎么可能呢？1956年8月到1958年8月我正在苏联留学呢，难道我有分身术，跑到北京来参加会？

……

专案组认为张学思“态度极端顽固”，给他吃了不少苦头，还逼迫他承认参与“东北叛党集团”，与吕正操等人开黑会，联名给蒋介石打电报，企图拉队伍搞兵变叛党，并逼迫他交代在东北时期和彭真搞“独立王国”的所谓罪行……

张学思：这些统统是无中生有，是造谣诬陷！

> 从精神上摧不垮张学思，他们就从生活上折磨他，恶劣的生活环境，终于使他大病缠身。

林彪集团原以为张学思会“屈打成招”，但张学思不屈的抗争使他们连连碰壁，十分难堪。李作鹏曾指示专案组：张学思的假党员问题，要在海军第四次党代会前定下来，开会时我们就好向大家讲了。可是，张学思的入党介绍人王岳石（王金镜）始终证明张学思是正式入党的。李作鹏一伙束手无策，原定的在海军第四次党代会上宣布开除张学思出党的阴谋计划无法实现。

假案是经不起调查的，即使在那个极左的年代，张学思的所谓问题，经过多次内查外调，搞了几年也无任何证据。连“专案组”也泄了气，他们打报告，请求排除张学思的“特嫌”问题。但林彪在海军的一个头目 ××× 却批示道：“年长日久了，问题搞不清，也不要轻易否定，可以挂起来。”这一句话，就使张学思结案无期。他们在政治迫害的同时，更施以生活折磨和人身摧残。

他们示意看守人员，对待“特务分子”要“爱憎分明”，进而怂恿看守人员来折磨张学思。他们不让张学思放风，不让他睡觉休息，有的看守故意往张学思屋里吐痰，然后逼他打扫干净。张学思的烟瘾很重，看守却不许他抽烟，只给他抽霉烂的干菜叶子。在寒冷的冬天，看守们逼着张学思赤着双手，在院内脱煤坯、做煤饼……

在精神上和生活上的双重折磨之下，张学思本来很健壮的身体也难以支持，渐渐垮了下来。他患了严重的关节炎、失眠症和胃病。他的食量越来越少了，人越来越瘦，病在一天天加重，身体一天天衰弱下去。到 1970 年 2 月 17 日，专案组又派人前来“提审”时，张学思已走不动路，上下楼梯都要有人扶着，哮喘非常严重，耳朵也几乎聋了。张学思提出自己的病主要是长期缺乏营养造成的，要求给予全面检查治疗。

专案组的人这才“发现”张学思确实病得严重，只得向上报告。

2 月 18 日晚，张学思进了医院。经初步检查，医生认为病情严重，可能是粟粒性结核或肿瘤。又经几天的检查，医院诊断为血行播散性结核。满肺都有米粒大的水泡影子，里面是否有瘤，还难以断定。肝也肿大，肾也有病，锁骨窝内发现有核桃大的疙瘩，两耳听不见，说明神经系统也有问题。由于这种病传染性很强，所以，2 月 26 日又把张学思转到部队的一所结核病的专科医院。医院的诊断是：一、全身血行播散性结核；二、肺原性心脏病；三、重度营养不良。

张学思病得如此严重，以至于结核菌几乎遍及全身。但是，林彪反革命集团对他的迫害并没有停止。张学思住院用的是化名，7 名看守人员在医院进行监视。因为是“特嫌”，他们以防止他“自杀”为借口，把张学思病房的门窗关得紧紧的，窗户拧上铁丝，灯泡换上大瓦数，整夜照得张学思无法入睡。

医院根据张学思的病情，决定一级护理，但实际上并没有实施。张学思重度营养不良，加上胃又有病，吃饭问题成为他治疗的关键。这个重度营养不良的病人，吃的却是一般病号饭。鸡蛋是油炸的，张学思自己用水泡了两三次，结果还是油腻得吃不下去。张学思请看守人员买一点想吃的东西，看守借故拒绝，并批他“剥削阶级生活方式”。

张学思对这种折磨实在气愤已极。他不得不绝食抗议，整整三天他没有吃一口饭，这样又加重了病情。在忍无可忍的情况下，张学思拼尽全力大喊：“叫海军的人来！”专案组的两个人跑来了，他们装模作样地掏出纸笔，记下了张学思的申诉。以下，就是笔者查到的原始记录：

> 我做梦也没有想到我已54岁的人还得肺病，一般的30岁以上的人就不容易得肺病了。但我有绝对的信心把我的病治好。
>
> 我现在是治病，不是治罪，即使对犯人也要给一些宽大吧！等我病好了，怎么罚我都行，给我加罪也行，现在我不是来医院治罪的！
>
> 我想从吃的方面来配合治疗，所以我提出买东西。我也不是想吃什么贵重的东西。就是想吃点香肠、酸菜，他们说没有。我想吃土豆，就是马铃薯，这个不会没有吧！用水煮一煮就行，也说没有。这到底是怎么回事？我只想把我的病治好，恢复成一个健康的人。即使给我加罪，你们也要等我病好了再加呀！
>
> 这里这么好的山林空气，对我这样的病人是多么需要呀！可是这里几个月不开门窗，还用铁丝把窗子拧起来，我这样的人还跳楼自杀吗？能不能给我点宽大？！难道饭不给我吃，呼吸一下新鲜空气还不行吗？……

这是一个身临绝境的人发出的求生呼唤！然而，就是这样一点点要求也被拒绝了。

周恩来在十分困难的处境下，指示有关部门尽一切力量抢救张学思。

张学思的病情在继续发展，到 3 月下旬进一步恶化，不断地发高烧。他已不能起床，连翻身都困难，整天昏昏沉沉，似睡非睡。医院检查发现，张学思的新陈代谢系统也起了变化，呼吸加快，心肌损伤。

眼见张学思病情危急，3 月 27 日，主管张学思专案的部门才作出让家属看望的决定。在“史无前例”的日子里，照例是一人受难，祸及全家。张学思的六个子女，分别被赶到黑龙江、内蒙、陕北、青海等边远地区插队劳动。最小的女儿，才 14 岁，只是由于老师和亲友的帮助关照，才得以留京郊毛纺厂当了徒工。整整两年半的时间，张学思第一次见到了自己的亲人。他看见他们惊愕的眼光，拉着孩子的手说：“不认识爸爸了？他们从爸爸身上扛走了两袋面啊！（喻体重掉了 90 斤）”谢雪萍见张学思骨瘦如柴，完全变了模样，禁不住一阵心酸。她还是强忍着悲痛，安慰张学思好好养病，告诉他老母亲健康，子女们也都好。这些话给病危的张学思带来一点安慰。

1970 年 4 月 1 日，周总理的办公桌上，放着中央军委转来的《关于张学思病情恶化的报告》。周总理看完这份材料，浓眉紧紧蹙起，消瘦的脸庞显出异样严峻的神色。他立即提笔批示道：

“要告诉医院，设法进行抢救。如果他们力量不够，可以请三〇一或其他医院一块儿进行抢救。”

敬爱的周总理，在自己非常困难的处境中，向张学思伸来了救援之手。

周总理的指示以急件下达到医院，医院领导和医生举行了会议，提出了几条治疗意见。然而，李作鹏一伙对周总理的指示不仅置之不理，反而抵制和阻挠。到了 4 月底，张学思的病情继续恶化。5 月初，张学思已完全靠输液输氧来维持生命。

5 月 21 日，医院报告张学思病危。

26 日，专案组的人才不得不告诉张学思：“中央首长对你很关心，直接向医院下达指示，要医院设法治好你的病。”并问张学思：“你有什么话要对组织讲的？”

张学思这时神志非常清醒，他强撑着身体坐了起来说：“我非常感谢毛主席和周总理。”他喘息了一会，示意记下他要讲的话。

以下，是笔者见到的原始记录：

关于我的问题，我相信在毛主席的领导下，一定会弄清楚的。

一个党籍问题，一个东北问题，这两个问题我一生是难忘的。

在我青年时代，说我很进步也不是那样，说我没有一点进步思想也不是那样，要不我为什么不去投靠国民党呢？我是不是混进共产党内来的？我相信组织上是会搞清楚的，大家也都知道我这个特殊人物，难道对我的入党问题就不去查一查吗？

东北问题，其中好多问题，我没办法回答，譬如在东北和彭真的问题，一直到我反省前，没有看到彭真到底犯了什么错误的文件，我到底跟彭真做

▲1951年6月，张学思陪同周恩来夫妇乘坐炮艇视察大连海岸线（侯波摄）

了什么错事坏事？一直不清楚嘛！

还有说我与国民党特务机关一直有联系，国民党长期对我进行策反，我认为没有。

就说这些吧，我说的不完全，我相信在毛泽东时代，没有罚不当罪，罪不当罚的。像我这样的人，缺点、错误是难免的，我又是一个这样家庭出身的人。

我万一不行了，我希望见一见我的母亲，如果医疗上还有办法的话，我现在可以不见，我提出来，请组织上考虑。

当再问他对家属子女还有什么要讲的时，张学思回答："没有，叫他们按照毛主席指引的道路前进！"

这是张学思在临终前最后一次长时间的讲话，对林彪反革命集团迫害他的几个主要问题，再一次做了明确的否认。这个遗言，充分表现了一个无产阶级忠诚战士正气凛然、坚贞不屈的崇高精神。

> 临终前的张学思，愤然写下了“恶魔缠身”四个大字，这是对林彪反革命集团最有力的控诉和鞭挞。

在张学思逝世的前夕，他的夫人谢雪萍曾与他见了最后的一面，她回忆了当时的情景：

5月21日，学思报病危，医院通知去探视。走前，专案组的人告诫我，不许哭，出现问题你负责。我去看时，人瘦得像干柴一样。当时不能讲话，他一下子就昏迷了，床上有只小闹钟，是用纱布条缠着的，昏迷中他拿起小闹钟向我摔过来。护士马上走了，进来一个穿白大褂的人，递给他纸和笔，他拿过来就写。看样子，他经常在昏迷中写东西。写完，那人立即拿走，这时，大夫才进来抢救，从脚上打吊瓶。我当时表示不满，人已经昏迷了，凭什么要先写东西才能抢救？

隔一天，我的小孩子去看她父亲，当时学思是清醒的，小孩说：“爸，你干吗拿钟打妈妈呀？”他惊讶地说：“没有哇，你妈来看了吗？”

25日，我去医院。学思见我第一句就问，有这回事吗？我说：“你现在静心养病吧。”他叹口气说：“我很难受，也不能吃睡，嗓子干，要是有橘子吃就好了。”我说：“我给你去买橘子罐头，用开水冲，可以变点酸哇。”他答应了。

26日，我去买回橘子罐头，并准备了暖瓶。专案组的人说：“你怎么今天不去上班？”我说：“今天我得去医院，昨天都说好的。”回答：“不行，车坐不下，今天你不能去看！罐头我们拿走。”

27日我只好去上班。29日通知我去看，没到医院人就不在了……

据一位不愿意透露姓名的目击者讲述：张学思去世前的一天下午，长时间处于昏迷状态中的他把床头的闹钟掉到地上，屋内人员闻声拿来纸笔递给他，这时张学思的神志一下清醒了，他仰卧在病床上，愤然写下了“恶魔缠身”四个大字。他写完一遍，又写了第二遍。身旁人员抓紧问他“恶魔缠身”是什么意思？张学思面部表情愤恨已极，他没有回答。其实也无须回答，它的意思非常清楚，恶魔就是林彪、江青反革命集团，不是他们的迫害，张学思会得这种怪病被折磨死吗？这伙恶魔不但折磨死了张学思，还折磨死了我们党、我们国家、我们民族许多优秀儿女！这是张学思在生命的最后一刻，对林彪、江青反革命集团滔天罪行进行的最无情、最有力的鞭挞！

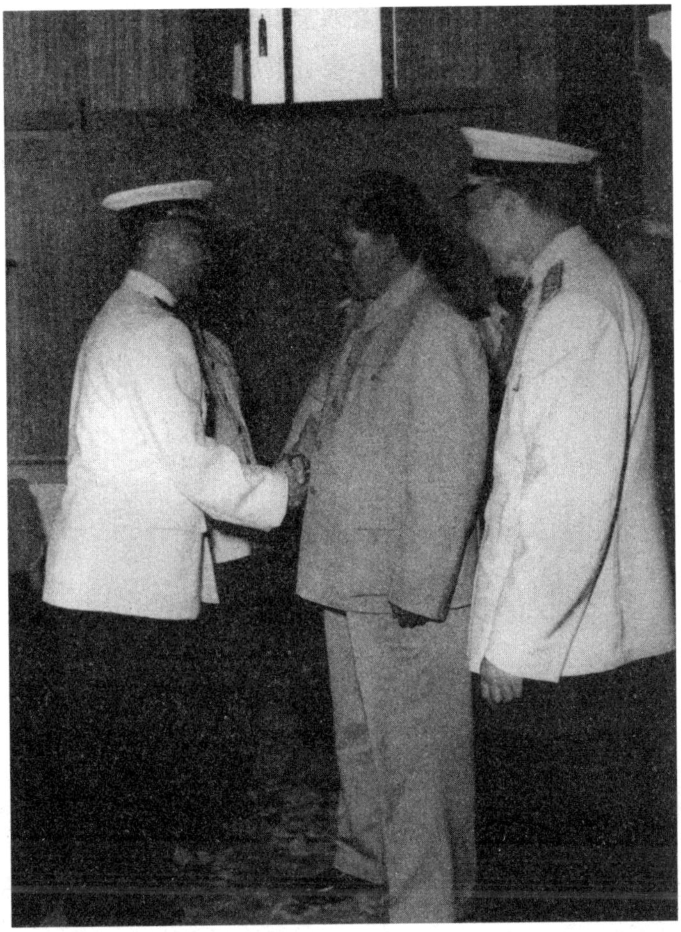

▲1956年6月，毛泽东接见海军第一次党员代表大会代表时与张学思亲切交谈。左起：张学思、毛泽东、萧劲光（侯波摄）

1970年5月29日9时13分，党和人民的忠诚战士张学思，终因肺部空洞破裂、呼吸功能衰竭、心肌衰竭，心脏停止了跳动，终年54岁。

他是在林彪、江青反革命集团的迫害下，含恨离世的！

张学思逝世后，家属子女要求明确问题性质，林彪反革命集团仍以“有重大政治问题，现在尚未正式结论，不能告诉”来搪塞。遗体不让穿军服戴帽徽领章，火化后仍用化名把骨灰盒放在八宝山普通室内。

1971年9月13日，林彪叛国出逃，摔死在温都尔汗的戈壁滩上，林彪反革命集团垮台了！

1972年4月27日，谢雪萍再次上书毛主席，报告张学思受迫害情况，她亲自将信送到中南海门口。当时，正好赶上毛主席亲自抓干部问题，这封信很快就转到了毛主席手中。仅三天时间，4月30日，毛泽东就亲笔批示：“送叶剑英同志阅处。”叶剑英立即指示总政：“认真复查，以便正确处理。”嗣后，又仔细阅读了谢雪萍关于张学思受迫害的详情报告，并指示以萧劲光为首的新的海军党委派人调查，写出报告。周总理也几次指示要查清迫害张学思的问题。于是，1972年7月，海军党委力排干扰，正式组织了张学思专案复查组，开始了复查工作。

林彪反革命集团为了陷害张学思，费尽心机搜罗“问题”，根本没有事实根据，许多所谓的证据本身就自相矛盾，破绽百出，只要稍加整理分析就可看清是件彻头彻尾的假案。所以复查组很快就作出了应为张学思平反、恢复名誉的结论。1975年初，党中央、中央军委批准了海军的复查结论，张学思是党的好儿子得到了承认。1975年4月8日，海军召开了给张学思平反、恢复名誉的大会。4月19日，举行了骨灰安放仪式，张学思骨灰盒被安放在八宝山革命公墓一室的正面。

1980 年 12 月，中央军委、解放军总政治部批准了为张学思进一步平反昭雪的报告，对张学思作出了应有的高度评价。历史不容抹杀，善恶终有鉴别。张学思之死的千古奇冤终于昭雪了！张学思将军的英名，将与山河同在，与日月同辉！

第三十六章 毛泽东秘书田家英

> 田家英对毛泽东著作十分熟悉，可以说，已渗入他的“骨髓”里。

提起田家英这个名字，很多人会感到陌生。因为他既不是功盖天下、誉满中华的开国元勋，也不是身经百战、勋业彪炳的军事统帅，而是一个在不出名的秘书岗位上毕生奋战的实干家，是一个坚持实事求是、勇于用生命捍卫真理的无畏战士。

田家英自青年时期起担任毛泽东的秘书，至“文化大革命”中惨遭陈伯达、江青一伙的诬陷迫害而自杀身亡，共计 18 年。在这 18 年里，他呕心沥血地宣传和普及毛泽东思想，夜以继日地参与党和国家许多重要文件的起草工作，通过各种形式进行调查研究，沟通党中央、毛主席同人民群众的联系。他无私无畏，敢于指出党在工作中出现的失误，甚至不惜与毛泽东的意见相左；他刚直不阿，在党内斗争出现错误偏向时，不惜牺牲自己以保护同志，同危害党的事业的野心家、阴谋家作坚决的斗争。

田家英不愧是一位共产党员，不愧是一位好秘书、好助手。

1948 年 8 月，年仅 26 岁的田家英在胡乔木推荐下担任了毛泽东的秘书。新中国成立以后，他又担任了中央办公厅秘书室主任、中华人民共和国主席办公厅副主任、中央政治研究室副主任和中央办公厅副主任等职务。毛泽东极为赞赏田家英的工作，曾多次给予很好的评价。1958年，毛泽东号召干部下放，几位省委书记都向毛泽东提出，希望把田家英下放到他们那里，毛泽东拒绝了他们的要求，风趣地说：田家英我不能放，在这个问题上我是理论与实际不一致的。

编辑毛泽东著作，宣传和普及毛泽东思想，是田家英毕生为之奋斗的事业。从到毛泽东身边开始，他就一直认真学习和领会毛泽东思想，作了大量的读书笔记。新中国成立以后，中国青年出版社曾把他的笔记以《一个同志的读书笔记》为题，印成内部读物。田家英对毛主席著作非常熟悉，哪个同志要查找毛泽东的某些论述，他可以立刻告诉你在哪篇文章里。他曾这样说过："毛泽东思想已渗入到我的骨髓里。"

新中国成立以后，党中央决定出版《毛泽东选集》。在毛泽东的领导下，田家英参加了"毛选"一至四卷的编辑工作。文章的选定、整理和注释，文字的校订和出版印刷，大量的工作由他承担，他以满腔的热情和极其严肃认真的态度对待这项工作。田家英对自己和他领导的同志要求极严，不允许出丝毫的差错。他经常引用清代著名学者包世臣的一句话"每临行文，必慎所许，恒虑一文苟下，重诬后世"，说明编辑出版工作中任何细微的疏忽，都可能损害毛泽东思想的科学性，甚至造成严重的政治后果。

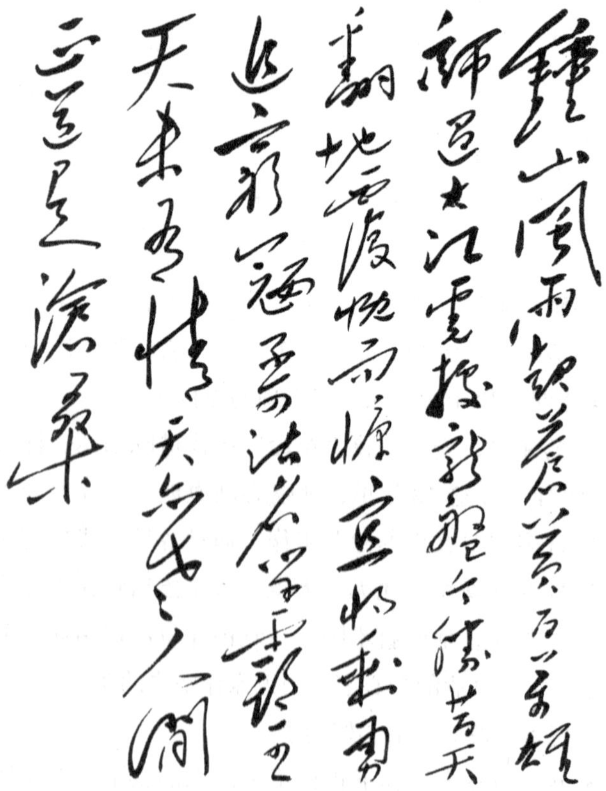

▲毛泽东手书七律《人民解放军占领南京》(历史照片)

田家英还是《毛主席诗词19首》《毛主席诗词37首》的编辑者。从担任毛泽东的秘书开始，田家英就注意收集毛泽东的诗词。有些诗词正是由于他的收集才得以保存和流传下来，如七律《人民解放军占领南京》就是一例。1949年春天，党中央、毛主席由西柏坡迁到北京香山。当人民解放军攻占国民党反动统治中心南京的消息传来，毛泽东兴奋万分，当即吟咏出《人民解放军占领南京》七律一首。此诗即由田家英抄录收藏。在编辑毛主席诗词时，他把这首诗送给毛主席。毛泽东说，对了，还有这一首。同意把它收入毛泽东诗词集。

> 通过信访，田家英向党中央反映了很多重要情况，为党中央决策提供了依据。

负责信访工作，不断沟通党中央、毛主席同人民群众的联系，是田家英担负的又一项重要工作。

新中国成立伊始，出现了人民来信，而且越来越多，毛泽东几乎每封信都亲自阅示，然后请田家英协助处理。后来，随着人民来信来访的日益增多，党中央成立了中央书记处秘书室（后改为中央办公厅秘书室，即现在中办信访局的前身）承办信访工作，由田家英具体领导。

信访工作是执政党保持同人民群众血肉联系的一项重要工作。田家英倾注了很多心血着手信访工作的建设。他把群众来信按内容分门别类，如分为“反映”、“求决”、“建议”、“旧谊”等，依照轻重缓急分别处理。

通过信访，田家英向党中央反映了很多重要情况，为中央从政策上解决一些问题提供了依据。1949年夏，田家英看了上海反映群众失业和生活困难的来信，立刻向毛泽东作了汇报，这对党中央作出“三个人的饭五个人匀着吃”的重大决策起了重要作用。1950年，北京大学有人反映学生负担过重，学生健康水平下降。田家英把这封信及时送给了毛泽东，毛泽东对此作了批示。教育部门根据毛主席的批示及时改进了工作，从而改变了学生功课太重的状况。

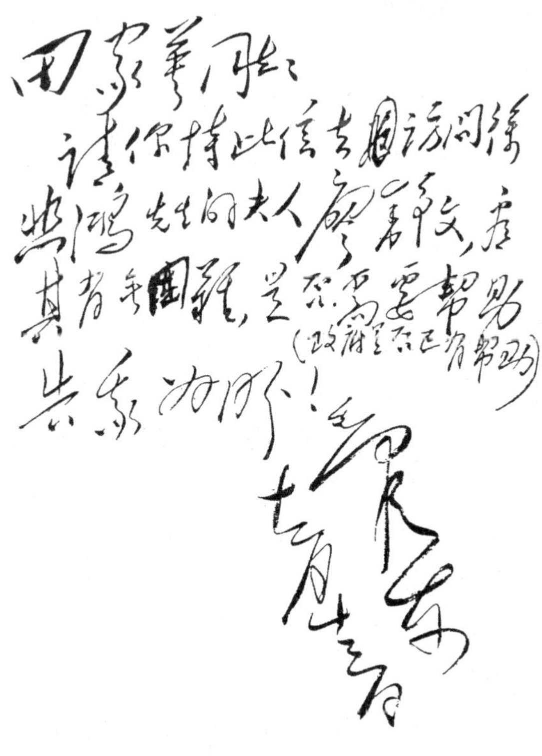

▲1953年12月13日毛泽东致田家英的信（历史照片）

在信访工作中保障人民的民主权利，是一个十分重要的原则问题。田家英对此十分重视。1961年，许多群众反映，因写信向中央反映真实情况而遭到打击报复。田家英向党中央作了汇报。刘少奇当即批示：凡是反映重要情况和揭发干部错误的来信，不转原件，将来信人姓名、地址和可能找到来信人的有关字句抹掉。秘书室遵照刘少奇的指示处理人民来信，保护了写信群众不受伤害，维护了人民的民主权利。但这种做法在后来的“文化大革命”中被定作“反党罪行”、“信访工作中的修正主义路线”等而遭批判。

田家英是个有革命正义感的人，在信访工作中始终注意保护群众的正当权益，而对官僚主义和违法乱纪行为，则旗帜鲜明地进行斗争。他常给秘书室的同志讲古代义侠救人急难、解人困厄的故事，启发他们敢于维护真理，勇于保护党和人民的利益。他自己首先身体力行。信访当中凡遇涉及高级干部的问题，他总要亲自过问，提出处理意见报告中央。事后他还要了解处理结果，直到问题妥善解决才罢休。

在处理人民来信中，田家英忠实执行七届二中全会关于禁止对党的领导人歌功颂德的规定，遵照毛泽东的指示，对群众中这类来信，秘书室在回信中总是宣传七届二中全会精神，劝说他们不要再这样做。对群众给毛泽东等中央领导送来的礼物一律退回，不便退回的按市价付款。后来，田家英还代中央起草了禁止给领导人送礼的通知。秘书室严格执行了不收群众礼物的制度。

新中国成立以后，田家英还经常参与党和国家许多重要文件和文章的起草工作。我国第一部《中华人民共和国宪法》《农业生产合作社示范章程草案》《高级农业生产合作社示范章程》等文件，田家英都参加了起草工作。

> “八大”会议，毛泽东的开幕词简短有力，鼓舞人心。毛泽东介绍说：“这不是我写的，是一个少壮派，此人叫田家英，是我的秘书。”

1956年，田家英参加了党的“八大”文件的起草工作。按毛泽东的性格，他作报告、写文章、作讲演，从来不让别人代笔，战争年代和建设年代均是如此。但只有这一次例外，他让田家英为他起草开幕词（经过政治局讨论修改）。这说明毛泽东对田家英的信任。果然，毛泽东的开幕词在会上受到代表们的称道。会议休息时，一些代表走到毛泽东面前，赞扬开幕词简短有力，鼓舞人心。毛泽东以赞赏的口气对这些同志说：“这不是我写的，是一个少壮派，此人叫田家英，是我的秘书。”

会前，毛泽东曾两次起草过开幕词，但不知什么原因都没有写下去，让陈伯达起草，他看后不满意，就交给了田家英。

在毛泽东身边，田家英常被委以调查研究的重任。他都坚持实事求是，紧密联系群众。思维敏锐和方法灵活，是田家英在调查研究中最突出的特点。凡与他接触过或他去过的基层，人们都有深刻的感受，他没架子，平易近人，老人、孩子、妇女、青年人都能和他谈到一起，甚至地主、富农、二流子也愿意向他讲心里话。正是通过调查，他向党中央、毛泽东反映了很多有价值的情况，提出了不少建议，受到毛泽东的赞扬。

经常在农村进行调查实践和信访等工作，使田家英和群众保持着密切的联系，对实际情况有比较深的了解。因而当50年代后期，党的工作逐渐出现失误的时候，田家英能及时地觉察。这个时期，他坚持实事求是地向毛泽东和其他中央领导反映实际工作中的缺点和错误，热心地提出不少改进工作的建议，积极参与了党中央一些纠正农村“左”倾错误的文件的起草工作，为纠“左”做出了力所能及的努力。

1958年10月，毛泽东派田家英和吴冷西到河南省新乡县七里营人民公社调查。通过调查，他们发现了小麦产量浮夸的情况，了解到社员劳动强度大、时间长，而公共食堂伙食差，导致社员体质下降，造成劳动效率很低等问题。在修武县的调查中，县委书记张洋芹向田家英反映了他不赞成现阶段人民公社实行全民所有制的意见。他说，现在实行全民所有制，如果碰到天灾，农业减产，国家能不能把农民包下来？如果丰收了，国家要调农民的粮食，农民干不干？田家英赞成这种看法，并向路过新乡的毛泽东作了汇报。在第一次郑州会议上，毛泽东批评了一些人急于实现集体所有制向全民所有制过渡、社会主义向共产主义过渡的想法，多次赞扬修武县委书记有头脑、看得远。这次会议还针对新乡等地反映出的问题，规定了实行劳逸结合，既抓生产又抓生活的方针。

1959年上半年，毛泽东又派田家英去四川新繁县大丰公社搞了将近半年的农村调查，这使他对人民公社化运动中严重存在的生产高指标、浮夸风、瞎指挥和“共产风”等错误，有了更深刻的认识，认为毛泽东支持人民公社是急躁冒进脱离实际，是“左”的错误。调查刚结束，他参加了庐山会议。会议期间，田家英如实向毛泽东汇报了农村存在的严重问题，并向工作组递交了反映新繁县全国劳动模范罗世发情况的材料。罗世发曾向工作组反映了上面强迫他搞浮夸和高度密植的问题，也反映了农村中存在的其他问题。这份材料引起毛泽东的注意，他看过之后，批转给四川省负责同志。这曾引起四川省委领导的不快，与田家英发生了争吵，后在毛泽东的劝说下平息了。

田家英对毛泽东是敬仰和尊重的，但是，在毛泽东身边工作多年，他对毛泽东的缺点看得比一般人清楚，殷切希望毛泽东能吸取1958年的教训，摆脱一些日常事务，潜心于理论研究，著书立说，以指导党的工作。在庐山，他给李锐说了一副对联：“隐身免留千载笑，成书还待十年闲”，即是指这个意思。

会议中，彭德怀上书毛泽东，实事求是地陈述了对1958年以来“左”倾错误及其经验教训的意见，却遭到毛泽东和党内一些思想还不冷静的同志的反对和指责。7月23日，毛泽东在大会上严厉批判彭德怀。会后，田家英与李锐、吴冷西等几人心情沉重，来到山腰一个石亭，远眺长江天际流去，近听松涛阵阵，他们相对无语，思绪万千。亭中有一巨石，上刻古人七绝一首，亭柱却无联刻。有人提议写副对联，田家英感慨万千地写下了这样的话:"四面江山来眼底，万家忧乐到心头。"

> 庐山会议上田家英虽然受到了错误的批评，但他没消沉。他积极推广包产到户，又遭到了毛泽东批评。

在庐山，田家英不顾个人安危，时刻关心和保护坚持正确意见的同志。彭德怀的信印发以后，会议气氛趋于紧张。而张闻天仍准备在小组会上发言，陈述他对1958年以来工作的意见，以期促使会议能认真总结“大跃进”、人民公社化运动的经验教训。得知这一消息，田家英立即打电话给张闻天，劝他别讲某个问题，因为上面有不同看法。会议转到反“右”倾以后，李锐受到批判，田家英非常同情他遭到的不幸。一天深夜，田家英冒着危险跑到李锐住处，对党内民主生活的不正常表示了义愤，给了李锐安慰和鼓励。

后来，田家英也受到了批评和围攻。他在会议初期反映的“大跃进”和人民公社化运动中的问题，被人抓住大做文章；他说的准备提几条意见的事被揪住不放。田家英曾对一个朋友说过，如果允许他离开中南海，他想给毛泽东提几条意见，其中一条是主席听不得批评意见，还有一条是不要百年之后有人议论。这几条意见都是无可指责的，是一个党员对领袖的关怀和对党的事业高度负责的表现。有人甚至怀疑田家英同彭德怀有联系，事后调查的结果说明田家英和彭德怀并无联系。同志们也都尽力为其遮掩。毛泽东后来在一个发言材料上批道：这是挑拨！秀才还是我们的。这个批示暂时保护了田家英。

▲1959年，田家英在参加庐山会议途中（历史照片）

田家英始终认为，彭德怀等人在庐山的行为是光明磊落的，所提意见也是正确的，对他们的批判是不公正的。庐山上党内民主生活的不正常，没有使田家英屈服。他说过：“庐山会议可以把我压碎，但不可以把我压扁。”

庐山会议上，田家英虽然受到了错误批评，但他没有消沉。对党和人民高度负责的强烈责任感，驱使他继续为纠正“左”的错误而努力。

1960年冬，农村中存在的严重问题大量暴露出来。1961年初，毛泽东提出大兴调查研究之风，并亲自组织三个调查组分赴浙江、湖南、广东农村进行调查。田家英带领的工作组来到浙江。经过调查，田家英向毛泽东汇报了嘉善县魏塘公社和合大队的情况。这个大队地处杭嘉湖平原，过去是个产粮大队，由于“五风”的影响，1960年粮食单产每亩只有290斤。这使毛泽东对当时农村的严重问题有了深刻印象。在一些会议上，毛泽东多次引用和合大队的例子说明农村的严重问题。田家英还反映了农民对公共食堂的强烈不满。这个情况对毛泽东后来下决心解散公共食堂起了重要作用。

这次浙江调查，田家英发现农村干部违法乱纪、强迫命令成风的一个重要原因，是他们无章可循，不懂得哪些该做，哪些不该做；社员群众也缺少一个章程以监督干部，抵制他们的瞎指挥和强迫命令。他向毛泽东建议，制定一个农村工作条例。毛泽东非常赞成。1961年2月下旬，毛泽东召集各调查组负责人于广州，同部分地方负责人一起，起草农村人民公社工作条例。田家英是起草人之一。《农村人民公社工作条例（草案）》（即“六十条”）的制定，是继“十二条”之后，党中央解决农业问题上“左”倾错误的又一重要文件。毛泽东赞赏田家英在制定“六十条”中起的作用，他说，“六十条”的“发明权”属于田家英。

七千人大会之后，毛泽东又指示田家英带调查组去湖南他的家乡韶山和刘少奇的家乡花明楼，了解基本核算单位下放以后农村贯彻“六十条”的情况，看看农村还有些什么问题需要解决。来到两位主席家乡，调查组碰到一个新问题——当地群众纷纷要求包产到户。田家英带调查组深入细致地进行了解，广泛听取各方面的意见，认为

▲1961年3月，广州会议讨论《农村人民公社工作条例》和《中共中央关于认真进行调查工作给各中央局，各省、市、区党委的一封信》。主席台左三为田家英（历史照片）

包产到户有利于调动农民的积极性，有利于恢复农业生产，迅速战胜经济困难。不久，田家英到上海向毛泽东反映湖南农民包产到户的要求，毛泽东不赞成搞包产到户。对新生事物的探索，田家英是不肯轻易回头的。当他得知安徽省很多地方实行了责任田，回到湖南，他立刻派出三个同志去安徽调查责任田的情况。在安徽无为县，前去调查的同志看到了与湖南迥然不同的兴旺景象。由于实行了包产到户，社员的生产积极性空前高涨，不到一年时间，严重困难的局面得到扭转，人们的衣食比较充裕。事实令人信服地证明，包产到户确实是恢复生产、战胜经济困难的好办法。从湖南回到北京，田家英与杨尚昆商定，再派一些人到各地做些调查，进一步核实包产到户问题。到各地调查的结果都说明实行包产到户有较多优越性。田家英向刘少奇汇报了调查情况。刘少奇指出，如果农民实在要求，可以试行包产到户。在刘少奇和邓小平指示下，田家英开始起草《恢复农业生产的十大政策》，提出要继续放宽政策，包括包产到户在内的多种经营方式都可以搞，不要“一刀切”，以促进农业生产的恢复。

不久，毛泽东批评了包产到户的主张。田家英也因向毛泽东提出过这类建议而受到毛泽东的批评。

北戴河会议和八届十中全会上，党内主张包产到户的同志都受到了错误批判。田家英受到了不点名批判。后来，他被迫对包产到户问题作了检查，但没有为保全自己而推诿责任。他始终没有说出刘少奇委托他向毛泽东提建议一事，也没有把责任推给下面调查的同志，表现了一个共产党员坦荡无私的宽阔胸怀。

> 由于顶撞陈伯达、康生、江青等人，引来杀身之祸，“文化大革命”初期，一顶“篡改毛主席著作”的大帽子戴在了他的头上。

田家英是个有强烈革命正义感的党员，是个坚持和捍卫真理的勇猛斗士。

田家英在长期的接触中，对陈伯达、江青、康生之流口是心非、阳奉阴违的野心家、阴谋家早有觉察，并同他们进行过不妥协的斗争。

江青是田家英极端厌恶的一个人。她30年代的丑史，她到延安初期与康生的关系，田家英早有所闻。江青平时生活讲究，养尊处优，颐指气使，作风霸道，对待身边工作人员态度恶劣。对此，田家英常常嗤之以鼻。除工作关系不得不与江青打交道外，他对她尽量回避。对田家英这种冷淡而蔑视的态度，江青极为恼火，总是寻找机会加以报复。北戴河会议上，田家英因主张包产到户受到错误批评，江青趁机大骂田家英是“资产阶级分子”。“文化大革命”一开始，她就伙同陈伯达等对田家英进行诬陷和迫害。

田家英与陈伯达共事二十余年，深知陈伯达的政治品质和为人。陈伯达有极强的政治野心和权力欲，他表面上善良、诚实、谦虚，实际上心胸狭窄，爱贪别人之功，又善于诿过于人，为实现自己的目的惯于察言观色、见风使舵和投机迎合。他当时已是政治局候补委员，但仍不满足。毛泽东器重田家英，他非常嫉妒，但又无可奈何，于是经常向田家英探听“气候”，如“主席最近又读了什么书”，“注意什么问题”，等等。田家英对此极为反感。1958年，陈伯达鼓吹不要商品生产和取消货币，以表示自己的“革命”，受到毛泽东的严厉批评，但他没有吸取教训。庐山会议前期，他也曾主张纠“左”，但后来立刻转向，大写批判彭德怀的文章，好像他一贯正确。鉴于这些，田家英认为陈伯达不是一个好干部而是奸臣，和他长期针锋相对地进行斗争。陈伯达也把田家英视为眼中钉肉中刺，急欲除之而后快。“文化大革命”一到来，他就迫不及待地对田家英下了手。

老奸巨猾的康生，惯在党内兴风作浪整人害人，田家英认为康生是个危险人物，对他必须有所提防。

田家英手下有个小人物，叫戚本禹，此人名利思想极重，喜爱投机钻营，打击别人，抬高自己，秘书室开会批评过他恶劣的思想品质。戚本禹毛病很多，田家英后来将他调离秘书室。戚本禹即与王力、关锋等人结成一伙，而陈伯达更是双手欢迎，把他弄到《红旗》编辑部。戚本禹对田家英怀恨在心，“文化大革命”中成为迫害田家英的凶恶打手。

1965年，在京剧《海瑞罢官》的问题上，田家英坚持实事求是，旗帜鲜明地反对把此剧说成是为彭德怀翻案，不同意对作者吴晗进行批判，这导致了他的杀身之祸。

1964年前后，江青、康生就多次在毛泽东面前诬蔑说《海瑞罢官》有重大阴谋，是替彭德怀翻案。毛泽东曾叫田家英阅读《海瑞罢官》的剧本，提出自己的意见。田家英看过之后向毛泽东陈述了自己的看法：看不出《海瑞罢官》有什么大阴谋，如果硬说这个剧本有阴谋而展开批判，以后没有人敢研究历史、敢写历史剧本。但是江青、康生仍在毛泽东面前鼓动。

1965年11月，姚文元批判《海瑞罢官》的文章在《文汇报》上发表，以莫须有的罪名把《海瑞罢官》打成大毒草。12月21日，毛泽东在杭州同陈伯达、田家英等人谈话时说：“戚本禹的文章很好，我看了三遍，缺点是没有点名，姚文元的文章也很好，对戏剧界、历史界、哲学界震动很大，缺点是没有击中要害。《海瑞罢官》的要害问题是‘罢官’，嘉靖皇帝罢了海瑞的官，1959年我们罢了彭德怀的官，彭德怀也是‘海瑞’。”

田家英对毛泽东的意见有保留。为了缩小运动的打击面，保护可能受到伤害的同志，在整理毛泽东的这次讲话时，田家英毅然删去讲话中涉及彭德怀的内容，因为他认为这不符合事实。他还删去了毛泽东表扬关锋、戚本禹的一段谈话。

此事被关锋得知后，他与戚本禹合谋向江青告密。江青立刻给田家英加上一条篡改毛泽东著作的罪名。

从批判《海瑞罢官》开始，田家英意识到一场巨大的灾难正在降临，首当其冲的是知识分子。他气愤地说："这是一场文字狱，是整知识分子的运动。"1966年初，田家英对国内日益升级的人为制造的阶级斗争忧心忡忡，对江青等人借机兴风作浪的行为表示了极大愤慨。他对来京的侯高岳说："林则徐的诗句'苟利国家生死以，岂因祸福避趋之'，这是我的人生座右铭。真理我要坚持到最后，直到停止呼吸，绝不出卖灵魂，绝不向错误屈服。"这表达了他为党和人民的事业，为真理而斗争到底的决心。

1966年5月，党中央召开政治局扩大会议，决定发动"文化大革命"，十年内乱由此开始。22日下午3点，中央组织部长安子文和王力、戚本禹等人来到中南海田家英住地，安子文代表中央三人小组宣布：第一，中央认为你和杨尚昆的关系不正常，杨尚昆是反党反社会主义的，你要检查；第二，中央认为你一贯右倾，现在我代表中央宣布你立即停职反省，交清全部文件，明天搬出中南海，秘书室工作交给戚本禹负责。当晚，在中央办公厅的干部会议上，办公厅一个负责人又给田家英加上一条"篡改毛主席著作"的"罪名"。

眼前发生的一切，田家英早有预感。自从整理毛泽东杭州讲话一事被人告发，中央一系列重要会议，直至正在进行的政治局扩大会议都没有让他参加，田家英已经意识到处境的险恶。大祸临头，他没有丝毫的惊慌和胆怯，清理文件的工作从下午持续到深夜12点。田家英晚饭也没吃。妻子董边为他做了一碗汤面，端到他跟前，可他尝

▲1962年3月在武昌，毛泽东同湖南调查组全体成员合影。前排右起第四人为田家英（历史照片）

▲1964年夏，田家英随同邓小平等人参观东北林区。前排左七为邓小平、左八为田家英（历史照片）

也没尝。他愤愤地告诉董边：“我的问题是江青、陈伯达陷害的。善有善报，恶有恶报，我不相信这些坏人会有好下场。”夜里，戚本禹打来电话，没等接完，田家英已盛怒难平，将电话机摔在一旁，大声骂道：“他算什么东西！他早就是江青的走卒，要我去签字，我偏不去签。”这一宿，他彻夜未眠，双眉紧锁，怒容满面，一言不发地久久沉思。名利地位，身家性命，在田家英看来早已是身外之物。他暗下决心，义无反顾，要以死抗争。23日上午，在“菊香书屋”内一间书房里，田家英怀着满腔悲愤离开了人世，结束了自己44岁的短暂生命。他留下了遗言，最后的两句话是：“相信党会把问题搞清楚，相信不会冤沉海底。”

果然，时隔14年，陈伯达、江青一伙终于得到了他们应得的“恶报”，被押上了中华人民共和国的特别法庭。同年春天，田家英的追悼大会在八宝山革命公墓礼堂隆重举行。

第三十七章 乐谱中“脱颖”而出的于会泳

> 于会泳作为胶东文工团的音乐骨干，被选送到上海音乐学院专修班。入学不久，他就引起了院长的注意。

于会泳个子不高，脸扁扁的，一双不大的眼睛，透出横溢的才气，也蕴藏了权欲熏心的精明。他不动声色却藏龙卧虎，他慢条斯理却呼风唤雨。初来乍到的人，猛一看他简朴沉默的外表，觉得像个没有多大前程、夹小公文包的普通干部，慢慢处长久了，就知道这等闲之貌绝非是等闲之辈！

1977年8月28日晚，在位于北京二里沟的国务院某招待所一个冷落偏僻的院落里，正在接受隔离审查的中共十届中央委员、四届人大任命的中华人民共和国文化部部长于会泳，举起了他面前的搪瓷杯，杯里盛放着洗刷厕所尿碱污渍的“硝强水”。稍经迟疑以后，他决然地将这足以穿肠烂肚的150毫升腐蚀剂，一骨碌喝了下去，他被烧得满地打滚、嚎叫，痛苦不堪。看守的人发现后立即送他去医院抢救，但是因为喝的量太多，食管肠胃都烧坏了，救不过来了……三天之后，在阜外医院一直处于昏迷之中的于会泳因抢救无效，于8月31日凌晨走向了永久的黑暗……

于会泳自杀身亡时才52岁。

1949年9月，穿着一身灰布军装的于会泳作为胶东文工团的音乐骨干，被选送到上海音乐学院教育专修班学习。入学不久，这个个头不高、国字脸宽额头、一副浓眉下长着一双不大却透着机智眼睛的新学员，就引起了院长贺绿汀的注意。

出生在山东乳山县海阳乡的于会泳，自幼就酷爱当地的民歌、秧歌、大鼓和京戏，并无师自通地学会了拉二胡、吹笛子、弹三弦。1946年9月，已在解放区老家当了四年小学教员的于会泳，瞒着一手把他拉扯大的寡母，徒步跋涉了三百来里路，在莱阳以他一手好画和动人的二胡演奏，考入了胶东文工团，成了革命队伍中的一员。

这个不修边幅、邋里邋遢的小伙子，除了画宣传画、刷标语，在乐队里操持多种乐器伴奏外，还时不时在京戏、活报剧、秧歌剧和歌剧中充当一个跑龙套的小角色。他在文工团里，因为勤奋好学而又聪明能干，很快将编剧、导演、作曲等技能揣摩得八九不离十。

新中国成立初期的上海音乐学院虽然有为工农兵服务的热情，但对群众喜闻乐见的文艺形式和表演方式却十分陌生。新任院长贺绿汀深知新中国的音乐创作要步入世界之林，对未来音乐家加强民族民间音乐的教育是何等的重要，遗憾的是在这所按西方音乐教育体制建立起来的高等音乐学府里，懂得中国民族民间音乐的人才实属凤毛麟角。

于会泳入学不久，就仿照着文工团常用的创作方法，创作了小歌剧《夸女婿》。这出由于会泳作词作曲导演并主演的小歌剧诙谐幽默，在1950年新年音乐会和下工厂的演出中，博得了一片欢声笑语，备受大家的欢迎。于会泳满肚子的民歌，以及他对传统说唱、戏曲的丰富知识，包括他虽嗓音沙哑，唱起来却韵味无穷的本领，令贺绿汀赞赏不已。

1950年，以优异成绩结业的于会泳，经贺绿汀批准，留在上海音乐学院音工团工作。两年后，他被分在民族音乐研究室，专搞曲艺说唱的教学和研究。

> 随着“突出政治”的空气日渐浓郁，于会泳越是逃避政治学习，越是遭到批评。

在音乐学院这个高档次的环境中，于会泳接受西洋文化和音乐知识不足的方面日渐显露。于是他又一次自学，系统地学习和声、复调、曲式和配器等作曲课程。同时，他又积极主动参加了多项民族民间音乐的收集整理工作，并先后出版了《山东大鼓》《胶东民间歌曲选》《陕北榆林小曲》《单弦牌子曲分析》等专著。

然而他为了在音乐学院站稳脚跟，太急于出名了。在同他人合作编著出版的多部作品中，封面上他蓄意把自己的名字放在重要位置上。作为一名共产党员，这种欺世盗名的行径引起了众多合作者的强烈不满。为此，学院党委召集党员会议，对他的资产阶级名利思想进行了严厉的批评，结合他平常只钻研业务，而对政治漠不关心的表现，将他作为“白专典型”加以教育。

1958年春，为帮助他改造思想，特安排他去上海浦东下放劳动。一向感觉良好的于会泳，一下子就蔫了，因为精神上和体力劳动的压力，下放劳动不到三个月，他一个好端端的棒小伙子，得了严重的胃病，不久发生胃出血。为了治病，学院同意他返回学校工作，但原担任本科学生的教学任务却已被别人替代了，另安排他上进修生的课。这一惩罚性替换使他对政治活动更加恐惧，甚至厌恶。因为担心再在政治学习或党员组织生活中遭受批评，他总是借口身体不好请假逃避，而一头扎进了音乐理论的研究和歌曲创作中。事实上，在他学习作曲课程的过程中，他已开始发表歌曲作品。于会泳的歌曲大多旋律优美流畅，而且具有浓郁的民族风格，特别是他在50年代末和60年代初发表的《幸福花开遍地香》《不唱山歌心不爽》《女社员之歌》等，不仅在音乐刊物上发表，歌曲还一再被选载引用，而且还灌制成唱片大量发行。

对他数量不多却具有特色的创作歌曲，上海的音乐界人士给予了很高的评价，贺绿汀在一次关于创作的报告中，还专门提到：“作曲者最好能成为民间音乐的‘宝库’，懂得很多，如于会泳同志就是这样……”

然而于会泳因此进入了一个怪圈。随着“突出政治”的空气日渐浓郁，他越是逃避政治学习怕挨批，在专业上发表的研究和成果越多，他就益加受人注目，益加因为他的“资产阶级名利思想”和“白专道路”而受到批评教育。

60年代初，于会泳在中国民族民间音乐上已有了极其丰富的积累，为此他结合民族化音乐创作实际的需要，希冀从形态学的角度，对中国民族民间音乐的整体规律进行一些归纳性总结，并根据自己名为“民族民间音乐综合研究”课题的进展，在上海音乐学院先后开了“民间曲调研究”和“腔词关系研究”选修课。这两门课引起了国内音乐学界和作曲、声乐演唱人员的极大关注，得到了非常高的评价。直至今日，从事民族音乐学的专家学者，还一致公认他当年的这两项研究，是中国民族音乐学从单个曲种、剧种、乐种、歌种向整体形态研究拓展的一个重大突破和标志。

学术研究和歌曲创作引人注目的成果，反而日益加深了于会泳在政治生活上的危机。尽管1962年因中共中央对知识分子的政策稍有宽松，在贺绿汀的大力推荐下，他被任命为民族音乐理论系的副主任，但在党内他已成了一名“老运动员”，“党内民主人士”的绰号像一条尾巴一样紧跟着他了。只是偶尔的侥幸，他才没戴上“右倾机会主义分子”的帽子。

1963年，戏曲现代戏的热潮席卷了中国文艺界，次年规模空前的全国京剧现代戏观摩演出大会的举行，更把它推向了巅峰。就在这年，于会泳受此感染，在《上海戏剧》上发表了两万余字的论文《关于京剧现代戏音乐的若干问题》，对京剧现代戏唱腔如何根据时代表现的实际需要，发展新的音乐程式和充分发挥唱腔的表现作用，提出自己系统的思索和考虑。鉴于他对京剧音乐确实内行，又深谙作曲之道，所以上海市文化局在准备进一步修改几部京剧现代戏时，将于会泳借调到了上海京剧院，从事《海港》的音乐设计工作。

从这时起，他不知不觉中一步步走进他最忌讳的政治圈。后来他通过京剧院的领导知道他目前搞的剧是毛泽东的夫人江青关心的，也是上海市委宣传部长张春桥亲自过问的，属于重中之重的戏。

有人告诉他，江青比较喜欢谭派唱腔，在艺术处理上就要讲究气势，注意京剧悠扬的板腔和逐步高扬的唱腔。于会泳茅塞顿开：为什么不好好研究各流派的特点？如果结合其优点，融合出一种新的流派来，用在现代京戏中或许会是一种全新的感觉。不过，那时他被压抑的名利思想还没有膨胀，完全因为喜欢民族音乐而全身心地投入……

于会泳便在京剧各流派上作了一番认真的研究。京剧是中国的国粹，数百年的发展，形成了梅派、程派、马派、杨派、谭派等十多家流派……即使都唱同一个段子，唱腔却不尽相同，他们在处理唱腔细节上各有各的韵味。梅派讲究慢，程派讲究幽，谭派讲究厚，而马派的道白无与伦比……但是这些用在江青所希望塑造的英雄形象身上，肯定是不行的，必须提炼一种独特的唱腔，表现京剧改革的新意。于会泳当时和创作人员一道研究了多时，才选定了节拍鲜明、旋律悠扬的唱腔，尽量不使用慢板，也少使用幽幽的节奏。他还将曲艺、地方戏的音乐语言也用到京剧里，这是比较出新意的创举。比如《海港》里的二黄宽板，《杜鹃山》里的“家住安源”的西皮慢二六，都是老戏里没有的板式。这样一处理，英雄人物还真有一番气宇轩昂的激情。

> 江青召见于会泳时，握着他的手，喜悦地说：“你的文章写得很好！我们的想法还是一致的。”在得知于会泳是山东人时，江青更热情地称他为“老乡”。

两年后，于会泳的才华终于受到了江青重视。那是1965年5月初，江青在张春桥陪同下观看《海港》彩排时，忽然扭头问张春桥：“于会泳是什么人？”江青为什么会提到于会泳？这是因为她不久前在《文汇报》上看到了他撰写的《评郭建光的唱腔音乐设计》一文，对此留下了极其深刻的印象。

当时张春桥对于会泳一无所知，但因为江青注意到这个人，他必须尽快地搜集有关于会泳的材料，包括于会泳的《关于京剧现代戏音乐的若干问题》及另一篇评《红

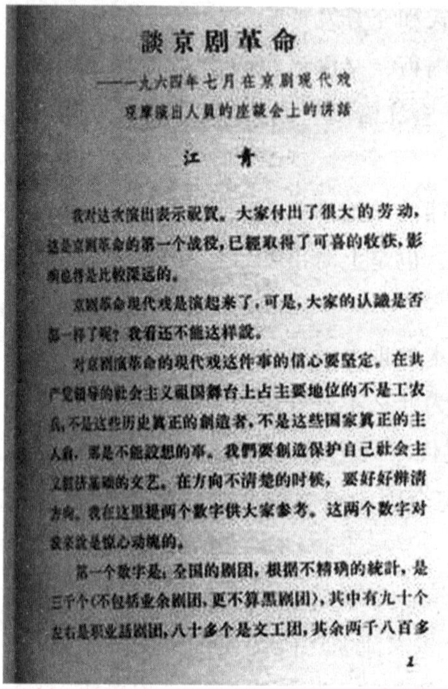

談京剧革命

——一九六四年七月在京剧现代戏观摩演出人員的座談会上的讲話

江　青

我对这次演出表示祝賀。大家付出了很大的劳动，这是京剧革命的第一个战役，已經取得了可喜的收获，影响也将是比较深远的。

京剧革命现代戏是演起来了，可是，大家的认識是否都一样了呢？我看还不能这样說。

对京剧演革命的现代戏这件事的信心要坚定。在共产党领导的社会主义祖国舞台上占主要地位的不是工农兵，不是这些历史真正的創造者，不是这些国家真正的主人翁，那是不能設想的事。我們要創造保护自己社会主义經济基础的文艺。在方向不清楚的时候，要好好辨清方向。我在这里提两个数字供大家参考。这两个数字对我来說是惊心动魄的。

第一个数字是：全国的剧团，根据不精确的統計，是三千个（不包括业余剧团，更不算黑剧团），其中有九十个左右是职业話剧团，八十多个是文工团，其余两千八百多

1

▲江青《谈京剧革命》一文（历史照片）

灯记》音乐的《红曲音乐必须为塑造英雄形象服务》等文章，将它们送到了江青手中。看着这些文章，江青不由得喜从心来，并大有相见恨晚之慨。不久后，她在上海锦江小礼堂召见《智取威虎山》和《海港》部分创作人员时，事先专门点名要于会泳参加。

在这次召见中，当有人向江青介绍到于会泳时，她握着他的手，喜悦地说："啊！你的文章我看过，应该我们早就认识了。你的文章写得很好！我们的想法还是一致的。"在得知于会泳是山东人时，江青更热情地称他为"老乡"。从此之后，凡江青到上海，总少不了要召见于会泳，倾听他对京剧现代戏音乐创作的看法。这位被称为"名副其实的专家"，颇受江青器重。

1966年初，于会泳因忙于创作而劳累过度，导致嗓子失声，江青还特地送给他两瓶自己专用的进口营养片剂。

"第一夫人"的器重和呵护，使本来在单位受惯批评的于会泳受宠若惊。他不仅忘我地投入《海港》的音乐设计，而且积极参与《智取威虎山》剧几个重点唱段的修改，使之臻于完美。于会泳不光在京剧音乐理论上显示出造诣，而且在音乐创作上也富有才华，这更加重了他在江青与张春桥心目中的位置和分量。

"文化大革命"风云骤起，于会泳被学院的红卫兵从京剧院揪回学校批斗，等待他的是满满一教室的大字报，批判他的"资产阶级名利思想"、"白专道路"、"剽窃他人劳动成果"……随之而来的是抄家、批斗、进"牛棚"。被搞懵了的于会泳尚未搞清楚是怎么回事，对他的批判又升级了，一张《请看于会泳叛徒嘴脸》的大字报，在校园里引起轰动，他魂飞魄散，陷入了绝望！

那是于会泳人生道路上一块难以定论的"污迹"。1947年秋，国民党军队重点进攻山东解放区，已逼近胶东，当时在烟台一带囤积了不少国际救济署调拨给解放区的救济物资，为避免使这些物资落入敌人手中，解放军山东兵团前敌指挥部决定除大部分物资疏散分存到农民家中代为保存外，余下的全部分发给部队和解放区机关人员。已经是胶东文工团团员的于会泳也分到了一大包东西。他念及寡母含辛茹苦拉扯大自己，如今成人了又不能在母亲膝下尽孝承欢，决定托人将这包东西捎给母亲，尽尽孝心。但敌情紧迫，已来不及了，文工团奉命疏散隐蔽到百姓家中，并规定每人将随身物品就地埋藏起来。怕这包东西被敌军发现，于会泳在埋藏前写了一张字条："蒋军弟兄们：

你们见到这些东西时，我可能已经与世长辞了。我家里只有一位年迈老母亲，你们如果还有点人性的话，请把这些东西寄到我的家里，我在九泉之下也将感激不尽。”他的字条当时就被团教导员发现了，教导员批评了他一句“这不好”，就将字条没收了。

在国民党军队重点进攻山东的战略失败，解放军重新收复胶东后，胶东文工团领导对于会泳这张字条所反映的对敌人怀有幻想以及带有“变节投降倾向”进行了严厉的批判，并对他隔离审查了近一个月。最后鉴于他在整个对敌斗争中表现不错，参加革命队伍才一年，写字条的动机还是出于孝心，在隔离审查过程中他不仅作了沉痛诚恳的检讨，还一再表示要加强思想改造，痛改前非，所以决定免予处分。这件事对于会泳之后的人生旅途似乎并没产生影响，他入了党，又被保送到上海音乐学院进修学习，只不过这件事还是存入了他的档案。

于会泳自然知道在“文化大革命”中这旧事重提对他意味着什么。此刻历史清白的人都难免遭难，更不用说自己的这个污迹在“革命群众”看来是证据确凿，自己无疑是革命的“叛徒”和“逃兵”了！本来相比学校里诸多“走资派”、“反动学术权威”，自己还是个“小牛鬼蛇神”，原来有望宽大处理，现今他是陷入灭顶之灾，末途已近了！

在于会泳陷入危难时，江青实实在在地拉了他一把。1966 年 10 月《智取威虎山》和《海港》两个剧赴京演出。剧组抵京的第二天，前去剧组探望的张春桥就问：“于会泳怎么没来？江青同志要见他。”

得知于会泳被上海音乐学院红卫兵揪回去接受审查，他哼哼道：“这是上音党委有意要整他！”之后江青见到剧组，也亲自询问：“于会泳为什么不来？”于是，十天后，通过“中央文革”对上海市委和上海音乐学院党委不断施加压力，“牛棚”中的于会泳乘坐飞机被秘密地送到了北京。

那天江青在怀仁堂再次审看《智取威虎山》剧，她又提起于会泳。得知他已经到北京，因有政治问题，没有获准到怀仁堂来，顿时，江青脸上涌上愠色：“他跟我搞戏，会有什么政治问题？”回头就令秘书派车去接于会泳，并嘱咐身边的姚文元代她去剧场的门口迎接。一见到于会泳，江青亲热地拉着他在自己身边座位上坐了下来。演出结束，上台接见演员的江青返身专门把于会泳叫上舞台，并将他推到台中央，和自己并肩接受大家的欢呼。

“旗手”的亲昵就是对他政治问题最明确的表态，于会泳没问题！相反，他是受害者！于是，怀着对江青的知遇之恩粉身碎骨也难以报答的激动之情，于会泳在一条危险的道路上越走越远！

1967 年春，身兼上海市文化系统革命筹备委员会主任和上音革委会副主任的于会泳，成了上海两出“样板戏”的实际总管。而他也的确为《智取威虎山》和《海港》的修改呕心沥血、百般操劳，对江青感恩戴德，对张春桥更是俯首帖耳，言听计从。

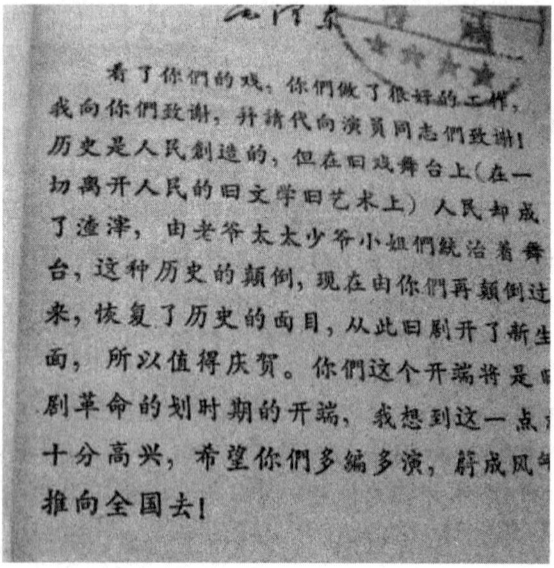

看了你們的戏，你們做了很好的工作，我向你們致谢，并請代向演員同志們致谢！历史是人民創造的，但在旧戏舞台上（在一切离开人民的旧文学旧艺术上）人民却成了渣滓，由老爷太太少爷小姐們統治着舞台，这种历史的颠倒，现在由你們再颠倒过来，恢复了历史的面目，从此旧剧开了新生面，所以值得庆贺。你們这个开端将是
剧革命的划时期的开端，我想到这一点
十分高兴，希望你們多編多演，蔚成风
推向全国去！

▲毛泽东关于《智取威虎山》的谈话（历史资料）

1968年春，一个棘手的难题摆到了于会泳面前。上音的院长贺绿汀，早就是张春桥、姚文元的眼中钉、肉中刺。“文化大革命”风云初起，他们就将贺绿汀列为思想文化战线上重点批判的对象，之后将其视为上音的头号“牛鬼蛇神”。于会泳“造反”后，一度想将自己的这位恩师也作为“资反路线受害者”“解放”出来，但他的“糊涂”观点当即遭到别人的反对。刚正不阿的贺绿汀虽在“牛棚”受尽虐待，却始终没有屈服，一再准备为自己申辩，他暗中搞的申诉材料被看守发现后，马上被作为“反革命翻案”的典型捅到了市革委。当时的市革委正为新发明的“电视斗争会”缺少高档次的对象发愁，见贺绿汀送上门来，当即决定对他进行全市性电视批斗。然而第一次的电视斗争会，由于贺绿汀铁骨铮铮，在电视机前据理力争，斗争会彻底失败了。张春桥适时回到了上海，决定召开第二次“批贺电视大会”。在此之前，又以“现行反革命分子”的罪名，将贺绿汀正式逮捕。同时，鉴于第一次批斗会的主持者是一位红卫兵，缺少应变经验，定下了第二次批贺大会由于会泳主持！

主持对自己恩师的批判大会，而且获知贺绿汀的爱女、上海音乐学院作曲系的高材生贺晓秋因父亲被捕，前些日子开煤气自杀了，于会泳实在于心不忍。但他别无选择，因为他对张春桥的畏惧，远远超过了害怕同贺绿汀交锋的程度。何况他知道，电视大会举行之时，张春桥将在办公室里目不转睛地监看电视转播！

然而，于会泳硬着头皮，心中忐忑不安地主持的这次批斗大会，依然以失败告终。因贺绿汀在会场上不畏强暴地顽强抗争，于会泳还是没有办法制止，使得现场一片混乱。张春桥不得不急令电视台立即停止转播！

于会泳缺乏阶级斗争的勇气、不会对“敌人”专政令张春桥大失所望。但是于会泳在“文化革命”方面异常灵敏，使江青、张春桥深感满意。他不仅为江青首创了“三突出”理论，还殚精竭虑地使“样板戏”运用了中西混合乐队，大大拓展了“样板戏”音乐的表现能力；也是于会泳主持了第二拨“样板戏”《龙江颂》《杜鹃山》《磐石湾》的创作修改和排演，使这几出戏的艺术魅力不但无逊于第一拨“样板戏”，而且在艺术风格上又各自有不同的创新。尤其是全剧运用韵白对话的“样板戏”是最为成功，是

难能可贵的。

> 于会泳从不居功，无论是“三突出”理论，还是其他“样板戏”的点滴成果，他都无偿地归功于江青。

1969 年 4 月的一天，刚修改完的《智取威虎山》剧为“九大”代表汇报演出。演出前，不擅当众讲话的于会泳走到了台上，向代表们介绍了江青在“京剧革命”中的“丰功伟绩”。当他激动地说到“总之，我们敬爱的江青同志，实际上是我们样板戏的第一编剧、第一导演、第一作曲、第一舞美设计”时，坐在观众席上的江青站了起来，高声嗔怪道：“会泳同志你别这样说了！再这样说我可要离场了。”江青的谦虚不无做作，而于会泳的阿谀奉承却是发自内心——因为没有江青，就没有他的今天！

于会泳为江青的“文艺革命”尽忠尽力，江青也对这位有才华的音乐家还以厚报，转眼之间，各种头衔和官职令于会泳应接不暇：“九大”代表，“九大”主席团成员，国务院文化组组员、副组长，“十大”代表，十届中央委员，中华人民共和国文化部部长……

艺术家陷入政治圈绝非就是春风得意。于会泳无疑具有艺术家敏感而脆弱，富于想象却缺乏条理的天赋和气质，随着官运亨通，从搞戏转行为文化领导官员，面对“文化大革命”后期上层政治领导层出不穷的斗争和变幻莫测的风云，他迷惘、困惑，在无所适从中又深感恐惧。

何况他调到北京后，进入国务院文化组与江青有了更频繁的接触后，原先在于会泳眼中“第一夫人”头上神圣的光环，不久就由于她喜怒无常、暴戾无情，乃至出尔反尔、嫁祸于人的思想性格暴露无遗而逐渐被剥蚀了。

兴许是 1974 年 7 月毛泽东在中央政治局会议上批评“四人帮”后，对江青、张春桥颇为冷落，对起用邓小平倾注了热情，江青心情极为抑郁，于是于会泳等常常成了她的出气筒。

一次在人民大会堂小礼堂为外宾演出《杜鹃山》，休息时喜好文艺的叶剑英元帅到于会泳身边坐了一会儿，对《杜鹃山》称赞不已。在另一边正同外宾讲话的江青见状忽然尖声喊道：“叶帅，请过来坐嘛！”同时一阵阴霾从她脸上掠过。当晚演出结束江青上台与主要演员握手，轮到于会泳时，她鼻中冷哼一声，就是不跟他握手。

几天后，在钓鱼台于会泳等向江青汇报工作时，江青莫名其妙对《杜鹃山》发起火来：“有些问题我对你提过多少次了，你就是不听我的话，不肯修改！”说着说着她嗓门越来越高：“于会泳，我看你将来总有一天非和我闹翻不可！但是，我不怕！”说完，她怒不可遏地摔门而出。

▲“文化大革命”时期，由江青直接干预创作的著名“样板戏”（历史照片）

江青这番火自然是冲着那天叶帅与他交谈而来的，可是那天于会泳没有错啊，是叶帅主动走过来的呀！一时，他感到从未有过的委屈和害怕，不由得呜咽起来……在一边的刘庆棠怕江青看见了火上浇油，便跟着大声嚷嚷：江青同志批评你也是为你好，你回去写份检查，请首长原谅。

之后，于会泳只能就《杜鹃山》写了一份沉痛的检查，托人呈交给江青，她这才稍稍解了气。但是于会泳心里对江青更加惧怕，做事更加小心翼翼。

这时，于会泳感到肝区隐隐作痛，到医院诊断为长期营养不良形成的代谢性肝火，如今由于工作劳累已转化为肝硬化，必须卧床休息，不然有可能变成肝癌。

正好，他被电影《创业》《海霞》搞得晕头转向沮丧之极，如今有了医生证明，心灰意懒的于会泳干脆称病不出了。

他用那支曾谱写过不少动人乐章的笔，给家人写下了一封遗书，荣于“文化大革命”，也毁于“文化大革命”的他，给自己戏剧般的人生留下一抹悲剧色彩。

1976年10月6日，党中央一举粉碎了以江青为首的反党集团。在7日、8日两天里，消息是封锁的，于会泳他们不知道，几次打电话给江青，回话都是说江青不在，有什么事情可以留言。于会泳很纳闷，以前，江青外出总是事前叫秘书打招呼，回来后也告诉一声，这次是怎么啦？外出也不讲一下，有什么情况也无法汇报。

毛泽东去世后，于会泳非常盼望江青能掌大权，在江青一伙表现出跃跃欲试的夺权野心时，他又有些担心，如果不成功，他们这些靠攀藤上去的亲信也就完了。所以有段时间他几乎每天都和江青单线联系，打听情况。江青当然很乐观了，到处抛头露面，发表演讲，就像外国竞选总统那样，满世界地拉选票。她毕竟是女人，毕竟有她的预测缺陷。他们四个人，除王洪文是党的副主席、军委副主席外，张春桥、姚文元都不掌握要权，再说王洪文也没有实质性的军权。这种情况下想夺权，岂不是痴心妄想！这种力量对比，于会泳心里早就盘算过了，估计不是一下可以实现的，说不定还会惨败。但他说什么也没有想到江青他们会被绳之以法，并且如此神速！

过了几天，粉碎“四人帮”的消息一点一点被透露出来，如一石击水引起的涟漪，一圈一圈往四周扩散。当于会泳证实江青一伙被抓的准确消息后，顿时汗如雨下，他知道江青完蛋对他意味着什么。

10 月 26 日，华国锋任党中央主席，晚上 7 点，在人民大会堂召开宣传口会议，由耿飙主持。这个会议主要是动员宣传机构开足马力批判“四人帮”，而且要好好收集与他们有密切联系的“大鬼、小鬼”材料，从他们那里找到“四人帮”的罪行材料，用自制之矛攻自制之盾。

于会泳在这个会议之后便开始接受组织审查。

以往的一切恍如梦中。的确，历史是那样地会开玩笑，以至十年间他身上发生的一切近似于荒诞：一心想当学者和作曲家的普通教师，火箭式地当上了文化部长；“文

▲在大放批《水浒》的厥词后，江青与来大寨的文艺工作者合影（杜修贤摄）

化大革命”前在上海音乐学院出了名的“右倾分子”，在“左”得无法再“左”的“文化大革命”中却成了响当当的“左派革命战士”。而顷刻间，一切又彻底倒了过来，此时此刻的境遇甚至还不如“文化大革命”前！怨谁？怨江青——如果没有她的看中和提携，就没有他的昨天与今天；怨自己——如果不是自己知恩图报，就决不会成为江青、张春桥他们俯首帖耳的“爪牙”和“走卒”。但是历史不存在“如果”，历史只记录真实的结果，结果是咎由自取！

怀着悔恨和惶恐，于会泳在被隔离审查的9个月间，写了多达17万字的交代材料。他在争取组织上的宽大处理。这种不无侥幸的心理在于他觉得自己是奉命办理，跟着江青不办也不行，有错误，没大罪，何况自己多少还做了一些有益的事，至少他搞的几个戏，毛主席、周总理他们都是喜欢肯定的。他期待隔离审查结束后，即使不当部长——这部长他本来就不想当了，也不能回上海音乐学院教书——回胶东老家的县文化馆或县剧团搞搞戏总还是可以的吧！

然而他所怀的侥幸和憧憬不久就彻底破灭了！在1977年8月22日广播的中共“十一大”政治报告中，华国锋公开点了于会泳的名。

听到这个报告中点了自己的名字，于会泳的精神完全崩溃了。他一夜没合眼，第二天，他在向专案组表示认罪服罪的同时，乞求能与华山谈一次话，期望这位驻文化部的最高领导能挽救自己。然而正值这几天部领导工作繁忙，无暇顾及他的请求；对看守人员发现于会泳神志恍惚不想活的动态报告，也仅指示“提高警惕，注意安全”。

望眼欲穿等华山召见的于会泳彻底绝望了。28日上午，他在院子里散步时，瞟见厕所窗外一个盛放“硝强水”的瓶子，并趁看守人员离开的片刻，将它挪到了从厕所伸手可及的位置。下午借午睡起来去厕所洗脸刷牙之机，于会泳将“硝强水”倒入了自己杯中，并用湿毛巾捂得严严实实地偷偷带回了自己房间。

晚6点多，他用那支曾谱写过不少动人乐章的笔，给家人写下了一封遗书：“……我跟着‘四人帮’犯了罪，对不起华主席，对不起党，对不起人民，我的结局是罪有应得，只有一死才能赎罪……希望你们永远紧跟英明领袖华主席和华主席为首的党中央革命到底！”

晚8点，于会泳缓缓揭开覆盖在杯子上的毛巾，然后走向了自我毁灭之路。

他选择了畏罪自杀的方式结束生命，这不能不算是遗憾的方式，但也是罪有应得的选择。如果他那时不死，现在或许还在苦熬铁窗岁月。他的仕途由“样板戏”起家，“文化大革命”给他提供了施展政治野心的舞台。他是荣于“文化大革命”，也毁于“文化大革命”。这戏剧性的荣辱人生，充满了极不光彩的悲剧色彩，令人可恨可悲可叹！

第三十八章 刘庆棠的"旋风"舞台

刘庆棠曾是"样板戏"风云人物之一。"文化大革命"中，他是众多中国少女心中的"白马王子"，如今却站在了被告席上。

1983 年 4 月，北京市中级人民法院公开审理"四人帮"亲信刘庆棠。

他曾是"样板戏"风云人物之一。刘庆棠在芭蕾舞剧《红色娘子军》中扮演的党代表洪常青，是那么英姿勃勃气宇轩昂：在暗无天日的椰林中，他救起了遍体鳞伤、走投无路的琼花，并给她指明了革命的方向；火红的木棉花盛开的万泉河畔，他手持大刀翩翩起舞，舞姿刚健；身穿一套洁白的西装，扮成华侨巨商，气度不凡地打入了南府；受伤被俘后，宁死不屈的他，大义凛然地缓步走向大榕树下那熊熊燃烧着的烈焰……

"文化大革命"中，他是众多中国少女心怡神往的"白马王子"。如今，站在被告席上的他，低低垂下的面庞依然英俊，只是已失去了往昔潇洒的风度，炯炯有神的目光被颓丧灰败的神情所代替。刘庆棠面对的，是许多证人对他可恶罪行声泪俱下的控诉，他所面临的，是法庭对他的庄严审判！

历史的魔杖如此不可思议：一个戏剧舞台上光彩夺目的英雄，在人生舞台上，怎么就成了叫人唾弃厌恶的反面角色？

刘庆棠从小长得眉清目秀，又透着聪明机灵。40年代末，辽东地区文工团到他老家——辽宁省盖县的一个小村子进行演出。这个刚解放不久的村子里，农民们得到了自己的田地，看见文工团演出队来了，个个兴高采烈涌向村头，将演出的土台子围得水泄不通。

在观看的人群中，有位农家少年从开始到结束，一直目不转睛盯着舞台。夜深了，节目演完了，人群慢慢散去，只有这个少年一直跟在文工团后面，他缠上了文工团的领导，要求加入文工团，当一名小演员。正好团里缺小演员，文工团爽快地收下了他。于是，他小小年纪便参加了革命，成了文工团的一员，随着文工团打腰鼓、扭秧歌、唱二人转、演活报剧，走遍了辽东地区。

50年代初，年仅17岁的刘庆棠作为文工团骨干，到北京专门学习民族舞，并因成绩优异被留在中央歌舞团担任民族舞演员。1956年，迷上芭蕾舞的刘庆棠，不顾自己已23岁的“高龄”，凭着当年要求加入文工团的那股硬磨软缠的韧劲，说动了歌舞团的领导，终于半路出家改行进了北京舞蹈学校的芭蕾舞讲习班。

在学习芭蕾舞的男学员中，刘庆棠因年龄较大，关节柔韧性也较差，技巧掌握颇为困难，但他身上有着中国农民传统的吃苦耐劳精神，使他加倍地用功。他强壮的体魄，也为他用辛勤的汗水弥补自己的不足提供了有利的条件。不久，尽管他的技巧掌握得还不十分标准，但在学员中已开始崭露头角，这纯粹得益于刘庆棠的形象好，身体健壮。芭蕾双人舞中男演员的托举十分吃力，苏联专家教学时往往用刘庆棠来试跳，久而久之，他成了双人舞教学中颇受女演员欢迎的最佳搭档，并在讲习班期满后，作为“双人舞”教师，留在舞校工作。

1958年，舞校准备排演大型芭蕾舞剧《天鹅湖》，在挑选男主角时，其他几位候选人因托举女主角白淑湘力量稍差，唯有刘庆棠能够胜任，这样他与白淑湘成了最早的一对舞伴。首演《天鹅湖》在中国芭蕾舞史上具有划时代的意义，随着它的首演成功，鲜花、掌声和荣誉也接踵而来。这一年，他和白淑湘、编导助理李承祥，一起作为文艺界的代表，出席了北京市的群英会。当时的刘庆棠热情、谦和、朴实。当时有些人批评他在舞台上的气质不像王子，倒像个战士，更使他看到了在艺术上的先天不足，除加强基本功训练外，他还尽力学习，充实自己在文化方面的修养。

继《天鹅湖》之后，刘庆棠与白淑湘又配对演出过《海侠》《泪泉》等大型芭蕾舞剧。然而就在一出出舞剧演出的过程中，他的心态渐渐不平衡了。虽然在排演中，他没有少吃苦、少流汗，而且因先天不足，吃的苦流的汗还比白淑湘多，但人们敬慕青睐的目光，投向的多是那位得天独厚的搭档。人物专访、特写、评论文章，对象全集中在白淑湘身上。雪花般飞来的座谈会、联欢会请柬，也全署的是她的名字，她还当选为全国青联委员。

刘庆棠虽然明白芭蕾舞是以女演员为主的艺术，但是他心头总有一种说不出的酸涩和恼怒。嫉妒的结果往往是阴谋。于是，这位在团里分管共青团工作的党支部委员，开始私下里议论：“白淑湘只专不红”，“她跟父亲划不清界限”。之后，由他主持的团支部，鉴于这种“群众反映”，经常开会“帮助”白淑湘，并要大家同她的“资产阶级思想作斗争”。白淑湘的演员队长的位置也由刘庆棠取而代之。

这件事情使得刘庆棠从中领悟到要阴谋的快感和掌握权力对自己发展的重要性。

由嫉妒滋生到罪孽，这期间需要适宜的空气、营养和土壤。60年代初的中国，虽然“念念不忘阶级斗争”，但毕竟社会秩序尚为正常，人与人的关系也和善。

> 在《红色娘子军》主演的角逐中，
> 并不起眼的刘庆棠一鸣惊人。

1963年底，中央芭蕾舞剧团根据毛泽东有关文艺工作的两个批示，组织改编创作了《红色娘子军》。那时刘庆棠正好年轻，相貌也不错，再说现代芭蕾舞蹈又是一台政治加艺术的重头戏，尽管许多人都想争取这个出名机会，但是都因诸多的原因（包括舞蹈水平、形象和出身）而没有成功。角逐中，并不起眼的刘庆棠却一鸣惊人夺得了主角的位置。为了演好“党代表”这个角色，他苦练基本功，的确流了许多的汗水，因为他那时还是无名小卒，头脑还能保持清醒，知道珍惜这个来之不易的机会。

1964年，芭蕾舞剧团创作演出了我国第一部现代芭蕾舞剧《红色娘子军》，难以替代的白淑湘仍被选任为女主角，“洪常青”是舞台上的英雄形象，演员不仅要有阳刚、健美的气质，还要有较扎实的舞蹈技巧。最初，刘庆棠被选定扮演“党代表洪常青”，主要是因为他的舞蹈水平不错。他在50年代曾经跟苏联舞蹈专家学习过芭蕾舞，吸收了“天鹅湖”等著名舞蹈的优点，这使得他的芭蕾舞水平大有长进。当时，在国内跳民族舞蹈的优秀演员还是不少的，但是跳“洋舞”的演员就凤毛麟角为数不多了。

所以洪常青的角色无论就经历和气质，都非刘庆棠莫属，他和白淑湘又成了一对舞伴。激动人心的剧情，在芭蕾舞台上塑造中国无产阶级革命英雄人物的使命感和自豪感，以及为此必须付出的艰辛劳动，暂时抑止了刘庆棠的“革命斗志”，他全力以赴投入了艺术创作。通过多次赴海南下部队体验生活，和剧组同志无数个日夜的共同琢磨和体会角色，在排练场上一轮又一轮的旋舞，刘庆棠终于成功地创造了一个高大感人的红军党代表形象！

不久，江青要“抓”这部戏了。对政治较他人多长了一个心眼的刘庆棠，敏感地从中察觉到了这对自己的发展是个难得的机遇。尽管他作为剧中英雄人物的扮演者，已经引起人们的重视，但他并不满足。于是，江青初次“驾临”剧团，刘庆棠成了团

▲《红色娘子军》中刘庆棠演洪常青（历史照片）

里最为忙碌的人。这个演员队长围着“第一夫人”跑前颠后，主动给江青拿材料，汇报剧团的创作排演情况。

刘庆棠的出色表现赢得了江青的好感。从此，他与江青建立了直线联系，经常主动给江青写信，汇报团里的情况。

后来他在充满权力和名誉争夺的大潮中改变了自己的初衷。他的双足开始不满足在一个舞台上跳跃了，各种机遇也随着舞台外延的扩大而增多，他的思想也随之“深远”起来，他在充满权势诱惑的天地里开始思考：追求艺术是终身的归属，还是作为归属的手段？

我们现在无法考证他当初涉足政治漩涡的动机。他开始的本意是不想追逐政治浪潮，成为时代的弄潮儿，还是身不由己卷进了政治漩涡？或许他到被判刑时还不知道自己的罪行在哪里。

> 刘庆棠在充满权力和名誉争夺的大舞台上改变了初衷，他的双足从艺术舞台跳到了政治舞台，他向往权势的性格日渐显露。

1966年夏天，如火如荼的“文化大革命”烈焰，使刘庆棠一度被抑制的“革命斗志”燃烧得旺盛起来。凭着农家出身的“红五类血统”、“共产党员的招牌”，更重要的是在“样板戏”中扮演英雄的资本和同江青的特殊联系，他振臂一呼革命造反，许多人当即聚集在他的麾下，然后向院、团的“牛鬼蛇神”和“走资派”展开了猛攻，大字报铺天盖地，批斗会接连不断，一时间芭蕾舞团成了阴风惨惨的人间地狱。52岁的中央歌剧舞剧院副院长、首席指挥黎国荃，就在刘庆棠主持的一次批斗会后，因无法忍受会上的诬陷和人格的侮辱，回到家就上吊自杀了……

当权的领导成了“走资派”被关进了“牛棚”，踌躇满志的刘庆棠当仁不让，成了剧团新成立的革委会主任和党支部书记，党政大权一把抓。爬上了领导位子的他变本加厉地整人。

但是不久，群众将他揪下了权力的宝座，对他进行了批斗。1966年11月28日，在人民大会堂召开“首都文艺界大会”，江青没有忘记她的“忠实战士”，指名让刘庆棠上大会主席台，无奈群众抵制未能如愿。会后，江青马上派人向刘庆棠表示安慰：“不让你上主席台，并不说明领导在政治上对你有什么看法，希望你不要有什么压力。”有了江青的撑腰，刘庆棠没有气馁，继续给江青写信效忠，继续揭发其他人“反对江青”的罪行。如此逆境中仍念念不忘绷紧“阶级斗争弦”的“好战士”，自然越来越受江青的赏识。自1967年5月，江青先后六次点名逼芭蕾舞剧团领导班子，要“结合”刘庆棠。1968年3月刘庆棠终于在江青的大力提携下如愿以偿，参加了芭蕾舞剧团的领导工作。当年7月，经江青批准，他成了芭蕾舞剧团的头面人物之一。

再次吃香的刘庆棠，正应了“文化大革命”中常被引用的一句话：“子系中山狼，得志便猖狂”，整人更加丧心病狂。利用当时的“清理阶级队伍”、“整党”、“清查五一六分子”等名目繁多的整人运动，他将所谓的“裴多菲俱乐部成员”、“炮打无产阶级司令员”、“反对中央文革”、“攻击江青”等罪名，随心所欲地扣到人们的头上。当时全团包括临时工仅240人，却被刘庆棠一伙揪出了70多个“反革命”，“牛棚”不得不设在大排练厅。团内人人自危，朝夕难保，芭蕾舞剧团陷入了有史以来最恐怖的时期。

在1970年前后，由刘庆棠主持的这场文艺界“清查”运动中，仅中央直属文艺团体被打成“五一六分子”的，就多达400余人！

刘庆棠在无辜者的鲜血和呻吟中飞黄腾达。1969年4月，江青提名他当了党的“九大”代表、主席团成员。事后江青还说：“刘庆棠是我叫他当了代表，当时还考虑叫他进中央委员会，但是我是亲者严、疏者宽，没有让他当中央委员，以后再说。”可见江青已为他一步步设计好了未来的“前程”。这个“前程”如同红地毯在刘庆棠面前展现：1970年进入国务院文化组，开始统管全国文艺创作；1974年又在中共十大“当选”为中央委员；次年初一跃为中华人民共和国文化部副部长。至此，他已不折不扣地成了“四人帮”在中国文艺界的忠实帮凶。

▲《红色娘子军》剧本（历史资料）

文艺界里的人都知道，《红色娘子军》剧团比起《智取威虎山》剧组来，骄横跋扈是有过之而无不及，因为拍摄难度很大。《智取威虎山》有于会泳，他已经是比较难对付的一个角色，简直骄傲极了，自以为作曲有才华，受到江青的青睐，就目空一切，成了《智取威虎山》剧组里一手遮天的人物。那么,《红色娘子军》舞剧团里的刘庆棠就可以用“骄狂”来形容了，他闻名于整个文艺界乃至文化系统，一段时间，他的名字随着“洪常青”的形象而炽热走红。

就在刘庆棠奇迹般“大踏步”进军高层政治领域之际，检举揭发他在生活上乱搞男女关系的信不断被送到上级领导部门。这位生活极其不检点的“美男子”，早在“文化大革命”前，就因多次发生不正当的男女关系而被芭蕾舞剧团给予党内批评教育的处理。那时只是一个演员身份的他就好云雨之事，到了“文化大革命”中大权在握，可想他风流成性会肆无忌惮到什么程度：一个比他小二十来岁的姑娘，长期被他霸占；与此同时，任何一位女演员，无论是想争取在戏中当主角或领舞，还是给丈夫落户口、安排工作，只要有求于他，都有可能成为他的掌中玩物……

然而，那些女演员用血泪蘸写的控诉信，到了江青、张春桥之流的手中，或石沉大海，或轻描淡写地告诫几句，丝毫无损刘庆棠的仕途。

善于察言观色的刘庆棠很快被江青指定为文化组成员和文化组创作领导小组成员。他的政治地位日益显赫，在政治地位高于他的艺术地位时，他就开始充当中央芭蕾舞剧团的代言人。只要有一点不顺心或是不随他意的事情，他马上就会兴师问罪，乱打棍子。

1970 年元旦，舞剧团为庆贺节日，自己搞了个联欢活动，因为没有通过刘庆棠，这可触犯了其至高无上的“尊严”。他唯一的法宝就是江青这张王牌，他知道怎样触动江青敏感的神经。他到江青那里，不是说舞剧团的人怎样目中无刘庆棠本人，而是说舞剧团的人对“样板戏”不满，发泄私愤，搞所谓的联欢活动，实质是针对江青同志的。江青正好是个偏听偏信、听不得反对意见的人，有这么严重的事情，当然不会无动于衷了。于是她立即指示追查，是谁的主意？抓起来审查。一时间，舞剧团犹如白色恐怖笼罩，大家人心惶惶，敢怒不敢言，生怕走路睡觉都能抱个灾祸回来，因为灾祸随时跟在你的屁股后面，躲都躲不掉。经这一折腾，舞剧团以后还真不敢轻举妄动了，但是人们的心里对刘庆棠埋下了仇恨的种子。

1972 年法国总统蓬皮杜来中国访问，中方安排外宾观看《红色娘子军》舞剧。演出结束后，礼宾司为了增加热烈欢迎的效果，提议大家在台上合唱一首歌。不知是谁提了一句，唱“我们走在大路上”。这是一首大家非常熟悉的歌曲，因为“文化大革命”已被打入冷宫，猛然听有人提议唱这支歌，见周恩来总理也在场，就没有什么顾忌，和周恩来一齐唱了起来。

晚会结束会，江青把刚上任的文化组组长吴德叫来，说这首歌的作者是反革命，叫李劫夫，为什么唱这支歌？去查一查。

不几天，吴德对江青说：是《红色娘子军》剧团的头头刘庆棠同意的。

江青马上叫来刘庆棠怪罪起来，刘庆棠哪里敢说自己同意的，一口咬定是周总理布置的，和他没有关系。谁也没有想到，江青把这件不是事情的事情拿到政治局会议上，当面问总理，大有问罪的架势。刘庆棠是推托干净了，可是江青却几次追问周总理，最后周恩来也火了：“这事我负责有什么了不起！”

江青见周恩来发火了，她也没有什么油水可捞了，这才不了了之。可是许多人是“旁观者清”，知道是刘庆棠从中搞的鬼。

兴许是自知作恶多端，刘庆棠身居高官后，对自己的不齿行径偶尔流露出隐隐的不安。青年演员邓元森受他陷害出狱归团后，被派到制鞋间劳动，一次刘庆棠见了他主动上前打招呼，握手递烟，并颇为负疚地说：“怎么样？对我还有气吗？”血气方刚的邓元森倔强地回答说：“反正我没罪！你办事就是太‘左’。”刘庆棠深吸了口烟，矜持着半晌才说：“让你们吃了苦头，这我认账，可是我必须坚持。在原则问题上宁左勿右，左是认识问题，右是立场问题。”也正是在这个思想轨道上，刘庆棠越走越远，死心塌地充当“四人帮”的马前卒，到了“批邓、反击右倾翻案风”时，更是不遗余力地在文艺界到处造谣整人！

> 他被隔离审查，却异想天开地给当时的中共中央主席华国锋写信，表白自己在“文化大革命”中主观上是想干革命。

1975年9月，江青召集自己的三大“接班人”于会泳、刘庆棠和浩亮在钓鱼台17楼秘密聚会。江青对刘庆棠说：“邓小平是谣言公司的总经理，董事长……现在好比57年反右前夕，现在叫他们大鸣大放，将来再收拾。”

秉承主子旨意，刘庆棠随后在芭蕾舞剧团、文化部艺术局所属各团负责人会上、山东文化局等处，大造舆论，为“四人帮”制造新的动乱进行舆论准备。10月，刘庆棠到上海，与江青亲信王洪文、马天水、徐景贤、王秀珍等一起密谈。年轻气盛的王洪文对大家说：“要吃得饱饱的，睡得好好的，振奋精神，准备斗争！”还说：“邓小平这么大胆子是有总理、叶副主席、李副总理支持。”刘庆棠深深地领会了此次密谈的宗旨，那就是准备为“改朝换代”而斗争。

刘庆棠从上海回京后，立即和于会泳、浩亮在北海公园秘密聚会，传达了从上海带回的“指示”，并分析了当前政治形势，他说：“谣言有个特点，攻击‘中央文革’的几个人，同时吹捧周总理、邓小平和老帅们，这事和北大、清华有关系。”随后，他们马上同北大军代表迟群串联，用“梁效”的笔名搞诬陷邓小平的材料。

刘庆棠又伙同于会泳等人秘密翻印了从上海徐景贤那里拿来的《邓小平同志在南

方十二省省委书记会议上的讲话》等四份材料，准备批判。刘庆棠在自己把持部门的几次会议上公开诬蔑说“邓小平是右倾翻案的总代表”，“毛主席眼睛患老年性白内障，周总理住在医院里，邓小平觉得夺权的时机已到，要同毛主席摊牌”，“邓小平准备十二月份夺权”等。

1976 年 1 月，刘庆棠在文化部连续召开会议，拼凑邓小平“攻击文化部的八条罪状、攻击文艺革命的七条罪状”，并编入文化部 1976 年一号文件。从这年 2 月起，刘庆棠煽动打倒邓小平及从中央到地方出来工作的各级干部更加升级了，他遵照江青、张春桥的旨意，召开全国电影制片厂负责人会议，全力煽动“写与走资派作斗争的作品”，“拿出戏来当炮弹用”，并鼓动、威胁说：“敢不敢写与走资派斗争的戏，是路线问题，立场问题。”

3 月，他亲自指挥芭蕾舞剧团炮制了“层层揪邓小平代理人”的舞剧《青春战歌》。此后，他一面派专人去各电影厂督促，一面亲自到现场催促，并亲自抓了《反击》《盛大节日》《搏斗》三部轰动一时的影片，旨在煽动打倒邓小平和一大批党政领导人。

为达到投靠江青的目的，刘庆棠一手制造了许多伤天害理的冤案，并为自己的腾达扫清道路。

天网恢恢，疏而不漏。刘庆棠作孽无数的报应终于降临了！1976 年金秋十月，“四人帮”被粉碎后，他被隔离审查。但是在被隔离审查期间，他执迷不悟，拒绝承认自己犯了罪。曾几何时，他还异想天开地给当时的中共中央主席华国锋写信，表白自己在“文化大革命”中的所作所为，主观上是想干革命，为毛主席革命文艺路线努力工作的，并竭尽全力替自己评功摆好。

▲“样板戏”的“旗手”江青（历史资料）

中共中央组织部和文化部专案组经过反复调查，查清了刘庆棠的全部罪行，鉴于他在长达多年的隔离审查期间，毫无认罪悔改的恶劣态度，决定将他交付检察机关予以起诉。

得知北京市中级人民法院将对刘庆棠进行公审，在京文艺界人士无不拍手称快，奔走相告，并争相前去观看其下场。在法院对刘庆棠案件审理期间，文艺界凡遭受过他迫害的人都发了旁听证，“重灾区”芭蕾舞剧团不得不特地指派一辆大客车，每天接送大家前去旁听。

在公审期间，刘庆棠对起诉书所开列的条条罪状供认不讳，只是在作自我辩护时，他仍一如既往固执己见，强调其所作所为无一不是忠实执行上级指示的结果，竭力从主观上为自己开脱。他的辩护理所当然地被公诉人驳回。

经过三天的公开审理，最后法庭庄严审判：判处刘庆棠有期徒刑17年，剥夺政治权利4年。正像法庭宣判后许多深受刘庆棠之害的人认为量刑太轻那样，他的恶报并未就此结束。接踵而来的是他的妻子毅然决定与他离婚，他的子女也就此同他脱离了关系。

患了肝硬化的刘庆棠获准保外就医。由于他在北京已没有家，只得由他弟弟接回老家辽宁盖县寄居。

人生似乎太像舞台了，当年他跟随文工团从这个小村子走出去后，在中国文艺界的这个大舞台上演了一出时而令人敬慕，时而叫人痛恨，时而辉煌壮观，时而又灰暗压抑的话剧。“出将”、“入相”是中国传统舞台边供演员上下场的两道门，只念着在台上风光一世，刘庆棠恐怕从未想过他“入相”的归宿依然是那个小村落。

已经病入膏肓的刘庆棠在大连遇见了原来文工团的一个战友——沙音，这位善良的女性以她博大的胸怀接纳了一个刑期和重病同时在身的人，这位当年显赫一时的风云人物已经无家可归，如有一扇门能向他打开，就等同打开了他的生命之门。

刘庆棠在沙音家几次发病，几乎丧命，是这位爱他的女性一次次拯救了他的性命。但是等到刘庆棠刑满释放、成为自由公民时，沙音并没有等来爱情之花的盛开。刘庆棠或许明白自己的日子不多了，不甘心自己的舞蹈事业就这样一去不复返。为了自己的前途和事业，他攀上北京一位更有门路的女性。他毫不犹豫地将危难之中伸出的爱心之手一刀斩断，毅然离开大连，因为他不需要再在桥上歇息，他的未来在彼岸。

从这点上，刘庆棠的性格和品德的确有许多方面值得人们深思。俗话说：性格决定命运，这难道不是他的命和运？

第三十九章

红透中国大地的“李玉和”

> 钱浩梁被挑选扮演《红灯记》里的主要英雄角色——李玉和。这个角色改变了他当艺术家的命运。

“李玉和”已经老了，他的心愿是希望60年代以前出生的人能忘记他，让他度过宁静不受打扰的余生。这可能吗？许多东西可以忘记，唯独记忆这个东西是不能忘记的。和“文化大革命”相伴了十年的“样板戏”，已经在那一代人的头脑里扎了根，是拔不掉、砍不断的。

“李玉和”这个当年妇孺皆知、红透中国大地的名字，沉默了十几年后，突然被一曲“奶奶——你听我说……”唤醒。当年手执“红灯”上台就是一个顶天立地亮相的李玉和，如今在哪里？

浩亮原姓钱，名浩梁，出身梨园世家，从小就学艺，10岁考入上海戏剧学校，1956年就成为中国戏剧学校的首届毕业生。1964年他被挑选扮演《红灯记》里的主要英雄角色——李玉和。这个角色改变了他当艺术家的命运，如果不是“文化大革命”，如果不是江青插手现代京剧，“李玉和”只是与其角色相同，不会留下大起大落、大悲大欢的记忆，至少不会有这么多的痛苦记忆。但是世界上任何事情只有过程和结果，没有“如果”的假设。

“文化大革命”期间，他和于会泳、刘庆棠合称为于、浩、刘，是那个时期最为著名的“样板戏”三巨头。于会泳负责《智取威虎山》剧组，钱浩梁负责《红灯记》剧组并且领衔主角，刘庆棠负责《红色娘子军》也担任主角，这三个“样板戏”在当时是赫赫有名、领尽风骚的。如果从他们三个人的所作所为看，要算钱浩梁最憨厚，个性也不骄狂，但是跟着江青后面也做了许多错事糊涂事。虽然很少借江青之棍去打人，但是他也有意无意地得罪不少人。

浩亮——这是江青为他改的名，他曾经红火之极，也曾经灰不溜秋，当然也有这个名字演变的故事。

江青爱给人改名字，这大概是她永远无法改变的嗜好。据说她被关押在秦城监狱时，还饶有兴趣要给看守员改名。可是在那个给人们留下难以磨灭记忆的梦魇年代里，她的嗜好无疑就是一条罪行的证明。“四人帮”倒台后，许多被她强迫改名的人都受到不同程度的冲击，其实大多数人和江青没有瓜葛，只是江青一时兴起，听谁的名字不顺耳，就好行使父母职责，给人改名。当然，浩亮的名字不只是江青一时兴起而为，江青的确重视演艺好的演员，浩亮就是其中的一个。

江青把信口随意改名当成一种对人的恩惠。她喜欢怎么叫，这个人就该叫什么，要谁改，谁就得改，如同封建皇帝赐名赐姓一样。早在1968年审改钢琴伴唱《红灯记》时，江青就对殷承宗说：“就凭你这个名字，我也要造你的反。你是想继承你那个祖宗啊！”

殷承宗笑着讨好说：“我改‘诚忠’吧？”

“可以，这样好！忠心不二嘛。”江青当即赞成。

江青给芭蕾舞剧《红色娘子军》说戏，突然觉得饰演吴清华的B角演员宋琛琛名字太长。她对宋琛琛说：“你的名字干脆改或宋琛算了，去掉一个琛。”

接着，她又转向一位叫张婉昭的女演员，说：“张婉昭，你就叫张昭吧，不然，你的名字要进宫廷了。”

不等人家同意，在排练的过程中，江青就已经喊着她起的新名字了。

“张昭基本功不错，可以排排连长

▲钱浩梁（历史照片）

……”

江青一边说戏，一边念叨：“张婉昭的名字多旧呀，进了宫就成妃子了。唉，现在叫‘淑’的也太多了，好像没有‘淑’字，就不是女名了。”

“样板戏”《杜鹃山》的女主人公，原来名叫贺汀。但是这个“姓贺的女英雄”有暗指毛泽东井冈山时期夫人贺子珍之嫌，触动了江青的心病，于是女主人公的名字被改为“柯湘”。芭蕾舞剧《红色娘子军》的女主人公，原来叫吴琼花，她下令把女主人公名字改为“吴清华”。江青一次审查《红灯记》，休息时喊过来钱浩梁，说：“叫人家记住你钱浩梁？好家伙！多少笔画！去掉你那个‘钱’字吧。就叫‘浩亮’，‘浩’，浩大的浩；‘亮’，漂亮的亮。几年前我就想叫你这个名字了。”

钱浩梁愣愣地问：“不要‘钱’了？”

“你还要‘钱’干什么？我就不要那个李了。”

“好！我坚决不要了。”钱浩梁响亮地回答。

“嗯，还有双重意思：一个是不要你祖宗的那个钱，一个是不要金钱。我们只要革命。”

此后，“浩亮”一名就叫响了，借着李玉和之光，大走了红运。

> 不满25岁的钱浩梁出演《伐子都》，一炮走红，被京城同行公认为是“全活”的大武生。

钱浩梁曾是“全活”的京剧大武生。受梨园家庭的影响，打6岁起就随父练功学艺的钱浩梁，自小就爱上了京剧这一行。10岁那年，他一度进入上海戏剧学校学戏。虽然这所学校不久停办，但先后到该校短期任教的京剧名角不凡的身手、风范，足以令他仰慕不已，决心将来也要当个名角儿。

50年代初，他考入新成立的中国戏曲学校插班学习。他主要师从的名武生尚和玉功底深厚扎实，艺风严肃，传艺认真。钱浩梁身体条件和武功基础本来就不错，对老师又非常尊重，学习也异常努力刻苦，不久就将尚派武生戏的代表剧目《挑滑车》《艳阳楼》《伐子都》等学得颇为中规中矩。1956年，他成为中国戏曲学校的首届毕业生，并被留在该校实验京剧团工作。

在这个团里，他首先排演了《百骑劫魏营》，饰主角甘宁，接着又主演了《挑滑车》的高宠，均获得好评。1959年，对不满25岁的钱浩梁来说可谓双喜临门：在出演《伐子都》一剧中，他扮演的子都一炮走红，声誉鹊起，被京城同行公认为“全活”的尚派大武生；也就在这一年，初步立住了舞台形象的钱浩梁，因政治上要求进步，为人谦虚敦厚，在演艺上精益求精，而被批准加入了中国共产党。

1962年，中国京剧院为补充队伍，决定从中国戏曲学校实验剧团选调40人。由杰出的京剧艺术家梅兰芳任院长，李少春、叶盛兰、袁世海、杜近芳等名角荟萃的中国京剧院，是全国规模最大的京剧演出团体，梨园新秀都以进入这个剧院为自己的最高理想。该院的总导演阿甲、副院长张东川等观看了钱浩梁主演的《挑滑车》，深感这位年轻人是株好苗子，就把他选调到了中国京剧院。

信奉“艺无止境”的钱浩梁，当时十分敬仰中国京剧院一团的著名演员李少春。李少春工老生、武生和文武，他文戏师承余（叔岩）派，演唱韵味纯正，行腔圆熟婉转，低沉回荡；武戏主要宗法杨（小楼）派，长靠戏、红生戏，工架严谨稳练，身手干净，气度恢宏，短打戏则动止边式大方，干脆稳准，翻打扑跌敏捷洗练，且擅长猴戏。李少春在京剧界可谓是一位名驰南北的文武全才。他不仅在《战太平》《长坂坡》《三岔口》《闹天宫》等众多传统剧目中光彩四溢，而且在改编及新创剧目《野猪林》《白毛女》中饰演的林冲、杨白劳上均有不同凡响的艺术创造。对于这样一位大师，钱浩梁早就心驰神往，十分向往能在李少春的帮带下，提高砥磨自己的艺业，成为京剧界的文武全才。

但初到中国京剧院，选调去的这些人全都留在四团，等待调整分配，这难免使钱浩梁忐忑不安。

有一天四团在吉祥戏院演出《伐子都》，正值饰子都的主要演员前一天演出中把手扎了，不能上场。团领导想到钱浩梁演过这出戏，要他当晚顶上去。视《伐子都》为拿手戏的钱浩梁，此时却唯恐演好该戏就被四团留下，所以迟迟疑疑地说：“我可只是替替啊……”

“放心！院里早定了，你上一团！”知道他心思的团领导给他吃了定心丸。

不知是这颗定心丸令钱浩梁精神大振，还是有意要在中国京剧院头遭饰主角时显露一下本事，当晚他在演出中超常发挥，扎着大靠满场飞，身手坚实稳健。尤其在那段子都为了抢头功，不惜一箭射死本军大将颍考叔，回营后深感有愧，俱疚而亡的戏中，他连唱带做，声情并茂，将这个英武、阴险、狡诈而天良尚未泯灭的角色刻画得入木三分，博得了满堂喝彩。凑巧的是，那天晚上一个非同寻常的人物在台下看戏。钱浩梁的扮相和演技让悄然而来的江青大为赞赏，从而给她留下了极为深刻的印象。

钱浩梁终于如愿以偿地被分到中国京剧院一团。当时43岁的李少春身体欠佳，院领导有意安排他带带钱浩梁，既培养新生力量，在必要时也能替替他。艺德高尚、为人热情正直的李少春对钱浩梁很是喜爱，觉得他基础不错，颇有悟性，只是还欠雕琢敲打，所以将他像亲传弟子一般相待，文武诸艺均倾心相授。如鱼得水、心花怒放的钱浩梁也不孚众望，学戏练功异常刻苦，艺业进步很快。特别是原来欠缺的唱功，在李少春精心指点下，他常常鸡叫头遍就起来，跑到僻静处边压腿边吊嗓，渐渐地也真学到了点挺拔激越而又婉转细腻的余派韵味。

> 江青联系到两年前观看《伐子都》的印象，似乎对钱浩梁饰演的李玉和更为欣赏。

1963年秋天，中国京剧院导演阿甲忽然被一个电话叫到文化部。阿甲到了以后，文化部副部长林默涵交给他一叠稿纸，说：“这是江青同志从上海拿来的，她建议改编成京剧，你看怎么样？”

阿甲拿过来一看，剧本的名字叫《红灯记》。他翻了翻说：“好吧，我们回去研究一下。”

回去以后，阿甲经过认真阅读，觉得剧本不错，同意上戏。经过仔细研究，他决定由李少春演男主角李玉和，刘长瑜演女儿李铁梅，高玉倩演母亲李奶奶，袁世海演坏人鸠山。同时，每个主要角色都需配一个B角，团里决定由钱浩梁给李少春当B角。

团里作出决定后，要求每个主要演员都自己创作。于是，李少春开始把自己关在书房里，谁也不能打扰，潜心钻研角色。他一段一段地设计李玉和的唱腔、表演动作，然后用录音机录下来。逐渐地，一个“浑身是胆雄赳赳”的革命英雄被转化为京剧艺术形式，栩栩如生地出现了。

角色设计完成之后，李少春开始和钱浩梁练习演唱。他看到年轻人哪段戏演得不得法时，就指出来：“浩梁，这段唱有个要求，应该这么唱……”

▲钢琴伴唱《红灯记》（历史照片）

“哎，好的。李老师，你再听我来一遍。”

有时，从台步、身架到唱腔，甚至每个字的吐音，李少春都一板一眼，手把手地去教。李少春的小女儿看着都有点累，她噔噔跑回家对妈妈说：“妈妈，妈妈，钱叔叔真笨，我都会了，他还没学会。”李少春爱人赶忙笑着阻止她：“小孩子家，别瞎说。”

为塑造好李玉和这个英雄人物形象，在领会编导意图和去东北体验生活后，李少春从台步、身架到唱腔，都反复揣摩，进行精心设计。在排练中，他一如既往，又一招一式、一板一眼地手把手传授给钱浩梁；尤其在唱功上，从每段唱腔到每句唱词，李少春都悉心指导，钱浩梁对李少春也是毕恭毕敬，言必称“老师”。

无论是后来的彩排，还是在全国京剧现代戏观摩演出大会的演出中，大概是名人效应的缘故，人们赞赏备至的还是李少春的“李玉和”。但因李少春身体不好，钱浩梁作为B角在《红灯记》中频频亮相，又在当年第六期《戏剧报》封面上获得了饰扮李玉和剧照的刊载机遇，因而在全国走红。

然而，在观摩演出大会前夕才“关心”《红灯记》的江青，联系到两年前观看《伐子都》的印象，似乎对钱浩梁饰演的李玉和更为欣赏。她曾发言道：“以后李玉和还是小钱演吧。李少春不像个工人，倒像个站长……”之后在她所插手的《红灯记》修改中，有次曾提出铁梅的某唱腔不行，嘱令修改。从事唱腔设计的李少春在艺术上自有主见，没理江青的茬儿，这使江青恼火异常，认定李少春眼里没她，于是多次借题发挥，指责李少春扮演的李玉和“没有工人阶级气魄，不像个工人。让小钱演李玉和”。“第一夫人”的这些“指示”，不仅就此影响了李少春和钱浩梁的命运，而且也微妙地动摇了李少春在钱浩梁心目中的名师地位。

李少春越来越受到冷落。全国京剧现代戏大会演结束后，钱浩梁饰演的李玉和形象开始在全国打响。1965年，他在《文汇报》上发表了题为《为无产阶级英雄立传》，谈他的演出“体会”：

> 作为一个京剧青年演员，当组织上决定由我扮演《红灯记》中的主人公——李玉和这个角色时，内心感到非常光荣和兴奋……我认为演革命现代戏，既要每个动作都服从生活的真实，又不能自然主义地服从生活。我感到表现这样一个英雄人物，京剧武生所用的一些功架，雕塑美，以及一些符合剧情内容的程式，在李玉和身上是大有用武之地的。我演的李玉和，从出台到刑场最后进去，动作步伐都有一定的程式。……当鸠山用金钱美酒、好说歹说都动摇不了李玉和忠于革命的意志，最后只好命令打手们带李玉和去坐老虎凳时，李玉和巍然立起，从容解开衣扣、亮相、冷笑、扣钮，背着手，然后蔑视地踏着舞台方步入场。这在生活中是没有的，但却符合李玉和这个人物的英雄性格……

这篇文章不乏钱浩梁的独到见解，但他不该忘记李玉和真正的创造者李少春的名字，更不应该在文章中对李少春只字不提。他深知，江青对他的老师不满意，他面临着两条可选择的道路：老师，或者江青。但是我们已经看到，当组织上决定让他演李玉和时，他是感到非常“光荣和兴奋”的，也许，理智的天平已开始向江青倾斜。

这个“我演的李玉和”，到底有多少是钱浩梁的独创呢？就以这篇文章谈到的“赴宴斗鸠山"一场戏来说，李少春原来是这样设计的：他唱完“正好把我浑身的筋骨松一松”后，使了一个蔑视的眼神，轻轻地，但却饱含分量地掸掸帽子上的灰尘，然后一个背转身入场。而钱浩梁后来的设计则去其形，留其神，形成后来的形式。而在这篇文章里，李玉和却完全成了“我演的李玉和”！

不久,《红灯记》被册封为“样板戏”。钱浩梁知道在《红灯记》修改过程中，阿甲、李少春等人因不屑于江青的胡乱“指导”，江青一直对他们记恨在心。他更揣摩到了江青屡屡强调“搞戏充满阶级斗争”，意在打倒他人，将“样板戏”完全记在自己功劳簿上的居心。于是，在那人性缺失的年代，他为了“紧跟毛主席革命文艺路线”，向“革命文艺旗手”效忠，也为了自己的前程，竟然昧着良心将这些领导、老师对自己的栽培抚育之情抛到了一边，并秉承了江青的旨意，把他们与林默涵等“文艺黑线”挂上钩，当作“破坏‘样板戏’的阶级敌人”向其开火。

1965年初，名闻遐迩的《红灯记》南巡演出，已由钱浩梁一路担任主演。江青对他也是恩宠有加，并曾亲自给在广州的钱浩梁去信，勉励他好好努力，走又红又专的道路。李少春因未随剧组南下，所到之处的新闻媒介宣传的《红灯记》，总是不离钱浩梁的李玉和、高玉倩的李奶奶、刘长瑜的李铁梅、袁世海的鸠山，这无形中被人们视为《红灯记》的最佳搭档。钱浩梁的知名度甚至超过李少春。

“第一夫人”的青睐，铺天盖地的荣誉和赞扬，此时像一帖腐蚀剂，使本来敦厚虚心的钱浩梁于飘飘然中有点忘乎所以了，他俨然成为“正宗”李玉和形象的艺术创造者了。

1966年6月，刚分配到艺术室的六个大学生，联名贴出了中国京剧院的第一张大字报，声称“中国京剧院的文艺黑线又臭又长”，就此掀开了剧院“文化大革命”的帷幕。

在革命造反派疯魔一般揪斗、批判“反动权威”、“三名三高”、“文艺黑线人物”、“走资派”的热潮中，一切演出活动都停止了。阿甲、张东川、李少春、刘吉典等人都成了“牛鬼蛇神”，被挂牌批斗，关入“牛棚”。钱浩梁作为“黑苗子”，被贴大字报后，也靠边了。

江青并没忘掉《红灯记》，也没忘掉钱浩梁。1967年4月，等她在“中央文革小组”站稳了脚跟，就指派戚本禹带人进驻中国京剧院，授意钱浩梁起来“革命造反”。一些善于看风使舵的人急忙张罗，帮着钱浩梁成立了一个以他为首的“红灯记战斗兵团”，戚本禹对这个“革命造反”组织立即表示支持。有江青和“中央文革”撑腰的造反组织毕竟非同一般。山头林立的众多造反派，一时间纷纷倒戈，汇集到了“红灯记战斗兵团”大旗下，钱浩梁也一下成了剧院的实际总管。

钱浩梁“大义灭亲”的革命举措和对“旗手”的耿耿忠心，大大赢得了江青的欢心。1968年，中国文艺界已是“样板戏”的天下。

> 随着《红灯记》被拍摄成电影，字幕上饰李玉和的“浩亮”的大名在中国家喻户晓，他开始青云直上。

浩亮开始青云直上，他成了中国京剧院党委副书记，这个手眼通天的副书记实际上是剧院的第一把手。1969年4月，他“当选”为中共“九大”代表，原来江青准备让他当中央委员，是周恩来和他交谈后，他同意了总理的安排，当代表而不是委员。这一点不难看出，他对权力不太计较，说明他的确不是政治场上的“专家”。

1969年4月中共“九大”在北京召开，这是“文化大革命”以后第一次党代会，林彪和江青极力将自己的亲信和骨干往中央委员会里拉，原来八届中央委员会的委员这次只有三分之一，新当选的委员一大批是“文化大革命”后异军突起、正在发达兴旺的人选。

这次中央委员会于会泳进去了，江青还觉得不满意，她希望她的“三巨头”都能

▲《红灯记》剧照（历史照片）

进中央当委员，她找周恩来说了好几次。身为总理的周恩来当然不能同意江青的无理要求。在一次会议后，周恩来找到钱浩梁，做他的工作，希望他能顾全大局，不要有思想情绪。钱浩梁不等周总理把话说完，就明确表态，他对这个是无所谓的。总理见他这个态度，也就不多说什么了。

但是浩亮还是官运亨通，1970 年 5 月，他开始参与国务院文化组对全国文艺的领导工作……他当官后，仍不愿荒废自己的艺业，即使开会到凌晨两三点钟，也要起个大早溜溜嗓子。在那期间浩亮主要管几出戏，除了抓《红灯记》拍摄电影前的修改外，他又主持了第二拨京剧“样板戏”《平原作战》《红色娘子军》的改编、排演。

为了不负江青的厚望，也为了同当时主管《龙江颂》《杜鹃山》的于会泳暗中较劲，浩亮为那几出戏确实不辞辛劳。明白自己肚里东西不多，他从“牛棚”中“解放”了李少春、张君秋等“反动权威”，让他们参加唱腔设计和导演工作，在“控制使用”中让他们“戴罪立功”。虽然浩亮学着江青，发号施令将这几位“反动权威”使唤得团团转，还时不时把他们精心设计的唱腔说成左一个不是，右一个不是，常令老先生们对这位昔日的学生气得直犯晕，但浩亮还是为他们在那个年代能从事心爱的京剧艺术提供了难得的机会。

浩亮是个好演员，却并非当行政领导的料儿，但在江青眼中，他是个驯服听话、憨厚可爱的好干部。于是在 1975 年四届人大后不久，浩亮又被任命为中华人民共和国文化部副部长。喜忧交加的浩亮，曾把《红灯记》剧组的老战友召集到自己宿舍，不无感伤地对大家说：“今后我怕是再也不能演戏了。唉，大家都是演员，离开舞台是什么滋味，你们都是清楚的，就像鱼儿离水……”

只是仕途升迁的喜悦毕竟大于告别舞台的惆怅，在“四人帮”直接控制下的文化部当副部长，更多的是个帮闲式的陪衬，只要哄着江青高兴，对“四人帮”布置的事儿言听计从照着办，倒也无需没多少领导水平的浩亮多操什么心。而生活待遇却一下子变了，他从剧院宿舍搬了出来，住进了原京剧大师梅兰芳的寓所。

> 一个曾是中国妇孺皆知的“英雄人物”，在隔离审查的高墙后面困守多年之后，又跌入人世间的尘埃之中。

1975 年 9 月的一天，浩亮驱车悄然来到积水潭医院，在一个病房的病床上，躺着病危的李少春。望着这位积劳成疾，如今患脑溢血昏迷不醒、行将离世的老师，浩亮眉头紧锁，面颊上的肌肉微微颤抖着，追昔抚今，心潮起伏，不能不为自己的无情而自责、忏悔……

1981 年末，迎着隆冬凛冽的寒风，一个身材魁梧的壮年汉子，迈着沉重而略带迟疑的步履，走在通往北京魏公村中国京剧院的路上。他提着一只简单的行囊，身穿一件军用棉大衣，长着浓眉大眼的脸面上捂着一个大口罩。一副在严冬显得格外引人注目的墨镜，使人难以窥见他的真实面目，以及瞳眸中感慨万千而又不无酸楚迷惘的闪光。在他贴胸的口袋里，还揣着一纸"敌我矛盾按人民内部矛盾处理，开除党籍，降一级工资"的"组织决定"。

正因为文化水平不高，除了跟着江青跑，坏事干得不多，民愤也较小，所以在粉碎"四人帮"后的隔离审查中，浩亮被定为"犯有严重政治错误，免予起诉"。在解除长达五年半的隔离审查之时，文化部副部长刘复之还找他谈了一次话，鼓励他改正错误，重新做人，耐心等待组织上对他的工作安排。

浩亮恢复了原来的名字，回到了中国京剧院的家。

往事固然不堪回首，而今尤觉世态炎凉。对全家早从舒适宽敞的梅宅，搬到魏公村一幢筒子楼两间背阴的小屋，钱浩梁不感到意外。但面对人们现在将他"挡驾"在剧院的练功房外，他不能不生发出些许悲哀——他是个京剧演员，此刻他最大的希望是尽快恢复功夫，即使不能重返舞台，至少也可以执教鞭培育人才，不料这进练功房如今对他也成了一种奢望。当然，对此他理解，要使饱受"四人帮"迫害的人们接受自己，这需要时间，他默默地忍受着。

一辈子在舞台上扑腾的人，跌打滚爬，红黑白脸，一会站起来，一会倒下去，不仅仅是演戏给人看，自己也是在演出一场人生大戏。前半生搁在了舞台上，后半生怎么办？钱浩梁在被审查了五年之后的第一个愿望，竟然是想看见舞台，重登舞台……

他开始在篮球场上练功。没有厚底靴，就穿着解放鞋，练腰腿身段；没有对手"要下场"，就独自操着竹竿练把子功，迎着朝霞吊嗓，伴着夕阳默戏……

他不知道在练功中没有厚底靴和练功毯，篮球场坚硬的水泥地对自己的冲击力有多大，一年多之后，久震成伤的右膝半月板突然粉碎，他被送进医院做了右膝半月板摘除手术。

1983 年，正在医治腿伤的钱浩梁，接到了河北省艺术学校的调令。当时主持河北省文教工作的副省长高占祥喜欢京剧，也爱惜人才。知道没有单位敢接收钱浩梁，他认为对这位难得的武生人才要真正落实党的"治病救人"的政策，指示省文化厅收留钱浩梁，并讲："对钱浩梁，不要有顾虑，大胆使用。"

揣着这纸调令，钱浩梁拄着棍，一步一挪地到了石家庄。艺校领导鉴于他腿伤严重，治伤要紧，在经省领导同意后，让他先回京治伤。

1984 年春节前，高占祥派省文化厅的两个人前去探望，代他祝钱浩梁全家过个好年。悉知钱浩梁的妻子曲素英正患乳腺癌卧病在床，高占祥马上又派人送去 200 元困难补助。接过这钱，钱浩梁控制不住自己，哭了。他对来人说："我是个犯过错误的人，还没有为河北做过一天工作，省里这么关心我，我一定争取早日工作。"

腿伤初愈就赶赴石家庄的钱浩梁，受到了艺校领导、师生的热烈欢迎。多年来头回被人尊为“钱老师”的他受此礼遇感激异常，在欢迎会上他激动地说：“我是个犯过错误的人，组织上既然把我安排在这儿，我要努力工作。我是唱戏的，不懂教学，在教学上没经验，希望大家帮助。”

投桃报李，艺校的知遇之情换来了钱浩梁忘我的工作热忱。在艺校京剧科，他为一批培训的四川学生“开坯子”（启蒙），并编写出了《戏曲基本造型十五功》的教材，在给三个高年级学生教授身段和剧目课中，指导他们排了盖（叫天）派剧目《一箭仇》《雁荡山》。

然而政治上犯过错误的阴霾始终难以从他心头抹去，他怕接触人，常戴墨镜，即使在房间内也不摘；来往密切的多是原在戏校的同学，与其他人相处来往甚少，而且话语极少。艺校排了新戏请他提意见，说好的无非是“规矩，路子正”，实在不能令人满意的也只是说：“戏不好，是学生的事，不是老师教的事。”仅对两人，他时而直抒胸臆：一是著名的河北梆子艺术家裴艳玲，曾就自己排演的《钟馗嫁妹》两次诚恳地请他提意见，钱浩梁坦陈己见报以回敬，还建议剧中小鬼的舞蹈可加入迪斯科动作，渲染妖气，裴艳玲欣然采纳；二是对校长赵同兴，钱浩梁在与他单独谈话中吐露过自己的哀怨：悔恨自己这样一个不懂政治的人却参了政摔了个大跟斗，对周恩来总理的怀念，能回京与妻子团聚的企盼，以及重登舞台的梦想……

是的，他希望自己能重返舞台，为此他一天也没停止练功，课余时间就是他的练功时间，只要排练场有空，他就去排练场，一天几遍，寒暑不辍。在家里则是边压腿，边盯着电视机跟着音乐哼哼，权当吊嗓子。虽然他也知道重返舞台遥遥无期，但他仍执着无悔地期待着，并表示要给艺校排出自己拿手的三台大戏：《长坂坡》《艳阳楼》《挑滑车》。

钱浩梁在艺校的几年，以他突出的业务水平和兢兢业业、一丝不苟的教学态度换来了同事和学生的尊重。1988 年河北文艺界评定技术职称，艺校顺利地让他通过了高级讲师职称。但报到省里后，却独有他没被批下来。有人把此事告诉了高占祥，高占祥明确表示：“钱浩梁的情况我了解，他的职称应该批，他的住房也应调整。他是难得人才，要用人所长，我们要把政策落到实处。”这年国庆前夕，钱浩梁的职称解决了。消息传到北京家中，他的女儿钱红南抑制不住激动，给高占祥挂了个电话：“高叔叔，我们全家感激您，我们一辈子忘不了您！”

重登京剧舞台有望了！1988 年《中国戏剧》刊登了《浩亮近况》。一位与钱浩梁 23 年没见面的老朋友读后克制不住思念之情，前去看望他。交谈中那位老友萌发了给喜爱京剧的宋任穷写信的念头，希望能让钱浩梁重返京剧舞台。这封信经宋任穷同志批示后转给了文化部。

这年中国戏曲学院的历届校友为母校募集教育资金，准备于 12 月在北京中山公园举行三天义演，在演出阵容中列上了钱浩梁的名字。接到通知，钱浩梁兴奋不已，他第一次登门求见省委书记李文珊。由于宋任穷同志对有关钱浩梁演出之事已有批示，所以在李文珊呈报文化部时，文化部同意了钱浩梁出台。

12月6日，在中山公园礼堂的后台，即将上演《艳阳楼》的钱浩梁，对着化妆镜拿起笔，迟疑地回忆着脸的勾法——毕竟他已25年没演过传统戏了。有人劝他让师弟给他勾，他坚持要自己勾。这不仅因为勾脸是大武生的本分，也因为眼下的演出机会是多么的不易！那天晚上，不少人都为他捏着一把汗，直至钱浩梁上了场，走完趟马后的那个大“踩泥”，稳稳当当地踩在台上，博得了满堂彩后，大家才长吁了一口气！

钱浩梁终于又回到梦寐以求的舞台上来了。面对着熟悉而又陌生的观众以及他们热情的掌声，他的心弦颤动不已，如果没有那些年的折腾，一直好好唱戏该多好啊！而人们从中看到的，则是时代在前进，中国的政治日益开明民主，正如高占祥几天后约见他时的感喟：“看来决定你登台演出是符合民心的。”

接踵而来的1989年元旦，同样喜爱京剧的天津市市长李瑞环请天津电视台邀请钱浩梁出演《艳阳楼》。这一录像在天津电视台元旦节目中播出后，各地文艺团体和电视台纷纷请他去演出。

在不断接到各地演出邀请时，钱浩梁仍是那么小心翼翼。出于慎重，他总向来人要当地最高一级政府的公函邀请信，对仅是团体和单位的邀请他一般都拒绝，更不要说一些穴头的单独私下邀请了。倘若是义演，那么即便组织者象征性地给他少许钱，他也不敢要。他怕玷污义演的神圣内涵，也怕因此犯“经济上的错误”而再次失去来之不易的演出机会。而且，他每去外地演出，都跟艺校打招呼，还严格遵照合同，每演一场就交给艺校100元钱。同时，在每次演出前，他手持话筒几乎都要说上这样两句话：“感谢大家还记得我。现在我为大家做汇报演出。”他怕涉及过去，演出的基本上是传统戏，但观众们一如既往记住他的“样板”段，演出场上的呼声一浪高于一浪，热切请求他来一段《红灯记》。没办法，他才唱一段“穷人的孩子早当家”，一开口，场里场外便合成一条嗓子助声呐唱，场面令人激动，台上演唱者热泪盈眶，台下观众更是如痴如醉！

有人担心，这样一唱，早已消逝的年代会不会又被这熟悉的旋律拉回来，唤起痛苦的回忆？但是随着年月的推移，岁月是最好的洗涤剂，可以冲淡痛苦，抹掉尘埃，学会用宽容的眼光重新审视过去那让人痛苦、悲哀、憎恨的年代。所以说现在观众心理构成已经成熟，能够超脱“样板戏”所存在的年代，而回味那熟悉的旋律。

对此他曾笑着私下里对朋友说：“观众有个误会，以为《红灯记》是我的代表作，其实《伐子都》才是，可是大家不认。”

从1989年到1991年三年间，他为找回失落多年的舞台生涯拼命奔走四方。1989年春，苦于没有像样的行头（戏装），艺术上素来认真的钱浩梁不惜借款一万余元，在上海定做了行头器械。为尽快地还上这笔借款，他辛劳地往返于各地舞台，而且常常在同一出戏中，先后分饰几个角色频繁上场。可是纵然钱浩梁艺术功底深厚，但毕竟年近60岁了，在疲于奔命之中，绷紧的弦终于断了。1992年1月，钱浩梁应邀到济南出演《龙凤呈祥》，而且是“一赶三”，在《甘露寺》中先演鲁肃，后乔玄，再在《回荆州》中饰赵云。当戏演到《回荆州》时，58岁的钱浩梁突然感到头晕，随即倒在了舞台上，在丧失知觉前的一瞬间，他遗憾而又无奈地看着幕布在他眼前“哗”地拉上了……

他得了脑溢血，1992年底，他被批准病退回京，结束了河北省艺术学校的教师生活。

据1993年3月6日《北京青年报》李彦春所写的《“浩亮”寻踪》一文记载，他的夫人曲素英对记者说，钱浩梁“病了一年了，目前恢复得比预想的要好，他能绕着居所步行一周，约两公里左右，他每天除遵医嘱休养外，闲时看报看电视。电视节目中他最爱看体育节目，体育节目中他最爱看拳击。京剧节目他是坚决不看”。莫非这是一个执着于艺术的人难以重返舞台的内心悲凉？目前住在女儿家的钱氏夫妇过着半隐居的生活，“他们除了与知根知底的朋友来往外，基本上闭门谢客，当街坊邻居认出衰老了的‘李玉和’时，曲素英会赶快掩饰说‘他只是长得像李玉和而已’。他们不主动与人说话，别人主动搭讪，他们避犹不及，恐怕别人受牵连。他们的思维似乎还停留在20年前”。最耐人寻味的是文章末尾曲素英代表钱浩梁对记者所说的一番话：“希望30岁以上的人们忘了他们，平安度余生是他们最大的心愿。”

呵，希望别人遗忘的钱浩梁，不管是荣是辱，历史会遗忘他吗？

▲“文革”初期中央文革小组“四秀才”之戚本禹、王力、关锋（从左至右）

第四十章

匆匆“谢幕”的王力、关锋、戚本禹

> 得到林彪、康生的赏识，王力成为“御用文人”之一。

王力，1922年出生于江苏淮安。年轻时他便加入中国共产党，曾在东北军从事秘密工作。抗日战争胜利后，他调往山东《大众日报》担任记者。不久，出任中共山东渤海区党委宣传部副部长。新中国成立后，在上海担任中共华东局宣传部宣传处长。60年代初，调往越南，做民兵工作的顾问。回国后，升任中共中央对外联络部副部长。中苏两党论战时，曾作为“秀才班子”的成员参加了“九评”的撰写工作。康生作为中共中央书记处书记，是“秀才班子”的负责人。王力曾随康生多次赴莫斯科谈判，并一起起草“九评”文件。平日不愿意送字给人的康生，曾亲笔给王力写过一副对子：“十下莫斯科，稳坐钓鱼台。”意即王力十次去莫斯科谈判，而“钓鱼台”则是双关语，因为当时写作班子在钓鱼台。

1965年对于王力来讲是关键性的一年。这年9月，为了纪念抗日战争胜利20周年，中央决定以林彪名义发表《人民战争胜利万岁》一文。这篇文章的执笔者便是王力。文章指出：

毛泽东同志关于依靠农民，建立农村根据地，以农村包围城市，最后夺取城市的理论，对于今天世界上一切被压迫民族和被压迫人民的革命斗争，特别是对于亚洲、非洲、拉丁美洲被压迫民族、被压迫人民反对帝国主义及其走狗的革命斗争，更是突出地具有普遍的现实意义。今天的世界革命，从某种意义上说，也是一种农村包围城市的形势。

文章受到了重视，王力也得到了林彪、康生的赏识，从此开始平步青云，跻身上层。

1966年5月，中共中央政治局会议决定重新设立文化革命小组，隶属于中央政治局。5月28日，中共中央发出《关于中央文化革命小组名单的通知》。《通知》任命陈伯达为“中央文化革命小组”组长，康生任顾问（陶铸于8月2日后曾兼任顾问），江青、王任重、刘志坚、张春桥任副组长，组员为谢镗忠、尹达、王力、关锋、戚本禹、穆欣、姚文元。

从《红旗》杂志副总编，一下进入隶属于中央政治局的“中央文革小组”，王力开始从幕后走到了台前。随着尹达、陶铸、王任重、刘志坚、谢镗忠、穆欣的先后被揪斗，“中央文革小组”只保留了清一色的所谓“左派”，王力也随之成为“中央文革小组”的四支“秃笔”之一。

作为“中央文革小组”成员，王力曾多次列席中央政治局会议，参与起草了一系列中央文件、《红旗》杂志社论（如1966年8月中共八届十一中全会通过的《关于无产阶级文化大革命的决定》即《十六条》等），其中，人们较为熟知的或许就是1966年《红旗》杂志第十三期社论和1967年2月老帅们“大闹怀仁堂”的会议记录了。

▲以林彪名义发表、由王力执笔的《人民战争胜利万岁》单行本（历史照片）

1966年10月3日，《红旗》杂志第十三期社论《在毛泽东思想的大路上前进》发表。这篇社论由王力、关锋执笔，“中央文革”讨论，江青、康生、张春桥审稿，陈伯达定稿。标题由陈伯达亲自拟定。

社论向全国发出了新的动员令：“两条路线的斗争并未就此结束。有些地方、有些单位，两条路线的斗争还是很尖锐、很复杂的。有极少数人采取新的形式欺骗群众，对抗《十六条》，顽固地坚持资产阶级反动路线”，“对资产阶级反动路线，必须彻底批判”。“在这里，不能采取折中主义”。

社论刚刚发表，10 月 6 日，以蒯大富为“司令”的“首都红卫兵第三司令部”便召集 10 万人，举行“全国在京革命师生向资产阶级反动路线猛烈开火誓师大会”。随后，全国各地迅速掀起“彻底批判资产阶级反动路线”的浪潮。1967 年 2 月李先念在“二月抗争”上所说的，“那样大规模地在群众中进行两条路线斗争”，就是以这篇社论开始的，“老干部统统打掉”，也是从这篇社论开始的。

随着“文化大革命”的深入，老帅们与康生、江青、陈伯达等“中央文革”的矛盾也日趋尖锐。为了党和军队的前途，2 月 16 日，终于爆发了老帅们在会场“大闹怀仁堂”事件。作为 1 月 8 日被毛泽东任命为中共中央宣传组组长（相当于中宣部部长）的王力也参加了这次会议。

会议由周恩来主持。开会时，周恩来居中。在周恩来右首，坐北朝南，依次为陈伯达、康生、李富春、陈毅、谭震林、李先念、叶剑英、徐向前（皆为政治局正式委员）；在周恩来左首，依次而坐的是谢富治（政治局候补委员）、余秋里、王力、张春桥、姚文元。

会议的原定日程是“抓革命、促生产”。会上，老帅和国务院副总理们冲着陈伯达、康生、张春桥、王力、姚文元这五员“中央文革”的“大将”进行了猛烈抨击。会议从下午 3 时开到 7 时，“中央文革”始终处于守势。会上，王力、张春桥、姚文元说话不多，只是埋头记录。会后，他们就开始了“告御状”的准备工作。

据王力回忆：

> 刚一散会，姚文元对我说：“王力，你要站稳立场。这是一场大的斗争。”张春桥把我和姚文元叫到他的房间，说：“今天这个问题很大，要把情况凑一凑。明天我们要回上海了，主席说过，临走前要再见我们三个人。今天的事要报告主席。”他们两个凑，让我记。当时认为不对的话，都凑上了。

这就是由张春桥、王力、姚文元“集体整理核对”的会议记录《二月十六日怀仁堂会议》。

工于心计的张春桥在与王力、姚文元凑好记录后，三人直奔江青住处。

王力回忆道：

> 张春桥向江青报告，带着姚文元和我一起去钓鱼台十一楼。
>
> 张春桥向江青一条一条讲，本来正在“生病”的江青，立时“病愈”了。江青暴跳如雷，说道：“这是一场新路线斗争，陈毅、谭震林、徐向前

是错误路线的代表，叶剑英、李先念、余秋里是附和错误路线的，陈伯达、康生在路线斗争中动摇。”由于李富春在会上一言未发，所以江青没有提到他。事关重大，江青劝张、姚推迟一天回沪。

江青说要立即报告主席，并说：“你们三个都要去。”

江青马上给主席打了电话。电话是主席秘书徐业夫接的。江青说：“张春桥、姚文元就要回上海了，请主席今晚接见。”过了一会儿，徐业夫回电，说毛泽东在人民大会堂北京厅会见他们（引者注：实际是江青给毛泽东写了个纸条：“主席：张、姚有重要情况报告，盼速见。”）。

晚10时左右，我们到了主席那里。……

主席先问张春桥什么时候走？张春桥说18日回上海去，问主席还有什么指示。主席说，没有了，都谈过了，简单说了几句。

这时，张春桥说：“今天，发生了一件事，要向主席汇报。”接着，把我们三个人凑的情况，向主席汇报了一遍。我一言未发，只是听着。

我注意到，汇报前边的那些发言时，主席光是笑。当讲到陈老总的发言时，主席变了脸，不再笑了（据王力回忆，陈毅说了一句：“斯大林提拔了赫鲁晓夫，以后又怎么样？”意思是说现在的林彪以后会怎么样？）。主席开始是当笑话听，听到这里，板起面孔，从此以后再也没笑。主席针对以后的问题，话都比较厉害。如张春桥告总理对第十三期《红旗》社论没送给他有意见时，主席说：“党章上没有这一条——党报党刊社论要政治局常委审查？”

汇报的时间不长，主席已经当成很大的问题了，但还没有发大脾气。最后说：“第一要抓军队，第二要抓地方，第三要抓干部，第四生产要搞好，要抓铁路和煤炭。”

因为张、姚要回沪，主席要我把这一意见告诉林彪、周恩来和“中央文革”。

这时，主席又心平气和了。我说：“我根据主席和总理最近反复讲的干部政策，写了一篇社论，叫《必须正确对待干部》，早已送主席看了，主席看过没有？”主席说：“你马上再直送一份到这里来，不要经过陈伯达。”……

这次大约谈了两个小时。

王力的回忆，是对“恶人先告状”这一俗语的贴切注释。随后，2 月 18 日晚，毛泽东在政治局会议上对陈毅、谭震林等老帅和国务院副总理们进行了严厉的指责，用康生的话说就是：“毛主席发怒了，是无产阶级之怒，是无产阶级的义愤！”

再往后，就是“打倒谭震林！”、“反击二月逆流！”的大字报贴满北京全城。

> “七二〇”事件后是王力一生中最风光的日子。北京西郊机场，数万群众迎候“英雄”凯旋归来。

如果说1967年7月以前，王力还主要是给人以“左派”笔杆子面目印象的话，那么，武汉“七二〇”事件就是他在“文化大革命”舞台上的“精彩亮相”了。

1967年6月下旬，毛泽东派谢富治、王力前往西南，解决云南、四川、贵州三省的“文化大革命”问题。王力是作为“中央文革”成员派去的。王力的实际工作经验比关锋、戚本禹丰富。谢富治提出增加余立金，毛泽东又建议增加李再含。于是，一行四人前往西南。另外，还有“北航红旗”的四个红卫兵同行。

7月13日晚，正在重庆的谢富治接到周恩来从北京打来的电话，要他火速飞往武汉。电话中，周恩来未说原因，只说武汉有“紧急任务”。其实，那是因为毛泽东要去武汉，谢富治到武汉，为的是确保毛泽东的安全——毛泽东记得，驻守武汉的部队原是谢富治指挥过的。谢富治提出，王力、余立金和“北航红旗”红卫兵是否同行？周恩来同意了。

毛泽东驾临武汉，是和解决武汉两大派分裂问题有关。

这一年的2月8日，武汉的激进派在《长江日报》上发表了《关于武汉地区当前局势的声明》。武汉军区2月18日发布了批驳这个声明的《严正声明》。以对这两个声明的态度的不同，武汉的群众组织分为两大派。拥护《严正声明》的组织，5月16日晚成立了号称拥有120万人的“百万雄师”，它实际上集纳了反对从根本上否定湖北省委、武汉市委的许多人，他们在政治倾向上比较“保守”而与武汉军区比较一致，又拥护军队，因而为武汉军区所支持。激进派人数虽少，但却有“无产阶级司令部”的支持。双方各不相让，局势异常紧张。毛泽东此时赴鄂，为的就是处理棘手的两大派问题。

7月14日上午，周恩来从北京飞抵武汉。中午，谢富治、王力等从重庆飞抵武汉，住东湖宾馆。晚上，毛泽东坐专列抵达武汉，周恩来前往车站迎接。毛泽东、周恩来、谢富治、王力到武汉，只有武汉军区司令员陈再道等少数人知道，是绝密的行动。

7月15日一早，毛泽东召见谢富治、王力，听取他们关于西南问题的汇报。毛泽东说，他要坐镇武汉，以解决武汉问题。

18日晚，毛泽东召集会议，确定了关于武汉问题的三条方针，即：武汉军区在“支左”中犯了方向性错误（注：指武汉军区支持“百万雄师”）；“三钢”、“三新”是革命群众组织，要以他们为核心来团结其他组织；“百万雄师”是保守组织。但毛泽东同时说：“都是工人，我就不相信一派那么左，一派那么右，不能联合起来。工人阶级内部，没有根本的利害冲突。”

19日晨，周恩来飞往北京。当天，谢富治、王力、刘丰等违反周恩来关于他们暂时不要公开露面的指示，来到武汉水利学院。那里是“钢工总”的总部。谢富治和王力在讲演中，透露了昨夜会议所定下的三条方针。王力还说：“相信武汉的问题是可以就地解决的，因为武汉有一支钢铁的无产阶级革命派。”谢富治、王力到“钢工总”及其讲话，使“三钢”、“三新”一派“热烈欢呼”。

王力作为“中央文革”“大员”，说“武汉有一支钢铁的无产阶级革命派”，实际上等于是支一派，打一派。消息传出，激怒了“百万雄师”，王力成为“百万雄师”的攻击目标，武汉街头贴出声讨王力的大字报：《王力究竟是人还是鬼——深思几个为什么？》。大字报指出：

> 王力自窃据“中央文革”成员以来，一贯以极左面貌出现。在他插手的四川、内蒙、江西、河南、湖北、浙江、云南等省，均出现大抓“谭氏”人物、大搞武斗、大流血、大混乱、大破坏、工厂停工的事。这是为什么？王力是不是挑动群众斗群众的罪魁祸首？把王力揪住，交给湖北三千二百万人民，与各兄弟省革命组织一道，进行斗争，挖出这颗埋在毛主席身边的定时炸弹。打倒王力！王力从“中央文革”滚出去！

19日下午3时，在武汉军区小礼堂召开军区党委扩大会，师以上干部参加。据陈再道回忆：

> 王力以教训人的口吻说：“看来，你们对文化大革命一点也不理解，因此，我只好像给小学生上课一样，从一年级的第一课讲起。……”王力从1965年姚文元批判《海瑞罢官》的文章讲起，一直讲到1967年军队“支左”。胡说什么武汉的“职工联合会”（“百万雄师”的前身）是陶铸的官办组织，是用来破坏工人运动的。而“工人总部”则高举“造反有理”的旗帜。……现在的主要矛盾是揪“党内、军内一小撮走资派”。会议一直开到夜里11时。

武汉军区连夜向所有干部、战士传达会议精神。军区机关还没有传达完，“百万雄师”一部分人就在汉口游行，以示抗议。

7月20日凌晨，“百万雄师”2000多人头戴安全帽，手执长矛，分乘27辆卡车和

8 辆消防车，来到武汉军区大院，和军区机关、部队部分干部、战士、家属一起，高呼“解散工总，镇压反革命”等口号。现场指挥者对“中央文革小组”派驻武汉的记者说：我们要当面向谢副总理、王力同志质问“‘百万雄师’是不是革命群众组织了？”“武汉军区是不是犯了方向路线错误了？”等四个问题，如不答复上述问题，有可能今天白天全市罢工，我们要在军区待一个月。上午 7 时许，“百万雄师”代表 200 多人和一些战士到东湖谢富治、王力住处，要王力到军区大院去回答问题。王力赖着不走，随行的“北航红旗”造反派又气势汹汹地辱骂群众。群众忍无可忍，把王力塞进汽车，押往军区大院四号楼，要王力回答问题。“百万雄师”的负责人要王力签字，承认他们是革命群众组织。王力说：“我没有权签字。哪一派是不是革命群众组织，由中央决定。”又说：“‘百万雄师’至少是群众组织，而且是一个很大的群众组织。”显然，王力不承认“百万雄师”是“革命群众组织”。

王力的态度，使“百万雄师”怒气冲天。如王力回忆的：“突然涌进了一些人，不知是什么人，连他们（即指‘百万雄师’）的负责人也控制不住，动手打了我，把手表和钢笔也抢了，打得一塌糊涂！”

20 日上午，“百万雄师”调动 200 多辆汽车，出动数万人，头戴安全帽，手执长矛，在武汉游行。武汉军区、湖北省军区武汉市人武部和省军区独立师近千人参加了示威游行。独立师几百名军人全副武装，带“百万雄师”袖章，枪上刺刀，在汽车上架起机枪，公开与“百万雄师”一起行动。武汉三镇，工厂停工，交通中断，街道堵塞，到处一片反对谢富治、王力之声。这便是轰动全国的“七二〇”事件。

20 日下午 3 时 54 分，周恩来乘专机直飞武汉。

周恩来到达武汉后，为了息事宁人，指示武汉军区副司令员孔庆德和独立师师长朱怀龙，尽快设法救出王力。随后，具体布置毛泽东离开武汉。21 日凌晨，毛泽东从武汉王家墩机场直飞上海。

21 日中午，王力被二十九师救出后，换上军装，被护送到武汉军区空军司令部。

22 日凌晨 3 时，王力被秘密护送到武汉远郊的山坡机场。

王力被打的消息传到北京，传到钓鱼台，江青、陈伯达、康生以为，这正是个好“题目”，“中央文革”可以借此做一篇大文章。他们和林彪决定利用王力回北京之际，大造声势。为此，他们组织了数万人到北京西郊机场，像迎候“英雄”凯旋一般欢迎王力。

22 日下午，谢富治和王力乘坐的飞机飞抵北京。当腿上绑着石膏、绷带的王力出现在西郊机场，欢迎“英雄”的人群中爆发出响亮的口号声：

“打倒武汉‘百万雄师’！”

“揪出武汉反革命事件的黑后台！”

“王力同志是坚定的左派！”

富治王力同志光荣回到北京

▲“七二〇”事件后，王力等人回到北京受到“热烈欢迎”，这是当时的新闻报道（历史照片）

“向王力同志学习！”

“向王力同志致敬！”

23日早上5时20分，中央人民广播电台向全国播送了谢、王“胜利回京”的“喜讯”。

全国各大报均以头版头条刊载谢富治、王力在北京机场受到“热烈欢迎”的消息、照片。照片上，江青等“中央文革”成员，身着军装，挽着王力的臂膀，咧着嘴，作一副雄赳赳势不可挡状。

当天，全国各地的造反派们举行规模盛大集会、游行。上海举行的“高举毛泽东思想伟大红旗，上海无产阶级革命派誓死保卫‘中央文革’大会”，达百万之众。大会发出了“给谢富治、王力同志的慰问电”，称“百万雄师”为“百匪”，称“七二〇”事件为“一场反革命暴乱的丑剧”，声称“为了保卫‘中央文革小组’，我们永远不惜献出自己的鲜血和生命”！

7月25日，“中央文革”在天安门广场召开欢迎谢富治、王力“胜利归来”的百万人大会。

下午4时半，林彪领头，陈伯达、康生、江青等紧跟，登上了天安门城楼，广场群众一片欢呼。谢富治、王力成了“英雄”。

“七二〇”事件后的几天，是王力一生中最“风光”的日子。可惜，好景不长，一个月后，王力就被“中央文革”弃之如敝屣了。

> 对王力的讲话，毛泽东怒斥为：“大、大、大毒草！”王力作为替罪羊被抛了出去。

“七二〇”事件后，王力紧跟林彪，掀起了“揪军内一小撮”的鼓噪。这恰恰成为“中央文革”“小三子”倒台的原因。

7月25日，在欢迎谢富治、王力“凯旋”的大会上，林彪在天安门城楼，对红卫兵头头蒯大富、韩爱晶说了这样的话：“事情发展到坏的顶点，就要向好的方面转化。

从前我们要做文章，但没有题目。现在他们给我们出了题目，我们要抓住大作题目。估计最近一个月将是全国矛盾激化的一个时期。”

工于心计又喜欢标新立异的林彪，提出了要批判“带枪的刘邓路线”，亦即“揪军内一小撮”。

大方向指出来了，但蒯大富不知道林副统帅的目标所指何人。他立即找到王力，询问林彪的用意。于是就出现了下面一段对话：

> 蒯大富：“武汉事件的后台是不是肖华？”
> 王力：“不是。”
> 蒯大富：“是不是叶剑英、徐向前？”
> 王力表示默认。

随后，蒯大富连夜布置：27日，指使清华大学“井冈山兵团军事动态组”在中央军事领导机关附近贴出“打倒徐向前”的大标语；29日，发表“打倒徐向前”的《严正声明》，并派人前往徐向前的住所和办公室绑人抄家。所幸徐向前未在，绑架未成，但五个装有绝密、机密文件的档案箱和一些材料被抢走。

30日，蒯大富指派清华大学“井冈山兵团总部”成员任传仲，先后向全国23个省、市、地区派出200多名人员，携带调查徐向前等内容的调查提纲，进一步搜集材料，把“打倒徐向前”推向全国。

蒯大富后来曾在交代中涉及他们当时的判断：“林彪做接班人，有好多人不服，主要是四方面军的，他们力量大人多。‘七二〇’事件就是四方面军的陈再道搞的。林彪提出‘带枪的刘邓路线’就是冲着这些人来的。林彪‘要大做文章’就是要‘揪军内一小撮’，把反对他的力量全都打下去，为他当接班人扫清道路。”

陈伯达、江青也如此热心于“揪军内一小撮”，说穿了，无非是借“七二〇”事件为题，继续做批“二月逆流”的文章。在他们看来，“二月逆流”中的主将陈毅、徐向前、叶剑英等都属于“军内一小撮”。

“中央文革”的“秀才”们是制造舆论的好手。8月1日，是中国人民解放军建军40周年，他们要借此“大做文章”——借纪念建军40周年之际，鼓吹“揪军内一小撮”！

1967年8月1日，《红旗》杂志发表了社论《无产阶级必须牢牢掌握枪杆子——纪念中国人民解放军建军四十周年》。

社论提出“崭新”的“理论”：“中国人民解放军，是我们伟大领袖毛主席亲手缔造的，是林彪同志直接指挥的伟大军队……”社论历数了“军内走资派”彭德怀、罗瑞卿的种种“罪行”，歌颂了“毛主席最亲密的战友、最好的学生”林彪，然后把“揪军内一小撮”作为目前“斗争的大方向”提了出来。

关于这篇社论的起草经过，王力回忆说：当时起很坏作用的《红旗》杂志“八一”社论，林杰起草，陈伯达看到后鼓掌叫好，说“好极了”。在陈伯达主持下，向王力、关锋念了一遍，不送总理，就发了。

这篇社论由中央人民广播电台广播，各报转载，立刻在全国卷起了“揪军内一小撮”的狂澜！

8 月 7 日，为配合《红旗》社论，王力又跑到外交部，对造反派发表讲话，煽动夺权。他说：“部党委班子没有动吧？这么大的革命，班子不动还行？”“现在外交部还是原班人马，原封未动……还是三结合班子好，以革命造反派为主体。”

在王力煽动下，造反派们冲进外交部，高喊“打倒陈毅”，坚持要封闭外交部党委、政治部，致使外交工作陷入一片混乱。

就在“揪军内一小撮”之声甚嚣尘上时，1967 年 8 月 12 日，从上海传来毛泽东的批示，使林彪和“中央文革”陷于一片惶恐之中。

毛泽东看了《红旗》杂志的“八一”社论，写了“大毒草”三个字！

毛泽东批示：“还我长城！”

毛泽东还在林彪送审的一份准备下达全军的文件中，圈去了多处“军内一小撮”字样，批示：“不用！”

这些批示，又一次表明，毛泽东发了“无产阶级的震怒”！因为毛泽东的“最高指示”在那种年月被吹成“一句顶一万句”，而他批评《红旗》的“八一”社论是“大毒草”，犹如一颗原子弹落在《红旗》杂志编辑部！

毛泽东的“震怒”，使北京的政治气候骤变，林彪和“中央文革”成员们各自设法从一场政治危机中滑脚，相互推诿责任。

林彪马上闭上“尊口”。好在他是“副统帅”，树大根深，一时倒不了。他溜到北戴河避暑去了！

江青是“第一夫人”。虽说毛泽东不时批评过她，但不管怎么说，她也是一时倒不了的。

康生是个老滑头。7 月 25 日，康生告诉过王力，他曾打电话给汪东兴，请示过毛泽东。康生说：“主席同意‘欢迎大会’（指欢迎谢富治、王力的大会），也同意‘军内一小撮’的提法。”这时，康生改口了：“我打电话请示主席，主席只同意开‘欢迎大会’，没有同意‘军内一小撮’的提法。”

江青和康生联合起来，把责任全推到了陈伯达头上。

陈伯达慌了，赶紧推卸责任：“《红旗》‘八一’社论是林杰起草的，王力、关锋审定的！”

当时，陈伯达已是中央“第四号人物”，何况又是“中央文革”组长，倘若陈伯达倒台，势必会在全国引发一场反对“中央文革”的浪潮。于是，江青、康生也觉着把王力、关锋作为替罪羊抛出去最合适。

恰于此时，上海传来毛泽东对王力8月7日煽动夺外交部权力讲话的批示。毛泽东将这篇讲话斥之为“大、大、大毒草”！

毛泽东用了三个“大”字！看来比看到《红旗》“八一”社论时更加愤怒！

王力、关锋是倒定了。

很快，有人提供了新的材料：早在1967年1月，《解放军报》发表的“宣传要点”中，便已提出“军内一小撮走资本主义道路的当权派”。在这个“宣传要点”清样上亲笔签字的是胡痴，另外还用铅字排印着“王力、关锋、唐平铸”。当时的王力刚被毛泽东任命为中共中央宣传组组长，关锋管《解放军报》，这下子说明王力、关锋早在1967年1月便已提出“揪军内一小撮”，更是罪责难逃。

康生还连夜翻查了王力的档案，把王力定为“国民党特务”、“五一六”组织的“黑后台”。

于是，把王力、关锋的问题向毛泽东汇报，追究责任便追究到王力、关锋头上，林彪、江青、陈伯达、康生趁机溜掉了。毛泽东同意了从“中央文革”中“剥”去王力和关锋。

“追究责任”的日子，终于来到了。

1967年8月30日下午3时，在钓鱼台十六楼召开“中央文革”扩大会议。周恩来坐在会议主席的位置上，他的两边坐着“中央文革”组长陈伯达和顾问康生。

江青宣布开会，说这次会是“中央文革”的“生活会”，主要批判王力和关锋。

康生作了长篇发言，主要批判王力。康生历数王力之罪：反党乱军、毁我长城，反对无产阶级司令部，反对新生的革命委员会……然后追溯到“文化大革命”前，说王力是刘、邓、王（即王稼祥）的“三和一少”路线的黑干将。……然后追溯到解放前的历史问题，来了个新账老账一起算。

陈伯达针对关锋作了长篇批判发言。

江青在会议结束时宣布：“王力、关锋从今天起请假检讨！”

“请假检讨”亦即隔离审查的一种“美妙”的说法。于是，威名显赫一时、列为“中央首长”的王力和关锋，立刻失去了自由。他俩被软禁于钓鱼台二号楼，“闭门思过”。“请假检讨”后的王力与关锋，被软禁在不同的楼层。他们得到的命令是：二人之间不能见面。因此，王力和关锋实际上是被限制行动的。10月16日，王力被押送到北京西山一座别墅里，由北京卫戍区看管。在西山这座别墅里，王力的生活待遇仍没有变，还允许他带一些书籍在那里看，但同样不允许他同外界联系。

1968年1月26日，正值春节前夕，按照中央的决定，王力被关进秦城监狱。在这里，不允许他看报纸和书籍，住得不好，吃得也很差。但与众不同的是，毛泽东曾发话“不准提审王力”，因此，在秦城那一段时间里，他没有被提审过，也没有被宣判犯有什么罪，但党籍被开除了。

党的十一届三中全会后，中央在决定对林彪、“四人帮”两个反革命集团案重新进行审理时，对王力的问题也进行了审理。

1982 年 1 月 28 日，王力被放了出来。自此，王力过着普通市民的生活。1996 年 5 月，王力感到身体不适，经医生检查，发现患有胰腺癌，并且已经扩散。10 月 21 日，王力在北京肿瘤医院病逝。

替人“捉刀”为关锋带来了官运，同时也带来了厄运。

对于关锋的升迁而言，1956 年是关键的一步：他被借调到中央政治研究室，从山东跨入首都。在政治研究室里，他与陈伯达、康生、胡绳、艾思奇共事。

1958 年 6 月《红旗》创刊之后，陈伯达把关锋调入编辑部，不过，最先交给关锋的任务似乎与《红旗》本身的业务无关——要他编《思想理论动态》。这一内部刊物的第一读者便是毛泽东！半年后，关锋成为《红旗》编委。

关锋在编辑《红旗》之余，从事中国哲学史研究。据关锋自云，他在《光明日报》上发表的一篇短文《中国哲学史的研究方向》，提及要在毛泽东思想指导下研究中国哲学史，受到毛泽东的注意，从此，得到毛泽东的垂青。

然而，关锋的真正发迹，则是和“文化大革命”紧紧联在一起的。

1965 年 11 月 10 日，上海《文汇报》突然推出姚文元的洋洋长文《评新编历史剧〈海瑞罢官〉》。

12 月 8 日，陈伯达主管的《红旗》杂志推出戚本禹的《为革命而研究历史》，作为对《文汇报》的一种特殊的呼应。

12 月 21 日，毛泽东在杭州召见陈伯达、艾思奇、胡绳、关锋，讨论半年多以前在长沙尚未了结的为六本马列经典著作中文版作注之事。谈话中，毛泽东谈的更多的是哲学问题。随后，毛泽东提及了《红旗》杂志 1965 年第十三期戚本禹那篇《为革命而研究历史》，提及了姚文元在《文汇报》上发表的《评新编历史剧〈海瑞罢官〉》。毛泽东说：

> 戚本禹的文章很好，我看了三遍，缺点是没有点名，姚文元的文章也很好，对戏剧界、历史界、哲学界震动很大，缺点是没有击中要害。《海瑞罢官》的要害问题是“罢官”。嘉靖皇帝罢了海瑞的官，1959年我们罢了彭德怀的官，彭德怀也是“海瑞”。

1965年11月30日 星期二 第五版

学术研究

编者按：姚文元同志在《文汇报》上发表的这篇文章，对海瑞这个历史人物和《海瑞罢官》这出戏，提出了很重要的批评意见。我们认为，对海瑞和《海瑞罢官》的评价，实际上牵涉到如何对待历史人物和历史剧的问题，用什么样的观点来研究历史和怎样用艺术形式来反映历史人物和历史事件的问题。这个问题，在我国思想界中存在种种不同的意见，因为还没有系统地进行辩论，多年来没有得到正确的解决。

本报过去也发表过吴晗同志的《海瑞骂皇帝》（笔名刘勉之，一九五九年六月十六日）、《论海瑞》（一九五九年九月二十一日），还发表过其他有关历史人物评价的文章。我们准备就《海瑞罢官》这出戏和有关问题在报纸上展开一次辩论，欢迎史学界、哲学界、文艺界和广大读者踊跃参加。

毛泽东同志在《在中国共产党全国宣传工作会议上的讲话》一文中说过，“我们的政权是人民民主政权，这对于为人民而写作是有利的环境。百花齐放、百家争鸣的方针，对于科学和艺术的发展给了新的保证。如果你写得对，就不用怕什么批评，就可以通过辩论，进一步阐明自己正确的意见。如果你写错了，那末，有批评就可以帮助你改正，这并没有什么不好。在我们的社会里，革命的战斗的批评和反批评，是揭露矛盾，解决矛盾，发展科学、艺术，做好各项工作的好方法。”

我们希望，通过这次辩论，能够进一步发展各种意见之间的相互争论和相互批评。我们的方针是：既容许批评的自由，也容许反批评的自由；对于错误的意见，我们也采取说理的方法，实事求是，以理服人。正如毛泽东同志所指出，“我们一定要学会通过辩论的方法、说理的方法，来克服各种错误思想。”

毛泽东同志又说，“这个方法可以使我们少犯错误。有许多事情我们不知道，因此不会解决，在辩论中间，在斗争中间，我们就会明了这些事情，就会懂得解决问题的方法。各种不同意见辩论的结果，就能使真理发展。对于那些有毒素的反马克思主义的东西，也可以采取这个方法，因为同那些反马克思主义的东西进行斗争，就会使马克思主义发展起来。这是在对立面的斗争中的发展，是合于辩证法的发展。”

評新編历史剧《海瑞罢官》

姚文元

▲1965年11月10日，上海《文汇报》发表姚文元的文章《评新编历史剧〈海瑞罢官〉》。之后，《人民日报》等各大报纸纷纷转载这篇文章，揭开了“文化大革命”的序幕（历史资料）

毛泽东这句定调子的话，毫无根据地把历史学家吴晗的剧作《海瑞罢官》同彭德怀的问题联系起来，使之成了一个尖锐的政治问题。而具有“政治敏感”的陈伯达迅速把毛泽东的这段话转告给了《评新编历史剧〈海瑞罢官〉》的炮制者江青。江青深知毛泽东那段话的分量，因而催促田家英尽快整理毛泽东的谈话纪要，并把消息转告张春桥、姚文元。

在整理谈话纪要时，田家英提出，不要把这段话写进去，因为它不符合事实，《海瑞罢官》与彭德怀没有关系。这个意见首先得到了胡绳的支持，艾思奇也表示同意，但唯有关锋不表态。回到北京后，关锋纠缠不休，非要把那段话写进去不可。经过一番周折，只好恢复。后来，关锋把这件事告了密。此后的情况，如同邓力群1980年在田家英追悼会上所致的悼词描述的那样：

> 1965年，家英同志参加整理一个谈话记录。他实事求是，坚持真理，反对把《海瑞罢官》一剧说成是为彭德怀同志翻案。事后不久，就被一个混进党内的坏人告发，从此对他定下一条篡改毛泽东著作的大罪。……

关锋此举，使他开始得到江青的信任。江青提出整理毛泽东的谈话纪要，主要目的就是要用毛泽东的这一段“最高指示”压人。

1966年4月，“文化大革命”的发动处于紧锣密鼓的准备之中。毛泽东决定成立一个起草小组来起草《五一六通知》，并点名陈伯达为起草小组组长。陈伯达则提名康生、江青、王力、吴冷西、张春桥、陈亚丁、关锋、戚本禹、尹达、穆欣为组员，这个小组后来成为“中央文化革命小组”的基本班底。

5月28日，中共中央发出关于设立“中央文化革命小组”的通知。《通知》任命陈伯达为组长，康生任顾问，江青、王任重、刘志坚、张春桥为副组长，组员为谢镗忠、尹达、王力、关锋、戚本禹、穆欣、姚文元。这个小组隶属于中央政治局常委，实质上是夺了中央政治局、中央书记处领导“文化大革命”的权力。关锋跻身其中，自然也就是“中央首长”了。随着“文化大革命”的一步步推进，“中央文革”的成员却不断减少。后来，真正成为“中央文革”的“首长们”，是这么一些“大左派”：

组长—— 陈伯达

顾问—— 康生

副组长—— 江青、张春桥

组员—— 王力、关锋、戚本禹、姚文元

对于关锋来讲，当上一个拥有无限权力的“中央文革小组”的成员，是他一生的巅峰。他成为江青、陈伯达手下的四支“秃笔”之一。从此，他便竭尽心力地为江青等人的口号阐释、捉刀……

1966年10月1日，林彪在庆祝中华人民共和国成立17周年大会上讲话，提出：“在无产阶级文化大革命中，以毛主席为代表的无产阶级革命路线同资产阶级反对革命的斗争还在继续。”

“资产阶级反对革命路线”，这是一个“新名词”。据关锋后来回忆，他提议将之改为“资产阶级反动路线”，后得到毛泽东的同意。这是他从毛泽东的《炮打司令部》一文中，把那句“站在反动的资产阶级立场上”加以演绎而成的。

周恩来对“资产阶级反动路线”一词提出了异议。王力回忆说：总理是很明确地表示不同意“资产阶级反动路线”的提法的，他找了主席，事后他对我说，他是向主席这样提出的：“‘资产阶级反动路线’这个提法合适吗？党内历来提路线问题都是提‘左’倾、右倾，没有反动路线这个提法，这样提合适吗？”

主席用英语做了回答，说原来用Counter-Revolutionary Line（反革命路线），后来改成Anti-Revolutionary Line（反对革命路线），最后还是用Counter-Revolutionary Line（反动路线）好。

总理知道这是主席的主张，就说：“我懂了。”

总理又找了关锋，关锋向他解释了半小时。总理说关锋同他主要讲了民主革命时期同社会主义革命时期对于路线的提法应当不同。

总理以后就照着主席的口径讲了，实际上总理是保留自己的不同意见的。在当时那种情况下，总理把主席、关锋驳倒是不可能的。

由此，“彻底批判资产阶级反动路线”这一新口号，就作为“无产阶级文化大革命”

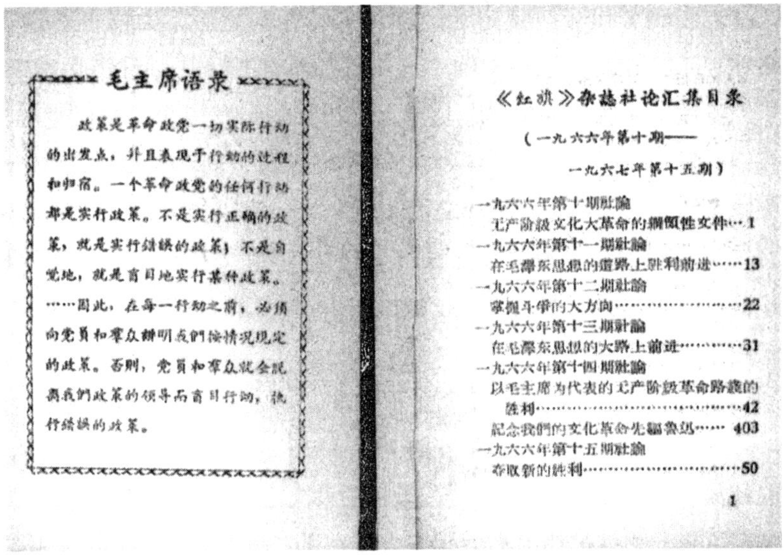

毛主席语录

政策是革命政党一切实际行动的出发点，并且表现于行动的过程和归宿。一个革命政党的任何行动都是实行政策。不是实行正确的政策，就是实行错误的政策；不是自觉地，就是盲目地实行某种政策。……因此，在每一行动之前，必须向党員和羣众讲明我們按情况规定的政策。否則，党員和羣众就会脱离我們政策的领导而盲目行动，执行错误的政策。

《红旗》杂誌社论汇集目录

（一九六六年第十期——一九六七年第十五期）

1

▲《〈红旗〉杂志社论汇集》收集了由王力、关锋执笔的《在毛泽东思想的大路上前进》等文章（历史照片）

的"伟大战略部署"提出来了。

三天后——10月3日，《红旗》杂志第十三期社论《在毛泽东思想的大路上前进》发表了。这篇社论的执笔者就是王力、关锋。江青、康生、张春桥审稿后，由陈伯达定稿。社论向全国发出了新的动员令："对资产阶级反动路线，必须彻底批判。""要不要批判资产阶级反动路线，是能不能贯彻执行文化革命的十六条，能不能正确进行广泛的斗批改的关键。在这里，不能采取折中主义。"

随之而起的，就是全国掀起"彻底批判资产阶级反动路线"的浪潮，"老干部统统打倒了"（李先念在1967年"二月抗争"会议上语）。

捉刀，为关锋带来了亨通的"官运"，但捉刀也使他成为林彪、江青、陈伯达的"替罪羊"。

1967年"七二〇"事件后，林彪提出借这一事件在军队"大做文章"。7月25日，康生在新华社电讯稿中加上了"揪军内一小撮"的字样。

作为"中央文革"的笔杆子，王力、关锋立即着手炮制"炮弹"。

1967年8月1日，《红旗》杂志刊发社论《无产阶级必须牢牢掌握枪杆子——纪念中国人民解放军四十周年》。社论说："要把军内一小撮走资本主义道路的当权派揭露出来，从政治上和思想上把他们斗倒斗臭。"社论提出："目前全国正在掀起一个对党内、军内最大的一小撮走资本主义道路的当权派的大批判运动。这是运动的大方向。"

以此为起点，全国迅速掀起了"揪军内一小撮"的狂潮。

8月12日，毛泽东在上海看到了《红旗》杂志的"八一"社论后，愤怒地写了"大毒草"三个字，并批示："还我长城！"

这一批示，使"中央文革"陷入一片惶恐之中，林彪和"中央文革"的成员们各自设法保全自己，但被时人称作"文革小爬虫"的王力、关锋则被江青、陈伯达端了出来。陈伯达声明："《红旗》'八一'社论是林杰起草的，王力、关锋审定的！"

在王力被康生迅速定为“国民党特务”之后，关锋也被定为了“特务”。事情的蹊跷在于：在北京钢铁学院“五一六”总部被另一个红卫兵组织砸掉时，在那里的桌子上发现了一张反动传单，传单上那讲话的口气完全是国民党的口气。不知怎么搞的，红卫兵发现传单背面写着一个电话号码以及“周瑛”两个字。一查，那电话号码正是关锋家的，而周瑛正是关锋之妻！于是，一时哄传关锋是“国民党特务”！

王力和关锋作为“大左派”，作为“中央文革”的“大员”和“笔杆”，原本注定要被人民所唾弃，扫进历史垃圾堆。不过，他们在倒台时忽地成了“特务”，则是连他们做梦也未曾料到……

1967年8月30日，经毛泽东批准，王力、关锋被隔离审查。

1968年1月26日，春节前夕，王力、关锋被押入秦城监狱。1982年1月，关锋被释放。考虑当时的各方面情况，中央决定对关锋免予起诉，维持原来的开除党籍的决定不变。关锋被放出来后，一直住在《红旗》杂志（现在的《求是》杂志）的宿舍里，与妻子、孩子共同生活。晚年的关锋又拿起笔来，开始了他一生所爱好的写作。2005年春，关锋因病去世。

风光一时的“戚大帅”因给翦伯赞戴“帽子”而扬名。

1967年12月，当“文化大革命”浪潮席卷神州之际，北京街头出现了一批新贴出的大幅标语：

“戚本禹与王（力）、关（锋）、林（杰）一伙！”

“戚本禹滚出‘中央文革’！”

戚本禹，这个在八个月前以《爱国主义还是卖国主义？——评反动影片〈清宫秘史〉》这篇“奇文”而名噪全国的“左派”笔杆，此时尝到了被人遗弃和炮轰的滋味。一个月后，专以诬陷他人、以笔杀人的戚本禹，在钓鱼台被隔离审查。从此，他在“文化大革命”的政治舞台上消失了。

戚本禹是个高中毕业生，向来喜欢历史。在中共中央办公厅信访局工作时，他业余钻研历史，写出关于李秀成之死的文章，向太平天国史专家罗尔纲发起挑战，在《光明日报》上展开论战。毛泽东看后，赞扬了戚本禹。于是，戚本禹调入《红旗》杂志社，担任历史组编辑，后升任历史组组长。

1965年12月，《红旗》杂志第十三期发表戚本禹的文章《为革命而研究历史》，文章攻击翦伯赞提出的既要重视阶级观点，又要注意历史主义的意见是“超阶级”、“纯客观”的资产阶级观点。文章发表后，12月21日，毛泽东在杭州召见陈伯达、关锋等人时，予以了高度评价：“戚本禹的文章很好，我看了三遍，缺点是没有点名。”戚本禹闻讯后，随后又发表了《翦伯赞同志的历史观点应该批判》的文章，给翦伯赞扣上了“资产阶级史学代表人物”的帽子。全国各大报随之呼应，戚本禹由此扬名。

▲“文革”时期编印的《爱国主义还是卖国主义？——评反动影片〈清宫秘史〉》等文章（历史照片）

“文化大革命”的爆发，使靠打棍子起家的戚本禹终于涌上了历史的潮头。

1966 年 5 月，中央政治局会议决定重新设立文化革命小组，隶属于中央政治局常委。5 月 28 日，中共中央发出《关于中央文化革命小组名单的通知》。《通知》任命陈伯达任中央文化革命小组组长，康生任顾问（陶铸于 8 月 2 日也兼任顾问），江青、王任重、刘志坚、张春桥任副组长，组员为谢镗忠、尹达、王力、关锋、戚本禹、穆欣、姚文元。

成立隶属于中央政治局常委的“中央文革小组”，实质上是夺了中央政治局、中央书记处领导“文化大革命”的权力。中共八届十一中全会通过的中共中央《关于无产阶级文化大革命的决定》更肯定了这种夺权。随着尹达、陶铸、王任重、刘志坚、谢镗忠、穆欣的先后被揪斗，“中央文革小组”只保留了清一色的所谓“左派”，戚本禹也随之成为“中央文革小组”中的四支“秃笔”之一。

进入“中央文革小组”，使戚本禹从一个不起眼的小人物走上了“文化大革命”政治舞台。其间，田家英被迫害致死后，戚本禹取而代之，成为毛泽东和江青两人的秘书，掌握机要人权，一下子成为炙手可热的人物。但在戚本禹一生中，真正使他以“理论家”名义而闻名的，是 1967 年他亲手炮制的“奇文”——《爱国主义还是卖国主义？——评反动影片〈清宫秘史〉》。

1966 年 7 月，毛泽东以批判工作组为突破口，发动了对刘少奇、邓小平的批判。8 月 5 日，毛泽东《炮打司令部——我的一张大字报》更将这种批判上纲为两条路线、两个司令部的斗争。以此为开端，“文化大革命”的斗争锋芒指向所谓的“以刘少奇为首的资产阶级司令部”。

1966 年 12 月，在张春桥指使下，清华造反派头头蒯大富发动了“打倒刘少奇”的示威游行，第一次把“打倒刘少奇”的口号推向了社会。

1967 年年初，有中央“喉舌”之称的《红旗》杂志第一期发表了姚文元的长文《评反革命两面派周扬》。文末有一条引人注意的长注，其中说：“鼓吹《清宫秘史》的‘大人物’当中，就包括有在当前这场无产阶级文化大革命中提出资产阶级反动路线的人，他们反对毛泽东思想的反动资产阶级世界观，他们保护剥削阶级、仇恨革命的群众运动的本质，早在建国初期吹捧《清宫秘史》时就表现出来了。”

如果说，姚文元的这篇文章及其长注是不指名的“点名”的话，那么戚本禹的长文就是令人瞩目乃至震惊的公然鼓噪了。

戚文的最大特色，是以“权威”的姿态第一次在中央报刊上批判所谓“党内最大的走资本主义道路的当权派”，宣称：“一定要把党内最大的走资本主义道路的当权派拉下马，让他靠边站。”文章把“帝国主义、封建主义、反动资产阶级的代言人”、“帝国主义买办”、“帝国主义、封建主义反革命宣传的应声虫”等罪名强加于刘少奇、陆定一、周扬和胡乔木头上。文末对刘少奇荒谬地提问八个“为什么”并提出了“答案”：

> 为什么你要在抗日战争爆发前夕，大肆宣扬活命哲学、投降哲学、叛徒哲学，指使别人自首变节，要他们投降国民党，叛变共产党，公开发表“反共启事”、宣誓“坚决反共”？
>
> 为什么你要在抗日战争胜利以后，提出“和平民主新阶段”的投降主义路线？
>
> 为什么你要在解放以后极力反对资本主义工商业的社会主义改造？反对农业合作化，大砍合作社？
>
> 为什么你要在社会主义三大改造完成以后，竭力宣扬阶级斗争熄灭论，积极主张阶级合作，取消阶级斗争？
>
> 为什么你要在三年困难时期，与国内外牛鬼蛇神遥相呼应，恶毒攻击三面红旗，鼓吹“三自一包”、“三和一少”的修正主义路线？
>
> 为什么你要在1962年还重新出版过去那种不要革命，不要阶级斗争，不要夺取政权，不要无产阶级专政，反对马克思列宁主义，反对毛泽东思想，宣扬腐朽的资产阶级世界观，宣扬反动的资产阶级唯心主义哲学的、欺人之谈的大毒草《论修养》？
>
> 为什么你要在社会主义教育运动中提出和推行形“左”实右的机会主义路线，破坏社会主义教育运动？
>
> 为什么你要在无产阶级文化大革命中，勾结另一个党内最大的走资本主义道路的当权派，提出和推行资产阶级反动路线？
>
> 答案只有一个：你根本不是什么“老革命”！你是假革命、反革命，你就是睡在我们身边的赫鲁晓夫！

这真是一篇千古“奇文”！然而，当这篇臭名昭著的长文于1967年3月30日在《红旗》杂志第五期发表后，4月1日，《人民日报》予以全文刊登。随后，全国各大报也予以转载。

已失去了人身自由的刘少奇在中南海看到这篇文章后，气愤至极，他把报纸一摔，对身边的工作人员说：“这篇文章有许多假话，我什么时候说过那个电影（指《清宫秘史》）是爱国主义的？什么时候说过当‘红色买办’？不符合事实，是栽赃！党内斗争从来没有这么不严肃过。我不反革命，也不反毛主席，毛泽东思想是我在七大提出来的，我宣传毛泽东思想不比别人少。”他越说越气愤：“我早在去年8月的会议上就讲过五不怕，如果这些人无所畏惧，光明正大，可以辩论嘛！在中央委员会辩论，在人民群众中辩论嘛！我还要为这个国家、人民，为我们党和广大干部讲几句话！”4月7日，刘少奇送上了关于“八大罪状”的答案。

然而，刘少奇已被剥夺了任何申辩的权利，他的驳斥，被置之不理；他申辩的大字报，刚刚贴出，就被中南海里的造反派撕得粉碎。

自戚本禹的文章发表之日起，各大报相继开展了矛头对着“党内最大的一小撮走资派”和“反革命修正主义路线”的所谓“革命大批判”。4月8日，《人民日报》发表重要社论《高举无产阶级的革命的批判旗帜》；同日《光明日报》发表社论《打倒中国的赫鲁晓夫》。4月11日，《解放军报》发表社论《为彻底批判党内最大的走资本主义道路的当权派而战斗》。4月24日，《人民日报》发表重要文章《为什么要着重批判“打击一大片，保护一小撮”这个资产阶级反动路线的组成部分》。5月8日，《人民日报》、《红旗》杂志发表《〈修养〉的要害是背叛无产阶级专政》。5月11日，中共中央下发通知，称这篇文章“击中了党内最大的走资本主义道路当权派的要害”，要求各地认真学习和讨论，进一步深入地开展对党内最大的一小撮走资本主义道路的当权派的大批判运动。

这样，戚本禹这篇臭名昭著的文章，就为诬陷和迫害刘少奇定下了基调。也正是通过这篇文章，戚本禹一跃成为名震全国的“戚大帅”。

> 受戚本禹迫害的党和国家领导人，可以列出一长串名单，他真不愧是江青、康生的政治打手。

在“戚大帅”八面威风的一年半中，受其诬陷和煽动迫害的党和国家领导人，可以列出一长串名单：中华人民共和国主席刘少奇，全国人民代表大会常务委员会委员长朱德、副委员长彭真，国务院副总理邓小平、陶铸、贺龙、陆定一、罗瑞卿，中共中央政治局委员彭德怀，中共中央书记处候补书记杨尚昆等。

1966年6月16日，“文化大革命”刚揭幕，戚本禹、关锋就写信给江青、康生、陈伯达三人献策。这封信说：

> 我们觉得，分配给彭德怀做这个工作（指大三线建设副总指挥）是不恰当的。据我们了解，彭德怀到三线以后，还在积极进行不正常的活动。因此，我们再一次提出意见，希望中央考虑撤销他的三线副总指挥的职务。
>
> 从这次文化大革命揭发的许多事实看，彭德怀到现在还是修正主义的一面黑旗。为了在广大群众中揭穿他的丑恶面目，为了彻底清除这个隐患，我们希望中央能够考虑在适当时机在群众中公布彭德怀的反党反社会主义的罪恶活动。
>
> 由于这场夺权斗争，是革命和反革命的斗争，是我们推翻一个地方的、部门的反动政权的斗争。因此，必须当机立断，采取断然手段，和平过渡，是不行的。

戚本禹不愧是康生、江青的政治打手，康生、江青的心里话让戚本禹说了出来。因为在广大群众中，彭德怀仍是一面耀眼的旗帜、真理的旗帜，用戚本禹的话说就是“修正主义的一面黑旗”，因此，要进行他们的“夺权斗争”，必须使用法西斯手段，而且事不宜迟，这就是所谓“当机立断，采取断然手段，和平过渡，是不行的”。

1966 年 12 月，在江青指使下，戚本禹亲自给“五大学生领袖”之一的韩爱晶打电话，煽动他到四川把“海瑞”（彭德怀）揪回北京。韩爱晶得令，随即带人杀奔成都，挟持了彭德怀。

12 月 26 日，在彭德怀被挟持回北京的前一天，戚本禹给江青写信说：“彭德怀现在已经被红卫兵抓住，一两日即要押送回京。北京的学生，已经作好了斗争的准备。”1967 年 7 月，戚本禹指使韩爱晶、王大宾组织实施对彭德怀的批斗迫害。7 月 19 日，韩爱晶纠集北京航空学院的几十个人“审斗”彭德怀。在“审斗”中，韩爱晶首先动手殴打，随后一些人又拳打脚踢，致使彭德怀被打断两根肋骨，伤及肺部，造成重伤。7 月 26 日，北京航空学院和北京地质学院又联合召开万人批斗大会，彭德怀被批斗后又被押上卡车上街游斗，再次惨遭迫害。

在煽动迫害彭德怀的同时，戚本禹还对当时任煤炭工业部部长的张霖之进行了恶毒攻击。

1966 年 5 月，彭真被林彪、江青诬陷“打倒”后，12 月 14 日，江青又无中生有地煽动说，“张霖之是彭真死党”。江青的一句话，就决定了张霖之的命运。19 日，张霖之被北京矿业学院一些人非法扣押。24 日，戚本禹跑到北京矿业学院群众大会上煽动说，“煤炭部领导，一小撮走资本主义道路的当权派没干好事，煤炭部部长张霖之是彭真死党”，“是煤炭工业部的头号敌人”，“要集中炮轰、狠狠地打击”。随后，张霖之就惨遭迫害，批斗会一场接一场，被打得一次比一次凶狠。12 月 28 日，在揪斗大会上，张霖之被踢倒在地，脖子后面插了一个大木牌，直扎得鲜血顺着脖子往下流。批斗会后，造反派又扒下张霖之的棉衣，逼迫他在零下十几度的院子里挨冻。1967 年 1 月 12 日，造反派又将张霖之拉出揪斗，在会上不仅打骂，搞“喷气式”，而且还把一个特制的六十多斤的大铁帽子戴在张霖之的头上，致使张霖之头部被压出条条血印。为了将张霖之置于死地，造反派们还想出了种种“招数”。在一次刑讯中，造反派揪住张霖之的头发前拉后搡，甚至卡住脖子，逼迫张霖之 90 度大弯腰站着，随后又把张霖之打倒在地，喊着“一、二、三”，逼迫张霖之在三秒钟之内站起来，三秒钟站不起来，就拳打脚踢。在一次游斗张霖之之后，造反派又强迫他站在铁椅子上弯腰“悔罪”，在他脖子上挂一个铺盖卷，双手还举着一个“张霖之是反革命修正主义分子”的大牌子。张霖之实在忍受不了，只说了声“累”，又遭毒打，然后又被迫站在凳子上大弯腰，举牌子。在戚本禹煽动打倒张霖之之后的一个月时间里，张霖之几乎天天遭受摧残。1967 年 1 月 22 日，受尽了折磨的张霖之含冤而死。据尸体检验，张霖之遍体鳞伤，浑身紫肿，仅条状伤口和伤痕就达 30 多处。张霖之是“文化大革命”中第一个被迫害致死的部长级干部。

戚本禹虽是“中央文革”中一员“小将”，可是“能量”不小。1967 年上半年，正是他与康生、江青贴得最紧的时期，也是他狂呼乱噪、呼风唤雨的巅峰期。

1967 年 1 月 12 日，在钓鱼台十六楼，戚本禹召集中共中央办公厅一些人开会说：“中南海冷冷清清，外面轰轰烈烈”，“刘（少奇）、邓（小平）、陶（铸）在中南海很舒服，你们为什么不去斗他们”。并煽动说：“有些事中央不好说，你们群众干了，框框就打破了。”当有人提出：“刘少奇那里有警卫，进不去。”戚本禹说：“如果警卫不让进，你们可以质问他，是当革命派，还是当保皇派？”在戚本禹的煽动下，当天晚上，中央办公厅秘书局的七八十人先后冲进刘少奇、邓小平、陶铸的住处，对刘少奇、邓小平、陶铸进行了围攻批斗。

在这次会上，戚本禹还对全国人大常委会委员长朱德进行了恶毒攻击。他说“朱德是反毛主席的”、“大军阀”、“大野心家”，指使造反派去反朱德和康克清。当有人提出“我们不了解朱德和康克清的情况”时，戚本禹又替他们出谋划策道：“曹全夫原是朱德的秘书，你们可以让他揭发。”会后，秘书局的一些人围斗了曹全夫；当晚，又冲进朱德的住所，围斗了康克清。由于朱德未在家，才免遭迫害。第二天，中南海一些人又到全国妇联去“点火”，贴大字报，诬陷康克清，并在中南海西门、府右街、天安门等处贴出了诬陷朱德的大字报和大标语。

1 月底，戚本禹又亲自到中国人民大学鼓噪。他煽动说：“孙泱给朱德当过秘书，你们可以通过孙泱搞朱德的问题，不要有顾虑。”于是，人民大学的一些人，连夜在北京的大街上贴出了“打倒朱德”、“朱德是大野心家、大阴谋家”等大标语、大字报。

嗣后，戚本禹又指使成立了人民大学、北京大学、清华大学、北京地质学院、解放军后勤学院等十几个单位参加的所谓“揪朱联络站”。“联络站”又派人四处搜集所谓“材料”，并且编造了诬陷朱德的传单、小报，广为散发，仅《新北大报》就印发50万份，发往全国，掀起了一股“打倒朱德”的浊浪。

7月初，江青、康生、陈伯达策划：“要把刘少奇批得比托洛茨基还要臭。”于是，戚本禹秉其旨意，在7月14日晚，煽动中南海机关一些人，强迫刘少奇出来看大字报，并进行围斗，对刘少奇又一次实施了人身迫害。

当日晚，围斗刘少奇的造反派把这次围斗的情况专题报给了戚本禹。同日，中南海机关的一些人写信给汪东兴和周恩来总理，提出要开大会，“批斗刘少奇”。戚本禹不把这封信送给周总理，竟然擅自在信上批道：“请康生、陈伯达、江青决定。”陈伯达将信中要求“批斗刘少奇”改为“批斗刘、邓、陶夫妇”，江青、康生又提出要“批斗并抄家”。戚本禹又扮演了一个卑鄙的角色。

随后，戚本禹开始四处“点火”和策划。

7月16日，在京报社、电台宣传部门负责人和聂元梓、蒯大富、韩爱晶、王大宾、谭厚兰等参加的会议上，戚本禹煽动说，“什么刘少奇，什么彭德怀，什么邓小平，什么贺龙，什么彭真这些人，彭、罗、陆、杨都是卖国求荣的，杀人不眨眼的江洋大盗”，“彭德怀、贺龙都是吃人的老虎，杀人不眨眼的野心家”，“彭德怀、罗瑞卿血债累累”。并恶狠狠地说：“不仅刘少奇，什么邓小平、陶铸、彭德怀、彭真、陆定一、罗瑞卿、杨尚昆统统都要批判”，“切不要对他们发善心”。“不把他们批倒”，“你们领袖之类的”，“都要抓起来，杀头！”

7月17日晚，江青、康生、陈伯达、戚本禹等趁毛泽东去南方视察的机会，在人民大会堂擅自决定了对刘、邓、陶夫妇进行批斗。

接着，戚本禹对批斗刘、邓、陶夫妇进行了具体组织和指挥。

18日凌晨1点多钟，戚本禹亲自召集中南海机关一些人开会，大肆煽动说：前几天中南海围斗了刘少奇，但规模小，火力不强，要紧急动员起来。对刘、邓、陶展开面对面的斗争，这是你们相当时期头等重要的任务。在批斗时，要有杀劲，要杀气腾腾的，可以低头弯腰，要使他们威风扫地，对他们切不可怜惜；要发扬痛打落水狗精神，把他们打翻在地，再踏上一只脚。并指使人马上成立“批斗刘、邓、陶战斗指挥部”，“组织队伍，投入激战”。戚本禹还对如何成立“战斗指挥部”，如何搜集所谓“材料”，如何制定“战斗方案”，如何分组编队，如何写简报，直到批斗的方式、规模、参加人数、批斗的日期，都作了亲自安排和决定。

在戚本禹的煽动、策划下，中南海内外组成了“揪刘火线”，公开揪斗刘少奇。

18日零时，北京建工学院“八一战斗团”部分成员在中南海西门宣布进行揪刘绝食斗争。《绝食誓词》说：“刘贼是我们不共戴天的仇敌，最近他又乘‘检查’之机向毛主席的革命路线，向无产阶级革命派进行了猖狂反扑。为了保卫毛主席，保卫党中央，保卫无产阶级专政，我们饭可以不吃，觉可以不睡，头可断血可流，绝食到底，不把刘贼揪出中南海，让全世界人民斗倒斗臭，我们誓不罢休。"

当日，北京一百多个组织，数十万人，在中南海西门召开"揪斗刘少奇誓师大会"，并且传出了刘少奇4月份就《爱国主义还是卖国主义？》一文中提出的八个问题，回答中南海造反派的书面检查。就是这样，在《爱国主义还是卖国主义？》一文的基调上，把批判刘少奇的调门越提越高。中南海内外汇成了声势浩大的"揪刘火线"。

北京以及外地驻京的近2000个单位的群众组织，在奔赴"揪刘火线"、投入"揪刘战斗"的口号号召下，到中南海墙外安营扎寨。在"中央文革"直接布置下，在"首都无产阶级革命派揪斗刘少奇火线联络站"的指挥下，"揪刘"浪潮日盛一日。从此，中南海墙外，红色旗帜、红色横幅标语如海如潮，苇席棚一个连着一个，里面日夜成群结伙躺着、坐着"揪刘火线"的人。上百个高音喇叭昼夜对着中南海狂呼高吼："不把刘少奇揪出中南海不下火线！""誓死把刘少奇揪出来！"

在这滔滔恶浪中，周恩来总理作为中流砥柱，独撑危局。他看穿了江青一伙的阴谋，就亲自到中南海西门外向群众作说服工作。但江青、陈伯达竟唱对台戏，来到中南海的大小西门外进行挑动。当周恩来出现在西门说服群众时，江青一伙又跑到北门。结果围困中南海的浪潮，此起彼伏，有增无减。26日，在戚本禹向造反群众表示慰问并说"不仅要把刘少奇揪出来，而且能把刘少奇揪出来"，在他的言语煽动下，"揪刘火线"的一些人扬言要冲进中南海，揪出刘少奇。周恩来予以阻止，并坚定地说："我就是呆在中南海不走。中南海是党中央所在地，你们要想冲进中南海，除非从我身上踏过去。"造反派们冲不进中南海，就把不少省委第一书记和中央各部部长，轮番揪到中南海门口进行批斗，以向刘少奇示威。

与中南海墙外的"围攻"相配合，中南海院内又一次掀起"批刘"的恶浪。在戚本禹的组织、煽动下，中南海的造反派300多人把刘少奇、王光美分别揪到中南海的两个食堂里进行批斗，同时抄了他们的家，抄出刘少奇的"罪证"。在斗争会上，刘少奇被强迫弯腰站了两个多小时，却不许他说一句话。年近七旬的刘少奇被折磨得面无血色，汗珠滚滚，当他掏出手绢想擦拭汗水时，被旁边的人狠狠一拳，将手绢打落。他额头上豆大的汗珠只得随着手绢下落，一滴一滴滴在地上。斗争会后，刘少奇被押回前院办公室隔离看管，并加派了岗哨，王光美则被隔离在后院。他们的孩子各自住在自己的房中，互相不能自由见面。嗣后，在戚本禹布置的"搞几个战斗组织，有的搞刘少奇，有的搞邓小平，有的搞陶铸。王光美、卓琳也要搞"的命令下，刘少奇和王光美，邓小平和卓琳，陶铸和曾志，又被造反派多次批斗。

中南海内外掀起的这股恶浪，是戚本禹秉承江青、陈伯达旨意，对党和国家领导人的一次集中迫害。所幸的是，戚本禹垮台的日子也到来了。

"揪军内一小撮"时，他被送进了监狱。

1967年7月20日，武汉爆发了震惊中外的广大军民反对"中央代表团"（谢富治、王力）的"七二〇"事件。7月27日，林彪、江青以中共中央、国务院、中央军委、"中央文革小组"名义发表《给武汉市革命群众和广大指战员的一封信》。信中说："你们英勇地打败了党内一小撮走资本主义道路的当权派的极端狂妄的进攻。"与此同时，林彪提出在军队问题上"要大做文章"。

8月1日，《红旗》杂志第十二期发表社论《无产阶级必须牢牢掌握枪杆子——纪念中国人民解放军建军四十周年》。社论说："要把军内一小撮走资本主义道路的当权派揭露出来，从政治上和思想上把他们斗倒斗臭。"强调目前的斗争大方向是"掀起一个对党内、军内最大的一小撮走资本主义道路的当权派的大批判运动"。

社论一发表，北京一些大专院校的造反派立即奔赴南京等地，串联当地的造反派，冲击军事机关，抢夺枪支弹药；在北京，蒯大富、韩爱晶更喊着"打倒徐向前，炮轰陈毅、叶剑英"的口号，抄了徐向前的家。一时间，在全国各地卷起一股"揪军内一小撮"的狂潮。

就在"揪军内一小撮"之声甚嚣尘上之时，毛泽东看了《红旗》杂志的"八一"社论，写了"大毒草"三个字！毛泽东批示："还我长城！"并表示这一回一定要追究责任！

毛泽东的"震怒"，使北京的政治气候骤变，林彪和"中央文革"成员们各自设法从这场政治危机中滑脚，相互推诿责任。好在林彪、江青、康生树大根深，他们一股脑儿将责任推给了陈伯达。陈伯达则赶紧推卸责任："《红旗》'八一'社论是林杰起草的，王力、关锋审定的！"

"追究责任"追到了王力、关锋头上。8月30日，王力、关锋被隔离审查。

素有"中央文革""小三"之称的王力、关锋、戚本禹（陈伯达、江青、康生在当时被称为"中央文革"的"大三"）本是三位一体，同是《红旗》杂志社出身，同为"中央文革"成员。如今，"小三"中倒了两个，只剩下"小三子"了。唇亡齿寒，随着对王力、关锋批判的深入，许多事涉及戚本禹，"小三子"的日子越来越不好过了。

1967年12月，北京街头出现炮轰戚本禹的大幅标语：

"戚本禹与王、关、林是一伙！"

"戚本禹滚出'中央文革'！"

其实，毛泽东在决定打倒王力、关锋时已对戚本禹十分不满。在上海，毛泽东对杨成武说："先抓王力、关锋，把他们分割一下，看看戚本禹有无转变。"

在王力、关锋倒台之后，戚本禹的根基也不稳了。

王力回忆了戚本禹被打倒的一些内幕情况：

> 戚本禹是忠实于江青的，早请示、晚汇报。听说后来江青查抄彭真同志的家，查到戚本禹给彭真的一封信。彭真请关锋、戚本禹吃过饭。原因是1966年初学术批判时彭真送了几个人的材料给主席，其中包括批邓拓和关锋、戚本禹。我知道后跟彭真同志说："这个材料送不得，不要又搞成新的'八司马'。"（引者注：指1962年中南海发生的"八司马"案件，当时，戚本禹是受批判的人，"司马"之一。——"司马"是古代官名，此处只是借用）彭真说送了。我说："江青认为关锋、戚本禹是大左派，送了他们的材料，怎么得了？"彭真同志为了缓和一下，所以请关锋、戚本禹吃饭。关锋吃了无所表示，戚本禹却写了信去谢彭真。江青查到这封信，很伤心：她的忠实追随者戚本禹原来也赞扬过彭真！这是一。
>
> 还有，戚本禹同金敬迈搞的"中央文革"文艺组，在1967年1月一个晚上向江青汇报，说找到了她当年写的第一篇小说，写得如何如何的好。他们想拍江青的马屁，谁知江青当场变了脸，说："你们胆子倒不小，搜集我的材料！"戚本禹连忙推到金敬迈身上，把金敬迈赶走了。"中央文革"文艺组组长是江青兼的，戚本禹是副组长，金敬迈负责办公室。

戚本禹处于内外交困之中。"打倒戚本禹"之声越来越高。陈伯达在《红旗》杂志编辑部里透露风声："在《红旗》杂志，除了我之外，在揭发王力、关锋的问题时，所有的人都可以揭！"陈伯达的话，意味着戚本禹的问题也可以揭发。

终于，在1968年1月14日，戚本禹也"请假检讨"了！

随后，戚本禹被投入秦城监狱。

1980年7月14日，戚本禹因反革命罪被北京市公安局依法逮捕。1983年11月，北京市中级人民法院以反革命宣传煽动罪、诬告陷害罪和聚众打砸抢罪被判处他有期徒刑18年，剥夺政治权利4年。1986年出狱后，他在上海市图书馆收藏部当图书管理员，至1990年代初退休。

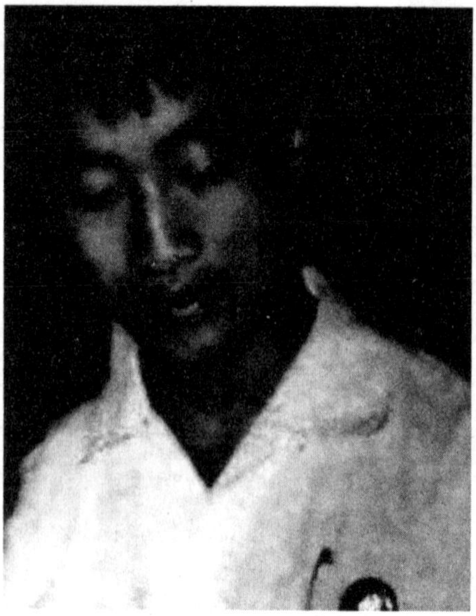

第四十一章 林立果和他的“联合舰队”

> “老虎”出山，吴法宪授予林立果对空军拥有“两个一切”的指挥权。

林立果，细高个儿，长着白净的面孔，单眼皮，嘴角常挂着笑意，不乏高贵的气度。1966 年，他还只是北京大学物理系的一名学生，年仅 21 岁。

正是打这一年开始，他走上了“一年兵，二年党，三年副部长”的“火箭式”发迹道路，以令人难以置信的速度，成为权倾中外的叱咤风云的人物之一。

在“文化大革命”那非凡的年代里，就人民军队而言，他的这种发迹奇迹，实在是绝无仅有的。

然而，这一神奇的发迹对林立果来说，似乎是命中注定的，因为他既不是凡夫俗子的后代，也不是德才兼备的人才，而是当时权势盖天的林副统帅的“虎子”，大名鼎鼎的“太子”林立果。

对于这位“太子”，在一般人身上认为是不允许的事，对他不仅允许，而且是完全应该的。

他可以不经过任何手续，就穿上军装，成为中国人民解放军的一员。

他虽不是党员，但一到部队，就被安插到空军党委办公室，表面上只当了秘书，

▲林彪全家。左起：林豆豆、林彪、林立果、叶群（历史照片）

而当时任空军司令的吴法宪直接指派两名处长——周宇驰和刘沛丰专门负责来“帮助”他，实际上两名处长是被委派来给这位秘书当“秘书”来了。

他入伍不到四个月，空军司令便遵照他母亲叶群的指示，亲自做起他的入党介绍人，在党的生日——1967 年 7 月 1 日将他吸收入党。当天，在讨论他入党的支部大会上，吴法宪激动地说：“林立果是最革命的家庭培养出来的，根红苗正。”

这位吴司令的发言意味深长、画龙点睛。

因为正是林立果手中有了这张最权威的“通行证”，他才得以凭借自己得天独厚或者说独一无二的条件，在攀登权力高峰的路径上，一路过关斩将，畅通无阻。这张“通行证”的实际价值，就是他父母林彪和叶群，利用自己手中的一人之下、万人之上的权力，为其青云直上、一步登天提供一切便利条件。

为了使林立果成为林彪本人意愿的接班人，林彪以其与众不同而又颇为奇特的“走捷径”的方法，进一步推出了“速成法”，即让年纪轻轻的林立果参加一些重要文件的起草，以此来加速培养他的接班人。

早在 1967 年 3 月，林彪在军以上干部会议上讲话，就曾放手让才参军几天的“虎子”参加会议稿的起草。叶群对林办工作人员特别吩咐：“老虎（林立果）不是孩子了，有时帮助首长（林彪）起草什么的，这些文件可以让他看看。”这样，林立果就可以“合法”地看到送给党的副主席的一切文件。

1967 年 7 月，由林彪授意，周宇驰、刘沛丰帮助林立果起草题为《从政治上思想上彻底打倒党内一撮走资本主义道路的当权派》的文章，叶群又请陈伯达、关锋两位大手笔作了修改。7月22日，在《解放军报》一版头条位置发表，署名“空军司令部红尖兵”，此事为林立果日后成为不可一世的人物大捞了一把政治资本。

时至1969年，林立果已在军队经过了两年“培养”和“锻炼”，林彪认为儿子应该独当一面了，便着手为林立果作进一步的安排。这年2月16日，林彪给周宇驰、刘沛丰写了一封信：

周宇驰、刘沛丰同志：

这两年老虎在你们的帮助下能力已有进步，今后你们可让老虎多单独行动，以便锻炼他的独立工作能力，此致敬礼并感谢你们过去对他的帮助。

林彪

2月16日

空军司令吴法宪看到此信，便心领神会，信虽是写给周宇驰、刘沛丰的，本意显然是在暗示自己这位空军司令。

1969年10月17日，以空军司令员、政治委员的名义，发布了“任命林立果为空军司令部办公室副主任兼作战部副部长”的命令。这个命令发布的第二天下午，吴法宪接见林立果，和林立果同时被任命为司令部办公室副主任的周宇驰也一起受到接见，并由司令部副参谋长兼办公室主任王飞陪同。吴法宪亲自向林立果传达了任职命令，祝贺他“荣升”。

这次接见中，吴法宪讨好地对林立果说：“我们十分欢迎你今后更好地为空军建设出力。今后空军的一切都要向立果同志汇报，都可以由立果同志调动、指挥。”空军司令的这般奉承表明，执掌空军指挥大权者非林立果莫属了。接见时在座的王飞、周宇驰当即向林立果表示祝贺，并表白了自己的决心：“今后我们一定听林副部长的调动，听林副部长指挥！”

吴法宪虽然个人把空军大权拱手让给林立果，但林立果若真正行使这炙手可热的权力，仅靠这两人之间的密约当然是远远不够的。为了使林立果在空军中“指挥一切、调动一切”得到贯彻落实，他们又进行了一系列的幕后活动。

1970年6月下旬的一天，空军政委接到吴法宪夫人，也即担任吴法宪办公室主任的陈媛圻的电话。陈媛圻在电话中以神秘的语调告诉政委：吴司令请他来一趟，谈谈工作，一个人来，不要带别人，并派车去接。

一辆伏尔加轿车把空军政委接到吴法宪在郊区的别墅。

吴法宪和政委问候、寒暄几句，便进入要谈的“工作”。吴法宪以赞美的口吻道出了开场白：“今天请你来，主要谈谈立果的事。林立果不简单呀！他到空军时间不长，有的我们过去想都不敢想的事，他搞出来，做出了很大的贡献。”

接着，吴法宪表情陡然庄重，加重了语气：“林副主席把林立果派到空军来，是对我们最大的关怀。他现在当作战部副部长了，将来的空军领导就要靠他接班了。林立果是代表林副主席的。他可以指挥空军的一切，调动空军的一切。”

而后，吴法宪不惜以自谦的方式对自己进行一番辛辣的嘲讽、贬低，来强调林立果对空军的重要，并授予林立果对空军拥有“两个一切”的特权。

以这种方式，吴法宪便将授予林立果特别权力的决定，正式通知了空军政委。

> 在空军首脑机关刮起一股吹捧林立果为天才的飓风。听了儿子的“讲用报告”，林彪高兴地说：“思想像我的，语言像我的，连声音也像我的。”

为配合吴法宪这一“决定”，几天之后，在党委办公会议上，周宇驰向参加会议的人传达了吴法宪关于“两个一切”的决定。话音刚落，吴法宪的夫人陈媛圻带头鼓掌，并献媚式地发表即席讲话说：“应该向立果同志学习，立果同志在林副主席、叶主任身边，领会林副主席指示深，立果同志是天才，从各方面讲，是我们的老师。我们要好好地学习他。”

此时此刻，林立果的两“秘书”之一——周宇驰，更显其巴结、讨好的才能，他先是大力称赞吴司令慧眼识英才，又说：“吴司令、陈主任（吴的夫人）对立果同志的感情很深。”

一时间，从空军首脑机关升起的一股吹捧林立果为天才的飓风，迅速席卷整个空军：

“立果同志的指示要及时传达、照办，坚决照办”，“对立果同志的态度和对毛主席的态度是一致的”。为了贯彻“两个一切”，宣传必须“时时想到”、“事事请教”、“处处捍卫”林立果；“要老老实实地服从他的调动”、“要服服帖帖地听从他的指挥”，林立果“要求什么，就做什么，理解的执行，不理解的也要执行”。

这股强大的个人崇拜的飓风，将林立果吹捧到几乎是无人企及的“超天才”的宝座上。

1970 年 7 月 31 日，这位“超天才”在空军司令部干部大会上，作了一个活学活用毛泽东思想的“讲用报告”。

这天，吴法宪夫妇亲自登场作陪，竭力捧场。“超天才”林立果则慷慨激昂、滔滔不绝地大讲了一整天。

林立果在“讲用报告”中，把毛泽东思想的威力吹嘘得法力无边、神乎其神，说毛泽东思想是万能的，连精神病患者和疯子，只要一念毛主席语录，就会热泪盈眶、霍然痊愈。如果帝国主义敢于向我们挑战，只要一念毛主席语录，战士们在这个精神原子弹的武装下，就会个个奋勇当先，以无穷的威力，使敌人全军覆灭。

林立果的“讲用报告”一结束，又是那位陈主任立即起立、振臂高呼：“向立果同志学习！向立果同志致敬！”接着，她深情且大声地说道：“立果同志的充满辩证法的讲话，给我们空军指明了方向，字字句句都充满了毛泽东思想，它有划时代的伟大意义，我们要认真地学习、认真地领会！”

这时，会议的中心人物之一吴司令，真可谓妇唱夫随。没等夫人的话音落完，他便调整好麦克风，清理一下嗓子，以这次大会的权威作了总结式的发言：

“立果同志是我们空军的骄傲，他是一颗政治明星。谁说世界上没有全才、帅才？立果就是全才、帅才、超群之才。是群众最好的领袖，杰出的政治家，优秀的军事家，卓越的思想家，天才的理论家，出色的科学家，黑夜的明灯，宇宙的巨星，无产阶级之首，70年代的红太阳，第三代接班人……”

林立果“讲用报告”两天后的一个下午，林立果到林彪办公室询问其父听了“报告”录音的意见。林彪高兴地说：“思想像我的，语言像我的，连声音也像我的。”

此时在座的吴法宪抢着巴结他说：“将门出虎子嘛！立果的讲话，轰动了整个空军，不，轰动了全军，我已经批了，印70万份，发给全军学习。”

林彪也自鸣得意地说：“这也证明，就是有天才。我自己没有别的本事，就是脑袋长得好，这是爹妈给的，这没办法。人与人不一样，就在这上边。”

听了这番高论，吴法宪心悦诚服地讨好说：“我们空军党代会作了一个决议，对立果同志的态度就是对林副主席的感情和态度问题。我们空军的口号是：要时时想到林副部长，事事请教林副部长，处处保卫林副部长，要老老实实服从他的调动，服服帖帖听从他的指挥……”

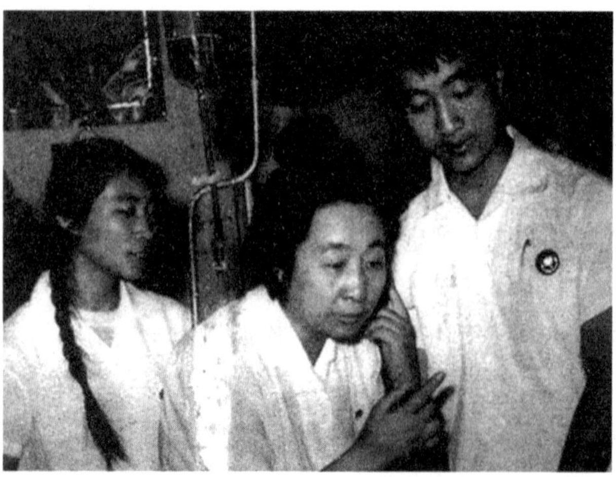
▲“文革”初期林立果（右一）与叶群（右二）、林立衡（右三）合影（历史照片）

这一连串颇具林彪语言特色的奉承之辞，现在用到了他的“虎子”身上，是报应，还是预谋？恐怕都有一点。但是，正是这些阿谀奉承之词的相互传播，才构成了林立果青云直上的天梯。

既无战功，又无政绩的林立果，年仅25岁的毛头小子，顿时成为中国空军的“太上皇”。正当手下一批心腹将这场吹捧林立果的闹剧推向高潮时，林彪也从幕后到了前台，直接推波助澜。

1970年7月23日，空军党委常委办公会议上传达“两个一切”。仅隔半月，林彪便亲临国防科工委所属某工厂进行“视察”。这是一次精心安排的活动，旨在让林立果公开亮相。

“视察”前一个多月，林立果、周宇驰就同国防科工委负责人进行了安排。“视察”那天，组织了成千人夹道欢迎。锣鼓喧天，鞭炮齐鸣，激动的欢迎人群欢呼雀跃，口号声响彻云霄。林副统帅及夫人由“四大金刚”——黄永胜、吴法宪、李作鹏、邱会作“陪驾”，真可谓八面威风。

在这批“达官显贵”中，令人瞩目的还有一个特殊人物，这就是林立果。

人们观察中国高层领导人动态，一向注重领导人在公开露面时的先后次序以及就坐的位置。而这群显贵的人中，年轻后生、职务稍低的林立果的位置，却是异乎寻常、令人不可思议。

当这批“显贵”人人手举小红书、从夹道欢迎的人群中走过的时候，位于林彪右边的是总参谋长黄永胜，走在林彪左边的就是林立果。至于吴法宪、李作鹏、邱会作这等身居要职的“大将”，也就只好尾随其后了。

当天晚上，林立果又组织了空军一部分人观看此次“视察”的录像，从而进一步扩大了这位“东宫太子”形象的影响。

至此，林立果成为中国空军头号大腕人物的条件，已是万事俱备、只欠东风了。

所欠的“东风”指什么呢?

林彪、叶群心里明白，作为一个超“天才”人物，如果仅靠老子的血统，终究还不那么名正言顺、理直气壮，作为真正的超“天才”，就得有自己的作品。

为此，他们早已筹划并在实施了。1969年10月，林立果刚任空军作战部副部长，便利用其父发出“一号命令”的机会，带领一帮人马，在空军内部搞了一个技术革新的文件。林立果带此文件，面交住在苏州的林彪。林彪亲自批上了“毛主席阅”的字样，送给毛泽东，想从毛泽东那里得一句“顶一万句”的批示或什么赞扬之类的话语，以此为林立果捞一笔胜过一切的政治资本。然而不知何故，毛泽东未予理睬，文件送去，如石沉大海了。后来，他们又颇费了一番心机，却未见成效。

庐山会议后，林彪失势，他寄希望于“联合舰队”，希望儿子能更加“出息”，早日接过自己的班。

1970年9月上旬结束的中国共产党九届二中全会，是林彪、江青两个同盟分解的标志。这两个暂时联盟的政治集团之间的矛盾，此时已达到白热化的程度。为夺取中国最高的政治权力，他们之间不是鱼死就是网破，无法调和妥协了。

而最终决定这两个集团命运的毛泽东，此次将权力的重心向江青集团倾斜，这便意味着林彪集团这帮在“十年动乱”初期红得发紫的暴发户，以九届二中全会为标志，从发迹走向衰败。

九届二中全会首当其冲的牺牲品，是声名显赫的党内大理论家陈伯达。他是“文化大革命”期间风云一时的人物，可是在九届二中全会上，毛泽东写的《我的一点意见》中说：“我跟陈伯达这位天才理论家之间，共事30多年，在一些重大问题上就从来没有配合过。”这意味着陈伯达政治生命的结束。林彪反革命集团损失了一员重要谋士。

不仅如此，当年10月14日，毛泽东在吴法宪的书面检讨上，严厉指出：“作为一共产党人，为什么这样缺乏正大光明的气概。由几个人发难，企图欺骗200多个中央委员，有党以来没有见过。”

10月25日，毛泽东又在叶群书面检讨上批评道：“爱吹不爱批，爱听小道消息，经不起风浪。”

11月13日，毛泽东又严厉地批评了黄永胜。林彪的夫人和“四大金刚”均遭批评，纷纷处于被围攻的地位。

林彪反革命集团失势了。

但他们决不会坐以待毙。为了从“合法斗争”向“刀兵相见”转变，林彪鉴于“四大金刚”正在沉没，于是，转而倚重林立果等少壮派。

在这种背景下，林彪终于把自己的预备队——以林立果为首的“联合舰队”投入主战场，进而寄希望于“联合舰队”身上。

而受命于“危难之际”的林立果和他的“联合舰队”，也就有了充分展示自己才华的时机，表现他“大将风度”的用武之地。

仅从九届二中全会后林立果的表现，便可一睹这位超“天才”的“才能”。

九届二中全会结束后的一个月，林立果就把他的秘密武装定名为“联合舰队”，并扩大编制，秘密招兵买马，加强训练，严密控制。

1970年11月，林立果在上海的军界亲信王维国，派人去广州向林立果领受武装政变的策略。林立果颇为沉稳地说：“现在还不到决战的时候，但我们不能消极等待，眼下的任务：一要隐蔽，养精蓄锐；二要聚集力量，制订作战计划。”

11月底，林立果在上海的秘密组织在传达和讨论他的“指示”时，现存的有如下记录：

一、是战略方针，全局在胸；是应会大风大浪的准备阶段。

二、打基础，做基层、群众、部队工作。用毛泽东思想武装群众，聚集力量，立于不败之地。

三、一定意义上说是在敌强我弱情况下，在不利于我的情况下，休养生息，让步、退却。因此是保存力量，隐蔽力量，聚集力量。不要去打硬拼仗，不要搞“碉堡战术”。十六字方针，八字方针。

四、我们的退却要最有组织、要损失最小，反对莽撞、二杆子、乱捅、出头、冒险家，强调组织纪律性、不失组织原则。不要授敌以把柄。

五、队伍内部要加强团结，加强纪律性，一致对外。

12月1日，林立果着手对空军机关的“骨干队伍”进行整顿。为此，林立果说:“人家搞清政整党，我们清理骨干队伍，要纯洁队伍，找薄弱环节，有无假左派、内奸。不要让坏人混进来。”

关于“骨干队伍”整顿，后来查获林彪死党刘沛丰的笔记本，在1970年12月2日记载了《整顿机关“骨干队伍”的初步意见》。除“联合舰队”的成员外，他们把其他“骨干”分为四类：一、接近核心的骨干；二、比较可靠的骨干；三、外围骨干；四、靠近的人。

林立果会同亲信，制定了罪恶的《571工程纪要》，加快实施武装政变的计划。

1971年1月24日，毛泽东突然决定改组北京军区，这一部署，铲除了林彪在北京军区的势力，从而削弱了林彪在军界的权力。

接着毛泽东继续对林彪手下的“四大金刚”中的头面人物黄永胜、吴法宪进行严厉批评。

林彪此时当然不会示弱，他针锋相对地加紧了作战部署。

以林立果为首的少壮派自然担当重任，这位“太子”跃跃欲试，暗露心迹:“咱们文的搞不过他，只能武的了。我们联合舰队的力量可以搞他个措手不及。”林立果所言的“他”，是指毛泽东。

根据林立果的亲信李伟信后来的交代，林立果从分析当时的政治形势中得出：林彪随时可能被人赶下台，因此，主张先声夺人，加紧策划武装政变，即“提前抢班”，并提出“提前抢班”的两种办法：一、把文人力量搞掉，保证林彪地位不变，再搞和平过渡；二、直接搞掉毛泽东。

慑于毛泽东的巨大威望，直接搞掉毛泽东，他们怕政治上不好收场。但如此这般，显然可以在争夺中国最高权力上一步到位。林立果的亲信周宇驰曾说:“如果一定要这样做，也可以想办法，比如，可以把B-52（指毛泽东）软禁起来谈判，也可以把他搞掉后再嫁祸他人，抓几个替死鬼就掩饰过去了，古今中外搞政变不都是这样干的吗?那时反正首长掌权，有关事后处理，首长可以出来说话。”

1971年3月21日，林立果会同其亲信周宇驰、于新野在上海开始制订武装政变计划，即臭名昭著的《571工程纪要》。

林立果根据“武装起义”的谐音，把这个计划的代号定为“571工程纪要”。同时，林立果决定组织一支秘密武装。以培养干部为名，搞一个教导队，100人左右，要精干、保密，要多配备汽车和枪支，增加机动能力，军事上要多学几手，并确定这武装力量由他领导的“上海小组”来抓。事实上，林立果建立的这支秘密武装，的确很精干，例如：招收身高1.80米以上、身强力壮的青年人，有文化，培养对林副统帅的愚忠，训练成精于擒拿格斗、会使用各种枪支、通晓各种车型的驾驶等技术，也即林家的特种兵。

林彪反革命集团灭亡之后，从搜查出来的《571工程纪要》草稿中，可得知林立果主持制订的这一武装政变计划的主要内容：

（一）可能性

（二）必要性

（三）基本条件

（四）时机

（五）力量

（六）口号和纲领

（七）实施要点

（八）政策和策略

（九）保密和纪律

可能性：

……政局不稳，统治集团内部矛盾尖锐，右派势力抬头。军队受压。

10多年来，国民经济停滞不前。

群众和基层干部、部队中下层干部实际生活水平下降，不满情绪日益增长。敢怒不敢言。甚至不敢怒不敢言。

统治集团内部上层很腐败、昏庸无能，众叛亲离。

（1）一场政治危机正在酝酿；

（2）夺权正在进行；

（3）对方目标正在改变接班人；

（4）中国正在进行一场逐渐地和平演变式的政变；

（5）这种政变形式是他们惯用手法；

（6）他们"故伎重演"；

（7）政变正朝着有利于笔杆子，而不利于枪杆子方向发展；

（8）因此，我们要以暴力突变来阻止和平演变式的反革命渐变。反之，如果我们不用"571工程"阻止和平演变，一旦他们得逞，不知有多少人头落地，中国革命不知要推迟多少年；

（9）一场新的夺权斗争势不可免，我们不掌握革命领导权，领导权将落在别人头上。

我方力量：

经过几年准备，在思想上、组织上、军事上的水平都有相当提高。具有一定的思想和物质基础。

在全国，只有我们这支力量正在崛起，蒸蒸日上，朝气勃勃。

革命领导权落在谁的头上，未来的政权就落在谁的头上。

在中国未来这场政治革命中，我们"舰队"采取什么态度？

取得了革命领导权就取得了未来的政权。

革命领导权历史地落在我们舰队头上。

和国外"571工程"相比，我们的准备和力量比他们充分得多，成功的把握性大得多。和十月革命相比，我们比当时苏维埃力量也不算小。

地理回旋余地大；

空军机动能力强。

比较起来，空军搞"571"比较容易得到人民政权，军区搞地方割据。

两种可能性：

夺取全国政权。

割据局面。

必要性：

B-52好景不长，急不可待地要在近几年内安排后事。

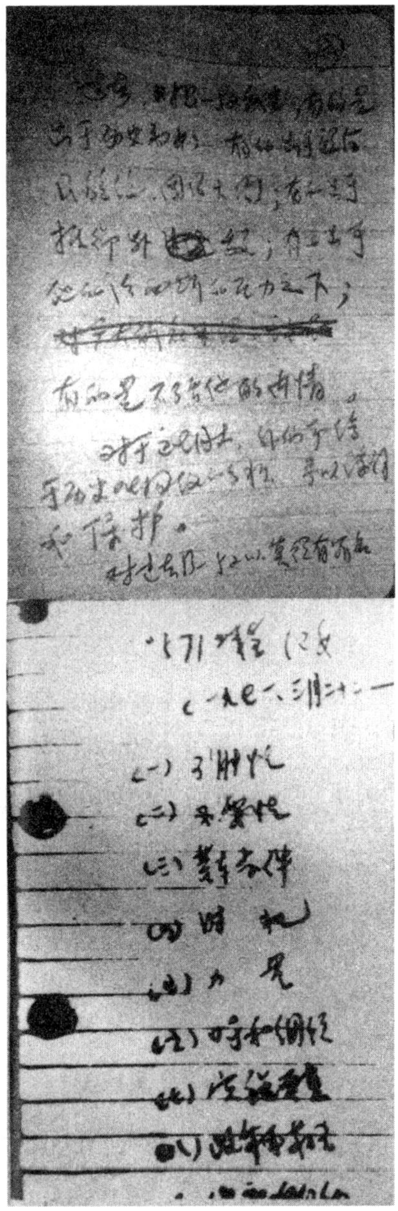

▲《571工程纪要》的一部分，其中"B-52"指毛泽东（历史资料）

对我们不放心。

与其束手被擒，不如破釜沉舟。

在政治上后发制人。

军事行动上先发制人。

我国社会主义制度正在受到严重的威胁，笔杆子托派集团正在任意篡改、歪曲马列主义，为他们私利服务。

他们用革命词藻代替马列主义，用来欺骗和蒙蔽中国人民的思想。

当前他们的继续革命论实质是托洛茨基不断革命论。

他们的革命对象实际是中国人民，而首当其冲的是军队和与他们持不同意见的人。

他们的社会主义实质是社会法西斯主义。

……

当然，我们不否定他在统一中国的历史作用，正因为如此，我们在历史上曾给过他应有的地位和支持。

但是现在他滥用中国人民给其的信任和地位，历史地走向反面，实际上他已成了当代的秦始皇。

为了向中国人民负责，向中国历史负责，我们的崇拜和忍耐是有限度的！

……

基本条件：

有利条件：

党内政治矛盾激化，危机四伏。

——独裁者越来越不得人心。

——统治集团内部很不稳定，争权夺利，勾心斗角，几乎白热化。

——农民缺吃少穿。

——青年知识分子上山下乡，等于变相劳改。

——红卫兵受骗被利用，充当炮灰，后期被压制变成了替罪羊。

……

时机：

敌我双方骑虎难下。

目前表面上的暂时平衡维持不久，矛盾的平衡是暂时的相对的，不平衡是绝对的。

是一场你死我活的斗争，或者我们把他吃掉，或者他们把我们吃掉。

战略上两种时机：

一种我们准备好，能吃掉他们的时候；

一种是发现敌人张开嘴巴要把我们吃掉的时候，我们受到严重威胁的时候，这时不管准备和没准备好，也要破釜沉舟。

……

利用上层集会一网打尽。

逼宫形式：

利用特种手段，如毒气、细菌武器、轰炸、车祸、暗杀、绑架、城市游击小分队。

动员群众口号、纲领。

……

推翻挂着社会主义招牌的封建王朝；

……

政策和策略：

打着B－52旗号打击B－52力量，

联合一切可以联合的力量，

解放大多数，

集中打击B－52及其一小撮独裁者。

……

对过去B－52以莫须有罪名加以迫害的人，一律给予政治上的解放。

……

以上就是林立果主持制定的，旨在使林彪登基、建立林家王朝的政变纲领。从《571工程纪要》主要内容可以看出，林彪一旦上台，将会给中国当代造成何等结局！

《571工程纪要》炮制仅仅一周后，即1971年3月31日深夜，上海岳阳路一栋僻静的小楼，原先是上海少年科技站，如今已成了林立果在上海的亲信王维国控制的上海警卫处的一个不为人注意的招待所。这天招待所小楼门口加了双岗，戒备森严，二楼的客厅里弥漫着烟雾，临街窗帘拉得严严实实，客厅在座的有林立果和他的几员得力干将王维国、江腾蛟、陈励耘和周建平。

这里正在召开由林立果主持的“三国四方会议”，“三国”的负责人是王维国、陈励耘、周建平，江腾蛟则负责抓全面。这次会议的主旨是具体布置《571工程纪要》。为实现《571工程纪要》这一政变纲领，林立果等少壮派紧锣密鼓地行动起来了。

此后，林立果和他的“联合舰队”的主要成员周宇驰、刘沛丰、于新野等，频频开会，研究加快实施武装政变的计划。

后来从周宇驰等外逃乘坐的直升飞机上，缴获了于新野当时作的会议简要记录。

▲飞机失事后的林立果（孙一先摄）

此间，林立果更为活跃。这年7月9日，他到某空军部队活动，在那里炮制了一个“关于学习落实林立果重要指示的八条措施”，提出：“一切听林立果同志的指挥和调动；一切要以对林立果的立场、态度和观点，为我们区别和对待一切事物的标准……要抓枪杆子……”

林彪反革命集团预感，9月、10月间中央可能要开会，届时毛泽东可能要和林彪摊牌。于是，林立果的“联合舰队”已不分昼夜地进行着活动。林立果认为已别无选择，只能孤注一掷、破釜沉舟了。

1971年的7月、8月间，林彪反革命集团的武装政变犹如箭在弦上，中国的政治形势已是山雨欲来风满楼。然而这注定是那位超“天才”的“太子”，由发迹到登峰造极再到败亡的时辰——1971年9月13日凌晨2时30分左右，林立果和其父母林彪、叶群在乘坐三叉戟叛逃途中，折戟沉沙于蒙古境内温都尔汗附近。

第四十二章
炙手可热的风云人物 毛远新

毛泽东与毛远新犹如父子，无话不谈。江青待他也不错，如同己出，毛远新对江青更是唯马首是瞻。

提起毛远新，经历过“文化大革命”的人一定印象很深。他的身份背景，他同江青等人的关系，使他成为“文化大革命”中炙手可热的风云人物之一。尤其是在毛泽东生命中的最后几年，毛远新成为毛泽东和外界联系的唯一途径，毛远新传出的话就是毛泽东的最高指示，毛远新成为当时中国政坛上带着神秘色彩的一颗耀眼新星。那么这颗星是怎样升起的呢？让我们从头看起……

毛远新是毛泽东的大弟毛泽民的儿子，生于1941年2月。1938年毛泽民受新疆实力派人物盛世才之邀任省财政厅长，后结识朱丹华，并于1940年结婚，一年后生下儿子取名毛远新。1941年1月皖南事变后，国内弥漫反共气氛，盛世才亦告转向，不久下毒手将陈潭秋、毛泽民等共产党人逮捕入狱，直到1943年秘密处死。毛远新的苦难童年，是在新疆监狱中度过的。1945年初，张治中主持新疆省政，在周恩来的多方营救下，张治中释放了在押的共产党人，并派人护送至延安。朱丹华及毛远新即于1946年7月返回延安，结束了在新疆狱中四年的铁窗生活。

当毛泽东第一次看到弟媳及侄儿时，不由想起了牺牲在新疆盛世才屠刀下的弟弟毛泽民。英才已逝，空留一个未成年的孩子。毛泽东看着眼前矮小、瘦削、羞怯不安的“小豆豆”毛远新，仿佛看到了弟弟，他的眼睛红了，蹲下身来将孩子搂在怀里，轻声唤道：“叫伯伯。”在场的人眼睛有些湿润，大家都不去提起毛泽民，怕引起毛泽东的悲痛。

孩子似乎感到身边的人善意的关爱，乖乖地叫了声“伯伯”，表情自然极了。转着灵活的眼珠，孩子上下“审视”着身材魁梧声音洪亮的“伯伯”，靠在母亲身边好奇地问：“妈妈，伯伯下巴上怎么长个东西呀？”童言稚语，引起大人们善意的笑声，仿佛冲淡了屋子里的悲伤，增加了劫后亲人相聚的庆幸和欢乐。

在延安时，朱丹华被分配在中央妇委工作，毛远新便在延安保育院这个马背上的摇篮里，伴着解放战场的轰隆隆炮声，“摇”过了童年。

后来，朱丹华改嫁方志敏烈士的弟弟方志纯，毛远新则一直跟在他们身边读书。1951年，赴京开会的朱丹华带着毛远新同行。10岁的孩子十分想念伯伯，向往在伯伯身边读书。会后，朱丹华见毛主席，并告诉主席，毛远新要回到北京读书。

毛泽东不愿让母子分离，虽然他十分喜爱毛远新：“我这儿是温室里的花朵，跟着妈妈可以经风雨见世面。”

瘦小而富于朝气、戴着红领巾的毛远新则坚持着对伯伯说：“我住在学校，又不住这里，怎么会是温室呢？寒暑假我还可以去江西看妈妈。”

就这样，毛远新留在了北京，留在了毛泽东的身边。此后，每逢星期天，毛远新便与同校念书的李讷妹妹一道回到伯伯身边。一到寒暑假，毛泽东便派人将毛远新送到朱丹华身边。

毛远新读完中学后，选择报考哈尔滨军事工程学院。哈军工是一所专门培养军事技术人才的大专院校，教学设备非常先进，教员的素质亦称上乘，在全国而言，是首屈一指的培养军事人才的学校。毛远新在大学期间，读书比较用功，对搞政治运动却不怎么感兴趣，甚至连一些马列主义著作、当时的《解放军报》《中国青年报》等报刊也看得较少。毛泽东对毛远新的要求很严，不仅是学业上、生活上经常关心，对毛远新思想上、政治上的进步也很关心。每次见面，毛泽东都要求毛远新把他近日的思想学习心得汇报一下，从中找出问题，加以教育。

毛泽东同毛远新的关系十分特殊，犹如父子一般，可以说无话不谈。有一次，毛远新陪毛泽东下水游泳，这一次天气比较冷，水里比岸上暖和，毛远新上岸后感到有点冷，就脱口而出说：“还是水里舒服些。”毛泽东瞪他一眼说：“你就喜欢舒服，怕艰苦，不肯吃苦。你就知道为自己着想，考虑的都是自己的问题。你父亲在敌人面前坚强不屈，丝毫不动摇，就是因为他为多数人服务。要是你，还不是双膝下跪，乞求饶命？我们家许多人都是被国民党、帝国主义杀死的，你是吃蜜糖长大的，从来不知道什么是吃苦。你将来不当右派，当个中间派，我就满足了，你没吃过苦，怎么当左派？”毛远新说：“我还有点希望吧？”“有希望，好！超过我的标准就更好！”

江青同毛远新的关系非同一般。江青对毛岸青和李敏都十分冷淡，但对毛远新，江青却待他特别好，如同己出，比较亲近、关心，不摆架子，也许是因为毛远新是烈士子弟。毛远新对江青也是唯马首是瞻。江青对毛远新甚至比对她的亲生女儿李讷还要好。李讷有什么要求，自己又不敢贸然向江青开口，就叫毛远新出面与江青谈，这一着往往有效，因为江青对毛远新向来是有求必应的。1965 年，毛远新患病毒性感冒，发高烧住医院治疗。江青特意嘱咐医护人员每天早晚打两次长途电话，向她报告病情发展如何，甚至还要问毛远新体温多少。

> “文化大革命”中，在江青的扶植下毛远新成了“东北王”。他发现了张铁生这块“石头”，又让“社会主义大集”在辽宁一直时兴了两年有余。

1965 年，毛远新从哈军工毕业后，曾下连队半年。“文化大革命”爆发后，中央作出规定：“1965 年毕业的大学生亦可回校参加运动。”于是毛远新回到哈军工，并率先组织起红色造反团，将矛头对准校党委。毛远新同那一代青年人一样，疯狂地投身于“文化大革命”。由于毛远新的特殊背景，哈军工师生争先恐后地参加红色造反团，使得其势力迅速扩张，连校外的造反派组织也纷纷前来挂钩联系，在哈尔滨形成了以哈军工红色造反团为核心的造反派联合组织——黑龙江红色造反革命委员会。

这时，东北局所在地辽宁省沈阳市的形势比较混乱，造反派一浪接一浪地掀起炮轰东北局第一书记宋任穷的恶浪。毛远新到北京时向毛泽东汇报了东北的局势，毛泽东嘱咐他多留意一下辽宁的形势。事后，红卫兵组织将这次谈话整理印刷成传单，题为《毛主席和侄子毛远新的谈话》，广为流传。从此，毛远新开始为世人所知，并逐渐因为有毛泽东的神圣光圈和“中央文革小组”的支持而逐步成为辽宁乃至东北三省政治舞台上冉冉升起的新星。

随着运动的深入，毛远新渐渐成为“中央文革小组”、江青等人的代理人，并深受江青等人赏识。在这场政治斗争中，毛远新把宝押在了江青一方。在“中央文革小组”的支持下，他逐渐掌握了辽宁省的实权，成为“四人帮”的一个得力助手，在辽宁及东北其他地区大力推行“四人帮”的一套理论。1968 年，他成为辽宁省革委会副主任、沈阳军区政治部副主任、军区政委。

1973 年，国务院批转国务院科教组《关于高等学校一九七三年招生工作的意见》，提出要选拔有两年以上实践经验的优秀工农兵入学，坚持群众评议和群众推荐，在政治条件合格的基础上，重视文化程度，进行文化考查，了解被推荐对象掌握基础知识的状况和分析问题、解决问题的能力。出于反对周恩来的目的，江青一伙看到《意见》便心里有气。这时，毛远新从辽宁赴京，与江青一伙进行密谋。他们一起诬蔑文化考查是大学招生的弊病，是“智育第一”、“文化至上”。毛远新受命从“辽宁拿出点材料来”。于是所谓“交白卷”反潮流事件诞生了。

毛远新回到辽宁后，大肆叫嚷“文化考查可以搞，但是，我保留批判权”，并一心想在辽宁找一块打人的“石头”。于是，张铁生这块“石头”因缘际遇，被发现了。张铁生是辽宁锦州市兴城县一个公社的知识青年，担任过生产队的队长。在高校恢复招生后，他一心想出人头地上大学，但因考题大多不会做，为发泄不满和乞求机会，他在答卷背面写信，并跑路子拉关系，“运动”上学。当锦州市招生办公室工作人员谈到一个生产队长答不出卷子给领导写信一事时，毛远新如获至宝，他终于找到了一块可以打人的“石头”了。

为了乔装、粉饰这块“石头”，毛远新亲自动手，把信中诽谤别人、抬高自己的话，及张铁生信中最后一段话“我所理想和要求的，希望各级领导在这次入考学生之中，能对我这个小队长加以考虑为盼”通通删掉，把修改过的信加上“编者按”准备在《辽宁日报》发表。同时，派人进行调查，作出了张铁生“一贯表现很好，家庭成员和主要社会关系均未发现政治历史问题”的结论。在“编者按”中说，张铁生虽交了“白卷”，但他在“白卷”背后写的一封信里，对“整个大学招生的路线问题”提出的“意见”却“颇有见解，发人深省……”，为之涂上了一层“反潮流”的色彩。

▲1919年春，毛泽东同母亲文氏，弟弟毛泽民（左二）、毛泽覃在长沙合影（历史照片）

1973年7月19日，在毛远新的一手策划下，《一份发人深省的答卷》连同“编者按”以大字号标题在《辽宁日报》头版头条的显著位置上发表了。接着《人民日报》等主要报刊都以显著位置全文转载。张春桥大加喝彩，说什么文化考查“这样搞法，把无产阶级寄予希望的青年卡在门外，使修正主义有希望，无产阶级没有希望”。毛远新则大叫“在今天，我们刚刚着手改变资产阶级知识分子统治学校的现象，居然有人千方百计逼迫工农兵去适应旧的教育制度，这实在是大有资产阶级反攻倒算之嫌”。一时间，《一份发人深省的答卷》成了“反潮流”的“代表作”，张铁生则被奉为“反潮流”的“英雄”。想靠上大学找出路、想出人头地的张铁生经江青、毛远新一伙的吹吹捧捧之后，成了江青一伙手中“有棱有角”的打人的“石头”。而毛远新在这一事件中的表现，受到江青等的称赞。

1974年，毛远新担任沈阳空军部队政委和党委第一书记，对批林批孔运动异常积极。为配合江青等人活动，他利用在辽宁把持的大权，将运动扩展到权力所及的一切地方。他利用批“走后门”，“三箭齐发”，把批林批孔的矛头始终对着老干部。鞍山钢铁公司是全国，当然更是辽宁的重要大企业，毛远新一伙借用氧气炼钢的比喻，大搞所谓“吹氧会”，亦即“煽风点火会”，把与他们行进道路有异的干部都打成“孔老二的徒子徒孙”、“走资派的社会基础”。

张铁生是毛远新一手树立的“反潮流”样板，张铁生所在的铁岭农学院一下子红了起来。随后，毛远新着手推出“朝农经验”。“朝农经验”系指朝阳农学院坚持开门办学，与传统的教学方法顶着干的“经验”。毛远新的真实用意，是想在全国搞出一个教育样板来，这样，既可以在教育界掀起一股“反潮流”之风，又能借此树立他的个人权威。1974年底，毛远新以朝阳农学院为基础，办起八所“朝农式的农业大学”。国务院科教组立即在该院召开“学习朝阳农学院教育革命经验现场会”，毛远新还在会上发表长篇讲话，总结出10条经验，并利用朝阳农学院攻击北京农大的搬迁问题。

华北农业大学原为北京农业大学，“文化大革命”中遵照毛泽东“农业大学要统统搬到农村去”的指示，由北京搬到了陕西省甘泉县清泉村。这种搬迁有许多实际困难。后来，国务院考虑到北京附近需要有一所农学院，便作了将华北农大迁至离北京200多里的涿县的决定，周恩来亲批同意。为了配合“四人帮”利用批林批孔对周恩来进行攻击，毛远新大打出手，在现场会上大叫大嚷：“我听说一个大学到延安，没地方住，没办法生活，从延安搬了回来。”并恶狠狠地说：“那个学校从延安搬回来，这本身就是对文化大革命的反攻倒算，不管是谁批的，这笔账都要清算，在这个会上就是要拿朝农（朝阳农学院）这块石头抛出去打他们！”显然，矛头是指向周恩来的。

为配合、迎合江青的小靳庄典型经验，毛远新在辽宁创造了“哈尔套经验”，这是他在批林批孔运动中搞的又一个“新鲜招”。

1974年12月，毛远新第一次去沈阳西北方向的彰武县哈尔套公社。面对当年形势尚好的收成年景，毛远新视察后认为，哈尔套公社“资本主义东西相当多，农业相当落后”，并说这里“和解放初期差不多”、“看不出人民公社的优越性”、“看不到‘文化大革命’好在哪儿，路线偏右”……毛远新以此为借口向公社干部“开刀”，说什么“青

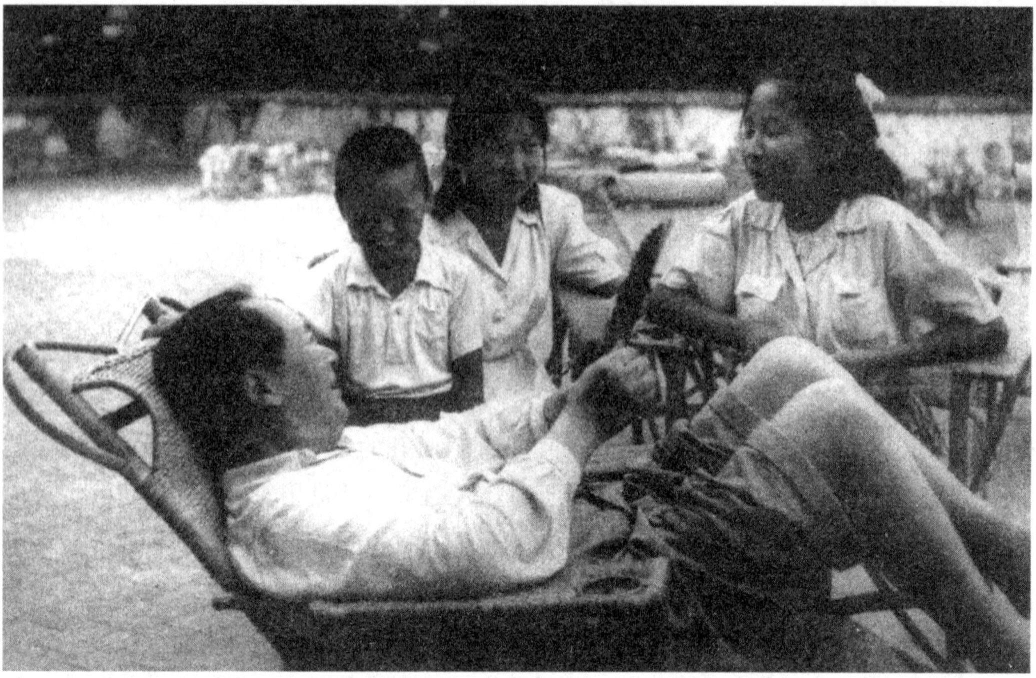

▲1951年，毛泽东同李敏、毛远新在香山听李讷讲故事，享受着天伦之乐（侯波摄）

年人，一是敢斗，二是有干劲，有这两条，接班人的条件够了"，"老干部挡道，要年轻的冲"……1974 年 12 月 28 日，毛远新的一个亲信在听说柳树大队有一个社员积极向国家交售黄烟后，跑到柳树大队，强令柳树大队在 30 日那天组织社员向供销社交售黄烟，并把此事向毛远新作了汇报。12 月 30 日那天，柳树大队出动了 300 余人，敲锣打鼓，排着队，挑着烟，作了第一次"赶大集"预演。31 日，在"为了让首长（毛远新）过一个有意义的元旦"的幌子下，又强令公社党委在元旦这天，组织邻近的五个大队"赶大集"。因为只有一夜准备时间，五个大队的干部和群众整整折腾了一宿，于 1975 年元旦上午 8 点敲着锣，扭着秧歌，进行第二次"赶大集"预演。在毛远新的亲自干预下，决定 1 月 5 日还要赶一个全公社的大集，这次大集人要多，东西要多，并提出"以人包队，到炕头上动员，赶集时，党员干部要带头，群众不空手……"。

1975 年 1 月 5 日，按照事先的布置，宣传车开路，公社党委书记扛着半扇猪肉走在前头，书记的老伴领着戴红花、背行李的女儿跟在后面，公社一名副书记和一名常委扛着一口猪……按照事先预定的路线"赶大集"。辽宁省、市、县三级干部也在这天赶到哈尔套，参加学习"哈尔套经验"现场会。毛远新为大集戴上了"社会主义"的桂冠，吹嘘"大集"是解决"走社会主义道路还是走资本主义道路的问题"。从此，在毛远新的一手策划下，辽宁省的"赶大集"红极一时，大连市也组织郊区农民"赶大集"，每家每户都必须带东西参加，有的农民没有东西，便把家里用的烧饭锅扛去赶集，戴着大红花的猪"坐"在大车上跟着赶集的队伍在大连市环游。

批林批孔运动中兴起的“社会主义大集”在辽宁省一直时兴了两年有余，给农村经济和党在农村的信誉带来了严重的损害，但却为毛远新赢得了政治资本。毛远新越来越为江青、张春桥一伙赏识。

> 他成了毛泽东的“联络员”，江青的耳目。在他口袋里有一本装满最高指示的“宝葫芦”，他编造情况影响毛泽东的决策。

1975 年 9 月后，毛泽东身体状况日渐恶化，讲话吐字开始含混，难得会见客人，于是需要一名“联络员”。在这种情况下，深得毛泽东宠爱的毛远新被调到北京担任毛泽东的“联络员”。江青对此欣喜若狂，多年来，她就苦于在毛泽东身边缺了一个耳目。这耳目应当担负双重任务：一是能够影响毛泽东的决策，二是能把毛泽东的一举一动及时传达到她的耳中。毛远新是最理想的人选。“联络员”承上启下，上报下达，虽然从职务上来讲并不是封疆大吏，也非中央要员，但他却是能凌驾在政治局之上的举足轻重的人物，一人之下，万人之上。江青拼命拉拢他。毛远新在这个“要位”上干了一系列坏事，许多都是在江青指使下做的，毛远新成了她的“传声筒”。

1975 年邓小平复出后进行的全面整顿使“四人帮”对他恨之入骨。1975 年 9 月底到 11 月初，他们利用毛远新的特殊身份，多次向毛泽东作了歪曲情况的汇报，使毛泽东对邓小平全面整顿的态度发生了急剧变化。

丰泽园内，毛泽东躺着，身旁一个穿军装的便是毛远新。“外面的情况怎么样？”毛泽东已 82 岁高龄，再也无法视察大江南北，只能靠“联络员”。毛远新看看手中的笔记本，很严肃地说：“我感觉到一股风，比 1972 年借批极左而否定‘文化大革命’时还要凶些。”从毛远新嘴里，说出了江青的话。

讲到这里，他抬头看了看躺在床上的虚弱老人，老人眉头紧蹙，双目注视毛远新，看不出什么表情。毛远新咽了一口水，接着说：

“我很注意小平同志的讲话，我感到一个问题，他很少讲‘文化大革命’的成绩，很少批判刘少奇的修正主义路线。‘文化大革命’怎么看，批林批孔怎么看，主流、支流，三七开还是倒三七开？肯定还是否定？现在阴暗面讲了一大堆。教育革命、文艺革命还搞不搞？三项指示为纲，其实只剩下一项指示，即生产搞上去了。我担心中央，怕出反复。”他把问题提到很高的高度。

毛泽东面露愠色，不再说话。毛远新心里一阵闷喜，他知道，他已经打动了毛泽东。

几天后，还是在同一房间内，同样的人物，毛远新就清华大学反映迟群问题一事向毛泽东做了汇报后说："迟群在执行主席的教育革命路线上是比较坚决的，十个指头有七个还是好的，现在他们这样骂迟群，您看……"

"小平转来的刘冰等批评迟群、谢静宜的信我已看了。你说得对，邓小平偏袒刘冰。"缓了一会儿，毛泽东接着说，"一些同志，主要是老同志思想还停止在资产阶级民主革命时期，对社会主义革命不理解，有抵触，甚至反对。对文化大革命有两种态度，一是不满意，二是要算账，算文化大革命的账。清华所涉及的问题不是孤立的，是当前两条路线的斗争的反映。"毛泽东又停了一会儿，毛远新则奋笔疾书记录着最高指示。"迟群不能走，迟群走了不是又要搞第二次'文化大革命'吗？他们骂迟群，实际上是反对我，可又不敢，就把气发到迟群身上。"

"对，对。"毛远新边记边附和着。

随后的一个月内，毛远新多次向毛泽东汇报情况。他在汇报中竭力否定农业、教育、文艺等方面经过初步整顿所取得的成绩。毛远新的汇报当然是挑拨性的，但却并非尽是谎言。根本的问题在于，毛泽东在全局上始终坚持"文化大革命"的方针政策，他不断听到毛远新等人的汇报并根据自己的思考判断，当感到邓小平确有否定"文化大革命"之嫌时，他态度发生了根本性变化。从毛远新口中发布的毛泽东的"最高指示"

▲1962年毛泽东与李敏等子侄辈在北戴河合影，后排左起：毛远新、孔令华、王博文、王海容、王起华、李讷（历史照片）

开始批评邓小平。

1976年清明节前的北京，杨柳吐绿、桃花绽红，但首都并没有春天。1月8日总理逝世的哀乐还响在耳畔，人们脸上的泪水还没有擦干，“四人帮”为篡党夺权，便急不可待地向党、人民发动了进攻。

1月，人民在悲痛；2月，人民已睁开哭肿的双眼；3月，人民已经怒吼；4月，人民要起来开展一场决定生死的战斗！

4月1日，天安门广场庄严肃穆，秩序井然，到处是悼念周总理的人群。4月2日，北京出现了第一支浩浩荡荡的游行队伍。4月3日，天气阴沉，细雨迷漫。无数支人流伴着淅沥的小雨，从四面八方涌入天安门广场，百万人在传抄吟诵着悼念总理、斥骂“四人帮”的诗词。4月4日，清明节又逢星期日，首都人民抗议“四人帮”、悼念周总理的活动达到高潮，人们聚集在那里发表演讲，朗诵诗词，痛斥妖人。

天安门广场上燃起的熊熊烈火，使“四人帮”一伙望而生畏，气急败坏。4月4日晚上，在“四人帮”的威逼下，中央政治局开会讨论了天安门事件。当时毛泽东体弱多病，毛远新是他了解政治动态和领导中央及全国的主要途径，也可说是唯一途径。毛远新将中央政治局4月4日讨论天安门事件的情况向毛泽东写了书面报告。报告在列举了向广场送花圈的数字、人数、单位后写道：

> 多数是悼念总理，少数有隐射攻击中央的，个别是非常恶毒的……其中不少内容以悼念周总理为名，分裂、攻击中央，有的直接攻击毛主席，还有人上去发表煽动性演说，宣读十分反动的传单，语言极为恶毒，下面有人组织鼓掌。有的人上去读反动材料，周围有一帮打手，谁去干涉谁挨打。4月4日晚有人公开读一个传单，说邓小平上台是决定性胜利，反击右倾翻案风是一小撮人搞的，××人反总理，××人想夺权等等，大群人围着听，有人帮着照明，他连读五遍，完全是攻击中央，攻击主席的……在这样大量的在天安门前集合那么多群众的场合下公开发表反革命的演说，直接攻击毛主席，是建国以来没有的。
>
> 很显然，这是有计划有组织的，不仅北京，全国不少地方都有。这也是去年以来大量散布反革命谣言，制造反革命舆论准备的继续和发展，去年邓小平说批林批孔就是反总理，批经验主义就是揪总理，他带头散布了大量的谣言，社会上吹得更凶，去年一直未认真追查和辟谣。今年邓小平的名声不好，就抬起总理做文章，攻击右倾翻案风是反总理，利用死人压活人，利用总理在群众中的威望来为邓小平效劳，编造大量所谓“遗嘱”、“诗词”、“谈话”等等东西美化邓小平，于是谁要批邓，谁就是反总理了，这种手法颇有些煽动性。

这次敌人活动得如此猖狂，不足为怪，主席的重要指示，打中了资产阶级（主要是党内资产阶级）的要害，这次是反革命性质的反扑……

就是这样一份歪曲事实真相、混淆敌我矛盾、把矛头指向邓小平的“报告”，被病中的毛泽东“圈阅”，并说：“天下已定。”毛泽东受到了蒙骗。

4月5日，天安门事件。

4月6日凌晨，毛远新与中央政治局部分同志听取北京市汇报，讨论天安门事件情况，又向毛泽东写了书面报告。报告更放肆地攻击群众和邓小平，诬蔑群众是“法西斯”。毛泽东看了毛远新的报告，于4月6日11时写了评语：“士气大振，好，好，好。”

4月7日晨8时5分，太阳慢慢从东方升起，沉着面孔，爬过中南海的围墙，照进游泳池旁边的一所宅院。

毛泽东，中国的巨人，人们爱戴的领袖，此刻躺在床上，行动困难。他用困惑的眼光望着坐在床前穿着军装的年轻人。

▲1976年1月8日，周恩来总理逝世，首都各界人士沉痛悼念周总理（杜修贤摄）

这个年轻人便是联络员毛远新。他正在向伯父汇报4月6日平息天安门事件的情况和6日晚中央政治局讨论的几件事。

其中一件是：华国锋建议将北京发生的事通报全国，起草了北京市委的报告，中央要发个文件。

毛远新话音刚落，毛泽东好像早已想好，说出了四个字："公开发表。"毛远新似乎未听懂，小心地问："是要登报吗？"毛泽东指着桌子上放着的《人民日报》的三份《情况汇编》回答："是的，发表《人民日报》记者写的现场报道。"

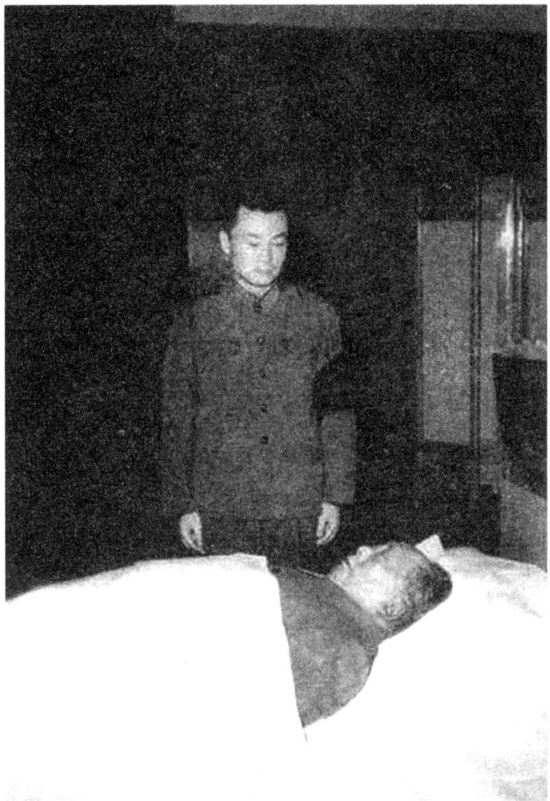
▲毛远新在毛泽东遗体前（杜修贤摄）

毛远新又问："北京市委的报告不发了？"

毛泽东明确回答："不发。"接着好像打好腹稿，一字一句地作出新的指示："据此开除邓的一切职务，保留党籍，以观后效。"稍稍停一停又交代："以上待三中全会批准。"

毛远新听了毛泽东的话后，高兴地说："太好了！"他赞成待将来召开三中全会时补手续，但似乎还不放心，他接着半带建议半发问："是否由中央作个决议，也公开发表？"

毛泽东肯定地回答："中央政治局作决议，登报。"毛远新高兴地说："好。"接着又编造情况告状："上次开会，春桥同志当着邓小平的面说你看看天安门的情况，人们要推你来当纳吉。"

谈话已持续一小时，毛泽东感到累了，但他仍打起精神，点点头，表示同意："是的。"然后，掰着指头归纳说："这次，一、首都，二、天安门，三、烧、打，这三件事，性质变了，据此，赶出去！"他的话很简短，说到最后挥挥手，表示要"赶出去"！

毛远新感到既兴奋又紧张，立即应声道："应该赶出去了！"然后灵机一动，站起来说："我马上找华国锋同志去！"

毛泽东叮嘱说："小平不参加。你先约几个人谈一下。"接着又交代："华国锋任总理。"

这话太突然了，毛远新一下子愣住了，他心目中的张春桥为什么换成了华国锋？

但他仍然迎合地提议说："国锋同志的任命和中央决议也一起登报。"毛泽东答："对。"毛远新表示执行，起身要走："我马上去通知华国锋同志开会传达。"

几个月后的一天夜晚，钓鱼台十七号楼里，江青、张春桥等人正发泄着对华国锋主政的不满。江青责怪王洪文对华国锋逢场作戏的礼让三分，毛远新急忙出来打圆场："那个人是主席指定的人，对主席的指示还是认真执行的。他个人算得了什么，不是尊敬他，而是尊敬主席，当然不能做得过分！"毛远新一边说一边用手摸着衣袋里的小本子，他自信只要打开这个装着毛主席最高指示的"宝葫芦"，华国锋是要乖乖照办的。他目空一切，根本没有把华国锋放在眼里。

自此，毛远新在走向深渊的路上越滑越远，虽然毛泽东早已叮嘱过他，不要同江青搞在一起。终于，在粉碎"四人帮"时，毛远新和他的主子一样离开了政治舞台。

第四十三章

历史跟杨荣国开了个玩笑

> 中山大学哲学系教授杨荣国注视着机窗外墨黑的天宇，暗自感慨：人生不啻一次夜航。

当客机投向深邃无边的夜空时，66岁的中山大学哲学系教授杨荣国注视着窗外墨黑的天宇，脸上雕塑般地保持着一种像是悲痛沉思又像是凝重迷惘的表情，这是1973年8月7日20点。他脑子里出现了一队全副武装的日本宪兵，一位少女仓皇地朝自己跑来："不好了，杨先生，宪兵要抓您，快走吧！"这位通风报信而使他免遭厄运的少女，是他在40年代的一位学生，也就是后来成为他第三任妻子的陈慧民女士。然而，她死了，溺死在河里了。那天，妻子刚下班回家，便对大女儿说："淡以，我得马上回去办公室，我把红口杯放右边了，应该把它放回左边。"又有一次，也是在家里，淡以给她一条真丝带，妻子拿近眼前仔细地看了又看："假的，淡以，这是假的！"呵，红的还是白的？真的还是假的？左的还是右的……妻子在"文化大革命"中疯了。

杨荣国盯着机翼上那盏淡黄色的、孤零零的灯，哲人般地思索着：飞机能在茫茫黑暗中飞往目的地，人生呢？人生不啻一次夜航！

午夜零点20分，上海虹桥机场。

“到了，杨老。”助手H君提醒教授。这次同行的还有另一助手L君。据L君说，杨夫人刚刚去世，杨先生心境不佳，学校崔政委（军管）建议他出去转转。而杨荣国自己在最后的遗言中则认为此行主要是去看看现在各校的哲学教育怎么搞。也许这两种目的并不矛盾，兼而有之。

这三人从客机上走下来，以史学家的眼光认真观察了接机人群中的每一张脸孔以及每一块被举起的牌子，但就是没有一张脸、一块牌子向他们表示欢迎。末了，三个人可怜巴巴，被遗弃在接机室里。无奈，杨荣国只好拖着病腿和两位助手挤上了民航班车。虽然快到午夜1点，民航班车还是照例把乘客卸在市内的售票处便扬长而去。这可苦了这位老教授。本来让广东省文教办与上海文教办打过招呼，但终究没有人理会这位学者，也许由于此时的杨荣国仅仅是一位普通的教员（教授身份在“文化大革命”时无足轻重），政治上连党的组织生活还没有恢复，有的人甚至还知道他早年参加革命坐过牢，“文化大革命”时说是“叛徒”呢。

折腾了一夜，三个人临时在和平饭店落脚。天一亮，电话直挂上海文教办，对方无法预知六个多小时后杨荣国将身价百倍，也不知道中央人民广播电台正在向全世界发射有关杨荣国的重要电波，只是问他准备上哪儿去，杨荣国回答想去复旦。不久之后，复旦大学一辆非常一般的小车开到和平饭店，把三位书生接走了。

> 一位神色诡秘的人紧紧握住杨荣国的手说：“您的文章发表了，很重要！很重要！！很重要！！！”毛主席指示：“杨文颇好……”

复旦大学教工饭堂。

杨荣国一行三人在招待所被安顿好之后，决定先吃午饭。突然，一位神色诡秘的人冲进饭堂，紧紧握住杨荣国的手说：“您的文章发表了，很重要！很重要！！很重要！！！”来者不是别人，正是“四人帮”在上海的黑干将、上海写作组长朱永嘉。他一早就听到中央人民广播电台介绍杨荣国的文章，灵敏的政治嗅觉使他感到杨荣国今日发表在《人民日报》的文章非同一般，一俟打听到杨荣国的去向便径直奔来，要摸摸杨荣国的底。

杨荣国一行三人的行李被重新运往和平饭店，原定下午在复旦的座谈会也改为报告会，这就是后来被说成是杨荣国“周游列国”的第一个游说会。翌日清晨，当杨荣国还没有具体考虑这天去向的时候，一辆崭新的高级小轿车开到和平饭店，听候他的使唤。这是复旦大学党委书记关照的。看着24小时之内上海方面表现出如此截然不同的态度，杨荣国不由得想起文章的写作经过。

▲山东曲阜地区在孔庙内召开“批林批孔”现场会（历史照片）

1973 年初，广州，中山大学。

《人民日报》编辑汪子嵩来到广东，经省委介绍向杨荣国约稿，要求是写批孔文章。于是杨荣国口述，助手 H 君笔录整理。

稿子寄出后，半年音讯全无。正当杨荣国几乎忘却此文的时候，《人民日报》竟在极重要的位置上发表了，题目是《孔子——顽固地维护奴隶制的思想家》。不仅如此，中央人民广播电台还作了重点介绍。时间是这样巧，恰是杨荣国乘机飞到上海的那一天。这确实令他莫名其妙，但又兴奋异常。特别是后来知道汪子嵩得稿之后排成内参给毛主席看，毛主席又有“杨文颇好……”的指示时，他简直是受宠若惊。

杨荣国赶忙给北京《人民日报》的汪子嵩修书一封，说明希望由上海直上北京。答复却是令人失望和引人深思的：现在来北京不合适，别来，先回去，以后再请您。

至于《人民日报》为什么要杨荣国写批孔文章，原因之一是他早年就有反孔思想，1943 年便发表了《孔墨的思想》一书，是反孔的权威。他在《孔墨的思想》这本专著中，把孔子和墨子放在春秋时期阶级斗争的漩涡中进行分析，认为春秋时期是我国由种族奴隶制向封建制的转化时期，孔子的政治思想是保守的，反映了奴隶主贵族的意愿。但他并没有全部否定孔子在历史上的地位。他借墨子评论孔子也有“当而不可易”的地方，对孔子教育思想的成就和影响给予某些肯定。与之相反，郭沫若则是尊孔反墨的，他在《十批判书》中认为孔子是新兴地主阶级的代表，墨子却是相信鬼神、保守落后的人物。尽管两者看法不一，但作为学术观点，本应是允许存在的。问题在于杨荣国后来对自己思想的“发展”。

> 北大、清华派人来“劫持”他上北京，杨荣国宾客盈门、大红大紫，疲于应付各种报告。

杨荣国得到上北京不合适的答复之后，决定按广州出发时的计划，先到河南开封，看看一些历史古迹，然后再上北京。于是一行三人取道南京，除参观外，还在南京大学作了批孔报告。在南京滞留期间，由省文教厅接待，住省委招待所。这回由于朱永嘉与有关方面打招呼，三人已不像乍来上海时那样狼狈了。

8 月底，应河南省委邀请，三人又抵河南。

开封交际处宾馆，晚上 12 点左右。

“铃……”电话铃响了，北京长途。奇怪，不是找杨荣国，而是找 L 君。电话是北大哲学系总支书记 ××× 打来的。原来，杨文在《人民日报》发表后，北大和清华非常关注，曾挂长途给广州中山大学，后又找了上海文教办、江苏省文教厅，最后从河南省委那里知道杨荣国的行踪，热线于是又跟踪而来，北大、清华想请杨荣国上北京作报告。

“我和 ×××（8341 部队副政委）马上到郑州请杨老上北京。”

“不用来了，”L 君说，“我们已买好上北京的机票。”

L 君向杨荣国汇报了情况，大家非常纳闷。文章是《人民日报》约的，汪子嵩却说不宜上北京，现在两校又发邀请，究竟怎么回事？

第二天，北京的两位果然来了，并声称代表北大、清华党委迟群、谢静宜邀杨荣国上北京。见此情景，陪同杨荣国参观的开封文化局长马上向河南省委汇报，省委领导人当即表示：不行，要走得先在我们河南作报告。经此一争一抢，杨荣国这才真正身价百倍。北京来的人仍不肯放手，他们生怕又冒出一个近水楼台，只好紧跟杨荣国身后，待报告会结束，马上“劫持”他上北京。

杨荣国病危时回忆：

“9 月 10 日到了北京，住北大招待所。到京后，科教组的两个人来北大看我们，安排我在北大、清华作了报告，这些情况具体怎样，谁经手等等我是不清楚的。当我们在清华大学参观时，突然，××× 来告我们，要去辽宁和天津作批孔报告，然后再回北京。”

此时的杨荣国早已不是上海虹桥机场那个受人冷落的书生了，他宾客盈门、大红大紫，那些出面请他作报告的都是各省市、学府的头面人物，其中包括湖南、湖北、云南、广西、山东、陕西的邀请，他一时疲于应付。

1973年8月之后，杨荣国已经是举国瞩目，在中山大学自然不可能是普通的教员了。先是恢复党的组织生活，接着他担任中大哲学系革命领导小组组长、中共中山大学党委委员、中大革委会副主任、广东省委理论工作小组副组长，1974年又被选为四届人大代表和常务委员。按说这正是他政治生命最旺盛的时期，然而，悲剧这才刚刚开始。

> “四人帮”妄图用儒法斗争这条“主线”贯穿漫长的中国历史，最后无非要得出周总理就是当代的大儒的结论。

1974年8月，中央科教组会议室。

这是一次以毛主席的名义召开的会议，虽名为法家著作注释会，实是“四人帮”篡改批林批孔大方向的动员会。会议开始了，迟群走向主席台，望着下面一排排来自全国各地的学者和宣传干部，思忖着手里这份名单公布出去之后是否会引起意外反应，他真正需要的是那些任给一个观点便可作长篇论证的、乖巧的学者。

迟群开始发言：“……过去，注释儒家的著作很多，但很少有注释法家著作的，现在应当重视对法家著作的研究。”接着他公布了手中那些早就准备好的法家名单。要知道学者们均是学有所长的人，对于这倏然推到面前来的一大堆历史人物，原来早有见识，现在要用“儒法”这个原则重新给他们站队，感到牵强，却不敢声张。这是以主席的名义召开的会议，也就是主席的意思啊！

迟群又说：“儒法斗争，不仅春秋时候有，两汉以后同样有。两千多年来的儒法斗争一直影响到现在，继续到现在，还会影响到今后。”这就是儒法斗争贯穿古今论的首次出笼。

会后，中央政治局委员王洪文、华国锋、李先念、张春桥、江青、姚文元等人在人民大会堂东大厅接见了与会代表。江青非常活跃，逐个跟代表们握手，问这问那。临了，她又作发言。杨荣国耳朵有点聋，只听到江青提到自己，却不知她讲了什么，旁人告诉他：“江青说：‘你回去也要促一促广东。’”

杨荣国不免一阵高兴，江青当着这么多人的面让自己去促一促广东，这说明她对自己的重视。但他毕竟是位史学家，以前曾多次讲过：“两汉之后是否有儒法斗争，是否有法家，谁是法家，很难举出。”如今他感到有点为难。然而杨荣国毕竟是杨荣国，他从来就认为学术离不开政治，并且应为政治服务，他发表于1943年的《孔墨的思想》，就是对国民党统治区“尊孔谈经”思潮的异议。新中国成立之后的历次政治运动，

▲（左图）清华大学召开“批林批孔”座谈会（历史照片）

▲（右图）1974年1月，经毛泽东批准，中共中央转发由江青主持选编的《林彪与孔孟之道（材料之一）》，所谓的“批林批孔”运动在全国展开（历史照片）

他都积极参与，直到最后自己也被打成“叛徒”。“文化大革命”期间出现的许多“新生事物”，他一经接受便热烈支持。就像当年许多人一样，他觉得自己应该改造，改造到与日益“革命”的政治路线保持一致。

于是，他在以后的讲话中，又修正了自己的观点，他说：“隋唐时期的世家豪族，都源于战国时代的六国贵族，源于奴隶制的复辟势力；在世家豪族统治下的部曲、佃客等，都无非是变相的奴隶。这个时期的庶族地主对世家豪族的斗争，按其性质来说是反奴隶制复辟的斗争。”据此为前提，他又推论说：“儒家和世家豪族就是分不开。这样从汉至唐这段历史的儒法斗争就是世家豪族和庶族地主之间复辟和反复辟的斗争。”

杨荣国出此妙语，确是帮了“四人帮”的大忙。“四人帮”妄图用儒法斗争这条“主线”贯穿漫长的中国历史，最后无非要得出周总理就是当代的大儒的结论。这种观点在学术上不能自圆其说，如今史学权威给“主线”修了一条“引线”，他们以后便有恃无恐，变本加厉了。

助手在厕所里发现杨荣国排出的是鲜红的血尿，立即陪他去医院检查，结果是膀胱癌。

1970年林彪一伙在庐山发动突然袭击之后，毛泽东提出要读一些哲学史。为了批判林彪唯心论的天才论，人民出版社决定选出两本较有代表性的书进行修订出版。这两本书就是《外国哲学史》和《简明中国思想史》，作者均是本文的重要人物，一是《人民日报》的汪子嵩，另一位就是杨荣国。

《简明中国思想史》是 1962 年杨荣国和助手们根据他的另一部更著名的《中国古代思想史》修订出版的。书出来后，改名为《简明中国哲学史》。此书的出版日期是 1973 年 7 月，正是杨荣国赴上海的前一个月。那时学校崔政委之所以那样客气地让“文化大革命”时的“叛徒”杨荣国出去转转，是因为上边已有风声传出毛主席的话，这话当时仅少数人知道：“在一二年内读点哲学，读点鲁迅，读哲学可看杨荣国的《中国古代思想史》和《简明中国哲学史》，这是中国的……”

可是此书刚刚出版，政治形势就发生了微妙的变化。人民出版社又派两位编辑来找杨荣国，要求该书应按当前的形势要求改写。紧跟形势的杨荣国又组织了写作班子。

1974 年 9 月，广东省委在宾馆弄了三个房间，让杨荣国和他的五位助手重新修订《简明中国哲学史》。就在这个时候，助手 L 君在厕所里发现杨荣国排出的是鲜红的血尿，立即陪他去医院检查，这一查不得了，癌症——膀胱癌。

不过，病要治，书也要写，这是一项政治任务。杨荣国带着三位助手“迁都”北京了。他自己住在协和医院治病，助手们住在朝内大街人民出版社大楼，三人同居五楼会议室。其时著书立说，有名无利，除每日净得两毛伙食补贴外，没有分文稿费。眼看天越来越冷，这几位广东书生衣服单薄，笔头却不敢怠慢，日夜抖抖颤颤按着儒法斗争的形势创造着历史，间或拿些作品给医院的杨荣国过目审批。

1975 年 3 月，再次修订的《简明中国哲学史》出版了，从动笔修改到出版，仅用了半年多时间，充分体现了学术为政治服务产生的高效率。该书同时还以特大版本印了 100 部，以斗大的字和中央首长见面。最新版本，最大的特点是多了一条主线，即从春秋到 1919 年的儒法斗争。于是，“四人帮”的影射史学就有书有据了。

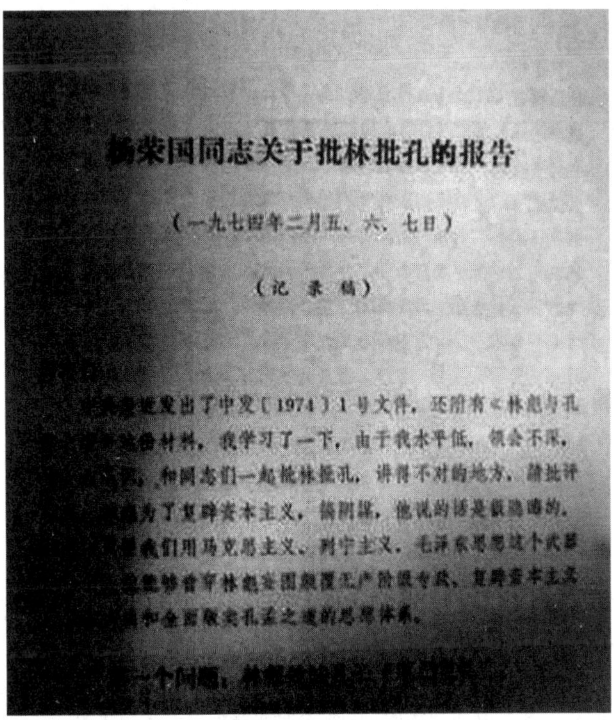
杨荣国同志关于批林批孔的报告

（一九七四年二月五、六、七日）

（记录稿）

……发出了中发〔1974〕1号文件，还附有《林彪与孔……材料，我学习了一下，由于我水平低，领会不深，……和同志们一起批林批孔，讲得不对的地方，请批评……为了复辟资本主义，搞阴谋，他说的话是很隐晦的，……我们用马克思主义、列宁主义、毛泽东思想这个武器……能够看穿林彪妄图颠覆无产阶级专政、复辟资本主义……和全面歌颂孔孟之道的思想体系。

……一个问题，……

▲杨荣国关于“批林批孔”的报告（历史照片）

> 杨荣国打开江青送来的礼物，是一套线装书——《四书集评》，内有江青亲笔签字。杨荣国高兴之情溢于言表。

1975年4月，中山大学保密室。

两位从中央来的人送来一包东西，声称非杨荣国亲自签收不可，不能转交。这来头让保密室的人为之悚然，杨荣国偏又在北京动手术，绝密包裹在中大放了半年之久。待到杨荣国从北京回来，打开一看，啊，是一套线装书——《四书集评》，内有江青亲笔签字。杨荣国高兴之情溢于言表，立即找中大党委书记共同分享，后又告知广东省委领导。

应该说明，其时杨荣国并不知"四人帮"为何物，只知道江青是"中央文革"副组长，是来自主席身边的人。但不管怎么样，杨荣国在理论上确是帮了"四人帮"很大忙，此次江青专线送书，就是表示对他的赏识。

至此，如果杨荣国急流勇退，他的问题可能没有那么复杂。实际上他确在北京医院沉默了一段时间，这时与他有四五十年友情的史学家侯外庐恰好也住医院，这位中国最早翻译《资本论》的译者之一劝告杨荣国："你的身体不好，不要到处作报告了。"然而，悲剧在于杨荣国历来主张学术为政治服务，实际上又不知如何去服务。他认为："党要我去，我怎能不去呢？"

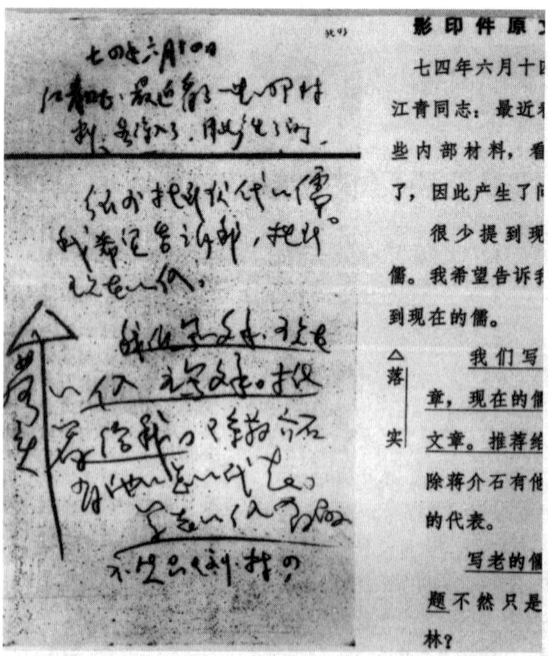

▲1974年6月14日，江青、姚文元召集清华大学党委书记迟群等人开会，指使他们写文章批判"现代的大儒"，影射攻击周恩来。图为迟群记录的江青谈话（历史照片）

"没有党，没有党的教育，就没有我。"杨荣国经常这样说。1907年，他生于一个商人家庭，7岁时父亲去世，家道中落。在亲戚的帮助下，杨荣国到上海群治大学读书，毕业后返家乡教书。

抗日战争爆发后，杨荣国在进步同志帮助下，开始投身抗日救亡活动。1937年冬，他担任湖南长沙文化抗日协会理事，1938年加入中国共产党。在党的领导下，他办过不少进步报刊。

新中国成立后，他被任命为湖南大学文学院院长兼历史系主任，中山大学中国古代史教研室主任、历史系主任、中大党委常委等职。“文化大革命”期间曾被人打断两根肋骨，后又有人要揪斗他，一位新任省委书记出面劝阻：“杨荣国，我在延安时就听毛主席提过他，他是反孔的。”后来，毛主席一次又一次提到杨荣国。想一想，一位最高领袖对自己如此关心，杨荣国舍出命去也要为党、为毛主席工作啊！可是他万万没有想到，“四人帮”正是要利用他的名誉、他的权威制造历史根据，攻击敬爱的周总理！

他的荣誉、他的知恩必报、朴素的良心和他多年养成的治学风格，成了一对矛盾，这，就是杨荣国人格的悲剧。

> 反击右倾翻案风开始，杨荣国创造性地发明了两个观点。每每忆起这一段历史，杨荣国就痛不欲生。

“1976年5月，名噪一时的广东某教授不顾重病在身，突然从北京医院出来，再次到长沙，作了一个长达数小时的讲话。这个讲话，是某教授彻底背叛马克思主义的自白书，进一步投靠‘四人帮’的卖身契。”

这是打倒“四人帮”之后的1978年8月，报上一篇题为《背叛的自白，卖身的表演》文章中的一段话。所谓“突然从北京医院出来”，就是指杨荣国从北京日坛医院出来，路经家乡长沙再次作报告之事。一月之后，杨荣国又在广东省理论工作会议上作了他一生最后一次报告，内容与湖南的报告大同小异。

这时的政治形势由批林批孔转到儒法斗争，又转到批邓、反击右倾翻案风。杨荣国紧跟上头，创造性地发明了两个观点：一是邓小平是孔老二；再就是他自以为新颖的、鉴别儒家和法家准则:法家厚今薄古，儒家厚古薄今。杨荣国虽然不知道“四人帮”批林批邓就是批周总理，但他又为“四人帮”提供了一套逻辑：孔老二要复周礼，邓小平也要搞复辟，这就够了。“四人帮”正是别有用心地影射邓小平搞复辟就是要复“周礼”。这一回杨荣国又帮了大忙。每每忆起这一段历史，杨荣国就痛不欲生：

敬爱的周总理呵！回忆起，当我听到您去世的消息时，正值在北京首都医院治病，我含着眼泪多次向医生要求同意我去向您作最后的告别和参加追悼会……1941年至1946年，我在重庆地下党工作时，曾多次见到您，亲聆教导，对我多次启发和帮助，使我非常感佩。这一切深深地印在我的心坎中，印在我的脑海里。我这一生怎能忘却？

“吾从周”是讲孔子从周礼。“死而不已”也是讲孔子……

有人说我攻击周总理，这不白之冤将使我这在世上日子屈指可数的人因此痛苦地含冤死去。

“四人帮”一倒台，杨荣国自觉问题严重，连续给上级党委写了不少检讨，可是晚了，历史向他开了一个玩笑：当年他以“周游列国”的方式批判孔老二，今天反过来自己又被骂得一无是处。他让女儿给他念报纸：《“儒法斗争主线”论的狂热吹鼓手》《背叛的自白，卖身的表演》《学者皮、奴才骨》……这种架势和口气，简直就同当年他批判别人一样。这又是历史的辩证法。

于是，有人借题发挥，说就是他吃了总理的药而使总理早逝……其实杨荣国和周总理同患膀胱癌，在北京恰好又是肿瘤专家吴阶平医师主治，吃的药与总理相同那是很自然，杨荣国本人无法选择。

“冤枉啊！”癌细胞周身扩散的杨荣国大喊冤枉，可是这已经不是辩白或者是没有资格辩白的时候了。他从北京回来，先住广东迎宾馆总统套，接着又降至部长级房间，随着政治形势和病情的发展，又住进医院高干病房。昔日络绎不绝的探望者不见了，留下的是冷漠和孤凄。

有一天，院方突然派人来到杨荣国病房，对他大女儿杨淡以说：“高干病房是不能死人的，是不是抬他去普通病房。”

普通病房是七人一间房。杨淡以哪里肯搬，她父亲虽然犯了错误，但毕竟是1938年入党的老革命，学有建树的史学家、老教授。她吩咐16岁的小妹守着父亲，自己急忙去求助。

就在杨淡以出去不久，天空乌云密布，雷声大作，16岁的小女儿看着昏迷不醒的父亲打着吊针被人抬走了，随着每一响惊雷，杨荣国浑身都作一次颤抖……

1978年8月22日，杨荣国在党对他还没有作出结论的时候停止了心脏跳动，终年71岁。

参加追悼会的名额规定为40人，有人想去而没有名额，有人被要求参加最后又不敢去。追悼会在没有一句悼词的情况下结束了。盖棺无法定论。

杨荣国死了，在他死之前，他知道任何学术都离不开特定的政治环境，政治本身也是学术研究的对象，但他终究不明白，研究政治的学术不是政治，就像宗教学不是宗教而是科学一样。他明白学术的价值在于真，到头来却用政治需要去衡量。他主张学术为政治服务，也懂得政治也要尊重科学，但当“四人帮”左右党的舆论工具时，他却只记得要紧跟，忘却了实事求是正是党的优良传统。

1982年6月22日，杨荣国的问题总算有了定论：

……杨荣国同志在“批林批孔”期间，为迎合“四人帮”所谓“儒法斗争”的需要，不惜歪曲事实，散布了不少错误观点，但未发现杨荣国同志与

“四人帮”有组织上的联系。考虑到当时特定的历史条件，同意不给处分。

中共广东省委纪律检查委员会

杨荣国的悲剧结束了，人们不禁要问：在这块土地上，还会出现杨荣国第二吗?

第四十四章
“以工代干”的副委员长姚连蔚

参加“工联”，姚连蔚撞了个冷门；西安籍又帮他进了“九大”主席团。

1975年1月17日，拖延了五年之久才召开的第四届全国人民代表大会在人民大会堂举行选举。选举结果是，朱德任委员长，董必武等21人任副委员长，其中，最后两人引起了中外记者的注意。一个是李素文，原沈阳市一个售货商店的营业员，学习毛主席著作积极分子；另一个，也就是最后一个，是姚连蔚。

姚连蔚？何许人也？当时外国记者还在报刊上苦苦搜寻有关这个神秘人物的履历，两年以后，即粉碎“四人帮”后不久，姚连蔚又神秘地失踪了。当时不设国家主席，人大副委员长就履行国家副主席的外交职责。一个大国的国家副元首，是怎样产生的，又是怎样被解职的？

姚连蔚是陕西长安县人，长安县邻接西安市，因此他也可说是西安市人。1934年他出生于一个贫农家庭，上学上到初中就去务农，其间还做过几天的小贩。1951年，他17岁，参加了中国人民解放军。1955年退伍，分到西安机械厂当车工，先后兼任车间政工员、政工组组长、政治指导员。1960年，他加入了中国共产党，取得了生产突击手、学习毛主席著作积极分子的称号。如果到此为止，相信任何算命先生都不会说他有位至极品的面相。

一场风暴改变了千千万万的人生。在“文化大革命”中，一切都颠倒过来了，该扫地的，坐进了小车；原来坐小车的，却拿起了扫帚。真可谓“黄钟毁弃，瓦釜雷鸣”。那时候，造反人物层出不穷，但是要找一个像姚连蔚这样当过兵，务过农，当过工人，还是生产突击手的产业工人，却不好找。因为，这种人大多数跟党感情深，实在不能理解为什么过去跟着党搞肃反、反右派，现在却要造党的反了。所以，各地的“保守派”，多是老工人、老党员、复员军人、劳动模范，例如武汉的“百万雄师”、上海的“工人赤卫队”、四川的“产业军”、内蒙古的“无产者”……而造反派中，多是学生或流氓无产者。姚连蔚恰好撞了个冷门，参加了西安机械厂的造反派组织，因此，很快当上了厂革委会副主任。那时，西安分为两大派群众组织，其中一派叫“工联”，姚连蔚被拥戴为头头。

1967 年 9 月 1 日，在全国的武斗高潮中，西安的两大派也在胡家庙发生大规模武斗。9 月 2 日，西安西郊未央路地区的战斗又打响了。由于双方都有军工厂的人，动用了大量汽车、消防车、坦克和步枪、机枪等武器及电台。姚连蔚亲临一线，指挥“工联”冲锋陷阵。几天下来，这场武斗打死 100 多人，打伤 290 多人，在全国的武斗中伤亡虽算不上是最大的，但也“名列前茅”。西安筑路机械厂、西北金属结构厂、国营 544 厂、西安制药厂、庆安机械制造公司等企业的厂房、设备都遭到严重破坏。其后，省革命委员会成立，姚连蔚的“工联”派占了上风。

1969 年 4 月 1 日，中共九大在北京隆重召开，这是“改朝换代”的一次党代会，许多工人造反分子当选为代表，他们有的还是不久前才突击入党的。在几个月以前召开的中共八届十二中全会上，甚至有一位代表事后被查明不是党员。姚连蔚没有这些麻烦事，他顺利地被推选为九大代表，来到了北京。

在西安东郊的两座大宾馆前有一座旧楼，姚连蔚夫妇就住在这里。他瘦骨嶙峋，背微驼，戴一顶铁灰便帽，须发花白，上身穿蓝布中山装，下身穿黑布长裤，活像进城的农民。提起多年前的那段辉煌时刻，他感慨地说：“我能一步登天，自己做梦也没想到。那时选党的代表、人民代表，上面把阶级出身、民族、宗教信仰、工作单位、性别、年龄、籍贯、海外关系这些都确定了，要下面按图索骥。当时，中共九大主席团圈定人选，发现陕西组的代表中，胡炜（第二十一军军长，在陕西‘支左’）是河南人；杨焕民（兰州军区空军司令员）是湖北人；吴桂贤也是河南人；陕西省委第一书记李瑞山是陕北人，已内定为中央委员。只有我是正儿八经的陕西西安籍工人——这正是大会主席团要物色的人选。进了大会主席团后，进中央委员会也就一路绿灯了。历史的一幕就是这样演出的。”

在中共九大上，姚连蔚当选为候补中央委员。回陕西后，他任省工代会负责人、中共陕西省委常委。1973年8月，在中共十大上，他继续当选为候补中央委员，出任陕西省总工会主席兼党组书记，这时已不在原厂工作了。

1974年底，筹备四届全国人大的工作正在紧锣密鼓地进行。江青提出了一个组阁名单，周恩来也飞往长沙向毛泽东当面请命。终于，毛泽东首肯了周恩来的方案，江青的一大批帮派分子被排挤在外。为了有代表性，周恩来也同意了加进一些有劳模色彩的造反人物。

当时，陕西到北京出任高官的，有所谓“三副”之说——除姚连蔚外，还有西北国棉一厂赵梦桃小组的纺织女工吴桂贤，她当上了中共中央政治局候补委员；另一个就是在陕西“支左”的第二十一军军长胡炜，当上了副总参谋长兼中央军委办公厅主任。姚连蔚说，他是1969年2月当选为中共九大代表，在兰州空军招待所集中时才认识吴桂贤的。1976年5月，又与吴桂贤一起以中央慰问团正副团长的身份赴云南龙陵慰问抗震救灾军民。与胡炜的交往则是在1976年1月周恩来逝世后，他们曾在一起开过多次会议。他说：“吴桂贤、胡炜与我来往不多。”

姚连蔚出任全国人大副委员长以后，陕西省委第一书记李瑞山说：“别让姚连蔚从陕西飞了。”因此，姚连蔚仍兼任陕西省总工会主席，住在北京阜成门外马神庙全国总工会宿舍大院里。他除了例行的外交礼仪事务外，还兼任国务院常规武器装备领导小组副组长，因为他是军工厂工人出身。虽然当车工和领导科研是两回事，但毕竟名义上有点沾边。

姚连蔚说：“担任候补中央委员和人大副委员长，对我来说是一种不堪重负的压力。自己只有初中文化程度，就那么点儿见识和能力，而天天要处理的都是国家大事，一举一动都可能载入史册，简直如坐针毡。但是不说话，不点头，又不行，只好硬着头

▲1975年9月8日，中央代表团副团长姚连蔚（中）、严政（右二）、宝日勒岱（左一）在西藏自治区党委书记巴桑（右一）陪同下，参观拉萨市郊堆龙德庆县东嘎公社时，探访藏族社员家庭（康松摄）

皮撑。好在那时40岁出头，精力充沛，常常两天两夜不睡觉看材料，了解要处理事情的来龙去脉。”

当时，中央对与他一起提升的吴桂贤、孙健（国务院副总理）、李素文等人实行的都是巴黎公社式的工资制度，提职不提薪。姚连蔚当全国人大副委员长，拿的还是1959年的四级工资，每月58.86元。他的粮食关系、工资关系一直留在陕西的工厂，因此，他实际上还是个工人，只是领取高干补贴而已。

> “四人帮”倒台后，他开始走下坡路。当了两年半的人大副委员长，又当了两年半的囚徒，收支相抵，不亏不盈。

1976年10月，“四人帮”被粉碎，姚连蔚开始走下坡路了。1977年7月12日，中央政治局委员吴德、纪登奎、陈永贵三人约他谈话，说：“陕西有人告你的状。如果再让你继续工作，怕群众会有反映，中央不好解释。因为，事情尚未弄清楚。”于是，姚连蔚开始停职接受审查。与他前后接受审查的还有一大批人：吴桂贤、孙健、庄则栋、孙玉国……一年以后，姚连蔚被送回西安继续接受审查。1979年2月，在正月十五闹元宵的那一天，他被逮捕，关进了西安北郊的监狱。

两年半的关押以后，1981年10月29日，陕西省人民检察院决定对他免予起诉。姚连蔚让夫人打开抽屉，取出一份《免予起诉书》，上面写着：

> 1967年9月2日，西安地区两派群众组织在西郊发生大规模的武斗事件。9月4日，姚连蔚主持召开“新西机”（即今昆化机械厂）委员会，研究决定对另一派参加武斗的部分人员进行审讯，索取参与武斗的口供。其间，有一人被打成重伤，姚连蔚看到后，未予制止，以致那人伤重死亡。姚连蔚又召开会议，统一口径，编造死因，企图欺骗群众，逃避罪责。这触犯了刑法143条的规定，已构成犯罪。但考虑到姚连蔚的犯罪行为是在“文化大革命”的特定历史条件下发生的，未经关押教育，故决定予以从宽处理，免予起诉。

姚连蔚说，他被捕时，国家刑法刚刚公布，执法人员比较注重事实，他在关押中也没有受皮肉之苦。这样，他当了两年半的全国人大副委员长，又当了两年半的囚徒，收支相抵，不亏不盈。

1984年，姚连蔚因在“文化大革命”中犯有严重错误，被开除党籍。

姚连蔚说，他对当官并无兴趣，只想回到生活了几十年的工厂继续开车床，但这

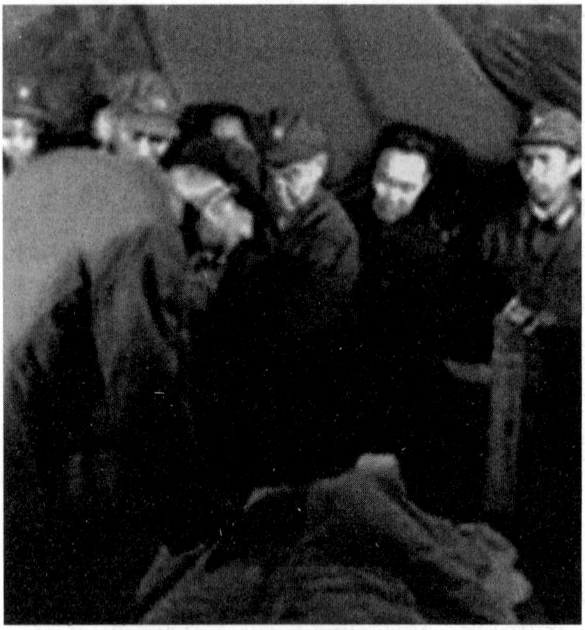

▲1976年，中央慰问团团长姚连蔚在四川地震灾区看望慰问灾民（历史照片）

个愿望已经不可能实现了。后来多次调整工资，同姚连蔚一起进厂的师傅们的月工资已提到130多元，姚连蔚的妻子也升为110元，而姚连蔚仍旧是58元多。昆化机械厂党委的一位负责人说，姚连蔚多年没有上班，发那么多钱已经算照顾了。姚连蔚在54岁时已申请退休。厂长则认为，对历史问题应放得宽松一些。两位厂领导人对姚连蔚的妻子都有极好的评价：处事不惊，贤妻良母。她并不因丈夫的显赫而不可一世，也不因丈夫锒铛入狱而万念俱灰。她叫王桂兰，是山西汾阳人，比姚连蔚小4岁，与姚连蔚曾在一个车间、班组工作，又是同一天加入中国共产党。姚连蔚说，他能够活下来，多亏了贤惠的妻子。

出狱后，姚连蔚成为家庭管理员、采购员、炊事员、学习辅导员。他的大儿子是火车司机，二儿子是炼钢工人，三儿子正在技工学校读书，可以说是个工人之家。姚连蔚说："艰难时期已经过去，我没有什么可忧虑的了。"

姚连蔚在老家长安还有两间平房，他不时回去看看乡亲，种花养草，爬山钓鱼，寻求晚年之乐。尽管他的一只眼睛得了中心网膜炎，盲而不瞎，只能看大物体，但他每天还是孜孜不倦地读书，主要是读中医书。他学医起先的动机，是因为不能报销医疗费。

谈到中医学，他滔滔不绝地说起阴阳辨证，五行相克相生，对王叔和脉学的一些章节背诵如流。东汉张仲景的《伤寒论》、明代李时珍的《本草纲目》、金元四大家、清代的《医家金鉴》等经典，他都通读了。

最后，姚连蔚说："我可不愿意迎合读者的好奇心，做人们茶余饭后的谈话资料。我已是失意落魄、无欲无求的闲人，唯愿在无声中消失。"

历史就是这样喜欢开玩笑，本该无声过去的，却让他上天入地走了一遭；本该医人的，却让他去医国。

第四十五章

马天水迷途入深渊

> 有一个孤独的老人时而狂笑，时而嚎叫——他就是当年上海滩上不可一世的市委书记马天水。

一个寒冷的冬天，华北平原上最后一批庄稼已收割完毕，西风残照，衰草凄迷。一个孤独的老人毫无目的地踽踽独行，时而狂笑，时而嚎叫——他就是当年上海滩上不可一世的马天水。

马天水回到河北唐县老家一年后的1982年，上海司法机关审判江青反革命集团在上海的余党徐景贤、王秀珍等罪犯时，鉴于马天水患有反应性精神病，决定暂不提起公诉，取保候审。后来，马天水的弟弟马登坡作保，把他领回原籍养病。马天水返回老家以后，病情时发，经常离家外出，在外胡言乱语。马登坡管束不了，向有关部门提出报告，要求解除担保，由政府处理。有关部门按照社会主义人道主义精神，决定派人前往唐县，带回马天水，替他治病。

1983年4月初，一行人来到河北省唐县一个村庄。没有料到，马天水一见到吉普车，就像一匹受了惊的马，一味朝野外狂奔，不一会儿就消失在密密的树丛中了。经过两个多小时的寻找，最后才在一条水沟里找到了马天水。只见他趴在沟沿上，脑袋钻进了草丛，只剩一个屁股撅在外面。显然，他的精神病又发作了。在医生的帮助下，公安人员好不容易把马天水弄上车，离开他的老家。

吉普车在华北原野上奔驰。马天水安静下来了。他环顾着这熟悉的原野，向坐在身边的医务人员念叨起来："我们在这个土坡上打过日本鬼子一个伏击，那儿原来有日本鬼子一个炮楼，后来被我们游击队炸飞了。……"对抗日战争历史的明晰回忆，让人觉得马天水的神智是正常的。可是，一接触到"文化大革命"，他就丧失了理智，一派胡言乱语，叫嚷"安排工作"，"恢复党籍"。一听到"改革、开放"、"商品经济"这些字眼，他就会朝厚重的门撞去，口里哇哇乱叫："快把广播砸了，里面全是骗人的把戏呀！"

在工交会议上的一次发言，马天水触怒了"林副统帅"。张春桥指点迷津，马天水茅塞顿开。

30年代初期参加革命，有过一段革命历史的马天水，在"文化大革命"中已步入晚年，竟然堕入了深渊，走上一条罪恶的道路，不但坑害了众多的上海干部和群众，而且葬送了自己的前程，以至古稀之年只能发出"无可奈何花落去"的哀叹，来度过余生。马天水是怎样堕入深渊的呢？

马天水人生道路上的大转折点，是在1966年同张春桥建立了一种特殊关系以后。1966年11月，马天水去北京参加全国工交会议。会上，马天水发了一个言，对红卫兵大串联影响生产颇有微词。这下可触怒了"林副统帅"，这位"每临大事有静气"的副统帅"静"不下来了，他咆哮如雷，将马天水没头没脑地批了一顿。马天水过去参加全国性的会议，耳朵里灌进去的只是"马老"、"马老"的亲切恭维声，从未受到过别人批评，更不必说中央领导人的训斥了。这次触犯了"林副统帅"的"龙颜"，该当何罪？想到这一层，马天水发抖了。后来想到自己的老同事张春桥已当上"中央文革小组"副组长，找到张春桥也许有一线生机。张春桥老奸巨猾，他感到这正是把马天水拉过来为他所用的时候，于是向马天水指点迷津，亮出了三张"路线斗争"的底牌："文化大革命就是改朝换代"，"无产阶级司令部到姚文元为止，八个人"，"国家变不变色，党变不变修，主要在中央、省、市主要领导人"。张春桥狡黠地对马天水说："你要赶快回到造反派一边才有出路。否则嘛，群众运动的洪流一来，那就难说啦！"

"文化大革命"中流行一个新名词，叫作"路线交底"。张春桥一交底，马天水的茅塞就开了。张春桥原来是上海市委常委，只是到"文化大革命"前夕，才当上市委书记，而他马天水早已是市委书记了。论"辈分"，无疑是马天水高，但这时马天水也顾不得这么多了，他感激涕零地在张春桥面前检讨了自己的"路线错误"。

张春桥一听心里就明白：鱼儿上钩了。于是他进一步面授机宜，布置任务："你有这个认识就好，留着劲儿以后揭发陈丕显、曹荻秋嘛。回到上海后，你去找景贤同志谈谈吧。"

马天水明白，张春桥是把他和陈丕显、曹荻秋区别对待的，他一回到上海，就和徐景贤接上了头。当时，徐景贤只是上海市委宣传部的一般干部，自从投靠张春桥、姚文元，打出造反旗号，当上上海市委机关革命造反联络站的头目以后，正苦于得不到一名上海市高级干部的支持，陷于孤立的氛围之中。马天水在造反派尚未得势的时候断然"反戈一击"，是对张春桥、徐景贤一伙的莫大支持。

不久，上海刮起了一月反革命风暴，把上海市的党政领导同志统统打倒。为了蒙骗世人耳目，马天水也列在打倒的名单中。不过马天水心里有底，这是"走过场"。果然，1967 年 2 月 23 日，张春桥就发话了："马天水在执行资反路线方面，没有发明创造，人家说什么，他说什么。"徐景贤也马上放出空气："马天水是受陈丕显、曹荻秋排挤的，是没有实权的。"到了 1967 年 4 月，马天水的身影，就出现在市革委会的大楼里，成为被"结合"的"文化大革命"时的上海市高级领导人了。

> 马天水一副奴颜媚骨："……我觉得洪文比我强。"江青握着马天水的手连声称赞："讲得好，讲得好！"

1968 年 4 月 12 日，这对张春桥来说，是胆战心惊的日子。这一天在上海，突然掀起了一股"炮打张春桥"的浪潮。这时，造反保驾已没人理睬，马天水心想，这正是溜须拍马的好时机，他以"革命领导干部"的身份出场讲话了。在好几个大会上，他拍着胸脯、唾沫横飞地替张春桥打包票："春桥同志的历史我是了解的。有人说我马天水死保张春桥，说得对。我就是要死保张春桥，我就是死了，也要站在春桥同志一边。"

马天水的骨头之软，在对待张春桥老婆李文静上，可以说是和盘托出了。他不但隐瞒了李文静是叛徒这个当时被列为"重大机密"的问题，而且在李文静面前俯首帖耳。李文静在"文化大革命"前是市委办公厅的一个中层干部，"文化大革命"之中，夫贵妻荣，李文静一下子神气了起来。1968 年 4 月，李文静布置马天水写一篇上海一季度工业生产的情况报告中央。马天水开了几个夜车，赶出稿子，排好清样，恭恭敬敬地写上"请文静同志阅改"几个大字送了过去。李文静一看，拿了稿子就往马天水桌上一扔，斥责道："你写的这个报告，好像没有参加过文化大革命！"马天水慌作一团，忙不迭地说："我再修改，我再修改。"

马天水为了巴结"造反司令"王洪文，更是费尽心机。1973 年 3 月 8 日，党的十大期间，各省、自治区、直辖市代表团对中央领导机构成员进行酝酿，许多代表对提名王洪文有异议。就在这节骨眼上，马天水跳将出来，作了长篇发言，力陈王洪文在“文化大革命”中的“功绩”。在发言结束时，马天水加重语气强调：“我和洪文同志相处工作多年，我觉得他看问题、想问题很全面，有组织工作、领导工作的能力，不是一个只会冲冲杀杀的人，这一点我可起誓。春桥同志、文元同志长期在中央，上海是洪文主持工作，我觉得，洪文同志至少比我强得多。”

这番话，出自一个长期担任上海市领导工作的老干部之口，在场的人能不信吗？怪不得散会时，连江青也放下架子，跑过来，握着马天水的手，连声称赞：“讲得好，讲得好！”

马天水深深懂得，自己要想在上海滩坐稳“文化大革命”中获得的这把交椅，对王洪文的那帮小兄弟，也要好好笼络笼络。

就说叶昌明吧，此人是出名的打砸抢分子，砸“联司”的策划者和指挥者，后来被王洪文安排到市总工会当了常务副主任。王洪文几次点名要发展他入党，但都被本单位党员和工人群众抵制掉了，理由是叶昌明有一条人命案没有查清。马天水自然深谙党规党法，但这时早已把它抛到九霄云外，他勃然大怒：“人命案归人命案，入党归入党，难道这条人命案不查清，昌明就不能入党了吗？”说着他就操起电话，命令叶昌明所在局常委负责人：“你们要限期解决叶昌明的入党问题，不解决是个路线问题。”就在这样的政治高压下，叶昌明被强行拉入党内，后来居然成了上海市委的“列席常委”。

> 由马天水亲笔签名“把曹荻秋定为叛徒，修正主义分子，撤销党内外一切职务，清除出党”的报告送到了张春桥手上。

“文化大革命”前夕，上海有部、局级以上干部800多名。一月反革命夺权后被当作“叛徒”、“特务”、“地富反坏分子”、“现行反革命”、“死不改悔的走资派”等打倒、列入专案审查的，共达670多人。在被马天水一伙残酷迫害而含冤去世的老干部中，原上海市委书记、市长曹荻秋是一个代表。

曹荻秋是1929年入党的老党员，他在敌人的法庭上和监狱中坚贞不屈，经受了严峻的考验。中央组织部作过明确的结论：“曹荻秋同志在被捕期间政治上是坚定的。”然而，张春桥一伙却欲置他于死地，在曹荻秋1932年被捕问题上大做其反面文章。但是，经过专案组几年的内查外调，认为把曹荻秋定为叛徒证据不足。王洪文闻讯大怒，责骂专案组：“你们严重右倾，如果把曹荻秋的叛徒问题否定了，我们也被否定了。张春桥不是要下台了吗？”马天水也紧跟在王洪文的后面，破口大骂：“你们严重右倾，你们站在曹荻秋一边说话。”他边说边拿过专案组写的报告说：“不行，不行，曹荻秋怎么能称同志，怎么能恢复组织生活呢？退回去重写。”

1972 年 12 月 20 日，由马天水亲笔签名“把曹荻秋定为叛徒、修正主义分子，撤销其党内外一切职务，清除出党”的报告送到了张春桥、王洪文、姚文元手里。这个报告，正中“四人帮”一伙的下怀，他们纷纷批示“同意”。

在马天水一伙的控制下，曹荻秋被剥夺了一切权利。他两次向毛主席、周总理写信申诉，可是信件没能出上海，就被马天水一伙扣压了。1976 年 3 月，曹荻秋含冤去世。

曹荻秋夫人石斌要求对曹荻秋作出公正的政治结论，如不作出结论，就不火化遗体。马天水置之不理。石斌愤然只身到北京上诉。马天水马上电告张春桥。张春桥立即向他电授机宜：“第一，你们也可派人到中组部汇报曹荻秋审查情况和定案意见，就说你们的意见‘倾向于定叛徒’。第二，你们要派人通知市五七干校，要五七干校找回石斌，先火化遗体，在上海等中央结论。”

放下电话，马天水立即派人到北京找回石斌。尽管石斌一再抗议，曹荻秋的遗体仍然被强行火化了。

1968 年 11 月，上海科技系统所谓的“二线一会特务组织”，就是马天水伙同王少庸、戴立清一起制造的一起闻名全国的大冤案。马天水一伙把解放前的中央研究院及其前身“上海自然科学研究所”称作“两线”，把上海解放前夕该院为保护仪器设备而组织的“接应安全委员会”称作“一会”，进而把“两线”和“一会”统统说成是特务组织。一个个无辜的知识分子被扭着双臂关进了“牛棚”。

▲时任上海市长的曹荻秋（历史照片）

上海市的广大党政机关干部，更加逃不脱马天水一伙的毒手。怎样把党政干部赶出机关，马天水用尽了心机。1970 年，他终于找到一个借口：“先用战高温名义下去。”这样一来，上海 1 万多名党政机关干部，统统被下放到工厂，战了高温斗严寒，斗了严寒战高温，循环往复，永无出头之日。

马天水对工人黄水生的迫害，可算是他迫害人民群众的一个典型事例。1976 年 4 月 8 日上午，徐汇区服务公司电工黄水生，在人民广场突然升起一面白旗，旗的中央贴着周总理的

▲1973年9月，周恩来生前最后一次上海之行，由马天水（左一）、徐景贤（左二）陪同参观上海工业展览会（历史照片）

像，下面写着："沉痛悼念周恩来总理。"他随身还带着一张自写的悼念周总理的文告："敬爱的周恩来总理永远活在我们心里！值此清明时节，更加怀念周恩来总理，特此于4月8日在上海人民广场升半旗举哀一日。"这一面半旗，冉冉升起，在晨风中飘舞，像一道闪电划破阴霾的云层，点燃了埋藏在上海人民心中希望的火花。消息传到马天水那里，他惊慌失措，如临大敌，迅速在一份电话记录上批示："要严格审讯，对此人绝不能放过，这是个反革命行动，一定要从严惩办。严格防止他逃跑、自杀。"

遵照马天水的指令，黄水生被捕了。他驳斥审讯人员说："悼念周总理有什么罪？难道在上海，悼念周总理就要挨打，挨关？"要不是不久后粉碎了"四人帮"，黄水生这条命肯定要断送在马天水手里了。

马天水说：这些毛头小伙、丫头片子能当部长，我马老能不被考虑吗？

党的十大召开前夕，张春桥对马天水说："老马你要注意呢，上海工作的重点，就是要多培养干部，北京需要，全国也需要，首先要把十大的中央委员名单弄出来，要选些路线斗争觉悟高的造反派。"王洪文也接上说："上海一定要打破按部就班的迷信，在选拔十大中央委员的同时，还要准备100到150个干部。"

马天水心中明白，对于"四人帮"来说，十大是他们控制中央机关的一个重要时机。因而，回到上海他就立即布置任务，提出选拔的标准："领导熟悉，群众拥护，要老造反，对'工总司'要有感情。"如何选拔呢？马天水也有独特的方法：开会谈话，当场相面，听发言看外表。当时，在马天水的导演下，居然制造了一则物色"中央委员"的政治笑话。

为了给十大提供五个"中央委员"名单，马天水、徐景贤可以说是煞费苦心，他们一遍又一遍从“小兄弟”、“老造反”中挑选，终于在出席十大的代表之外物色了五个人，塞进了十届中央委员会。这五个人被选进中委时，自己还蒙在鼓里。等到马、徐、王连夜派人敲门通知他们上北京时，他们还莫名其妙，瞠目不知所对，连连说：“你们一定弄错了。”这就是当时流传的政治笑话：“敲门委员”。

十大一结束，根据张春桥、王洪文的指令，马天水和徐景贤、王秀珍一到上海就搭班子，排名单，忙得不可开交。到四届人大召开前夕，马天水又要王秀珍秘密飞往北京请示。为了保密，王秀珍特地穿上礼服去机场，推说迎接外宾，然后悄悄登机，到北京后直奔钓鱼台。王洪文、张春桥、姚文元三个人一起找王秀珍谈话，王洪文说：“上海要准备 20 个部长调中央。”张春桥说：“你们要向中央组织部、公安部、全国总工会、团中央、人民日报社、卫生部、一机部、六机部、教育部和国家计委等十几个部委送部长。”

王秀珍心急火燎地赶回上海，单独向马天水汇报。马天水听了兴高采烈：“这些毛头小伙子、丫头片子要当部长了，我马老呢？中央领导同志能不考虑吗？”马天水得意地笑了起来。

经过马、徐、王的精心挑选，很快排出了 80 多人的名单，共分三档：第一档送北京 30 人，准备 18 人当部长，12 人当司局长；其余两档人到市级各组办和区县局党委当头头。就这样，在马天水等人的卵翼下，一批批的“小兄弟”丰满了羽毛，磨尖了爪牙，意得志满地走马上任了。

> 当第一副总理是马天水日夜企盼的美梦。有一天，当他打开报纸，顿觉五雷轰顶，精神完全崩溃了……

1976 年 5 月 13 日，马天水得了点小病住进华东医院。徐景贤急忙将病情急电报告张春桥。第二天，张春桥就端端正正再批回来：“天水同志，应安心治疗，工作多，安排别的同志去做。”

徐景贤拿到材料，先是立即派专人送到医院给马天水看，马天水连连点头，感激涕零，徐景贤又拿到市委书记和常委中传阅。私下里，嘁嘁喳喳的议论就悄悄传开了：“春桥同志批示马老‘工作多，安排别的同志去做’是什么意思呀？我看有着更深的背景吧。”

在这段时间里，上海市委的常委，已经开始在一些心腹亲信中吹风“马老可能要动了，要去北京担任国务院副总理兼国家计委主任了”。连马天水也感到，自己去占这个位置，只是时间问题了，得横下一条心，提着脑袋，跟着王、张、江、姚干下去。从此，马天水批判国务院在经济领域里的“修正主义路线”就更自觉、更主动，也更凶狠了。他根据张春桥的指示，接连制造了三起事件，企图把国务院和各部委领导人统统打成“修正主义路线”的代表。

头一件是所谓“外贸清仓”事件。1976 年 6 月，外贸部召开全国六个主要出口口岸的外贸局和总公司负责人会议，传达贯彻国务院关于清理外贸仓库、推销积压商品的指示。马天水灵机一动，多年积累起来的政治经验告诉他，清仓工作完全可以搞成经济领域“路线斗争”的展览。在马天水的压力下，外贸公司就按照“卖国投降”、“美元挂帅”、“条条专政”、“崇洋媚外、盲目进口”的口径，布置成 13 个馆。展览会结束后，马天水在王洪文的授意下，派人炮制出上万字的《清仓报告》，污蔑外贸出口是“出卖人民血汗，是不折不扣的卖国主义，妄想使我们重新沦为帝国主义、社会帝国主义的殖民地，完全是买办资产阶级的做法”。这个报告，后来成为江青反革命集团在政治局发难的一发重型炮弹。

外贸清仓事件的成功，仿佛给马天水注射了一针吗啡，他兴奋不已，得意非凡，接着又绞尽脑汁，挖空心思，无中生有地炮制出所谓“铜牌事件”。这个事件就更荒唐了。

美商宝通华行陈经理偕同实际买主洛克先生来沪洽谈业务，赞扬我方卖给他们的“1127”大鹏 48.5 吋细布品质优良，交货及时，在宴请我方时赠送了一块重 27 斤的铜铸感谢状，上面写着：“对你们 1000 万码 1127 棉布作出的无私劳动，谨表我们的敬意和谢意，送此贵重礼品，聊表友谊。”这不明明是中国工人阶级的光荣吗？但马天水看出这里面大有文章可做，于是组织人编写大字报，攻击国务院和外贸部领导“屁股坐在外国资本家一边，在外国资本家面前奴颜婢膝，哪里是做买卖，分明是卖国”。王洪文、张春桥、姚文元后来都作了批示，马天水又为“四人帮”篡党夺权立了一大功。

在“更新轮事件”中，马天水更是把诬陷的目标直接指向周总理和邓小平同志。1975 年，交通部根据周总理的指示，利用香港游资，以低于国际市场废钢船的价格（只合一角一斤），买来一艘远洋客货轮，交通部命名为“更新轮”，编入上海海运局船队。马天水得知这一消息后，感到又有油水可捞，他同徐景贤、王秀珍一起，指使海运局的“小兄弟”颠倒黑白，攻击邓小平“上台后，利用手中的权力，大买外国船，这就是翻‘文化大革命’的案，向无产阶级反攻倒算”。并且在一份内部情况上，攻击周总理、邓小平“花一大笔钱买了一大堆废铁，中国岂不成了外国老板的旧货摊”。张春桥拿着这份情况，在中央政治局会议上大兴问罪之师：“你们崇洋媚外，买了那么多破烂货，不知外国公司给你们多少钱？”

这三个事件，充分暴露出马天水在不择手段方面的狠毒和狡猾。待人阴冷、从不夸奖人的张春桥也称赞他：“马天水真是一匹好马。”

就在“赞扬”声中，传闻张春桥将任总理，马天水要去担任第一副总理。到国务院去主持工作，这是马天水日夜企盼的美梦。

1976年10月7日，中央一个紧急通知将他叫到北京：“四人帮”篡党夺权的阴谋被粉碎了！8日凌晨2时，马天水开完了中央关于对“四人帮”实行隔离审查的“打招呼”会议后回到京西宾馆。他神志恍惚，精神紧张，又惊又怕，对秘书愤愤地说：“简直是突然袭击，宫廷政变！”

这一晚，马天水彻夜难眠，他在盘算如何向中央表态。他对秘书说：“表态难，不表态也难。表示拥护吧，向上海怎么说？不拥护吧，恐怕就回不去了。”

第二天，马天水昏头昏脑地走进会场，突然，他控制不住自己，大声发言道：“建议党中央正确处理和区分两类不同性质的矛盾，张春桥在一月风暴、大联合中是有影响的人物，中央要慎重对待。”他想，只要保住了张春桥，他就有希望。

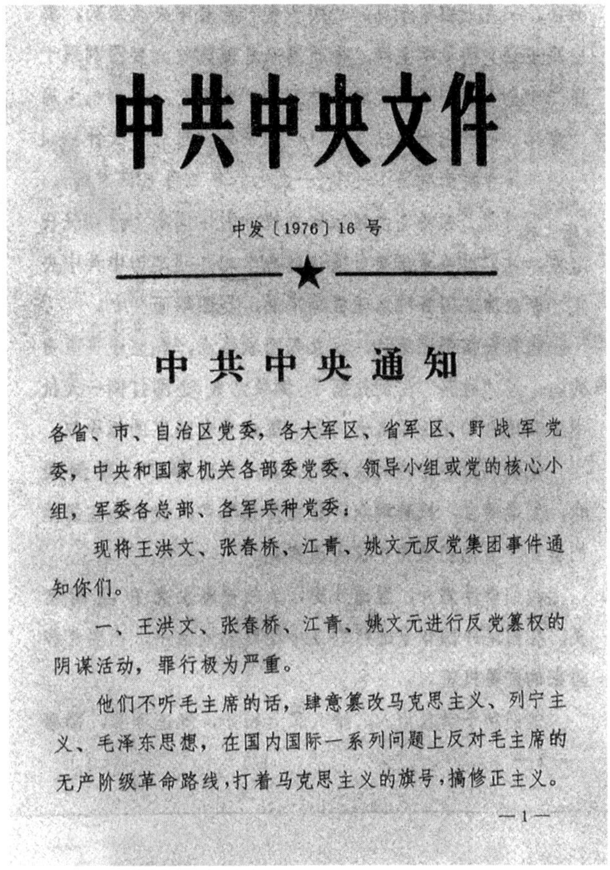

中共中央文件

中发〔1976〕16号

★

中共中央通知

各省、市、自治区党委，各大军区、省军区、野战军党委，中央和国家机关各部委党委、领导小组或党的核心小组，军委各总部、各军兵种党委：

现将王洪文、张春桥、江青、姚文元反党集团事件通知你们。

一、王洪文、张春桥、江青、姚文元进行反党篡权的阴谋活动，罪行极为严重。

他们不听毛主席的话，肆意篡改马克思主义、列宁主义、毛泽东思想，在国内国际一系列问题上反对毛主席的无产阶级革命路线，打着马克思主义的旗号，搞修正主义。

—1—

▲1976年10月18日，中共中央关于“四人帮“反党集团事件的通知（节录）

马天水原来虽然同徐景贤、王秀珍一伙已有密谋，妄图在上海策动武装叛乱，对抗党中央，但他一回到上海，这场叛乱阴谋就被彻底粉碎了。他毕竟老于世故，在一次群众大会上作过假检讨以后，悄悄地对徐景贤、王秀珍说：“我有‘文化大革命’的经验，检讨的帽子要大，内容要空！”他自以为得逞，又暗自高兴了，每天腆着肚子来到“康办”（中共上海市委的代称，因其位于康平路），想继续像以前一样指挥、调度上海的一切。

但是，上海人民揭批“四人帮”的怒火已经点燃，并且越来越旺地烧到马天水他们一伙人的头上。

1977年初，马天水被停职审查。党的十一大公报发表那天，马天水胆战心惊地展开报纸，一字一字地读了一遍公报，见到在“四人帮”余党中赫然有他的大名，顿觉五雷轰顶，冷汗直冒，精神完全崩溃了。他大叫一声，两眼发直，口吐白沫，顷刻间不省人事。等到醒来，人已经疯了。马天水患了反应性精神病，经常会独自一人发呆，有时傻笑。

1978年，马天水被开除党籍，并以反革命罪遭到正式逮捕。1982年，上海市司法部门宣布："江青反革命集团在上海的重要案犯马天水，在关押期间，于1978年患反应性精神病，丧失供述、申辩能力，经司法医学鉴定属实，上海市公安局依法中止预审，待病愈后再予追究。"马天水被送到了精神病医院。在神智清醒的时刻，他一再要求分配工作，要求回到工业战线。他说："让我出出主意，做做顾问也好。"1988年11月15日，马天水死于精神病院，享年77岁。

第四十六章
“四人帮”在1976年

> 悲壮的礼炮鸣响三声，将新中国27年里最高规格的葬礼推向了史无前例的高潮。

1976年9月9日，毛泽东主席与世长辞。

吊唁活动的地点安排在人民大会堂，人们络绎不绝从四面八方涌向敬爱的领袖身边，痛哭流涕望着安详地睡在灵台上的毛泽东。

人民大会堂又一次沉浸在巨大的悲哀之中，象征着举国同悲的半垂国旗把天安门广场点缀得更加悲哀。已临傍晚，幽蓝色的暮霭像一道哀纱挽在北京西面的天幕上。悲伤的人们执拗地在大会堂外的广场上排着不见队尾的长队，希望能亲眼瞻仰毛主席的遗容。

中央政治局的委员每天轮流值班为毛泽东守灵。所以杜修贤他们这些新华社驻中南海摄影组的同志，每天都要拍摄追悼场面的新闻照片。

姚文元在毛泽东追悼活动开始时，就郑重其事地指示杜修贤：“老杜，拍摄新闻照片要突出集体领导。每天守灵的政治局常委要注意拍全拍好。”

杜修贤等一天拍摄的照片全冲洗出来，往往已是万家灯火的时候。

姚文元这时一般都在自己的办公室里。

姚文元一边看杜修贤送去的照片，一边和他谈照片存在的问题。突然姚文元皱了眉，用遗憾的声调问他："怎么这张上也没有江青守灵的镜头？"

"她今天没有来，我等了好久……没拍上。"后一句话杜修贤没有说出来：听说她在钓鱼台17楼打牌。

姚文元离开办公桌，双手反背，在宽大的办公室里沉默不语，来回踱步。

"主席吊唁期间，她应该在那里守灵啊！不过七八天的时间……唉！老杜，你能不能找一张第一天守灵的照片再发一遍？"他着急中带着几分无奈的苦恼问杜修贤。

"再发一遍？可能不合适吧，时间间隔得太短……"

"那怎么办呢？几天没有江青守灵的镜头，群众会有看法的。不过七八天的时间。"

杜修贤心想，重发一次更糟，群众的注意力一直就停在江青哗众取宠的黑纱上，照片根本就无法掩人耳目。

原来杜修贤对姚文元并没有戒心，以为他知书达理，书生气重。但是周恩来去世以后，杜修贤渐渐感到姚文元身上发生了某种说不清的变化：他开始强调集体领导的形象；注意新闻照片上的人物细节，谁脸大谁脸小，谁在前谁在后；最近还特别注意江青形象的效果，有好几次叫杜修贤修江青脸部的细斑……杜修贤虽然不知他的内心活动，但他的语言表露出的种种异常令杜修贤体察慎微，觉得他热衷追究照片的细节已不是什么工作的权限要求，而是为了某种利益的需求，才对自身的使命表现出极度的负责，甚至达到挑剔的程度。

在这种非常复杂和微妙中，甚至还散发着危险的氛围里，最好的办法就是不要多话。

▲1976年9月18日，王洪文主持毛泽东主席追悼大会（杜修贤摄）

杜修贤按照姚文元的意思，将第一天发过的照片送给姚文元审发。也不知姚文元担心重发照片的严重后果，还是由着江青的性子自由"发展"去吧，照片最终他没有签发。

毛泽东治丧期间，杜修贤和中央新闻组的全体记者还为毛泽东守灵一天。而江青是毛泽东的妻子，不过只守了一天的灵，就不再见她的人影，连全心全意护着她的姚文元都看不下去了，替她的形象着急万分。她本人却隔岸观火，将这些细节置之度外。

不被人注意的细节，又被姚文元注意到了。吊唁活动的第五天，杜修贤拍了一张政治局委员和前来吊唁的外国大使握手的照片。画面中的外国人是背着身，七八个委员是正面纵队排列。为了能将他们每个人的脸都拍清楚，杜修贤特意跑到侧面拍摄，这样，人的脸就拍全了。

姚文元的眼睛很挑剔，一连对这张照片提了三个问题：第一，华国锋的头挡住了王洪文的脸侧面；第二，王洪文的表情不好，好像没有精神；第三，远处毛泽东的遗像有点模糊。

姚文元问杜修贤，还有没有同样场景的照片？杜修贤立即明白了他的意思，他想两张照片重新剪辑，将王洪文好的镜头和这张里的王洪文更换。

杜修贤知道，姚文元懂一点暗房技术，照片是可以拼接的。他就答应回去试试看，但心里倒是希望那张和这张大小不成比例。可是回去一看，不仅能接，而且还天衣无缝。因为同一角度拍摄的照片是很容易“偷梁换柱”的。

一张照片花费了四张底片重新拼接，才制成了让姚文元满意的照片。

杜修贤不愿再做这种亵渎新闻真实的拼接事情。他想干脆每次送审时只带要发稿的照片，而且只带一张，让姚文元没有挑选余地。

姚文元表现出他特有的深沉精明。他发现杜修贤在骗他，就含而不露笑着说：“老杜，你是中南海里出了名的‘快手’，主席吊唁大厅里你们还派了不少的摄影记者，照片应该越拍越多，怎么会越来越少了？老杜，你没‘贪污’吧？”

杜修贤立刻回答说：“照片拍得效果都不尽如人意，以后注意拍好。”可是心里却暗暗下决心，办完主席的丧事，他就立即走出红墙。他比什么时候都向往一个没有压抑的世界。

9 月 18 日下午 3 点，毛泽东主席的追悼会在北京天安门广场举行。沉痛悲伤的哀乐从天安门广场漫涌，缓缓飘向广袤的天际。阴沉的天空下面是臂戴黑纱胸佩白花、悲痛不止的百万群众。他们默默地抽泣，为毛泽东主席的离去而沉痛哀悼。

悲壮的礼炮鸣响三声，将新中国 27 年里最高规格的葬礼推向了史无前例的高潮。

在天安门城楼下面正中央架设的追悼会主席台上，党和国家领导人站立成一排，王洪文年轻的脸上挂着和年龄不相称的悲戚，今天这位最年轻的副主席要主持新中国成立以来最高规格的追悼会。

华国锋站在王洪文的右侧，他要在百万首都人民面前用他浓郁的山西口音宣读悼词。

叶剑英立在华国锋的右侧，老帅此时的心里最为痛苦，短短大半年里，出生入死共同打江山的“老伙计”们说走就走，一连走了三个，连领导人民打江山的毛泽东主席也走了。这让他充实了半个世纪的精神世界一下变得空荡荡的……他扯着衣角，凄

▲华国锋在毛泽东追悼会上致悼词（杜修贤摄）

凉的情绪从他脸上每个纹路里自然地流泻出来。

张春桥"以不变应万变"的表情依然是阴鸷古怪，他站在王洪文的左侧。他的左侧就是叫人看着别扭的江青，她裹了一身的黑色，据说这是"庇隆夫人"式的丧服，黑纱把她的脸遮小了一圈，她极不协调地站在这排人里。

在默哀三分钟里，杜修贤开始构思怎么拍摄追悼照片，副主席的合影要登一张，政治局常委的镜头要有一张，然后还要有一张政治局委员的合影，江青怎么办？按理说她是毛泽东的夫人，应该照一张单独的，可是杜修贤不想照她单独的照片。这时他是站在城楼的东面，等会到城楼的西面，将江青挂在四个常委的后面，就可以不再发江青单独的照片。

哀乐一结束，杜修贤就跑到叶剑英的西面，由西向东拍摄，这样叶剑英的人像最大，其二是华国锋，而江青的人像最小。

杜修贤又拍摄了一张三位副主席的合影和其他领导人的合影。

当天晚上，杜修贤去姚文元那里送审照片时，还担心姚文元会指责自己拍摄的"五人照片"为什么把华国锋拍那么大，而江青那么小。

出乎意料，姚文元倒是没有关心华国锋的人像大小，而是关心江青的形象："怎么不选江青单独的照片？"

"我没有拍她单独的，你不是在开追悼会前告诉我，叫我注意突出集体领导……"

杜修贤也不知从什么时候开始学会了“强词夺理”。

姚文元没好气地打断杜修贤的话头：“好了好了，那就这样发吧！”

9月19日，追悼会的照片就见了报，整整一版，江青就只是挂在四个常委的后面。

不过后来也有人责问过杜修贤，也就是他被无端停职审查的开端：“你为什么不拍华国锋单独的照片？”

流走的历史岁月被重新拉扯了回来，有人用超越时空的脚步丈量杜修贤过去的路程，量来量去，在照片里找出了许许多多的“阴谋脚印”。杜修贤精心设计为了突出叶帅和华国锋、贬低江青的“五人照片”，在粉碎“四人帮”后的一个月就被指责有下面一系列的阴谋内容：第一，华国锋为什么不居中？第二，为什么王洪文放在中间？第三，为什么带上江青，她能和华国锋在一个画面里吗？第四，为什么要三个坏的比两个好的？……

杜修贤啼笑皆非！

> 毛主席躺在无氧帐篷里，为了遗体能永久保存，必须要取出内脏。

毛泽东追悼会以后，中央开始考虑毛主席遗体永久保存的技术问题。人民大会堂里暂时存放的毛泽东的遗体，是用无氧玻璃棺罩着的，里面恒温，遗体可以保存一段时间，但不是长久之计。

9月22日这一天，杜修贤和全体工作人员向毛泽东的遗体作了最后的告别，就各自回到自己的岗位上，他们新闻采访组也完成了毛泽东治丧期间的新闻报道工作。

杜修贤回到家里吃了一顿宽松舒适的晚饭。

大约晚上八九点钟，人民大会堂打电话到杜修贤的办公室找他，说是王洪文叫他立即去人民大会堂，有重要任务。杜修贤接到办公室值班员的电话后，马上带上相机，又怕工作量大，还特意叫了个年轻的助手和他一同去。

杜修贤以前和王洪文接触不多，这次王洪文怎么想起来叫他了？杜修贤到人民大会堂的福建厅领任务，一进门，见华国锋、汪东兴也在里面，他们正在谈事情，就叫杜修贤在门外等一会。

门外的大厅里有沙发，杜修贤干脆坐下吸支烟慢慢地等。

一个年轻服务员走到杜修贤的跟前，开始杜修贤没有注意她是想和他说话的，让人家在一边不好意思忸怩了半天。他发现她后奇怪地问：“你找我有什么事？”

那姑娘脸红了，支吾着说：“我们……服务员虽说经常见到……首长……可没有合过影……您是照相的……想请您为我们照张相。”

“你们想和谁合影？”

“王副主席……您帮着我们去说，好吗？”

杜修贤觉得那姑娘天真幼稚的模样挺有意思，就逗她：“真的想照？”

“嗯。”

“我不能去讲，你们胆大些自己去讲，讲好后我可以为你们照，好吗？”

姑娘的脸更红了，扭头跑了，两条长辫子在背后一跳一跳的，她心里肯定在骂：这个黑老头，一点面子也不给。

年轻姑娘一跑，连个说话的人都没了，杜修贤心里怪寂寞的。

过了一会，王洪文在福建厅的门口招手，叫杜修贤进来。这时他们已经结束了谈话。

杜修贤走进去还没坐下来，王洪文就对他说：“毛主席的遗体要运走，为了将来保存好主席的遗体，我们准备在无氧罩子里拍一些照片，留下来作为参考资料，以后用来对照主席遗体保存变化的情况。今天要进无氧罩的人已经事先戴氧气面具练习过了，你马上戴面具练习一下，看行不行？”

杜修贤看时间不早了，已经有人几次来请示王洪文什么时候移动主席的遗体，就说：“别人行我也行，就不试了。”

杜修贤叫和他一起来的年轻人在外面等着，他先进去。他心想：我是毛泽东的专职摄影记者，最后的拍摄我应该义不容辞；再说我也这把岁数了，即使给“报销”了，

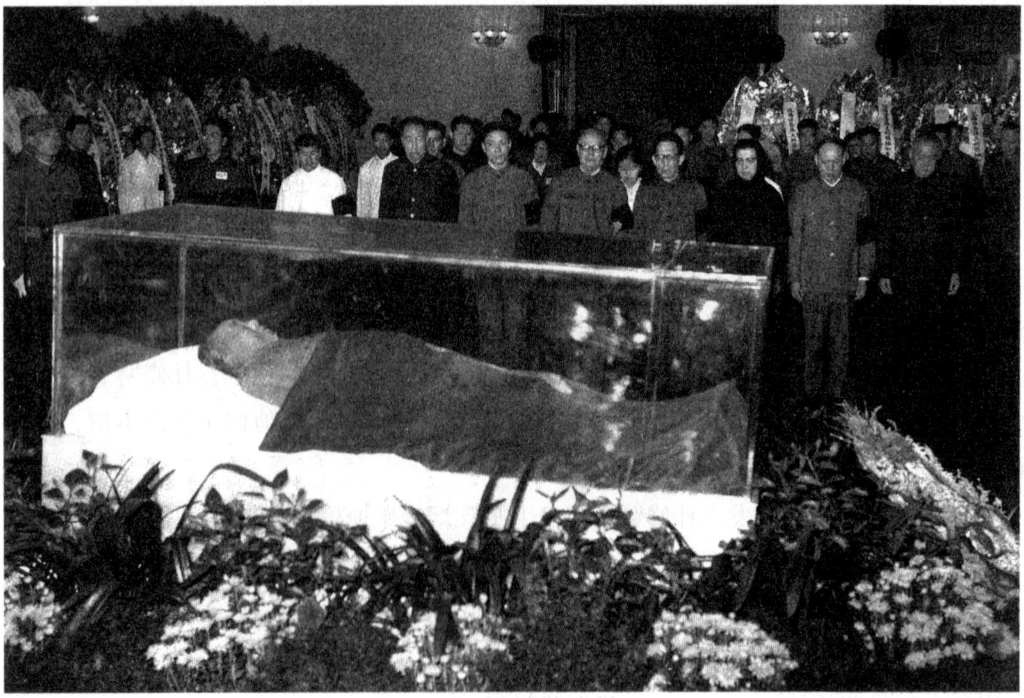

▲1976年9月，华国锋、王洪文、叶剑英、张春桥、江青、姚文元、李先念在毛泽东遗体前（杜修贤摄）

我也够本了。

杜修贤刚戴上氧气面具，旁边的几个熟人就被他的怪模样逗得笑个不停。他从玻璃罩中望见其他几个准备抬主席玻璃棺的人的模样，也忍不住想笑，不过大家还在悲痛期间，只是咧了咧嘴。

简直像是防化部队的一次军事行动。

无氧房其实是个无氧帐篷，临时设在大会堂的西大厅里，有两道门，帐篷是透明的，里外都能互相看见。毛泽东睡在里面的玻璃棺里，为了这次取下玻璃棺近距离拍摄毛泽东才罩上这个无氧帐篷，这样就可以保证毛泽东的遗体不和空气接触。帐篷刚罩上时，里面还是充满了氧气，杜修贤看见里面有许多的气球在飘浮，这时戴好氧气面具的人把一个个的气球都捅破了。他问别人才知道这些都是特制气球，里面的气体一出来就把帐篷里的氧气全吸收了，变成了名副其实的“真空”区间。

杜修贤进第一道门时，前面一个护士就上不来气了，连忙退了出来。当杜修贤进了第二道门时，顿时也感到阵阵的窒息，好像有人卡着脖子似的，幸好进去前，有经验的人告诉他出不来气就拍背着的氧气瓶子，他使劲地拍了几下，氧气接了上来，但到底不如平常呼吸的空气柔和，烧得喉咙热乎乎的。如果接不上氧气，杜修贤可能走不出帐篷的门就“舍命陪君子”，永远地跟着毛主席走了。难怪帐篷外的熟人见杜修贤拍打氧气瓶，个个吓得面如土色，连连对他打手势，叫他快出来。用这些熟人的话说，他们也吓得差不多快断气了，以为杜修贤也给干了进去。

过氧气关后，杜修贤就开始拍摄，他戴着眼镜的双目又蒙上了厚厚的面具玻璃，眼前一片模糊，根本分不清毛泽东的五官。他干脆将照相机拿离面部，拍摄时全凭双手的感觉拨动相机上速度、光圈和焦距，举着相机的镜头对准毛泽东的遗容按动快门。倒霉的氧气瓶一会就不来气，他还要不停拍打氧气瓶。好容易拍了20多张彩照，实在受不了有口气没口气的折磨，便结束拍摄退了出来。

一出了帐篷的门，杜修贤立即成了英雄，被大家围了起来。是啊，他可是个50岁的人，还将自己当成小青年玩命哩！

王洪文一直在帐篷外观看，见杜修贤汗淋淋地出来了，就连忙跑来握住杜修贤的手:“感谢你立了一大功，老杜。”

不过杜修贤感到遗憾的是，他出了无氧帐篷，竟不见一个会摄影的人，他那戴氧气面具的滑稽装扮也没有留下张照片作个纪念。

照片冲洗出来，竟张张拍摄成功。直至现在，毛泽东的遗体保存情况都是参照杜修贤当年冒着生命危险拍摄的照片。

过了几天，毛主席遗体要进行解剖，取出内脏，以便永久保存。解剖现场也是杜修贤去拍摄的，是在人民大会堂地下室进行的，至今想起他心里都不舒服。为什么要将好好的人解剖呢？某种程度看，得到的同时，也意味着失去。他心里真为主席难受。

人死后，一切有形的便随之而灭亡，只有对自己的民族、对整个人类有价值，被称为精神的东西，西方人叫灵魂，共产党人谓之思想，才会永恒地活着。

> 王洪文一反常态急切要拍标准照，阴阳怪气地说："留着开追悼会用。"等半身照片拍完，摄影师的手臂已木然僵硬快没知觉了。

不久，人们就迎来了毛泽东去世以后的第一个节日——国庆节。

人们并没有因为1976年的多灾多难而抑制喜庆气氛，街面和以往一样拥挤、热闹。

10月2日上午，王洪文叫杜修贤立即去钓鱼台他那里一趟，也没详细交代是什么事情。反正杜修贤也习惯了几十年不分节假日的工作日程，别人安睡休息的时候或许正是他紧张工作的开始，别人工作的时候没准他缩在哪儿呼噜声正浓哩。

杜修贤的汽车离王洪文的住宅楼还有百米远的时候，他就看见王洪文一身深藏青色的中山装，笔挺地站在楼房外面。见杜修贤的汽车开来，王洪文朝着杜修贤的方向迎了几步，杜修贤心里微微地波动了一下：王洪文难道是在等自己？又是重要拍摄？因为这几天王洪文几次叫杜修贤为毛泽东遗体拍摄重要照片，听是他的电话就条件反射想起重要拍摄。

王洪文和杜修贤握了一下手，就带杜修贤大步往楼里走。走进楼里，他才站住对杜修贤说："老杜，今天请你来是为我照几张相。"

"噢……今天？"杜修贤一愣，"我没有作准备啊，没带灯光。"

王洪文笑笑，不以为然："没关系，就用自然光拍。"

"自然光拍摄当然比较好，可是今天老天不太帮忙，光线不好啊。"杜修贤望望门外的天气，觉得没有把握。

"问题不大，今天可以照。"王洪文态度很坚决，俨然是摄影行家。

杜修贤不好再坚持自己的意见，不过心里纳闷：今天他这是开了哪门子窍呢？以往就数他的单人标准照最难拍摄，搞得自己不痛快了好久。

王洪文在"十大"当选为党的副主席后，摄影部根据以前的要求，为政治局常委以上的人拍摄一些资料照片，其中也包括单人标准照片。杜修贤给王洪文的秘书打了几次电话，叫他想法预约个时间，为王洪文拍摄一些资料照片。

第一次，电话里说王洪文不在北京。

第二次，说王洪文正忙，没有时间拍摄资料照片。

第三次，没有答复。

第四次是1974年底，天气还不太冷，杜修贤正好闲了下来，又想起了王洪文的标准照片。摄影部已经给其他的副主席拍了标准照片，就剩下王洪文没拍。可是王洪文不知什么原因不予配合，真让人着急。杜修贤又给他的秘书拨了电话，秘书答应一定给个答复。

谁知等来的答复是首长最近身体不佳，照片的事以后再说。

年纪轻轻的，毛病不少！几次碰壁后，他为王洪文拍照的兴趣陡降。以后一年多的时间杜修贤再没有向他提起标准照的事。

▲王洪文的这张标准像却跟自己开了个玩笑（杜修贤摄）

今天王洪文一反常态急切地要拍标准照，这能不叫杜修贤纳闷吗？再说主席才去世，就迫不及待要照标准像也不太合适呀！杜修贤不由得好奇问：“怎么这个时候照，是不是有急用？”

王洪文嘿嘿笑了一声，隐秘的眼神飞快地望了杜修贤一眼，头扭向一边，用似乎开玩笑的轻松语调说：“开追悼会用啊！”

“啊呀！追悼会用也太年轻了嘛。”杜修贤也用开玩笑的口气回敬了一句，但是心里暗暗吃了一惊，这话什么意思？多叫人胆寒！

王洪文带杜修贤走到二楼，他没有正面回答拍照片有什么急用，只是问杜修贤楼上的光线是不是比楼下好一些。杜修贤连测光表都没有带，大体目测了一下，怎么办呢？事到如今不行也要说行，就点点头。

这时王洪文用和年纪不相称的严肃表情对杜修贤说：“老杜，今天的照片一定要照好！你不是几次提出要给我照吗？这次我主动配合你们的工作。光线问题你想想办法补救，相信你有这个技术！”

他把话都说到这个份上了，杜修贤还能说什么？只好硬着头皮用自然光给他拍摄。

后来有人说杜修贤给王洪文拍照是卖身投靠。可是在“四人帮”没有被抓起来之前，杜修贤一个工作人员就能不服从党中央副主席的指示拒不拍照吗？更何况拍资料照片也是他分内的工作。

那天王洪文的标准照拍了好几种，先是穿着中山装的，后又换上军装照了几张。

这次拍摄，杜修贤觉得自己差不多被折腾得散架了。因为他拍摄从来不用三脚架，又没有带闪光灯，每张照片他必须按动四分之一的快门，才能保证彩色胶卷的感光色度。四分之一，这几乎是快门档次里最慢的瞬间了，按快门时人的手很难端得纹丝不动，稳如泰山。只要有一丝摆动，照片就虚了。等将王洪文的半身照片拍完，杜修贤的手臂已木然僵硬快没知觉了。

王洪文一反常态急着要拍标准照的内幕，是在粉碎“四人帮”以后才逐步披露出来，真相大白于天下的。

“开追悼会用”道出了他篡党夺权而不惜破釜沉舟的决心。

他急于登台需要印制标准照，难怪他那么急促、固执，甚至连光线都可以不顾，铁了心要拍摄自己的标准照。

张春桥不顾毛主席尸骨未寒，就叫嚣要开除邓小平的党籍。

10月4日下午，杜修贤接到通知，叫他去中南海紫光阁拍摄领导人会见毛泽东医疗组的照片。

秋天的中南海，景色格外清新，早晨的阳光将琉璃檐顶、参天的松柏镀得一片绚丽金黄。寂静中踩着落叶枯枝，阵阵的秋风似乎一个劲儿地往人的心窝里钻。杜修贤顿时有些伤感，这是一个多么令人忧虑和困惑的秋天啊！

杜修贤提着摄影箱子刚走进会场，马上就有警卫局的人上前拦住了他：“领导指示，叫你来后不要马上露面，先去会议室旁边的厅里等着，不叫你你就不要出来。”

杜修贤觉得奇怪，这神秘的耳语竟像是地下工作者在秘密接头！

杜修贤立即转身快步走进旁边和会议室只隔了一道精致屏风的休息室里。这时会议室里还空空的，开会的人还没有来。

不一会，开会的人陆陆续续走进会议室，因为没有人叫杜修贤，他也不敢贸然进去。可是一个人坐在这里算是个什么名堂？正在杜修贤进退两难时，一位负责人把他从休息室里叫了出来，叫杜修贤给他们拍摄同医疗小组的合影。

杜修贤见人数不多，有10多人，已经在大厅旁的合影架上排列好了，就上前照了几张合影。

张春桥在杜修贤身边冷不丁地问：“老杜，你还没有合影呢？”

杜修贤朝他笑笑：“我是照相的人，当然照不上了。”

一位领导同志莫名其妙地插了一句：“他从来不愿意和我们一起合影。”

什么意思？杜修贤感觉有些意外。

张春桥也奇怪，他怎么会这样说杜修贤？就小声地责备他：“哎，你怎么可以这样说人家？”

▲1976年10月4日下午，张春桥手里夹着烟，阴沉着脸说:“要尽快召开中央委员会，开除邓小平的党籍。”（杜修贤摄）

那位领导好像在向他说些什么，但杜修贤已经气呼呼地转身走开了，没有听也不想听他说什么。

这时会议大厅里，一条长方形的会议桌上人们分成两排对面而坐，一排是领导人，另一排是医疗小组的人。杜修贤忍住心中的不快，看看会议已经开始了，就进去想拍一些会场的照片。杜修贤刚走进去，还没有对好焦距，就听见张春桥说：“要尽快召开中央委员会，开除邓小平的党籍……”杜修贤手一抖，按下了快门。留在杜修贤镜头里的张春桥夹着烟，阴沉着脸仰靠在高背椅上。杜修贤怎么也沉不住气了，赶快退出会议厅。

站在外面的走廊里，杜修贤还觉得心里抖抖的。主席去世以后，杜修贤犹如漂浮在险象环生的漩涡里，身边发生的事情叫人费解又叫人害怕，也叫人欲避不能。现在又要开除邓小平的党籍。这几年国家还乱得不够？杜修贤一听开除谁的党籍心里就惊怕。

今天是和医务人员开会合影，张春桥为什么要提开除邓小平的党籍？这挨得上吗？……刚才那位领导丈二和尚摸不着头脑的话又是什么意思？……杜修贤的脑子像一团乱麻，始终理不出个头绪来，索性跑到外面一屁股坐在冰凉的汉白玉石栏上，让凉凉的秋风吹拂冷却快要爆裂的脑袋。杜修贤突然想起刚才的会议桌上为什么少了姚文元？他应该来参加会议的。

两天后，"四人帮"被抓了起来。杜修贤又将4日那天的情况细细地品味了一番，似乎有了点眉目。那天不叫他露面是不是中央有抓"四人帮"的意图，因为姚文元没有到，计划暂缓，才叫他出来拍照的？那位领导对他讲那句话是给他暗示，不要和"四人帮"合影，我们就要抓他们了？

> 江青召集大家到毛主席的游泳池学"毛选"。当夜，中央一举粉碎"四人帮"。

杜修贤永远不会想到10月6日，一个普普通通的星期三，竟是江青的最后一个自由日，也是最后一次面对他的镜头。晚上八九点钟，江青的政治丧钟就敲响了，女皇梦真的化为一枕黄粱美梦。

6日上午江青打电话找杜修贤，从杜修贤的家找到办公室，又从办公室顺藤摸瓜找到了国务院的办公室。当别人告诉他是江青处的电话，他还不相信，江青怎么可能知道他在这里？可是电话千真万确是找他杜修贤的，叫他下午1点到毛泽东的故居——游泳池。

世上的事情就这样离奇就这样命运无常，摊到你头上躲也躲不了，不该你摊上的寻思着碰也碰不上。杜修贤在国务院办公室和有关人员研究拍摄毛泽东纪念堂的设计照片，按理江青是找不着他的，可还是"在劫难逃"，她最后的自由日还让他不得自由。

从9月10日拍摄照片后，江青对杜修贤表现出少有的大度，好像以往他们之间不愉快的事情在她心里没留一点芥蒂。可是杜修贤无论如何不会再相信她，留在他心灵上惨痛的教训太多太多。

可是中南海里的工作人员谁也不能和她硬顶，只能软磨。大家都知道她难缠难伺候，却又不得不伺候和服从她。真正的痛苦莫过于被表面的恭敬和心灵的厌恶同时折磨！

10月6日的江青无论抓与不抓，她的形象在人民心目中已经被骂得体无完肤。国外风传"红都女皇"，国内大骂"妖婆"。样板戏、江青裙、反潮流、批大儒、骂老娘、写黑诗……一系列叫国人瞠目结舌的“时兴浪潮”不都是出自江青的手笔吗？这样下去没有不“翻车”的。

游泳池，毛泽东曾经生活工作过的住宅，也是杜修贤最为熟悉的地方。

几个月没有来过了，今天猛然又来，杜修贤有一种说不出的亲切感。他仿佛又听见毛主席在书房里走来走去的“踏踏”的脚步声和他沉重的呼吸声，还伴有偶尔的咳嗽声……就连茶几上的烟缸好像还冒着缕缕青烟，茶杯里的浓茶还热着……

杜修贤走出门厅，转到书房后面的草坪，绿茵茵的青草已开始泛黄，褪去了水灵。他点燃烟，默默地感受宁静中的自然和淳朴。

渐渐地，凄凉的秋风带走杜修贤温暖亲切的感觉，留下孤独。风在树梢上走过，发出“哗哗”的响声，倏然觉得这是一种万物都能听懂的语言——毛泽东走了！

尽管这是世界上最单调最原始的声音，但杜修贤已经沉浸在深深的伤感之中。

汽车的喇叭声打断了杜修贤伤感的冥思。他一惊，这是江青的“大红旗”。他赶快回到门厅的沙发里，迅速抹去脸上忧伤的表情，显得平静自然甚至还有些懵懂。

“老杜，你迟到了……”江青一进门就冲着杜修贤没头没脑地来了一句。杜修贤心说：明明我来得最早！下一句才明白江青所谓“迟到”的含义：“我们在这里学《毛选》已经学了好几天了，你今天才第一次来学。”

学《毛选》？这是怎么一回事？杜修贤事先一点也不知道。

后来在毛泽东身边工作的人和在江青身边工作的人陆续也来了，不过他们已经来学了几天，七八个人将小小的过厅坐得满满的。有人给杜修贤递了本《毛选》，他也照着他们翻到学习的页码，一脸虔诚认真阅读的样子。可是心里却不虔诚，老在不停地画问号，江青为什么召集主席和她身边的人学习《毛选》？江青也不是个爱学习理论有深刻思想的人，这几天学《毛选》是做做样子，标榜自己是主席思想的继承人还是有其他意图？

▲中南海游泳池（杜修贤摄）

“小李，你接着昨天的继续往下念。”江青指了指身边的工作人员说，“咦？学了好几天，连一篇都没有学完？”她翻开书自言自语地嘀咕。

大家的目光跟着读书声一行一行地在书上移动，没有几行，江青一声高腔，惊得大家从书里抬起头，读书声突然停止："你们知道中央谁反对毛主席？"

大家面面相觑，谁也不敢搭她的话头。她见大家茫然的样子似乎很开心，拍了一下大腿："万里。"

杜修贤下意识地摇摇头，江青脖子一直，朝他喊："你不信？哼！告诉你们，谁反对主席我都知道。这种事休想瞒过我！"

她愤愤地望着这些工作人员，想得到赞同的共鸣，沉默许久，江青似乎察觉这是在"对牛弹琴"白费力气，突然朝着小李呵斥："念，往下念。谁叫你停的？念！"

颤抖的读书声又响了起来……

学习如受罪，杜修贤如坐针毡，巴望快点结束这荒唐而又滑稽的"游戏"。

江青最后干脆不叫小李念书了，她一个人大谈起中央的局势："中央领导人的排列顺序要按主席生前排列的排，谁也不能改动……谁要反对你们，不行，你们都是主席身边的人，反对你们就是反对主席……中央有人想整我，我不怕！"

大家从江青的神情中体会到一种烦恼，一种迫不及待的烦恼。

终于，江青讲够了讲累了，发泄欲和宣讲欲得到了满足，她愉快地宣布："今天就学习到这里，和大家合影。明天继续学习。"此时她的心里还装着明天和更多的明天……

杜修贤走出屋子，来到他刚才站过的草坪上。江青一身藏青色的中山装和一顶蓝色男式便帽，给本来就不年轻的形象平添几分阴阳怪气的色彩。其实江青有一头黝黑的短发，不戴帽要精神也要亮堂得多。谁知她的审美观是不是也到了老年衰弱期？

她理所当然地站在大家的中间。杜修贤的镜头里出现了戏剧性的变化，哪个镜头里有江青的身影，哪个镜头里的人物表情就异常严肃，双足立正，两臂僵直，肌肉紧绷，活像木偶荟萃。如果镜头里没有江青，人物表情活泼自如，嬉笑轻松，其乐融融。

"既怕又恨"是江青身边工作人员普遍的心理特征。在这种矛盾心理的作用下，人们变成了既温顺又叛逆，既老实又世故的多重性格组成的矛盾体。

杜修贤他们这些在中南海里工作的人，特别是为江青服务的人，对这种痛苦复杂而又无可奈何的矛盾心理体会得尤为深刻。

游泳池拍摄后，杜修贤以为自己没事了，提着摄影箱想悄悄地溜走了事。江青兴致勃勃叫住他："老杜别走！我们一起去景山公园摘苹果，还要照一些照片。"然后她笑眯眯地坐进"大红旗"里"呼"地先走了。

杜修贤这些工作人员坐着警卫局的面包车，跟着"大红旗"驶出中南海。

汽车从景山公园后门进去径直开到一片苹果园旁。这时阳光已失去辉煌，柔和的光线里揉进了淡淡的红色。果园看上去好像快要融化似的，油亮翠绿的果树抵不住秋天的诱惑，披上了硕果累累的金装。

江青满面春风地从汽车里出来，非常得意地告诉杜修贤：“老杜，我们在这里劳动了好几次，特意留了几棵树今天摘，照些照片。老杜今天看你的啦！”

她的信任却没有激起杜修贤的振奋情绪。只是简单地从鼻孔里“哼”了一声，他默默跟着江青走进果林里。

一棵硕大的苹果树前，江青小心翼翼地踩上一个事先准备好的架子，旁边的人七手八脚将她扶定，又在她的手边挂了一个小竹篮，让她放摘的苹果。

摘苹果可以算是劳动也可以算是享受，一种心理和生理的双重享受——收获果实的心理满足和悠然打发岁月的生理满足。

白皙的、保养极好的手握住粗糙的褐色树干，本身就是对比，一身素装和灿烂红艳的苹果，这又是对比——杜修贤拍下了对比的瞬间和对比的深思。

江青从林子出来，欢喜地给工作人员每人两个苹果，说是她摘的苹果慰劳大家。杜修贤反应最迟钝，半天没敢接江青手里的苹果。“怎么，不要？这苹果我付钱啦。”杜修贤接过江青手里的苹果后，江青横了他一眼，一脸不快活。

江青这个人有时真让人哭笑不得，狠狠打你一巴掌，马上又去揉拍你挨打的地方；一会儿凶神恶煞，一会又笑逐颜开，喜怒无常做得极自然。

江青又在人群里开始了她最后的首长讲话，杜修贤相信这是她结束政治生涯前最后一次显示首长的权威。

一个下午就这样莫名其妙淹在了莫名其妙的事情里，杜修贤的心绪坏极了。

杜修贤没有凑进人群里，而是默默地回到汽车上，一上车看见里面已经坐着几个人，正在大吃大嚼江青给的苹果。吃！他一口咬掉半个苹果。人有时会转嫁对象发泄心中积郁的烦恼。苹果下肚后，他心里还真的松动了些，不再像刚才那样堵得慌了。

▲1976年10月6日晚，江青在景山公园摘苹果。当晚，“四人帮”被粉碎（杜修贤摄）

半夜，床头的电话震碎了杜修贤的苦梦。“江青被抓起来了，还有张春桥、王洪文、姚文元……真的，我不骗你！”

杜修贤怎么感到又回到了刚才未完的梦境里。

对方用无比惊喜的语调向杜修贤讲述了“四人帮”被抓的过程：除江青是在她中南海的住宅里被抓外，其他三人是通知到怀仁堂开会，像“瓮中捉鳖”似的一个

▲毛泽东纪念堂（杜修贤摄）

个抓了起来。

讲的人绘声绘色，十分精彩！听的人如痴如醉，十分带劲！

第二天一大早，杜修贤就跑到照相制作间，通知工人们立即停止王洪文标准照的修改制作。并将江青昨天下午摘苹果的照片冲洗后封好，一同送给领导部门。

几天里杜修贤怀着无比兴奋的心情，和同事们痛饮畅谈，一醉方休！

人们心花怒放，醉意盎然。街头巷尾散着酒香，碰杯声、欢呼声、歌唱声把偌大的京城掀了个底朝天。

秋天里的瞬间是灵魂曝光的瞬间，是动荡不定的瞬间，也是收获的瞬间。

第四十七章

王、张、江、姚落网实录

> 李先念将华国锋写的纸条转给叶剑英："叶帅，现在情况很紧急，要赶快想办法，由你下决心好了。"

玉泉山，北京西郊的一座名山，山势嵯峨，秀蔚天然。山崖上曾有一大孔泉，安装着用石头雕凿的龙头。泉水从龙嘴涌出，白如雪，势如虹，名唤喷雾泉，又名"玉泉垂虹"，是著名的燕京八景之一。山的最高处，白石砌成的妙高塔，高达30余米，直耸云霄。山脚下的静明园，湖波荡漾，古树参天，殿阁增趣，山石天成。

叶剑英住在这里，无心游赏那处处名胜、在在古迹，整日以警惕的目光注视着时局，思谋着良策。

10月3日下午，叶剑英正在办公室听取秘书汇报情况，忽然，警卫参谋匆匆走进门来，报告说："首长，李先念同志来了。"

叶剑英忙从沙发中站起来，出门迎接。刚到走廊上，李先念提着黑色文件包已进来了。叶剑英笑着前去握手，风趣地说："哎呀，今天刮什么风啊，把你给吹来了！"

"我是无事不登三宝殿。"李先念笑着回答。

"你是奉命而来吧？"叶剑英又问。

李先念点了点头。他此番来这里，是负有一项特别使命。

原来，9月29日政治局会议后，华国锋才真正感到了问题的严重性，对自己原来的意见动摇了。那次会议前几天，叶剑英同华国锋谈过一次话。在如何解决“四人帮”的方式上，华国锋提出要召开扩大的三中全会来解决问题。叶剑英认为，“四人帮”已经掌握了很大一部分权力，他们蛮不讲理，经常在会上吵闹、耍赖。如果召开扩大的三中全会，他们可以拼尽全力，不择手段，操纵会议，甚至可能动武。应该采取断然措施，处置“四人帮”问题。有鉴于此，叶剑英严肃而深刻地指出：“‘四人帮’就是一伙反革命。我们同他们的斗争是你死我活的斗争！斗争的性质早已越出了党内斗争的范围。”华国锋听到这话，受到震动，要继续考虑一下，并根据局势的发展，再最后决定办法。

这时的局势，已到了相当危险的地步。“四人帮”几次逼权不成，变本加厉，准备实施反革命政变计划。他们的如意算盘是，采用西汉吴楚七国造反、威逼中央的策略。他们先由干将们从上海和长沙开始发难，公布他们早已捏造、整理好的叶剑英、华国锋等中央领导人的“罪行”，要求打倒他们。同时，要求江青上台当党中央主席，王、张、姚当副主席。“四人帮”则从中央动手，将叶剑英、华国锋等人搞掉，将邓小平暗害，紧接着召开所谓“十届三中全会”，一切以全会名义通过。这个三中全会，早在毛泽东病危时，“四人帮”就偷偷拼凑了一个黑班子，以上海的黑笔杆子为主，由毛远新负责，进行策划准备。“四人帮”在三中全会的政治报告及其他有关文件，此时已印出好几稿了，只待他们政变成功，就作为“红头文件”下发全党了。“四人帮”甚至拟定了这样的计划，在他们最后摊牌时，调动坦克，开到长安街上横冲直撞，武力逼宫！

这是在惊涛骇浪中行船，航船进入了巨大的漩涡。把稳船舵，加足马力，沉着果断，一举冲过漩涡，可化险为夷；犹犹豫豫，手足无措，就会被漩涡吞没！

▲叶剑英和李先念在一起（杜修贤摄）

这是一场特殊的竞赛。是正义与邪恶、真理与谬误、光明与黑暗、阳谋与阴谋、革命与反革命的竞赛。竞赛结果，当然不只是决定谁输谁赢的问题，而是决定谁掉脑袋谁留脑袋的性命攸关的大事！

这是战役的决战关头。两军对垒，险象环生！运筹指挥，高敌一着，即可置敌于死地，夺取胜利。否则，会全军覆没！

该下决心了。可是，华国锋

仍下不了决心。他到了李先念家里同李先念交换意见，并写了一张纸条，请李先念送给叶剑英。

李先念对“四人帮”的种种倒行逆施早已强烈不满。同“四人帮”硬顶，时机又不成熟，他便称病住院，休息了数月。他表面上沉默冷峻，内心却万分忧虑地关注着时局，关注着党和国家的命运。现在，到了斗争的危急时刻，他冒着风险，接受了这一重大使命。接着，他以参观香山植物园为名，驱车直奔西山。快到香山时，李先念令司机转过车头，驰向了玉泉山。

“请，进屋谈。”叶剑英将客人让进了客厅。

李先念急速打开皮包，拿出华国锋写的纸条，递给叶剑英。只见纸条上写着：

“叶帅：现在情况很紧急，要赶快想办法，由你下决心好了。”

叶剑英机警地打开放在茶几上的收音机。在样板戏《沙家浜》的唱腔声中，叶剑英严肃地对李先念说：“这是一场你死我活的斗争，应该当机立断！”

李先念点头道：“你讲得非常对。搞不好，我们就有掉脑壳的危险！”

叶剑英对收音机的干扰声仍不放心，顺手拿起放在茶几上的铅笔和横格纸，同李先念进行书面交谈。两人在纸上你写几句，我写几句，意见完全一致。

明月悬在东天，秋高气爽，夜空如洗。几位政治局的同志按约定的时间，来到了叶剑英住地，一起商议粉碎“四人帮”的大计。

重大的决策定下来了。叶剑英特意于10月5日将杨成武找来，交代他说：“你去转告聂帅，就说都商量好了，再次请他放心。”杨成武立即赶到聂帅这里，转达了这一重要消息。

> 上海的商店里，大红纸竟然都卖光了，“四人帮”的追随者们准备庆祝他们的“特大喜讯”。

玉泉山紧急决策之后，开始进行紧张的具体部署。叶剑英对于行动方案和执行任务的编组名单，一一亲自审定。

熟悉叶剑英的人都知道，他在平时工作中，常常是只管大事的，对于小事，则充分发挥具体办事同志的积极性、主动性，放手让大家去做。然而，在当时那样的时刻，他却对名单上每个人的情况、行动方案的每一个环节，都仔细地询问、反复地斟酌，不放过任何一个疑点。他要求参战的每一个人都必须绝对忠实可靠，整个行动要做到万无一失。

他记起了历史上的许多教训。

孙中山挺进白鹅潭，海军司令偷偷向陈炯明叛军告了密，致使大总统的舰队在珠江上遭到叛军炮火的猛烈射击。

南昌起义前夕，一名下级军官向敌人告密，迫使起义不得不仓促提前举行。

广州起义前，一个秘密武器转运站被敌发现，加上个别变节分子向敌告密，一度给起义带来极大的威胁。

……

非常时刻，危急关头，小节也是大节，小事也是大事，务必周密、细致、谨慎、小心。些微的疏忽，小小的不慎，都可能导致重大失误，带来不堪设想的后果！一个杰出的战略家，既要运筹决策鸿猷大计，又要把握全局进程中最关键的环节，哪怕是细枝末节，才能真正克敌制胜，立于不败之地。

就在党内正义力量开始布网，准备捕捉“四人帮”这伙豺狼虎豹之际，王、张、江、姚也加快了行动的步伐。

这时刻，像一座满是机器的厂房即将发生爆炸，总控制台上报警的红灯不停地闪亮，危险的信号一个接着一个。巨大的灾难，正在向善良的人们头上压来！

10月1日。

▲毛泽东在中南海游泳池与华国锋握手（杜修贤摄）

江青再次窜到清华大学，居心险恶地煽动说："有人要迫害我，有人要弄死我。他们绑架了我一次，我准备被绑架第二次。我随身带着一把剪刀，准备自卫。"说着，她像亡命徒一般，当场从挎包里掏出一把大剪刀，在人们面前摇晃，以示她要狗急跳墙。她恶狠狠地说："我要向你们年轻人宣誓，我要斗，我还能斗，我要锻炼好身体跟他们斗！"有人举着照相机给她照相，她说："你们把胶卷留下，等重大政治事件时再照。"有人招待她吃苹果，她说："把苹果留下，等重大政治事件时再吃。"学校要给她放电影，她说："把片子留下，在重大政治事件时再映。"清华的干将深怕人们不明白江青的话，美滋滋地解释说："过几天将有特大喜讯！"

10 月 2 日。

王洪文将摄影师杜修贤召去，为其拍摄标准像和在办公桌上办公的照片。当杜修贤问他拍摄标准像做什么用时，他狡黠地说："准备追悼会用！"

接着，他亲自从 10 多张标准像中，选定了两张，交代要按周总理的标准像修版，放大送他，以备"登基"时大量印刷发行。

同日，张春桥得知华国锋在审定外交部的一个报告时，删去了"四人帮"蓄意篡改的毛泽东主席的一句话，便阴险地说："此事不向下传达。"他与姚文元磋商，命御用写作班子"梁效"就此事赶紧炮制文章，大造反革命舆论。

接着，张春桥写下类似林彪《571 工程纪要》式的"提纲"：

> 历史与现实。如今。
> 时代。
> 革命与专政。怎样革？
> 怎样巩固政权？
> 杀人。

一句"杀人"，将他们的反革命目的和嘴脸暴露无遗。

这一天，"四人帮"在一起策划反革命阴谋时，还专门照了彩色合影像，以作为他们的"历史性纪念"。

10 月 3 日。

江青跑到景山公园。她一向怕风，把头裹得严严实实的。不过这一天破例，她取掉围巾，笑逐颜开，在几株苹果树下搔首弄姿，一会儿抚枝微笑，一会儿把手伸得长长地摘苹果，让摄影师杜修贤一气给她拍了 17 张半身像。

王洪文窜到北京郊区的平谷县，制造谣言，蛊惑人心。他煽动说："中央出了修正主义，你们怎么办？打倒！别人搞修正主义，我也打倒他，我搞修正主义，你们也来造反，要把眼睛瞪得大大的，看着修正主义！"

同日，“四人帮”的黑干将迟群，催促“梁效”写作班子，加快整理一批党、政、军领导人的黑材料，送“四人帮”急用。迟群的秘书得意扬扬地说：“主席、委员长、总理就要定下来了，要提升一批，罢免一批。”

10月4日。

“四人帮”以“梁效”名义，在《光明日报》抛出题为《永远按毛主席既定方针办》的反动文章，文中声称：

“篡改毛主席的既定方针，就是背叛马克思主义、背叛社会主义、背叛无产阶级专政下继续革命的伟大学说。”

“任何修正主义头子胆敢篡改毛主席的既定方针，是决然没有好下场的。”

叶剑英读到《光明日报》上“梁效”的文章，仿佛嗅到一股战场上的硝烟。他清醒地意识到，这是“四人帮”发出的反革命行动信号！

令人惊骇的消息继续传来：

驻北京郊区某兵种部队，突然调换了参谋长！

上海的商店里，大红纸都卖光了，“四人帮”的爪牙正在准备庆祝他们的“特大喜讯”！

“四人帮”在上海的党羽，公然对反对他们的人叫嚣：“9日以后再同你们算账！”

一些省市专门发了拍电影用的伊斯曼彩色胶片，准备拍摄所谓“盛大节日”的庆祝活动！……

叶剑英以其多年在最高统帅部工作的经验，以其战略家的头脑和目光，敏锐地感觉到：决战的时机到来了！解决“四人帮”的时间，不能再推迟了！再推迟，就不是我们解决他们，而是他们解决我们了，再推迟，还会有许多干部，跟着“四人帮”犯错误。“四人帮”从7日开始行动，我们必须抢在他们之前，以快打慢！

叶剑英叫来汪东兴，问道：“准备得怎样了？”

“基本就绪。”汪东兴答道。

“好，那就下决心干！我看，就按原定办法，6日晚上8点行动！你给国锋同志报告一下，看他还有什么意见。”叶剑英简洁有力地下达了战斗命令。

江青演出了最后一场“闹剧”，被带走了。叶剑英脸上露出微笑，连声说：“好！干得好！”

1976年10月6日，一个普通的星期三。上午，王洪文和张春桥同时接到通知：今晚8时，在怀仁堂正厅召开中央政治局常委会，望准时出席。下午，姚文元接到电话通知，晚上8时到怀仁堂研究宣传问题。

怀仁堂，战役的主战场，中南海大院内一座清代留下的建筑，一件慈禧太后用500万白银堆起来的杰作。新中国成立以来，这里专作会场。党和国家的一系列重要会议，都曾在这里召开。

晚7点过后，执行任务的同志提前到达怀仁堂，迅速进入预设阵地。

79岁高龄的叶剑英元帅亲自来到怀仁堂正厅，指挥这一场决战。

决战的指挥所与战场同在一间大厅。战役最高指挥员与第一线战斗员，同在一个阵地，相距仅数步之遥。这是古今中外少有的战法，表现出最高指挥员恢宏的气魄和胆略。

正厅的摆设今天变了样。一扇屏风，将整个大厅隔成了前后两个厅。前厅仅留下一张专供叶剑英坐的高靠沙发，斜对着厅门，其余空空如也。

时间快到了。指战员们各就各位，浑身每一根神经都紧紧绷了起来。

叶剑英正襟危坐，目光严峻，双手平放在沙发扶手上，神情坦然。华国锋站在叶剑英旁边，板着面孔，两手不自然地动来动去，两眼死死地盯着门口，其紧张心情可想而知。因为是“常委会”，汪东兴不便露面，他退到屏风的后面。

大厅里静极了，人们连自己的心跳声都可以听到。偶尔从窗外传进一两声蟋蟀“唧唧”的歌唱，显得格外响亮。

时间，这个任何力量也阻拦不住的怪物，骤然间仿佛遇到了强大的凝固剂，停滞不动了。每一秒钟，都过得那样缓慢，那样艰难，使人觉得那样难熬。

忽然，走廊里传来了脚步声。他会是谁？张春桥？王洪文？姚文元？大家曾经猜测过，四大奸臣中的这三位，谁会最先来投入张开的网？猜来猜去，没有定论。现在，他来了。不管他是谁，在即将覆灭前的几秒钟里，肯定还在做着“黄袍加身”的美梦。听那脚步声，那么急促，好像是在向最高权力的宝座走近哩。

随着脚步声的临近，站在厅门后面两侧的同志，像短跑线上的运动员，进入了高度紧张的“预备——”状态，瞪大眼睛注视着门口。瞬息之间，他们就要冲向目标了！

张春桥出现了，他夹着皮包，摇头晃脑，兴冲冲地来了。不知是“人事安排”对他的莫大的吸引力，还是那啤酒瓶子底似的眼镜片遮住了视线，他踏进厅门的时候，竟没有注意到两旁严阵以待的战斗人员。纪和富组的四名同志迅速冲上前截住他，抓住胳膊反扭了过来，黑色皮包一下掉到了地上。张春桥从梦中惊醒，鼓起两只贼眼，急促地左右张望，嘴里不停地哀号：“怎么回事？怎么回事？”

张春桥被带到叶剑英、华国锋面前。华国锋宣布了中央对他进行隔离审查的决定。

这个被群众称为鹰鼻鹞眼的奸臣，这个阴险狡猾的狗头军师，平时盛气凌人、高深莫测，眼睛长在头顶上，这时，却像被主人痛打了一顿的癞皮狗，威风扫地。那装满了阴谋诡计的尖脑袋，顷刻间像灌满了糨糊，无一计可施，只好怏怏地、无可奈何地耷拉下来。他拉长着脸，两只贼眼斜睨了一下叶剑英，正好碰上叶剑英那威严的目光。一股寒气从他的头顶上沿脊梁骨一下窜到脚后跟，他双腿发颤，站立不稳。完了，一切都完了！

不错，就是完了，他妄图“新桃换旧符”、“改朝换代”的黄粱美梦，妄图对人民高举屠刀、大肆“杀人”的狂妄计划，被人民的巨拳彻底粉碎了！可惜的是，人民对他本质的认识晚了些，他应受到的惩罚也晚了些。实际上，早在30年代，他就成了一名国民党特务。

纪和富同另三名同志，将张春桥从大厅里带走了。

不一会儿，王洪文也走了进来。这家伙扬着头，气势汹汹，还是那副造反派的劲头。他一只脚刚踏进门，见势头不对，发出一声像野兽受伤时那样的狂嗥：“你们干什么？”接着，他拼尽全身力气，拳打脚踢，死命反抗。执行任务的同志费了很大劲才抓住了他的双手。

这是一双刽子手的手！它曾经在上海制造了一起又一起武斗事件，沾满了无数善良人们的鲜血。

这是一双扒手的手！它曾经盗取了国家和人民的大量财富，包括成捆的人民币、各种高级小汽车、大型彩色电视机、高级录音机、照相机、气手枪、手表、高级香烟、美酒、食品，等等，任意挥霍享受，穷奢极欲。

这是一双反革命的黑手！它拼命摇撼无产阶级专政的政权，妄图继续把千百万干部和群众打入十八层地狱，在人民的尸骨堆上建立他们的天堂。

这是一双政治流氓的手！它到处伸，到处抓，攫取了党和国家的一部分重要领导权，谋取他们帮派的私利，以实现他们的狂妄野心。

这双手，坏事做尽，罪行累累，罄竹难书。今天，这双罪恶的手，终于找到了它应有的归宿。

“走！”王洪文被迫来到叶剑英和华国锋面前。

叶剑英两眼射出剑一般的目光，愤怒、鄙夷地注视着王洪文，不屑一词。

▲叶剑英对粉碎“四人帮”起到重要作用（杜修贤摄）

华国锋宣布说："王洪文，你伙同江青、张春桥、姚文元，反党反社会主义，妄图篡党夺权，问题严重，中央决定对你进行隔离审查！"

王洪文沮丧地垂下头，不敢抬眼正视。在被带走的时候，他有气无力地哀叹："没想到你们有这样快。"

绝好的自白！它表明，他们已准备动手，可是行动慢了。他们低估了对手，低估了党内的正义力量。王洪文的自白从反面证明：叶剑英的决心下得何等正确！"以快打慢"的战略何等英明！

李广银四人带着王洪文从旁门走出，上了早已等候在门外的一辆"红旗"车。王洪文被送到一处地下室，隔离看管起来。

正厅里一切又恢复了平静。除了战斗员撤走了四位，仿佛什么也没有发生。不过，人们紧张的心情丝毫没有放松。

8 点过了几分，姚文元姗姗来迟。原来考虑，姚文元住在地安门，警卫工作由卫戍区部队负责，万一他不来，派中央警卫部队去"请"他，可能会引起麻烦。因为彼此不是一个系统，不熟悉，容易误会。为了防止意外，特意临时将卫戍区的负责人调来，预作了第二方案。

还好，姚文元基本守时。他一进门厅，滕和松同另三名同志立即上前，扭住了他的胳膊。他一看这阵势，心里立刻明白是怎么回事了，顿时两腿一软，瘫倒在地上。想当初，这个反革命的吹鼓手，江青可爱的"金棍子"，任意打人整人，气焰何等嚣张！在他末日来临的时候，却是这样一副熊包模样。他被滕和松等人架起来，拉到叶剑英、华国锋面前，听取了中央对他进行隔离审查的决定，然后身不由己地被带走了。

就在怀仁堂主战场战役打响的时刻，其他几个分战场的战斗，同时开始了。

中南海，江青府第。

这几天，江青度过了她一生中最紧张、最劳累而又最兴奋的日子。每日除了同张、王、姚密谋，同迟、谢等干将策划外，她还三番五次下去"视察"，制造舆论。

她背靠沙发，双腿平伸，长着六个脚趾的脚，用深棕色丝袜裹着，搁在一张丝绒包面的方凳上。她在闭目养神。

忽然，警卫员走进来，说有客人来了。她边往外走，边问是什么人。警卫员告诉她，是办公厅的张副主任。"他来干什么？""不知道。"

江青一走进那挂满字画、摄影佳作的客厅，一眼看见来了一群全副武装的军人，立刻觉得大势不好，色厉内荏地喝问："你们来干什么？"

行动组负责人走上前，宣布了中央对她进行隔离审查的决定。

"你们搞阴谋哇！主席尸骨未寒，你们就对我下毒手呀……"她一屁股坐在法式沙发上，再次使出三流演员的拙劣表演，又哭又闹，耍起赖来。两位女军人走上去，把她从沙发上拉起来，向门外推去。

平时伺候江青的服务员们，早就受够了这个老妖婆的折磨。今天见她的末日终于来临，都自动站到门前，向江青吐唾沫、扔纸团，扬眉吐气送瘟神。

李连庆带着行动组的五个同志走进毛远新房间，毛远新怡然自得地正在看电视呢。他与李连庆是老熟人，知道李连庆平时都是穿便衣，此刻却穿着军装进来，后面还跟了好几个带枪的人，心里一下子就明白了：来者不善。

李连庆对他说："你不要住在这里了，给你另外找个房子住。现在立刻就走，什么也不要带！"

毛远新站起来，用手指着"老熟人"，眼睛一瞪，明知故问："你抓我？"

"你说得不准确，不是我抓你，我是奉命抓你。"李连庆平静地说。

毛远新不再说什么，垂下了眼皮。李连庆一示意，几位同志迅速搜出了他的手枪，接着将他带出，移到另一处所隔离起来。

8时正，在清华大学迟群住所、北京市委书记谢静宜的住所、全国总工会金祖敏的住所，同时驶来了几辆警卫车。这些追随"四人帮"篡党夺权的得力干将们，都没有来得及抵抗，就被押上了警车，送到早已为他们安排好的地点。这下，他们可有足够的时间，去回味那做了多少年的长长的梦了。

胜利的捷报从京城的各个方向、各个阵地，一个接一个地传到了怀仁堂。叶剑英脸上露出微笑，连连称赞："好！干得好！"华国锋、汪东兴也跟着笑了。

▲华国锋于1976年10月24日在天安门城楼上与首都人民共同欢庆"十月"胜利（杜修贤摄）

18日，中共中央发出《关于王洪文、张春桥、江青、姚文元反党集团事件的通知》。粉碎"四人帮"反革命集团的胜利，标志着历时10年的"文化大革命"内乱从此结束。

1977年7月中共十届三中全会决定，永远开除江青、张春桥、王洪文、姚文元中共党籍并撤销党内外一切职务。

1981年1月25日，中华人民共和国特别法庭对"四人帮"反革命集团作出判决：判处罪大恶极的江青、张春桥死刑，缓期二年执行，剥夺政治权利终身；判处王洪文无期徒刑，剥夺政治权利终身；判处姚文元有期徒刑20年，剥夺政治权利5年。

1991年5月14日江青自杀身亡。

▲审判林彪、江青反革命集团现场，坐在特别法庭前面的十名主要被告（孙毅夫 /CFP）

1997 年 12 月张春桥减为有期徒刑 18 年，剥夺政治权利 10 年。1998 年 1 月保外就医。2005 年 4 月 21 日因患癌症病亡。

王洪文于 1986 年患病后即被送医院治疗，1992 年 8 月 3 日在北京病亡。

姚文元 1996 年 10 月刑满释放，隐居在浙江湖州和上海市，2005 年 12 月 23 日病故。

第四十八章 "四人帮"在上海滩的"小兄妹"

徐景贤，人称上海滩的"徐老三"。他日夜梦想有出人头地的一天。由于赢得了张春桥的赏识，他进入了上海市委写作班子。

1982年，上海市高级人民法院起草了一份刑事判决书（沪高刑字第1号），节录如下：

被告人：徐景贤，男，现年49岁，汉族，上海市奉贤县人。原是中共上海市委员会写作班子支部书记，"文化大革命"期间曾任中共上海市委员会书记、市革命委员会副主任。

本庭确认：被告人徐景贤，以推翻人民民主专政的政权为目的，积极参加江青反革命集团阴谋颠覆政府的活动，是江青反革命集团在上海从事反革命活动的组织者、策划者。罪行十分严重。根据《中华人民共和国刑法》第九条适用法律的规定，徐景贤犯有积极参加反革命集团罪、阴谋颠覆政府罪、策动武装叛乱罪、反革命宣传煽动罪和诬告陷害罪。为维护社会主义法制，巩固人民民主专政，保卫社会主义制度，依照《中华人民共和国刑法》第九十条、第九十二条、第九十三条、第九十八条、第一百零二条、第一百三十八条和第五十二条、第六十四条的规定，并考虑到徐景贤尚能坦白交代策动武装叛乱罪行和在审判中尚能认罪，据此，判决如下：

判处被告人徐景贤有期徒刑18年，剥夺政治权利4年。

刑期自判决之日起计算，判决执行以前羁押的日期，以羁押一日折抵刑期一日。

徐景贤，上海人称“徐老三”。其实，他并非排行第三，却因“文化大革命”中，上海的“老大”是张春桥，“老二”乃姚文元，他只能是“老三”。

徐景贤长着“奶油小生”的脸，颇有些风度，论笔头，不比姚文元逊色，论口才，远远超过姚文元，他作起报告来，一口气可讲三四个小时，若把其报告整理成文字，则是一篇篇思路颇为清楚的文章。

徐景贤的家原在上海郊区奉贤县奉城镇。1904 年，其父徐宗骏出生在那里一个小商人之家。徐宗骏 1926 年从南京的东南大学化学系毕业后回到老家，他结识了中共党员李主一。在李主一的介绍下，徐宗骏 1926 年加入了中国共产党。1927 年，徐宗骏在李主一的帮助下，在奉城创立了私立曙光中学，徐宗骏请来的进步教师中，大都是中共党员，包括后来出任中国驻苏大使、外交部副部长的刘晓。曙光中学的“赤色活动”，引起了奉贤县长的恐慌。1928 年 4 月，国民党政府逮捕了李主一，并查封了曙光中学，4 月 7 日的上海《申报》第三版登出了徐宗骏的“自首申白”。不久，徐宗骏逃到上海，开始在一所中学任教，后到上海交通大学任化学教师。此后，便脱离了共产党，一心搞他的业务。1933 年，徐宗骏与前妻戴秋楠生下一子，他就是徐景贤。

徐景贤上中学时，接近中共地下党支部……

▲徐景贤（历史照片）

新中国成立后，由于头脑灵活、笔头子又快，徐景贤进入了中共华东局宣传处，当一名干事，平时写写总结，起草个文件，为领导拟讲话稿什么的，倒也使他的政治头脑和才干有些起色。

这个时候的徐景贤很想出人头地，恨不得一夜之间成为上海甚至全中国的赫赫人物。

他是聪明人，知道自己根子浅，得有好的嗅觉，因此着意培养能揣测领导人意图的心理。

1957年，全国到处都在“反击右派”。上海《解放日报》《文汇报》上活跃分子是姚文元。徐景贤不甘寂寞，偶尔也发出几颗炮弹，以期引起上层注意。

后来，徐景贤转向写报告文学。他利用家在交大的有利条件，搜集交大学生运动领袖穆汉祥的事迹材料，写成了传记文学《穆汉祥》，被《中国青年》杂志连载。

很有些文才的徐景贤，写起杂文、政论、影评来头头是道，笔锋甚是厉害。这支笔杆子频频外露，终于被张春桥发现，进入了上海市委写作班子。这是徐景贤发迹的关键一步棋。

从此，他在张春桥的鞍前马后跑来跑去，也可以经常听到中共上海市委书记柯庆施的声音。他想成名，想成为作家，但他热心政治胜过爱好文学。

> “文化大革命”伊始，徐景贤猛然发现，当一名政治家要比当一名作家有出息。

徐景贤的运气不错。戏剧学院排演了陈耘的话剧《年青一代》，效果不错，柯庆施看了后，觉得正合他大力提倡“写十三年”的心意，于是派人去提高这出戏的质量，以求轰动全国，成为“写十三年”的“样板”。柯庆施派去的是已当上市委写作班子支部书记的徐景贤。徐景贤受宠若惊，卖力“提高”，成了作者之一。1964年3月，《年青一代》获得文化部颁发的优秀话剧奖，并被搬上银幕，徐景贤随之名声大噪。

1965年，作家出版社上海编辑所出版了徐景贤著的《生命似火》，他得意极了，以题字之书，广送文友。

这个时候的徐景贤似乎在做着当大作家的梦。几乎是同时，姚文元《评新编历史剧〈海瑞罢官〉》的大块文章在《文汇报》登出，国人震惊。嗅觉灵敏的徐景贤暗自嗟叹“落后了”。他赶紧收起作家梦，一头扎入政治斗争。

1966年11月11日，王洪文、潘国平等头头成立“工总司”，未获当时上海市委的批准，他们便煽动群众冲向上海北站，强行登车，北上“告状”，在安亭车站卧轨拦截客车，制造了使沪宁全线停车30多小时的“安亭事件”。

“安亭事件”成了张春桥一伙向以陈丕显、曹荻秋为首的中共上海市委“将”的一“军”。为了把上海市委“将”死，老谋深算的张春桥决定来个“里应外合，内外夹攻”。这一“将”的棋子，他们找的便是徐景贤。

此时的徐景贤眼看陈丕显、曹荻秋大势已去，犹如热锅上的蚂蚁，坐立不安。

> 当他坐上上海市委书记的坐椅时，
> 惊奇的感觉像在梦中一样。

12 月 12 日，姚文元从北京给徐景贤打电话，丢下一句十分重要的问话：“打倒上海市委之后，写作班子能不能成为我们的工作班子？”

聪明的徐景贤马上意识到，这是封官许愿之诺。第二天下午，他紧急召集写作班子的秀才们开会，传达了姚文元透露的信息。秀才们都是“心有灵犀一点通”的人物，劲头十足地密谋“内部开花”之举。

《支部生活》的造反派头头王承龙获知这一动向后，遂与徐景贤等联手，在中共上海市委内，扯起了一面名曰“市委机关革命造反联络站”的大旗。

徐景贤毕竟是秀才，很注意修辞的不重复性，分别用了“炮打”、“火烧”、“揪出”、“打倒”、“砸烂”，以体现“政策”的“不同”。

12 月 18 日下午，徐景贤等一伙人在上海文化广场召开大会。坐在主席台上的徐景贤作了长篇讲话，历数上海市委“反对毛主席革命路线”和“蓄意把革命群众打成反革命”的罪行。

1967 年 1 月 4 日，张春桥飞到上海，向徐景贤等一班秀才说：“你们——‘市委机关革命造反联络站’，将是新政权的工作班子。……”张春桥的话不多，却使徐景贤等陷入无限喜悦之中。在密谋中，定下了“一月革命”的步骤。

1 月 7 日，徐景贤第二次公开出面，伙同王洪文等召开 10 万人大会，批斗陈丕显、曹荻秋。会后，出自徐景贤之手的“欢迎张春桥同志当中共上海市委第一书记”等四条巨幅标语挂在一幢十几层高的大楼上，令上海民众瞠目！

不久，徐景贤坐上了中共上海市委书记、市革命委员会副主任的显赫位置。他很有些陶醉，甚至暗自惊叹自己的才干。有时，他揪揪耳朵，看是不是在做梦。毕竟这一切来得太快了、太容易了，恐怕他自己到现在都还不清楚是怎么回事。

张春桥，郭沫若称其为“狗头军师”，的确不假。在这位“军师”眼里，徐景贤是一个很忠心的马前卒。他很欣赏徐景贤。徐景贤大有“士为知己者死”的气概，屡屡不负主子的“使命”，“出色”地完成“咬人”任务。

1967 年 1 月 24 日子夜，红革会的红卫兵们以迅雷不及掩耳之势，一举夺得中共华东局、中共上海市委等 23 颗红色大印。红卫兵们为避嫌疑，又拉上了“工总司”和“农总司”的旗子。这消息传出，一心想当上海太上皇的张春桥急得团团转。“军师”毕竟是“军师”，这次他派出了徐景贤。

徐景贤狗仗人势，摇动三寸不烂之舌，对红革会发出了咄咄逼人的攻势：“没有春桥、文元同志点头，你们夺得了权吗？”他的一席话，赛过造反派的拳头，句句击中

一月革命胜利万岁！

——上海人民公社宣言

上海人民公社

▲1967年1月6日，在张春桥、姚文元的策划指挥下，以王洪文为头头的上海造反派召开打倒市委大会，夺取上海市的党政大权，刮起了所谓“一月革命”风暴。2月5日各造反派团体宣告成立“上海人民公社”。图为经张春桥、姚文元修改发表的“上海人民公社宣言”（历史照片）

要害。红革会被逼无奈，承认了错误。

徐景贤的话深深激怒了红革会的红卫兵们。1月26日，红革会召开常委扩大会议，决定“干掉徐老三”，再“干掉张老大”和“姚老二”。

次日夜，红卫兵们如期开往中共上海市委党校，与徐景贤会谈。梳着油光发亮小分头、满面泛青光的徐景贤拱手“笑迎”。可他做梦也没想到，红卫兵们连拖带拉，把他塞进一辆吉普车，消失在夜幕的上海街头。

这下可急坏了张春桥，徐景贤知道的太多了，万一说出什么，那就……

这回，张春桥再也坐不住了，亲自出马搭救他的“蒙难部属”。可真费了好大的劲，几乎搭上了他那颗阴险的脑袋。被放出来的徐景贤在了解这些内幕后，感激涕零，就差没喊张春桥“老爹”了。

于是，徐景贤更加卖力地跟着张春桥。疯狗集在一起，是要打架的。张春桥贴身的“福尔摩斯”游雪涛干的勾当，激起了他们内部的裂痕和不满。徐景贤为了保住自己的利益，也为了顾全主子的面皮，亲自出面向张春桥反映伙伴们的忧虑。张春桥油滑地一股脑儿把责任全推在游雪涛身上。

受张春桥之意，徐景贤亲自找游雪涛，向他发出严重警告：“你们的搞法像情报系统，这样的组织谁敢领导？如果有人说张春桥在上海搞了个特务组织，责任谁承担得了？”不久，游雪涛自食其果，搬起石头砸了自己的脚，成为上海市民的笑谈。

“文化大革命”中，“徐老三”迫害打击一大批上海市的党政军干部，甚至连没见过面的陈毅、邓小平也不放过。

1967年12月，上海爆发了有名的“康平路事件”：工人自卫队出动万余人包围了康平路的市委书记处，要找曹荻秋、陈丕显算账。徐景贤接到张春桥老婆李文静电话，要造反派攻打工人自卫队。徐景贤未有任何犹豫，立即通知“工总司”头头王洪文、朱永嘉，出动10万余人。在鲜血淋淋的水泥地上，徐景贤得到了主子的奖赏，这次较量，是个转折点。这一仗一打，市委就瘫痪了。

徐景贤在大上海，可谓是干尽了坏事，出尽了风头。当时的上海人，大概没有几个人不知道他做的“好事”的。

诬陷、迫害中共上海市委书记陈丕显、曹荻秋，徐景贤处处打先锋。他组织、主持全市批斗大会，鼓动如簧之舌，信口雌黄，骂陈丕显是“黑小鬼”、“老反革命”，甚至指使他人对陈丕显拳打脚踢，极尽摧残之能事。1968年2月，徐景贤又组织他那帮秀才，写文章公开攻击陈丕显是一个所谓“同我们党、同无产阶级”，用“反革命两面派手法斗争了几十年的老反革命分子”。1970年，他在审定陈丕显的所谓审查报告时，又诬陷陈丕显是“叛徒”、“现行反革命分子”。对曹荻秋这位上海市长，徐景贤丝毫也没有“怠慢”，他硬说曹荻秋是“出卖了同志、出卖了组织”的“叛徒”。耿直的曹市长挥笔向中央申诉，可他怎么能料到这封信会落入徐景贤口袋里？他是被害死的，死不瞑目呀！

徐景贤的黑手还伸到了北京。他连外交部长陈毅的影子也没看到过，在张春桥、姚文元的授意下，1968年11月，他居然堂而皇之地编造所谓《陈毅反动言论小集》，诬陷中共中央政治局委员、中共中央军委副主席、国务院副总理陈毅“投降帝修反”、“鼓动右派分子翻案、向党进攻”、“为复辟资本主义大造舆论”。1969年2月，徐景贤又指使他人搜集“黑材料”，胡说陈毅“包庇反革命”。徐景贤的胆子真不小，他甚至编造叶剑英、陈云、李先念等人的“黑材料”。

魏文伯，这个名字，现在的人也许比较陌生，60年代他是中共中央华东局书记。不知这位革命老人何时“触怒”了徐景贤，从1967年到1975年，徐景贤常常大骂魏文伯是“大叛徒”、“老反革命”。1968年，他还审定在《支部生活》刊物上发表《旧华东局

▲1980年12月4日，特别法庭第一审判庭开庭，对张春桥进行庭审调查。徐景贤（左）就张春桥制造上海康平路武斗事件出庭作证（齐铁砚摄）

机关有鬼》的文章，诬陷华东局“聚集一小撮走资派和牛鬼蛇神”，叫嚣要“刮它一场十二级台风”，“把深藏在旧华东局机关的一小撮魑魅魍魉统统揪出来”。此言一出，华东局的命运可想而知！

令人难以置信的是，徐景贤还把笔杆子插到了军队。1974年6月，徐景贤策动他人撰写大字报，派专人到南京军区机关张贴，“控告”前南京军区司令员许世友、前上海警备区司令廖政国“残酷镇压军内外群众”。1976年8月，徐景贤和马天水、原南京军区司令员丁盛“视察”上海警备区某一基层单位时，他公然说：“军队内有没有资产阶级、有没有走资派？”“这个问题是头脑清醒提出来的”，“对今后长远的斗争，有深远的历史意义”。他的煽动，在军队内引起了动乱，干部、战士为揪所谓“军内资产阶级”闹得不可开交。

徐景贤是文人，文人“革命”，有他的“特异功能”。邓小平在“文化大革命”时被打成“走资派”，自然成了徐景贤一伙文痞的咒骂对象。徐景贤指挥写作班子，发表了《要哪个阶级的自由？——兼评邓小平的世界观》《由赵七爷的辫子想到阿Q小D的小辫子兼论党内不肯改悔的走资派的大辫子》一类恶毒文章，肆意辱骂邓小平。

在文艺界，徐景贤说周信芳是“反共老手”，说上海音乐学院院长贺绿汀组织“翻案集团”，说音乐教师张昆平是“恶毒的反革命分子”……他们，我们民族文化的精英，徐景贤却一再加以残酷迫害、致死。黄浦江的怒涛啊，控诉吧！

> 毛泽东逝世，“四人帮”加紧篡党夺权的阴谋活动。在上海滩的“小兄妹”像热锅上的蚂蚁，坐立不安，四处打听消息。

1976年9月，中共中央主席毛泽东逝世，举国悲痛。

“四人帮”一伙加紧了夺权的阴谋活动。

在远离北京的上海，徐景贤、王秀珍等人像热锅上的蚂蚁，坐立不安。徐景贤交代说：

> 1976年9月21日，我借着从上海到北京参加卫生部召开的一个会议的机会，向张春桥当面汇报了几个问题。其中的一个问题就是1976年8月份当时南京军区司令员丁盛到上海后，和马天水、我、王秀珍的密谈。我对张春桥讲，丁盛说六十军靠不住，这个军他指挥不动，现在这个军的位置正处在南京、无锡、苏州一线，对上海威胁很大，丁盛叫我们要有所准备。我向张春桥汇报说，马天水已经向上海民兵增发了枪支。在我汇报的时候，张春桥听

得很仔细，还问了六十军领导人的情况。谈话结束时，张春桥叮嘱说，要谨慎小心，要注意阶级斗争的动向。

回到上海以后的第二天，我就把向张春桥汇报的情况以及张春桥的指示向马天水和王秀珍作了传达。后来又告诉了朱永嘉等人。

过了几天，就是9月28日的中午，张春桥派肖木到上海向市委常委直接传话，说阶段斗争形势要经常分析，一方面要提高警惕，一方面要提高信心。……我不是忧天派，但是有点忧，多难兴邦。……张春桥向我们发出了要打仗的动员令。

到了1976年10月7日，当中央通知马天水和上海警备区司令员周纯麟到北京开会的时候，我们都感到很突然。

10月7日早上，马天水把我和王秀珍找到了康平路市委学习室，我们按照张春桥的指示分析了形势。马天水走了以后，我和王秀珍就开始到处打听有些什么动向。

10月7日晚，我给当时的文化部长于会泳打个电话，接着又给卫生部长刘湘屏打了电话。

……我们没有打听到什么重要的情况，就在不安当中度过了。

我们商量以后，决定把张春桥在上海的秘书何秀文以及当时正在上海的王洪文的秘书廖祖康和肖木都找来，让他们一起向北京打电话。这几个人到来以后，就通过各种渠道，用各种号码给张春桥、姚文元、王洪文处打电话，结果一个都打不通。

这个时候，我给《人民日报》负责人鲁瑛打了电话，想要问问情况，结果鲁瑛的神态十分反常，没有讲两三句话就急忙把电话挂上。

在这个时候，我们又收到了中央军委关于加强战备的电话通知。上海警备区又向我们汇报说，原来总政决定在上海召开的全军图书工作现场会议现在通知停止召开。

这种种迹象使得我们很忧虑。我就和王秀珍、王少庸、冯国柱、张敬标，以及张春桥的秘书何秀文、王洪文的秘书肖木、廖祖康一起在常委学习室分析形势。我说，毛主席逝世以后，一号战备刚刚通知撤销，怎么现在中央军委又通知加强战备了呢？而且这个通知里特别提到要防止内潜外逃，看来有什么人出了事情……

这个时候，市委常委张敬标通过上海警备区的军用电话接通了京西宾馆，找到了马天水的秘书房佐庭。王洪文的秘书廖祖康也赶来听电话了。房佐庭告诉他们说，会议不准往外打电话，又说这次他们到北京的时候是穿军装的人去接他们的。房佐庭在电话当中传回来一句暗语，就是“我的老胃病重犯了”。

这样我就在常委学习室跟他们几个人讨论：房佐庭没有胃病，他说“我的老胃病重犯了”究竟是什么意思呢？

王洪文的秘书廖祖康这个时候说：几个老帅，像叶帅、徐帅他们还是很有号召力的。说到这里他不再说下去了，但是我们都明白了他的意思，他是说几个老帅可能已经发动军队对张春桥、姚文元、王洪文他们下手了。我心里是同意廖祖康这种分析的。

我想起了张春桥、姚文元、王洪文过去说过的关于军队的一些话：张春桥说军队靠不住，姚文元说军队都是支持保守派的，王洪文说军队里没有我们的人……我想现在军队也许已经把枪口对准了张春桥他们了。

我们几个人觉得形势非常严重，王秀珍首先提出下午要找市民兵指挥部的几个负责人打招呼。

王少庸接着提出，他下午要找市公安局的负责人打招呼。

我就说下午我要找广播电台和报社的新闻负责人吹吹风。

这样，10月8日那天下午我们分成两个地方进行打招呼和吹风。

8日下午5点钟左右，我在康平路常委学习室主持召开了常委和列席常委的会议。我说，这种种迹象说明中央出了事情了，我们大家都要有精神准备。

10月8日晚上，我到友谊电影院一个公开审查文艺节目的场合，故意去露了一次面，然后我又在8点多钟，马上赶到了康平路常委学习室，看见满满一屋子都是人。

王秀珍告诉我说：她和金祖敏的秘书缪文金约好了，下午要缪文金乘飞机赶到北京去摸情况，如果摸到了张春桥、姚文元、王洪文真的出了事情的话，就打电话传一句暗号来，说“我娘心肌梗死”的暗号。王秀珍说，刚才缪文金已经打来了电话，传来了“我娘心肌梗死”的暗号。我听了心里一惊，我想，果真出事了，张春桥9月29日的预言应验了，他所说的大考验的时刻真的来到了。

这个时候，我自己给文化部副部长刘庆棠打电话，几个电话的来回以后，证实了文化部的于会泳、钱浩梁、刘庆棠他们几个人和江青之间的电话联系也中断了。我把这个情况给大家说了以后，大家议论纷纷。

正在这个时候，公安部的祖家耀打来了电话。祖家耀是王洪文从上海调到公安部去准备当公安部副部长的。祖家耀在电话当中传来了三句话：“人都集中了，门锁起来了，不能动了。”这样就进一步从公安部那里证实了江青、张春桥、姚文元、王洪文这几个人统统都被抓起来了。

过了一会，刘庆棠又打电话来了，是我的秘书张家龙接的电话。刘庆棠在电话里面说：“我们文化部的几个人也病了。”

这个时候，王洪文的秘书突然惊叫起来，说：“不好了，对文化部动手了，下一个就轮到我们了。”

肖木这一说，大家就一片混乱，生怕有人来抓。

我就宣布我们不能再往外打电话了。

传来“四人帮”被抓起来的消息，“徐老三”召集上海滩上的“小兄妹”开会，密谋动用上海民兵发动反革命叛乱。

当徐景贤一伙判断出“四人帮”已经被抓起来以后，他们开始策划武装叛乱……徐景贤交代：

在我主持下，召开了一个具体策划反革命武装叛乱的会议。我征求大家的意见，看下一步怎么办?

朱永嘉首先发言，他先是指名攻击了华国锋同志，然后说我们应当把民兵拉出来打，打它一个措手不及，打它三天五天也好，就像巴黎公社一样。

我听了朱永嘉的发言，知道他的话是有根据的，他主张把民兵拉出来打，和我的想法是一致的。

我们主张把民兵拉出来打，在上海策划武装叛乱有两个依据：

第一个依据是张春桥的指令和我们打仗的资本。张春桥9月28日的指令当中说，有人要搞上海的话，有大考验，要打仗。打仗要有实力，我们的实力就是上海民兵。

第二个依据是姚文元的指示和依据。1976年天安门事件以后，姚文元总结说，天安门事件的一条基本经验就是必须以革命的暴力来对付与镇压反革命的暴力。这种斗争有流血的，也有不流血的，我们今后也要坚持这样一条基本经验。

当时我认为姚文元讲得很精辟，把这个问题提到了理论高度。因此，我跟朱永嘉等人在策划反革命武装叛乱的时候，就遵循了姚文元这个颠倒黑白的暴力论。

就在8日晚上这个策划武装叛乱的会上……我们具体地讨论了设立指挥点的问题。我们决定设立两个秘密指挥点，一号指挥点由我带领，负责抓总体准备和舆论，最后行动的命令由我这里发布，地点定在华山路丁香花园。二

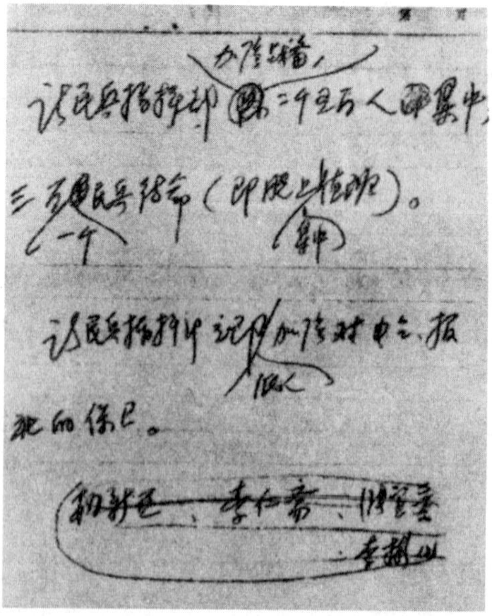

▲徐景贤指示“上海市革委会”副主任王秀珍调动上海民兵准备武装叛乱的手迹（历史资料）

号指挥点由王秀珍带领，负责民兵和部队的军事行动指挥，地点定在市民兵指挥部。

我们在策划会议上确定了指挥点以及分工以后，我就当场执笔开列了一份进入两个指挥点的人员名单。一号指挥点名单有我，市委常委王少庸，警备区副司令张宜爱，张敬标，朱永嘉，警备师师长李仁斋等人；二号指挥点的人员名单有：王秀珍，市委常委冯国柱，警备区副政委李彬山，副司令杨新亚，王洪文的秘书廖祖康，市委警卫处长康宁一等人。我在会上当场宣读了这份名单，大家一致表示同意。

在这两个指挥点的人员分手以前，我又按照王秀珍提供的民兵数字和情况，亲笔写下了第一个反革命手令：

“请民兵指挥部加强战备，2500人集中，31000民兵待命（即晚上集中值班）。请民兵指挥部立即派人加强对电台、报社的保卫。”

写好以后，分手之前，我当面交给了王秀珍。

我当时估计，中央很可能就近调六十军来抓我们，我们就要抵抗到底。丁盛叫我们要有所准备，我们的确也作了准备。马天水最后一次批的给民兵增发武器的文件我是圈阅过的。光是这一次就发了半自动步枪35000支，另外还有各种炮、火箭筒、反坦克武器等，足够打上一仗的了。

到了一号指挥点丁香花园以后，我休息了一会儿，就接到王洪文的秘书廖祖康从二号指挥点打来的红色保密电话。廖祖康说，王秀珍跟冯国柱他们商量，有一个意见就是要把部队守卫电台的连交给刘象贤指挥。刘象贤原来是上海警备区的，当时调到上海人民广播电台担任党委书记。廖祖康又说，原来守卫康平路市委的那个连交给市委办公室指挥。你如果同意的话，请你告诉李师长一下。我答应了，而且挂了电话以后，我又亲笔写下了第二个反革命手令：

“由李仁斋同志告诉保卫电台的连队，注意警卫，听从刘象贤同志的指挥。

“三连由李仁斋同志告知一下，要听从市委的指挥。”

写好以后，我让秘书叫醒了正在睡觉的李仁斋，由我当面把这个手令交给他，然后我听到他去打电话，进行布置了。到了这个时候，我们策划的反革命武装叛乱已经箭在弦上了，只要一声令下，上海就会陷入一片血海之中。

当我策划反革命武装叛乱的时候，我确实是准备为江青、张春桥、姚文元几个人豁出一条命去干了。我替“四人帮”卖命，与人民为敌达到了疯狂的程度。……

从北京开会回来的“徐老三”没有了往日的风采，一向口若悬河的他变得舌僵口讷。

10月9日上午，徐景贤紧绷的脸顿时松弛下来，他长长地松了一口气，瘫在椅子上。原来他接到王秀珍传来的消息，说马天水讲，“四位首长”都很好，还向徐景贤和她问好呢！

警报解除了。

10月9日晚上，徐景贤接到北京电话：要他和王秀珍明天上午来京开会。

10月10日上午，徐景贤、王秀珍临行前又摸到了“四人帮”真的被捕的情况。徐景贤和王秀珍作了“破釜沉舟”的打算，向他们上海的那帮人吩咐：“作最坏的打算！如果我们去了以后，两三天没有消息，你们就决一死战！”到了北京后，徐景贤、王秀珍便什么都明白了。他们曾几次给“家里”挂电话，那话是模模糊糊的：“家里怎么办，等一两天我们回来再说。”

一天，两天，三天过去了，徐景贤还未回上海。上海“家里”急了，“徐景贤这老贼把我们卖了”，愤怒的爪牙狂喊着。于是，他们制定了两个武装叛乱方案。

10月13日，一向口若悬河的徐景贤出现在上海机场，此刻的他变得舌僵口讷了。

徐景贤、王秀珍、马天水拿出了带来的关于批判“四人帮”的材料。虽说他声称“想不通”，但他向中央表了态，保证回沪妥善处理。

当天晚上，徐景贤、王秀珍、马天水在锦江饭店小礼堂传达了中央打招呼会议的精神。

不久，徐景贤从上海政治舞台上消失了。他又“忙”起来了，忙于写交代，光是“帽子大，内容空”已不行了，只能老老实实地彻底交代在那疯狂的10年中的种种倒行逆施和劣迹了。

不久，徐景贤因犯反革命罪，被上海市公安局依法逮捕。

在狱中，徐景贤供认不讳所犯的严重罪行。在铁窗下，他大概会领悟到了什么，也许他身边还回响着张春桥向他讲的“赤条条来去无牵挂”这个《红楼梦》的典故吧。

王秀珍，一个极普通的女孩，在校期间形成了她不甘寂寞和冷落的性格。

王秀珍，是一个极普通的名字。据调查，光在上海一个地方，叫这个名字的女人有上百个。而本文所要介绍的这个王秀珍，原来也同那些个默默无闻的王秀珍们一样普通。然而风云突变，中国大混乱，“文化大革命”开始后，我们这个极不起眼的主人公却拔地而起，从一个普普通通的工人一跃成为中共上海市委书记处书记和上海市革命委员会副主任，一时声名显赫，成为当时上海人所熟知的“马、徐、王”中的那个“王”……

王秀珍，1934年11月17日生于辽宁省一个偏僻的农村家庭，她家有姊妹六个。后来，死的死，卖的卖，小王秀珍成了长女。由于家里太穷，她没钱读书，整天还得去挖野菜、拾柴火，有时还带着几个小妹妹去捡煤块。她看到那些有钱人家的孩子背着书包在学校里蹦蹦跳跳、进进出出，心里非常羡慕，盼望着有朝一日也能像这些孩子一样，到学校读书识字。

新中国成立以后，16岁的王秀珍进了辽阳纺织厂当工人。当时，她正值豆蔻年华，是人一生中最好的年龄。她活泼好动，朝气蓬勃，工作上也很积极。时间不长，她被评为车间的社会主义建设积极分子。紧接着，她又成为厂里、市里、省里以至东北地区的社会主义建设积极分子、先进工作者、劳动模范。很快，她被选为辽阳市人民代表、辽宁省人民代表。生活对于年轻的王秀珍来说是美好的。她是随着共和国的成长而不断成长、成熟起来的，在实践中，她慢慢体会到，自己之所以能活得这么愉快，家庭只靠她一个人就供养下来，完全是因为有中国共产党的领导。在这样的认识基础上，1952年9月，王秀珍加入新民主主义青年团。1953年初，她加入中国共产党。

▲王秀珍（历史照片）

这时的王秀珍并没有满足已经取得的成就。解放前，她只上过两年小学。到了工厂以后，她在夜校补习文化，终于达到高小水平。1956年8月，她拿着厂子里开的介绍信，只身南下，前往上海：

“上海纺织局负责同志，王秀珍同志确在我校高小班毕业，学习成绩总平均85分，能够模范遵守学校各项制度，请予报考是盼……”

结果，王秀珍考上了纺织系统的上海纺织工业学校机织科。她开始时又高兴又新奇，毕竟上海是中国最大的城市，有许多东西她连听都没听说过。刚入学时，她由于基础太差，学习成绩比较落后，但是，她不气馁，不懈气，抓紧一切课余时间学习。看得出她非常重视这次来之不易的学习机会。经过不断努力，她的学习成绩终于稳步提高，每一学期都比前一学期有进步。到了毕业那学期，她的成绩在班上已经名列前茅，总共六门功课，她四门5分，两门4分。

在纺织工业学校，她由于是党员、劳动模范，又当过省人民代表，于是从一开始，她就担任学生干部，像副班长、班长、团支部委员、团支部书记、总支委员、民兵排长她都干过。她本来不太愿意做这些“官”，她重视这次学习机会，不愿过多参加社会工作，只想埋头学习，将来找个好工作。但时间一久，她也慢慢习惯了。可以说，“文化大革命”前的这些经历为王秀珍日后的“出人头地”打下了深厚的基础。我们当然不能说当过人民代表、学生干部一定就会参加动乱，但对王秀珍来说，这些活动可能增强了她的活动能力和组织能力。此外，经常参加社会活动会使她变得不甘寂寞和冷落。我们在下面将会看到，失落感是怎样促使王秀珍跳出来，第一个对上级张贴大字报的。如果一个女人平时深居简出，沉默寡言，那就很难想象她会在“文化大革命”中大喊“造反有理”。也许，王秀珍的性格和经历注定了这一切。

> 王秀珍对新的工作岗位大为不满，心中充满失落感，而“文化大革命”恰是使她重新燃发青春的炸药。

1960年8月，王秀珍经过四年的校园生活，从纺织工业学校毕业，分配到上海纺织工业局设计室实习。由于她是从社会上考进学校的，社会阅历比较丰富，所以在她身上很难看到后来的大、中专学生刚毕业时的书生气和浪漫味，毕业不到一年，她就结婚成家了。实习期满后，王秀珍被分配到上海第三十棉纺织厂，人称“国棉三十厂”。正是在这里，她对厂党委产生了不满的念头。

刚来的时候，王秀珍被暂时安排在厂里的档案管理处管理技术档案，让她对新的工作岗位有个熟悉的过程。但她很快发现，这儿的生活不近人意：她上中专之前，已是副厂长，月工资79.30元，而毕业之后她的月工资只有79.20元，比以前还少了一角钱；临进厂的时候，她以为自己干过那么多的社会工作，又是党员，安排个好工作不成问题，起码也能当个车间主任，却没想到厂党委让她管了一个时期的技术档案后，只任命她为织布车间的工长；她接连生了两个孩子，既要上班又要照顾孩子，负担太重，于是偶尔迟到早退，厂里知道后，批评她工作不负责任。不用说，劳模是评不上了，她也确实已经够不上劳模的标准了。这时的王秀珍，正经历着一个女人从上升到走下坡路的时期，一切都不如向往的那么美好，生活是如此的不如意……

王秀珍一气之下，离开工厂，借调到纺织工业局管资料，想从此从工厂脱身，在机关混个一官半职。但厂里坚决不答应，坚持要她回厂工作。不到半年，她憋着一肚子的怨气，怎么走出工厂的，又怎么走进工厂里来了。在这里我们看到，王秀珍的生命就像一条崎岖的山间小溪，她此刻正静静地流淌在自己的历史中。是对现实的不满、怨气么？这是谁都有的，然而谁又能改变生活呢？生命就是你的河，所有的痛苦、烦恼、不满、呼喊、乞求都将埋入河里像泥沙一样沉积，都将被历史所埋没而仅看见静静流逝的河水。如果不是“文化大革命”，也许王秀珍的生活就这样过下去了。我们看到，“文化大革命”前的一代青年是怎样地对现实不满，而“文化大革命”又是怎样地利用人们的不满，点燃了他们心灵的炸药，然后“轰隆轰隆”，两者一起走向死亡。在“文化大革命”以前，王秀珍、王洪文，还有其他许多后来的“文化大革命”闯将们，都有着类似的经历和心理状态。

而后，“文化大革命”的火已经点燃，烧遍全中国，烧到国棉三十厂。雪片般的大字报纷纷被贴到厂墙上，没几天竟贴了上千张大字报。这些大字报的内容，除了表态拥护“无产阶级文化大革命”外，大部分都是对准厂里的私方人员。国棉三十厂原来是一家名叫“仁德纱厂”的私营工厂，新中国成立初期，民营工业进行资本主义改造，实行公私合营，厂子里还保留了一些私方人员。打倒这些私方人员对厂里有利，因而厂党委对这些大字报不慌不忙，天天嘴里叼根烟，悠然自得地在大字报下面转来转去。他们还成立了大字报组，给贴出的大字报编号，逐张抄录、分类、整理。

> 一张编号为“1051”的大字报，使王秀珍成了厂内的风云人物。遇到同是造反派的老乡王洪文，两人一见如故。

1966年6月11日，大字报组的几个人在编到“1051”号大字报时，不禁为上面的内容倒吸了一口冷气。这张题为《厂党委在“文化大革命”运动中冷冷清清！》的大字报对厂党委发出了一连串的质问：为什么捂阶级斗争的盖子？为什么把厂里的“文化大革命”运动搞得冷冷清清？大字报分三个专题：

一、修正主义建党路线；

二、修正主义干部路线；

三、对无产阶级“文化大革命”的态度。

大字报的最后，签着11个人的名字，排在最靠前的，是“王秀珍”三个字。这下子，王秀珍成了厂里的风云人物。他们十几个人贴的大字报，惊动了上海纺织局党委，于是7月20日，中共上海市委向国棉三十厂派驻了工作队。工作队来到厂里后，鉴于厂党委不能正常进行工作，决定成立“文化革命委员会”。在竞选“文化大革命”主任的时候，王秀珍的才能和资历开始发挥作用。她不仅是厂里第一个敢造厂里反的大字报的主要作者，以前还担任过那么多的干部职务，还是党员，因而她在竞选中一举成功，成为“革委”主任。但是，“文化革命委员会”是在工作队领导之下的，工作队多是“保”字号人物，而王秀珍的理想是不断造反，从厂内到厂外。很快，王秀珍与工作队的矛盾越来越尖锐。她借着批判资产阶级反动路线之机，举起了反工作队的大旗。

10月28日，王秀珍前往上海市委接待站，去告工作队的状。刚走进大门，她听见背后有人在喊:“王秀珍！”

王秀珍驻足，不知道是不是在喊她。她回过头一看，原来是她的一个老同学。

她急忙走过去，同他寒暄几句。在她同学的身边，站着一个个子很高、英俊潇洒的年轻人。她只听同学介绍说:

“我来介绍一下，她是我的老同学，叫王秀珍；他是我们造反派负责人——王洪文。”

互相问候时，王秀珍一下就听出王洪文的口音，原来他们是东北老乡！异地遇同乡，又都是各自厂子里的造反派头头儿，她感到非常亲近。她问王洪文他俩:

“你们到这儿有什么事儿吗？”

老同学告诉她，他们也是到这儿来告工作队的状的。王洪文这时插话说:

“我刚从北京串联回来，北京有最高指示：派遣工作队是错误的！”

王秀珍一听急忙说:

“这样吧，你抽空到我们国棉三十厂，给我们的造反派吹吹风，好不好？”

“好的。”王洪文一口答应。

他们说定，第二天下午，由王洪文到国棉三十厂给造反派们“吹风”。这是王秀珍与王洪文的第一次会面，也是他们合作的开始。从此以后，王洪文大胆造反，王秀珍紧跟其后；王洪文时刻不忘提携王秀珍，王秀珍也义无反顾地把自己与王洪文等人牢牢捆在一起，一起上天堂，一起下地狱……

第二天下午，王洪文如约来到国棉三十厂。王秀珍把他迎入厂工会办公室，这时，十几个造反派早已聚集等候了。王洪文给他们讲自己的北京之行，他说在北京，毛主席已经表态，刘少奇做出的派遣工作队的决定是错误的，是“资产阶级反动路线”。他的一席话把王秀珍和那些造反派们的情绪鼓动起来了，他们觉得自己受了工作队的欺骗，于是在王洪文指点下，他们召开秘密会议，决定“炮轰”工作队。王秀珍也决心不再当工作队属下“文化革命委员会”的主任，她组织手下喽啰们，成立了“捍卫毛泽东思想战斗队”。1966年11月4日，这个“战斗队”在厂门口贴出了题为《一对宝货——工作队和厂党委》，把矛头对准工作队和厂党委。当天，王秀珍又率领着她的

“战斗队”去揪人。她在前面领头，把工作队队长和厂党委负责人拉出来游街。这支“战斗队”大造声势，高喊造反口号，从临青路到平凉路、隆昌路、长阳路，在杨树浦工厂区走了一圈儿。王秀珍他们的行动引起轰动，王秀珍的名字也打出去了。

> 参加“安亭事件”，王秀珍连家和孩子也不要，竟然步行40公里从南京走到六合。

11月6日，王洪文出席“上海工人串联交流经验会”。在会上，上海各造反派头头们决定成立“上海工人革命造反总司令部”（简称“工总司”），并推举王洪文为司令。11月9日，“工总司”在上海文化广场召开成立大会。王秀珍听到消息，立刻带领厂里100多号造反队员，坐着大卡车向市中心奔去，为王洪文捧场。

但是这天的成立大会并没有达到预期目的。本来在大会召开之前，“工总司”头头给上海市委提出三项要求，其中“通令”上海市长曹荻秋参加大会、接受批判。这样的要求上海市委当然不会答应。于是，“工总司”成立大会结束，王洪文决定乘火车北上，到北京去告上海市委的状。

听到这个消息，王秀珍急忙回家准备，以便第二天同王洪文他们一起去北京。丈夫一听表示反对。她是两个孩子的母亲，平时在外面咋咋呼呼，出尽风头，可孩子在家里却受够了罪，很少得到母爱。如今她又要去北京，孩子怎么办？但王秀珍不顾这些，她的“革命”之心已定。她看到丈夫反对，一生气把孩子扔到邻居家里。

天刚蒙蒙亮，王秀珍就起来，和她手下的造反队员们一起向上海北站走去。当时，车站挤满了“工总司”的造反队员，陷入一片混乱。不久，那些造反派们挤开车站检票口的大门，一齐涌进站台。他们看见是北上的火车就上，一会儿，所有北上的列车挤得满满的。王秀珍和她的手下也挤上了一列火车。刚上车，只听一声汽笛，火车就发动了。王秀珍透过车窗看到，“工总司”的其他队员被甩在后面。作为第一批北上告状者，王秀珍的心里非常激动。她开始想，到了北京，怎样去告上海市委的状。

不料，火车开进南京后，就停在那里不动了。其时正是下午1点钟，从安亭传来消息说，王洪文的“工总司”所坐的列车，从上海出发，随后停在上海嘉定县内的安亭车站，“工总司”北上被阻，王洪文等人拦车卧轨，阻碍交通，“安亭事件”震惊中央，震动全国。

“就是走，也要走到北京去！”王秀珍坚决说道。随后，她和一部分造反队员下车步行，从南京到浦口，又从浦口走到六合。这时，从安亭又传来消息：“安亭事件”发生后，张春桥乘机抵沪，接见王洪文及“工总司”其他负责人，答应他们提出的五项条件，把事件的责任推到上海市委身上。这样，北上告状的目的已经达到。王秀珍一听，决定返回上海。

> 在张春桥的提携下，从此她义无反顾地登上了“四人帮”的贼船。只要是“四人帮”干的坏事，她都有份。

11 月 21 日上午，王秀珍接到王洪文的电话，说要给她引见一位领导，叫她速来。她一听，撂下电话就走，不一会儿，来到红都剧场。

王洪文一看自己造反的“急先锋”来了，急忙叫她过来：

“王秀珍，这是张春桥同志。”

当时，张春桥是中共上海市委书记处书记、“中央文革”的副组长，比面前的两个年轻人职务高得多。王秀珍看着这个头戴眼镜、高深莫测的领导，一时不知所措。还是张春桥先说话了：

“早就听王洪文同志谈起过你。你是党员，又是劳模，在革命运动中可一定要起表率作用哟。”

王秀珍赶忙点点头。这时的张春桥，羽翼未丰，还在到处物色人才，他看到王秀珍的政治条件不错，又是妇女，具有得天独厚的条件，因而就真心实意地想把她拉拢过来。而王秀珍也不是傻瓜，她知道跟着张春桥、王洪文干有一定风险，但如今张春桥头顶中央，脚踩上海，是通天的人物，跟着他干不会吃亏。

王秀珍很快就尝到了甜头。1967 年上海“一月革命”时，她立即起来夺权，成了国棉三十厂的一把手。2 月，“上海市革命委员会”成立后，张春桥点名要她，把她调入“革委会”当副主任。这样，王秀珍在造反派中的地位迅速上升，排名仅次于王洪文。只是由于她一心一意地听张春桥、王洪文的话，对王洪文服服帖帖，亲密合作，所以王洪文并不介意，反倒对她另眼相看。

人民日报

中共中央、国务院、中央军委、中央文革小组

给上海市各革命造反团体的贺电

▲1967年1月11日，中共中央、国务院、中央军委、中央文革小组联名致电上海各造反派团体，肯定了他们的夺权行动，并号召全国学习他们的“经验”。此后，夺权风暴席卷全国（历史资料）

写到这里，我们的叙述开始有一些困难，因为自从王秀珍当上革委会副主任后，她的所作所为总是与王洪文等人，特别是徐景贤、马天水联系在一起。在他们所做的这些坏事当中，有的她只是参与，有的则充当了主角。我们可以说，只要是“四人帮”在上海所犯的罪行，王秀珍都参与了：“一月革命”以后，她诬陷中共上海市委第一书记陈丕显、上海市长曹荻秋和市委常委、市人大和副市长是“特务”、“叛徒”、“反革命分子”、“走资本主义道路当权派”，对他们进行残酷迫害；在党的“九大”上，她又伙同王洪文、马天水、徐景贤等人编造《陈毅反动言论小集》，散发给与会代表，诬陷上海的老市长陈毅“投降帝修反”，“包庇反革命”；“文化大革命”后期，她又参与了在张春桥、王洪文指使下的试图策动武装叛乱的事件……

但王秀珍毕竟有自己的“个性”，不会完全混同于其他人。她深知自己的权力是张春桥、王洪文给予的，所以她为他们做起事来格外卖力。1967 年 1 月和 1968 年 4 月，上海人民两次掀起“炮打张春桥”的斗争，张春桥为此惊恐万分。特别是第二次斗争，上海师范学院、复旦大学等大学的一些人居然把张春桥在 30 年代反对鲁迅的事搬出来作炮弹，这使张春桥非常害怕，因为一旦这件事传出去，他的政治生命就完了，于是他急令上海市“革委会”镇压。王秀珍深知他的难言之隐，就急忙跳出来为他“解难”。1968 年 9 月 4 日到 6 日，王秀珍和徐景贤带着一些人，对上海市 26 所大专院校的教授、教师、学生和工作人员，进行非法搜查，以便找到“炮打张春桥的黑材料”。王秀珍还亲自到上海师范学院、复旦大学、交通大学检查和部署，非法检查了共 1 万多人。这还不算完，1970 年到 1971 年，王秀珍又多次部署大专院校追查、迫害反对过张春桥的干部、群众。她指示说：“要深挖炮打根子”、“对这批新生反革命不能手软”。在她的指使和指挥下，光复旦大学、上海师范学院、华东师范大学、上海第一医学院、上海外国语学院、上海科技大学六所院校，遭受迫害的就有 400 余人，其中被逮捕、监禁 128 人，迫害致死 5 人，逼疯 3 人。

> 在张春桥的策划下，王秀珍与其他“小兄弟”一跃成为中央委员。

张春桥很快就被“感动”了。1969 年，中国共产党第九次代表大会召开。会议召开以前，选举“九大”代表的时候，上海市委很快就内定了一个名单，张春桥看了以后直皱眉头：“‘工总司’是上海老造反的主体，‘九大’代表只一个王洪文，太少了！”这样，王秀珍和其他“工总司”造反派负责人的名字被写进名单。王秀珍做梦也没想到，在“九大”会议上，她不仅能被选为代表，而且被选进了大会主席团。大会选举结果，她与王洪文、徐景贤等人都一跃而为中央委员，地位骤然上升。在 1973 年召开的“十大”会议上，王秀珍仍然“鸿运高照”，继续当选为“十大”代表、主席团成员、中央委员，由此她达到了自己政治生涯中权力的顶峰。尝到甜头的王秀珍对张春桥、王洪文更是死心卖命。

1974年3月30日，张春桥的妹妹张佩瑛在上海一家医院动手术时忽然死亡。事故原因是手术前麻醉时，医生方兆麟过于紧张和疏忽所造成的。很显然，这只是一起医疗事故，但是上海市革委会的负责人还是向张春桥打电话，请示指示。张春桥表面上提出三点，即：一、丧礼要尽量简朴，不要超过一般的工作人员；二、不要去整这次医疗事故的医生；三、不幸的消息暂时不要通知母亲。但私下里，他写信给儿子，要上海市革委会调查这件事。当王秀珍从张家得知“指示”后，立即向几个头头传达，决定成立调查组，调查张佩瑛死因。这个由上海市文教组、上海市卫生局和上海第一医学院组成的调查组，经过仔细调查分析后认为，这次事件纯属医疗事故，方兆麟医师从未有过政治问题。但是王秀珍对这个结论非常不满，她认为这个调查组严重右倾。张春桥妻子也秉承丈夫的旨意在一旁煽风点火，说张春桥对妹妹的死非常难过。王秀珍一听就明白了，她把调查组负责人叫来，狠狠地批了一顿，然后提出，调查组要加强力量，必须从工宣队调一些人来充实。她根据王洪文、张春桥的授意，要求从阶级斗争和路线斗争的高度来对待这件事。在王秀珍的直接指挥下，这个调查组干出了一件又一件荒唐事。

新的调查组名为“上海市革命委员会调查组”。王秀珍把负责人找来，说：“这个案子很重要。前些时候，春桥同志来信，让市委不要太费心，这是他的谦虚。我们必须好好干，必须查清这次事件的真相。”过一会儿她又说：“这是一个严重的政治事件。可以说张佩瑛同志死于两条路线的斗争中，你们要从阶级斗争、路线斗争的高度来看待问题。要彻底揭发、彻底批判、彻底查清！”

有了如此严厉的指示，这个调查组于是便开动脑筋，发挥想象力，有缝就查，有洞就钻，“发现”了方兆麟及其亲友的一大堆“罪证”：一会儿他们说方兆麟妻子用的打字机是为了方便搞间谍工作的发报机；一会儿又把有人往方家送大黄鱼引申为是方兆麟的同案犯；忽而认为妻子是丈夫的同谋，忽而姐夫又成了真正的杀人凶手。所有这一切“罪证”荒唐离奇，让人忍俊不禁。对此，方兆麟坚决不承认。但在淫威之下，他完全绝望了，于是给妻子写了催人泪下的“绝命书”：

> 我没有故意去陷害张佩瑛同志，这是肯定的。处理是组织上的事。
>
> 要自己保重身体。对不起您。
>
> 孩子设法养大，为党为人民多做些工作。
>
> 有困难找兄姐帮忙一下。
>
> 我办公室右手抽斗信封中，有一百三十元，是我平时积下的（钥匙在学习班处）。

短白大衣在麻醉科柜子里。

把业务书和杂志都卖掉罢！剩一些政治书就行。

兆麟

因为方兆麟的坚决不承认，调查组始终查不到"精心策划谋害张佩瑛"的证据。王秀珍对此非常恼火。因为完成不了这项"任务"，她就无法向"春桥同志"交代。最后实在无奈，她下令把方兆麟无限期地关押在秘密监狱里。眼看着一个无辜的人就要一辈子过铁窗生活，这时，一件意想不到的事情发生了。1975年秋，周恩来总理得知了这件事，就把张春桥叫来对他说道：在医疗界出医疗事故是难免的，医生要吸取教训。但是，因为死者是你的亲戚，你就那样做，恐怕不妥。一席话说得张春桥无言以对……不久，方兆麟就获释出狱。这一连串的变化，使一向善于见风使舵的王秀珍目瞪口呆，不知道如何应付。

王秀珍还没意识到自己所靠的是座"冰山"。时光已经流到1976年4月8日。这天凌晨，睡得正香的王秀珍被一阵电话铃声吵醒。她摸起电话，是王洪文从北京打来的。王洪文告诉她，北京发生了天安门事件，上海必须立即抓紧训练民兵，以备后用。王秀珍明白王洪文的意思，江、张、王、姚已经给上海市革委会提出组织训练民兵，王秀珍他们也早就开始准备了。这次王洪文一提醒，王秀珍立刻意识到问题的严重性。她指示上海市民兵指挥部加紧训练，并进行演习。她还为这些民兵进行战前动员：

现在形势复杂，斗争是长期的，今后会更复杂、更激烈。

我们要有出现反复的思想准备，无非是杀头坐牢，杀了头不过碗大的疤。

我们要豁出命来干，不能做投降派，不当叛徒，要干到底！

一派磨刀霍霍之声，使人难以相信此话竟出自一个女人之口。但是当1976年10月13日，王秀珍和马天水、徐景贤从北京返回上海时，他们的杀气都消失得无影无踪。王秀珍走下飞机舷梯的时候沉默不语，如同霜打的茄子。她的靠山们倒了，她从此无依无靠了。

1982年，上海市高级人民法院公开审理王秀珍反革命案。她坐在被告席上，眼睛收回了往日的凶焰和亮光，她穿一件的确良衬衣，扣子系到脖颈，梳一般妇女常梳的剪发头，绝望地望着地面。

> 从“棚户区”走出来的陈阿大，满身散发着旧社会的恶习，是上海滩上一个十足的无赖，人送外号：“阿污”。

“文化大革命”时期是一个极其特殊的历史时期。

“文化大革命”年代是一个黑白颠倒的年代。那时候，“是”和“非”，“黑”与“白”，“真、善、美”同“假、恶、丑”，都呈“胶着状态”掺和在一起；泥沙俱下，鱼龙混杂；“新生事物不断涌现”，恶性事件经常发生；“一代新人在成长”，乱世“英雄”起四方。

被称为“流氓大亨”的陈阿大就是一度作乱上海、威霸一方的乱世“英雄”。

在“文化大革命”中，陈阿大是全国最有影响的造反派组织——“上海工人革命造反总司令部”的一个头头，上海市革命委员会工交组的负责人，中共上海市委列席常委，四届全国人民代表大会常务委员会委员，等等。更引人注目的是，陈阿大还是当年王、张、江、姚“四人帮”的头面人物王洪文的心腹小兄弟，是王洪文手下“五虎将”（指“工总司”成立时期的“元老”——陈阿大、黄金海、叶昌明、马振龙和戴立清）中的第一员大将。曾几何时，他们这帮乱世魔王飞扬跋扈，搅得上海滩腥风血雨、日月无光。可以想象，如果“四人帮”反革命集团的阴谋能够得逞的话，有“四人帮”的“栽培”，陈阿大的“前途”定是不可限量的。

陈阿大，生于绍兴乡下的一个贫民家庭。他长得五短身材，一口绍兴方言，出语粗俗，喜欢运动，“文化大革命”初期造反时才24岁。

陈阿大小的时候，母亲在上海给人家当用人，父亲在上海做小生意，他从小在绍兴乡下长大。12岁那年，他不慎跌折了腿骨，母亲把他接到上海疗养，与父亲住在一起。就这样，陈阿大的命运开始与上海滩连在一起了。

因为经济困难，陈阿大初到上海时，和父亲两人在沪西贫民住宅区向一户房主以每月两元的搭铺费租了一个床位，父子俩抵足而眠。这个房间里还设有十几个床位，住满了像陈阿大父亲这样的小摊贩。

在这样的一个“贫民窟”里，小摊贩们的精神文化生活极为贫乏。每天晚上，百无聊赖，他们唯一的娱乐活动就是打牌赌钱。50年代初期，上海刚刚开始禁赌，人们不敢公开聚赌，但却三五成群，遍开赌场，特别是在“贫民窟”里，酸、涩、苦、狠的赌风相当盛行。

没有念过书的陈阿大，白天在外边是闲逛散混的野孩子，晚上自然就成了“贫民窟”赌场的学员。在这样的环境里，他耳濡目染，很快就学会了赌博。当然陈阿大这时候所学会的，还只能算是“赌博游戏”，谈不上“赌钱”，更不是后来那样把个人做赌注的“人生赌博”。可以说，在陈阿大的价值观和人生观中，“赌博”是一条主线。

▲陈阿大（历史照片）

一年以后，陈阿大的弟弟也被从乡下接来上海。父子三人搬出了“贫民窟”里的那个住处，另外租了一间用竹片和泥巴搭起来的简陋棚子，上海人称之为“棚户区”。在这里，陈阿大有几个年纪小小的朋友，喜欢谈论妇女，甚至调戏妇女，陈阿大先是旁观，看得好玩，后来慢慢地也学得流里流气，满口脏话。对此，陈阿大1971年在“工人代表大会”的“整风会”上承认过：“当兵前也有流氓无产者作风。”

“陈阿大”这个名字，在他那些朋友的口中是不大会喊得出来的，人们半真半假地喊他“阿污”，老百姓也背地里轻蔑地骂他“阿污”。“阿污”是上海土语，既有“草包”、“差劲”的意思，又有“假正经”的含义。好在陈阿大都“当之无愧”，因为这非常形象地刻画了他的性格特征。说起来也真有趣，陈阿大对“阿污”这个称呼并不计较。也难怪，他没有文化，很难品味“阿污”的几种含义，甚至还认为人家对他“亲热”呢，顶多也只不过以为是开开玩笑而已。

人们说，陈阿大既然是“阿污”，就难以当英雄;想着当“英雄”，就难免“四不像”。正如演员一样，倘若当惯了小丑，再去演小生，不要说观众看了别扭，连自己也会觉得憋得慌。实践也证明，“文化大革命”中那些靠造反起家，或是被“皇亲国戚”用“裙带”扣着脖子拉上高高的政治舞台的风云人物，现在看来，一个个都显得那么滑稽可笑。

自称是“流氓无产者”的陈阿大是1958年8月当上中华造船厂的临时工的。熬了三年，又应征入伍当兵。在部队里，他有点受不住了：部队生活紧张，训练频繁，纪律严格，这对自由散漫惯了的“阿污”来说，无异于头上多了个“紧箍咒”。同时，他原来在工厂里每月有50多元的工资，而当了小兵后每月却只有6块钱的津贴费，根本不够他开销。实在熬不住了，就想提前退伍，但又找不到正当理由。于是，他使出了上海滩上小流氓耍无赖的办法——装病。然而，没能“奏效”。陈阿大自己曾经向人家承认，他是上海兵中表现最差的一个。好不容易熬到三年服役期满，陈阿大退伍回到上海，分配在良工阀门厂当工人。没有了部队里那些约束，陈阿大游手好闲、自由散漫的本性暴露了。上班时，嫌“人被机床管着不自由”，下班后，又觉闲得无聊没事干，于是，他很自然地操起了打牌赌博的“老行当”，为此，他经常挨工厂领导的批评。

在工厂里同事们的心目中，陈阿大是个缺少教养、性情粗野、随心所欲的人。他粗鲁卑俗，喜欢没轻没重不知高低地开别人的玩笑，而别人的反应他可不管；同样地，他也自轻自贱，能够远远地超出常人那样忍受别人的嘲弄。粗看起来，他头脑简单，好讲大话，其实他还善于藏奸于拙，工于心计。他是一个多重性格的人物。有人评价他有旧式农民的愚昧，有刁巧小市民的狡猾，有奸商生意人的见风使舵，有痞子无赖者的不要自尊。陈阿大的这些品性，伴随着他造反当官、平步青云，直到他利令智昏、忘乎所以，歇斯底里地“跳入铁窗”。

胸无点墨的陈阿大，一直想冲上社会，闯荡江湖，闹出点名堂来。

说到造反派起家，几乎都离不开“四大”（大鸣、大放、大字报、大辩论），在“四大”当中，除口头“鸣”“放”“辩论”以外，几乎都要借助于“大字报”。然而，陈阿大却是例外。这也算是他这个流氓大亨造反派的“一奇”吧。

“文化大革命”之初，大字报铺天盖地。写大字报的多少，简直就成了“真革命”和“假革命”的“分水岭”、“试金石”。这可把“胸无点墨”的陈阿大急坏了。几次试笔，笔重千斤，怎么也写不出像样的东西来。情急“智”行，陈阿大盯住了厂里的一个同事，要人家把写好的大字报送给他。人家当然不肯轻易地失去“革命性”了。可陈阿大毫不死心，死皮赖脸地磨着对方不放：“我请你到国际饭店吃一顿，这张大字报算卖给我，好吧！”简直把他的那位同事搞得哭笑不得。

“立德、立功、立言”被中国人视为人生的殊荣和光宗耀祖的根本，其中“立言”更为人们所看重。德再高，功再大，史无记录，何以晓谕子孙、荣耀后世？因而，中国人向来又有修史立传的传统。这一点“阿污”陈阿大虽然想不到许多，但后来还是沾到了一点边。

1967年，“工总司”为了检阅自己的“胜利成果”，决定举办“一月革命胜利万岁”展览会。陈阿大的鼻子上冒汗了——自己虽然发迹了，但在个人的造反史上，竟然没有一张大字报可以作为文字根据呀！于是，陈阿大特地请人补写了一张大字报“底稿”，一本正经地签上自己的大名，作为“文化大革命”初期的“造反文物”送到展览会。

在红卫兵扫“四旧”时期，作为良工阀门厂造反队负责人的陈阿大，纠集了一帮人，在厂里冲击领导部门，围攻干部和不同观点的群众。他的指导思想是：“厂里这帮赤佬，统统要找他们算算账！”为什么要“算账”，又怎么个“算”法，陈阿大一概不知。造反初期的陈阿大也够狼狈的了。有一次，他硬是要给一个普通群众“戴高帽子”，说人家是“四类分子”（“四类分子”指地主分子、富农分子、反革命分子和坏分子），并要把她拖出去游街。一部分干部和工人反对他那样做。双方你推我拥、争执不休，不知怎么回事，那顶高帽子突然罩到陈阿大头上去了。社会上造反的红色风暴刮起来了。

陈阿大凭着本能，嗅到了外边的“火药味”，要把注意力从工厂转向社会。他摩拳擦掌地说：“在工厂这块小天地闹不出什么名堂来，只有闹到社会上去，才有可能出名，闹出名堂来。”8月底9月初，首都赴沪红卫兵聚集在上海市委大楼门前，“炮轰上海市委”，冲击市委办公大楼，陈阿大在一边看着，心里直发痒，越看越带劲。后来，他索性带着厂里的造反派，跟着北京来的红卫兵，冲进市委机关，爬上市委大楼楼顶，插上了红卫兵的大旗，占领了市委大楼。

就这样，陈阿大开始杀上社会去“闹点名堂”了。

> 千载难逢的“机遇”来到“阿污”身边，成立“工总司”后，陈阿大成了王洪文手下的“五虎上将”之一。

就凭着陈阿大像以上那样地折腾，他很难有个“出头之日”。说“时势造英雄”也好，说“乱世出妖孽”也成，看来陈阿大该“时来运转”了：1966年11月6日这个千载难逢的“机遇”带着迷人的媚笑来到“阿污”的身边，转舒玉臂，只一把，就把陈阿大拉到了他政治生涯的转折点。1966年11月5日，在上海西区愚园路311号一幢漂亮的小花园洋房里，一大群红卫兵在忙忙碌碌地筹备着一个会议。这是一些以“天下者，我们的天下；国家者，我们的国家；社会者，我们的社会。我们不说，谁说？我们不干，谁干？”的最高指示为座右铭的“文化大革命”的使者。大概连这些红卫兵小将们自己也意想不到，他们正在筹备的这个会议，将会对以后的上海及至全国的“文化大革命”的形势产生怎样的影响。

这是“首都红卫兵第三司令部驻沪联络站”的小将们。他们正根据联络站“来访登记簿”上的地址，发出电话邀请，请人于11月6日来参加座谈会。

陈阿大自然属于被邀请者。

陈阿大当然喜滋滋地来参加座谈会了。

就在这个座谈会上，酝酿成立“文化大革命”以来全国第一个跨行业的工人组织——“上海工人革命造反总司令部”，王洪文为“司令”，其领导核心的成员即前面已经介绍过的陈、黄、叶、马、戴“五虎上将”。

文者思“治”，武者欲“功”，既无文韬又少武略的陈阿大当上了王洪文“五虎”之第一名爱将，起初的表现并不怎么“出色”，甚至可以说，在“工总司”成立的最初几个月，陈阿大几乎没有起什么大作用。

“文化大革命”的过来人都知道，张春桥和王洪文当年为搞乱上海，以便乱中夺权，曾经先后制造了震惊中外的“安亭事件”、“《解放日报》事件”和“康平路事件”。在这几个事件中，不少人都上蹿下跳，作了充分的表演。可是不知道陈阿大是属于“大器晚成”呢，还是此时“胸中无底”、“艺高胆不大”，反正他“表现平平”。

在蒯大富的红卫兵第三司令部驻沪联络站的支持下，“工总司”在1966年11月9日的批判上海市委执行资产阶级反动路线的大会上，正式宣布成立了。因为王洪文是当时参加会议的仅有的两名党员之一，故被推举为大会五人主席团成员。由于这个“工总司”是一个违反当时中央规定的跨行业组织，中共上海市委根据中央精神，采取了不赞成、不支持、不参加的方针。

“工总司”没有得到市委的承认，就在会后组织了请愿游行，去市委大楼揪市委领导，一直闹到深夜。在毫无结果的情况下，10日凌晨，“工总司”决定由王洪文带2000余人冲进火车站，强占列车，声称赴京请愿。火车开离上海不远，被铁路局下令阻留在安亭车站。王洪文等立即下车，煽动群众卧轨拦住火车，致使沪宁线中断运行36个小时，上海站36趟列车不能发出，开往上海站的近百趟客货车被迫停在沿线各站，严重破坏了交通和生产。

事发后，上海市委及时向中央作了汇报。当时“中央文革小组”组长陈伯达电令华东局和上海市委顶住，坚决不能承认“工总司”是合法的革命组织，不能承认卧轨拦车是革命行动。但稍后，“中央文革小组”却决定派张春桥到上海处理这一事件。

11月12日，张春桥到上海，绕过华东局和上海市委，自行驱车去安亭，先找王洪文等几个造反派头头开会，私自与他们达成协议。第二天下午，他又在上海市文化广场正式签字同意“工总司”提出的五项要求。

对此，上海市委负责人曾打电话向中央汇报，并开会对张春桥提出了批评。但张春桥事后却得到了陈伯达、江青的赞同以及毛泽东的批准，上海市委也只好接受了既成事实。

从此，“工总司”因得到“中央文革小组”的肯定和支持而为所欲为，王洪文也因此作为“革命左派”和“英雄”而发迹，张春桥则借机为自己培植了一支以王洪文为首的篡党夺权的反革命帮派势力。

按理说，王洪文发迹了，“工总司”露脸了，陈阿大也该“神气”了！事实并不完全是这样。

在“安亭事件”中，陈阿大本该在王洪文面前好好“立一战功”的。但是那天他奉王洪文之命，留在上海看家。后来，他听说乘车北上的造反派被阻于安亭，便带着许多酱菜赶去看热闹。他到了安亭，只见一片混乱，造反派拦阻的火车排成了望不见尽头的长龙。他后来承认：“我看到这个情况害怕了，没有与王洪文、潘国平、黄金海等人联系接触，就一个人偷偷溜回上海。”当年的陈阿大，在事后每想起“安亭事件”中的个人形象，还暗生愧念呢！

上海爆发“《解放日报》事件”和“康平路事件”。在这两次事件中，“阿污”胆量大有长进，但他胸无谋略，充其量还是个跑龙套的。

时隔不久，上海的“《解放日报》事件”和“康平路事件”又实实在在地为陈阿大提供了在王洪文等人面前“好好表现表现”的机会。

“《解放日报》事件”是指上海市大专院校红卫兵革命委员会（简称“红革会”）强行封闭上海《解放日报》社的事件。事情的起因是：“红革会”办的红卫兵小报《红卫兵战报》刊登了一篇题为《〈解放日报〉是上海市委推行资产阶级反动路线的工具》的文章，并无理要求把这份报纸与《解放日报》同时发行。《解放日报》社领导根据上海市委的指示精神，拒绝了“红革会”的要求。于是“红革会”决定占领报社，封闭《解放日报》。1966年12月1日，数千红卫兵进驻报社，使报纸无法发行。这一行动受到了上海工人群众组织赤卫队的反对。大批赤卫队员到《解放日报》社附近示威，高喊“我们要看《解放日报》”等口号，并与“红革会”展开了街头辩论。与赤卫队对立的“工总司”闻讯，立即派人来支持“红革会”的行动。人越来越多，双方由争辩发展到争斗，持续8天8夜。12月8日，中共上海市委被迫答应了“红革会”的条件。

“康平路事件”是“文化大革命”初发生在上海的一场大规模武斗。

由于在“安亭事件”和“《解放日报》事件”问题上，毛泽东支持了张春桥的处理办法，上海市市长曹荻秋只好答应了“工总司”和“红革会”等造反组织的条件和要求。赤卫队对此很不满意，于12月23日召开批判大会，提出了与“工总司”相对立的八项要求。曹荻秋被迫在会上签了字。两天后，“工总司”又召开批判大会，揪斗并迫使曹荻秋当众宣布给赤卫队签字的八条作废，认定赤卫队是“保皇组织”。这样，两派的矛盾开始激化。

28日晚，赤卫队调10000余人包围了位于康平路的上海市委书记处，要找曹荻秋、陈丕显算账。在北京的张春桥闻讯，立即打电话给他的妻子李文静说：“胜利果实不能被赤卫队夺去，要告诉造反派不能置之不理。”第二天，李文静从家里给市委联络站的头头徐景贤打电话，传达了张春桥的“指示”。徐景贤立即向王洪文和朱永嘉等“造反联络站”的成员传达，并转告各造反派组织的头头。王洪文等立即在衡山宾馆设立“总指挥部”，在荣昌路60号设立“前线指挥部”，紧急调动人马。29日晚，10万名“工总司”人员被调集到康平路一带，将不到3万人的赤卫队人员围了起来。在这十分危急的时刻，张春桥授意李文静制造了一个谣言：赤卫队“炮打‘中央文革’，抄了张春桥的家”。于是，“工总司”借此下令向赤卫队员冲击，出现了大规模武斗。到30日清

▲“文化大革命”时期，各地造反派之间频频发生武斗，图为大批造反派成员乘汽车去武斗（历史照片）

早7点多钟，近2万名赤卫队员被缴下袖章，91人受伤被送去医院。“工总司”乘胜追击，把全市的赤卫队组织全部砸掉。

正如1967年3月8日张春桥所说的那样：（当时）我们打电话叫造反派参加战斗。后来造反派就冲了，把赤卫队打垮了……这次较量，是个转折点。这一仗一打，（上海）市委就瘫痪了。

“康平路事件”在全国开了武斗夺权的先例。和在“《解放日报》事件”中一样，“工总司”在“康平路事件”中也起到了“造反夺权”的“先锋”和“模范”作用。

在这两起事件中，陈阿大虽然比在“安亭事件”中胆子大了一些，但由于他胸无点墨，既不会策划指挥，也调动不了人马，只是充当了跑跑龙套的角色。但见他风尘仆仆，脚步颠颠，一会儿大着嗓门督战，一会儿又学着首长的派头去“前线”鼓动：“革命造反派的同志们，你们辛苦了……”

> 没有什么“战功”，却不断被王洪文重用，原来“阿污”也有他自己的看家“绝活”。

看来，陈阿大在这些惊心动魄的大事件之中，并没有给“四人帮”立多大“功劳”，可是他却在这段时间里，越来越被王洪文看中，甚至成了“亲信”。能简单地解释为“同流合污”或“气味相投”吗？

不用说，陈阿大与“工总司”的其他头头相比，各方面都“不过硬”。他不像叶昌明、黄金海那样会动脑子、善出点子，也不像戴立清和马振龙那样能说会道。在王洪文的“五虎将”中，他的能力在其余四人之下。

俗语说：“虾有虾路，蟹有蟹路。”陈阿大若没有几招拿手的“绝活”，是不会得到王洪文的赏识的。

原来他是善于“紧跟”，死心塌地地“紧跟”，特别是陈阿大这种不学无术的“阿污”，经常死心塌地地“紧跟”，非常容易受到王洪文的信任。

因为王洪文对其他有能耐的人始终存有戒心，而对陈阿大这号人物，实践证明王洪文是“大撒把”地使用。在“知识越多越反动”的非常时期，“阿污”陈阿大在“工总司”里颇有“名望”。随着“工总司”在上海的“文化大革命”运动中地位的日益巩固，陈阿大在王洪文的骨干中的核心地位也就越来越突出。

1967 年 1 月，上海掀起了“一月夺权”的高潮。越是接近夺权的胜利，造反派内部的矛盾越突出。王洪文遇到了来自兵团内部很大的麻烦。原来属于“工总司”的一、二、三兵团和“工三司”、“野战兵团”公开反叛，亮出了独立的旗帜，不再承认自己受“工总司”的领导了。颇有心计的王洪文考虑到“大敌当前”，上海市委还没有真正地被打倒；反对派赤卫队组织垮了，“人还在，心不死”；他必须利用共过事的那些兵团去击垮“保守派”。想到这里，王洪文对上述组织准备采取宽容的态度。

一天晚上，总部的一个常委悄悄地召集“工总司”所属的 10 个区的联络站的头头在一所中学的地下室开会，讨论兵团问题。王洪文被找去了。大小头头们在会上逼着王洪文表态，非要他解散兵团不可。面对众人的指责，王洪文一声不吭。会议一直开到深夜，大家表示，王洪文不同意解散兵团就不放他回去，有人甚至还提出来要把王洪文开除出“工总司”。

正在僵持不下的时候，陈阿大率领一帮子人闯进来给王洪文“保驾”了。他一进门就气势汹汹地嚷了起来：“怎么？！你们是想绑架王洪文？王洪文是我们司令，谁敢动他一根毫毛，我就不客气！”没等众人还过神来，陈阿大等一边嚷嚷，一边簇拥着王洪文扬长而去。

为此，王洪文曾十分感激地对陈阿大说：“在我最困难最危险的时候，你这样坚决支持我，救我，我是永远不会忘记你的。”

从此，陈阿大也就一再地在“工总司”内宣称：“谁要反对王洪文，我就把他抓起来！”

“阿污”是出了名的武斗狂，在连续不断的武斗中他找到了“自我”，张春桥喝彩道：“哪里有武斗，哪里就有陈阿大。”

人们都还记得，在“安亭事件”中，刚开始造反不久的陈阿大还有所顾忌，见到铁路阻塞火车排长串就感到害怕。可是，只过了几个月，陈阿大就“突飞猛进”地天不怕、地不怕了。他天性中的卑劣欲念在“文化大革命”中受到鼓动和纵容：蛮不讲理变成“立场坚定”，胡作非为变成“敢于斗争”，连没有文化、缺少教养也变成了“忠诚朴实”和“阶级感情深厚”了。他热心于参加各种武斗，与他毫不相干的冲突他也一定要去插上一手。有人评价他“既有小市民的爱看热闹、好管闲事的秉性，又有流氓的好‘札台型’、爱充‘大亨’的恶习。在一场又一场的武斗中，他找到了‘自我’”。这，堪称绝评。

在大大小小的冲突和武斗中，人们很容易看到陈阿大的身影：他经常头戴罗宋帽，帽里藏着一段绳子，说要抓谁，脱下帽子取绳子就绑。他参与“版司”、“版联”武斗，插手上钢二厂武斗，挑动纺织局的一派去砸另一派。他动不动就说句口头禅：“调几万人去踏平它！”在1967年1月28日的“炮打张春桥”的事件中，他竭力主张调动人马去“摆平”“红革会”；3月间，“工总司”静安区分部的一个常委因冲击公安局静安分局被拘留，陈阿大闻讯立即与戴立清等赶去大闹，以后又连续冲击静安分局，抓走副局长及其他干警；这一年，青浦县连续发生大规模武斗，工厂停产，农民进城，冲突规模越来越大，陈阿大几次前去支一派、打一派，扩大矛盾，煽动武斗，甚至扬言要调动大批人马去“踏平那些阿乡”。10年后，陈阿大承认，经他挑起或有他插手的武斗，能够算得上数的就有十几起。

陈阿大不仅热衷于打派仗和搞武斗，他还是一个迫害狂。1967年，“上体司”以武斗打人和滥抓无辜而闻名上海滩。对此，陈阿大非常欣赏，并学着“上体司”在良工阀门厂也搞了个“良体司”，以维护社会治安的名义，随意抓人，滥加迫害，什么“翻跟斗”、“吃大板”、“爬煤渣路”、“自打耳光”等，所用惩罚名目繁多。尤为恶劣的是，陈阿大还把被害者挨打时发出的怪叫声录下音来，再放给其家属听，以此逼迫其家属“揭发交代”。

另外，陈阿大为了显示自己对王洪文等“紧跟”的“忠诚”，非常善于投其所好地向王洪文作“小报告”。

“工总司”的常委范某自己觉得和陈阿大关系较好，并认为陈阿大没什么心眼，同他讲话毫无避讳。1967年1月里的一天，这个负责“工总司”总部组织工作的范常委和陈阿大等人议论他们的两个“司令”——王洪文和潘国平，说潘国平没有责任心，不干实事，贪玩贪色；又说王洪文没有能力，胆小怕事，不敢负责任；还说这两个头头不常来总部，不知在外面干了些什么名堂；甚至还说再这样下去，要重新组织常委班子，把王洪文和潘国平开除出去。范某半真半假地说：“只要你们支持我，我愿出来撑大旗。”

陈阿大听了，不动声色地附和了几句，一转身立即密报王洪文：“范要搞你，你千万当心，这是宫廷政变。”王洪文闻之一惊，立即策划，第三天就在一次会上以迅雷不及掩耳之势把范某抓了起来，关进上海公安局杨浦分局。

就这样，陈阿大以自己对王洪文的绝对忠诚，赢得了王洪文的特别信任。以至于后来在“工总司”的头头当中，除了王秀珍以外，陈阿大算是升迁得最快的一个。

> 王洪文一句话，让陈阿大不仅当上了人大代表，而且还列席市委常委会议。

必须看到，没有王洪文乃至张春桥的赏识提携，陈阿大是绝难如此幸运升迁的。因为陈阿大那两下子，与其说是他找到了主子，倒不如说是王洪文等发现了奴才。陈阿大当年在私下里曾坦然地对别人说过：“王洪文靠张春桥，阿拉靠王洪文，今后会有好日子过。”这不只是陈阿大的心里话，也是他在公开场合所有行动的真实写照。

1968 年初，陈阿大被调到上海市革命委员会工交组去当二把手。这个工交组负责全市工业生产，是市革命委员会中最重要也最有权的一个部门。凭陈阿大的本事，除了武斗，就是说大话，现在一下子把他放到这么个重要的位子上来，连他自己也觉得担当不起。他去找王洪文，王洪文向他交底了：“叫你到工交组是我和张春桥的决定，你是代表‘工总司’去掌权的。这是对你的信任。”接着王洪文又特别关照：“你是工人造反派中第一个到市革委会工组办去掌权的人，这是培养你。”陈阿大就这样诚惶诚恐地接受了王洪文、张春桥的培养和关照。

但“阿污”毕竟是“阿污”，陈阿大的粗野在上海滩闻名了，许多人在张春桥的面前告他的状。但张春桥需要的正是这种文盲加流氓式的打手。在一次会上，人家当面状告陈阿大，会后张春桥特地把他安慰了一番：“有什么好怕的，这算不了什么问题”，“不打不相识嘛！”

这一针强心剂真管用，陈阿大马上就神气起来。“我这个市革委会委员就是打出来的！”陈阿大在当上市级领导后，曾直言不讳地吹嘘。

不久，陈阿大又当上了中共“九大”代表，并很快地接连被“提拔”为第四届全国人大常委和中共上海市委员会列席常委。不过，确切一点地说，这个“列席常委”是陈阿大自己“讨”来的。陈阿大当上市革委会工交组负责人之后，曾多次向王洪文念叨：自己这个市革委会部门负责人连市委委员都不是，工作不好开展。王洪文便示意金祖敏和王秀珍，要他们将陈阿大和“五虎将”之一、市总工会负责人叶昌明安排为列席常委。王秀珍找来陈阿大：“你和叶昌明进了市委，我们新干部在市委中的力量就强了。你们要好好干，不要辜负春桥、洪文的希望。”“阿污”连连称是。

1973 年，王洪文到了上海。在上海市委讨论四届人大代表候选人的常委会上，王洪文指定要让陈阿大当代表：“在上海代表中缺乏有影响、有代表性的造反派头头人物，需要考虑。我建议是否把陈阿大放上当代表，他是有影响的代表人物，这是我和张春桥商量过的。”

王洪文的一句话，就让陈阿大当上了人大代表。陈阿大临去北京开会之前，市革委会组织组的一个负责人向他透露：“你这次不仅仅是当个代表的问题，主要地考虑你当人大常委会委员，这个你心中要有数。这是斗争的需要，是王洪文直接向市委提出来的，我们把你的材料都准备好了。”

陈阿大已远远不是一只被“赶”上架子的“鸭子”，也成了“四人帮”塞入炮膛的一发炮弹了。

> 一个现代化大都市的工业生产，由这样一个流氓、地痞指挥，真是天大的笑话。

也许人们会以为，陈阿大地位高了，头衔多了，名声大了，真“阿污”的本性也该随之改变了。事实却并非如此。

在市委大院里开会，他常常中途溜出会场，去干别人无法想象的事，如钻进花园偷摘树上的水果，装满袋子塞进轿车后座悄悄地带走。他经常出入市里各大饭店，用他自己的话说，见“名牌香烟狠抽，吃夜餐从来不用付钱”。在机关里，陈阿大经常踢工作人员的屁股，并开玩笑说这是“吃弹簧屁股”。乘轿车时，他可以把双脚搁在驾驶员肩上，并用脚掌拍打驾驶员脸颊取乐。一不高兴，他张口“你有什么了不起”！闭口“你是什么东西”！因而人们都说，陈阿大的“阿污”本性的膨胀是和他的地位、名声、头衔成正比的。

人们或许要问：“阿污”的“官”到底是怎么个当法呢？说起来也容易：平时的事务，有具体工作人员干；重大的事情，有老干部顶着；开会发言、布置工作，有秘书写好稿子。他后来自己也承认：“在我思想上，无所谓上班下班。上午在家睡觉，中午来机关，有时下午两点才来上班。一到办公室就找人下军棋，或者是举哑铃，玩拉力器，晚上则在办公室踢足球，或去打乒乓球、羽毛球等，一打几小时。总之，我想干什么就干什么，办公室成了我的体育健身房。”一个现代化的工业大城市的工业生产，当年就是由这样一个“阿污”来指挥的，岂不悲哉！

特殊的时代该结束了。小丑们的表演够了。

1976年9月9日，毛泽东逝世。中国面临着历史性的转折。10月8日晚，“四人帮”在上海的余党惊悉“老娘”已经“心肌梗塞”（“四人帮”垮台的暗语），立即在康平路市委办公室召开紧急会议，密谋对策，决定发动武装叛乱，进行垂死挣扎。

9日上午，在王秀珍的指挥下，上海民兵指挥部的施尚英召集10个区、5个直属民兵师负责人开会，命令兵力集中，调集各种武器27000余件，车辆225辆及大量食品、物资，架设了15部电台，并沟通了联络。12日晚上，在市委康平路办事处，写作班子和“工总司”的一帮人以及“四人帮”的一些余党正在那里紧张地商量对策。

这时候，有人痛哭流涕，有人大吵大闹，都叫喊着要马上大干。陈阿大慷慨激昂，扯着嗓子大叫“马上就干！”。他逼着到会的市委常委同意调动民兵对抗中央。见几个常委不作声，他就要出一副赖皮相，解开了外衣纽扣，叼着香烟，一屁股坐在会议室门前的地上，胖胖的身子堵住门，不许人进出：“你们讲讲清楚，到底是干还是不干？！否则，大家都不要想出去！”

后来，这帮人七嘴八舌地打算发动群众，停产罢工，用钢锭堵塞机场跑道，用沉船封锁吴淞口，切断电网，控制报社、电台，并破坏铁路、桥梁等。他们还连夜拟定了名为“捍一”、“防二”的叛乱方案，从上海外围到市中心设三道“控制圈”。他们准备发《告全国、全市人民书》，提出了“还我江青、还我春桥、还我文元、还我洪文”的口号，表示“决一死战”，“要完就一起完！”。由于党中央在军事上、组织上和策略上都及时果断地采取了一系列周密的措施，上海滩的这帮造反派终于没能“干”得起来。他们的失败是必然的。

和“四人帮”一样，陈阿大没能逃脱历史的审判。1982年8月23日，陈阿大因积极参加反革命集团罪，被判处16年徒刑，剥夺政治权利3年。